WIE ZINT OP WRAAK

BO SVERNSTRÖM

Wie zint op wraak

Vertaling Edith Sybesma

HarperCollins

MIX
Papier van verantwoorde herkomst
FSC® C083411
FSC www.fsc.org

Voor dit boek is papier gebruikt dat onafhankelijk is gecertificeerd door FSC®
ten behoeve van verantwoord bosbeheer.
Kijk voor meer informatie op www.harpercollins.co.uk/green

HarperCollins is een imprint van Uitgeverij HarperCollins Holland, Amsterdam

Oorspronkelijke titel: *Offrens Offer*
Copyright Nederlandse vertaling: © 2018 Edith Sybesma
Omslagontwerp: Buro Blikgoed
Omslagbeeld: plainpicture Ltd.
Foto auteur: © Martin Stenmark
Zetwerk: Mat-Zet B.V., Huizen
Druk: CPI Books GmbH, Germany

ISBN 978 94 027 0421 1
ISBN 978 94 027 5657 9 (e-book)
NUR 305
Eerste druk september 2018
Tweede druk november 2018
Derde druk januari 2020
Vierde druk juni 2020

Originele uitgave verschenen bij Albert Bonniers Förlag, Stockholm, Zweden
Uitgegeven in de Nederlandse taal door bemiddeling van Bonnier Rights, Stockholm, Zweden

HarperCollins Holland is een divisie van Harlequin Enterprises ULC

www.harpercollins.nl

DEEL EEN

Zondag 4 mei

Het is donker en er waait een koele lentelucht door het park. Ik sta naast een boom, doodstil. Het is bijna middernacht.

Vanuit de binnenstad van Stockholm klinken de gebruikelijke achtergrondgeluiden van auto's, bussen en metro's. Een constante herrie waar ik allang niet meer op let, maar die ik nu opeens wel hoor.

Het park is bijna leeg. 's Avonds durft niemand hier te komen. De mensen zijn bang voor de slecht verlichte wandelpaden waar gevaren op de loer liggen, ingebeelde of echte. Gevaren zoals ik.

De heuvel waar ik op sta ligt aan de rand van het park, vlak naast het parkeerterrein van de volkstuintjes. Een van de straatlantaarns is kapot, waardoor de heuvel in bijna totale duisternis is gehuld. Ik draag camouflagekleding en een zwarte bivakmuts, ik ben bijna onzichtbaar.

Tot nu toe is er maar één iemand voorbijgekomen over het voetpad onder me. De afstand bedroeg niet veel meer dan twee meter. Hij zag me niet, maar ik kon zijn ademhaling horen. Korte, snelle stootjes, alsof hij bang was.

Sindsdien is er een uur voorbijgegaan. Ik maak me geen zorgen. Minder dan dertig meter van mijn schuilplaats ligt het parkeerterrein. Daar staat zijn auto. Het pad onder mijn heuvel is de logische weg ernaartoe en ik weet dat hij hierlangs zal komen.

Even doe ik mijn ogen dicht; ik adem de geur van aarde in en voel een soort bevrijding. Opluchting.

Ten slotte hoor ik hem. Struikelende stappen over de droge steentjes die er nog liggen na het strooien van afgelopen winter. Hij heeft een zwalkende manier van lopen, met ongecontroleerde, agressieve bewegingen. Ook in het donker straalt hij onberekenbaarheid, meedogenloosheid en gewelddadigheid uit.

Hij loopt de schaduw onder mij in. Onregelmatige, dronken voetstappen. Hij heeft zijn autosleutel al tevoorschijn gehaald en houdt die in zijn hand – gereed of bang? – maar hij loopt nog onbezorgd, overdreven zelfverzekerd.

Nog twee meter. Eén…

1

Maandag 5 mei

'Wat hebben we hier, verdomme?' vroeg de man die zojuist de schuur binnen was gestapt, gekleed in een blauwe plastic overall.

Inspecteur Carl Edson draaide zich naar hem om.

'Weer een verkrachtingszaak?' ging de man geërgerd verder.

Hij heette Lars-Erik Wallquist en was forensisch onderzoeker.

'De boer heeft hem gevonden,' zei Carl en hij knikte naar een naakt mannenlichaam dat in een onnatuurlijke hoek aan de zwartgrijze muur hing.

Een zacht ochtendlicht sijpelde door de kieren tussen de planken van de schuur naar binnen, en door de open deur, en viel op het lichaam, dat wel een soort crucifix leek. De lucht stond stil. Carl zag stofdeeltjes in de lichtstralen zweven en hij voelde de zachte warmte op het zwarte pak dat hij droeg.

Hij keek in zijn notitieboekje.

'Georg Olsson, zo heet de boer, heeft om halfzeven de alarmcentrale gebeld. Ik ben hier een uur geleden gekomen…'

'Godsamme!' zei Lars-Erik.

Carl knikte zwijgend bij de ongewoon treffende beschrijving van het tafereel voor hen.

'Een van de surveillanten heeft al overgegeven,' zei Carl en hij knikte naar de hoek van de schuur.

In de lichtstralen was vaag een glimmende pizza-achtige plas zichtbaar.

'Wat een sukkel! Had hij niet het benul om naar buiten te gaan in plaats van de plaats delict te besmetten?'

Lars-Erik hield niet van mensen in het algemeen en al helemaal niet van mensen op een plaats delict. Zijn ronde gezicht had vaak een rode kleur, alsof hij zich ergens over opwond. Carl wachtte voortdurend op een hartinfarct – of een hersenbloeding – vooral omdat Wallquist een forse man was met een buik die onder de strak om zijn middel getrokken riem verdween.

'Hij moet er nog aan wennen...' zei Carl. 'En hij stond te popelen, wilde graag goed werk afleveren. Je weet toch nog hoe het was, Lars-Erik, toen wij indruk wilden maken op onze superieuren en ambities hadden?'

De forensisch onderzoeker schudde zijn hoofd.

'Die heb ik nooit gehad.'

Hij liep naar het naakte mannenlichaam dat een halve meter boven de betonnen vloer hing, zonder zichtbare steun.

'En wat heeft hij gedaan om dit te verdienen?' vroeg hij met een hoofdknik naar het lijk.

'Een heleboel,' zei Carl. 'Dit is Marco Holst, alias Robert Jensen.'

'O, shit! Een afrekening?'

Carl haalde zijn schouders op.

'Moeilijk te zeggen. Hij zat in de branche. Maar wie het ook hebben gedaan, ze zijn nogal heftig tekeergegaan met die arme Marco.'

Lars-Erik boog naar voren om de blote, bebloede voeten van het lijk te inspecteren.

'Vastgespijkerd?'

Carl knikte.

'Daar lijkt het op.'

Lars-Erik ging rechtop staan.

'Verdomme, zeg. Gekruisigd... Dat zou met een spijkerpistool gedaan kunnen zijn. En met een plankje onder de voeten en alles. Godsamme! Ik snap wel dat ze jouw team erbij hebben geroepen.'

Carl knikte zonder daar eigenlijk iets mee te bedoelen. Hij was moe. De dag was nog maar net begonnen. Hij wilde het liefst naar huis om te vergeten dat dit soort dingen überhaupt kon gebeuren.

'Ja, misschien gekruisigd,' zei hij om maar iets te zeggen. 'Als je er niets op tegen hebt, ga ik met de boer praten.'

Lars-Erik reageerde als door een wesp gestoken en keek Carl aan.

'Het kan mij geen bal schelen wat jij doet!' zei hij.

'Mooi. Wil je me bellen als je klaar bent?' vroeg Carl op zijn gebruikelijke correcte en beleefde manier.

Het was maandag 5 mei, 08.31 uur. De lucht was nog heiig na de nacht, maar er scheen een warme lentezon op het erf. In de zwakke wind kon Carl het ruisen van het ochtendverkeer op de E18 driehonderd meter verderop duidelijk horen. Duizenden auto's met slaperige forenzen op weg naar Stockholm. Afgezien van dat lint van menselijke aanwezigheid lag de schuur volkomen verlaten tussen pas ingezaaide akkers. Er leidde slechts een hobbelige onverharde weg naar het grote terrein voor het gebouw.

Toch hadden een of meer personen dit weggetje opgezocht om vervolgens hun slachtoffer hiernaartoe te brengen en – Carl zocht naar woorden – hem dood te martelen. Dat vereiste een zorgvuldige planning. Zo'n schuur vond je niet toevallig. Het betekende dat de daders hier minstens één keer eerder waren geweest, en dat betekende dat er misschien getuigen waren. Tegelijkertijd wees het erop dat ze methodisch werkten, en dat was een slecht teken.

Carl voelde dat dit een langdurig onderzoek zou worden. Even sloot hij zijn ogen en hij keerde zijn gezicht naar de zon als om energie op te doen, alsof hij een plant was.

Hij werd binnenkort eenenvijftig. Zijn donkere haar begon bij de slapen dun te worden, maar er zat nog steeds geen grijs in. Hij had een fijnbesneden gezicht, waardoor hij er jonger uitzag dan hij was. Eén zomer had hij zijn baard laten staan, maar toen dat een peper-en-zoutvariant bleek te worden, had hij hem weer afgeschoren.

Bijna zijn halve leven was hij nu al bij de politie en in die tijd had hij zo'n beetje alles gezien wat er te zien was. Zijn zestienjarige dochter maakte hem vaak uit voor een gevoelloze fascist. Wanneer hij zakelijk probeerde te blijven en opmerkte dat ze de verkeerde term gebruikte, liep ze altijd de kamer uit. Hij had willen zeggen dat het woord dat ze vermoedelijk zocht 'lauw' was. Zo zag hij zichzelf tegenwoordig in elk geval: als lauw. Alsof de warmte hem had verlaten, het gevoel van intens geluk, de felle verontwaardiging bij onrecht, het verdriet en het onbehagen bij alle onbeschrijflijke verschrikkingen die hij had gezien en aanschouwd – van dat alles was niets meer over.

Maar het tafereel in de schuur vanochtend greep hem aan. Niet alleen vanwege de wreedheid van de misdaad, maar ook omdat die zo uitgekiend was. Voor de verandering voelde hij zich niet blasé.

Was dat goed? Hij kon het antwoord niet bedenken. Hij deed zijn ogen weer open en liep naar zijn auto. De boer woonde bijna een kilometer verderop.

Achter hem, achter de halfopen schuurdeur, hoorde hij Lars-Erik mopperen op agenten en mensen in het algemeen.

'Sukkels!' hoorde hij de forse onderzoeker nog minachtend uitroepen, voordat Carl het portier dichttrok en wegreed.

***

Lars-Erik Wallquist inspecteerde het lijk voor zich. Uit zijn veelvuldig gebruikte tas haalde hij een speciale camera met flitser tevoorschijn die binnen het ultraviolette spectrum werkte. Zijn assistent, eveneens gekleed in een blauwe veiligheidsoverall, kwam binnen en begon schijnwerpers neer te zetten en kabels te trekken naar een elektrisch aggregaat dat al voor de schuur stond te brommen. Een voor een gingen de schijnwerpers aan en de hele schuur baadde in een verblindend licht.

'De voetsteun is onlangs bevestigd,' zei Lars-Erik tegen zijn assistent en hij keek naar het plankje op twee steunen waarop de voeten van het slachtoffer rustten. 'Er ligt geen stof op en je ziet geen natuurlijke veroudering. Hij is waarschijnlijk speciaal voor deze gelegenheid gemonteerd.'

'Er ligt bijna geen bloed onder het lichaam,' zei zijn assistent.

Lars-Erik bromde iets onverstaanbaars.

In het stof kon hij sleepsporen zien van een deken of iets dergelijks. Iemand had over de sporen gelopen en duidelijke schoenafdrukken achtergelaten. Vermoedelijk die verdomde surveillant, dacht hij. Nu zouden ze van iedereen schoenafdrukken moeten maken. Onnodig werk.

Hij keek weer naar de sleepsporen. Zijn assistent had gelijk: geen bloed. En dat had er wel moeten zijn als de man hier was vermoord.

Het meest opmerkelijke aan het lijk – afgezien van het feit dat het tegen de muur van een schuur was gespijkerd – was dat het geen genitaliën had. De dader had het hele zaakje afgesneden. Er was alleen een donkerrode wond overgebleven. Het bloed moest eruit zijn gespoten...

Op hetzelfde moment klonk er een donker, onmenselijk gekreun.

Lars-Erik en zijn assistent keken op.

Het hoofd van het lijk bewoog opeens; het ging omhoog. Het lange blonde haar dat voor zijn gezicht hing, viel opzij. Beide ogen gingen open, als zwarte gleuven in het bebloede gezicht. De man die zonet nog dood was geweest staarde hen aan met een blik die alle pijn en angst voorbij was. Daarna opende hij zijn mond en schreeuwde, eerst sissend, maar gaandeweg luider en duidelijker. Hij schreeuwde tot hij geen lucht meer had en er alleen een hees gereutel overbleef, waarna hij zijn longen vulde met lucht en opnieuw begon te schreeuwen. Almaar harder.

2

Voor de schuur stonden twee ambulances met zwaailicht. Waarom twee, vroeg Carl Edson zich af. Had de centralist zich door de brute mishandeling waarvan Marco het slachtoffer was geworden zo laten opjagen dat hij er meer dan één had gestuurd?

Hoe het ook zij, het was een vergissing, bedacht hij.

En hoe sneu was het helemaal voor Marco? Vermoedelijk waren er mensen die vonden dat hij zijn verdiende loon had gekregen. Hijzelf bijvoorbeeld.

Hij was teruggekomen na het gesprek met de boer, die niet meer had gezegd dan hij al aan de surveillant van district Stockholm-Noord had verteld, de man die had overgegeven.

De boer was die ochtend naar de schuur gereden op zijn tractor om de zaaimachine te halen. Het hangslot aan de deur was opengebroken. Hij had een inbraak verwacht, maar in plaats daarvan had hij de man aan de muur zien hangen 'als een vogelverschrikker'. En nee, eerder had hij niets gezien. Geen auto's, geen mensen.

'Ik ben de afgelopen dagen voornamelijk op de akker geweest,' had hij verontschuldigend gezegd.

'U hebt niemand over de weg naar de schuur zien rijden? Of op de wegen hier in de buurt, iemand die u niet bekend voorkwam?'

De boer had met zijn ene wijsvinger de pluk tabak gepakt die achter zijn lip zat, die in de afvalbak gegooid en zijn vinger met een schone witte zakdoek zorgvuldig afgeveegd.

'Nou, ik had u graag willen helpen, maar het is nogal druk op het moment. Ik kijk alleen naar de akker. Ik merk het nauwelijks wanneer mijn vrouw voorbijrijdt.'

Carl had gezegd dat hij het begreep en was weggereden. Nu stond hij tegen zijn auto geleund naar de consternatie voor de schuur te kijken, terwijl hij probeerde te begrijpen hoe het in godsnaam mogelijk was dat Marco nog leefde. Hij had hem gezien, Marco was zonder twijfel dood geweest.

Maar nu stonden er verpleegkundigen om hem heen in de schuur, die alles op alles zetten om hem in leven te houden.

Terwijl Carl door de opening keek, kwamen er twee naar buiten. Ze liepen naar een van de ambulances en hij ging achter hen aan.

'Hoe gaat het met hem?' vroeg hij.

Een van hen draaide zich om: 'Ik heb zelden zoiets vreselijks gezien,' zei ze.

Carl vond dat haar gezicht er eigenaardig vlak uitzag, alsof ze in shock was.

'Haalt hij het?' vroeg hij.

'Als hij geluk heeft.'

Ze trok de deur van de ambulance dicht. Toen die langzaam wegreed, werd erachter een zwarte Mercedes stationcar zichtbaar. Carl kende die auto; die was van de gerechtsarts.

Ze heette Cecilia Abrahamsson en was opgeroepen om een lijk te onderzoeken en een verklaring van overlijden op te maken. Nu kon ze alleen maar toekijken hoe het ambulancepersoneel zijn best deed om het leven van Marco Holst te redden. Wanneer dat was gelukt, zou ze een letselbeschrijving maken voor politie en justitie.

En daar was Carl in geïnteresseerd.

Terwijl hij wachtte, liep hij over de volle lengte van het terrein en telde zijn passen: tweeëntwintig. Hij herhaalde de wandeling de andere kant op, in de breedte: eenendertig.

Het was een gewoonte van hem: meten, ordenen en categoriseren. Hij keek naar de deuren die wagenwijd openstonden. Dit was een schuur voor grote landbouwmachines, bedacht hij. De opening was bijna vier meter hoog en zo breed dat je er met een combine naar binnen kon rijden. De plaats was perfect gekozen, afgezien van het feit dat de boer het lichaam dezelfde ochtend had gevonden.

Hij vroeg zich af of het de bedoeling was geweest dat Marco Holst het had overleefd, of de daders het letsel daarop hadden aangepast. Die gedachte had iets heel naars, en hij verzette zich er dan ook tegen.

Hij keek op toen hij gerammel hoorde in de schuur. De brancard met

Holst erop werd naar buiten gereden. Carl deed een stap opzij; hij zag het infuus heen en weer bewegen boven het verminkte lichaam op de brancard, het verwrongen gezicht en de bloederige blonde pieken.

Maar waarschijnlijk was het een vergissing dat Holst het had overleefd, bedacht hij. Nu hadden ze immers een getuige.

De gerechtsarts kwam uit de schuur op het moment waarop de brancard in de ambulance werd geschoven.

Carl liep naar haar toe.

'Hallo,' zei hij en hij voelde zich als gewoonlijk opgelaten in het bijzijn van Cecilia Abrahamsson.

Ze was lang, atletisch en heel... volwassen. Hij kon geen beter woord bedenken. Ze praatte op hooghartige, zelfverzekerde toon, op die typische superieure manier die ervaren dokters zich soms aanmeten. Ze had een autoriteit waarbij hij zich klein voelde.

Misschien was het ook haar kakkerige manier van doen, die vanzelfsprekende, natuurlijke superioriteit die je krijgt wanneer je nooit een compromis hoeft te sluiten en nergens afstand van hoeft te doen, als kind al niet.

Ze had bovendien een aantal schoonheidsoperaties laten uitvoeren aan haar gezicht, die het hem moeilijk maakten haar emoties te doorgronden of haar leeftijd vast te stellen. Ze had net zo goed eind vijftig als begin dertig kunnen zijn. Wanneer ze praatte, werd de huid van haar wangen en rond haar blauwe ogen op een onnatuurlijke manier strakgetrokken, als bij een hagedis. Haar lippen deden niet echt mee wanneer ze glimlachte; ze spartelden als het ware tegen. Misschien was het in haar kringen vanzelfsprekend om het ouder worden niet te accepteren, dat wist hij niet.

Hij probeerde haar niet aan te kijken, bang om betrapt te worden op staren.

'Wanneer kan ik hem verhoren?' vroeg hij en hij keek naar de witte kraagpunten van haar keurige, verder geheel zwarte blouse.

Ze liep straal langs hem heen, alsof ze hem niet had gezien.

'Dat kan niet,' zei ze zonder zich om te draaien, op weg naar haar auto. 'Iemand heeft zijn tong afgesneden, dicht bij de tongwortel. Hij zal nooit meer kunnen praten. En dat is niet het enige wat hij in de toekomst niet meer zal kunnen doen.'

Hij liep achter haar aan.

'Wacht,' zei hij.

Zonder te reageren opende ze het portier aan de bestuurderskant en liet zich op de stoel zakken. Hij opende het portier aan de passagierskant en ging naast haar zitten. De zwartleren bekleding kraakte onder hem en hij vroeg zich af wat je moest verdienen om je zwart Mercedes-leer te kunnen veroorloven.

'Dus je bedoelt dat hij niet kan praten?' vroeg hij.

'Inderdaad,' zei ze. 'En zijn handen kan hij ook nooit meer gebruiken. Alle vingers zijn bij de knokkels afgehakt.'

Bijna alsof er geen getuige was, bedacht Carl en hij keek door de voorruit naar de donkere opening in de schuur.

'Wat nog meer?' vroeg hij.

'Vermoedelijk heeft hij ook een kaakfractuur. Misschien heeft hij die gekregen toen zijn tong werd afgesneden, maar dat moet de arts op de Spoedeisende Hulp maar zeggen op grond van de röntgenfoto. Behalve zijn vingers zijn ook zijn genitaliën verwijderd met een scherpe, zuivere snee bij de peniswortel. Het scrotum is ook in zijn geheel verwijderd.'

Ze leunde achterover tegen deneksteun en keek nu naar het dak. Ze zag er moe uit. Haar ogen waren half gesloten.

'De balzak dus,' zei ze met gedempte stem ter verklaring.

Hij knikte. Hij wist wat 'scrotum' betekende.

'Hij had binnen een paar uur doodgebloed moeten zijn,' ging ze verder. 'Maar de dader heeft waarschijnlijk een verwarmd mes gebruikt, wat het bloeden deels heeft geremd.'

Hij trok zijn wenkbrauwen op.

'Dus de dader wilde dat hij in leven zou blijven?'

Ze haalde geërgerd haar schouders op.

'Over het motief kan ik geen uitspraak doen. Ik constateer alleen de feiten.'

Carl knikte. Hij had een notitieboekje tevoorschijn gehaald, waar hij in schreef. Ze gluurde misnoegd naar hem voordat ze verderging.

'Verder was hij aan de muur gespijkerd, maar dat had je misschien al gezien. Stevige spijkers die door de polsen en voetzolen heen waren geslagen en in de balken van de muur. Er is veel kracht voor nodig om weefsels en skeletdelen te doorboren. Desondanks is het weefsel rond de gaten onbeschadigd.

'Wat betekent dat volgens jou?' vroeg Carl zonder op te kijken van zijn boekje.

'Ik stuur uiteraard een volledig rapport wanneer ik hem goed heb onderzocht. Dit zijn maar voorlopige observaties.'

Hij keek op en glimlachte verontschuldigend naar haar.

'Ik maak toch graag notities. Dat helpt me om dingen te onthouden en zo kan ik sneller aan het werk.'

'De dader kan een spijkerpistool hebben gebruikt,' ging ze verder. 'Dat zou dit soort zuivere letsels kunnen opleveren.'

'Lars-Erik zei ook zoiets.'

Ze werd niet graag in de rede gevallen en slaagde er niet in haar ergernis te verbergen.

'Hij heeft ondanks de cauterisatie veel bloed verloren.'

'Cauter...'

'Het verwarmde mes,' zei ze. 'Waar het bloed is gebleven, daar zal je forensisch onderzoeker je uitvoeriger over inlichten.'

Carl maakte notities. Ze wachtte tot hij klaar was met schrijven. Een paar keer keek ze op haar horloge, een Rolex, als om aan te geven dat ze meer te doen had.

'De precisie waarmee het lichaam is verminkt, wijst erop dat degene die het mes heeft gehanteerd gewend is met scherpe werktuigen om te gaan en thuis is in de beginselen van de chirurgie. Een militair, een ziekenverzorger, misschien een slager of een jager.'

Hij draaide zich naar haar toe.

'Een arts?'

Ze knikte, maar keek afkeurend, alsof ze niet blij was met de mogelijke laakbaarheid van haar eigen gilde.

'Ja, dat kan natuurlijk... Het houten plankje waar de man op stond, wijst op kennis van zaken en verraadt dat het de bedoeling was het leven van het slachtoffer te verlengen.'

'Wil je dat uitleggen, alsjeblieft?' vroeg Carl.

'Als je wordt gekruisigd, stik je heel snel. Je moet je lichaamsgewicht bij elke ademhaling optillen en dat hou je niet erg lang vol. Daarom zetten de Romeinen een houten plankje onder de voeten van hun slachtoffers. Om hun lijden te verlengen.'

Hij maakte snel een notitie van dat akelige detail. Hij vond het weloverwogene van de misdaad, de precisie en de vastbeslotenheid beangstigend.

'Nog iets?' vroeg hij.

Ze keek nog steeds voor zich uit door de voorruit, terwijl ze haar handen aan het stuur hield.

'Hij had brandplekken op de linkerkant van zijn borstkas,' zei ze.

'En?'

'Het is een gissing, misschien heb ik het mis...'

'Ja?'

'Ze lijken op de brandplekken die ontstaan door een stroomstootwapen.'

Het was even stil.

'Dus iemand kan hem hebben beschoten met een stroomstootwapen om hem te verlammen en hem daarna dit allemaal hebben aangedaan? Ja, dat is een mogelijke verklaring.'

'Dat mag je met iemand anders bespreken. Ik beweer alleen dat de brandwonden op de linkerborst van het soort zijn dat door een stroomstootwapen wordt veroorzaakt. Maar ze kunnen ook op een andere manier zijn ontstaan. We zullen natuurlijk tests uitvoeren om te kijken of we dit kunnen verifiëren.'

'Oké, dank je wel.'

Carl sloeg zijn notitieboekje dicht en vroeg zich even af hoe ze dergelijke tests uitvoerden, maar besloot er niet naar te vragen.

'Zal hij het overleven?' vroeg hij in plaats daarvan.

Ze knikte.

'Het is te vroeg om garanties te geven. Hij heeft veel bloed verloren, dat zei ik al. Hij is ernstig gewond, maar ik beoordeel zijn toestand als stabiel. Ik zal hem in het ziekenhuis nog eens onderzoeken. Wie is hij?'

3

'Marco Holst is een goede bekende van ons en hij heeft een lang strafblad,' zei Carl Edson en hij keek in zijn printjes. 'Hij is geboren in 1967. Autodiefstal, drugs- en wapenbezit, mishandeling in zijn jeugd... Het is van kwaad tot erger gegaan.'

De briefingkamer in het politiebureau van Kungsholmen was grijs. Grijswitte wanden, grijs linoleum op de vloer. Bovendien was het een lage kamer, wat Carl altijd een claustrofobisch gevoel bezorgde, ook al was er ruimte genoeg voor veertig personen. Nu zat er maar een handjevol.

Hij keek naar de twee agenten in burger vooraan, Jodie Söderberg en Simon Jern, beiden van de recherche. Achter hen zaten nog een vrouwelijke rechercheur en de mannelijke surveillant die in de schuur had overgegeven, allebei van Stockholm-Noord. Carl ging terug naar zijn printjes: 'In 1993 kreeg Marco Holst levenslang voor de moord op zijn vriendin, die hij herhaalde malen met een mes had gestoken en daarna had laten doodbloeden op de keukenvloer. Levenslang werd daarna omgezet in zesentwintig jaar. In de gevangenis veranderde hij zijn naam in Marco Holst. In 2010 kwam hij voorwaardelijk vrij na slechts zeventien jaar. Een halfjaar later verkrachtte hij een veertienjarig meisje in het Vasapark in het centrum van Stockholm. Ook afgezien van de leeftijd van het meisje was de verkrachting bijzonder bruut. Zowel vaginaal als anaal. Daarvoor kreeg hij vier jaar gevangenisstraf plus vier jaar van de eerdere straf. Drie weken geleden had hij driekwart van de straf uitgezeten en kwam hij opnieuw vrij.'

Hij keek op van zijn papieren.

'In de verkrachtingszaak werd Marco ook voor een paar kleinere vergrijpen veroordeeld. Drugsbezit, wapenmisdrijven en een inbraak. Geen van die misdrijven beïnvloedde de duur van de straf noemenswaardig, aangezien hij al acht jaar had gekregen.'

Hij keek uit over het kleine gezelschap.

'Die vreselijke kortingen op de straf,' zei Simon Jern en hij ging verzitten. 'Een afrekening in de onderwereld?'

Carl spreidde zijn handen.

'Gezien zijn criminele verleden is dat zeer waarschijnlijk. In elk geval moet hij iemand of een aantal mensen flink kwaad hebben gemaakt.'

'Nou, dat is het understatement van de dag,' zei Simon.

'Behalve de verminkingen hebben de artsen ontdekt dat hij een honkbalknuppel in zijn endeldarm had. Vermoedelijk was die met behoorlijke kracht ingebracht. Bovendien zaten er allemaal weerhaakjes aan. Waarschijnlijk worden die op dit moment operatief verwijderd.'

'Wraak?' vroeg Jodie Söderberg. 'Voor het meisje, bedoel ik. De ouders – of het meisje zelf – hebben een goed motief.'

'Dat kan het zijn,' zei Carl. 'Maar de uitgekiende wreedheid wijst eerder op beroepscriminelen die bedreven zijn in het uitoefenen van geweld. Maar we moeten ze natuurlijk natrekken. Doe jij dat, Jodie?'

Ze knikte, en hij maakte een aantekening.

'Zijn er sporen?' vroeg ze.

'Van het meisje?' vroeg Carl verbaasd.

'Nee, van de dader,' zei Jodie met een snel, gegeneerd lachje. 'Op de plaats delict.'

Ze zat met rechte rug, als een sportvrouw, haar blonde haar in een praktische paardenstaart. Ze deed Carl denken aan de meisjes bij hem in de klas op de middelbare school, die vooraan zaten, altijd hun hand opstaken en de hoogste cijfers haalden bij proefwerken. Achteraf had hij begrepen dat ten minste een van hen aan anorexia had geleden en dat ze allemaal ongelukkig waren geweest, gevangenen van hun eigen succes.

'Lars-Erik is nog niet klaar met het onderzoek van de PD,' zei hij. 'Maar tot nu toe... nee, niets.'

'Hoe hebben ze het lichaam aan de muur gekregen?' vroeg Simon en hij wipte achterover met zijn stoel. 'Dat moet een hele klus zijn geweest.'

'Lars-Erik heeft sporen gevonden in de balk boven het lichaam die erop wijzen dat de dader, of daders, een soort takel heeft gebruikt. Vermoedelijk een hijsblok dat was opgehangen aan een spanband die over de balk heen was geslagen.'

'Weten we dat?' vroeg Simon.

Simons toon had iets provocerends, evenals zijn lichaamstaal, ook als hij een gewone vraag stelde.

Simon had het uiterlijk van iemand die je uit de weg ging in de kroeg: compacte, vlezige trekken, een pokdalig gezicht, kortgeknipt, bijna zwart haar en een nare, stekelige blik in zijn bruine ogen. Carl mocht hem niet. Toen hij hem in zijn onderzoeksteam kreeg, had hij geprotesteerd. Maar zijn chef had voet bij stuk gehouden: 'Geen schijn van kans, Carl! Hij zit in jouw team.'

'Nee,' zei hij, 'het is slechts een voorlopige hypothese van Lars-Erik. Hij denkt, net als ik, dat de dader simpelweg een band om het lichaam heeft gespannen en dat heeft opgehesen voordat hij het tegen de muur spijkerde.'

'Een hijsblok? Wat is dat?' vroeg de surveillant.

De lacunes in zijn algemene ontwikkeling leken groot, ook voor zo'n jong iemand. Maar misschien hoorde dat bij de nieuwe generatie die al haar tijd doorbracht met computerspelletjes in plaats van met lezen, dacht Carl. Hij voelde zich op slag oud.

'Een blok met een touw of een stalen kabel,' zei hij. 'Zoals op een zeilschip. Je haalt een touw langs een heleboel schijven. Als je vervolgens aan het touw trekt, vertraagt dat de beweging, zodat je dingen kunt optillen die eigenlijk veel te zwaar voor je zijn. Een oeroude techniek.'

De surveillant knikte, terwijl hij in zijn aantekeningen keek. Carl besefte dat hij al na de eerste zin had afgehaakt. Vermoedelijk beschouwde hij de rest als een vervelende uitweiding. Zo zou zijn eigen dochter het ook hebben gezien.

Ze zwegen even. Carl bladerde in zijn papieren. 'De gerechtsarts schat dat Marco Holst zes tot acht uur aan de muur heeft gehangen.'

Simon en Jodie keken naar hem op. Ze leken allebei hetzelfde te denken.

'Dat houdt in,' ging Carl verder, 'dat hij vermoedelijk tussen middernacht en twee uur 's nachts is vastgespijkerd.'

‘Hoe heeft hij dat in godsnaam acht uur kunnen overleven?’ vroeg Simon.

‘Toeval, volgens de gerechtsarts.’

‘Kunnen de daders hebben gewild dat hij het zou overleven?’ vroeg Jodie. ‘Ik bedoel dat het opzet was?’

‘Er zijn aanwijzingen dat ze wilden dat hij langdurig zou lijden. Behalve het verwarmde mes en het voetenplankje had Marco Holst ook sporen van...’

Hij las het voor: ‘Tranexaminezuur in zijn bloed. Een stof die bloeden tegengaat.’

‘Wat een gestoorde klootzak!’ zei Simon.

‘Volgens Cecilia Abrahamsson wordt die stof veel gebruikt in preparaten tegen hevige menstruatie. Cyklokapron is het meest gangbare. Dat is kennelijk vrij verkrijgbaar.’

Een tijdlang zei niemand iets. Carl kon bijna voelen wat ze dachten. Daarom zei hij: ‘Maar dat hoeft niet te betekenen dat we met een menstruerende dader te maken hebben.’

De surveillant en Simon grinnikten.

‘Er is daarentegen veel wat erop wijst dat het misdrijf zorgvuldig was voorbereid. We hebben te maken met een dader, of daders, die zich niet laat sturen door impulsen en die niet snel in paniek raakt. Ervaren lieden, die in staat zijn zo’n uitgekiende marteling uit te voeren.’

‘Criminelen?’ vroeg Simon.

‘Gezien de ernst waarschijnlijk wel. Een of meer criminelen.’

‘Maar waarom die spectaculaire aanpak?’ vroeg Jodie. ‘De helft was al mooi genoeg geweest.’

Carl had hetzelfde gedacht.

‘Als het een afstraffing is, neem ik aan dat die spectaculair moest zijn om tot de juiste kringen door te dringen. Dan is het een soort merk, een teken van de status van de dader of van de bende, als het een bende is,’ zei hij.

Niemand zei iets.

‘Goed, dan hebben we een hoofdspoor,’ zei Carl. ‘Een afrekening in het criminele circuit, misschien na een zaak die mis is gelopen. We moeten een lijst maken van personen die voorkomen in het vooronderzoek van Marco's vorige zaak. Gezien de...' Carl twijfelde over het woord dat hij moest kiezen. '...overmaat aan geweld die is gebruikt, zou het om een grote zaak moeten gaan. Het drugsmisdrijf zou interessant kunnen zijn. Kijk jij daarnaar, Simon?'

Simon knikte.

'Moet ik ze verhoren?'

'Ja.'

'En Marco zelf dan?' vroeg Jodie.

'Ja,' zei Carl, 'we hebben ditmaal inderdaad een getuige. Met een beetje geluk kan hij ons vertellen wie de dader is.'

Ondanks alles moest Carl glimlachen.

'En dan hebben we een makkie.'

'Moet ik dan nog wel aan die oude onderzoeken beginnen?' vroeg Simon.

'Ja, we moeten toch enigszins voorbereid zijn voor het geval Marco niets weet.'

Simon zei niets.

'Wanneer kunnen we Marco verhoren?' vroeg Jodie.

'De arts dacht misschien vanmiddag al.'

Simon grijnsde.

'Hoe moeten we met hem praten? Hij heeft toch geen tong?'

'Hij kan de antwoorden opschrijven,' zei Jodie.

Carl schudde zijn hoofd.

'Helaas heeft hij ook geen vingers. Mijn idee is om ja-neevragen te stellen. Maar als jullie een beter idee hebben hoor ik het graag.'

Iedereen zweeg. Carl richtte zich weer tot Jodie en Simon.

'Zoals we al hebben gezegd, is dit een spectaculaire mishandeling. Kijk of je een soortgelijke zaak kunt vinden, Simon. En Jodie, probeer jij het tijdstip van Marco's verdwijning vast te stellen. Vraag aan zijn kennissen wanneer die hem voor het laatst hebben gezien.'

Jodie knikte en schreef, keek op en wachtte op meer. Jong, enthousiast en onbedorven, dacht Carl en hij voelde dat hij Jodie mocht. Hij had het zelf kunnen zijn, twintig jaar geleden.

‘En als Marco niet naar de schuur is gelokt, kan hij misschien zijn ontvoerd. Zoek naar een mogelijke getuige. Kijk of er aangiftes gedaan zijn van vrijheidsberoving.’

Jodie knikte.

‘Ik wilde de familie van zijn ex ook natrekken.’

‘O,’ zei Carl. ‘Die moord ligt wel erg ver terug in de tijd. Bovendien hebben ze de vorige keer dat hij vrij was ook al een kans gehad. Waarom zo lang wachten?’

‘De omstandigheden zijn misschien veranderd, waardoor ze nu pas wraak nemen,’ zei Jodie. ‘Misschien is haar moeder overleden, zodat haar vader er helemaal alleen voor staat.’

‘Je hebt veel te veel films gezien,’ zei Simon, terwijl hij weer achteroverwipte met zijn stoel.

Jodie keek hem aan vanonder haar blonde haar. Plagerig, dacht Carl. Als een jonger zusje.

‘Of jij moet er ook eens een gaan zien,’ zei ze tegen Simon. ‘Je zou er iets van kunnen opsteken. Snel in actie komen...’

Simon stopte met wippen. Maar voordat hij iets kon zeggen, kwam Carl ertussen: ‘Oké. Kijk daar ook naar, Jodie. Maar het heeft absoluut geen prioriteit.’

Ze knikte.

‘Mooi,’ zei hij, ‘het is bijna tien uur. We liggen een half etmaal achter op de moordenaar. Minstens. We moeten proberen iets van die tijd in te halen.’

Op dat moment rinkelde zijn telefoon.

4

Alexandra Bengtsson liep over de Kungsgatan in de richting van Kungsholmen in het centrum van Stockholm. Er ging een frisse lentewind over het spoorwegterrein bij de Kungs-brug. De wind blies het haar in haar ogen en ze streek het met een geërgerd gebaar naar achteren. Ze had een hekel aan de gemene wind tussen de hoge gevels, de terugslag in de lente.

Met haastige passen liep ze naar de ingang van een pas gebouwd kantoorgebouw dat tussen het spoorwegterrein van Stockholm-Centraal en de straat Blekholmsterrassen ingeklemd zat. Ze viste een pasje uit haar zak en hield het tegen de scanner. Er klonk een zachte klik.

Zoals gewoonlijk stond er een rij voor de liften. Hoe kon je een nieuw gebouw neerzetten met te weinig liften? Ze nam de trap naar de redactie.

Alexandra was verslaggever bij *Aftonbladet*. De krant zat in een lange, smalle ruimte die een architectuur had die aan de veerboot naar Finland deed denken. Zelfs de bruine vaste vloerbedekking herinnerde aan lange gangen op een schip. De kamer van de hoofdredacteur bevond zich in het voorschip, terwijl de snel kleiner wordende schare die nog met papieren kranten bezig was zich in het achterschip ophield.

Alexandra had eerder bij een van de bijlagen gewerkt, maar tegenwoordig was ze nieuwsreporter en werkte ze in het midden van de ruimte, dicht bij de nieuwsdesk.

Ze liep naar haar bureautje, omgeven door hoge lichtgroene schermen, die haar bureau scheidden van andere, identieke bureaus. Toen ze jonger was, had ze kriebels in haar buik gevoeld wanneer ze naar haar werk ging; nu voelde ze zich voornamelijk moe vanwege een tekort aan slaap.

'Ah, eindelijk een verslaggever die kan werken,' zei een stem achter haar.

Ze draaide zich om. Het was Marvin, een nieuwschef van in de zestig die eigenlijk Markus Vinter heette. MarVin was de afkorting in het computersysteem van de krant en zo werd hij al jaren genoemd.

'En waarmee verdrijf jij de tijd?' vroeg hij.

Hij was slechts één meter vijfenzeventig lang, maar iets langer dan zij, maar koken was zijn grootste hobby en die had van hem toch een grote man gemaakt.

'Ik heb mijn laptop gepakt en hem aangezet. Zo ongeveer. En jij?'

'Ik doe het leukste wat er is: werken.'

Hij glimlachte. Dwingend, had ze het idee. Ze voelde zich ongemakkelijk. Dat had ze vaak met Marvin; ze wist nooit wat ze aan hem had, of hij een grapje maakte of ernstig was. Nu keek hij haar streng aan, alsof hij ontevreden was over iets wat ze had gedaan.

'Je bent met andere woorden inzetbaar,' zei hij. 'Dat is mooi, want ik heb iets voor je. Een moord in Rimbo, waar we naartoe moeten. De politie wil niet veel zeggen, maar we hebben een tip binnengekregen dat het om zware mishandeling gaat.'

'Ik snap het niet,' zei Alexandra. 'Moord of mishandeling?'

'Dat is niet helemaal duidelijk. Staffan heeft erover gebeld en toen had de politie een lijk gevonden. Maar bel nog maar eens om te horen wat het is. Het zou heel sensationeel kunnen zijn. En daarna ga je ernaartoe.'

'Oké,' zei Alexandra en ze deed haar best om niet al te negatief te klinken.

Ze had gehoopt op een rustig begin van de dag.

'Alexandra, verdomme,' zei Marvin. 'Schud die luiheid van je af. Ik mail je de tip.'

Marvin verdween weer naar de nieuwsdesk waar de internetredacteuren en twee verslaggevers zaten. Alexandra stond op en liep naar het keukentje verderop. Ze moest eerst een kop koffie hebben. Filip en Lisbeth van internet-tv hingen tegen het aanrecht.

'Geen melk,' zei Filip chagrijnig en hij knikte naar de koelkast. 'Op de hele verdieping niet, we hebben het gecheckt.'

'Oké, ik neem toch maar,' zei ze en ze probeerde te glimlachen. 'Als je er niet aan doodgaat...'

'Dan moet je dat niet drinken,' zei Filip. 'Daar ga je echt aan dood.'

Ze schonk een kop koffie in, nipte ervan en trok een vies gezicht.

'Hoe was je weekend?' ging Filip verder.

Ze haalde haar schouders op.

'Wel goed. Ik ben op Gålö geweest...'

'*Nice*,' zei hij en hij draaide zich weer om naar zijn collega.

'...en heb naar de zee gekeken,' zei Alexandra zacht in zichzelf voordat ze terugging naar haar plaats.

Toen ze langs Marvin kwam, riep hij naar haar. 'Op de website van de politie staat dat het geen moord is,' zei hij en hij leunde zo ver achterover op zijn draaistoel dat die bedenkelijk kraakte. 'Maar het schijnt een ontzettend wrede marteling te zijn geweest. Misschien goed voor een ankeiler.' Zijn stem klonk hoopvol.

'Oké,' zei Alexandra. 'Ik ga bellen.'

'Natuurlijk!'

Met haar koffiekopje in haar hand ging ze achter haar computer zitten, opende het mailprogramma en las de tip die Marvin had doorgestuurd. Het was een korte tekst:

Marteling. Bij Norrtälje. Man tegen muur van schuur gespijkerd. Verminkt. Moordteam Rijksrecherche ingeschakeld. Carl Edson leider vooronderzoek.

De tipgever heette Bror Dupont. Alexandra googelde de naam, maar kreeg geen resultaat. Het was waarschijnlijk het pseudoniem van een politiemedewerker. Er stond geen telefoonnummer bij.

Ze ging naar de website van de politie en scrolde door de meest actuele gebeurtenissen. Twee regels van boven vond ze al wat ze zocht: Moord/doodslag Rimbo. Update. Geweldsdelict in schuur. Ze klikte de tekst aan. Om 06.25 uur werd in een schuur in Rimbo het lichaam van een man aangetroffen. De man was ernstig mishandeld. Er is een vooronderzoek ingesteld. Het bericht was om 07.24 uur geplaatst. Eronder stond: Update. Er is geen sprake van moord. De man is zwaar gewond en is met een ambulance naar het ziekenhuis vervoerd. De update was om 09.32 uur geplaatst. Ze ging terug naar de lijst van gebeurtenissen van de politie, maar vond geen mishandeling in de buurt van Rimbo.

Nadat ze een poosje had nagedacht, belde ze de politie en vroeg naar Carl Edson. De telefoon ging vier keer over voordat er werd opgenomen.

'Goedendag, ik ben Alexandra Bengtsson van *Aftonbladet*. Met wie spreek ik?'

Het was even stil. Toen zei de man gelaten: 'O, nu al...'

'Carl Edson?'

'Ja, dat ben ik.'

Ze trok een schrijfblok naar zich toe.

'Wat kunt u zeggen over het lichaam dat vanochtend in een schuur in Rimbo bij Norrtälje is aangetroffen?'

'We hebben een vooronderzoek ingesteld.'

'Kunt u iets meer vertellen?'

'Nee.'

'Maar u leidt het vooronderzoek?'

'Ja.'

'Wat onderzoekt u?'

'Een mishandeling.'

'In uw eerste berichtgeving over de gebeurtenis was hij dood. Wat kunt u daarover zeggen?'

'Dat was een vergissing.' De man aan de andere kant van de lijn kuchte.

'Dus hij leeft nog?' vroeg Alexandra.

'Ja.'

'Wat kunt u over de mishandeling zeggen?'

'Er is sprake van bruut geweld, dat met grote wreedheid is uitgeoefend.'

'We hebben informatie dat de man aan de muur van een schuur is gespijkerd, klopt dat?'

Stilte.

'Kunt u bevestigen dat...?' ging ze verder, maar ze werd in de rede gevallen.

'Ja, dat klopt.'

'Wanneer is hij gevonden?'

'Vanochtend vroeg.'

'Hoelang was de man vastgespijkerd geweest?'

'Dat kan ik niet zeggen.'

'Oké. Wie heeft hem gevonden?' vroeg ze terwijl ze door haar aantekeningen bladerde.

'Een boer uit de omgeving.'

'Maar toen dachten jullie dat de man dood was?'

'Ja.'

'Wanneer kwamen jullie erachter dat hij nog leefde?'

'Tijdens het onderzoek van de plaats delict.'

'Waarom niet eerder?'

Het was even stil.

'De omstandigheden waren zodanig dat we ervan uitgingen dat hij dood was.'

Ze stelde nog een paar vragen over het slachtoffer en vroeg waar de schuur stond, ze checkte de spelling van Carl Edsons naam en beëindigde toen het gesprek.

Alexandra keek uit over de redactie. Een verslaggever die om onduidelijke redenen Bocke werd genoemd liep naar de desk om een klus af te stemmen die hij toegewezen had gekregen. Tegenover haar zat Nicklas Dahl met oordopjes in een artikel te schrijven. Filip en Lisbeth waren weer uit het keukentje gekomen en zaten achter hun bureau.

Alexandra zag de dode man voor zich, vastgespijkerd aan de muur van de schuur, en hoe hij vervolgens tot leven was gekomen. Het beeld was heel duidelijk, met onaangenaam scherpe details, en ze moest het van zich af schudden om te kunnen terugkeren naar het hier en nu van de nieuwsredactie.

Ze opende een nieuw, leeg document op haar computer en begon te typen.

Twintig minuten later las ze de tekst door. Die was oké. Het had slechter gekund, vond ze. Ze voegde een plattegrond van Rimbo met de E18 toe en schreef onder de afbeelding: Hier werd het gemartelde slachtoffer gevonden.

'Ik publiceer het nu,' riep ze naar Marvin.

'Mooi!'

***

Alexandra Bengtsson was al dertien jaar verslaggever bij *Aftonbladet*, maar haar carrière verliep in een dalende lijn. Gedurende korte tijd was ze genoemd als mogelijke nieuwschef. Ze had het rookieprogramma gevolgd, en verschillende cursussen. Daarna was ze weer als verslaggever aangesteld. Ze had gevraagd waarom, maar had nooit een echt antwoord gekregen.

In haar jeugd wilde ze schrijver worden, maar haar ouders zagen een toekomst als wetenschapper voor haar. Dus haar vader sloot op zijn eigen manier een compromis en liet haar medicijnen studeren. Dat was de voorwaarde voor een genereuze toelage, waarvan ze tijdens haar studie riant kon leven. Maar ze hield het niet vol. Negentien jaar geleden was ze op een woensdag in april na drie jaar geneeskunde met de studie gestopt en overgestapt naar de menswetenschappen: Zweeds, Engels, filosofie, literatuurwetenschap. Diezelfde dag nog werd haar toelage stopgezet.

'Mijn geld gaat niet naar dat soort flauwekul!' had haar vader gezegd.

Alsof hij een overblijfsel was uit een verdwenen hoogburgerlijk tijdperk.

Toen een paar jaar later haar geld op was, verliet Alexandra de universiteit. Ze had geen enkel examen gehaald en eigenlijk helemaal geen opleiding gehad, op een heleboel zinloze cursussen menswetenschappen na.

Twee maanden later verkocht ze haar eerste artikel aan een weekblad voor drieduizend kronen.

Twee jaar later begon ze als zomerkracht bij *Aftonbladet*. Na verloop van tijd trouwde ze met Erik, die ze tijdens haar studie had leren kennen. Ze kregen kinderen, David en Johanna, en vijf jaar geleden waren ze gescheiden.

'Hoe gaat het?' vroeg een stem achter haar.

Ze draaide haar stoel rond en keek tegen het brede postuur van Marvin aan, die naast haar stond.

'Ik probeer de plaats waar hij is gevonden te vinden op de kaart. Ik denk dat ik hem hier heb...'

Ze wees naar het scherm met Google Maps. Marvin zette zijn bril op en keek.

'Heb je contacten bij de politie?'

Ze schudde haar hoofd.

'Nee, ik heb alleen de vooronderzoeksleider gesproken, Carl Edson van de Nationale Operationele Afdeling. Ik heb nog geen contact gehad met de politie van Stockholm-Noord.'

'En de perscontacten?'

'Die zeggen hetzelfde als Edson. Of eigenlijk nog minder.'

'Oké, we moeten getuigen zien te vinden. Mensen die in de buurt wonen. De boer die hem heeft gevonden, zoek die op. Vraag Olle welke fotograaf met je mee kan gaan en dan gaan jullie naar...'

Hij boog zich weer over het scherm.

'Wat was het ook weer? Rimbo?'

'Ja.'

Marvin liep terug naar de desk.

'Weet jij trouwens wie de tip heeft gestuurd?' vroeg Alexandra.

Hij bleef staan en keek haar aan.

'Stond dat niet in de mail?'

'Een fictieve naam.'

Marvin maakte een gebaar dat ze zich daar niet druk over moest maken.

'Vast iemand van de politie,' zei hij.

'Weet je dat zeker?'

'Nee, maar wie heeft het anders over "vooronderzoeksleider"? Kom op, zeg!'

'Oké, ik vroeg het me gewoon af.'

Marvin had zich al omgedraaid. Ze raapte haar schrijfblok en pen bij elkaar en liep naar de beeldredacteur.

De onrust kriebelt in mijn lijf en in mijn benen en ik kan niet stilliggen. Elke nacht word ik op hetzelfde tijdstip wakker. Ik probeer het me te herinneren, maar dat lukt niet. Er ontbreken hele stukken en ik weet niet waar ik in die tijd ben geweest of wat ik heb gedaan.

De eerste keer was het ergst. Toen kwam al het geweld met enorme kracht op me af. Het geschreeuw, het bloed, de witte botten, de geluiden...

De geluiden zijn het ergst. Die gaan in je zitten, daar is geen verweer tegen. Die geluiden draag ik sindsdien bij me. Ze galmen door mijn hoofd wanneer ik probeer te slapen. Gewrichten die het begeven, botten die worden verbrijzeld. Ik herinner me het zomerhuisje. Het gras van vorig jaar dat zich over de verandatrap boog, berken en frambozenstruiken die wortel hadden geschoten op het pad ervoor. Daar was al een hele poos niemand meer geweest.

Ik reed in zijn auto het erf op. Toen ik de motor uitschakelde, waren in de stilte van de vroege lentenacht alleen het gesmoorde gekreun op de achterbank en het gekras van een bosuil vlakbij te horen. Ik moest denken aan mijn vader, die dat geluid had nagedaan toen ik klein was, met zijn handen om zijn mond. Een kort herinneringsbeeld, daarna werd het weer stil.

Ik sleepte hem aan het touw waarmee ik hem had vastgebonden naar binnen. Vervolgens spijkerde ik zijn handen en armen met het spijkerpistool tegen de brede, stevige vloerplanken.

In de verte hoorde ik een vrachtwagen terugschakelen. Het geluid droeg onnatuurlijk ver wanneer voor de rest alles rustig en stil was. Maar het was een vertrouwd geluid. Als een herinnering dat de echte wereld, de werkelijke wereld, er nog was. Dat dit maar een bubbel in de tijd was, dat ik naar die wereld kon terugkeren.

Toen hij even later schreeuwde en schokte op het moment van overlijden, was het andersom: alsof de benauwde kamer in het boerderijtje het echte was en de werkelijkheid alleen maar een verre droom.

Ik liet hem daar liggen en reed gewoon weg.

Toen ik zijn auto op het P+R-terrein in Vinsta bij Vällingby parkeerde, was het al vijf uur 's ochtends. Maar dat maakte niet uit, het parkeerterrein had geen videocamera's en er waren nog geen forenzen. Met mijn laatste krachten verplaatste ik mijn gereedschap snel van zijn auto naar de mijne, die daar die nacht geparkeerd had gestaan. Ik klapte de kofferbak dicht en reed weg.

Het volgende wat ik me herinner, is dat ik onder de douche stond. Rode strepen bloed liepen in het afvoerputje. Zijn bloed, niet het mijne.

Hoe ik thuis ben gekomen, waar ik mijn auto heb geparkeerd, hoe ik mijn appartement in ben gekomen en of iemand mij heeft gezien, dat weet ik allemaal niet meer, maar ik heb vaag het idee dat ik mijn zus onderweg ben tegengekomen.

We hebben elkaar in geen jaren meer gezien. Maar nu duikt ze op in droomachtige herinneringsflarden. Ze kijkt me beschuldigend aan. Daarna glijdt ze weer weg.

Ik verafschuw haar.

5

'Knik als je me verstaat!'

Carl Edson zat een eindje van Marco Holst af, die nog steeds bedwelmd in het ziekenhuisbed lag. Ze waren alleen in het vertrek. Witte wanden, blauw linoleum op de vloer, kaal en steriel. De deur naar de afdeling was dicht. In de stilte klonk het geschraap van Carls schoenzolen over de vloer wanneer hij ging verzitten gênant hard.

Hij vond het hier verschrikkelijk. De geur, de ziekenhuisgeur, daar lag het volgens hem aan. Die deed hem denken aan de ziekenhuisopname toen hij als kind aan zijn blindedarm werd geopereerd. Zijn ouders hadden hem maar één keer per dag mogen bezoeken. De rest van de tijd had hij op zijn rug liggen huilen omdat hij naar huis wilde. En de hele tijd had het precies zo geroken als nu. Hij was toen negen en had bijna een week in het ziekenhuis moeten blijven. Op het laatst had hij niet meer gehuild. Alsof hij een kamer in zijn binnenste was binnengegaan en de deur had gesloten. En daarna had hij niets meer gevoeld. Toen hij thuiskwam, was voor zijn gevoel alles veranderd. Zijn ouders, zijn broer... Alsof ze waren verwisseld terwijl hij in het ziekenhuis lag.

Een hese kuch van Marco deed hem terugkeren naar het verhoor. De zaalarts was er schoorvoetend mee akkoord gegaan. 'Hooguit een kwartier,' had ze gezegd. 'Hij is nog steeds wat suf na de operatie en hij heeft zware pijnstillers gekregen. Ik betwijfel of u iets uit hem kunt krijgen.'

Carl keek op zijn horloge. Het was bijna kwart voor twee. Hij had al vijf minuten verspild met vertellen hoe het gesprek in zijn werk zou gaan. Nu trok hij de stoel dichter naar het bed toe. De poten schraapten over de vloer.

'Oké, dan beginnen we,' zei hij en hij schakelde de videocamera in die hij had neergezet. 'Voor jouw informatie: we tillen heel zwaar aan wat jou is overkomen en hebben een vooronderzoek opgestart.'

Marco keek hem uitdrukkingsloos aan.

'Weet je wie jou dit hebben aangedaan?'

Marco bewoog langzaam zijn schouders.

'Betekent dat misschien?' vroeg Carl.

Marco knikte.

'Heb je ze gezien? Ik bedoel heb je hun gezicht gezien? Zag je wie het waren?'

Marco schudde zijn hoofd.

'Droegen ze een masker?'

Hij knikte.

'Oké. Waren ze met meer of...'

Hij bedacht dat hij ja-neevragen moest stellen.

'Was het één persoon?' vroeg hij.

Een hummend geluid en een knik.

'Heb je enig idee waarom die persoon jou dit heeft aangedaan?'

Hij schudde weer van nee.

'Ik ben hier om je te helpen, ik hoop dat je dat begrijpt. Maar je moet mij ook helpen.'

Marco maakte een futloos gebaar dat van alles kon betekenen.

'Een paar jaar geleden ben je veroordeeld voor een verkrachting,' ging Carl verder. 'In verband daarmee werd ook een aantal andere vergrijpen onderzocht. Wapenbezit, drugs, mishandeling. Is er naar jouw idee een verband tussen een van die vergrijpen en de marteling die je hebt doorstaan?'

Marco maakte opnieuw een onbestemd gebaar met zijn lichaam en lag daarna weer stil. Carl beheerste zijn ergernis over het gebrek aan fut van de man.

'Drugs?'

Marco maakte een beweging met zijn schouders, die Carl interpreteerde als 'misschien'.

'Of de verkrachting van dat meisje,' zei hij. 'Zou het wraak daarvoor kunnen zijn, denk je?'

Marco draaide langzaam zijn hoofd naar hem om. Even later zag Carl dat hij glimlachte: een smalle, nauwelijks zichtbare glimlach, alsof hij aan de verkrachting dacht en die opnieuw afspeelde in zijn hoofd.

Carl deed zijn best om zakelijk te klinken toen hij vervolgde: 'Oké, dus om het samen te vatten: je weet het niet zeker, maar je hebt wel een idee...'

Hij stopte.

'Je meent te weten wie jou dit heeft aangedaan. Mooi. Het kan met de verkrachting te maken hebben. Of het is wraak voor je eerdere activiteiten. We maken een lijst van mensen die in het laatste vooronderzoek figureren.'

Carl keek op zijn horloge.

'Als ik morgen weer kom, kunnen we die lijst dan doornemen?'

Marco lachte. Het klonk als een hese hoest.

'Wat is er zo grappig?' vroeg Carl.

Marco keek weer naar het plafond terwijl hij in zichzelf lachte, verdwenen in zijn eigen wereld.

'Goed,' zei Carl en hij stond op. 'Dan kom ik morgen terug.'

Marco had zijn ogen dicht; hij leek al te slapen.

Carl zette de stoel zachtjes aan de kant en ging weg.

6

‘Hier moet het zijn,’ zei Alexandra Bengtsson, terwijl Fredrik Ström, de fotograaf, afremde en de auto tot stilstand bracht.

Ze keek op van haar telefoon met Google Maps. Ze stonden op een smalle, hobbelige onverharde weg. Aan de rechterkant strekte zich een grote zwarte akker uit met tere groene scheuten, terwijl aan de linkerkant een smalle houtwal de weg volgde.

‘Waarom blijf je st–’ begon ze, maar ze maakte haar vraag niet af. Er stond een agent voor hen, die een stopteken gaf. Achter hem zag ze een blauw-wit afzetlint dwars over de weg.

Fredrik stapte uit, maar liet de motor draaien.

‘Hallo. Wij zijn van *Aftonbladet* en willen graag een paar foto’s maken,’ zei hij.

‘Het terrein is afgezet,’ zei de agent. ‘Ik moet jullie verzoeken buiten de afzetting te blijven.’

‘Hoe gaat het met die man?’

‘Dat kan ik niet zeggen. Dit is een plaats delict,’ zei de agent afwijzend.

‘Is de ambulance al weg?’ vroeg Fredrik verder.

De agent knikte met een uitdrukkingsloos gezicht.

‘Allang.’

‘Zijn hier nog mensen aan het werk?’

‘De politie en de forensisch onderzoekers.’

‘Kunt u iets zeggen over de mishandeling?’ mengde Alexandra zich in het gesprek.

De agent keek weg zonder te antwoorden.

‘Welke verwondingen had de man?’ ging Alexandra verder.

‘Lees dat maar in de krant. Ga bij de afzetting weg. Nu!’

Fredrik pakte zijn camera en maakte een paar foto’s met de agent en de politieauto op de voorgrond. Alleen als je goed keek, zag je op de achtergrond vaag het dak van de schuur tussen de bomen door schemeren. Na een paar foto's draaide de agent zich om. Fredrik stapte verontwaardigd in de auto.

'Hoe kunnen ze nou half Rimbo afzetten, verdomme? Er valt geen fatsoenlijke foto te maken.'

Wat had hij dan verwacht, dacht Alexandra terwijl ze naast hem op de bijrijdersstoel ging zitten.

'Nou, wat nu?' vroeg hij.

'We moeten de boer te pakken zien te krijgen die de man heeft gevonden. Ik heb een adres waar we mee kunnen beginnen.'

Fredrik reed achteruit naar een parkeervak waar hij kon keren.

'Onderweg zag ik een zomerhuisje,' zei ze. 'Dat leek hoog te liggen. Misschien kunnen we daarvandaan betere overzichtsfoto's maken. We komen er op de terugweg toch langs.'

'Nee.'

'Ik dacht alleen...'

'Die foto hebben we al.'

Hij scheurde weg. Zo uitte hij zijn emoties, bedacht ze: met zijn Volvo, met zijn manier van rijden.

En nu was hij gepikeerd, vermoedelijk omdat hij vond dat zij zich met zijn werk bemoeide.

'Hier is het in elk geval,' zei ze onverschillig toen ze de smalle oprit naar het zomerhuisje naderden. 'Volgens Google is het maar een meter of honderd naar de schuur...'

Ze wist dat hij zou afslaan, dat hij geen slecht werk zou kunnen leveren. Niet bewust. Maar hij zei niets toen de auto over de hobbels en kuilen van de oprit hotste. Zwijgend parkeerde hij op het erf achter het huis en stapte uit. Ze glimlachte in zichzelf toen ze het portier opende en achter hem aan liep.

Zo te zien was er sinds de winter niemand meer in het zomerhuisje geweest. Er lag een laag bladeren op het grasveld. Midden op het erf stond een ouderwetse pomp, afgebladderd en roestig. Dood gras van vorig jaar strekte zich uit over de trap naar de voordeur. Fredrik liep ernaartoe en voelde aan de kruk. De deur zat op slot.

Alexandra boog zich naar voren en keek door het raam van wat de grote kamer moest zijn. Voor een open haard zag ze meubels met witte lakens erover dicht tegen elkaar aan staan.

'Er is niemand thuis,' zei ze en ze ging rechtop staan.

Fredrik wrong zich langs haar heen over de smalle veranda.

'Nee, nee,' zei hij ironisch.

Ze liep achter hem aan om het huis heen naar een zonneterras aan de achterkant.

Vanaf hier kon je de schuur en de politieafzetting duidelijk zien, ruim honderd meter verderop achter de houtwallen.

'Oké, dit is niet verkeerd,' zei Fredrik en hij tilde zijn camera op.

Ze wist dat het een compliment was. Het feit alleen al dat hij de foto maakte was een blijk van erkenning.

Op weg terug naar de auto zag ze een zwart glimmend voorwerp in het gele gras liggen, vlak bij Fredriks laars. Ze bukte en pakte het op: een autosleutel.

'Ben je iets kwijt?' vroeg ze.

'Hè?'

Fredrik bleef staan en draaide zich om. Ze liet de autosleutel voor zijn neus heen en weer bungelen.

'Van jou?'

Hij keek ernaar, stak zijn hand in zijn zak en haalde een soortgelijke sleutel tevoorschijn.

'Hier is de mijne. De sleutel die jij daar hebt is van een BMW.'

Hij nam hem van haar aan en draaide hem om in zijn hand.

'Hij ziet er onbeschadigd uit. Die kan hier niet de hele winter hebben gelegen. Maar er zitten wel vlekken op, zie je?'

Hij wees naar het blauw-witte BMW-logo, dat voor de helft schuilging onder een donkerbruine vlek.

'Ja?' zei ze.

'Snap je het niet?'

'Nee.'

'Dat lijkt wel bloed. Begrijp je wiens sleutel dit kan zijn?'

7

Het vertrek was klein en had geen ramen. Het lag op de derde etage van het politiebureau in Kungsholmen. Tot voor kort was het een magazijn geweest, maar in verband met een verbouwing van hun eigen kamers moesten Carl Edson, Simon Jern en Jodie Söderberg het bedompte vertrek nu als teamkamer gebruiken. Ze stonden ieder bij een versleten en bekrast bureau hun persoonlijke spullen uit te pakken.

Toen ze daarmee klaar waren, namen ze plaats op stoelen waarbij het gele schuimrubber uit de zitting stak en die piepten onder hun lichaamsgewicht.

'Zo,' zei Carl en hij hing een foto van Marco Holst op aan de ene korte muur. 'Zullen we beginnen met een samenvatting van de stand van zaken?'

Jodie en Simon keken op van hun computer. Op hetzelfde moment klonk de intro van 'The Final Countdown' van Europe.

Carl pakte met een gegeneerde glimlach zijn telefoon op – de beltoon was zijn dochters idee van een goede grap – en keek op de display.

'Het is Wallquist,' lichtte hij toe en hij drukte op de groene knop.

Forensisch onderzoeker Lars-Erik Wallquist stond erom bekend dat hij maar één keer belde. Daarna verwees hij naar het verslag en wilde niet meer over de zaak praten. Het gevolg daarvan was dat iedereen opnam als hij belde.

'Hallo, hoe gaat het met je?' vroeg Carl beleefd in een poging de forensisch onderzoeker in een goed humeur te brengen.

'Jullie hebben een autosleutel ingeleverd,' zei Lars-Erik. 'Die een paar zwakbegaafde journalisten honderd meter van de plaats delict hadden gevonden. Van een BMW.'

Lars-Erik zweeg even, alsof hij in zijn papieren keek.

Carl wist dat hij dat voor het dramatische effect deed. Wallquist had nooit papieren nodig. Het zat allemaal in zijn hoofd.

'Er zat bloed op,' zei hij. 'Dat hebben we geanalyseerd. Ik neem aan dat je wilt weten of het met dat van het slachtoffer overeenkomt?'

'Ja, graag.'

'Dat is het geval. Het is het bloed van Marco Holst. Honderd procent zeker.'

'Is het ook zijn auto?'

'Om te beginnen is het een BMW X3,' zei Wallquist, alsof hij Carl niet had gehoord. 'Een soort kleine stadsjeep. Vorig jaar uit Duitsland ingevoerd. Drie jaar oud. Een eigenaar in Zweden. Fadi Sora.'

'Fadi Sora?' vroeg Carl.

'Sora is drie jaar geleden opgepakt voor het dealen van hasj, hij is voorwaardelijk vrijgekomen op grond van zijn jeugdige leeftijd en sindsdien niet opnieuw opgepakt. Maar we hebben zijn vingerafdrukken nog. En die komen overeen met de afdrukken op de sleutel. Wil je zijn woonadres?'

'Ja, graag,' zei Carl.

Hij trok een schrijfblok naar zich toe en schreef snel het adres in Fruängen op.

'Dank je wel. Schitterend werk.'

'Nog één ding, trouwens,' zei Lars-Erik.

'Ja?'

'We hebben kauwgum gevonden in de schuur, vlak bij de deuren. Die heeft iemand uitgespuugd. Nicotinekauwgum.'

'De dader?'

Lars-Erik zuchtte.

'Hoe moet ik dat nou weten? We hebben het DNA gecheckt, maar tot nu toe hebben we geen match gevonden in de bestanden. Als jullie Fadi Sora vinden, kunnen we hem vergelijken met het kauwgumpje.'

'Hebben we zijn DNA niet?'

'Nee, kennelijk niet.'

'Waarom...' begon Carl, en zweeg toen weer.

'Hij zal wel te jong zijn geweest of zo,' zei Wallquist. 'En het is niet mijn taak om bij iedere kruimeldief die in het huis van bewaring terechtkomt een DNA-test af te nemen.'

'Nee, natuurlijk niet,' zei Carl.

'Maar...'

Lars-Erik zweeg. Carl kon hem horen ademhalen in de telefoon. '...als je het mij vraagt, denk ik niet dat deze dader een autosleutel weggooit en een kauwgumpje op de grond spuugt.'

'Oké?'

'Er is geen haar of vingerafdruk van hem te vinden op de plaats delict. En zo onzichtbaar zijn is niet gemakkelijk, kan ik je vertellen.'

'Dus?'

'Het kauwgumpje kan van de boer zijn. We hebben zijn DNA afgenomen, maar het nog niet kunnen matchen.'

'Mooi,' zei Carl.

'Of het kan van iemand anders zijn.'

'En de sleutel?'

'Ja, wat is daarmee?' vroeg Lars-Erik.

'Ik vroeg me gewoon af of daar meer over te zeggen viel.'

'Dan had ik het wel gezegd.'

'Ja, natuurlijk. Sorry.'

'Maar nu je het er toch over hebt. Ik was niet van plan geweest het te zeggen, het is jouw werk...'

'Ja?' zei Carl.

'Hoe kan hij in vredesnaam weggereden zijn zonder autosleutel? Dan moest de auto er toch nog hebben gestaan? En voor zover wij hebben gezien staat er daar geen BMW-jeep in de bosjes.'

'Nee,' zei Carl peinzend. 'Daar heb je gelijk in. Tenzij er twee sleutels waren.'

'Niet erg waarschijnlijk,' zei Lars-Erik. 'Je krijgt een verslag.'

Carl hoorde een klik en daarna was het stil.

'Wat zei hij?' vroeg Simon.

'Dat we een verdachte hebben,' zei Carl. 'Fadi Sora, woont in Fruängen.'

Hij bracht in het kort verslag uit van zijn gesprek met Wallquist.

'Denk je echt dat Fadi Sora Holst heeft opgehangen?' vroeg Jodie toen hij uitgesproken was. 'Dat met dat kauwgumpje en de autosleutel is wel erg...'

Ze spreidde haar armen. Het was maar een gevoel dat ze had.

'Kom op nou,' zei Simon. 'Het zou toch wel heel gestoord zijn als we honderd meter van de plaats van een marteling de autosleutel van een bekende misdadiger vinden, op het *fucking* platteland, zonder dat hij er iets mee te maken heeft? Dat bestaat niet.'

Carl keek hem aan.

'Nee,' zei hij. 'Je hebt gelijk. Natuurlijk gaan we met hem praten. Hoe was het trouwens bij de eigenaren van het zomerhuisje?'

Simon pakte een schrijfblok van zijn bureau, bladerde snel naar de juiste bladzijde en begon voor te lezen.

'"Een echtpaar van middelbare leeftijd, achtendertig en veertig jaar oud. Johan en Elin Wernström. Ze hebben het boerderijtje al vier jaar in hun bezit. Ze zijn er dit jaar nog niet geweest. Te koud."'

Simon keek op van zijn schrijfblok.

'Wat onzin is, want we hebben al een paar warme weekends gehad...'

'Kunnen ze iets met Marco Holst te maken hebben?' viel Carl hem in de rede.

Simon schudde zijn hoofd.

'Nee, geen schijn van kans. Ze werken allebei in de zorg, hij als arts en zij als verpleegkundige. Gisteren waren ze bij vrienden te eten. Ik heb navraag gedaan bij die vrienden en die hebben dat bevestigd. Bovendien heb ik zelfs geen boete voor te hard rijden bij hen gevonden. Meneer en mevrouw Braverik.'

'Mooi,' zei Carl. 'Dan gaan we naar Fruängen om een bezoek te brengen aan...'

Hij keek op het briefje waarop hij de naam had genoteerd.

'...Fadi Sora.'

8

De redactie was bijna verlaten toen Alexandra Bengtsson terugkwam uit Rimbo. De nieuwsredacteuren en de verslaggevers hadden een vergadering. Alleen Per zat bij de nieuwsdesk en was met de website bezig. De foto's van Fredrik zaten al in het systeem; op het moment van fotograferen werden ze meteen vanaf de camera doorgestuurd.

Alexandra moest haar schrijfwerk nog doen. Ze liep naar haar plaats en logde snel in op de computer om de voorpagina te bekijken. Haar artikel van die ochtend was naar beneden gezakt en stond nu bijna helemaal onderaan. De site opende nu met een auto-ongeluk op de E4, een aanrijding van een personenauto en een vrachtwagen, een dode en een aantal gewonden. Kilometerslange files, luidde de onderkop.

Ze legde haar schrijfblok naast zich neer, opende het publicatieprogramma en begon te typen: Getuige martelmishandeling: 'Nog nooit zoiets ergs gezien.'

Nadat ze de autosleutel op het erf van het zomerhuis hadden gevonden en er foto's van hadden gemaakt, hadden ze het adres opgezocht van de boer van wie de schuur was.

Toen ze het erf op reden, was de boerin meteen naar hen toe gekomen om te vertellen dat haar man op het land was. Ze hadden er een halfuur over gedaan om hem te vinden, maar daarna had hij, tegen zijn tractor geleund, bereidwillig verteld over die ochtend.

De autosleutel zou een eigen artikel krijgen: 'Journalist vindt autosleutel – verband met martelmishandeling.'

Opeens klonk er weer geroezemoes van stemmen op de redactie. Ze keek op van haar scherm. De nieuwsredacteuren en verslaggevers waren klaar met vergaderen. Marvin kwam meteen naar haar toe.

'Ben je opgeschoten?' vroeg hij.

'We hebben de boer die het lichaam heeft gevonden,' zei ze. 'En een autosleutel.'

Ze vertelde over de vondst en dat ze de sleutel hadden afgegeven bij de politie.

Hij knikte.

'Waren er nog anderen daar? *Expressen*? De televisie?'

'Nee, ik heb niemand gezien. Wij waren daar als enigen.'

'Mooi. Vooruit, papier in de machine.'

Ze knikte, maar hij praatte meteen weer door: 'Hoe gaan we hiermee verder?'

Daar had ze nog niet over nagedacht.

'Wat weten we over het slachtoffer?' vroeg hij.

'Een bekende van de politie, dat is alles.'

'Kijk eens of we zijn identiteit kunnen krijgen. Misschien kan het een achtergrondartikel worden.'

'Oké.'

'Wat zegt de politie over het motief?'

'Volgens de onderzoeksleider houden ze alles open.'

Marvin fronste zijn voorhoofd.

'Een bekende van de politie. Het is vast een afrekening tussen verschillende bendes. Maar schrijf nou maar!'

Marvin grijnsde alsof het een grap was.

Alexandra snapte hem niet.

9

Het appartement van Fadi Sora bevond zich in de Fruängsgatan, in een flat van drie verdiepingen. Het pleisterwerk had een onbestemde beigegrijze tint, die waarschijnlijk toegeschreven kon worden aan verontreiniging door uitlaatgassen vanaf de snelweg een paar honderd meter verderop. Voor het pand liep een korte U-vormige toegangsweg. Eigenlijk was het een geasfalteerd plein met parkeerplaatsen in het midden, waar een rijstrook omheen was geschilderd. Er was geen zandbak of schommel voor kinderen. Het maakte allemaal een zielloze indruk.

'Rijd er maar omheen,' zei Carl. 'Dan zien we of de auto er staat.'

Simon reed langzaam langs de geparkeerde auto's, stopte bij een zwarte BMW, maar ontdekte dat die niet het goede kenteken had en reed stapvoets verder. Toen ze het einde van het parkeerterrein hadden bereikt leunde Carl achterover op zijn stoel.

'Parkeer maar een eindje van de voordeur,' commandeerde hij.

Simon reed nog een rondje en parkeerde aan de andere kant van de voordeur. Hij liet de motor draaien. Ze bleven even naar het pand zitten kijken.

'Nou, dan zullen we maar eens aanbellen,' zei Carl.

***

Fadi Sora woonde op de eerste verdieping. De portiek was schoon en netjes. Het rook er naar schoonmaakmiddel, beton en baksteen. Op de deur van het appartement stond: F. SORA. Geen opgeplakte briefjes met handgeschreven namen. Carl drukte op de bel en wachtte. Er gebeurde niets. Hij belde nog eens.

'Niemand thuis,' zei Simon teleurgesteld en hij klikte de holster van zijn dienstpistool weer dicht.

Carl opende de brievenbus en keek de hal in.

'Zo te zien is hij al een tijd niet meer thuis geweest. Er ligt een grote berg post en reclame op de mat.'

Jodie keek naar de sticker op de deur met de duidelijke mededeling: GEEN RECLAME A.U.B.

'Het is verboden om reclame door de bus te gooien wanneer er zo'n sticker op zit,' zei ze.

Simon rolde met zijn ogen. Carl schonk geen aandacht aan hen, liep de overloop over en belde bij de volgende deur aan.

Na een tijdje deed een oudere vrouw die aarzelend op een kiertje open.

'Dag, mijn naam is Carl Edson, ik ben van de politie.'

'De politie?' vroeg ze en ze keek hem onderzoekend aan.

'Recherche.'

'O.'

'Mogen we binnenkomen?'

Ze weifelde even, maar liet hen toen binnen in een appartement met oude kanten kleedjes en zware bruine meubels. Een ouderwets, met rood pluche bekleed bankstel in de woonkamer deed Carl denken aan de bioscoopstoelen waar hij als kind op had gezeten wanneer hij met zijn vader naar de film ging. Met een traag gebaar nodigde ze hen uit plaats te nemen. Dit was duidelijk de mooie kamer. De meubels zagen er bijna ongebruikt uit en Carl begreep dat ze zich afvroeg of ze hen niet beter mee naar de keuken had kunnen vragen.

'Kan ik u iets aanbieden? Koffie?'

'Nee, dank u,' zei Carl, voordat de anderen iets konden zeggen. 'We willen alleen een paar korte vragen stellen over uw buurman, Fadi Sora.'

Ze keek hem opeens geïnteresseerd aan.

'Wat heeft hij gedaan?'

'Niets,' zei Carl. 'We willen alleen met hem in contact komen.'

'Wanneer hebt u hem voor het laatst gezien?' kwam Simon ertussen.

Carl wierp hem een blik toe die zei dat hij zich gedeisd moest houden. Wat Simon precies tien seconden deed.

'Weet u dat nog?'

'Tja, dat weet ik niet zo precies. Hier merk je niet zoveel van je buren.

Het is een rustige, stille portiek. De meesten zijn al wat ouder, net als ikzelf.'

'Ik begrijp het,' zei Carl. 'Maar weet u of het een dág geleden is? Een week? Een maand?'

Ze dacht na, terwijl ze met haar hand een niet-bestaande kreukel in het kleedje op de ronde salontafel gladstreek.

'Dat moet toch wel een paar dagen geleden zijn. Eens kijken. Ik heb hem gezien toen Elsa de laatste keer bij me was, en dat was woensdag. Ja, precies, vorige week woensdag.'

'Weet u dat zeker?'

'Ja. Sindsdien heb ik hem niet meer gezien of gehoord. Is hem iets overkomen?'

Carl schudde zijn hoofd.

'Niet dat wij weten. Zoals gezegd, we willen alleen met hem in contact komen.'

'Merkte u iets bijzonders aan hem toen u hem zag?' vroeg Jodie.

De vrouw keek haar niet-begrijpend aan.

'Wat dan?'

Jodie spreidde haar handen.

'Dat hij anders deed dan anders. Iets wat u aan het denken zette.'

De oude vrouw schudde haar hoofd.

'Er is me niets opgevallen,' zei ze. Ze leek het jammer te vinden dat ze hen teleurstelde.

'Dank u wel,' zei Carl en hij stond op. 'We nemen weer contact op als we nog iets willen weten.'

Toen ze in het trappenhuis stonden, hoorden ze dat de vrouw een veiligheidsketting op de deur deed en toen ze de portiek uit kwamen, zagen ze haar achter het gordijn staan, vanwaar ze hen volgde met haar blik.

'Ik bel Daniel Sandén,' zei Carl. 'Daarna zorgen we dat we hier een slotenmaker krijgen.'

Hij ging een eindje verderop staan en belde de officier van justitie. Die stond niet te springen om hun een huiszoekingsbevel te geven, maar Carl wist hem over te halen.

Hij belde de slotenmaker, gaf hem het adres en zei dat hij moest opschieten.

'We lopen een rondje en zoeken nog een keer naar de auto,' zei hij toen hij klaar was.

Ze verspreidden zich en liepen door de wijk. Tien minuten later stonden ze weer op de stoep voor de portiek van Fadi Sora.

'Niks,' zei Jodie.

Simon schudde zijn hoofd.

'We laten de auto opsporen,' zei Carl. 'En Fadi Sora ook. Als we geluk hebben, is hij onze man.'

'Geluk?' zei Simon. 'Het is zo duidelijk als wat dat die vent schuldig is.'

'Dat hoeft niet,' zei Jodie. 'Wallquist heeft gelijk. Het klopt niet. Een dader die geen sporen achterlaat op de plaats delict laat niet zomaar een bebloede autosleutel achter als hij wegrijdt.'

'Als hij wegrijdt?' zei Simon. 'Hij had toch verdomme geen sleutel?'

Jodie keek hem verbaasd aan.

'Het was een transpondersleutel, heeft Wallquist dat niet gezegd? Bij zo'n *keyless* systeem hoef je alleen de motor maar te starten om te kunnen rijden. Er knippert een sleutellampje op het dashboard, maar zolang de motor niet wordt uitgeschakeld kun je zo ver rijden als je maar wilt.'

Een tijdlang zei niemand iets.

'Dus jij zegt dat hij zijn auto misschien bij het zomerhuisje had geparkeerd, dat hij daarnaar terug is gegaan nadat hij Marco had gemarteld, de auto heeft gestart en zonder sleutel is weggereden?' vroeg Simon.

'Ik zeg alleen dat het kan,' zei Jodie.

'Maar je zei toch dat er een sleutellampje knippert?' zei Carl. 'Had hij dan niet gewoon terug moeten rijden om de sleutel op te halen?'

'Dat heeft hij misschien ook wel gedaan,' zei Simon. 'Alleen kon hij hem niet vinden. En was te gestrest om goed te zoeken. Ook al is dit een door de wol geverfde klootzak, hij moet toch flink wat adrenaline in zijn lijf hebben gehad.'

Op dat moment kwam een wit bestelwagentje van een Frans model met NISSES SLOTEN & BEVEILIGING erop voorrijden. Nisse, of wie het ook was, had minder dan vijf minuten nodig om de deur van het appartement van F. Sora open te maken.

'Oké, mensen,' zei hij toen hij klaar was. 'Nu moet ik naar een andere klus. Jullie moeten de deur maar achter jullie verzegelen.'

Carl knikte verstrooid en stapte voorzichtig over de stapel post en reclame achter de voordeur heen. De hal was klein en smal, met links een kledingkast. Hij liep langzaam door naar de woonkamer. Daar bleef hij staan.

Op de salontafel lag een keurige stapel van pakjes Marlboro. Hij pakte een potlood en duwde tegen het bovenste pakje en daarna tegen de volgende.

'Ze zijn leeg,' zei hij. 'Alle pakjes zijn leeg.'

'Misschien is die gozer een kettingroker,' zei Simon.

'Maar waarom zou hij de lege doosjes bewaren?'

Carl haalde zijn schouders op en keek om zich heen in het appartement.

'Er staan geen asbakken,' zei hij. 'Het ruikt niet eens naar sigaretten.'

'Nou, wat denk je?' vroeg Jodie.

Carl keek haar peinzend aan.

'Dat weet ik eerlijk gezegd niet.'

Simon was naar de balkondeur gelopen en had naar buiten staan kijken. Nu draaide hij zich om.

'Als je het mij vraagt, heeft Fadi Marco gemarteld, is hij de sleutel kwijtgeraakt en blijft hij nu weg.'

'Natuurlijk. En die sigarettenpakjes?' vroeg Jodie.

'Die spaart hij vast. Dat doen kinderen ook. Kroonkurken, verzamelplaatjes, sigarettenpakjes. Weet ik veel. Soms zijn dingen... gewoon dingen. Er staat trouwens ook geen asbak op het balkon. Ik heb gekeken.'

'Oké,' zei Carl. 'We zullen Wallquist vragen of hij hier een kijkje komt nemen.'

10

'Ik heb de identiteit van het slachtoffer,' zei Alexandra Bengtsson tegen Marvin, die ronddraaide op zijn stoel bij de desk en glimlachte.

'Goed zo,' zei hij. 'Wie is het?'

'Marco Holst. Ik heb hem even gegoogeld. Een bekende crimineel. Een paar jaar geleden hebben we over hem geschreven in verband met een nare verkrachtingszaak. Hij had een veertienjarig meisje verkracht in het Tanto-park. We hebben de uitspraak gepubliceerd met zijn naam en foto erbij.'

'Zijn er geen vermoedens dat het om wraak kan gaan? Voor het meisje?'

'Niet dat de politie heeft gezegd.'

'De mishandeling is vermoedelijk iets tussen verschillende criminele groeperingen,' zei hij en hij keek teleurgesteld.

'De marteling,' verbeterde ze.

'Ja, je hebt gelijk, marteling is goed. Dat is ontzettend spannend. Hebben we daar meer over?'

'Ik heb wel wat over zijn verwondingen.'

'Kunnen we daarover schrijven?'

Ze wiebelde onzeker met haar hoofd.

'Ze zijn behoorlijk schokkend.'

'Schrijf zoveel over de marteling als voor jou gevoel kan, dan lees ik het straks wel.'

'En de naam? Kunnen we daarmee naar buiten gaan?'

'Daar wachten we nog even mee,' zei hij.

'Oké.'

'Was hij lid van een bende, trouwens?'

'Daar hebben we toen niets over geschreven,' zei ze.

'Ga het na.'

Marvin boog zich naar voren en roffelde met zijn wijsvingers op het bureau.

'Papier in de machine,' zei hij.

Alexandra haatte die stomme uitdrukking.

11

Carl Edson parkeerde vlak naast de deur van de kleine driekamerflat waar hij woonde, aan de zuidkant van Stockholm. Hij had geluk. Zo gemakkelijk was het vaak niet om een parkeerplek te vinden.

Door de zijruit kon hij de drie ramen van het appartement op de tweede verdieping zien. De beigebruine gordijnen voor het raam van de woonkamer, de balkondeur, de lamp aan het plafond.

Hij zag Karin bewegen achter de blauwe keukengordijnen, verlicht door de spotjes aan het plafond. Ze deed de koelkast open, haalde er iets uit en deed hem weer dicht; ze rommelde in de laatjes onder het aanrecht. Hij kon zich haar geur voorstellen en hoe het rook in de keuken na het eten.

Karin Hofstad was zijn vriendin, ze woonden samen. Vier jaar geleden hadden ze elkaar ontmoet, toen Karin pas was gescheiden en hij al heel lang. Na zijn mislukte huwelijk had hij niet meer op een nieuwe relatie gerekend. Hij was niet sociaal. Niet iemand naar wie de mensen toe kwamen.

En toen was Karin vanuit het niets zijn leven binnengereden. Letterlijk. Ze was van achteren tegen hem aan gebotst op Norr Mälarstrand toen hij voor rood was gestopt. Ze had geprobeerd achteruit te rijden, als om het ongedaan te maken. Daarna was ze uitgestapt, had een warrig verhaal opgehangen en haar excuses aangeboden. Ze had een blond pagekapsel gehad, lichtblauwe ogen en een grote, nerveuze glimlach.

Hij was van plan geweest haar de huid vol te schelden. In plaats daarvan was hij koffie met haar gaan drinken.

Nu zat hij in de auto en zag haar verdwijnen in de diepte van de bank in de woonkamer. De tv stond aan. Hij kon het flikkerende licht tegen de muren zien. Hij keek op zijn horloge. Kwart over negen. Een actualiteitenprogramma, raadde hij. *Aktuellt* of zoiets. Het raam naast de woonkamer was donker. De kamer van Linda, zijn dochter uit zijn gestrande huwelijk. Ze woonde het grootste deel van de tijd bij haar moeder, maar was om de week een weekend bij Carl, en wanneer ze ruzie had met haar moeder. Maar meestal was de kamer leeg en donker. Zoals vanavond.

Hij leunde achterover op de bestuurdersstoel. Het was bijna helemaal donker. De straatlantaarns verspreidden cirkels van licht over de pas geveegde straat. Zijn auto rook naar pizza. De doos lag op de bijrijdersstoel naast hem. Hij had hem op weg naar huis gekocht toen hij honger had. Nu was de honger verdwenen, net als het verlangen om thuis te komen en gezellig naast Karin op de bank voor de tv te zitten.

Hij liet zijn handen op het stuur liggen en keek naar de verlaten voorstadstraat. Hij wachtte. Waarop wist hij niet, maar op de een of andere manier voelde hij zich hier thuis, in het niemandsland tussen werk en thuis. Geen eisen. Niemand die hem in de gaten hield. De tijd aan hemzelf.

Hij deed zijn ogen niet dicht, maar zat met een lege blik voor zich uit te staren. Een paar voetgangers liepen snel en doelbewust over het trottoir, werden door de straatlantaarns verlicht en verdwenen weer in het duister. Waarschijnlijk op weg naar huis vanaf metrostation Skärmarbrink, een paar honderd meter verderop.

Daarna was het trottoir weer leeg.

Toen hij weer op zijn horloge keek, was het na tienen. Hij opende het portier en stapte uit. Hij nam de pizza mee, stak de straat over en liep de portiek in.

12

Alexandra Bengtsson dekte de tafel voor drie. Ze zette een pan met pasta en een koekenpan met gehaktsaus neer.

Ze was moe, ze had hoofdpijn en ze was nog steeds niet tot rust gekomen na de werkdag. Haar artikel over de achtergrond van Marco Holst was een tijdje nummer drie geweest op de site, maar was nu naar het midden afgezakt. Toch was dat best prima.

'Johanna!' riep ze.

Geen reactie. Toch was het appartement niet groot, een bescheiden vierkamerflat op de kruising Renstiernas gata-Kocksgatan, een van de weinige huurappartementen die er nog waren. Hiervóór had ze een eenkamerflat gehad en ze had mazzel gehad dat ze die tegen dit appartement had kunnen ruilen.

Op zoek naar haar dochter mopperde ze over alle schoenen die door de hal slingerden. In de woonkamer raapte ze een shirt van haar dochter van de vloer, samen met de oortjes van haar iPhone. Er hing een deken over de rugleuning van de bank, op de salontafel stond een halfvol glas met iets wat eruitzag als yoghurt en daarnaast lag een rottende bananenschil.

'Gadver,' mopperde ze, 'dat nou niemand zijn eigen rommel kan opruimen!'

Helemaal achteraan was haar gecombineerde slaap- en werkkamer. Ze klopte op de deur ernaast.

'Johanna,' zei ze met haar mond tegen de deur.

Toen ze geen antwoord kreeg, deed ze de deur open en stapte naar binnen.

Er klonk een schreeuw en haar dochter draaide zich naar haar om. Ze was gekleed in een diep uitgesneden jurk die los om haar tengere lichaam hing. Alexandra herkende de jurk; het was er een van haarzelf, die ze op een bruiloft had gedragen.

'Verdomme, mama, je kunt niet zomaar binnenkomen!'

Haar dochter hield haar iPhone in haar hand; ze was aan het facetimen met een vriendin.

'Niks,' zei Johanna tegen de vriendin aan de telefoon. 'Het is mijn moeder maar die binnen is gekomen. Maar ze moet mijn kamer uit!'

'Johanna!' zei Alexandra zo streng mogelijk. 'Het eten is klaar. Je moet komen. Nu meteen!'

'Ga weg!'

Alexandra zuchtte terwijl haar dochter de deur achter haar dichtsmeet. Ze hoorde haar nog zeggen: 'Ik moet ophangen. Mama is vet lastig... Ja, echt een bitch!'

Even stond Alexandra op het punt de deur open te rukken en te gaan schelden, maar ze hield zich in, liet haar greep om de deurkruk verslappen en liep terug naar de keuken. Ze had geen puf om ruzie te maken, niet nog eens.

Vijf minuten later kwam Johanna. De jurk was vervangen door een te kort T-shirt en een spijkerbroek met gaten. Ze keek naar de tafel die netjes gedekt was voor drie, maar zei niets. Toen ze was gaan zitten, schepte Alexandra haar op.

'Vergeet de sla niet,' zei ze toen Johanna meteen begon te eten. 'En ik heb nog niet "eet smakelijk" gezegd.

Haar dochter kreunde, maar legde haar bestek neer en wierp zich achterover op de stoel.

'Je maakt een grapje. Je maakt een grapje, mama!'

'Ik maak geen grapje,' zei Alexandra.

'Serieus! We kunnen zo niet bezig blijven.'

'Johanna, alsjeblieft, ik heb een drukke dag gehad, oké? Laat gewoon maar.'

'Je zou eens met iemand uit moeten gaan,' zei Johanna.

Alexandra keek haar dochter verbaasd aan, opeens geamuseerd.

'Misschien doe ik dat wel.'

'Ja?'

'Nee, dat niet. Maar het zou toch kunnen?'

Johanna schudde haar hoofd.

‘Mag ik beginnen?’ vroeg ze.

Alexandra knikte.

‘Eet smakelijk.’

Ze aten zwijgend. Zodra ze klaar waren met eten, stond Johanna op.

‘Mag ik van tafel?’

Alexandra knikte nogmaals.

‘Vergeet niet je bord op te ruimen,’ zei ze, maar het was al te laat. In de hal hoorde ze Johanna roepen: ‘Doe jij het maar.’

Even later hoorde ze de deur van haar dochters kamer dichtslaan.

Alexandra bleef zitten en keek naar het lege bord tegenover haar. Langzaam stak ze een hand uit, ze raakte het kleed naast het bord aan en liet haar hand daar even liggen. Vervolgens stond ze snel op en begon af te ruimen.

13

Karin Hofstad keek om zich heen in de woonkamer. Hij was bruin ingericht, alsof de driekamerflat die Carl en zij deelden nog steeds een oude vrijgezellenflat was met meubels uit bijna alle periodes en in alle stijlen. Een geërfde groene bank uit de jaren zestig, een gebeitst kastje uit de jaren dertig en een dressoir van glas en metaal uit de jaren tachtig. Het behang met de onbestemde reliëfpatronen in roodbruin en oker herinnerde haar aan de naar bier stinkende pizzeria's uit haar jeugd.

Toen ze hier kwam wonen had ze eerst de drang gevoeld om het appartement een modern en licht aanzien te geven. Nu zat ze hier drie jaar en ze had het opgegeven.

Op een laag bankje voor haar stond een grote, zwarte flatscreen-tv. Er was een film op. Ze keek niet, in elk geval niet geconcentreerd, ze volgde alleen de routine van elke avond.

Tegenover zichzelf gaf ze toe dat ze leed. Dat ze iets anders wilde, iets wat een vrouw die binnenkort vijfenveertig werd waardiger was. Maar ze zei niets.

Na haar scheiding vier jaar geleden had ze met haar lerarensalaris niet veel meer te kiezen gehad dan een eenkamerflat in Bandhagen. Toen ze vervolgens Carl ontmoette had het voor de hand gelegen om bij hem in te trekken. Maar hij had niet gewild dat ze iets in het appartement veranderde, het moest allemaal blijven staan zoals het stond. Soms dacht ze dat het was omdat hij zich ergens veilig moest voelen, dat hij het onveranderlijke nodig had om alle ellende die hij zag aan te kunnen. Maar eigenlijk begreep ze hem – of die kant van hem – niet.

Ze probeerde naar een andere zender te zappen, maar toen ze op de knopjes drukte, gebeurde er niets. Ze wist niet zeker of ze op de juiste knopjes had gedrukt. Carl had een nieuw elektronisch kastje geïnstalleerd, dat gekoppeld was aan de breedbandinternetverbinding. Ze vloekte en smeet de afstandsbediening aan de kant, maar bleef kijken.

Toen er gerammel klonk bij de voordeur, kwam ze overeind.

'Hallo,' riep ze, maar er kwam geen antwoord.

Ze liep met soepele, snelle passen de hal in. Haar ex-man had gezegd dat ze *petite* was, als een Française. Een van de weinige complimenten die hij haar had gegeven. Maar ze had die beschrijving altijd leuk gevonden.

'Hoi,' zei Carl toen hij haar zag.

'Waarom zei je niets?'

'O, ik hoorde je niet,' zei hij.

'Wat heb je gedaan?'

'Pizza gekocht.'

'Ik bedoel, het is bijna halfelf.'

Carl streek met zijn vrije hand over zijn gezicht.

'Gewerkt,' zei hij en hij liep met de doos naar de keuken.

Ze bedacht dat ze elkaar geen zoen meer gaven als ze elkaar zagen. Dat hadden ze in het begin van hun relatie wel gedaan. Ze vroeg zich af of dat door haar kwam of door hem. Waarschijnlijk door hem, dacht ze.

'Wil jij ook?' vroeg hij vanuit de keuken.

'Nee, ik heb al gegeten. Linda heeft nog gebeld, trouwens.'

Ze ging in de deuropening staan, tegen de deurpost geleund. Hij pakte een mes en een vork en ging met de doos voor zich zitten.

'Ga je dat zo eten, uit de doos? Kun je niet op z'n minst een bord pakken?'

Hij gaf geen antwoord.

'Wat zei Linda?' vroeg hij in plaats daarvan.

Ze rechtte haar rug en liep naar de keukenkast.

'Het ging goed. Ze vroeg naar je. Ze had kennelijk geprobeerd je te bellen.'

'De pers is begonnen met bellen over een zaak. Ik wilde niet opnemen.'

'Je had haar nummer moeten zien.'

Hij was met een stuk pizza aan zijn vork onderweg naar zijn mond, stopte halverwege, maar haalde toen zijn schouders op.

'Wat wilde ze dan?' vroeg hij terwijl hij mechanisch kauwde.

'Ze vroeg of ze het weekend kon komen.'

Hij legde zijn bestek op het bruine teakhouten tafelblad en keek zijn vriendin aan.

'Het is haar weekend, dus waarom vraagt ze dat dan nog?'

Karin zette met een uitnodigend gebaar een bord voor hem neer naast de pizzadoos, pakte een glas en schonk er water in.

'Ze wilde haar vriend meenemen,' zei ze, naar het aanrecht gekeerd.

Ze geneerde zich onwillekeurig. Waarom zou zij zich moeten generen voor iets wat niet eens haar eigen kinderen betrof?

'Haar vriend?' zei Carl.

'Ja, kennelijk. Hij heet Tomas, trouwens.'

'Wat?'

'Haar vriend, die heet Tomas.'

'Ik hoorde je wel. Ik wist alleen niet dat ze een... vriend had.'

'Misschien belde ze met zijn telefoon, zodat je niet zag dat zij het was.'

Hij knikte.

'Wil je tv-kijken, een film zien?' vroeg ze.

'Het is al laat.'

'We kunnen aan eentje beginnen.'

Ze keek hem aan. 'Heb je het zwaar?' vroeg ze met een stem die opeens zacht was, terwijl ze haar hand uitstak en zijn wang aanraakte.

Hij zei niets, maar legde zijn hand over de hare.

'Erger dan anders?' vroeg ze.

Hij haalde haar hand van zijn wang en nam hem tussen zijn beide handen. Ze glimlachte bemoedigend.

'Kom, dan gaan we zitten.'

Ze trok hem voorzichtig mee naar de bank voor de tv.

'De pizza,' protesteerde hij.

Ze aaide zachtjes over zijn haar.

'Ga maar zitten, ik haal hem wel.'

Toen ze het bord voor hem neerzette, zei ze verbaasd: 'Hij is helemaal koud. Hoelang heeft die in de auto gelegen?'

'Een poosje,' zei hij.

Ze knikte, maar keek hem vragend aan. Als hij een ander type man was geweest, zou ze hebben gedacht dat hij iemand had ontmoet. Nu dacht ze dat niet.

14

Dinsdag 6 mei

De envelop was gevoerd en van A4-formaat, een gewone witte standaardenvelop, die in elke willekeurige papierwarenwinkel gekocht kon zijn. Het adres was met een laserprinter geprint en daarna op de envelop geplakt. Gewone postzegels, afgestempeld in Stockholm. Maar de brief was zwaar.

Rechter August Åström woog hem op zijn hand, dacht er even over de beveiliger te bellen, maar glimlachte toen om zichzelf. God nog aan toe, hij mocht zich niet door angst laten regeren! Hij had er voorbeelden van gezien; op het laatst leidde je een leven als dat van een bang konijn, mensonwaardig. En August Åström had besloten een waardig leven te leiden.

Bovendien herinnerde hij zichzelf eraan dat alle binnenkomende post werd gescand, juist om te controleren of er geen gevaarlijke stoffen in zaten.

Het was ochtend, nog voor negenen. De lentezon sijpelde door de luxaflex naar binnen en vlijde zich in behaaglijke warme strepen over zijn bureau. Met de envelop in zijn hand leunde rechter Åström behaaglijk achterover op zijn bureaustoel. Achter hem rezen kamerhoge boekenkasten op, waarin niet alleen dossiers, wetboeken, verslagen en vaktijdschriften stonden, maar ook een aanzienlijke hoeveelheid bellettrie. De aanwezigheid daarvan werd door August Åström fel verdedigd met de bewering dat die zijn fantasie stimuleerde, dat die hem hielp de innerlijke wereld van andere mensen tot zich te nemen en te begrijpen, hoe bizar en eigenaardig die soms ook was, en dat hij er al met al een betere rechter door werd.

De brief was geadresseerd aan het gerechtshof, ter attentie van hem persoonlijk. Dat was niet raar. Op een gewone dag ontving hij tussen de twintig en de veertig brieven van wisselend formaat en dikte. Sommige waren met de hand geschreven door misdadigers die hem naar de hel wensten, andere waren formele verzoeken van de een of andere instantie. Hij kreeg ook uitnodigingen om lezingen te houden en aan congressen deel te nemen, waarvoor hij consequent bedankte.

Nu fronste hij zijn voorhoofd bij de dikke en pretentieuze envelop, ervan overtuigd dat die hem een substantiële hoeveelheid tijd zou kosten, die hij productiever en nuttiger had kunnen besteden.

'Idioten!' mopperde hij in zichzelf, terwijl hij aan het rode plastic strookje trok en de envelop openscheurde. Hij had een paar blaadjes verwacht met een uitnodiging en een of ander dwaas gadget waar ze hem mee probeerden om te kopen, en dat hij in overeenstemming met zijn eigen principes zou retourneren.

Maar deze envelop bevatte geen papier, maar iets zachts. Misschien een of ander kledingstuk. Hij glimlachte toen hij dacht aan de scherpe formulering over omkoping die hij altijd gebruikte bij zijn retourzendingen en haalde de inhoud van de envelop tevoorschijn. Daarna glimlachte hij niet meer.

In een gesloten plastic zak kon hij duidelijk een mannelijk geslachtsorgaan onderscheiden, compleet met balzak en penis. Er zat zelfs nog wat schaamhaar op de huid rond de peniswortel. Even staarde hij naar het voorwerp, terwijl zijn bewustzijn elk detail opnam, elke rimpel in de verstijfde huid rond de testikels, elk gekruld haartje.

Vervolgens liet hij de plastic zak walgend op de grond vallen, en om niet op het grote kersenhouten bureau over te geven draaide hij zich snel om en mikte in plaats daarvan op de prullenmand.

***

Advocaat Nils Ravel wist zijn lichaam minder goed onder controle te houden dan rechter Åström. Hij gaf over op zijn exclusieve eikenhouten bureau, dat vol lag met papieren van de zaak waaraan hij werkte.

'Gadverdamme!' schreeuwde hij en hij deinsde terug van de plastic zak, die hij op de grond had gegooid.

Hij was een man die zelden krachttermen gebruikte, maar dit was een uitzonderlijke situatie. Door de blauw getinte zak zag hij duidelijk tien blauwzwarte vingers, allemaal bij de knokkels afgesneden. De wonden waren zwart van geronnen bloed.

'Jezus christus!' riep hij.

Zijn secretaresse kwam de kamer binnenrennen.

'Wat is er? Wat is er gebeurd?'

Advocaat Nils Ravel staarde haar aan.

'Jezus christus,' herhaalde hij met een idiote uitdrukking op zijn gezicht. Op hetzelfde moment kreeg de secretaresse de kots op het bureau in het oog en deed onwillekeurig een stap terug.

'Ben je ziek?'

Hij schudde zijn hoofd en knikte met zijn hand voor zijn mond naar de plastic zak op de grond naast zijn omgegooide bureaustoel.

'Daar!' siste hij.

Ze volgde zijn blik en zag de plastic zak.

'Ja?' zei ze niet-begrijpend.

'Zie je het niet?' schreeuwde Nils Ravel.

Ze deed een stap naar voren. Toen ze de inhoud van de blauwe plastic zak identificeerde, sloeg ze met een hulpeloze kreet haar hand voor haar mond.

'O, nee,' zei ze met gesmoorde stem, zonder het zelf door te hebben. En daarna, in paniek: 'Politie! We moeten de politie bellen!'

15

Ze staarden naar de foto van de plastic zak met de afgesneden vingers. Carl Edson klikte op zijn computer en er verscheen een nieuwe afbeelding.

'De tong,' zei hij met een hoofdgebaar naar de foto.

Ze zaten in de kleine teamkamer, die verlicht werd door een geleende, brommende projector. Op de grijswitte korte muur was een afbeelding te zien van een blauwzwarte, opgezwollen tong. Het onbehagen dat iedereen voelde werd door de bedompte lucht en de geur van oude koffie versterkt. De tong zag er onnatuurlijk echt uit zoals hij daar lag, in net zo'n blauwe plastic zak als de vingers en het geslachtsorgaan.

'De tong is bezorgd bij officier van justitie Gun Axelman. Dus nu hebben we in elk geval de ontbrekende lichaamsdelen van Marco Holst,' zei Carl.

Jodie was bleker dan anders en zag eruit alsof ze misselijk was. Simon probeerde er onaangedaan uit te zien, maar Carl zag het trekken bij zijn linkeroog – een teken dat hij gestrest was.

'De zak met de tong bevindt zich samen met de andere lichaamsdelen bij het Forensisch Instituut, zodat vastgesteld kan worden of het inderdaad de lichaamsdelen van Holst zijn,' zei Carl.

Hij schakelde de projector uit; het beeld doofde en het werd donker in het vertrek. Jodie deed de lamp aan en een koud wit tl-licht vulde de kamer.

'Oké, er zijn een paar dingen die jullie moeten weten,' ging Carl verder. 'De ontvangers van de lichaamsdelen van Marco Holst hebben allemaal een band met hem. Rechter August Åström heeft Holst veroordeeld voor het misbruik van het jonge meisje vier jaar geleden. Advocaat Nils Ravel verdedigde hem en Gun Axelman trad als aanklager op. Ik heb met hen gesproken. Ze hebben geen van allen enig idee waarom zij de lichaamsdelen hebben gekregen. Ze hebben in die periode geen contact gehad met hetzij de eiseres, hetzij met Marco Holst.'

'En geen van hen is betrokken geweest bij een zaak van Fadi Sora?' vroeg Simon.

Carl schudde zijn hoofd en liep naar de muur waar de foto's van Marco Holst en Fadi Sora hingen. Nu bevestigde hij de foto's van de lichaamsdelen en de honkbalknuppel met plakband onder die van Marco Holst.

'Dit,' zei hij en hij tikte met zijn knokkel op het geslachtsorgaan, 'wijst nogal sterk in de richting van het door Marco Holst verkrachte meisje en haar familie. Heb jij hen verhoord, Jodie?'

Ze schudde beschaamd haar hoofd.

'Nee, ik heb hen pas gisteravond laat weten te bereiken. Maar ik ga vanmiddag naar ze toe.'

'Mooi. Hoe is het met de vermoorde vriendin van Marco gegaan – heb je haar familie gebeld?'

'Dat heeft niets opgeleverd,' zei Jodie. 'Haar broer en haar vader – de moeder is dood – hebben allebei een alibi voor de avond en de nacht. Ik heb het nagetrokken. Hen kunnen we afschrijven.'

Simon leunde achterover op zijn versleten stoel, die onrustbarend kraakte.

Carl vond dat hij er vergenoegd uitzag, met een onverklaarbaar boosaardig lachje in zijn ogen.

'Hoe is het met Fadi Sora?' vroeg Carl. 'Is hij ergens opgedoken in de oude vooronderzoeken van Marco Holst?'

Simon sloeg zijn armen over elkaar.

'Nada. En ik heb het vanochtend nog een keer extra gecontroleerd, in het verdachtenregister en in het justitieel documentatiesysteem, maar ze lijken elkaar nooit te hebben ontmoet. Kennelijk bewogen ze zich niet in dezelfde kringen.'

'Oké,' zei Carl. 'Dat hoeft op zich niet te betekenen dat ze elkaar niet kennen. Ik heb Fadi Sora in elk geval wel op het lijstje voor mijn bezoek aan Marco vandaag. En dan moeten we nog horen wat Wallquist van Sora's appartement zegt. Of wat Fadi zelf zegt wanneer we hem vinden. Nog geen spoor van hem of van de auto?'

Beide rechercheurs schudden hun hoofd.

'Oké. Verder nog iets?'
Jodie keek op haar schrijfblok en tekende rondjes in de kantlijn.
Simon staarde met een lege blik voor zich uit.
'Goed,' zei Carl en hij liep weg van de muur. 'Dan werken we door.'

Mijn zus heeft vannacht weer gebeld. Ze zei niets, ze ademde alleen in de hoorn. Maar ik weet dat zij het is, ik wist het vroeger ook altijd wanneer zij het was.

Het is jammer dat we elkaar haten.

Ik weet nog hoe het was toen we speelden. Achter ons veel te grote huis, in een verscholen hoekje van de tuin waar onze ouders nooit kwamen, daar hadden we onze eigen geheime wereld. We hadden allebei een mes gekregen van papa. Hij wilde dat we met wapens leerden omgaan. Dat was belangrijk, zei hij. Van welk geslacht je was maakte niet uit. Hij was daarin heel neutraal.

Zonder dat we de regels hoefden door te nemen, gingen we tien meter van elkaar af staan. Vervolgens haalden we onze messen tevoorschijn. We hielden ze vast bij het lemmet, iemand had ons geleerd dat het zo moest, en telden af. 'Drie, twee, één...' Vervolgens gooiden we met de messen naar elkaar.

We mochten niet wegduiken voordat de messen in de lucht waren. Tot dat moment moesten we beide voeten aan de grond houden.

We gooiden zo hard en precies als we konden en wierpen ons vervolgens op de grond om de suizende, scherp geslepen messen te ontwijken. We gooiden steeds harder, hijgend en opgewonden.

Eén keer schampte het mes langs mijn arm. Het begon te bloeden. Ik had niet het idee dat de wond erg diep was, maar het bloed liep in enthousiaste stroompjes over mijn lichte arm.

'Je moet naar mama toe gaan,' zei mijn zus. Ik schudde mijn hoofd.

'We gaan door, het is net leuk.'

De volgende keer was het haar beurt om te worden geraakt. Een mooie snee aan de zijkant van haar enkel toen ze uitgleed in het gras. Het bloed liep in haar witte sandalen.

We keken elkaar aan en lachten. Op hetzelfde moment riep iemand onze namen. We stopten de messen snel weg en spraken af dat we erop waren gevallen, dat het een ongeluk was geweest.

Mama keek ons raar aan toen ze onze wonden verbond, maar ze zei niets. Ze wilde het niet begrijpen. We waren haar voorbeeldige kindertjes, beleefd, normaal, presentabel. Iets anders was ondenkbaar. Ze had meteen bij onze geboorte besloten wie wij waren. We hoefden ons niet te ontwikkelen, we waren al af.

Maar ze moet het hebben begrepen, moet het hebben geweten.

Ik kan me niet anders voorstellen.

16

Toen rechercheur Jodie Söderberg zich voorstelde – ze stond nog in het lichtgroene trappenhuis – keek het echtpaar haar bevreemd aan.

'Jonas en Marie Nilsson?' vroeg ze.

Ze knikten beiden zwijgend.

'Ik heb eerder telefonisch met u gesproken. Mag ik binnenkomen?' vroeg ze. Ze kon niet verhullen hoe ongemakkelijk ze zich voelde.

'Van de recherche, zei u?' vroeg de man zonder haar binnen te laten. 'Kunt u zich legitimeren?'

Jodie was tweeëndertig, maar ze zag er jong uit voor haar leeftijd. Ook al droeg ze haar haar nu in een stijve knot, haar zachte gelaatstrekken wekten de indruk van een tiener. Daar was ze zich van bewust en ze liet geroutineerd haar politielegitimatie zien.

Jonas bestudeerde het pasje.

'Is dit echt nodig?' vroeg hij.

Jodie knikte bezwaard.

'Helaas wel.'

Hij deed een stap opzij en liet haar binnen. Het appartement was licht en netjes. Grote ramen werden omlijst door lichte, dunne gordijnen die de lentezon zachtjes filterden. Op de glimmende parketvloer waren witte weerspiegelingen te zien. Stijlvolle grijze en donkerrode meubels, allemaal van een ouder model dat nog niet echt retro was geworden. Het hele appartement deed Jodie aan dat van haar grootouders denken. Maar Jonas en Marie waren vijftigers.

Het echtpaar ging naast elkaar op de bank zitten, op het puntje, gespannen en met rechte rug. Ze maakten geen van beiden een gebaar naar Jodie dat ze mocht gaan zitten. Toen ze toch plaatsnam in de fauteuil tegenover hen, bewoog Jonas onrustig.

Hij was een magere man, gekleed in een pak en een wit overhemd. Zijn haar was grijs – waarschijnlijk voortijdig grijs geworden – maar nog dik en keurig geknipt. Hij trok aan de persvouwen van zijn broek.

'Waar gaat het over?' vroeg Marie.

Ze was mager, net als haar man, en ging eenvoudig gekleed in een jurk en een vest. Ze had blond, kortgeknipt haar. Ze zag er jonger uit dan Jonas, maar bleker, futlozer, alsof iemand haar energie had afgetapt. Ze wrong haar handen nerveus op haar schoot.

Ze zagen er allebei buitenproportioneel klein uit, bedacht Jodie. Alsof de bank, hun kleren, hun leven een paar maten te groot voor hen waren geworden.

'Zoals ik aan de telefoon al zei, ben ik hier naar aanleiding van de man die...'

Jodie weifelde, ook al had ze onderweg hiernaartoe bedacht hoe ze het zou formuleren.

'...zich aan jullie dochter heeft vergrepen.'

Ze zag dat ze toch schrokken bij die woorden.

'Wat is er met hém?' vroeg Marie.

Jodie keek naar haar gespannen gelaatstrekken en stak van wal.

'Marco Holst is eergisternacht zwaar mishandeld. Ik kan niet in detail treden, maar er zijn... elementen in de mishandeling die naar uw dochter wijzen. Dat het om wraak zou kunnen gaan.'

Jonas en Marie luisterden zwijgend, terwijl ze elkaars hand vasthielden. Ze keken allebei verbaasd, alsof ze op een vervolg, een verklaring wachtten.

'Daarom moet ik u vragen wat u zondagnacht hebt gedaan. Eergisteren dus.'

Ze sloeg hen nauwlettend gade om te zien hoe ze op de vraag reageerden. Even keken ze haar niet-begrijpend aan, daarna verscheen er een gespannen trek op hun gezicht.

'Wat bedoelt u? Is dit...' Jonas' stem stokte. '...een beschuldiging of zo?'

Hij spuugde de laatste woorden zo hard uit dat het speeksel over de glazen salontafel spatte. Jodie keek naar de stipjes die duidelijk zichtbaar waren op de glazen plaat.

'Worden we ergens van beschuldigd?' ging Jonas verder. 'Want in dat geval...'

Jodie deed haar best om zich niet van haar stuk te laten brengen.

'Nee. Ik wil u alleen om informatie vragen. Met u praten, zodat we u uit het onderzoek kunnen schrappen.'

De man zei niets, maar wendde zijn ogen niet van haar af.

'We waren hier,' zei Marie opeens, terwijl ze met haar nagels langs de boord van haar vest ging.

Jonas draaide zich ongerust naar haar om, maar ze gaf hem geen kans iets te zeggen.

'Ja, Jonas, we moeten kunnen praten over wat er gebeurd is. We kunnen zo niet doorgaan. Het is misschien wel beter ook, trouwens.'

Haar toon was veranderd. De vijandigheid was weg, er bleef alleen berusting over.

Ze richtte zich weer tot Jodie.

'We zijn altijd met z'n tweeën. Alleen met z'n tweeën. En we zijn bijna altijd hier in het appartement. We hebben geen vrienden meer, niet sinds die... vreselijke gebeurtenis.'

Ze keek Jodie dringend aan.

'Begrijpt u wat zo'n gebeurtenis voor een gezin kan betekenen? De verkrachting, of hoe je de verschrikkingen moet noemen die hij Elin heeft aangedaan, heeft het hele gezin getroffen. We komen er niet overheen. Ik rouw elke dag. Ik vervloek mezelf dat ik het niet heb kunnen voorkomen. Dat ik niet bij haar was, haar niet heb beschermd. Dat ik haar in haar eentje naar buiten heb laten gaan.'

Ze sloeg een hand voor haar mond, alsof ze de woorden tegen wilde houden. Haar man legde een hand op haar knie.

'Marie, hou je rustig...'

Ze sloeg zijn hand weg en zei op scherpe toon: 'Nee, ik hou me niet rustig. Zeg dat niet tegen me, Jonas. Ik wil praten. Mensenlief, wat wil ik graag praten. We hebben ons bijna een ongeluk gezwegen.'

Ze ademde zwaar, alsof ze haar best deed om zichzelf weer in de hand te krijgen en niet te gaan huilen. Niemand zei iets. Alleen haar gesmoorde snikken waren te horen, en de geluiden van de hand van de man die opnieuw haar knie had opgezocht en geruststellend over de stof van de jurk streek.

Jonas keek Jodie aan.

'Nee, we hebben geen wraak genomen, als u zich dat afvraagt. Elin is het huis uit. Al lang. Ze volgt middelbaar onderwijs op een zeilschool aan de westkust. Ze zit in het examenjaar. Ze doet mee aan een zeiltocht om de wereld en is nu op de Kaapverdische Eilanden. Komende herfst wordt ze negentien. We hebben alleen haar, we hebben maar één kind gekregen. En nu is ze weg.'

Er liepen stille tranen over zijn wangen.

'Wanneer hebt u Marco Holst voor het laatst gezien?' vroeg Jodie.

Hij keek haar aan.

'Tijdens de rechtszaak. Toen ze hem wegvoerden. We willen dat... monster nooit meer zien. Hij heeft genoeg kwaad aangericht in dit gezin.'

Jonas had zijn stem verheven, maar die drukte alleen wanhoop uit.

'U zei dat hij zwaar is mishandeld,' ging hij verder. 'Ik kan niet zeggen dat ik dat erg vind. Ik zou willen dat wij het hadden gedaan. En ik zou willen dat hij dood was. Maar...' Hij schudde zijn hoofd. '...we hebben het niet gedaan.'

Zijn vrouw zat ineengedoken naast hem naar haar handen te staren, die weer bezig waren met de boord van haar dunne vest.

'We zijn tot niets meer in staat.'

'Hebt u overwogen hulp te zoeken?' vroeg Jodie. 'Ik bedoel om door te kunnen gaan met uw leven? Om over het gebeurde heen te komen? Een professionele therapeut zou u kunnen helpen met het verwerken –'

'Nee!' viel Marie haar in de rede. 'Dat zegt iedereen: waarom zoeken ze geen hulp, waarom doen ze er niets aan? Maar we hébben professionele hulp gezocht, we hebben met therapeuten en psychologen gesproken, we hebben alle denkbare pillen geprobeerd. Maar het haalt niets uit. Zoiets kan nooit ongedaan gemaakt worden. Het gaat nooit over. Je komt er nooit overheen. Je kunt alleen leren om verder te leven. Dat is Elin gelukt.'

Ze zweeg en zei daarna fluisterend: 'Maar ons niet.'

Ze pakte de hand van haar man vast en kneep er zo hard in dat haar knokkels wit werden.

Hij aaide over haar wang met zijn vrije hand, waarna hij zich verwijtend tot Jodie richtte.

'Had u verder nog iets?'

Jodie keek in haar aantekeningen en schudde haar hoofd.

'Nee, dit was alles.'

Ze stond op, bedankte het echtpaar en liep naar de hal. Toen ze een laatste blik op hen wierp, hadden ze hun armen om elkaar heen geslagen. Ze leken er geen van beiden erg in te hebben dat ze de kamer uit was gegaan.

17

Carl Edson probeerde zich weer af te sluiten voor de ziekenhuisgeur, die mengeling van schoonmaakmiddelen, medicijnen en ziekte.

'Pardon, wie bent u? Komt u hier iemand bezoeken?'

Een jonge verpleegkundige stond tegenover hem in de gang en versperde de doorgang. Carl kon de koffiegeur in haar adem ruiken. Waarom was hij zo geobsedeerd door geuren wanneer hij in een ziekenhuis was?

'Ik ben Carl Edson, recherche. Ik kom voor Marco Holst. Ik ben hier gisteren ook al geweest.' Hij zocht in zijn zak en vond uiteindelijk zijn legitimatie, die hij de verpleegkundige liet zien.

Opeens glimlachte ze naar hem. Hij zag op het naambordje op haar borst dat ze YVONNE K. heette.

'O, neem me niet kwalijk, maar er zijn hier mensen geweest die hier niets te zoeken hadden. En dit is natuurlijk een ziekenhuisafdeling.'

Hij knikte beleefd.

'Als u hier gisteren ook bent geweest, dan weet u waar u moet zijn,' zei ze. 'Zaal 8.2, rechtdoor en dan rechts. Hij ligt alleen op een kamer. Het... Hij is heel onrustig geweest.'

'Ik hoef hem maar heel even te spreken,' zei hij geruststellend. 'Trouwens, wie zijn er nog meer bij hem op bezoek geweest?' Hij stelde de vraag op nonchalante toon, maar hield intussen zijn hart vast.

'O,' zei de verpleegkundige en ze maakte een gebaar dat zij het verder ook niet wist. 'Vrienden, neem ik aan, kennissen... Zo leek het in elk geval. Ze leken op hem, qua type, bedoel ik, alsof ze vrienden waren.'

Ze glimlachte en ging terug naar de personeelsruimte. Carl keek haar na, waarna hij verder liep door de gang.

Net als gisteren zat er een geüniformeerde agent voor de kamer van Holst. Carl herkende hem niet en liet zijn legitimatie nog eens zien. De man stond meteen op.

'Hoe is het hier?' vroeg Carl in een poging tot luchtigheid.

De agent zag er moe uit.

'Eerlijk gezegd gebeurt hier niet veel.'

Carl begreep dat hij het saai vond, maar dat woord niet wilde gebruiken tegenover een hogergeplaatste.

'Geen bezoek voor Marco?' vroeg hij.

De agent schudde zijn hoofd.

'Mijn dienst is een paar uur geleden begonnen en in die tijd is er niemand bij hem op bezoek geweest. Zoals ik al zei, het is hier rustig.'

Toen Carl verder niets zei, verplaatste hij zijn zwaartepunt van het ene been naar het andere en keek bezorgd.

'De verpleegkundigen zijn wel bij hem geweest, maar dat moet ook, hè?' zei de agent.

Carl knikte en opende deur van zaal 8.

Marco Holst sliep. Hij lag op zijn rug met zijn ogen dicht. Carl voelde zijn onbehagen toenemen bij het idee dat hij hem wakker moest maken. Even overwoog hij het niet te doen en later terug te komen, maar de politieman in hem kreeg de overhand en dwong hem te doen wat hij moest doen.

In de zaal stonden drie ongebruikte ziekenhuisbedden met een glimmend stalen frame, allemaal met gladde witte lakens en oranje dekens.

Carl liep naar Marco's bed toe, kuchte en zei: 'Holst?'

Geen reactie.

'Marco Holst! Hallo!'

Hij raakte hem zachtjes aan, klaar om snel opzij te springen wanneer Marco zich instinctief zou verweren in zijn slaap. Mensen die ingesteld waren op geweld, deden dat soms – militairen in oorlog, zware criminelen, mensen die voortdurend onder doodsdreiging leefden. Maar Marco bewoog niet.

Carl schudde iets harder aan hem, maar liet hem meteen weer los.

Er was iets niet goed. Marco Holst was slap. Toen Carl zich over hem heen boog, ontdekte hij dat de man niet ademde. Hij probeerde zijn pols op te nemen, maar het lichaam voelde koud aan.

De alarmknop hing aan het hoofdeinde van het bed. Carl drukte erop.

Er ging een rode lamp aan boven de deur, maar verder gebeurde er niets. Het duurde meer dan een minuut voordat de verpleegkundige die hij eerder in de gang was tegengekomen de deur van de ziekenzaal opende. Hij probeerde zich te herinneren hoe ze heette, maar kwam er niet op.

'Wat is er aan de hand?' vroeg ze rustig en ze drukte het alarm uit, zodat de lamp doofde.

'Marco Holst,' zei Carl. 'Hij lijkt wel dood.'

18

Jodie stak snel de straat over naar haar auto. Ze wilde weg van het geïsoleerde, gedeprimeerde echtpaar op de bank dat ze net had bezocht.

Ze startte de motor en reed de weg op. Zo 's ochtends was Minneberg een rustige buitenwijk. Niemand liet zijn hond uit, er waren geen kinderen op straat en geen bejaarden die boodschappen hadden gedaan.

Ze reed snel door de lege straten, volgde de Svartviksslingan in de richting van het centrum en kwam bij het water. Bij een jachthaven parkeerde ze de auto aan de verkeerde kant van de weg, onder een paar bomen.

Het isolement en de gedeprimeerde verlamming die ze bij het echtpaar had gezien deden haar aan haar moeder denken.

Ze zette de binnenspiegel zo dat ze zichzelf erin kon zien en inspecteerde haar gezicht, terwijl de tranen over haar wangen stroomden. Vervolgens deed ze haar ogen dicht, leunde achterover op de stoel en liet ze gewoon komen.

Het beeld van haar moeder die nog aan de ontbijttafel zat wanneer zij uit school kwam, de uitgedroogde boterham onaangeroerd naast een halfvol koffiekopje. Het rijtjeshuis met de geur van opgedroogd zweet en vuile borden in de gootsteen, waar het altijd donker was achter de neergelaten luxaflex.

Dat was nadat haar vader hen had verlaten, nadat hij Sandra had ontmoet en toen hij terug was gegaan naar de vs. Dick Sherman. Ze droeg zijn achternaam als tussennaam. Jodie Sherman Söderberg, maar die gebruikte ze nooit.

Toch was ze een vaderskindje geweest. Hij had haar meegenomen naar films voor boven de achttien, had met haar gestoeid op het gazon achter hun huis, was met haar van de hoogste duikplank gesprongen in het zwembad, had haar leren honkballen bij het buitenhuis van haar opa en oma. Ze was een dunne spriet geweest, met een lichaam dat veel te snel lang was geworden, en trillend van inspanning had ze de zware honkbalknuppel met beide handen vastgehouden en geprobeerd de bal te raken. Toen die voorbij was gesuisd en in de bosjes achter haar was neergekomen, had hij toch *'Great shoot, well done'* geroepen en haar op de rug geklopt.

Daarna was hij opeens uit haar leven verdwenen. Hij was nog één keer haar kamer binnengekomen, had haar geknuffeld en gezegd dat ze elkaar weer zouden zien. 'Wanneer dan?' had ze gevraagd. Maar hij had zich afgewend en gemompeld: 'Met kerst misschien.'

Haar moeder had uiteindelijk medicijnen gekregen en toen ze werd opgenomen, ging Jodie bij haar tante logeren. Een paar weken later was haar moeder haar weer komen halen, een bleke, geforceerde glimlach op haar gezicht. Daarna had ze geprobeerd de leegte op te vullen, het gemis te compenseren. Ze hadden lange ritten gemaakt door het bos, bessen geplukt, dingen gedaan waar haar moeder verstand van had. Maar ze had aldoor ongerust naar Jodie gekeken, alsof ze zeker wilde weten dat ze blij was. En Jodie had naar haar geglimlacht vanuit het zadel, vanuit de tentopening, en had geprobeerd haar te troosten.

Het isolement en het gemis waren er nog en kwamen soms weer bij haar boven. Wanneer ze niet kon slapen, wanneer iets of iemand de herinneringen opriep. Zoals Jonas en Marie Nilsson.

Een keer had ze een therapeut gebeld en een afspraak gemaakt. Maar ze was er nooit naartoe gegaan. Ze had besloten dat ze de herinneringen liever uit de weg ging. Om dezelfde reden was ze met haar studie psychologie gestopt.

In plaats daarvan was ze bij de politie gegaan.

Nu tilde ze haar hoofd op en deed ze haar ogen open, ademde diep in en glimlachte naar haar spiegelbeeld. Vervolgens startte ze de auto en reed weg.

19

'Marco's dood...' zei Carl Edson, maar hij moest stoppen toen Simon Jern de deur openrukte en de kleine teamkamer binnenkwam.

'Simon,' zei Carl zuur. 'Wat leuk om jou hier te zien.'

'Ik heb hem gevonden!' zei hij.

Jodies bureaustoel piepte toen ze zich naar hem omdraaide. Simon stond wijdbeens met zijn handen in zijn zij bij de deur.

'Wie?' vroeg Carl.

'Anton Loeff.'

'O, en wie is dat?'

'Marco Holst heeft hem drieëntwintig jaar geleden bijna doodgeslagen,' zei Simon en hij nam plaats op zijn stoel, die luid protesteerde. 'We zijn een vooronderzoek gestart, maar dat is geseponeerd. Marco, die eikel, is niet eens voor de rechter verschenen, ook al stond het als een paal boven water dat hij schuldig was.'

Simon laste een dramatische pauze in, als het ware in afwachting van hun vragen.

'Waarom?' vroeg Jodie ten slotte plichtsgetrouw.

Simon glimlachte goedkeurend.

'Anton wilde niet tegen hem getuigen. Hij bleef maar vasthouden aan een onzinverhaal dat hij van de trap was gevallen. En Marco zelf zei niets.'

Carl keek hem met opgetrokken wenkbrauwen aan.

Jodie dacht na.

'En hoe ben jíj hierachter gekomen?'

'Het was niet gemakkelijk, maar ik heb zo mijn contacten...'

Simon glimlachte trots. Carl knikte.

'Oké, dat is mooi, Simon. Ga verder. Waarom zou Loeff onze man zijn?'

'Nou, nu komt het. Hij is een keer eerder veroordeeld. Eén keer. Eén enkele keer. Vier jaar voordat Marco Holst hem probeerde dood te slaan.'

'Waar is hij voor veroordeeld?'

'Zware mishandeling met elementen van marteling. Dat zette me aan het denken. Er werd zelfs een klein psychologisch onderzoek bij hem gedaan.'

'Wat was hun conclusie?'

Simon rolde met zijn ogen.

'Nou ja, die verrekte tests. Die klootzak was volkomen normaal. Kennelijk een wiskundig genie, maar verder niks bijzonders. Hoe kom je tot zo'n conclusie? Maar die sukkels van forensische psychologie zagen dus geen duidelijke tekenen van verwardheid of ziekte. Hij kreeg vier jaar, waarvan hij er drie heeft uitgezeten. Hij kwam vrij en daarna niets meer. Het leek wel of hij zijn leven had gebeterd, tegen de stroom in was gezwommen en een baan had gezocht.'

Carl wreef met zijn handen over zijn gezicht.

'Maar jij denkt dat hij is doorgegaan met martelen?' vroeg Carl en hij keek zijn rechercheur aan. In diens zwarte ogen stond voor de verandering betrokkenheid te lezen.

'Ik heb met een oud contact uit die tijd gepraat, een verklikker die samen met Anton in de inrichting van Norrtälje zat. Oskarsson.'

'En?'

'Die vent is een volslagen psychopaat, dat zegt Oskarsson in elk geval. Het deed hem niets om anderen pijn te zien lijden,' zei hij. 'Hij leek er zelfs van te genieten. Kennelijk haalde hij het nodige uit in zijn tijd in de bak. Oskarsson was doodsbang voor hem en zei dat Anton waarschijnlijk mensen had vermoord, maar dat niemand hem daarop had kunnen pakken. Een razend slimme kerel.'

'En jij denkt...?' vroeg Carl.

'Ik denk niets. Maar eerlijk gezegd: hoe vaak bedenkt een psychopathische sadist zomaar opeens dat het verkeerd is om mensen te kwellen en wordt hij een aardige, nette kerel?'

Jodie sloeg hem gade, maar zei niets. Simon leunde achterover op zijn stoel. Carl vond dat hij er zelfingenomen uitzag.

'Geloof mij maar, zo'n man wordt alleen maar erger,' zei Simon.

Carl knikte langzaam.

'Misschien. Waar woont hij tegenwoordig?'

'Hij staat ingeschreven in Hökarängen.'

'We gaan erheen en trekken hem na,' zei Carl.

***

De man die de bruine voordeur op een kier opende, schudde aarzelend zijn hoofd.

'Bent u Anton Loeff niet?' vroeg Simon Jern.

De man was gekleed in een witte overall van het soort dat schilders dragen. Zijn haar hing tot over zijn schouders. Het was piekerig, pikzwart zonder een spoortje grijs en omlijstte een rood gezicht, bedekt met ontstoken uitslag. De wondjes van de laatste scheerbeurt waren door de stoppels heen te zien. Hij deed denken aan een dakloze.

Toen Simon opnieuw vroeg of hij Anton Loeff niet was, keek de man snel opzij. Simon voorzag de beweging en stak een voet tussen de deur.

'Wacht,' zei Simon en hij liet zijn politielegitimatie zien. 'Wij zijn van de politie. Ik ben Simon Jern. Dit zijn mijn collega's Carl Edson en Jodie Söderberg.'

De man zette een stap naar achteren in het appartement, terwijl hij argwanend naar Simon keek, die de deur wijd openzette.

'Mogen we binnenkomen?' vroeg Simon, terwijl hij langzaam een stap in de hal zette.

Rechts twee paar schoenen en een kapstok met een paar petten, wanten en twee jacks. Aan de linkerkant waren lichte vierkanten te zien op de muur, waar schilderijen hadden gehangen, boven een groot vlak waar vermoedelijk een kastje had gestaan. Nu waren de wanden leeg en de hal bood een verlaten indruk, alsof het appartement leegstond. Verder naar binnen ving Simon een glimp op van een woonkamer, al even schaars gemeubileerd als de hal.

Het rook als in een ziekenhuis, naar desinfecterende middelen en medicijnen.

'We zoeken Anton Loeff,' zei Simon.

De man deed nog een stap naar achteren in de richting van de woonkamer.

Simon liep achter hem aan; hij zag vlekken op de witte overall, rode spatten als van bloed.

'Ben je gewond?'

Toen draaide de man zich plotseling om en rende de woonkamer binnen.

'Hallo, wacht! Blijf staan!' riep Simon en hij rende achter hem aan.

Maar hij had niet snel genoeg gereageerd. Toen hij de woonkamer in kwam, had de man de balkondeur al geopend en was naar buiten gegaan. Toen Simon het balkon op stapte, was hij al over het hekje gesprongen en op de grond eronder terechtgekomen.

'Godsamme!' schreeuwde Simon.

Het appartement was op de tweede verdieping. Een val kon dodelijk zijn. Hij haalde zijn telefoon uit zijn zak om alarm te kunnen slaan, terwijl hij snel naar de balustrade toe liep om te kijken hoe ernstig de man eraan toe was. Maar toen hij daar was, zag hij dat de hoogte niet meer dan twee meter bedroeg. Het gebouw was tegen een steile rots gebouwd.

Honderd meter verderop zag hij de man naar het parkeerterrein en het metrostation van Hökarängen hollen. Simon belde de meldkamer en gaf het signalement van de man door, maar hij wist dat ze al hadden verloren; de kans dat ze hem konden pakken was vrijwel nihil.

Hij liep het appartement weer in. Carl stond midden in de woonkamer viezigheid van zijn broek te kloppen en keek hen boos aan.

'Wat gebeurde er?' vroeg Jodie en ze keek rond in het appartement om te controleren of er geen andere mensen waren.

'Ik weet het niet, ik struikelde. Hierover,' zei Carl en hij raapte een touw met een lus op van de vloer, maar liet het meteen weer los. Er zat bruin, geronnen bloed aan.

'Waar is dat voor gebruikt, verdomme?' zei Simon.

Carl stapte bij het stuk touw weg.

'Dat mag Wallquist straks zeggen. Nu kijken wij om ons heen.'

Het hele appartement was leeg. Niet alleen spaarzaam gemeubileerd, maar alsof er niemand woonde. Op een lage tafel in de woonkamer stond een televisietoestel met een stoel ervoor. Geen bank of salontafel. De muren waren allemaal leeg; net als in de hal kon je de vierkanten nog zien van schilderijen die daar hadden gehangen.

Een van de deuren in de woonkamer leidde naar een kleine keuken. Een tafel waaraan maximaal twee personen konden zitten, een smal fornuis met twee roestige ijzeren pitten, een oud model koelkast, geen vriezer. Er waren geen tekenen dat iemand hier had gekookt of gegeten. Het aanrecht was schoon en glimmend, de tafel was leeg. Via de hal liepen ze de tweede kamer van het appartement binnen, die als slaapkamer dienstdeed. Een opgemaakt eenpersoonsbed met een lichtgroene, verbleekte sprei stond midden in het vertrek. Er hing een kaal peertje aan het plafond. Verder stond er alleen een kledingkast. Simon trok de kastdeur open, bedacht op de mogelijkheid dat er iemand uit zou springen. Maar in de kast bevonden zich alleen een kostuum, een paar overhemden en een jas, allemaal netjes aan een hangertje. Het leken modellen uit de jaren tachtig, met schoudervullingen en grote puntkragen.

Simon liet Carl en Jodie achter bij de kast en liep de hal in. Een verveloze badkamerdeur van donkerbruin hout stond op een kier. Simon duwde hem open met zijn voet.

Het was donker in de badkamer. Om geen sporen te vernietigen deed hij het licht aan met zijn elleboog en begreep waarom het zo donker was. Iemand had een zwarte vuilniszak tegen het raampje geplakt en er een stuk piepschuim voor gezet. Ook de deur was aan de binnenkant met piepschuim bekleed. Verder was het een gewone badkamer. Een wastafel, een wc, een ouderwets badkamermeubel. Het was allemaal blinkend schoon. De klep van de wc was dicht. De wastafel en de spiegel leken pas schoongemaakt. Hier kwam de sterke lucht van desinfecterende middelen vandaan. En nog een andere, onbestemde geur. Simon bracht meteen een hand naar zijn neus. Toen riep hij de anderen.

'Gadverdamme, wat een lucht!' zei Jodie toen ze binnenkwam.

Simon knikte naar het gebloemde douchegordijn, dat de badkuip bijna helemaal verborg.

'Trek jij het gordijn open?' vroeg hij.

De reden dat de man van het balkon was gesprongen, was in de badkuip te vinden, dat wist hij. Carl pakte zijn dienstpistool en laadde het door, waarna hij langzaam naar Jodie knikte. Simon had het zijne al in zijn hand. Met de mouw van haar jas over haar hand trok Jodie het gordijn voorzichtig open. Simon boog zich naar voren om te kijken, maar deinsde onwillekeurig terug.

'Godsamme!' zei hij.

De badkuip was tot de rand toe gevuld. Het water was donkerrood, bijna ondoorzichtig. Er rustte een hoofd op de rand van de badkuip. Het zag eruit als dat van een vrouw. De punten van haar blonde haar waren rood, alsof ze daar al een hele poos lag. De rest van haar lichaam verdween in het rode water. Alleen haar borsten staken er als twee eilandjes bovenuit.

20

Woensdag 7 mei

'Ik schat dat ze vijf tot zes dagen dood is,' zei Cecilia Abrahamsson. Ze keek op van haar computer en richtte haar blik op het groepje mensen tegenover haar.

In de grijze briefingkamer zaten Carl, Jodie, Simon, Lars-Erik Wallquist en vandaag ook Gert Uwe, hoofd van het moordteam en Carls directe chef.

Carl nam Cecilia's gezicht op en bedacht dat ze er jong uitzag vandaag. Maar toen ze zijn blik beantwoordde, keek hij snel weg.

'De directe doodsoorzaak is bloedverlies,' ging ze verder. 'Voornamelijk uit twee diepe wonden op de rug.'

Ze liet een foto zien van de rug van het slachtoffer. Langs de ruggengraat waren twee lange, diepe sneden te zien.

'De dader heeft het laterale deel van de erector spinae gesepareerd en verwijderd.'

Carl trok zijn wenkbrauwen op. Hij begreep het niet.

'Een spier, de rompstrekker,' zei ze. 'Hij heeft haar gefileerd.'

'Waarom?' vroeg Gert Uwe. 'Waarom "fileer" je iemand?'

Cecilia haalde haar schouders op.

'Ik trek alleen conclusies met betrekking tot de werkwijze vanuit de letsels en medische feiten die ik aan het lichaam kan waarnemen,' legde ze uit. 'Voor motieven moet je bij je rechercheurs zijn.'

Gert Uwe mompelde alleen iets onverstaanbaars, terwijl hij een aantekening maakte.

'Nog iets?' vroeg Carl.

'Ja. Ze was erg stevig vastgebonden, vermoedelijk lange tijd. Het touw heeft in zowel enkels als polsen gesneden, op sommige plekken tot op het bot. De pijn moet aanzienlijk zijn geweest.'

Ze liet haar blik over het kleine groepje gaan.

'Voor de rest geen tekenen van vergiftiging, dus geen alcohol of andere drugs. Of gifstoffen. Ook geen pijnstillers.'

'Seksueel misbruik?' vroeg Carl.

'Nee, daar zijn ook geen tekenen van. De vrouw heeft minstens eenmaal plastische chirurgie ondergaan. Borstimplantaten. Niet bijzonder goed van kwaliteit en de operatie is niet erg goed uitgevoerd, waarschijnlijk in het buitenland door een instituut dat het niet zo nauw neemt.'

'Zijn er nog verwondingen die lijken op die van Marco Holst?' ging Carl verder.

'Nee. Ze zijn allebei verminkt en hebben veel bloed verloren, maar meer overeenkomsten zie ik niet.'

Cecilia Abrahamsson koppelde haar laptop los van de projector en ging terug naar haar plaats.

'Ik stuur natuurlijk een volledig verslag,' zei ze, terwijl ze ging zitten.

'Een prostituee?' vroeg Simon.

'Misschien, maar het is te vroeg om daar iets over te zeggen zolang we haar identiteit niet kennen,' zei Carl.

Hij knikte naar Lars-Erik Wallquist, die met stramme pas naar het kleine podium liep en zijn halvemaanvormige leesbrilletje afzette.

In het licht van de tl-buizen leken zijn gelaatstrekken zwaar, alsof zijn beroep en alle ellende die hij had gezien vandaag hevig op hem drukten. Hij trok heen en weer wiegend zijn spijkerbroek op, ook al zat die al hoog om zijn middel. Daarna streek hij zijn keurig in een scheiding gekamde grijze haar naar achteren en schraapte zijn keel.

'We hebben dus geen identiteit van de vrouw,' begon hij. 'Ze beantwoordt aan geen enkele beschrijving van vermiste vrouwen, en het doorzoeken van het DNA-register heeft niets opgeleverd, maar we hebben vingerafdrukken en tandafdrukken opgestuurd.'

Jodie noteerde een paar kernwoorden en keek weer op.

'Het touw waarmee ze was vastgebonden was van een gewoon soort dat je in elke zeilwinkel kunt kopen. Misschien heeft het zin om het bij winkels na te vragen, maar ik vraag me af of dat veel zal opleveren.'

Hij schraapte opnieuw zijn keel.

'Verder zijn alle sporen die we in het appartement veilig hebben kunnen stellen afkomstig van drie personen, namelijk het slachtoffer, Anton Loeff en een derde persoon die we niet hebben kunnen identificeren. Het appartement was zorgvuldig schoongemaakt, om niet te zeggen extreem zorgvuldig.'

Hij sjorde zijn spijkerbroek nog eens op en stopte nu ook zijn rood-wit geruite flanellen overhemd zorgvuldig in.

'Er bevinden zich geen bloedsporen buiten de badkamer, wat erop wijst dat ze in de badkamer is gefileerd en overleden. Verder geen bijzonderheden wat haar betreft.'

Hij kuchte nogmaals.

'Wat Marco Holst betreft: het laboratorium heeft alle lichaamsdelen bekeken die we binnen hebben gekregen. En die zijn van Marco Holst. Stuk voor stuk.'

'Zaten er nog sporen van de dader op?' vroeg Jodie.

'Geen haar, geen druppel speeksel en geen bloedvlek die niet van Marco Holst zelf afkomstig is.'

Wallquist knikte en liep terug naar zijn plaats.

'Dat hadden we al zien aankomen,' zei Carl. 'Gezien hoe schoon de plaats delict was. Dank je wel, Lars-Erik.'

Hij stond op en liep naar het podium.

'Zoals we allemaal weten, is Marco Holst dood.'

Simon stopte met wippen op zijn stoel en boog zich met zoveel kracht naar voren dat de stoel met een harde klap op de grond kwam.

'En hoe is hij verdomme overleden?'

Carl richtte zich tot het kleine clubje.

'Morfine,' zei hij.

'Wat?' zei Jodie.

'Dat is toch niet waar, verdomme!' zei Simon. 'Wat zijn dat voor idioten die medicijnen laten rondslingeren bij een verslaafde?'

Carl kuchte.

'Marco Holst heeft het niet zelf gedaan. Het is trouwens de vraag of hij zichzelf had kunnen injecteren met zijn verminkte handen.'

'Wat zeg je nou?' vroeg Gert Uwe en hij keek Carl verontwaardigd aan. 'Bedoel je dat we Marco Holst zonder bewaking in het ziekenhuis hebben laten liggen, zodat de dader gewoon naar binnen kon lopen om af te maken wat hem in de schuur niet was gelukt? Zonder dat iemand het heeft gemerkt?'

Carl schudde zijn hoofd.

'Nee,' zei hij vlak. 'Helaas. Dat was in zekere zin wel beter geweest voor het onderzoek...'

'Huh?' zei Gert Uwe, een moment van zijn stuk gebracht.

'De dader heeft het niet gedaan. Een verpleegkundige heeft hem een verkeerde dosis gegeven. Ze hadden morfine gekregen met een andere sterkte dan ze normaal gesproken bestellen. Twintig milligram per milliliter in plaats van vijf. Marco had kennelijk veel pijn en had alles bij elkaar geschreeuwd. De verpleegkundige was gestrest geraakt, begrijpelijkerwijs, en had het etiket niet goed gecontroleerd, de gewone dosis gegeven en... toen is Marco Holst overleden.'

'Het is niet waar!' zei Simon. 'Dat meen je niet!'

Carl knikte.

'Dat bestaat toch niet, verdomme.'

'Ik begrijp dat we allemaal ontsteld zijn,' zei Carl. 'Maar we kunnen er weinig aan doen. De ziekenhuisdirectie heeft melding gemaakt van het incident.'

'Dus het ziekenhuis heeft onze belangrijkste getuige gedood?' vroeg Jodie.

Carl knikte.

'De dosis was vier keer zo sterk en... Cecilia, kun jij misschien...?'

Hij keek de gerechtsarts vragend aan.

'De doodsoorzaak is verstikking, veroorzaakt door een ademhalingsdepressie. Vermoedelijk in combinatie met hypotensie – een zeer lage bloeddruk dus. Dat zijn allebei typische symptomen voor overdosering met morfine.'

Het was even stil. Simon stond op.

'Ik geloof er geen hout van!' zei hij.

Carl reageerde niet.

'Hier hebben we een man die was overleden als hij, zeg maar, een centiliter bloed meer had verloren. Snappen jullie? Een céntiliter! En twee dagen later krijgt hij toevallig een overdosis morfine en gaat... poef... dood.'

Simon zei het op agressieve toon, alsof hij de mensen in het vertrek de schuld gaf van Marco's dood. Carl besefte dat hij daarom zo'n hekel had aan Simon: niet vanwege de dingen die hij zei, maar vanwege de manier waarop hij ze zei.

'Heb je met de verpleegkundige gesproken?' vroeg Jodie.

'Ja,' zei Carl. 'Ze is in shock. Het ziekenhuis heeft de medische fout zelf gemeld. Ik heb ook gecheckt wat ze in de nacht van zondag op maandag heeft gedaan, voor alle zekerheid.'

'En?' vroeg Simon.

'Ze is met haar vriend naar de bioscoop geweest en daarna bij hem blijven slapen. Dat heeft hij verklaard.'

'En wanneer heeft het ziekenhuis zijn vergissing ontdekt?' vroeg Gert Uwe.

'Die heb ík ontdekt,' zei Carl. 'Gistermiddag, toen ik hem zou verhoren. Toen was hij dood.'

Gert Uwe schudde zijn hoofd.

'Waar zijn ze in godsnaam mee bezig?' vroeg hij bezorgd.

'Dus nu hebben we een moordonderzoek?'

'Nee,' zei Carl. 'Niet wat betreft Marco Holst in elk geval. Strikt genomen is hij níét overleden aan de verwondingen die de dader hem heeft toegebracht.' Hij legde zijn handen op het podium. 'Goed,' zei hij. 'We hebben twee doden die vreselijke martelingen hebben doorstaan. En nu we de ouders van het meisje uit het onderzoek hebben geschrapt,' hij keek even naar Jodie, die knikte, 'hebben we twee personen met wie we in contact moeten komen: Fadi Sora en Anton Loeff. Maar we moeten ons niet op een van beiden vastpinnen.'

'Verdomme,' zei Simon en hij boog zich weer naar voren op zijn stoel.

'We hebben Loeff op heterdaad aangehouden!'

‘Nee,’ zei Carl geduldig. ‘We hebben hem níét op heterdaad aangehouden. Hij is ontsnapt, zoals je misschien nog weet.’

‘Ja, maar je weet wel wat ik bedoel.’

‘Nee. En dit is geen discussie die ik nu wil voeren. We werken vanuit het idee dat beide mannen verdacht zijn.’

De uitdrukking op Simons gezicht was die van een bokser die zojuist een wedstrijd had gewonnen, maar nu gediskwalificeerd dreigde te worden, bedacht Carl. Alsof het persoonlijk was geworden. Alsof het zíjn zaak was.

Hardop zei Carl: ‘Verder nog iets?’

Jodie streek het lange haar opzij dat in haar gezicht was gevallen.

‘Ik denk dat ik iets heb,’ zei ze. ‘Ik heb een afspraak met een getuige, meteen hierna.’

Iedereen in het vertrek draaide zich naar haar om,.

‘Getuige waarvan?’ vroeg Carl.

‘Van het ontvoeren van een man. Ze heeft afgelopen maandag aangifte gedaan van iets wat volgens haar een ontvoering kan zijn geweest. Ik heb haar opgeroepen. Het zou Holst geweest kunnen zijn.’

21

'Fijn dat u hebt gewacht,' zei Jodie Söderberg.

Susanna Eriksson zat al meer dan een uur in de kale verhoorkamer en keek verveeld.

'Als ik had geweten dat het zo lang zou duren, was ik niet gekomen,' zei ze.

'Onze excuses,' zei Jodie en ze nam tegenover haar plaats.

'Dit is mijn inspecteur.'

'Carl Edson,' zei Carl en hij gaf de vrouw een hand.

Ze keek hem nieuwsgierig aan.

'Susanna Eriksson was het toch?' zei hij, terwijl hij naast Jodie ging zitten. 'Fijn dat u bereid was te komen.'

Haar gelaatstrekken zouden mooi zijn, bedacht Carl, als ze niet zo hard en afwijzend waren geweest. Smalle, strakke lippen, een beginnend net van rimpels op haar gezicht, zoals bij een roker. Halflang piekhaar, dat ze zwart had geverfd. Op de knokkels van haar linker- en rechterhand had ze LOVE en HATE laten tatoeëren. Hij keek in zijn papieren. Ze zou aankomende herfst zesendertig worden, maar ze leek ouder.

Er stonden een videocamera en een microfoon op de tafel, op haar gericht. Ze volgde hem met haar blik toen hij op de knop drukte die de opname startte, maar zei niets.

'U hebt drie dagen geleden aangifte gedaan van wederrechtelijke vrijheidsberoving, klopt dat?' vroeg Carl.

'Wederrechtelijke vrijheidsberoving, wat is dat nou weer voor term?' Lachend ging ze verder: 'Als u de ontvoering bedoelt: ja, dat was ik. Maar toen kon het jullie niks schelen. Geen moer.'

Ze keek Carl en Jodie peinzend aan.

'Wat is er nu opeens zo belangrijk aan?'

Carl kuchte. Dom was ze in elk geval niet.

'Het kan van belang zijn voor een zaak waar we aan werken. Helaas kan ik niet in detail treden. Maar kunt u vertellen wat u hebt gehoord en gezien?'

Susanna keek naar haar handen en zag er opeens kwetsbaar uit.

'Het was afgelopen zondag. Ik was bij mijn moeder geweest en was onderweg naar huis. Ze is ziek en ligt in het Ersta-hospice. Ze heeft niet lang meer te leven. Dus ga ik bijna elke dag naar haar toe. Dat probeer ik in elk geval.'

Ze streek met haar wijsvinger over de LOVE-tatoeage en haalde diep en luidruchtig adem.

'*Anyhoo*,' zei ze. 'Als ik daarvandaan kom, loop ik altijd een stuk, om mijn hoofd leeg te maken. Afgelopen zondag liep ik door Tanto. Het is mooi daar in het park. 's Avonds is het er niet zo druk. En ik woon in Hägerstensåsen, dus het ligt op de route. Ik ben niet gek, als u dat soms denkt.'

Carl verzekerde haar dat ze niets van dien aard dachten.

'We luisteren gewoon. Vertel nu maar verder.'

'Anyhoo. Soms loop ik het hele eind over de Liljeholms-brug, maar meestal neem ik vanaf Hornstull de metro.'

Carl knikte geduldig.

'Vertel alstublieft wat u hebt gezien,' zei hij.

'Oké, oké. Het was drie dagen geleden. Ja, afgelopen zondag. Ik dacht er niet zo bij na waar ik liep. Ik was in gedachten. De toestand van mijn moeder...'

'We begrijpen het,' zei Carl.

'Opeens herinner je je dingen van vroeger. Die je vergeten was. Dat we over een heel lange steiger renden en daarna hand in hand in het water sprongen...'

Ze onderbrak zichzelf en glimlachte beschaamd.

'Shit, ik word een beetje gek van dit gedoe met mijn ma. Dat nare mens ook, een kreng was het, maar nu ze bijna doodgaat...' Geïrriteerd veegde ze met de rug van haar handen over haar ogen.

'Dat geeft niet. Vertel het maar op uw eigen manier,' zei Jodie. 'We hebben geen haast.'

Carl gaf haar alleen een bemoedigend knikje ten teken dat ze door kon gaan.

'Anyhoo, toen ik daar liep, hoorde ik iets. Een takje of iets. Er kraakte iets, een knappend geluid. Ik bleef staan en keek om me heen. Toen zag ik een meter of vijftig verderop twee mannen bewegen. Eerst leek het of ze ruziemaakten, maar toen zag ik dat de een de ander, die helemaal van de wereld was, sleepte.'

'Van de wereld?'

'Ja, bewusteloos, zeg maar. High, lazarus, weet ik veel. Het blijft natuurlijk Tanto.'

'Waar was dat precies?'

'In de buurt van het parkeerterrein bij de volkstuintjes.'

Ze keek Carl onzeker aan.

'Anyhoo, ze kwamen uit het park en ik wilde niet dat ze me zagen, dus ik verstopte me achter een paar struiken. Dat slepen met die man was een hele toer, want hij moest een paar keer blijven staan.'

'U zegt "die man". Weet u zeker dat het een man was die hij sleepte en geen vrouw?' vroeg Carl.

'Tja, dat denk ik wel. Het was donker, natuurlijk, maar die man leek zwaar.'

'Oké, verder nog iets?' vroeg Carl. 'Zei hij iets, de man die hem sleepte?'

'Niks, geen woord. Toen hij bij de auto kwam, opende hij alleen het achterportier en stouwde het lichaam op de achterbank. Maar hij viel er aldoor uit. De man die buiten westen was dus. En dan duwde die man hem weer naar binnen. Maar hij was heel nonchalant. Alsof het een oude stofzuiger was of zoiets. Het leek hem niet uit te maken of die man zich pijn deed. En toen dacht ik: shit, hij wordt gekidnapt.'

'Zag u wat voor auto het was? Welke kleur? Het kenteken?' vroeg Carl.

Susanna schudde haar hoofd.

'Nee, ik ben waardeloos wat auto's betreft. Het leek een grote wagen, donker, misschien zwart, maar dat weet ik niet zeker.'

'Zou u een van de mannen herkennen, denkt u? Als u hen weer zag?' vroeg Jodie.

Susanna dacht even na.

'Misschien. Zoals ik al zei, het was donker.'

'Hebt u hun gezicht gezien?'

Susanna knikte.

'Toen hij de man in de auto had weten te proppen en het portier had dichtgedaan, draaide hij zich om...'

'Ja?'

'Hij was gemaskerd. Zo'n overvallersmuts, u weet wel.'

'Dus u hebt zijn gezicht niet gezien?' vroeg Jodie, niet in staat haar teleurstelling te verbergen.

'Hallo, rustig! Net voordat hij wegreed, trok hij zijn muts af. Het zou ook een raar gezicht zijn om door de stad te rijden met zo'n muts op.'

Ze lachte hees.

'En toen zag u zijn gezicht?'

Ze knikte.

'Net op het moment dat hij in de auto stapte.'

'Zou u kunnen proberen de mannen te identificeren als we u een paar foto's laten zien?'

Susanna keek eerst Jodie en vervolgens Carl aan.

'Nu?'

'Ja.'

'Zijn jullie helemaal gek? Ik moet eerst eten hebben. En daarna moet ik naar huis om voor de kinderen te zorgen.'

'Hoe oud zijn ze, de kinderen?' vroeg Carl.

'Vijftien en zeventien.'

'Kunnen die niet een tijdje voor zichzelf zorgen, als u ze belt?'

'Misschien.'

'Mooi,' zei Carl.

'Maar het eten dan? Ik moet iets eten. Ik word chagrijnig als ik honger heb, ik word zo link als wat...'

'Jodie hier bestelt wel iets. Pizza, is dat goed?'

Susanna knikte.

'En een cola. Een gewone. Geen cola light.'

'Komt goed,' zei Jodie. 'Excuseer ons een moment. Ik kom zo terug met de pizza en de foto's.'

'En een gewone cola,' zei Susanna.

'...en een gewone cola.'

***

Een uur later opende Jodie de deur van de teamkamer. Ze had haar laptop onder haar arm en keek ontevreden. Carl volgde haar met zijn blik, maar zei niets. Ze zette de laptop op haar bureau en ging op de stoel zitten, die meteen zo ver naar beneden zakte dat ze even een klein kind leek. Ze drukte op de hendel om de stoel weer omhoog te krijgen.

'Ze herkende Holst, van hem was ze zeker, maar van die andere man niet. We hebben de foto's een paar keer doorgenomen, maar... niks. Uiteindelijk werd ze chagrijnig en wilde ze de foto's helemaal niet meer bekijken.'

'Waarom niet?' vroeg Carl.

Jodie aarzelde.

'Het kwam door Simon,' zei ze toen. 'Hij was verschrikkelijk onaardig. Hij ging als een militair tekeer daar binnen.'

'Ik ga met hem praten,' zei Carl en hij bedacht dat Simon ongeschikt was voor dergelijke situaties.

'Waar is hij nu?' vroeg hij.

'Verdorie!' zei Jodie geïrriteerd.

Haar stoel zakte weer langzaam naar de laagste positie. De gasveer had het kennelijk begeven.

'Wat is dit voor plek?' vroeg ze en ze zette de stoel aan de kant.

'Het rommelhok,' zei Carl. 'Voor afgedankte spullen en voor ons.'

In een hoekje stonden nog twee stoelen, samen met ladeblokken en uitgerangeerde boekenkasten. Jodie zette haar defecte stoel aan de kant en pakte een van de andere. Toen ze erop ging zitten, zakte ze weer naar de grond. Ze vloekte en probeerde de laatste stoel. Die zakte niet in.

'En Simon?' vroeg Carl. 'Waar is die?'

'Hij is weg,' zei ze. 'Hij ging nog eens met Oskarsson praten over Loeff.'

Carl stond op en liep naar haar plaats.

'Welke foto's van Loeff hebben jullie laten zien?'

Jodie opende een fotoviewer op de computer en scrolde naar de juiste afbeelding.

'Was het die foto?' vroeg Carl. 'Die is uit de tijd dat hij in de bak zat. Die moet minstens vijftien jaar oud zijn.'

'Het is de enige die we hebben,' zei ze.

'Dat kan toch niet?' zei Carl en hij liep terug naar zijn eigen plaats. 'Er moet toch een andere zijn?'

Toen bond hij in.

'Sorry,' zei hij. 'Nee, je hebt natuurlijk gelijk. Loeff is jarenlang onzichtbaar geweest. Er bestaat waarschijnlijk niet eens een pasfoto van hem die nieuwer is. We moeten Susanna Eriksson gewoon met hem confronteren. Wanneer we hem te pakken krijgen.'

Jodie knikte.

'En Fadi Sora,' ging Carl verder. 'Hoe oud is zijn foto?'

'Beter,' zei Jodie. 'Maar een paar jaar.'

Carl pakte een pen en speelde ermee, draaide hem rond tussen zijn vingers.

'Bewakingscamera's?' vroeg hij. 'Hebben we gekeken of er camera's hangen in het Tanto-park?'

Jodie knikte en stond tegelijkertijd op.

'Die zijn er niet.'

Carl mompelde iets onverstaanbaars.

'Ik heb beloofd dat ik haar thuis zou brengen,' zei Jodie. 'Ze vindt dat we haar dag hebben verprutst, blabla... En ik heb met haar te doen vanwege haar,' ze slikte snel, 'moeder.'

Carl knikte verstrooid.

'Dat is goed. Doe dat maar.'

Toen Jodie weg was, bleef hij naar haar lege stoel zitten kijken. Hij dacht aan Anton Loeff. En aan Fadi Sora.

Hoe kon je een autosleutel kwijtraken, nadat je in de auto was gestapt en die had gestart? En waarom was Holst tegen een muur gespijkerd? Carl vouwde zijn handen achter zijn nek en leunde achterover op zijn stoel. Er klopte iets niet, bedacht hij. Ze zagen iets over het hoofd.

Op dat moment begon de stoel onder hem in te zakken. Hij vloekte, stond op en ruilde zijn stoel om met die van Jodie. Daarna kreeg hij spijt. Hij keek om zich heen alsof hij zich betrapt voelde, en wisselde ze snel weer om.

22

Het was koud, een typische koele lenteavond. Toen de zon was ondergegaan, was de vroege warmte ook verdwenen. Het was een paar minuten over halftien. Alexandra Bengtsson huiverde. Ze zat in een vreemde auto en vroeg zich af waar ze eigenlijk mee bezig was. Naast haar, op de bestuurdersstoel, zat een man die een bivakmuts droeg en een zwartleren jack en een donkere spijkerbroek. Hij zag eruit als een terrorist, maar kennelijk was hij brigadier.

Ze had eerder die dag een mailtje gekregen van 'Bror Dupont'. Hij wilde haar spreken.

Nu zaten ze in zijn kleine rode BMW in de oude parkeergarage van L.M. Eriksson aan het Telefonplan. Er stonden geen andere auto's. Iemand die vanavond ergens wilde parkeren, gebruikte het open parkeerterrein, niet de oude parkeergarage. Die was tegelijk met het functionalistische kantoor van L.M. Eriksson gebouwd, maar daarna in verval geraakt. Nu was het er 's avonds en 's nachts onaangenaam stil.

De rechercheur had erop aangedrongen dat ze elkaar hier zouden ontmoeten.

'Je werkt normaal gesproken niet met misdaad, toch?' vroeg hij onduidelijk vanonder de muts. Hij keek haar niet aan.

'Nee,' zei ze kort. 'Normaal gesproken niet. Ik ben algemeen verslaggever, maar ik zat als eerste op dit verhaal.'

Hij knikte en keek waakzaam door de voorruit en in de binnenspiegel.

'Wat heb je te vertellen?' vroeg ze.

'Wat krijg ik?'

'Ons gebruikelijke tipgeld is vijfhonderd kronen. Als het tot publicatie leidt.'

Hij lachte.

'Dat is niet genoeg. Bij lange...' Hij maakte zijn zin niet af en keek ongerust van de ene kant naar de andere.

Zij had het ook gehoord: iemand die ergens tegenaan had geslagen. Het geluid van metaal weergalmde tegen de betonnen muren. Daarna werd het weer stil. Ze wachtten. Het geluid kwam niet terug. Er was niemand te zien.

Een paar jongeren die langs waren gelopen en ergens tegenaan hadden geschopt, vermoedde ze.

'Ik kan meer bieden,' zei ze. 'Maar het gaat niet om enorme bedragen. En dan moet je met iets goeds komen.'

De man zei niets.

'Waarom heb je contact met me opgenomen?'

'Wat bedoel je?'

'Waarom wil je vertellen? Gaat het om het geld?'

Hij bleef voor zich uit door de voorruit kijken.

'Laten we zeggen dat ik niet zo te spreken ben over bepaalde dingen.'

'Oké,' zei Alexandra.

De man aarzelde en zei toen: 'Carl Edson leidt ook een vooronderzoek naar een vermoorde vrouw in Hökarängen.'

Alexandra dacht na.

'Daar hebben we al over geschreven,' zei ze. 'Ze werd dood aangetroffen. Vooronderzoek naar moord. Wat is daar nieuw aan?'

'De politie koppelt haar aan de zaak-Marco Holst.'

'Waarom? Vermoeden ze dat het om dezelfde dader gaat?'

De rechercheur lachte.

'Het ís dezelfde dader.'

'Hoe weet je dat?' vroeg Alexandra, terwijl ze een notitieboekje uit haar handtas haalde en aantekeningen begon te maken.

'Wij... De politie heeft hem praktisch op heterdaad aangehouden toen hij de vrouw in Hökarängen vermoordde.'

'Oké. En wat is het verband met Marco Holst?'

De rechercheur pakte het stuur iets steviger vast en draaide het heen en weer alsof hij aan het rijden was. Vervolgens begon hij te vertellen.

***

Een kwartier later stapte Alexandra Bengtsson uit de rode BMW. De brigadier startte de auto meteen en reed weg. Er klonk een zacht gepiep van de banden toen hij de hellingbaan af reed.

Ze wachtte vijf minuten voordat ze zelf de parkeergarage uit ging. Deze hele dwaze vertoning was een eis van hem geweest. Ze had stiekem gedacht dat hij te veel misdaadseries had gezien, maar wilde geen ruzie met hem krijgen.

Nu had ze trek en ze reed naar Palmyra Kebab in Årsta.

Tijdens het rijden zette ze de verwarming op de hoogste stand. Hij was lauw toen ze voor het restaurant op straat parkeerde, naar binnen ging en een kebabwrap om mee te nemen bestelde.

'Anders nog iets?' vroeg de forse man die gekleed ging in een wit T-shirt, dat veel te klein was voor zijn bolle buik.

'Een cola,' zei ze en ze stak haar pinpas in de pinautomaat. Ze betaalde en kreeg haar wrap, in aluminiumfolie gewikkeld in een plastic tasje.

Twee geüniformeerde agenten kwamen binnen en gingen achter haar staan. Ze knikten toen ze langsliep.

Ze ging aan de passagierskant van de auto zitten, legde de kebab naast zich op de middenconsole en haalde haar laptop tevoorschijn. Ze had al gebeld om het met Marvin te bespreken, die voor de verandering enthousiast had geklonken. 'Goed gedaan, Bengtsson!' had hij gezegd toen ze het gesprek beëindigde.

Ze nam een hap van de kebab en begon al etend te typen.

Een uur later was ze klaar. Ze had ook Carl Edson nog gebeld voor een officieel commentaar en nu stuurde ze de tekst naar de redactie. Ze leunde achterover op haar stoel en rekte haar spieren, die pijn begonnen te doen na het lange zitten. Het was koud geworden in de auto en toen ze naar buiten wilde kijken merkte ze dat de ruiten beslagen waren. Ze wreef erover om een kijkgaatje te maken. Het trottoir was leeg. Het kebabrestaurant was gesloten. Ze keek op haar horloge. Bijna halftwaalf. Even later had het artikel een ankeiler bovenaan op de site:

ACTUEEL: POLITIE MAAKT JACHT OP BEKENDE SADIST

De politie is op zoek naar een bekende sadist, die wordt verdacht van de moord op een 20- tot 30-jarige vrouw in Hökarängen. Volgens aan ***Aftonbladet*** verstrekte informatie wordt gekeken naar een eventueel verband met de man die eerder deze week gemarteld is aangetroffen in Rimbo.

'De verdachte is op vrije voeten en kan extreem gevaarlijk zijn,' zegt een bron bij de politie. Volgens aan ***Aftonbladet*** verstrekte informatie wordt nu gezocht naar een 43-jarige dader, iets waar inspecteur Carl Edson, leider van het vooronderzoek, geen commentaar op wil geven.

'Ik kan alleen zeggen dat we een aantal verdachten hebben met wie we graag in contact willen komen,' zegt hij.

POLITIE BLUNDERT

Toen de politie afgelopen dinsdag de gezochte 43-jarige wilde verhoren over de martelmishandeling in Rimbo, troffen ze het lijk aan van een vrouw van in de twintig. De vrouw blijkt te zijn doodgemarteld. Ze zou onder andere met een mes zijn verminkt. Bij de doorzoeking van de plaats delict door de forensische opsporingsdienst zijn de lichaamsdelen niet gevonden.

Volgens bronnen van ***Aftonbladet*** bevond de gezochte 43-jarige zich in het appartement toen de politie ter plaatse kwam, maar wist te vluchten. Ondanks een grote zoekactie is de man nog niet gegrepen.

BEKENDE SADIST

De 43-jarige is eerder veroordeeld voor sadistische mishandeling en wordt tegenover onze krant omschreven als extreem gevaarlijk. De politie zal het DNA van de verdachte vergelijken met eerdere onopgeloste zaken met een soortgelijk daderprofiel.

'Dit is een routineprocedure die we in zo'n geval altijd uitvoeren,' aldus Carl Edson, die bestrijdt dat de man gevaarlijk zou zijn voor het publiek. 'We zien hem niet als een gevaar en hebben daarom geen waarschuwing afgegeven.'

GETUIGE VAN ONTVOERING

De politie is ook in contact gekomen met een getuige die in de nacht van zondag op maandag heeft gezien dat een bewusteloze man een auto in werd gesleept. De politie vermoedt nu dat het de 47-jarige man was die later gemarteld in Rimbo is teruggevonden.

De identiteit van de dode vrouw is nog niet vastgesteld.

Mijn zus heeft weer gebeld. Ze ademde in de telefoon.

Ik vind het niet leuk om aan haar te denken, maar dat gebeurt vanzelf.

Een ander spelletje dat we als kind samen deden ging zo: een van ons lag op de rug en de ander met een mes in de hand erbovenop. Wanneer ik boven lag, probeerde ik het mes tegen haar borst te duwen, terwijl mijn zus het probeerde af te wenden. Als de onderste erin slaagde de rollen om te draaien, het mes aan de kant te duwen en de tegenstander af te werpen, dan had die gewonnen. We lagen om de beurt onder.

Gek genoeg raakten we geen van beiden gewond. Ik denk niet dat we voorzichtig waren. We waren niet bang voor wat er zou kunnen gebeuren. Dat iemand dood kon gaan, daar maakten we ons geen zorgen over. Dat deed er niet toe.

Maar papa betrapte ons. Hij kwam eerder thuis van het militaire hoofdkwartier dan anders. We hoorden hem pas toen hij met zijn gebruikelijke 'aha' de deur van onze kamer had opengetrokken. Het was zijn idee van een grap om onze deur open te trekken en net te doen alsof hij ons ergens op had betrapt. Die dag was dat echt zo.

Mijn zus hield het mes tegen mijn keel gedrukt; ze zette haar hele gewicht erachter, terwijl ik met trillende handen weerstand probeerde te bieden. Papa staarde ons alleen maar aan. We waren een hele poos roerloos, alle drie, als in een bizar stilleven. Daarna stak hij zijn hand uit. Mijn zus stond op en gaf hem het mes. 'Het andere ook,' zei hij. Ik pakte mijn mes van het bureau en gaf het aan hem. Daarna vertrouwden ze ons geen messen meer toe.

Maar mijn ouders hadden het geen van beiden over wat er was gebeurd. Het leek wel of ze de gewone woorden voor abnormale dingen niet kenden: 'ziek', 'gewelddadig', 'grenzeloos', 'gestoord', 'sadistisch'. Ze waren in elk geval niet in staat ze uit te spreken.

Soms heb ik het gevoel dat ik het heb gedroomd. Dan weet ik niet of het echt gebeurd is of dat ik het me allemaal heb verbeeld. Maar wanneer ik mijn zus hoor ademen in de telefoon, dan herinner ik me alles weer. Dan weet ik het.

23

Donderdag 8 mei

'Goedemorgen!' schreeuwde een stem, terwijl op hetzelfde moment de deur van de teamkamer met een klap wijd open werd gezet.

Carl schrok ervan en morste koffie op zijn bureau. In de deuropening stond een vrouw geamuseerd naar hem te kijken. Hij herkende haar.

Het was Agneta Caretti, een donkerharige dertigjarige met een knap gezicht.

Carl mocht haar niet. Ze had een uitzonderlijk goed geheugen, dat ze zowel gebruikte om te helpen bij een onderzoek – hij wist zeker dat Simon er dankzij haar in was geslaagd Anton Loeff te vinden – als om anderen de baas te zijn. Alles wat ooit haar bureau gepasseerd was, kon ze zonder moeite tot in detail bovenhalen. Wanneer ze naar hem keek, kreeg hij altijd het gevoel dat ze aan een gênante, pijnlijke gebeurtenis dacht die hij zelf allang was vergeten.

Ze had een civiele aanstelling op het politiebureau, als administrateur. Maar ze was de meest militaristische persoon die Carl ooit had ontmoet. De enige die zich in dat opzicht misschien met haar kon meten was Simon Jern. Maar dat zei hij niet tegen haar. Of tegen Simon.

'Hallo,' zei ze op normale toon en ze keek om zich heen door de kamer. Zitten jullie híér?'

'Ja,' zei hij zo vriendelijk mogelijk, terwijl hij de gemorste koffie probeerde op te deppen met de *Dagens Nyheter* van die dag.

'Tijdelijk,' zei hij erachteraan.

'Mooi! Ik heb jullie gezocht,' zei ze en ze liep naar hem toe.

Carl schoof zijn stoel naar achteren.

'Dit zat bij de post. Het is geadresseerd aan "Carl Edson, onderzoek seriemoorden". Zo'n onderzoek bestaat natuurlijk niet, voor zover ik weet. Maar ik vond dat ik het toch maar meteen bij jou moest afleveren.'

Ze stak hem een witte, gevoerde envelop toe.

'Dank je wel,' zei hij afwachtend. 'Wat zit erin?'

Ze zette een braaf gezicht.

'Ik mag geen post van andere mensen openmaken, zoals je misschien weet.'

Hij woog de envelop op zijn hand, terwijl hij er nieuwsgierig naar keek. Er kon geen groot voorwerp in zitten; daar was hij te licht voor. Hij kneep erin en voelde een bobbel ter grootte van een vlakgum.

'Waar is je team?' vroeg ze en ze keek naar de lege stoelen van Jodie en Simon.

'Aan het werk,' zei Carl kortaf.

Die ochtend had hij Jodie en Simon allebei uitgekafferd vanwege de informatie die de pers had bereikt. Simon had boos gekeken, gekrenkt, op zo'n manier dat Carl hem ging verdenken. Hij overwoog de zaak met Gert Uwe te bespreken, maar wist dat het niets zou uithalen.

'Ga je hem niet openmaken?' vroeg Agneta.

Ze maakte geen aanstalten om weg te gaan en Carl pakte zuchtend een schaar van zijn bureau. Voorzichtig knipte hij de bovenste rand van de envelop en keek erin. Agneta keek over zijn schouder. De envelop leek helemaal leeg, op een klein zwart voorwerp onderin na.

'Een USB-stick!' zei ze snel en ze ging rechtop staan.

Carl legde een blaadje op het bureau en liet de inhoud van de envelop daarop vallen. Hij keek naar de stick. SAN DISK, stond er op de ene kant.

'Hier laten we de technici naar kijken,' zei hij en hij zag op hetzelfde moment de teleurstelling op Agneta's gezicht.

'En ik was nog wel zo benieuwd. Oké, ik stuur hem er meteen naartoe,' zei ze en ze stak haar hand uit.

'Nee, ik ga er zelf naartoe. Ik moet toch die kant op,' zei Carl.

24

In het trappenhuis van het appartement in Hägerstensåsen hingen een vage bakwalm en de geur van oude tabaksrook, maar het was licht en goed onderhouden: lindegroene muren, een zwarte ijzeren leuning en grijsgemêleerd beton.

Alexandra Bengtsson vond het een huiselijke geur. Ze bestudeerde de lijst van bewoners, vond degene die ze zocht, liep naar de lift en drukte op de knop voor de vierde en hoogste verdieping.

Er waren drie deuren op de verdieping. Ze las de naambordjes en bleef bij dat van Susanna Eriksson staan. Het was het juiste appartement, maar toen ze haar vinger al had uitgestoken om aan te bellen aarzelde ze. Ze hoorde geluiden binnen, iemand die afwaste, een radio…

Ze dacht aan wat ze tegen Marvin zou zeggen. Dat het te opdringerig was om aan te bellen, dat het risico te groot was dat Susanna haar hakken in het zand zou zetten en niet mee zou willen doen. Dat zou werken. Hij zou zeggen dat het onzin was, maar het wel accepteren.

Ze liep snel de portiek uit, naar haar auto, die verderop in de Sedelvägen geparkeerd stond. Toen ze zich op de bestuurdersstoel liet zakken, zag ze de ramen van wat Susanna Erikssons appartement moest zijn, boven in het gebouw.

Ze haalde haar mobiel, een headset en een notitieboekje uit haar tas. Bovenaan stond het mobiele nummer van Susanna. Ze belde en wachtte.

De telefoon ging vijf keer over voordat er werd opgenomen. Door een vrouw met een hese stem, als van een verstokte roker.

'Dag, ik ben Alexandra Bengtsson, verslaggever bij *Aftonbladet*. Bent u Susanna Eriksson?'

Ze wachtte gespannen.

'Waarom vraagt u dat?' vroeg de stem.

'Ik heb een paar vragen. Hebt u heel even tijd?'

'Dat weet ik niet. Wat wilt u van mij?'

Ze had dus gelijk. Het was Susanna Eriksson, die volgens de bevolkingsadministratie in september zesendertig werd en ingeschreven stond in de Sedelvägen in Hägersten.

'U bent afgelopen weekend getuige geweest van de ontvoering van een persoon in het Tanto-park?'

'Wat… Hoe bent u daarachter gekomen?'

Die vraag had Alexandra verwacht.

'Ik heb mijn contacten. Maar klopt het?'

Een weifelende stilte, toen: 'Ja…'

'En gisteren hebt u contact gehad met de politie?'

De vrouw weifelde weer en zei vervolgens schoorvoetend: 'Ja.'

Alexandra pakte haar pen en begon in het notitieboekje te schrijven.

'Wat hebt u hun verteld?' vroeg ze en ze keek naar de portiek aan de andere kant van de straat. 'Aan de politie dus, tijdens het verhoor.'

'Ik denk niet dat ik dat ga vertellen. Ik… Wat hebt u er ook mee te maken, verdorie?'

Alexandra wist uit ervaring dat ze daar nooit op in moest gaan en stelde gewoon de volgende vraag: 'Maar u hebt gezien dat die persoon werd ontvoerd?'

Weer een aarzelende pauze.

'Ja.'

'Waar stond u?'

'Een eindje van het parkeerterrein af. Achter een struik.'

Alexandra noteerde het. Mooi, dacht ze. Simpele feitelijke vragen die gemakkelijk te beantwoorden waren en die haar afleidden.

'En de personen hebben u niet gezien?'

'Nee.'

'Maar u hen wel?'

'Ja, daarom heb ik de politie gebeld. Wat wilt u eigenlijk?'

'Zou u een van hen kunnen aanwijzen?' vroeg Alexandra, zonder zich iets van Susanna's vraag aan te trekken.

'Dat weet ik niet.'

'Hebt u foto's bekeken bij de politie?'

'Ja, hoe wist u...'

'Herkende u mensen op die foto's?'

Ja, de man die weggesleept werd, herkende ik wel.'

'Oké, wie was het?'

'Marco... nog wat. Een vreemde naam.'

'Holst?'

'Ja.'

'En de andere man?'

'Die met die grote vent sleepte?'

'Ja?'

'Nee, die stond niet op de foto's die ik te zien kreeg.'

'Op geen ervan?'

'Nee.'

'Zeker weten?'

'Weet ik niet. Daar zeurden zij ook over. "U moet het heel zeker weten" en "Neem de tijd". Ze lieten de foto's een paar keer zien.'

'En?'

'Nee, zeg ik toch? De man die ik had gezien zat er niet bij.'

Alexandra keek omhoog naar de ramen op de bovenste verdieping en noteerde het.

'Maar u hebt zijn gezicht gezien?'

'Gezien, gezien... Het was donker en het was een flinke afstand.'

'Oké?'

'Net toen hij wilde wegrijden, ging er een lampje aan in de auto. En ja, toen heb ik hem even gezien.'

Alexandra zag de scène voor zich: het portier dat openging en het licht dat op het gezicht van de dader viel.

'En hij droeg geen masker, hij had niets voor zijn gezicht?'

'Nou, dat trok hij dus af, net toen hij in de auto stapte.'

'Zou u die man herkennen als u zijn gezicht weer zag?' vroeg ze.

'Dat denk ik wel. Maar hij stond niet op de foto's.'

'Nee, dat zei u al. Wat ging er door u heen toen u zag wat er gebeurde?'

'Toen ik door kreeg wat er gebeurde, kreeg ik het flink benauwd.'

‘Waarom?’

‘Weet ik niet. Omdat ze misschien iets met mij zouden doen…’

‘Moet u nog een keer naar de politie om foto’s te bekijken?’

‘Dat weet ik niet, maar er was een man die ze verdachten en waar ik naar moest kijken… als ze die hadden gepakt.’

Alexandra keek weer omhoog naar het appartement.

‘Dank u, dan laat ik het hierbij. Susanna Eriksson, met twee s’en, klopt dat?’

‘Ja.’

‘Wat voor werk doet u?’

‘Ik sta in de winkel. Een Coop in Bandhagen.’

‘Moet u vandaag ook werken?’

‘Ja, over een paar uur. Ik heb deze week avonddienst.’

‘Bent u nu thuis?’

‘Ja. Waarom vraagt u dat?’

De achterdocht was terug.

‘Zou ik een fotograaf mogen sturen om een foto van u te nemen voordat u naar uw werk gaat?’

‘Gaat u hierover schrijven in de krant?’

‘Ja, dat was ik wel van plan. Is het goed als we een foto nemen?’

Stilte.

‘Nu?’

‘Ja.’

‘Oké, ik denk het…’ zei ze weifelend.

‘Bedankt!’

Alexandra beëindigde het gesprek en hing op. Ze aarzelde even terwijl ze probeerde na te denken. Toen belde ze Marvin.

‘Ik heb de getuige gesproken,’ zei ze toen haar chef opnam. ‘Stuur een fotograaf naar Hägersten om een foto van haar te maken. Ze is nog een uur thuis.’

Ze gaf hem het adres.

‘Goed gedaan, Bengtsson!’ zei Marvin en hij hing op.

25

Forensisch onderzoeker Anders Pousne was rond de dertig, had regelmatige trekken en zwarte krullen. Snel en geroutineerd logde hij in op de laptop die hij op de vergadertafel had neergezet en startte verschillende programma's op.

'Oké,' zei hij en hij keek de langwerpige kamer door waar ze zich hadden verzameld.

Simon Jern en Jodie Söderberg zaten allebei aan een kant van de tafel, met hun benen bungelend over de rand. Ze keken verwachtingsvol naar het zwarte scherm, alsof ze een spannende bioscoopfilm te zien zouden krijgen.

Carl Edson zat een paar stoelen verderop bij Lars-Erik Wallquist.

'De stick bevat een filmpje van ruim een minuut,' zei Anders tegen zijn kleine publiek. 'Dat is alles.'

Carl en zijn collega's knikten.

'Oké, we snappen het. Kunnen we de film nu zien?' vroeg Simon bruusk.

Carl begreep niet waarom hij zo ongeduldig was. Als een kind in het lichaam van een volwassene.

'Zeker,' zei Anders. 'Ik wil jullie alleen waarschuwen. Wat jullie te zien krijgen is tamelijk onplezierig.'

Simon boog zich een stukje naar voren, terwijl Jodie zich half afwendde, alsof ze iets had opgemaakt uit Anders' lichaamstaal en zichzelf wilde beschermen. Carl begreep haar wel. Hij had de film al bekeken en wilde hem niet nog eens zien. Dit was niet iets wat je twee keer wilde zien.

'Bedankt voor de waarschuwing,' zei Carl. 'Zet maar aan, dan hebben we het des te sneller achter de rug.'

Anders drukte op een knop en de film begon.

'Hij is opgenomen met een mobiele telefoon,' zei hij ter informatie, als verontschuldiging voor de korrelige, slechte kwaliteit.

Het scherm toonde een close-up van een mannelijke tepel, omgeven door zwart haar. Er kwam een gehandschoende hand het beeld in met een brandende sigaret. Traag, doortrapt als het ware, naderde de gloeiende sigaret de tepel, om zich ten slotte langzaam in de huid te begraven. Een man schreeuwde en bewoog heftig en vruchteloos heen en weer om eraan te ontkomen. Het beeld trilde voordat het weer scherp werd, en nu was er een mannelijk geslachtsorgaan te zien. De gehandschoende hand kwam opnieuw in beeld, weer met een brandende sigaret. Met dezelfde doortrapte traagheid naderde hij de penis van de man. Ditmaal schreeuwde het slachtoffer al voordat de sigaret tegen zijn geslachtsdeel gedrukt werd. De film stopte toen de pijnkreten van de man opeens verstomden.

'Zoals ik al zei, leuk is anders. Vermoedelijk is het slachtoffer flauwgevallen van de pijn,' zei Anders.

Jodie leek geschokt en Simon woest. Hij stond op en begon te tieren.

'Teringzooi! Dit is het ergste wat ik ooit heb gezien! Wie doet verdomme zoiets?'

'Rustig!' zei Carl. 'Ga zitten.'

Simon liet zich op zijn stoel ploffen, streek met zijn handen over zijn korte haar en keek de kamer door.

'Valt er meer over de film te zeggen?' vroeg Carl.

'Nee,' zei Anders. 'We weten niets. Ik heb gekeken, maar er zitten geen metadata meer op de film. Geen informatie over de plaats of de oorsprong. Hij moet op een computer zijn bewerkt, waarbij de dader of iemand anders alle informatie heeft verwijderd die opsporen mogelijk zou hebben gemaakt. Helaas.'

'Ook geen duidelijke kenmerken op het lichaam,' kwam Lars-Erik tussenbeide. 'Geen tatoeages, littekens of moedervlekken.'

'Weten we dat het niet het lichaam van Marco Holst is?' vroeg Jodie.

'Godsamme!' zei Simon en hij keek omhoog.

Carl nam geen notitie van hem.

'Goeie vraag,' zei hij tegen haar. 'Maar ik denk dat deze brandwonden voor blijvende littekens hebben gezorgd, ook als ze jaren geleden zouden zijn gemaakt. En die heeft Marco niet. Maar ik zal het voor alle zekerheid bij Cecilia navragen.'

'Dus dit zou een derde slachtoffer kunnen zijn,' zei Jodie.

Carl knikte.

'Maar waarom krijgen wij dit ellendige filmpje?' vroeg Simon. 'Wat wil hij, verdomme?'

Carl ging verzitten op de vergaderstoel, die erg stijlvol was, maar verbazingwekkend ongemakkelijk.

'Wie weet,' zei hij. 'Misschien wil hij laten zien dat hij veel slimmer is dan wij.'

Jodie knikte.

'Wat ik me afvraag...' zei ze. 'De sigarettendoosjes die we bij Fadi Sora hebben gevonden, die moeten toch iets met deze film te maken hebben?'

De anderen in het vertrek draaiden zich naar haar om. Jodie keek Simon aan.

'Jij dacht nog dat hij ze spaarde, Simon. Net als ijshockeyplaatjes. Misschien heb je gelijk. Het zouden trofeeën kunnen zijn, iets wat hem aan de marteling doet denken, zodat hij die in zijn hoofd kan herhalen.'

Simon leek iets te willen zeggen, maar daar stak Carl een stokje voor door op te staan.

'Oké,' zei hij. 'Als er een verband bestaat tussen de lege sigarettendoosjes in Sora's appartement en de sigaretten op de film, dan zou dat de verdenking jegens Fadi Sora versterken. Maar zolang we hem niet kunnen verhoren en dit derde slachtoffer niet hebben gevonden, verandert dat niets aan onze aanpak. We gaan weer aan de slag.'

Jodie en Simon stonden op en verlieten het vertrek. Carl bleef in de deuropening staan en vroeg aan Anders: 'Voeg jij de film toe aan het vooronderzoek?'

Anders knikte.

26

Stefan Berg liep langzaam door de Tulegatan in het centrum van Stockholm. Hij keek naar de geparkeerde auto's. Hij werkte als parkeerwachter. Het was geen baan waar hij trots op was, maar hij was er ook niet ontevreden mee. Hij had slechtere banen gehad: restaurantmedewerker, vorkheftruckchauffeur, schoonmaker... Hij had bijna al zijn vingers nodig om ze te tellen en hij was overal weggegaan. Maar de baan van parkeerwachter beviel hem wel. Die viel goed te combineren met zijn kunstenaarschap. En de kunst, dat was zijn eigenlijke bezigheid.

Hij huurde een klein atelier op het industrieterrein van Västberga, waar hij zelfportretten schilderde in abstracte, kubistische vormen. Hij had tot nu toe drie exposities gehad. Wat hij er nooit bij vertelde, was dat de exposities hadden plaatsgevonden in een café in een kasteel buiten de stad, een bibliotheek in Katrineholm en een cultureel centrum in Grängesberg.

Hij had inmiddels twee werken verkocht, wat hem al met al drieëntwintighonderdveertig kronen had opgeleverd. Wanneer iemand hem vroeg wat hij deed, antwoordde hij: 'Ik werk als parkeerwachter en in mijn vrije tijd schilder ik wat.'

Een maand geleden was hij vierendertig geworden en tot nu toe had hij zichzelf nooit als kunstenaar durven beschouwen.

Maar in de komende vijf minuten zou zijn kunst van richting veranderen. Hij zou zich met dood, marteling en rottende lichamen gaan bezighouden en binnen een jaar een late doorbraak als kunstenaar beleven. Wanneer iemand hem er in de toekomst naar vroeg, zou hij antwoorden dat hij kunstenaar was en bijkluste als parkeerwachter.

Maar dat wist hij nog niet toen hij rechtsaf de Odengatan insloeg, die de grens van zijn district vormde. Hij zou tot aan de Sveavägen lopen, waar hij in noordelijke richting naar het Sveaplan zou afslaan.

Hij liep te fluiten. Het was elf graden, het was bijna negen uur 's avonds en het werd snel donker. Op een terras zat een stelletje achter een kop koffie, met de rug naar de muur en het gezicht naar de terrasverwarmer gekeerd. De man stak een sigaret op en blies genietend een rookwolk uit. Het zag er gezellig uit, ondanks de koele avond. Een paar ringmussen vlogen tussen de tafelpoten door, op jacht naar kruimels.

Toen Stefan de Sveavägen insloeg, waren er drie minuten verstreken. Hij liep langzaam, noteerde de geparkeerde auto's en las de parkeertickets zorgvuldig en systematisch af.

De auto die zijn kunstenaarschap zou veranderen stond ter hoogte van de Frejgatan geparkeerd. Hij had al een aantal parkeerboetes opgelopen. De oudste briefjes waren opgekruld door zon en regen.

Stefan wilde zich net over de voorruit buigen om het eerste briefje te lezen en te kijken of het tijd werd om de eigenaar te waarschuwen dat zijn auto zou worden weggesleept, toen hij de geur rook.

Er kwam een vage stank uit de luchtinlaat van de auto. Stefan kende die lucht. Als kind had hij samen met zijn vader een dode ree in het bos gevonden, die al in staat van ontbinding was. De stank was ondraaglijk geweest en de bleekwitte bromvlieglarven waren onder de huid van het dier gekropen en door zijn neus en halfopen bek naar buiten gestroomd. Hij werd nog steeds misselijk als hij eraan dacht.

Hij liep om de auto heen en rook aan kieren en ventilatieopeningen. Vervolgens ging hij op het trottoir staan en keek naar de auto. De eerste parkeerboete was negen dagen geleden uitgeschreven. Hij aarzelde even, pakte toen zijn telefoon en belde de politie.

Hij wist het zeker.

Hij rook een lijklucht.

27

Susanna Eriksson liep naar haar auto zonder erover na te denken waar ze naar onderweg was. Het was na elven 's avonds. Eigenlijk moest ze gaan slapen, maar ze werd gedreven door een onbedwingbare rusteloosheid die was begonnen toen haar moeder kanker kreeg.

Met de zekerheid van een slaapwandelaar startte ze de motor en reed de stad in. Haar gedachten waren koortsachtig, ongewoon, alsof ze niet van haar waren. Oude jeugdherinneringen die uit het niets opdoken: dat haar moeder haar een draai om haar oren gaf toen ze geld uit haar portemonnee had gestolen om snoep te kopen, hoe ze altijd met haar wijsvinger over Susanna's voorhoofd streek wanneer ze zich pijn had gedaan...

Susanna vloekte. Zo kende ze zichzelf niet. En ze had geen moment door dat er een auto achter haar aan was gereden.

Toen ze opkeek en het bord met LILJEHOLMEN zag, wist ze opeens waar ze naar op weg was: naar de jachthaven van Gröndal. Naar de boot van haar opa, een houten giek waar Susanna's moeder dol op was geweest en die ze van hem had geërfd. Nu zou de boot opnieuw worden doorgegeven.

De kanker had zich snel verspreid. In slechts een paar maanden zat die opeens overal in het steeds magerder lichaam van haar moeder. De artsen hadden het veel te laat ontdekt.

Susanna stopte voor een rood verkeerslicht. Tijdens het wachten op groen kneep ze zichzelf in de arm om pijn te voelen in plaats van het verdriet dat zich door haar lichaam verspreidde. Ze had nooit eerder begrepen dat ze van haar moeder hield. Nu kreeg ze moeite met ademhalen wanneer ze eraan dacht dat haar moeder binnen enkele maanden zou overlijden.

Ze schrok toen de auto achter haar toeterde. Ze had niet gemerkt dat het licht op groen was gesprongen. Ze zette de auto in de versnelling en trok snel op.

Toen ze bij de haven van Gröndal was aangekomen parkeerde ze bij het water, opende het portier en stapte uit. Het was donker, bijna middernacht. De wind was aangewakkerd en er trokken donkere wolken langs de hemel.

Aan de overkant van de straat lag de kade en daarachter de lange houten steiger met ligplaatsen. Veel boten stonden nog op het grote terrein achter het clubhuis, nog in hun winterslaap.

Een eenzame lantaarn verlichtte de steiger, die al na een paar meter in het duister verdween. Ze hoorde het water klotsen tegen de stenen en de bolders; ze hoorde de touwen piepen in de wind, en opeens snikte ze. De boot van haar moeder zou deze zomer niet in het water komen.

Ze moest die boot gewoon weer zien, de herinneringen laten opkomen aan de mislukte tochtjes door de archipel, waarbij ze de ene keer motorpech hadden gehad, een andere keer een stortbui over zich heen hadden gekregen en weer een andere keer in stilte waren teruggekeerd naar de haven, nadat haar ouders ruzie hadden gekregen. Ze herinnerde zich het verdrietige gezicht van haar moeder en voor het eerst begreep ze hoe goed ze het had bedoeld. En wat voor fiasco het allemaal was geworden.

Ze klapte het portier dicht en bracht haar sleutel omhoog om de auto op slot te doen.

Toen ze een beweging weerspiegeld zag in de zijruit van de auto reageerde ze instinctief; ze draaide zich om en deed een stap opzij. Op hetzelfde moment hoorde ze een doffe knal en een sissend geluid. Vlak bij haar voeten lagen een paar draden. Ze keek ernaar, maar snapte niet waar ze vandaan kwamen.

Toen ze opkeek, zag ze het wapen dat een man van twee meter afstand op haar gericht hield. Daar kwamen de draden vandaan. Hij was gemaskerd en droeg zwarte camouflagekleren.

Ze staarden elkaar aan.

Toen herkende ze hem, aan zijn slanke lichaam en manier van bewegen.

'Jij,' zei ze. 'Jij bent het!'

Het was de man die ze in het Tanto-park had gezien. Maar hoe had hij haar gevonden?

Toen begreep ze het: het artikel, het interview in *Aftonbladet*.

Ze draaide zich snel om en zette het op een lopen. Terug, weg van de verlaten haven, omhoog naar de Gröndalsvägen, naar mensen, winkels, veiligheid. Haar adem kwam in stoten. Al voordat ze buiten adem was, proefde ze bloed. De adrenaline trok haar mee. Haar benen voelden zwaar aan, als in een droom waarin je opeens nergens meer komt, hoe hard je ook rent.

Achter haar hoorde ze voetstappen die licht en snel achter haar aan kwamen. Ze verwachtte elk moment een hand op haar schouder te voelen of weer het gesis van het stroomstootwapen te horen.

Ze probeerde haar tempo te verhogen, haar benen sneller te laten bewegen. Ze rende de straat door, langs het clubhuis. Toen ze struikelde, ging er een golf van paniek door haar lichaam, totdat ze strompelend haar evenwicht hervond. Even weifelde ze of ze door zou gaan naar de Coop-supermarkt en de tramhalte. Als ze geluk had, stonden daar mensen, maar het was nog een heel eind.

Ze besloot het niet te doen, maar af te slaan naar de bootstalling.

Zonder om te kijken rende ze met onwerkelijk trage passen de straat over, het haventerrein op, tussen de zeildoeken en de boten door, die als gestrande walvissen op hun bokken lagen. De duisternis sloot zich strak om haar heen toen het licht van de straatlantaarns haar niet meer bereikte. De zeilen bewogen ritselend in de wind. Ze schrok telkens weer. Ze wilde zich omdraaien om te zien waar haar achtervolger was, maar dwong zichzelf om door te lopen. Lukraak sloeg ze links- of rechtsaf en verdwaalde in de wirwar van motor- en zeilboten.

Ten slotte dook ze onder een dekzeil. Ze kroop tegen de kiel van een zeilboot aan en trok haar voeten zo ver mogelijk in, zodat ze niet gezien zouden worden. Vervolgens bleef ze stilliggen, terwijl ze zo zacht en onhoorbaar mogelijk probeerde te ademen.

Ik loop rustig achter haar aan over straat, naar de bootstalling. Een lage slagboom belet auto's het terrein op te rijden en iets te stelen. Maar te voet ondervind je geen belemmering.

Het terrein ligt er verlaten bij. Wanneer ik buiten het licht van de lantaarns ben, stop ik het stroomstootwapen in mijn rugzak, haal het pistool van Fadi Sora eruit en berg dat in mijn rechterzak.

Met een laatste snelle blik op de straat stap ik tussen de boten. De dekzeilen ritselen ritmisch in de wind. Even blijf ik stil staan kijken naar de zwak verlichte doolhof tussen zelfgetimmerde houten bokken en boten. Ik probeer me voor te stellen welke route zij heeft gekozen, ik probeer me in haar gedachten te verplaatsen. Een breed pad loopt rechtdoor. Dat ligt te veel voor de hand. Twee kleinere paadjes gaan links- en rechtsaf. Ik kies het rechter. Iets zegt me dat ze deze weg heeft gekozen. Langzaam en oplettend loop ik de donkere gang in. Er rijzen hoge zeilboten naast me op. Hier zijn schuilplaatsen genoeg.

Opeens zie ik een dekzeil bewegen. Niet zoals de andere, in de wind, maar onderaan, bij de poten van de bok. Een kleine, vormeloze schaduw roert zich onder het dekzeil. Ik blijf staan, breng het pistool omhoog en loop op de bult af.

28

Het regende toen de drie rechercheurs in de Sveavägen aankwamen. In het licht van de straatlantaarns zag Carl Edson de regendruppels als witte strepen. Buiten de lichtkegels was de duisternis compact, ondanks de straatverlichting. Toch kon hij de plaats van de afzetting al van verre zien. Er stonden twee politieauto's met zwaailicht. Daarnaast stond een sleepwagen met een oranje waarschuwingslicht geduldig te wachten. En om de een of andere reden was er ook een ambulance met het zwaailicht aan.

Midden in de consternatie stond een geparkeerde BMW. Iemand had een witte plastic tent opgezet over de achterklep van de auto, zodat de agenten ongestoord konden werken in de regen. Het parkeerterrein was afgezet met blauw-witte linten en de auto werd fel verlicht door draagbare werklampen.

Simon Jern reed langs het tafereel en zette hun auto een eindje verder op de Sveavägen neer, waar parkeren verboden was. Een discrete grijze bestelwagen met twee mannen erin stond al te wachten. Carl knikte naar hen. De chauffeur groette terug. De twee mannen verzorgden al jarenlang lijktransporten voor ziekenhuizen en voor de politie.

'Kom op, beter weer wordt het niet,' zei Simon en hij stapte de regen in.

Jodie sprong uit de auto en haalde hem snel in, terwijl Carl achter hen aan slenterde. Hij trok zich niets aan van de regen, die meteen in zijn nek en onder zijn donkere pak liep.

Voordat ze bij de afzetting kwamen, doofde de ambulance zijn blauwe zwaailicht, draaide de weg op en verwijderde zich langzaam. Carl begreep dat de ambulance bij vergissing opgeroepen was. Een kleine groep mensen die in de regen waren blijven staan om te kijken, liep door toen ze zagen dat er niets zou gebeuren wat geschikt was voor Facebook of Instagram.

Stefan Berg, de parkeerwachter, was er nog. Een agente stelde hem vragen. Ze stonden in een portiek te schuilen voor de regen. Toch zag Stefan er verregend uit. Hij wees met tegenzin naar de auto, terwijl de agente zijn verhaal opschreef in een notitieboekje. Even later bedankte ze hem en hij liep haastig weg, naar de ingang van metrostation Odenplan.

Bij de afzetting rond de auto lieten Jodie en Simon hun legitimatie zien aan een van de geüniformeerde agenten. Carl werd met een knikje van herkenning toegelaten.

Even later hielden ze alle drie midden in een beweging in.

De geur kwam zo plotseling en onverwacht dat Carl wankelde. Hij slaagde erin zijn braakneigingen te onderdrukken, maar bracht snel zijn hand naar zijn neus. Naast zich hoorde hij Jodie een oprisping wegslikken.

'Gadverdamme!' zei Simon met zijn hand voor zijn mond. 'Waar zijn ze in godsnaam mee bezig geweest in die auto?'

'Met doodgaan,' zei een vrouwelijke stem vlak naast hem. 'En met rotten.'

Cecilia Abrahamsson kwam vanuit de tent naar hen toe gelopen. De stank en de regen leken haar niet te deren. Misschien wende je eraan in haar vak, bedacht Carl. En de blauwe overall die ze droeg, werkte ook als regenkleding.

'Een man,' zei ze zakelijk. 'Ernstig toegetakeld. Hij is al een tijdje dood. Hoelang kan ik nog niet zeggen. We moeten hem eerst naar het laboratorium overbrengen...'

'Kun je iets zeggen over hoe hij is overleden?'

Ze maakte een afkeurend gebaar met haar hoofd.

'Nee, nog niet. Maar hij is waarschijnlijk niet hier overleden,' zei ze.

Ze draaide zich om en gebaarde dat Carl de tent in kon gaan. Hij keek naar het rottende lichaam dat in de kofferbak lag. De vloer ernaast was vlekkerig van lichaamssappen die uit het lijk waren gelopen en vervolgens waren opgedroogd. De man was naakt en zijn huid was eigenaardig donker en vlekkerig.

'Wat is dit?' vroeg Carl met zijn hand voor zijn mond. 'Wat zijn dat voor vlekken?'

Cecilia volgde zijn blik.

'Brandwonden,' zei ze en ze voegde eraan toe: 'Waarschijnlijk.'

Carl knikte, beende de tent uit en genoot van de regen die de stank van zijn gezicht spoelde. Cecilia kwam naast hem staan.

'Hoeveel haast heb je?' vroeg ze, terwijl ze de blauwe overall uittrok.

'Veel.'

Cecilia zuchtte.

'Oké, ik kijk morgenvroeg meteen naar hem.'

Ze liep snel door de regen naar de mannen van de grijze bus. Carl wist dat ze hun vroeg of ze het lijk naar het Laboratorium voor Gerechtelijke Pathologie konden brengen.

'Wie is het?' vroeg Simon.

Carl draaide zich naar hem om. Jodie stond achter haar collega; zo te zien was ze misselijk.

'Dat weten we niet,' zei Carl. 'Nog niet.'

'Zou het Fadi Sora zijn?' vroeg Jodie zacht.

'De man in de auto, bedoel je? Of de man die we zoeken?' vroeg Carl.

Simon mompelde iets onverstaanbaars. Carl verstond alleen 'Loeff', maar voordat hij iets kon zeggen dook Lars-Erik Wallquist opeens op bij de tent.

'Oké,' zei hij tegen zijn mannen. 'Zijn we zover klaar?'

Een forse, gezette man naast hem knikte. Lars-Erik richtte zich tot de mannen die in de grijze bus hadden gezeten. Die stonden nu geduldig te wachten in de regen met een brancard tussen hen in.

'Jullie mogen hem hebben,' zei de forensisch technicus en hij knikte naar hen.

Daarna riep hij door de opening van de tent, zo hard dat het aan de overkant van de straat te horen was: 'Zodra zij die man daar weg hebben gehaald, nemen wij de auto mee. Zeg tegen die verdomde berger dat hij hem op de laadvloer zet. Er wordt niet gesleept, zoals de vorige keer.'

Aan Carl vroeg hij: 'Heb je het kenteken gezien?'

Carl schudde zijn hoofd.

'Dat dacht ik wel. Het is de BMW, de auto van Fadi Sora. Je weet wel, van die bebloede sleutel die die sukkels van journalisten hadden gevonden. Die is van deze auto.'

'Ik begrijp het.'

'En dan nog iets.'

Carl wachtte zwijgend.

'We hebben een kauwgumpje gevonden op de vloer van de kofferbak. Dat heeft iemand uitgespuugd. Of liever gezegd: iemand heeft het tegen de zij van het lijk geduwd.'

'De dader?'

Lars-Erik zuchtte.

'Hoe moet ik dat weten? We gaan het op DNA onderzoeken. We kunnen het om te beginnen met dat van Fadi Sora vergelijken, of wie het ook maar is die nu in de bagageruimte ligt. En we kunnen nagaan of het hetzelfde soort kauwgum is dat we in de schuur van Marco Holst hebben gevonden, Nicorette 2 milligram.'

'Mooi. En we weten nog niet van wie de kauwgum is die we in de schuur hebben gevonden?'

'Nee,' zei Lars-Erik. 'In elk geval niet van de boer. En ook niet van Marco Holst.'

'Oké... Dus hij zou wel van de dader kúnnen zijn?'

Lars-Erik zweeg. Uiteindelijk zei hij: 'Ik heb dit al eerder gezegd: ik denk niet dat deze dader links en rechts kauwgumpjes uitspuugt nadat hij eerst de plaats delict grondig heeft schoongemaakt.'

'Maar?'

'Dit kauwgumpje is vermoedelijk van Fadi. Wanneer we zeker weten dat we zijn DNA hebben, kunnen we het vergelijken.'

'Of?' zei Carl.

'Ik zei niet "of".'

'Nee, maar...'

'Of een andere sukkel heeft het daar vastgeplakt,' zei Lars-Erik. 'Een willekeurig iemand die in de auto heeft gezeten. Hetzelfde met het kauwgumpje van Marco Holst. Het hoeft helemaal niets te betekenen.'

Of het betekent alles, dacht Carl.

'Ik dacht dat je het net toch wel zou willen weten,' zei Lars-Erik en hij liep weg.

'Dank je,' riep Carl hem na.

Maar Wallquist hoorde hem niet – of het kon hem niet schelen.

29

Susanna Eriksson lag doodstil te wachten. Ze luisterde naar de geluiden om zich heen. De zeildoeken die ritselden in de avondwind en tegen de boten sloegen. Het gekraak van stagen. En toen het geluid dat ze vreesde: voetstappen. Snel kwamen ze dichterbij. Ze verstijfde. Haar achtervolger had haar gevonden en was naar haar onderweg. De voetstappen hielden vlak bij haar halt.

Daarna volgden de gebeurtenissen elkaar snel op.

Ze voelde een trap en het zeildoek werd van haar gezicht getrokken. Ze werd getroffen door een verblindend schijnsel van een zaklamp en bracht haar arm omhoog om haar ogen te beschermen. Toen ze overeind probeerde te komen, raakte ze verstrikt in een van de touwen van het zeildoek en viel weer op de grond. Een hand pakte haar bij de arm en trok haar overeind.

Nee, dacht ze. Ze probeerde het woord in haar mond te vormen, maar dat lukte niet. Ten slotte fluisterde ze: 'Maak me niet dood!'

'Wat?' vroeg een donkere, krachtige stem.

Ze keek op en zag een grote man tegenover zich staan. Hij had geen masker op en hij keek boos.

'Maak me niet dood!' smeekte ze nog eens.

'Waar heb je het over? En wat doe je bij mijn boot?' vroeg hij, terwijl hij haar stevig vasthield.

'Uw boot?'

Ze keek hem verbaasd aan, terwijl ze probeerde te begrijpen waar hij het over had.

'Heb je iets gestolen, dan voor de dag ermee!'

Susanna keek hem niet-begrijpend aan.

'Nee, nee,' zei ze ten slotte. 'Ik was… Ik werd door iemand achternagezeten. Hij wilde me… Ik heb me hier verstopt. Onder uw boot. Ik heb niets gestolen.'

De man keek haar sceptisch aan. Hij zei een hele poos niets. Toen voelde ze zijn greep verslappen.

'Wat wilde hij, zei je?'

'Mij doden...' fluisterde ze.

Hij lachte.

'Serieus? Hier?'

De man maakte een gebaar met zijn hand dat de bootstalling omvatte en lachte weer.

Ze knikte, maar voelde dat ze bloosde. Opeens leek de hele gebeurtenis absurd en onwerkelijk. Erover vertellen was gênant.

'Ik heb een verklaring afgelegd,' probeerde ze uit te leggen. 'Over die marteling in Rimbo. Misschien hebt u erover gelezen...'

De uitdrukking op het gezicht van de man veranderde. Opeens keek hij ernstig.

'Wat? Was jij dat? Ik heb het interview gelezen. In *Aftonbladet* of *Expressen*, toch?'

Ze knikte.

'Dat was ik.'

Hij spuugde geërgerd naast haar op de grond.

'Sukkel!' zei hij. 'Hoe stom kun je zijn?'

'Wat?' zei ze.

'Een getuigenverklaring afleggen over een poging tot moord en daarmee in de krant gaan staan, terwijl die vent nog vrij rondloopt... Als dat niet stom is!'

Ze slikte.

'Kom mee,' zei hij bruusk. 'Je kunt hier niet blijven staan.'

Hij trok het zeildoek weer over de boot.

'Wat doet u?'

'De boot weer afdekken. Ik kwam alleen maar kijken of er geen dieven bij hadden gezeten. Ik ben vorige week wat gereedschap kwijtgeraakt. En je kunt niet alleen naar huis. Ik breng je.'

'U gelooft me dus?'

Hij stopte midden in zijn beweging met het zeildoek, draaide zich om en keek haar aan.

'Of ik je geloof?' vroeg hij hoofdschuddend. 'Je hebt toch een interview gegeven?'

Hij ging door met het afdekken van de boot. Ze keek toe hoe hij bezig was, naar zijn brede lichaam en zijn sterke handen. Opeens viel de spanning van haar af en begon ze te huilen. Hij draaide zich om, keek haar zwijgend aan en ging weer verder met het zeil.

'Hoe heet je?' vroeg hij toen ze bij de boot wegliepen.

'Susanna,' zei ze. 'Susanna Eriksson.'

Hij knikte.

'Peter,' zei hij. 'Peter Carlsson.'

Ik zie hen langs de jachthaven lopen en een van de portieken van de flat het dichtst bij het water binnengaan, vlak boven de haven. Vermoedelijk woont de gezette man daar.

Nadat ze in de portiek verdwenen zijn, wacht ik nog even alvorens snel terug te lopen naar mijn auto.

Ik kan nu niets doen. Nu niet, vanavond niet.

Wanneer ik wegrijd, voel ik opluchting. Alsof ik heel gespannen ben geweest en aan iets onaangenaams ben ontsnapt. Zoals een tandartsbezoek.

Ik zie haar nog voor me, met haar wijd opengesperde ogen: 'Jij! Jij bent het!' Maar ze heeft mij niet gezien, maar alleen mijn masker, mijn bivakmuts.

Het is geen bewuste conclusie, maar onderweg naar huis besluit ik dat ik veilig ben. Beschermd. Dat ik haar niet hoef te doden.

Wanneer ik naderhand aan haar denk, betwijfel ik of ik haar echt had kúnnen doden. Ik denk het niet.

Ik ben niet kwaadaardig. Wat ik doe, doe ik niet uit kwaadaardigheid.

30

Vrijdag 9 mei

Het was koud in het vertrek, alsof de kilte van de doden op de witte betegelde muren en de blauwe linoleumvloer was overgegaan. De lijken werden in koelvakken bewaard; je zag ze niet, en toch domineerde de dood de hele ruimte.

In het midden stonden vier roestvrijstalen obductietafels, die allemaal een eigen afvoer hadden. De grote ramen lieten een grijs, regenachtig ochtendlicht binnen, dat al snel werd uitgewist door de lampen aan het plafond. In het vertrek hingen een sterke geur van schoonmaakmiddel en een vage, onaangename lucht, die vermoedelijk van de lijken afkomstig was. Carl had het op niets gebaseerde idee dat die geur op de een of andere manier besmettelijk was.

Daarna herkende hij de stank van de auto in de Sveavägen.

Cecilia Abrahamsson stond bij de verste tafel, gekleed in een blauwe overall. Ze was met een dun, vlekkerig lichaam bezig dat er klein uitzag op de grote tafel; het leek wel een kind. Toen ze hem aan hoorde komen, ging ze rechtop staan.

'Ik ben nog niet helemaal klaar,' zei ze, alsof Carl iets ongepasts had gedaan alleen maar door binnen te komen.

Hij keek op zijn horloge. Even na acht uur 's ochtends.

'Het spijt me als ik te vroeg ben, maar als er een verband bestaat tussen deze zaken, heb ik zo snel mogelijk alle feiten nodig die ik kan krijgen.'

Ze reageerde niet, maar haalde nog een orgaan uit de opengesneden buik en borstkas. Carl kwam dichterbij en keek naar het lijk waar de gerechtsarts mee bezig was. Fadi Sora, als dat degene was die daar lag, was een opmerkelijk kleine man geweest. Het gezicht was onherkenbaar. De wangen waren uitgedroogd en de oogkassen min of meer leeg. De huid van het gezicht was ernstiger verbrand dan de rest van het lichaam. Hier vormden de bruine vlekken samen iets wat één grote bruine brandwond leek.

Het zou niet mogelijk zijn om hem visueel te identificeren, bedacht Carl en hij voelde vanuit zijn maag braakneigingen opkomen, maar slaagde erin die te beheersen voordat die zijn keel bereikten.

'Wat is er met hem gebeurd?' vroeg hij met een krakende stem.

'Zwaar toegetakeld,' zei Cecilia zonder op te kijken van de weegschaal waarop ze iets woog wat de lever leek te zijn.

'Hepar, dertienhonderdvierenvijftig gram,' zei ze tegen de dictafoon, die rood knipperde in haar borstzakje.

Ze sneed in de lever.

'Beginnende vervetting.'

'Doodsoorzaak?' vroeg Carl.

'Te vroeg om te zeggen, maar dat hij ten gevolge van de brandwonden is overleden, is een vrij veilige gissing.'

Carl knikte. De brandwonden waren over zijn hele lichaam verspreid. Het leek wel of de kleine man aan een besmettelijke ziekte had geleden.

'Waarschijnlijk toegebracht met sigaretten,' zei Cecilia alsof ze zijn vraag had geraden. 'We hebben in een aantal ervan flintertjes tabak gevonden.'

Carls maag draaide zich weer om en hij deed een stap naar achteren.

'We hebben een film binnengekregen,' zei hij aarzelend. 'Op een USB-stick. Daar stond een man op die gebrand werd met sigaretten, op zijn tepel en op zijn geslachtsorgaan. Die had ik je willen sturen, maar dat is er niet van gekomen.'

Cecilia sloeg hem gade, alsof ze op een vervolg wachtte. Carl voelde zich op een nare manier opgelaten en schraapte zijn keel.

'Zou dit die man kunnen zijn?'

'Ja, tenzij je vermoedt dat er meer lijken met vergelijkbare brandwonden zijn. De man heeft brandwonden op de lichaamsdelen die jij noemt,' zei ze.

'Dus jij bedoelt dat iemand dit allemaal met een sigaret heeft gedaan?'

'Ik denk niet dat één sigaret genoeg is,' zei Cecilia zonder ironie. 'Eerder een slof sigaretten. Ik heb de brandplekken geteld; het zijn er zevenhonderdvijfenveertig. De meeste zijn twee tot vier millimeter diep en zes millimeter in doorsnee.'

Carl dacht aan de stapel lege sigarettenpakjes in het huis van Fadi Sora.

'Dat moet veel tijd hebben gekost,' zei hij.

Ze knikte en liep weg van de tafel, terwijl ze haar schort en handschoenen uittrok en haar bril afzette.

'We zullen een aantal monsters analyseren, maar zoals gezegd, waarschijnlijk zijn de brandwonden de directe doodsoorzaak. Misschien multiorgaanfalen ten gevolge daarvan.'

Carl liep vlak achter haar aan.

'Wie is hij?' vroeg ze.

'Jullie zeiden zelf dat jullie vermoedden dat het Fadi Sora was. Dat zou heel goed kunnen. Maar voor de identificatie moet je een van jullie experts inschakelen. Dat is niet mijn terrein.'

'Oké,' zei Carl. 'Verder nog iets?'

Ze knikte.

'Zoals ik zei, heeft hij zevenhonderdvijfenveertig brandwonden over zijn hele lichaam. Maar het is interessant om op te merken dat de meeste op het gezicht en de genitaliën zitten. De rug is relatief onaangedaan.'

'Wat betekent dat?' vroeg Carl. 'Dat hij op zijn rug vastgebonden heeft gelegen?'

Ze keek hem aandachtig aan.

'Nja,' zei ze. 'Er zijn wel tekenen dat hij vastgebonden is geweest. Maar bovendien is hij vastgespijkerd geweest, waarschijnlijk op een vloer. Zowel polsen als enkels laten duidelijke premortale verwondingen door spijkers zien.'

'Niet gekruisigd, zoals Marco Holst?' vroeg Carl.

'Misschien was hij wel gekruisigd, maar hij is liggend op zijn rug overleden, met zijn armen omhoog, dus waarschijnlijk was hij tegen een vloer gespijkerd.'

Carl deed zijn best om het zich niet voor te stellen, maar voelde toch hoeveel pijn dat moest hebben gedaan.

'Het interessante is,' ging Cecilia onaangedaan verder, 'dat we heel weinig gevoel in onze rug hebben. Het kan toeval zijn, of de dader was zodanig medisch onderlegd dat hij dat wist en daar geen tijd mee verdeed.'

Carl slikte en zei niets. Hij zag dat ze hem gadesloeg, als om uit te maken hoeveel hij kon hebben.

'Ik wil je ook nog iets anders laten zien,' zei ze. 'Ik denk dat het je zal interesseren.'

Ze liep terug naar het lijk. Een assistent had een brancard op wieltjes tevoorschijn gehaald en was bezig het lijk te verplaatsen om het in een koelvak te kunnen schuiven.

'Draai hem om,' zei Cecilia tegen hem. 'Nee, op de rechterzij.'

Ze boog zich over de linkerzijde van het lichaam. Met haar pen wees ze naar een gebied ter grootte van een handpalm. Carl zag alleen paarse lijkvlekken.

'Wat dan?' vroeg hij.

'Daar,' zei ze en ze wees nog eens. 'Dezelfde plekken als bij de vorige man waar ik naar heb gekeken. Marco Holst. Plekken van een stroomstootwapen.'

Fadi Sora schreeuwde onbeheerst. Het ontbrak hem ten enenmale aan waardigheid. Ik kan hem nog steeds horen in de landelijke idylle, ik kan de geur van sigaretten en verbrand vlees nog ruiken.

Het was niet te harden.

Toen hij een halfuur had liggen gillen, deed ik oordopjes in. Er was geen reden om naar zijn gejammer te luisteren.

Het zomerhuisje dat ik had uitgezocht lag ruim een uur rijden naar het zuiden. Ik heb onderweg niets gezegd. Sora des te meer.

'Laat me los, verdomme!' siste hij vanaf de achterbank toen de schok van de taser was uitgewerkt. 'Ik geef je wat je wilt, snap je? Verdomme, ik heb je nooit gezien, toch? Hé, je begaat een gigantische vergissing, toch? Ik ben niet de gast die je moet hebben, oké? Oké, verdomme?'

Hij bleef in dezelfde trant doorgaan, terwijl ik allang niet meer luisterde. Hij praatte aan één stuk door, siste en praatte onduidelijk. Ik zei niets terug. Er viel niets te zeggen. En eerlijk gezegd kon ik hem niet goed verstaan.

Het laatste stuk reden we over smalle onverharde wegen. Toen ik uiteindelijk voor het boerderijtje bleef staan en de motor uitschakelde, schreeuwde hij weer: 'Waar zijn we? Waar ben je verdomme mee bezig?'

Ik trok hem de auto uit, het huisje in, en legde hem op het dekzeil. Toen ging ik mijn gereedschapstas halen. Hij zag niet wat ik deed toen ik met een snelle beweging zijn rechterpols aan de vloer spijkerde met het spijkerpistool. Toen ik de andere hand vastspijkerde raakte hij in een soort shock. Hij rolde met zijn ogen, wierp zijn hoofd heen en weer en mompelde iets onverstaanbaars.

Toen ik klaar was, rekte ik me uit en stopte het spijkerpistool zorgvuldig in mijn gereedschapstas.

Ik haalde een pakje sigaretten tevoorschijn. Zijn blik volgde mijn beweging terwijl ik de eerste sigaret uit het pakje schudde en aanstak. Pas toen ik hem tegen zijn gezicht hield, zag ik aan zijn ogen dat het tot hem door begon te dringen, dat het echt tot hem door begon te dringen.

Hij staarde me aan. Vervolgens staarde hij naar de sigaret.

'Jij?'

Hij wist het nog wel.

'Nee,' schreeuwde hij. 'Nee, nee, nee, nee...'

Ik begon met zijn wang. Ik pakte zijn haar vast en duwde het stevig tegen de vloer, terwijl ik de gloeiende punt tegen zijn stoppelwangen hield. Zijn lichaam schokte hevig, zijn romp spande zich tot een brug, hij probeerde zijn gezicht af te wenden, maar ik ging mee, begroef de gloed in zijn huid, drukte op de sigaret totdat die brak en op de vloer viel.

Ik ging door met de ene sigaret na de andere. Gebroken sigaretten stak ik opnieuw aan. Ik ging door totdat de hele slof op was. Hij viel een paar keer flauw. Dan pauzeerde ik even en ging buiten een luchtje scheppen.

Pas na vijf uur gaf hij het op. Petje af voor zijn uithoudingsvermogen. Dat had ik niet van hem gedacht.

Na afloop sleepte ik hem naar zijn auto. Ik ben erg sterk voor mijn postuur, zeker als ik me concentreer, maar toen ik zijn lichaam in de kofferbak tilde, verbaasde ik me er toch over hoe zwaar hij was. Fadi Sora was bij leven een bijzonder kleine man, in alle opzichten.

Naderhand ben ik tot de conclusie gekomen dat de dood het lichaam zwaar maakt. Ik weet dat ze zeggen dat het lichaam iets lichter wordt na de dood, omdat de ziel het heeft verlaten. Maar ze hebben ongelijk. In mijn ervaring zijn dode lichamen zonder uitzondering zwaarder dan levende.

Toen ik de boel had opgeruimd, reed ik in zijn auto langs dezelfde weg terug, de binnenstad in. Ik parkeerde, sloot de auto af en ging met de metro naar huis.

Het verbaast me dat het zo simpel is. Dat het me zo gemakkelijk afgaat.

Ik had het veel eerder moeten doen.

31

Alexandra Bengtsson hield haar pasje voor de lezer en stapte de redactie binnen. Het was bijna negen uur. De nieuwschefs waren net terug van hun ochtendvergadering. Alexandra liep naar haar plek, logde in en bekeek de persberichten en de websites van de grote kranten.

'Hallo. Ben je met iets leuks bezig?'

Marvin ging naast haar zitten.

'Ik was van plan verder te gaan met het stuk over Jens Falk, de pedofiel waar we afgelopen herfst over hebben geschreven. Vandaag is de uitspraak van het gerechtshof...'

'Oké,' zei Marvin teleurgesteld.

'Ik wilde kijken of ik verslag kan doen van de rechtszaak. Die zou de gemoederen bezig kunnen houden.'

'Nee,' zei Marvin met gefronste wenkbrauwen. 'Daar hebben we al eens over geschreven. Het is genoeg als je over de uitspraak schrijft, wanneer die er is. Persbureau TT komt vast wel met iets waar wij mee verder kunnen. Laat die Falk nu verder maar.'

Hij leunde achterover en glimlachte.

'Ik heb iets anders voor je. Een nieuwe politietip.'

'Wat dan?'

'Kijk maar in je mail. We hebben toch geschreven over het lijk dat de politie in een auto in de Sveavägen had gevonden?'

Alexandra knikte afwachtend.

'Er lijkt een verband te bestaan met de andere zaken waar je over hebt geschreven. Dat moet je natrekken. Misschien is er een seriemoordenaar aan het werk. Dan wordt dat onze insteek.'

Alexandra pakte er een schrijfblok bij en begon aantekeningen te maken.

'Ik zal kijken wat ik kan vinden,' zei ze.

Marvin boog zich naar haar toe alsof hij haar een geheim wilde vertellen. In plaats daarvan vroeg hij: 'Hoe gaat het met je politiecontact?'

Nadat rechercheur 'Bror Dupont' haar het materiaal had gegeven voor het artikel over Anton Loeff had ze hem niet meer te pakken gekregen. Hij had zijn telefoon uitgezet, in elk geval voor haar.

'Ik weet het niet,' zei ze. 'Ik heb sinds vorige keer geen poging meer gedaan om contact met hem te krijgen.'

'Doe dat nu dan.'

Ze knikte en bedacht dat ze hem misschien kon zoeken via het centrale nummer van de politie.

Marvin liep terug naar de desk, maar draaide zich plotseling om alsof hij iets was vergeten en kwam weer naast haar zitten. Hij praatte zachtjes, zodat de anderen het niet konden horen: 'Zeg, ik realiseer me dat de moordenaar misschien wel contact met jou opneemt. Je moet wel voorzichtig zijn, hoor.'

'Bedankt voor je zorgen, maar... waarom zou hij contact met mij opnemen?'

'Je hebt over die moorden geschreven, en mensen doen rare dingen. Contact opnemen met jou is veel minder gek dan iemand tegen een muur spijkeren en zijn lul afsnijden.'

Marvin glimlachte en stond op.

'Als je het mij vraagt, in elk geval,' zei hij. 'Wees voorzichtig.'

Hij liep naar de desk en zij opende haar computer weer. Ze vond Marvins mail, met een link naar de tip. Die was kort, zoals gebruikelijk bij tips, maar er stond een mobiel telefoonnummer bij.

Ze leunde achterover op haar stoel en dronk van de koffie die ze op haar bureau had staan. Die smaakte aangebrand en zuur, en ze bedwong de impuls om hem weer uit te spugen. Daarna belde ze het nummer.

De man die opnam, had een jonge, onzekere stem.

'Met Alexandra Bengtsson van *Aftonbladet*.'

'O, dat is snel,' zei hij fluisterend. 'Moment...'

Het was even stil en daarna kwam de stem terug.

'Ik moest even apart gaan staan,' legde hij uit.

'U hebt een tip gestuurd over het lichaam van een man dat gisteren in een auto is gevonden.'

'Ja,' zei hij opeens enthousiast. 'Hoeveel krijg ik daarvoor?'

'Als we iets publiceren vijfhonderd kronen.'

'Wat? Niet meer?'

'Het is een symbolisch bedrag als dank voor de moeite. Als het tot publicatie leidt. En als het niet in alle andere kranten staat...'

Hij was een hele poos stil. Ze begreep dat hij op heel andere bedragen had gerekend en vermoedde dat hij zich terug zou trekken.

'Oké,' zei hij. 'Maakt ook niet uit. Misschien is het niet zo bijzonder. Ik bedoel, misschien is het niet meer waard dan vijfhonderd kronen.'

'Wat wilde u vertellen?'

'De man over wie jullie hebben geschreven, die in de Sveavägen is gevonden. Jullie hebben niet geschreven dat hij is doodgemarteld, alleen dat hij "mishandeld" was.

'Ja, en?'

'Hij is doodgemarteld. Met sigaretten. Ongelooflijk walgelijk. Honderden brandplekken van sigaretten. Ik heb nog nooit zoiets ergs gezien.'

Alexandra zweeg.

'Nou, dat was dus mijn tip.'

'Hoe weet u dit?'

'Ik werk bij gerechtelijke pathologie. Als assistent.'

Ze noteerde zijn naam en betaalgegevens, en bedankte hem. Daarna belde ze de persvoorlichter van de politie.

'Wie leidt het vooronderzoek naar het lijk dat jullie gisteren in de Sveavägen hebben gevonden?'

'Een moment geduld alstublieft...'

Het was een paar seconden stil.

'Carl Edson,' ging de stem verder. 'Van de Landelijke Operationele Eenheid. Wilt u zijn nummer?'

'Nee, dank u, dat heb ik al.'

Ze hing op en liet haar blik peinzend over de redactie gaan. Als Edson het vooronderzoek leidde, dan leek de politie in elk geval een verband te zien tussen de moorden. Het was niet aannemelijk dat hij aan verschillende zaken werkte die niets met elkaar te maken hadden.

'De martelmoorden' als kop, bedacht ze. Daar zou Marvin blij mee zijn. Misschien hoefde ze haar bron niet op te zoeken.

Ze belde Carl.

'Met Alexandra Bengtsson van *Aftonbladet*,' zei ze snel, bang dat hij zou ophangen.

Ze hoorde een grom aan de andere kant van de lijn.

'Wat kun je vertellen over het lichaam dat jullie gisteren in de Sveavägen hebben gevonden?'

32

Het was een paar minuten over tien 's ochtends. Het regende nog steeds en in de kleine teamkamer hing de zure lucht van natte kleren en koffie. De geur herinnerde Carl aan de schoolreisjes van zijn jeugd. Altijd regen, altijd natte lunchpakketten, altijd koffie in de thermosflessen van de leraren.

'Nu snap je wat ze bedoelen met de waarschuwingstekst op pakjes sigaretten: ROKEN IS DODELIJK,' zei Simon en hij lachte om zijn eigen grapje.

Carl lachte niet. Hij keek Simon streng aan.

'Vannacht is Susanna Eriksson het slachtoffer geworden van een overval,' zei hij. 'Ze heeft geluk gehad en is er goed vanaf gekomen. Zoveel geluk zal ze de volgende keer niet weer hebben. Zoals ik gisteren al zei, is dat de reden dat er een geheimhoudingsplicht bestaat voor vooronderzoeken. De verantwoordelijkheid ligt geheel en al bij degene die haar naam aan de pers heeft gelekt.'

Jodie keek geschokt. Simon grijnsde niet meer, maar keek naar de tafel. Carl zag een zenuwtrek op zijn gezicht, net als anders wanneer hij gestrest was of ergens mee zat.

'We geven haar voorlopig extra beveiliging,' ging hij verder. 'Maar er wordt niet meer gelekt naar de pers – kunnen we dat afspreken?'

Carl dronk van zijn koffie.

'Dan gaan we verder! Het lijk in de BMW is Fadi Sora. Dat heeft Wallquist vanmorgen bevestigd.'

Carl ging bij het nieuwe whiteboard staan dat de conciërge aan de ene korte muur had opgehangen. Hun eerdere foto's en kaarten van de zaak hingen er al. Nu haalde hij de foto van Fadi Sora van de plek bovenaan naast Anton Loeff en hing hem lager, in de rij van slachtoffers. Daar hingen al foto's van Marco Holst en van de vrouw in de badkuip. Carl pakte een zwarte viltstift en schreef onder haar foto: 'Amelia Zhelov, 27.'

'We hebben de vrouw in de badkuip dus ook geïdentificeerd,' zei hij. 'Ze komt uit Bulgarije, werkte waarschijnlijk sinds een jaar als prostituee. Bij Zeden is weinig over haar bekend.'

Carl trok een streep tussen Amelia Zhelov en Anton Loeff. Simon zat met zijn armen over elkaar naar het bord te kijken en leek aan iets anders te denken.

'Oké,' ging Carl verder. 'Alle slachtoffers zijn gemarteld. Marco Holst en Fadi Sora hebben allebei tekenen van iets wat volgens ons een stroomstootwapen is geweest. Allebei zijn ze vastgespijkerd, vermoedelijk met een spijkerpistool. Marco is gekruisigd. Fadi werd waarschijnlijk liggend op de vloer gespijkerd.'

Onder beide foto's schreef hij 'taser' en 'spijker'.

'Bovendien hebben we de sleutel van Fadi's BMW bij de plaats delict van Marco Holst gevonden.'

Hij zette een streep tussen Marco Holst en Fadi Sora, en schreef er 'BMW' bij.

'Drieëntwintig jaar geleden heeft Marco Anton Loeff mishandeld.'

Nadat hij een streep had getrokken tussen Anton en Marco en 'mish. 23 jr' had opgeschreven, deed hij een stap naar achteren.

'Kennen we meer verbanden?' vroeg hij.

'De kauwgumpjes,' zei Jodie.

'Juist ja,' zei Carl en hij liep weer naar het bord. 'Dat van Sora is van hetzelfde soort als het kauwgumpje dat Wallquist bij Marco's schuur heeft gevonden. Nicotinekauwgum van 2 milligram.'

Hij schreef 'nic. kauwg.' onder de foto's van Marco Holst en Fadi Sora.

'Hebben de technici ook kauwgum gevonden in het appartement van Loeff?' vroeg Jodie.

'Nee,' zei Carl. 'Dat niet.'

Simon keek sceptisch naar de foto's. Vervolgens leunde hij achterover.

'Weet je wat hier niet klopt?' zei hij. 'De motieven. Waarom stuurt de dader lichaamsdelen van Marco naar een heleboel advocaten? Waarom wordt een prostituee uit Bulgarije gefileerd? Waarom wordt Fadi Sora met sigaretten gemarteld en mag hij in zijn eigen auto liggen rotten? Het verband is toch ver te zoeken?'

Carl knikte.

'We zijn van de hypothese uitgegaan dat het om een afrekening gaat voor drugs of misschien wapens. Dat we met beroepscriminelen te maken hebben…'

Hij schreef de woorden midden op het bord. Daarna schreef hij 'persoonlijke wraak' op.

'Misschien hoort dat er niet bij,' zei Jodie. 'In elk geval niet als het om wraak voor de verkrachting gaat. We hebben de ouders van het meisje immers uit het onderzoek geschrapt.'

'Daar ben ik me van bewust, maar we laten "wraak" toch nog even staan,' zei Carl. 'Simon, hebt jij een van de personen verhoord die in de onderzoeken rond Marco figureren?'

'Een aantal. Maar daar is niets uit gekomen. Of ze zaten in de bak, of ze waren met hun matties op stap.'

'Wallquist zei toch dat Fadi was gepakt voor drugsbezit?' vroeg Jodie.

'Ja, dat klopt. Maak jij een nieuwe lijst van personen? Dan kun je die met die van Marco vergelijken,' zei Carl met een knikje naar Simon.

Ze keken naar het bord.

'Er is nog iets met Fadi Sora,' zei Carl na een kort zwijgen. 'Net zoals jij al zei, Jodie, is hij gepakt voor een klein drugsdelict. Niets ernstigs. Hij had alleen iets te veel hasj op zak. Hij heeft nooit gezeten. Maar hij hoorde wel bij een bende in Södertälje die de politie een paar jaar lang in de gaten heeft gehouden.'

'Dat klinkt als een heel gewone jongen,' zei Simon en hij nam een slok van zijn koffie.

Met een grimas spuugde hij de beigebruine vloeistof meteen weer in zijn kopje.

'Smerig, koud slootwater,' zei hij.

Carl had er een hekel aan om onderbroken te worden en hij had mensen zonder tafelmanieren altijd verschrikkelijk gevonden. Net als een haar in het eten. Met de neutrale stem die hij gebruikte wanneer hij geërgerd was, zei hij: 'Toen Fadi Sora werd gegrepen in verband met die drugsinval, hebben de technische jongens zijn telefoon bekeken. Op de geheugenkaart hebben ze toen een filmpje gevonden, waarin hij en twee andere mannen een jong meisje martelen.'

Carl laste een pauze in. Zowel Jodie als Simon keek hem ongeduldig aan.

'Gedurende bijna tien minuten branden ze haar om de beurt met sigaretten. Rond haar tepels en in haar geslacht. Intussen schreeuwen ze "hoer" tegen haar. Op de film lijkt ze veertien, hooguit vijftien jaar oud, met een migratieachtergrond.'

Het was stil in het vertrek.

'Mijn god,' zei Jodie. 'Hoe kan iemand zoiets doen?'

Simon spreidde zijn handen, zodat hij zijn kopje met de uitgespuugde koffie omstootte.

'Tering!' zei hij. 'Wat is dit voor een klotezaak, verdomme?'

'De film was midden op de dag opgenomen in een woonwijk,' ging Carl verder. 'Vooral Fadi Sora was actief bij het martelen, maar de andere mannen deden ook mee.'

'Maar je zei dat hij nooit had gezeten?' vroeg Jodie.

Carl knikte. *Slimme meid.*

'Ja, precies. Dat is ook zo. Aangezien ze het meisje nooit hebben kunnen vinden. In de media werd er de nodige aandacht aan besteed, maar ze liet niets van zich horen. Dus werd de aanklacht geseponeerd. Hij en zijn vrienden zijn niet bestraft, ondanks de film.'

Het werd weer stil in het vertrek. Simons stoel kraakte toen hij ging verzitten. Jodie klikte onophoudelijk met haar balpen.

'Dus jij denkt dat Fadi Sora uit wraak dodelijk is verbrand?' vroeg ze ten slotte.

Carl omcirkelde het woord 'wraak' op het whiteboard en trok een streep naar de foto van Fadi Sora.

'Het kan geen toeval zijn,' zei hij en hij draaide zich om naar zijn twee agenten. 'We hebben zelfs een soortgelijke film gekregen. Alsof onze dader de geschiedenis exact heeft willen herhalen.'

Simon staarde hem aan.

'Net als bij Marco Holst,' zei hij walgend. 'Die honkbalknuppel in zijn reet als wraak voor...'

Carl trok vragend zijn wenkbrauwen op.

'Hij had zijn geval toch in… Nou ja, jullie begrijpen het wel,' zei Simon.

Voor de verandering begreep Carl hem. Hij vond het niet prettig om het beeld van de marteling van Marco Holst weer in zijn hoofd te hebben, maar hij knikte.

'Ik dacht hetzelfde,' zei hij.

Een tijdlang zei niemand iets.

'Toch klopt het niet,' zei Jodie opeens.

Simon draaide zich geïrriteerd naar haar om.

'De vrouw, Amelia Zhelov. Zij past er niet bij. De twee anderen hebben een criminele achtergrond. Ze hebben allebei afschuwelijke dingen gedaan. Maar zij heeft helemaal niets gedaan, behalve misschien zichzelf verkopen voor geld. Zij is een slachtoffer, de anderen zijn daders.'

'Voor zover wij weten wel, ja,' zei Carl zakelijk. 'Maar je hebt een punt. Ze wijkt bovendien af wat de modus operandi betreft. Geen spijkers, geen taser.'

'Nou en?' zei Simon. 'Er klopt toch helemaal nergens iets van in deze… warboel?'

'Nee,' zei Jodie. 'Maar waarom zou Anton Loeff Marco Holst en Fadi Sora hebben gemarteld? En als hij echt de dader is, heeft hij Amelia Zhelov om een heel andere reden vermoord.'

'Misschien heb je gelijk,' zei Carl snel, voordat Simon weer een sneer kon uitdelen. 'Maar zolang we Anton Loeff niet te pakken hebben gekregen, hebben we weinig ander houvast.'

'Hoe is het met de andere kerels in de film?' vroeg Simon.

'Wat bedoel je?' vroeg Carl.

'Je zei dat Fadi Sora dat meisje samen met twee anderen te pakken nam. Als iemand wraak wil nemen op Fadi Sora, zal hij toch ook op hen wraak willen nemen?'

'Ja,' zei Carl. 'We moeten hen natrekken.'

'Dat kan ik doen,' zei Simon.

33

Simon Jern had op zijn vijftiende besloten politieman te worden, nadat hij gepakt was voor diefstal van een scooter. De agent die hem had gearresteerd, een oudere, ervaren brigadier, had hem aan de kant gezet en gezegd dat het hem geen bal interesseerde wat Simon met zijn leven deed, dat het zijn keus was als hij een idioot wilde worden die zijn halve leven in de gevangenis doorbracht, of dat hij zichzelf bij de lurven pakte en iets anders ging doen.

Simon had voor iets anders gekozen. Maar hij bedacht vaak dat het toeval was geweest, dat hij net zo goed een van de idioten had kunnen zijn die hij nu achternazat en arresteerde.

Hij wist dat hij geen slechte politieman was. Hij was slim en snel. Maar hij was impulsief en heetgebakerd, en kon binnen een seconde razend worden. Bovendien was hij grofgebouwd. Hij merkte vaak dat mensen bang voor hem waren. Dat was niet erg. Wanneer hij dat nodig vond, maakte hij gebruik van zijn angstaanjagende verschijning om in het voordeel te zijn tegenover collega's of het gespuis op straat.

Nu zat hij in de burgerwagen op weg naar het adres Lokes väg in de wijk Norsborg. Het was halfeen 's middags en de files van die ochtend waren om de een of andere reden opnieuw ontstaan. Hij deed er meer dan een uur over om vanuit de binnenstad naar de buitenwijk te rijden. Hij vloekte toen hij weer moest afremmen omdat de file stilstond.

Toen hij eindelijk op zijn bestemming aankwam, was het tien over halftwee. De woonwijk was grijs en stond aan het begin van een verval dat jaar na jaar zou doorgaan als niemand het besluit nam de flats te renoveren. Er stonden auto's op straat die jaren geleden al hadden moeten worden gesloopt. Op een van de parkeerplaatsen had iemand een bruine driezitsbank neergezet, naast een straatlantaarn die er als een bizarre vloerlamp in een woonkamer boven uitrees.

'Waarom laten ze de boel hier zo versloffen?' vroeg hij hardop in zichzelf toen hij de auto afsloot.

Het zwarte leren jack en de stevige Dr. Martens-schoenen die hij bij toeval vanmorgen had aangetrokken, pasten hier goed. Hij voelde zich veilig toen hij over het parkeerterrein naar de flats liep, alsof hij terug was in de wijk waarin hij was opgegroeid. Een kinderfiets lag midden op het voetpad. Hij tilde hem op en zette hem netjes tegen een schuur.

Een paar mannen van begin twintig draaiden zich naar hem om. Hij trok zich niets van hen aan en liep gewoon door.

Hij had in zijn jeugd op straat leren vechten, tussen de mijnwerkerskinderen van Kiruna. Daarna had hij zijn talent verfijnd, eerst als jager in militaire dienst en daarna op de politieacademie. Hij was niet bang.

Hij zocht in de portieken totdat hij het juiste nummer had gevonden. Op de naambordjes bij de voordeur kwam de naam Ibrahim Eslar niet voor. Simon liet de met graffiti bespoten lift links liggen en nam de trap van grijsgemêleerd beton met een zwarte ijzeren leuning. Hij las de namen op de deuren. In het trappenhuis rook het naar frituurvet en kruiden. Zoals de portieken in zijn jeugd naar gebakken spek en zuur zweet hadden geroken. Op elke verdieping stonden fietsen, kinderwagens en verhuisdozen, waar hij voorzichtig overheen stapte.

Op de derde verdieping vond hij een deur met op een handgeschreven briefje de naam Eslar. Simon bonsde hard op de deur en wachtte. Na een tijdje deed een oudere vrouw open.

'Hallo,' zei hij. 'Mijn naam is Simon Jern, ik ben van de politie.'

Toen hij de geschrokken blik van de vrouw zag, haastte hij zich eraan toe te voegen: 'Niemand heeft iets gedaan.'

Hij probeerde te glimlachen.

'Ik wil graag met Ibrahim Eslar praten. Is hij thuis?'

De oudere vrouw bekeek hem even ontzet, sloeg daarna haar handen voor haar gezicht en verdween snikkend naar binnen. Simon keek haar verbaasd na. Wat had hij gezegd?

In haar plaats verscheen een jongere vrouw, gekleed in een shirt en een spijkerbroek.

'Wie bent u? Wat wilt u?' vroeg ze afwijzend.

Hij herhaalde wat hij tegen de oudere vrouw had gezegd. Ze staarde hem aan.

'Nee,' zei ze. 'Hij is dood. Toen hij doodging, kwam er geen politie om hem te beschermen. Maar nu, nu komen jullie als... als honden.'

'Wat?' zei Simon. Hij was een moment van zijn stuk gebracht, maar herstelde zich snel. 'Wat bedoelt u? Ik...'

Voordat hij nog iets kon zeggen, sloeg ze de deur voor zijn neus dicht.

Even stond hij met zijn gebalde vuist geheven om nog eens op de deur te bonzen, maar hij bedacht zich en liep de trap weer af.

In de auto belde hij Carl.

'Heb je het niet gehoord?' vroeg Simon geïrriteerd. 'Hij is dood.'

'Ik heb het gehoord,' zei Carl rustig. 'Markus Ingvarsson, de derde man in de film, is ook dood.'

'Hè? Hoe weet je dat?'

'Ik heb net met Österholm gesproken, de collega die de zaak onderzoekt. Of de zaken. Ze zijn allebei ruim een week geleden van dichtbij neergeschoten. Het lijken executies. Maar geen marteling. We gaan er voorlopig van uit dat onze man de dader is. Ik laat alle informatie naar ons toe komen.'

'Wat is er in vredesnaam aan de hand? Hoeveel zijn het er... vier doden, vijf als je Marco Holst meetelt? Waar zit die Anton Loeff, verdomme? We moeten die klootzak te pakken zien te krijgen! Nu!'

'Als hij onze man is,' zei Carl.

'Wie zou anders zo gestoord zijn?'

'Hopelijk niemand. Kom nu maar naar het bureau, ik heb het proces-verbaal van het vooronderzoek naar de doodgeschoten mannen. Je moet ze maar vergelijken met jouw namenlijst van Marco en Fadi.'

Hij hing op en Simon smeet zijn telefoon op de passagiersstoel. Daar stuiterde hij vanaf; hij botste tegen het portier en verdween achter de stoel.

'Verdomme!' vloekte hij en hij sloeg met zijn rechterhand op het stuur.

De tranen sprongen hem in de ogen, hij kon er niets aan doen.

Die onverwachte huilbuien waren drie jaar geleden begonnen, nadat hij van zijn vrouw was gescheiden en in de bruine, steriele eenkamerflat in Farsta strand was gaan wonen, waar hij nu nog zat. In het begin had hij zich er niet druk om gemaakt; hij had gedacht dat het iets met de scheiding te maken had, dat hij boos was geweest, dat hij moest wennen aan het idee dat hij alleenstaand was, dat het wel zou overgaan…

Maar de laatste tijd kwamen de aanvallen vaker. Alsof er iets in hem kapotging. Hij vond het vreselijk. Tegenwoordig ging hij vaker naar de sportschool en trainde harder, om de zwakte, de zieligheid te bestrijden. Hij was doodsbang dat iemand hem zou zien janken als een kind. Dat mocht gewoon niet gebeuren.

Toen hij opkeek, zag hij dat hij bijna op de stilstaande file was gereden.

'Godsamme!' zei hij hardop en hij remde abrupt.

34

Het artikel bevatte weinig tekst. De uitbrander die ze van Carl Edson had gekregen, had haar niet meer feiten opgeleverd dan dat de getuige over wie ze had geschreven de avond ervoor was overvallen.

'Ze is dit keer met de schrik vrijgekomen, maar dat is niet jouw verdienste. Wij rubriceren het als poging tot moord,' had Carl Edson gezegd en daarna had hij opgehangen.

Het was genoeg voor de kop 'Poging tot moord op vrouwelijke getuige'. Marvin had het een mooi artikel gevonden.

'En het lijk in de Sveavägen dan? Heb je daarnaar gevraagd?'

'Daar kreeg ik de kans niet voor,' zei ze en ze keek op haar schrijfblok. 'Hij hing zomaar op. Woedend.'

'Oké, jammer. Probeer de gerechtsarts te bellen, misschien levert dat iets op,' zei hij en hij nam plaats op een lege stoel naast haar.

'Waarom?'

'Hij kan bevestigen of het om letsel gaat dat op marteling wijst.'

'Nee,' zei Alexandra ongewoon hard.

Marvin keek haar vragend aan.

'Dat levert nooit iets op,' zei ze verontschuldigend. 'Dat heb ik al eens geprobeerd. Dan gaat het deksel erop. Geen kik. Ik kreeg de volle laag alleen al omdat ik het probeerde. "Verrekte persmuskiet" noemde hij me.'

'Oké, probeer dan iets anders.'

'Ik bel deze en gene en dan zie ik wel...'

Marvin keek ontevreden, maar knikte.

'Zeg, nog iets anders,' zei ze. 'Ik moet vanmiddag naar de dokter.'

'Waarom? Je ziet er gezond uit.'

'Het is nogal... intiem,' zei ze. 'Ik ben een uurtje weg, ik hoop dat dat goed is.'

Marvin stond op.

'Wat moet, dat moet.'

Zijn telefoon rinkelde en hij verdween met zijn mobiel tegen zijn oor, terwijl hij met zijn vrije hand gesticuleerde.

Ze stopte snel haar schrijfblok en recorder in haar handtas en trok een vest aan.

'Tot zo,' zei ze tegen de verslaggever die tegenover haar zat.

Verstrooid keek hij op van zijn scherm en hief één hand op bij wijze van groet.

35

Jens Falk keerde zijn gezicht naar de lentezon en kneep zijn ogen tot splétjes. Hij was vrij. Nadat hij gedetineerd was geweest, was hij nu eindelijk vrij. Vrijgesproken door het gerechtshof. De hel was voorbij. Bovendien was hij ook nog jarig vandaag: hij was tweeënzestig geworden.

Op straat voor het huis van bewaring rook het naar hondenpoep en het trottoir knisperde lenteachtig van de steentjes waar in de winter mee was gestrooid. Hij schopte ertegen. Niemand was hem komen ophalen. Hij moest zelf maar zien thuis te komen. Eerst sloten ze hem een eeuwigheid op en dan deden ze gewoon de deur open en lieten hem gaan. Er kon nog geen 'sorry' vanaf. Een bewaarder had 'succes' gezegd, dat was alles. Hij schopte nog eens tegen het trottoir en liep verder naar metrostation Rådhuset, een paar honderd meter verderop.

Toen hij eraan dacht dat zijn eigen gezin zich tegen hem had gekeerd, schopte hij voor de derde keer tegen de steentjes, zodat er een stofwolkje ontstond. Hij zou het hun betaald zetten. Niet nu meteen, maar later. Hij had erover nagedacht. In de cel had hij genoeg tijd gehad om na te denken. Hij zou met hen naar de bergen gaan om te vissen. Een verzoeningstrip. Hij wist een kleine blokhut te staan aan de oever van de Rapa-rivier. Hij zou ze leren wat er gebeurde als je hem verraadde.

Als hij alleen aan hen dacht, voelde hij al dat zijn spieren zich spanden, dat hij bijna kramp in zijn maag kreeg.

Ze hadden de politie gebeld. Ze hadden godverdomme de politie gebeld!

Dat was afgelopen herfst geweest. Het motregende en het waaide. Buiten was het zo zwart als de nacht. Niemand wilde de deur uit met dat weer. Toch werd er opeens aangebeld.

'Doe open!' had hij geroepen.

Maar zijn vrouw en dochter reageerden niet. Ze verstopten zich. En toen hij de deur opendeed, stond de politie op de stoep.

'Bent u Jens Falk?' vroeg een van de agenten.

'Wat willen jullie van me?'

'We willen met u praten. Mogen we binnenkomen?'

'En als ik nee zeg?'

'Dan mag u mee naar het bureau, dan praten we daar.'

Het waren twee agenten, de ene was een vrouw. Ze stond schuin achter haar collega. Zonder te antwoorden staarde hij hen even aan en zei toen: 'Kom dan maar binnen, verdomme!'

Hij probeerde zijn lichaamstaal te beheersen, maar hij voelde dat hij grote, zwaaiende bewegingen ging maken. Hij kon er niets aan doen.

Ze gingen in de woonkamer zitten. Op zíjn bank.

'Wat willen jullie? Ik heb niets gedaan!'

Toen begonnen ze over seksuele delicten. De politie zat in zijn woonkamer en beweerde dat hij zijn dochter had verkracht. Hij! En ze hadden het lef om dat in zijn huis te zeggen. Zijn eigen dochter!

'Maria en Olga, hier komen!' brulde hij het huis in.

Even later kwam zijn vrouw de woonkamer binnen. Achter haar zag hij het sukkeltje dat zijn dochter was, Olga.

'Is dit jullie werk?' vroeg hij met een hoofdgebaar naar de agenten.

De agente stond op van de bank – wie had hen trouwens gevraagd te gaan zitten? Hij niet – en liep naar Maria en Olga toe.

'Kunnen we ergens apart gaan zitten?' vroeg ze en zonder dat ze antwoord had gekregen liep ze naar de keuken.

Toen ze terugkwamen, knikte ze naar haar collega.

'We willen dat u nu met ons meegaat,' zei de agent.

'Ik ga nergens heen!' zei hij.

'Maak dit niet moeilijker dan nodig is. U bent aangehouden.'

'Waarvoor, in vredesnaam?'

'Omdat u zich herhaalde malen aan uw dochter hebt vergrepen.'

Hij wist niet meer wat hij had geschreeuwd, alleen dat hij zich van de agenten had losgerukt, naar Maria toe was gerend en haar had neergeslagen. Een harde rechtse directe in haar gezicht.

Hij herinnerde zich dat ze op de grond was gevallen. En dat Olga toen had geschreeuwd. Dat de agenten boven op hem waren gesprongen, hem handboeien om hadden gedaan en zijn gezicht tegen de vloer hadden geduwd.

'Dit zal ik jullie betaald zetten!' zei hij met gesmoorde stem. 'Reken daar maar op.'

Ze keken hem na toen hij door de agenten werd weggevoerd; ze leken gechoqueerd. Maar hij wist dat ze hem hadden aangegeven. Ze hadden zich tegen hem gekeerd, zijn eigen gezin.

Wat had hij geploeterd op de bouwplaatsen, al die koude, tochtige, ellendige bouwplaatsen met grijszwart beton en ijzer. Allemaal voor hen. Maar een beetje dankbaarheid en loyaliteit tonen, ho maar.

'Klootzakken!' schreeuwde hij toen ze hem op de achterbank van de politieauto duwden.

Zijn stem sloeg over. Daarna stilte. De politieauto. Het huis van bewaring. De rechtszaak. Het hoger beroep. En een nieuwe rechtszaak.

Maar nu was hij vrij. Ze hadden het mis gehad. Hij had niets strafbaars gedaan.

'Je kunt schadevergoeding vragen voor de tijd dat je gedetineerd bent geweest,' zei zijn advocaat.

'Dat zal ik zeker doen!'

Toen hij bijna bij de metro was, kwam er opeens een vrouw op hem af. Hij had haar niet gezien, hij was in gedachten geweest. Maar ze moest op hem hebben gewacht en achter hem aan zijn gelopen vanaf het huis van bewaring. Ze was knap, vond hij, met lang, donker haar, blauwe ogen en volle lippen.

'Hallo, ik ben van *Aftonbladet*,' zei ze. 'Mag ik u een paar vragen stellen?'

'Waarover?' vroeg hij.

'Hoe voelt het om vrijgesproken te zijn? U hebt een halfjaar in hechtenis gezeten, is het niet?'

Ze droeg een dun groen vest en hield een recorder in haar hand, die ze naar hem uitstak. Zijn eerste impuls was het weg te slaan, maar daarna vermande hij zich, terwijl hij haar onderzoekend opnam.

'Eindelijk!' zei hij toen. 'Zo voelt het: eindelijk! Ik heb het aldoor geweten. Ze zouden mij verdomme niet kunnen vasthouden.'

'Ik was erbij toen de uitspraak werd voorgelezen,' zei de vrouw van *Aftonbladet*. 'Uw dochter leek erg van streek toen de rechtbank u vrijsprak...'

'Die...'

Die verdomde slet, had hij willen zeggen, maar hij bedacht zich en zei in plaats daarvan: 'Misschien had ze spijt dat ze heeft gelogen, weet ik veel...'

'Zo leek het niet.'

'En wat weet jij daarvan? Ik ben vrijgesproken, oké? De rechter heeft gezegd dat ik onschuldig ben. De rechter! Wie denk jíj dan dat je bent, stomme...'

'Dat heeft hij niet gezegd. Hij zei dat uw schuld niet bewezen kon worden.'

'Luister eens, jij... Hoe heet je?'

Hij wapperde met zijn hand voor haar gezicht.

'Alexandra,' zei ze. 'Ik ben Alexandra Bengtsson.'

'Luister eens, Alexandra, met je politiek correcte praatjes, rot jij maar op, trut! Ik ben vrij! En wat je ook zegt, daar kun je niets aan veranderen!'

Hij sloeg tegen het recordertje, zodat het op het trottoir terechtkwam.

'Aan de kant, verdomme!' schreeuwde hij tegen haar. 'Ik moet met de metro!'

Ze deed een stap opzij – verstandig van haar – en liet hem erlangs. Met een slingerende, schokkerige tred liep hij snel naar de ingang en verdween.

***

Alexandra stond hem na te kijken. Een paar voetgangers die met z'n drieën naast elkaar liepen duwden tegen haar aan. Idioten, dacht ze geïrriteerd. Maar haar ergernis betrof haarzelf. Ze zou hier niet moeten zijn. Marvin had gelijk: dit was niet genoeg voor een artikel. Er zat geen verhaal in.

Maar ze had willen vragen hoe hij zich voelde; ze had zijn gezicht willen zien, willen kijken of er spijt uit sprak.

Ze keek op haar horloge. Jens Falk was later uit het huis van bewaring gekomen dan ze had verwacht. Zo lang kon een doktersbezoek nooit duren. Marvin zou vragen waar ze geweest was. Ze zou een verhaaltje moeten ophangen. Hij zou het er niet mee eens zijn dat ze haar werktijd had besteed om aan de zaak-Jens Falk te werken, terwijl hij uitdrukkelijk tegen haar had gezegd dat ze dat niet moest doen.

Met snelle pas liep ze naar de Scheelegatan en de redactie.

36

Carl leunde achterover op zijn bureaustoel en bracht zijn koffiekopje naar zijn mond, terwijl hij naar Simon keek, die net op dat moment de teamkamer binnenkwam.

'Waar heb jij gezeten?'

'Wat denk je, verdomme?' zei Simon en hij gooide zijn jas op het bureau, zodat er een paar blaadjes op de vloer vielen.

'Doe eens rustig,' zei Jodie en ze raapte ze op.

'Files!' zei Simon. 'Wat is dit een waardeloze rotstad. Altijd dezelfde klerefiles. Het zou verboden moeten zijn om in de stad te rijden.'

'Alleen jij zou toestemming moeten krijgen,' zei Carl.

'Huh?!'

'Laat maar,' zei hij en hij nipte van zijn koffie.

Hij bladerde door de uitdraai van het proces-verbaal van het vooronderzoek dat hij voor zich had.

'Ze zijn acht respectievelijk negen dagen geleden doodgeschoten. Eerst Ibrahim Eslar. Daarna Markus Ingvarsson. Ibrahim met twee schoten, Markus met drie. Allebei in de buurt van hun huis. Ibrahim in een voetgangerstunnel waar niemand komt, omdat die aan één kant afgesloten is. Markus in een park. Geen getuigen.'

Hij keek op.

'Als Cecilia Abrahamsson gelijk heeft wat Fadi Sora betreft, moeten deze moorden één tot twee dagen na de moord op Fadi hebben plaatsgevonden.'

'Is er een verband met Anton Loeff?' vroeg Jodie.

Carl schudde zijn hoofd en sloeg de uitdraai van het proces-verbaal dicht.

'Geen enkel,' zei hij. 'Niet dat wij weten in elk geval. En bovendien is de moordenaar op een heel andere manier te werk gegaan. Als het niet wat al te toevallig was geweest dat juist deze twee worden doodgeschoten in de dagen nadat Fadi Sora is vermoord, zou ik zeggen dat we met een andere dader te maken hebben.'

Een poosje zei niemand iets.

'We zoeken naar een drugs- of wapendeal, iets waarbij Anton Loeff, Marco Holst, Fadi Sora en nu ook Ibrahim Eslar en Markus Ingvarsson betrokken zijn,' zei hij.

Simon trommelde met zijn vingers op tafel – harde, snelle bewegingen.

'Ik heb alle namen uit de onderzoeken rondom Marco Holst bekeken,' zei hij, 'en ik kan niemand vinden. Ik heb ook bij de narcoticabrigade navraag gedaan, maar daar hadden ze er ook geen idee van.'

'En deze nieuwe namen?' vroeg Carl.

'Die komen nergens voor.'

Het was stil in het vertrek. Simon bleef met zijn vingers trommelen, totdat een blik van Carl hem deed stoppen.

'Anton Loeff,' zei Jodie. 'Ik heb zijn dossier gelezen. Hij is onder vreselijke omstandigheden opgegroeid. Zijn vader was een klootzak en een dronkenlap; hij sloeg zijn hele gezin bont en blauw.'

'Er zijn er meer die dat doen,' zei Simon.

'Ja, natuurlijk,' zei Jodie, 'maar... De vader van Anton Loeff is ook aangeklaagd omdat hij zijn eigen dochter aan mannen heeft verkocht. Hij is er nooit voor veroordeeld, maar Antons zus is onder nogal eigenaardige omstandigheden gestorven. Ze is in 1985 gevonden in het Gran-park in Norrtälje, misbruikt en dodelijk mishandeld. Daar is niemand voor veroordeeld. Anton was toen twaalf.'

'Ja, dat heb ik ook gelezen,' zei Carl. 'Maar denk je dat er een verband is met Fadi Sora en zijn twee vrienden?'

'Het is maar een theorie,' zei ze en ze liep naar het whiteboard. Ze streek een lok haar uit haar gezicht en pakte een rode marker.

'Marco Holst is veroordeeld voor de verkrachting van een minderjarig meisje.'

Ze schreef 'seks' onder zijn foto.

'Fadi Sora, Ibrahim Eslar en Markus Ingvarsson hebben zichzelf gefilmd met hun mobiele camera terwijl ze een jong meisje martelden.'

Ze schreef ook 'seks' onder hun foto's.

'En de zus van Anton Loeff is seksueel misbruikt.'

Carl wreef met zijn handen over zijn gezicht – zijn gebruikelijke gebaar wanneer hij gefrustreerd was.

'Dus jij bedoelt...' zei hij.

'...dat seksueel misbruik van vrouwen een verband vormt,' zei Jodie. 'En het motief is wraak.'

'Waarom?' vroeg Simon.

'Vanwege zijn zus misschien. Je kunt je voorstellen dat Anton mannen haat die zich net zo gedragen als zijn vader, en ze vermoordt. Een soort Münchhausen by proxy. De slachtoffers nemen de plaats van zijn vader in... We moeten checken of zijn vader nog leeft...'

'Is al gebeurd,' viel Simon haar in de rede. 'Hij is al vier jaar dood. Geen verdenking van misdaad. Hij is gestikt in zijn eigen braaksel. Verslaafd. En zijn moeder is al naar Finland teruggegaan toen de kinderen nog klein waren en schijnt sindsdien niets meer van zich te hebben laten horen. Toen ik het bij onze Finse collega's navroeg, zeiden ze dat ze vorig jaar is overleden.'

Jodie keek hem vragend aan.

'Aan borstkanker,' zei hij. 'Ze is in het ziekenhuis overleden. Maar toch klopt jouw redenering niet...'

'Hoezo?' vroeg ze. 'Wat klopt er niet aan?'

'Amelia Zhelov. We hebben haar verminkt in de badkuip van Anton Loeff gevonden. Als hij wraak wilde nemen voor zijn zus, waarom heeft hij dan in godsnaam een arme prostituee gefileerd? Volgens jou had hij toch juist haar klanten moeten fileren of zo?'

Het was even stil.

'Maar het was goed bedacht, Jodie,' zei Carl ten slotte en hij raapte de blaadjes bij elkaar die voor hem op zijn bureau lagen. 'We moeten het er met Loeff over hebben wanneer we hem binnenkrijgen. Waar zit die vent, verdorie...'

'Vermoedelijk is hij druk bezig zijn volgende slachtoffer te vermoorden,' zei Simon.

Hij trommelde weer met zijn vingers. Carl ging niet op Simons opmerking in, maar vreesde dat hij gelijk had.

'En het opsporingsbericht, heeft dat iets opgeleverd?' vroeg hij.

Jodie schudde haar hoofd.

'Nee,' zei ze. 'We hebben een stuk of vijftig tips binnengekregen, maar geen enkele heeft direct met Anton Loeff te maken.'

Carl keek op zijn horloge, een oude, bekraste Omega, die hij cadeau had gekregen toen hij voor zijn eindexamen was geslaagd en die hij twee keer had laten repareren. De wijzers stonden op even na zessen.

'Nu gaan we naar huis. En dan gaan we er morgen weer tegenaan.'

'Morgen is het zaterdag,' merkte Simon op.

'Ik weet het...' zei Carl. 'Helaas...'

Simon haalde zijn neus op, pakte zijn jas van het bureau en verdween snel de kamer uit.

37

Het was bijna middernacht. De zandbak en de schommels waren verlaten. De seringenstruiken bewogen niet, er ging geen windvlaag door de tere blaadjes. De binnenplaats was leeg, en toch had Sid Trewer hetzelfde gevoel dat hij de afgelopen weken al een paar keer eerder had gehad: dat iemand hem gadesloeg. En hij was niet iemand die zo'n gevoel negeerde.

Hij keek naar de baksteenrode flats die de binnenplaats in de Pilvingegatan in Skarpnäck omlijstten. Hij woonde hier nu vier jaar. Achter de meeste ramen was het donker, maar Sid bleef een hele poos staan wachten. Recht tegenover hem ging opeens een deur open en er kwam een man met een capuchon op naar buiten met een hond; hij sloeg de hoek om en verdween. Sid had hem eerder gezien. Het was niet zíjn aanwezigheid die hij voelde.

Hij liet zijn blik over de binnenplaats gaan: de grasvelden, de geasfalteerde paden, de speelplaats en de seringenstruiken. Het mes dat hij altijd bij zich had hield hij in een stevige greep. Hij kon er goed mee omgaan. Hij had altijd een voorkeur gehad voor messen, omdat een mes een stil wapen was en het risico op getuigen verkleinde.

Uiteindelijk draaide hij zich om en liep door een van de poorten de binnenplaats af – de poort waardoor de man met de hond ook was verdwenen.

Zijn auto, een grote Audi Q7 met de grootste dieselmotor die werd gemaakt, stond buiten op straat geparkeerd. Hij had hem zelf geïmporteerd vanuit Duitsland, aangezien deze motor in Zweden niet te krijgen was. Eigenlijk wilde hij de auto liever niet op straat hebben staan; dat was te onveilig. Maar toen hij de vorige dag op de binnenplaats had geparkeerd – zoals hij gewend was, ondanks parkeerboetes en klachten van de buren – hadden een paar kinderen de hele zijkant van de auto bekrast, van de kofferbak tot de koplamp. Ze waren met een steen over de volle lengte gegaan. Als hij dat ettertje in zijn vingers kreeg, wist hij precies wat hij met die steen zou doen.

De Pilvingegatan lag aan de rand van Skarpnäck en keek uit op het groen van Bagarmossen. Afgezien van het gebied rond de straatlantaarns, lagen de open grasvlakken en bospartijen in het donker.

Hij stak zijn handen in zijn zakken, voelde het mes weer in zijn hand – een veilig gevoel – en zette de paar stappen naar de auto, terwijl hij zich afvroeg wie het op hem gemunt zou kunnen hebben.

Kim, dacht hij. Het zou die ellendige klootzak van een Kim kunnen zijn. Sid had hem weliswaar het geld voor een auto door de neus geboord, maar jemig, iedereen was weleens wat laat met betalen.

De auto, dacht hij toen. En opeens wist hij het. De gedachte kwam zo heftig bij hem binnen dat hij bijna struikelde.

Kim, die vuile, smerige, fucking klootzak. Die heeft de auto bekrast! Hij is hier geweest!

Sid liep snel naar de auto. Onder zijn stoel had hij een pistool verstopt, een 1911, een klassiek Amerikaans legerpistool. Hij had nu meer nodig dan het mes.

Een beeld schoot door zijn hoofd: Kim die op de grond lag en smeekte om genade. Sid stond voor hem met het pistool in zijn hand.

Het volgende beeld: Kim zat vastgebonden op een stoel. Sid stond op het punt hem te merken, zijn mond open te snijden en hem een clownslach te bezorgen. Hij zou hem niet vermoorden, maar hem het verhaal laten verspreiden, anderen laten weten wat er gebeurde als je het tegen Sid Trewer opnam.

Sid werd dit voorjaar negenenveertig en was in topvorm. Hij sportte drie, vier keer per week. Bovendien deed hij aan kickboksen. Hij was fors, maar niet te. Het ging erom dat je niet onhandig werd. De laatste keer dat hij op een weegschaal had gestaan, had die eenennegentigenhalve kilo aangegeven. Hij voelde aan zijn buik. Geen vet. Alleen spieren. Eén meter achtentachtig spieren.

Op krap een meter van de auto vandaan draaide hij zich snel om. Er wás daar wel iemand in het donker.

'Kim, kom tevoorschijn, eikel!' riep hij de duisternis in.

Er kwam geen antwoord.

'Sodemieter op! Ik pak je. Daar kun je van op aan, ik zal je...'

Hij zag het totaal niet aankomen. Op het moment dat hij het portier opende om naar het pistool te reiken, was er een flits. De pijn die bijna onmiddellijk volgde, rukte hem vanbinnen aan stukken, en hij zou ongecontroleerd hebben geschreeuwd als zijn spieren hem nog hadden gehoorzaamd. Maar zijn hele lichaam verkrampte. Zijn benen schoten spastisch in de lucht en hij viel plompverloren op de grond.

Daarna voelde hij dat iemand zijn armen vastpakte, hem op zijn buik draaide en zijn handen vastbond op zijn rug. Hij probeerde los te komen, maar zijn armen gehoorzaamden hem nog steeds niet, ze trilden alleen maar. Hij probeerde op te staan, zijn benen te bewegen, verzet te bieden, maar dat kon hij niet; hij kon alleen machteloos voelen hoe zijn belager zijn benen net zo vastbond als zijn armen.

Vlak daarna hoorde hij het achterportier van de auto opengaan en hij voelde dat iemand hem bij zijn benen pakte. Hij werd over het trottoir gesleept, zijn hoofd klapte ongecontroleerd tegen het asfalt, waarna hij de achterbank op werd geduwd. Ten slotte lag hij half op de vloer, half op de bank, nog steeds niet de baas over zijn lichaam. Hij wist dat hij was getroffen door zo'n ellendig stroomstootwapen.

Daarna voelde hij dat zijn armen en benen aan elkaar vast werden gebonden. Hij probeerde te schreeuwen, maar alleen zijn hortende ademhaling was te horen.

Ook al lag hij met zijn hoofd op de vloer van de auto, hij slaagde erin het zo te draaien dat hij degene kon zien die op hem had geschoten, maar diens gezicht was verborgen achter een bivakmuts.

'Kim?' perste hij tussen zijn kaken door.

Daarna werden zijn mond en ogen bedekt met zilverkleurige gaffertape. En alles werd zwart.

Hij lag met zijn hoofd tegen de deur, terwijl hij vergeefs probeerde zijn lichaam in een comfortabelere positie te manoeuvreren. De motor startte met een zacht gebrom. Hij voelde de schok toen de auto in de eerste versnelling werd gezet en begon te rijden.

Hij probeerde te schreeuwen, maar achter de tape was alleen een gedempt gemompel te horen.

38

Zaterdag 10 mei

Het appartement had al meer dan een halfjaar leeggestaan toen Oskar Brindman opeens ontdekte dat er iemand was komen wonen. Oskar was tweeënzeventig en hij mocht de nieuwe huurder niet. Hij miste de vorige, de jonge vrouw, die bij hem had aangebeld op de dag van haar verhuizing. Ze had zich voorgesteld als Marie Mattsson, ze had verteld dat ze buren zouden worden en dat hij het maar moest zeggen als hij ergens hulp bij nodig had of wanneer ze te veel lawaai maakte. Dat was het begin geweest van hun contact. Hij vroeg haar af en toe op de koffie en wanneer hij last had van zijn benen, hielp ze hem met de boodschappen.

Maar toen was ze verhuisd. Verdwenen was een beter woord. Ze had nooit afscheid genomen, ze had zich gewoon niet meer laten zien. En het appartement had leeggestaan.

Tot een paar dagen geleden.

Hij had de nieuwe huurder maar één keer ontmoet, toen hij naar buiten ging om het afval weg te gooien. Oskar had gegroet, zijn hand uitgestoken, hem welkom geheten in het pand. Nerveus en aarzelend had de man zijn groet beantwoord en hij had weggekeken toen hij zijn naam zei: Anton.

De man was goed gekleed geweest, maar zijn gezicht had hem verraden. Hij zag er afgeleefd uit, getekend, met diepe rimpels en kwaadaardige ogen. Als een misdadiger, had Oskar gedacht.

Sindsdien had hij hem nauwelijks gezien. Het leek wel of Anton, als hij echt zo heette, op onchristelijke tijdstippen kwam en ging, wanneer niemand anders op was.

Maar Oskar sliep vaak slecht en werd vroeg in de ochtend wakker. Dan deden zijn knieën pijn. Soms probeerde hij in bed te blijven liggen en door te slapen, maar meestal stond hij op om koffie te zetten en de krant te lezen. Misschien werd hij wakker van de krantenbezorger, hij wist het niet. Maar wanneer hij in de hal kwam, was de krant altijd koud, alsof de kou van de tas van de bezorger er nog in zat.

Die ochtend ging hij aan de keukentafel zitten en vouwde hij de krant zorgvuldig open met een kopje koffie naast zich. Maar toen hij geluid hoorde in het trappenhuis, liep hij de hal in en keek door het kijkgaatje.

Het was de buurman, Anton, die thuiskwam. Hij keek om zich heen in het trappenhuis, om vervolgens naar binnen te glippen en de deur achter zich dicht te slaan. Oskar wilde net teruggaan naar zijn krant toen de deur opnieuw openging. De man kwam met een vuilniszak in zijn hand naar buiten en liep snel naar de stortkoker, aan de andere kant van de etage. In de tussentijd liet hij de deur openstaan, zodat Oskar recht naar binnen kon kijken.

Hij hapte naar adem.

De hal en de badkamer erachter zagen er netjes uit. Er hingen jassen aan de kapstok en eronder stonden schoenen keurig op een rij. Hij kon zelfs een ochtendjas aan de deur van de badkamer zien hangen.

Maar het waren allemaal damesdingen. De jassen in de hal waren damesjassen, de schoenen op het rek waren damesschoenen. En hij herkende ze – ze waren allemaal van zijn vorige buurvrouw, Marie.

39

Het was na tienen 's ochtends toen Simon Jern de teamkamer binnenstapte. Carl en Jodie zaten er al een uur.

'Wat heb jij gedaan?' vroeg Carl.

Simon schudde alleen zijn hoofd.

'Wat denk je? Files, altijd die verdomde files. Zelfs op zaterdag. Ik kan maar beter terugverhuizen naar Kiruna,' zei hij en hij zakte in elkaar op zijn stoel.

Op dat moment ging Carls telefoon. Hij luisterde een hele poos zonder iets te zeggen.

Daarna trok hij een schrijfblok naar zich toe van Jodies bureau. Ze gaf hem een pen.

'Laat? Het is nog maar... O, oké. Hoe heet u? Oskar Brindman...'

Hij schreef terwijl hij praatte. Simon keek verveeld naar het whiteboard en kauwde op een potlood, maar Jodie boog zich nieuwsgierig Carls kant op.

'In het trappenhuis? Geeft hij overlast? Nee? Maar waarom belt u ons? O, dat is vervelend, maar het is niet altijd gemakkelijk om een gesprek naar de juiste afdeling door te verbinden. Hoe dan? Oké. Hoe weet u dat? U zag hem door het kijkgaatje. Vrouwenkleren, ging hij gekleed in vrouwenkleren? Nee, ik begrijp het... Er hangen allemaal damesjassen in zijn hal. Maar als iemand dat wil, dan mag dat... Niet van hem? Oké. We gaan ernaar kijken... Absoluut! Bedankt voor uw telefoontje! Ja, daar kunnen we veel aan hebben... Wacht, waar woont u? Mooi. Nee, niet de deur uit gaan. Ja, doe de deur maar op slot, dat is goed...'

Daarna hing hij op.

Jodie keek hem geïnteresseerd aan.

'Eerlijk gezegd begrijp ik niet wie hem met ons heeft doorverbonden,' zei Carl.

'Maar?' vroeg ze.

'Misschien hebben we toch een opening. Tijdstip en uiterlijk kloppen. En hij noemt zich Anton.'

40

Anton Loeff keek slaapdronken om zich heen in de donkere slaapkamer. De klok naast het bed gaf halfelf aan. Het was ochtend. Hij sliep overdag altijd en vroeg zich af waar hij wakker van was geworden. De luxaflex was dicht en hij kon niets zien. Maar in zijn slaap had hij geluiden gehoord, onrustbarende geluiden.

Hij kwam half overeind in bed om beter te horen. Vermoedelijk iemand die door het trappenhuis liep, maar de nervositeit van de afgelopen dagen had hem achterdochtig gemaakt. En hij had op zijn intuïtie leren vertrouwen.

Hij wilde net het dekbed van zich af gooien om de zaak te onderzoeken, toen de deur van zijn slaapkamer openging.

Een scherpe lichtkegel werd op hem gericht. Iemand riep: 'Politie! Blijf liggen!'

Hij probeerde uit bed te rollen. Zijn pistool lag op het nachtkastje en daar kon hij vanaf de grond bij. Maar toen hij zich ernaar uitstrekte zag hij de schaduw van een van de agenten die op hem sprong.

Hij landde met zijn knieën op Antons borstkas en slingerde hem weer tegen de grond. Anton kreeg geen lucht meer en gaf het op.

Terwijl hij wanhopig naar de man gebaarde dat hij van zijn borstkas af moest gaan, vroeg hij zich af hoe de politie hem had gevonden. Hij was uiterst voorzichtig geweest, had zich alleen 's ochtends heel vroeg buiten de flat begeven.

Hoe kon iemand hem hebben gezien? Toen wist hij het: de buurman.

Een agent trok hem van de vloer omhoog en duwde hem tegen de muur. Anton was naakt, op een onderbroek na, en hapte wanhopig naar adem.

'Doe het licht aan, verdomme!' schreeuwde de agent.

Opeens baadde het vertrek in het licht van de plafonnière. Er stonden twee geüniformeerde agenten met een getrokken automatisch wapen in de deuropening. Hij had het idee dat hij bijna doorzichtig was met zijn dunne lichaam in het licht.

'Kleed je aan!' zei de agent en hij gaf hem een duw.

Hij probeerde het te verbergen, maar hij wist dat het rasterwerk van littekens duidelijk zichtbaar was op zijn rug: een wirwar van witte strepen die kriskras over zijn rug liepen, een aandenken aan de zweepslagen waarmee hij was grootgebracht.

'Ik heb niets gedaan,' zei hij sissend, terwijl hij nog steeds vocht om lucht te krijgen. 'Ik ga mee, maar zeg waar het over gaat.'

De politieman liep met hem mee naar zijn kleren en onderzocht elk kledingstuk voordat hij het aan hem gaf.

Toen hij zich had aangekleed, trok de agent zijn armen op zijn rug, duwde hem tegen de muur en deed een paar handboeien om zijn polsen. Hij verzette zich niet.

'Je bent aangehouden op verdenking van een aantal moorden.'

'Ik snap het niet,' zei hij rustig, nu hij weer normaal kon ademen. 'Welke moorden?'

'Je hebt Amelia Zhelov gedood. Onder anderen.'

'Wie?'

'De vrouw die je hebt gefileerd in je badkuip!' schreeuwde de agent.

'O,' zei Anton. 'Heette ze zo? Dat wist ik niet.'

***

Drie uur later had Anton Loeff nog steeds maar drie dingen toegegeven: dat hij de vrouw in de badkuip had gedood, dat hij Anton Loeff heette en dat hij het appartement van Marie Mattsson zwart onderhuurde. Al met al waren ze daar in een kwartier achter geweest.

De resterende tijd was volkomen zinloos geweest. Carl Edson had vragen gesteld en Anton had in principe steeds twee antwoorden gegeven: 'Dat heb ik niet gedaan,' en: 'Ik snap niet waar je het over hebt.'

Toen Carl hem voor de vijfde keer naar Fadi Sora vroeg, antwoordde hij met hetzelfde nauw verholen ongeduld dat hij niet wist wie dat was.

'Maar Marco Holst ken je wel?'

'Marco...'

'Robert Jensen. In de gevangenis heeft hij zijn naam veranderd.'

Anton Loeff knikte rustig, alsof de hele situatie hem niets deed. Hij sprak op zachte, correcte toon.

'Ja, Robert kende ik wel. Hij probeerde me te vermoorden. Ik heb me verdedigd.'

'Waarom probeerde hij jou te doden?'

Anton keek naar de tafel en leek na te denken over het antwoord.

'Het ging over een vrouw,' zei hij toen. 'Roberts vriendin.'

'Wat was daarmee?'

'Ze heette Lisa. Geloof ik. Het is lang geleden.'

'Ja?'

'Ik had een... affaire met haar.'

'En?'

'Robert betrapte haar. Of liever gezegd: ons. Of... mij.'

Anton hield beide handen tegen de tafel gedrukt terwijl hij hen doordringend aankeek. Carl sloeg hem gade.

'Wat voor soort relatie hadden jullie – zij en jij?'

Anton keek verbaasd op.

'Wij... waren samen,' zei hij.

'Dat snap ik. Wat ik bedoel, is: hield je van haar?' vroeg Carl.

Anton dacht over die vraag na.

'Nee,' zei hij ten slotte. 'We gingen met elkaar naar bed. Ze was knap. Aantrekkelijk op de een of andere manier. Dat was het enige.'

'Ik begrijp het. En wat gebeurde er?'

'Ik...'

Hij zweeg, kennelijk verlegen met het onderwerp.

'Ik had haar vastgemaakt en zou net...'

'...in haar gaan snijden?' vroeg Carl en op hetzelfde moment wenste hij dat hij zijn mond had gehouden.

Anton knikte langzaam en Carl boog zich over de tafel.

'De ondervraagde, Anton Loeff, knikt,' zei hij.

Anton keek hem verbaasd aan, knikte toen begrijpend naar de cassetterecorder en de microfoon op tafel.

'Ja, maar dat ging niet door,' zei hij. 'Robert betrapte ons… míj. Hij sloeg me bijna dood. Met een honkbalknuppel.'

'Toch bleef je volhouden dat je van de trap was gevallen. Waarom?'

'Ik had erger meegemaakt. En ik wilde niet dat hij over zijn vriendin zou vertellen… Waar ik mee bezig was. Ik vond dat we quitte stonden.'

'Ik snap het. Maar je was al eens opgepakt voor het martelen van een vrouw.'

Anton knikte.

'Dat was daarvoor. Voordat ik Robert ontmoette. Marco dus. Ik was jong, ik wist niet beter…'

'Maar sindsdien heb je bijgeleerd, bedoel je?'

Anton knikte.

'Ja, jullie hebben me immers nu pas gevonden.'

Hij glimlachte. Carl trok vragend zijn wenkbrauwen op.

'Heb je nog meer vrouwen gemarteld en gedood?' vroeg hij.

'Ik heb niemand gedood. Of gemarteld. Alleen deze vrouw…'

'Amelia Zhelov, de Bulgaarse?'

'Ja, alleen haar.'

'Hoe heb je haar ontmoet?'

'Dat heb je al gevraagd.'

'Ja, en nu vraag ik het nog eens.'

'Dat weet ik niet meer. Ik weet niets tot aan het moment waarop ze in de badkuip ligt en de politie op de deur klopt.'

'Niets?' vraagt Carl ongelovig.

'Niets. Ik moet een vlaag van verstandverbijstering hebben gehad. Soms heb ik psychotische episodes. Die heb ik vroeger in elk geval wel gehad.'

Carl zuchtte. Ze mochten blij zijn als ze Anton Loeff voor de moord op Amelia Zhelov konden pakken.

'Maar Fadi Sora, Ibrahim Eslar en Markus Ingvarsson dan?'

Anton schudde rustig zijn hoofd.

'Nee, die namen heb ik nog nooit gehoord,' zei hij zacht. 'Wie zijn dat?'

Carl keek moedeloos.

'We moeten DNA bij je afnemen.'

Anton keek hem voor het eerst tijdens het verhoor ongerust aan.
'Doet dat pijn?' vroeg hij.
'Nee,' zei Carl en hij stond op.
'Gelukkig...'
'Nu nemen we pauze. Het is zaterdag 10 mei en het verhoor van Anton Loeff wordt om 13.57 uur beëindigd.'

***

'Het klopt niet,' zei Carl en hij liet zich op zijn bureaustoel ploffen, die meteen onder hem begon te zakken.
'Hè?' vroeg Simon.
'Ik denk niet dat hij degene is die we zoeken. Ik weet zeker dat Anton Loeff niet onze man is,' zei Carl en hij stak zijn benen uit, terwijl de stoel in de laagste positie bleef staan.
Hij fixeerde zijn blik op een bruinrode vlek op de muur tussen Simon en Jodie.
'Waarom niet?' vroeg Jodie.
'Omdat ik hem geloof,' zei Carl.
'Een knettergekke sadist?' vroeg Simon en hij kruiste zijn armen voor zijn borst.
'Ja,' zei Carl. 'Hij is waarschijnlijk wel gek, maar hij heeft zich nooit tussen gewone criminelen bewogen. Hij is geen overvaller of drugsdealer. Ik geloof hem wanneer hij zegt dat hij nog nooit van Fadi Sora, Markus Ingvarsson of een van de anderen heeft gehoord. Hij heeft hen vermoedelijk nooit ontmoet.'
Simon schudde zijn hoofd.
'Hij maakt je wat wijs!'
Carl spreidde zijn handen.
'We hebben DNA bij hem afgenomen. We zullen zien of de test een match oplevert. Maar de vingerafdrukken hebben niets opgeleverd, geen enkele match. Nergens.'
'Dat lijkt zinnig,' zei Jodie.

Ze stond op en liep naar het whiteboard met de foto's en aantekeningen over de moorden.

'Als we Loeff en Zhelov weghalen, hangen onze andere zaken met elkaar samen. Die samenhang is in elk geval sterker.'

Ze tekende er een cirkel omheen met een rode marker.

'Bij de andere zaken gaat het om marteling van een crimineel. Er zit een duidelijk element in van wraak, van een voorbeeld willen stellen. Ze zijn ook op een min of meer vergelijkbare manier uitgevoerd: stroomstootwapens, spijkers... In de zaak-Loeff-Zhelov zit dat allemaal niet; het is puur sadisme, gericht op een weerloos slachtoffer...'

Simon stak zijn handen in zijn broekzakken en trok een nors gezicht. Carl knikte.

'Anton Loeff is volkomen gestoord,' zei hij. 'Vermoedelijk zou hij de rest van zijn leven beter opgesloten kunnen blijven. Ik wil er niet eens aan denken wat hij met de rugspieren van die vrouw heeft gedaan...'

Simon huiverde.

'Ik zat er gewoon op te wachten dat ze in een of andere envelop zouden opduiken,' zei hij.

Carl ging verder: 'We mogen er trots op zijn dat we hem hebben gegrepen. Goed werk! Maar het is waarschijnlijk toeval dat er een oud verband is tussen hem en Marco Holst. Ik vind dat we hem aan bureau City moeten overdragen. Dan mogen zij de zaak-Zhelov doen en uitzoeken waar Marie Mattsson is gebleven. In elk geval totdat de DNA-uitslag komt.'

'Godsamme!' zei Simon en hij stond op.

Hij griste zijn leren jack mee en liep snel de kamer uit.

'Wat heeft hij?' vroeg Carl.

'Teleurgesteld,' zei Jodie. 'Hij vindt het niet fijn als dingen ingewikkeld zijn, geloof ik. Hij heeft het liever zwart-wit.'

Carl keek haar aan, maar zei niets.

'Nou, wat doen we nu?' vroeg Jodie.

'Wachten,' zei Carl.

'Waarop?'

'Op het volgende slachtoffer.'

Jodie schrok.

'Is dat niet wat al te passief?'

Carl pakte het jasje dat hij over zijn bureaustoel had gehangen.

'Vast wel,' zei hij. 'Maar het is zaterdag. Nu gaan we weekend vieren. Je hebt het verdiend. We hebben goed werk gedaan.'

Hij glimlachte toen hij haar vragende gezicht zag.

'We komen nu niet verder,' zei hij. 'We kunnen net zo goed rust nemen.'

'Oké,' zei ze en ze zakte enigszins in elkaar.

'Dan zien we elkaar maandag. Fris en fruitig,' zei hij en hij deed zijn best om vrolijk te klinken, maar hoorde zelf dat het alleen maar parmantig klonk.

Hij maakte snel dat hij wegkwam, voordat hij per ongeluk iets zei wat nog mallotiger was.

41

Alexandra Bengtsson kwam overeind van de bank in de sportschool. Haar pezige, sterke armen trilden van inspanning en ze hijgde.

'Dank je wel,' zei ze tegen de man die achter haar had gestaan en haar had geholpen met de laatste serie bankdrukken – vijftig kilo.

Ze pakte haar waterfles, nam een slok en liep naar de losse gewichten. Een jongen die bezig was met een bicepsoefening keek naar haar. Ze trok zich er niets van aan, pakte twee dumbells van tien kilo en begon schouderoefeningen te doen. Ze klemde haar kaken op elkaar en ademde ingespannen door haar neus, zoog de geur van zweet, ijzer en rubber op.

Wanneer Johanna niet bij haar was, trainde ze bijna elke dag, in de sportschool of op het joggingpad langs de Årstaviken. Ze vond het fijn om haar hoofd leeg te maken en ze hield van de rust die zich door haar lichaam verspreidde wanneer ze na afloop onder de douche stond.

Ze had na Erik geen nieuwe man ontmoet. Er waren te veel andere dingen in haar leven. Daar bleef geen energie voor over.

Vanavond probeerde ze er niet aan te denken dat het zaterdag was. Ze at voor de tv, tortellini met geraspte kaas. De pasta lag in elk geval op een bord, met wat sla en tomaat ernaast. En ze at keurig met mes en vork, ook al ging het met alleen een vork wel zo gemakkelijk; dan kon je de kussentjes zo naar binnen schuiven. Een vreselijke uitdrukking vond ze dat. Ze sneed elk kussentje zorgvuldig in tweeën voordat ze haar vork naar haar mond bracht.

Het geluid van de tv stond uit; het scherm voor haar vertoonde alleen bewegende beelden. Toen ze klaar was met eten, legde ze het bestek neer en leunde achterover. Ze deed haar ogen dicht en liet de vermoeidheid door haar lichaam stromen; ze hoopte dat ze ervan in slaap zou vallen.

Maar als een plagerige vlieg zweefde de vermoeidheid weg op het moment dat ze haar ogen sloot.

Na tien minuten gaf ze het op. Ze zette het geluid van de tv aan en probeerde zich op het programma te concentreren. *Beste Zangers.*

42

Carl keek niet naar de tv. Hij zat met een notitieboekje en probeerde de gebeurtenissen van de afgelopen tijd op een rijtje te zetten. Hij herkende de nummers, maar herinnerde zich de artiesten die het origineel hadden gemaakt niet.

'Jeetje,' zei zijn dochter Linda toen hij het vroeg. 'Die zitten erbij, dat is het hele idee van het programma. Kijk je niet?'

Carl gaf geen antwoord. Linda zat met haar vriend Tomas op de bank. Ze leken zich allebei ongemakkelijk te voelen. Tomas boog zich naar haar toe en zei iets wat Carl niet verstond.

'Mwah,' zei Linda en ze rolde met haar ogen, duidelijk gegeneerd.

Karin had thee en koekjes op tafel gezet. Ze had haar best gedaan om het gezellig te maken. Nu zat ze in de andere fauteuil en keek ietwat angstig naar de bank waar Linda en Tomas zaten. Carl keek ook.

Het was de eerste keer dat hij Tomas ontmoette. Carl wist niet of wat hij zag hem wel beviel. Tomas was ouder dan Linda. Hij had een sleeve-tatoeage en was gekleed in wat Carl als een provocerend jeugdige stijl zag: een vieze, kapotte spijkerbroek, een T-shirt met gaten erin en de tekst BAD & BOLD erop. Bovendien had hij piercings in zijn gezicht.

Carl keek naar zijn dochter. Hij had het idee dat ze de afgelopen tijd veranderd was, dat ze introverter, agressiever en afwijzender was geworden. Hij had het er met zijn ex-vrouw over gehad, maar die had hem uitgelachen.

'Dat is de leeftijd, Carl. Het komt doordat jij oud bent. Weet je niet meer hoe het was? In die fase moet je alles ontdekken...'

Hij herinnerde het zich uitstekend, ook dat het niet zo was geweest. Niet op die manier. Hij had geen vriendin gehad die hem meegetrokken had in slechte dingen, die hem had verleid om drugs of alcohol uit te proberen.

Nu probeerde hij zijn kaakspieren te ontspannen. Zijn tandarts had gezegd dat hij het begin van slijtage aan zijn kiezen had. Maar wanneer hij naar het getatoeëerde vriendje op de bank keek, voelde hij dat hij zijn kaken weer spande.

Carl begreep waarom hij daar zat, waarom Linda met hem ging. Hij was de perfecte puberrebellie, het tegenovergestelde van hemzelf. In gedachten hoorde hij de stem van zijn ex-vrouw: 'Ze moet zich van ons losmaken, dat moet je accepteren, Carl.'

Waarom, dacht hij. Hij legde het notitieboek neer en zei zo hard dat hij de muziek op de televisie overstemde: 'Wat doe je wanneer je niet bij ons op de bank zit?'

Tomas keek verbaasd op en glimlachte onzeker naar Carl.

'Papa!' zei Linda voordat Tomas antwoord kon geven.

'Ik speel gitaar... In mijn vrije tijd dus.'

'In een band?'

'Eh... nee, daar ben ik niet goed genoeg voor. Nog niet, in elk geval.'

Carl knikte.

'Maar je oefent, je bent het aan het studeren?'

Tomas haalde zijn schouders op.

'Ja, dat denk ik...'

Carl dacht het niet. De jongen was in de twintig. Wat dan niet was gebeurd zou ook niet meer gebeuren. In elk geval niet met die houding.

'Studeer je ook?'

'Papa!' zei Linda weer.

'Nee, ik werk.'

'Wat doe je voor werk?'

'Ik ben koerier.'

Carl knikte. Hij onderdrukte een impuls om de jongen te vragen weg te gaan en nooit meer terug te komen.

'Zit je nou te zieken?' zei Linda.

'Hm?' zei Carl. 'Ik praat met Tomas hier, waar maak jij je nou druk om?'

'Je prááát niet, je verhóórt hem! Moet je altijd een smeris zijn?'

'Ho eens even, jongedame!' zei Carl. 'Zo'n toon sla je niet tegen mij aan!'

Linda stond op van de bank.

'Welke toon? De toon die jij tegen alles en iedereen aanslaat? Jouw superieure smeristoon? Vind je die zo vervelend? In dat geval: welkom in mijn wereld.'

Ze staarde hem aan. Was dat haat in haar blik? Waar kwam die vandaan, vroeg hij zich af. Was die nu net gekomen of was die daar altijd al geweest?

'Had dan tenminste gezegd wat je ervan vindt!' zei Linda. 'Was boos geworden! Maar je zit daar maar te verhoren en te veroordelen. Zo gaat het altijd. Je praat iedereen een schuldgevoel aan.'

Opeens werd het stil in de kamer. Tomas keek strak naar zijn knieën. Karin hield een hand voor haar mond. Linda stond hem nog steeds aan te staren. Haar lichaam trilde. Ze veegde boos een paar tranen weg.

'Hoor je dat, papa! Ik ben onschuldig, ik heb niks gedaan. Niets strafbaars. Of iets anders wat van jou niet mag.'

Opeens draaide Linda zich om.

'Kom, Tomas, we gaan.'

'Huh?' zei Tomas.

'Kom nou! We gaan naar jouw huis. Hier kunnen we niet blijven.'

Carl bleef in zijn stoel zitten en zag hen de kamer uit lopen. Hij hoorde dat ze hun jas aantrokken in de hal. De voordeur sloeg met een klap dicht. Daarna werd het stil.

Hij bedacht dat hij achter haar aan moest gaan. Dat hij de situatie moest proberen te redden door te zeggen dat hij van haar hield, haar eraan te herinneren hoe het vroeger was, toen ze het goed konden vinden samen, toen ze boswandelingen maakten, praatten en samen naar de bioscoop gingen.

Maar hij begreep niet wat er mis was gegaan. Hij bedacht dat hij naar Karin toe moest gaan en een poging moest doen om haar te troosten, dat hij een arm om haar heen moest slaan en iets zeggen in de trant van dat het niet haar schuld was, maar hij kon het niet.

Zijn enige impuls was naar buiten gaan, in de auto stappen en verdwijnen naar het niemandsland dat hij voor zichzelf had gecreëerd. Maar op dat moment ging zijn telefoon. Hij nam op, luisterde en beëindigde het gesprek met de woorden: 'Ik kom eraan.'

Toen stond hij op uit de fauteuil.

'Ik moet weg,' zei hij tegen Karin, die met rode ogen in haar stoel zat. 'Er is iets gebeurd.'

'Is er niemand anders die dat kan doen?' zei ze met gebroken stem en ze keek hem aan. 'Het is zaterdagavond.'

Hij schudde zijn hoofd en bleef even staan, onzeker wat hij moest zeggen of doen. Toen hij niets kon bedenken, liep hij de hal in en trok zijn jas aan.

'Dag!' riep hij het appartement in. 'Het kan laat worden, je hoeft niet op me te wachten.'

Hij kreeg geen reactie.

43

'Wat is dit nu dan?'

Carl Edson stapte uit zijn Volvo en liep op Simon Jern af, die tot nu toe de verantwoordelijkheid had gehad voor de plaats delict. Het P+R-terrein bij station Spånga, ten noorden van Stockholm, was met blauw-witte politielinten afgezet. De eigenlijke plaats delict lag een eindje verder op het parkeerterrein, onder een betonnen viaduct. Een auto werd verlicht door schijnwerpers die de technici in een halve cirkel hadden neergezet. Carl zag hen om de auto heen bewegen.

'Een lijk in de kofferbak van een auto,' zei Simon. 'Man, tweeënzestig jaar volgens zijn rijbewijs, lijkt vers te zijn... De gerechtsarts is hier geweest. Volgens een voorlopige beoordeling is het slachtoffer niet meer dan een etmaal dood.'

'Hoe is hij gevonden?'

'Een paar sukkels probeerden de auto te stelen. Ze kregen de schrik van hun leven toen ze een lijk in de kofferbak zagen met een kapotgesneden gezicht en een ijspriem in zijn oog. Toen hebben ze "anoniem" de politie gebeld.'

Simon maakte ironische aanhalingstekens in de lucht met zijn vingers.

'Wat bedoel je?'

'Die sukkel wilde zijn naam niet zeggen, maar was vergeten dat de telefoon op zijn naam geregistreerd stond.'

Carl knikte.

'Wie is het? Het slachtoffer dus.'

'Jens Falk, net vrijgesproken door het gerechtshof, waar hij terechtstond omdat hij zich aan zijn dochter zou hebben vergrepen. Hij was door de rechtbank veroordeeld en had een halfjaar gezeten.'

'En waarom hebben ze ons gebeld?'

'Een of andere slimme patrouillerende agent vond dat het er zo verschrikkelijk uitzag dat het iets voor ons was. Ik weet het verder ook niet.'

'Oké. Is hij daaraan gestorven, aan die ijspriem?'

Simon haalde zijn schouders op.

'Daar lijkt het op, maar we moeten afwachten wat de gerechtsarts constateert.'

Carl keek om zich heen of hij tussen de politiewagens die de inrit van het parkeerterrein blokkeerden de zwarte Mercedes van Cecilia Abrahamsson zag staan, maar die stond daar niet. Simon zag hem kijken.

'Je bent te laat,' zei hij kortaf.

Carl keek op zijn horloge. 23.15 uur. Een jeugdbende hing aan de overkant van de straat rond. Verder was het bijna leeg op het parkeerterrein en bij de bushalte die zich verderop in de richting van het stationsgebouw bevond. Een rustige voorstad waar niet veel gebeurde, bedacht hij. Toen herinnerde hij zich het lijk in de kofferbak.

'We moeten de mannen spreken die hem hebben gevonden,' zei hij.

'Ik heb een eerste verhoor met hen gehad,' zei Simon. 'Ik heb niets uit hen gekregen. Behalve dat de hele bende aan het afglijden is. Je zou ze moeten opsluiten, hun nu – paf – een schok toedienen, dan hebben we voortaan misschien geen last meer van ze...'

Carl keek hem verbaasd aan.

'Waarom heb je mij niet eerder gebeld?'

'Ik durfde je op zaterdagavond pas te bellen toen ik zeker wist dat deze ellende echt iets met ons te maken had.'

'En jij denkt dat dat zo is?'

'De werkwijze, een ernstig mishandelde pedofiel in een kofferbak. Hállo, dat past toch goed bij onze andere zaken...'

Carl voelde een steen in zijn maag. Hij had gezegd dat het wachten was op het volgende slachtoffer, en nu leken ze er een te hebben. Aarzelend liep hij naar de auto waar de technici aan het werk waren. Lars-Erik Wallquist keek geërgerd op toen hij dichterbij kwam.

'Daar ben jij ook,' mompelde hij.

'Goeienavond,' zei Carl.

'Wat wil je, behalve de plaats delict vernielen?'

'Is dit een plaats delict?'

'Nee. Het lijk is hier alleen gedumpt.'

'Zijn er tekenen van marteling?'

Lars-Erik richtte zich moeizaam in zijn volle lengte op en keek op Carl neer.

'Nou, ik weet niet of marteling het juiste woord is. Maar er is niet veel meer over van zijn gezicht. Of van zijn zaakje.'

Lars-Erik trok een lelijk gezicht.

'Heeft de dader de ijspriem gebruikt?'

'Verdomme, Carl,' zei Lars-Erik, 'Dat moet je aan de gerechtsartsen vragen.'

'Dat zal ik ook doen,' zei Carl onverstoorbaar. 'Ik vroeg me alleen af of dat misschien duidelijk bleek.'

Hij glimlachte vriendelijk naar Lars-Erik, die boos zijn hoofd schudde.

'Nee.'

'Iets anders?'

'Niet dat wij kunnen zien, maar zoals gezegd, dat moet je met Sebastian opnemen.'

'Met wie?'

'De gerechtsarts. Een nieuwe ster. Sebastian Lantz. Die kwam hier de boel in de war sturen. Hij hoort nog in de schoolbanken thuis, als je het mij vraagt,' zei Lars-Erik.

'Meer?'

'Geen sporen, als je je dat afvraagt. Helemaal niks tot nu toe.'

Lars-Erik wilde duidelijk van Carl af, die zijn mond opendeed om iets te zeggen, maar meteen werd afgekapt.

'Verdomme, ga toch met die Sebastian praten! Of met iemand anders, kan mij niet schelen wie. Ik moet werken. Je krijgt een rapport zodra er iets te rapporteren valt.'

Carl ging terug naar Simon, die bij de inrit van het parkeerterrein in zijn mobiel stond te praten. Toen Carl eraan kwam, beëindigde hij snel het gesprek: 'Ja, mooi, bedankt…'

'Wat was dat?' vroeg Carl en hij knikte naar Simons mobiel.

'Ik praatte met de agent die de weduwe op de hoogte heeft gesteld van de dood van haar man.'

'Was daar een bepaalde reden voor?'

'Hij belde mij. Ze hebben het nieuws van zijn overlijden goed opgenomen, de weduwe en de dochter.'

'Belde hij daarvoor, om te zeggen dat ze het goed opnamen?'

Simon schudde zijn hoofd.

'Nee, om te vertellen over het verhoor dat hij met hen had gehad. Ze zijn uit het onderzoek geschrapt.'

'Pardon?'

'Ze hebben een aantal mensen die kunnen getuigen waar ze gisteravond waren. Ze zijn hier niet schuldig aan, ook al valt het goed te begrijpen dat ze die klootzak dood wilden zien.'

Carl haalde diep adem en keek naar het busplein en het stationsgebied ruim honderd meter verderop. De plaats was optimaal. De dader kon zijn auto op het parkeerterrein zetten en daarna in alle rust de trein of de bus nemen. Niemand zou erg in hem hebben.

Er komen nog meer lijken, dacht hij.

44

Zondag 11 mei

De afzettingen waren weg. De auto was geborgen en weggebracht en naar het technisch laboratorium gebracht. Jodie Söderberg reed het parkeerterrein op en ging op een lege plek naast de parkeerautomaat staan. Er stonden maar een paar auto's op de lange, smalle strook asfalt. De meeste mensen zaten thuis aan de koffie, vermoedde ze, of aan het ontbijt met hun gezin. Wanneer ze daaraan dacht, aan het geritsel van de krant, de radio die aanstond, kreeg ze een warm gevoel vanbinnen. Ze dacht aan die vroege ochtenden met haar vader, wanneer haar moeder uitsliep, zij tweeën samen. Hij had Amerikaanse pannenkoeken gebakken, waar hij zoveel ahornsiroop op deed dat die eruit liep wanneer ze de vork naar haar mond bracht.

'*Now, that's real pancakes...*' zei hij altijd grijnzend, in een poging de Amerikaanse cultuur over te dragen op Jodie. Haar moeder had hem de les gelezen: 'Alleen maar suiker en bloem.' Hij had niets gezegd, maar achter de rug van zijn vrouw naar Jodie geknipoogd.

Ze glimlachte en riep haar herinneringen een halt toe. Ze stopte met denken aan Dick Sherman, voordat de beelden opkrulden als een oude filmstrook in een kapotte projector.

Ze stapte het parkeerterrein op, ontweek soepel de brede, met water gevulde barsten in het asfalt en liep naar het viaduct, twintig meter verderop. Er waren geen sporen te zien van de auto of van het lijk dat ze in de bagageruimte hadden gevonden.

Toen ze onder het betonnen viaduct kwam waar de auto geparkeerd had gestaan, hoorde ze het geluid van passerend verkeer: banden die over de kieren tussen de brugdelen reden. Ze keek om zich heen. Het kleine centrum van de voorstad was hiervandaan bijna niet te zien. Dit was het meest verscholen hoekje van het parkeerterrein.

Gebruikte de dader het parkeerterrein vaker, reed hij hier door de week 's ochtends naartoe om vervolgens de trein naar de stad te nemen? Ze dacht het niet. Te dichtbij, veel te privé. Maar hij had het ooit gedaan. Misschien had hij hier vroeger gewoond.

Ze stapte uit de schaduw onder het viaduct en voelde de warme zon in haar nek. Een forensentrein vanuit het noorden remde af bij het perron en even later zag ze hem langs haar heen versnellen richting Stockholm-Centraal.

Simon had die nacht beveiligingsopnames van het perron bekeken, maar niets bijzonders ontdekt. Er zat geen parkeerticket in de auto, dus er was ook geen tijdstip om van uit te gaan, behalve dan dat Jens Falk het huis van bewaring vrijdag had verlaten en dat de auto zaterdagavond was gevonden. Wat had hij gedaan nadat hij vrij was gekomen?

Wat zagen ze over het hoofd?

De gemeenschappelijke noemer van alle slachtoffers was verkrachting en misbruik. Dat zou op wraak moeten wijzen. Brute, persoonlijke wraak. Maar de vrouw en de dochter van Jens Falk, en alle anderen met een motief, hadden een alibi en waren geschrapt.

Ze zuchtte onwillekeurig.

Het meest waarschijnlijke was toch, bedacht ze vervolgens, dat het om een afrekening in de onderwereld ging, dat ze op zoek waren naar iemand die eerder had gemoord. Meerdere keren.

Maar waarom? Wat hadden die mannen gedaan om zo te worden gemarteld?

Simon en zij hadden alle slachtoffers door de computer gehaald, ze hadden lijsten met namen gemaakt die ze in de teamkamer hadden opgehangen en met elkaar hadden vergeleken. Maar niets. Marco Holst, Fadi Sora, Markus Ingvarsson, Ibrahim Eslar en Jens Falk hadden geen enkele naam gemeenschappelijk.

Het leek wel of de dader zijn slachtoffers lukraak had gekozen.

Jodie bleef staan. Lukraak. Het woord stuiterde terug in haar gedachten. Kon de dader zijn slachtoffers op goed geluk hebben gekozen, gewoon op grond van het feit dat ze eerder bestraft waren? Een rechts-extremist die zich opwond over veel te milde vonnissen? En die nu op eigen houtje strengere straffen afdwong?

Ze voelde haar maag samentrekken, alsof ze iets op het spoor was.

Daarna sprak ze zichzelf kritisch toe. Niemand moordde zonder een persoonlijke relatie te hebben met het slachtoffer, niet op deze manier. Er zat te veel… gevoel in de manier waarop ze om het leven waren gebracht. Het was te intiem. Onbekenden doodde je van een afstand, met een vuurwapen, zoals de beruchte crimineel 'Laserman'.

Tenzij je beroeps was, bedacht ze meteen daarna. Iemand die gevechten van man tegen man had geleverd, die anderen had vermoord en had zien moorden. Een militair die in actieve dienst was geweest.

Ze pakte haar mobiel, terwijl ze langzaam naar haar auto liep. Ze wilde Carl bellen, maar aarzelde. Wat moest ze zeggen? Dat ze een gevoel had?

Ze stopte haar telefoon in haar zak. Morgen konden ze het er wel over hebben.

Over een uur ging ze brunchen met Sofia, een oud-studiegenoot uit de tijd dat ze psychologie studeerde. Ze hadden bij Villa Källhagen afgesproken om thee te drinken en broodjes gezond te eten, met sla en noten. En ze zouden over Sofia's twee kinderen praten, over de reden waarom Jodie haar studie niet had afgemaakt, over het gedrag van mannen en daarna weer over de kinderen. Dat deden ze altijd wanneer ze elkaar zagen. Twee uur later zou Jodie naar huis gaan, een romantische comedy aanzetten op tv, pizza eten en niksen.

45

Maandag 12 mei

'Hoe is het gebeurd?' vroeg Alexandra Bengtsson meteen nadat ze zich aan de telefoon had voorgesteld.

Het was net tien uur geweest en ze had haar eerste kop koffie nog voor zich staan. De weekendploeg had een kort artikel geschreven over de dode man die in een auto in Spånga was gevonden. Nu was er informatie binnengekomen over verwondingen die op marteling wezen. De verslaggever die het weekendartikel had geschreven was bezig met een brand in een rijtjeshuis bij Karlskoga. En Alexandra had de opvolger toegewezen gekregen.

'Ik heb nu geen tijd voor je,' zei Carl Edson droog aan de andere kant van de lijn.

Stilte.

'Het kan heel snel,' zei ze. 'Ik heb maar een paar vragen. Kun je iets zeggen over wie hij is en hoe hij om het leven is gebracht?'

Carl Edson zuchtte.

'De man was juist die dag vrijgesproken...'

'Waar had hij voor terechtgestaan?'

'Hij zou zich aan zijn dochter hebben vergrepen.'

Alexandra liet uit pure verbazing haar pen op de grond vallen.

'Jens Falk?' vroeg ze bijna fluisterend.

'We hebben zijn identiteit niet bekendgemaakt, maar inderdaad. Hoe weet je dat?'

Alexandra slikte. Ze wilde niet zeggen dat ze hem die dag had gesproken, voor het geval Marvin daarachter zou komen.

'Ik... Ik heb eerder over hem geschreven,' zei ze. 'Zijn zaak gevolgd. Hoe is hij gestorven?'

'Hij is dodelijk mishandeld,' zei Carl.

'Hoe?'

Er klonk weer een zucht van Carl.

'Daar kan ik onder de huidige omstandigheden niet op ingaan.'

'We hebben informatie gekregen dat er sprake is van marteling. Wat kun je daarover zeggen?'

'Zoals ik al zei, daar kan ik geen commentaar op geven.'

Alexandra keek uit over de nieuwsredactie. Er stonden een paar mensen te praten over het weekend en een bezichtiging van een appartement aan Mariatorget. Ze schreef 'dader?' op het schrijfblok dat voor haar lag.

'Had je verder nog vragen?' vroeg Carl.

'Koppelen jullie de moord aan eerdere moorden?' vroeg ze.

'Dat kan ik niet zeggen.'

'Oké, als ik het dan zo vraag: kunnen jullie uitsluiten dat dit iets met de eerdere moorden te maken heeft?'

Weer een pauze, waarna Carl zachtjes 'nee' zei.

'Dus de moord kan zijn gepleegd door de dader van de eerdere moorden?'

'Ja.'

'Waarom denken jullie dat?'

Weer een zucht.

'We denken niets. Maar een van de sporen waar we nu aan werken, is dat het om dezelfde dader kan gaan.'

'Oké,' zei ze. 'Maar waarom?'

'Er zijn verbanden tussen de moorden. Welke dat zijn, daar kan ik niet op ingaan.'

'De modus operandi?'

'Helaas. Daar kan ik echt niets over zeggen, dat moet je begrijpen. Dat is cruciaal voor het onderzoek.'

'Is er behalve de modus operandi nog iets wat de moorden met elkaar verbindt?'

'Zoals ik zei, daar kan ik in de huidige situatie niet op ingaan. Het vooronderzoek is geheim,' zei Carl vermoeid. 'Helaas kan ik je niet verder te woord staan, ik heb een bespreking...'

'Nog een laatste vraag. Volgens jullie persdienst hebben jullie de man opgepakt die gezocht werd voor de moord op de vrouw in het appartement, Amelia Zhelov. Wordt hij nog steeds verdacht?'

'Voorlopig wel, ja.'

'Wat bedoel je daarmee?'

'We moeten de uitslag van het DNA-onderzoek afwachten voordat we hem kunnen uitsluiten. Nu moet ik weg...'

Ze hoorde dat hij haar wegdrukte en het werd stil. Ze trok het toetsenbord naar zich toe en begon aan het artikel te werken. Over de rand van haar beeldscherm heen zag ze Marvin door de gang lopen. Ze dook ineen achter de computer; ze wilde niet dat hij achter haar ging zitten en zijn belachelijke kreet 'papier in de machine' zou herhalen.

46

Carl Edson keek geïrriteerd naar zijn telefoon; hij had geen goed gevoel over het gesprek. Waarom had hij haar überhaupt te woord gestaan? Na enig zoeken vond hij uiteindelijk de 'niet storen'-functie op zijn mobiel. Daarna reed hij naar Solna. Hij parkeerde voor de lage rode bakstenen gebouwen en werd na enig wachten binnengelaten door een van de assistenten, die herkennend knikte. Carl was hem vaak tegengekomen, maar kon zich zijn naam niet herinneren. Daarom knikte hij gegeneerd terug en liep naar de sectiekamer.

Ondanks het warme ochtendlicht dat door de grote ramen naar binnen viel, bezorgde het vertrek hem hetzelfde gevoel van onbehagen als altijd. De witte tegels, de roestvrijstalen tafels, de afvoerputjes, de verzameling instrumenten. Als een hoogtechnologische, morbide timmerfabriek. De kamer van de doden – de kamer van de verdoemde doden, dacht hij. Hardop vroeg hij: 'De doodsoorzaak, heb je die kunnen vaststellen?'

De gerechtsarts was ditmaal niet Cecilia Abrahamsson, aan wie hij ondanks haar verwaande hooghartigheid de voorkeur zou hebben gegeven, maar de jonge Sebastian-nog-iets. De man glimlachte en wapperde met zijn beschermende handschoenen als om zich te verontschuldigen dat hij Carl geen hand gaf.

'Sebastian Lantz,' zei hij. 'We hebben elkaar nog niet eerder ontmoet.'

Carl knikte en keek naar de vingers van de man. Ondanks de handschoenen zag hij dat ze ongewoon lang waren. Pianovingers zou je ze waarschijnlijk noemen, maar in de sectiekamer leken het meer skeletvingers.

'Carl Edson,' zei hij.

Sebastian glimlachte weer. Heldere blauwe ogen. Naïef.

'De ijsbijl in het oog,' zei hij. 'Dat is dus de doodsoorzaak. De punt van de bijl is door de oogkas gedrongen tot diep in de hersenen, tot aan het verlengde merg en de kleine hersenen. Vermoedelijk is de dood onmiddellijk ingetreden, of heel snel.'

Carl knikte.

'Na afloop heeft de dader of iemand anders de ijsbijl eruit getrokken, zodat alleen de punt in de oogkas is achtergebleven.'

'Hm... En verder? Wat kun je over hem zeggen?'

Sebastian liep naar de snijtafel waar de man op lag. Zijn hoofd was open gezaagd en de hersenen waren verwijderd. Met een halve schedel leek de man wel een bizarre pop. Maar Carl kon toch zien dat het gezicht volkomen verminkt was, alsof er stukken huid en vlees waren losgetrokken met een puntig voorwerp.

'Een oudere man,' zei Sebastian, 'naar schatting rond de zestig.'

'Tweeënzestig,' zei Carl.

Sebastian knikte bevestigend.

'Dat kan kloppen... Ernstig toegetakeld. De verwondingen in het gezicht en rond de geslachtsdelen zijn premortaal, ze zijn dus toegebracht toen hij nog leefde. Vermoedelijk met de ijsbijl.'

Carl knikte nogmaals en zag de jonge gerechtsarts met zijn lange vingers boven het kruis en de buik van het slachtoffer wapperen.

'Zijn er nog tekenen van een stroomstootwapen?' vroeg Carl.

Sebastian keek hem verbaasd aan.

'Nee,' zei hij weifelend. 'Niet dat ik heb gezien.'

'Kijk nog eens,' zei Carl.

Sebastian keek beledigd, alsof Carl zijn competentie in twijfel had getrokken.

'En verder?' ging Carl verder.

'Hij had een aantal oudere littekens. Waarschijnlijk van messteken. Ik heb elf steekwonden geteld rond romp en borst. Bovendien een aantal littekens van afweerwonden aan de armen. Vermoedelijk is hij bij een ernstig messengevecht betrokken geweest. Naar de verwondingen te oordelen is het een wonder dat hij dat heeft overleefd. Maar zoals gezegd, die zijn oud.'

'Hoe oud?'

Sebastian wiegde heen en weer met zijn hoofd, terwijl hij hetzelfde gebaar maakte met zijn rechterhand en zijn onnatuurlijk lange vingers.

'Moeilijk te zeggen. Maar uitgaande van het littekenweefsel gok ik op meer dan twintig jaar. Misschien dertig.'

Carl knikte.

'Hoe heeft de dader hem stil gekregen? Heb je daar een theorie over?'

'Wat?'

Sebastian keek hem opnieuw verbaasd aan.

'Zitten er plekken op polsen of enkels van spijkers, touwen, kabelbinders? Zijn er blauwe plekken, wonden?'

Sebastian schudde zijn hoofd.

'Dat niet, maar hij heeft een verse bloeduitstorting op zijn achterhoofd. Er zijn geen schedelfracturen, maar toch kan hij met een klap op zijn hoofd bewusteloos zijn geslagen. Ik zou denken dat de dader een zacht voorwerp heeft gebruikt.'

'Leg eens uit, alsjeblieft,' zei Carl.

'Ik ben geen wapenexpert, maar ik stel me een met zand gevulde sok of iets dergelijks voor.'

Carl knikte weer.

'En je weet zeker dat je geen plekken hebt gevonden die erop wijzen dat hij vastgebonden is geweest?'

'Nee, niets.'

'Oké, bedankt. Stuur je een rapport?'

'Zeker.'

'Nog één ding, trouwens...' zei Sebastian achter zijn rug.

Carl draaide zich om en keek hem met opgetrokken wenkbrauwen aan.

'Het is waarschijnlijk niets, maar ik wil het toch even noemen.'

'Ja?' zei Carl. Het ergerde hem dat Sebastian niet sneller ter zake kwam; hij leek Linda wel, wanneer hij de informatie uit haar moest trekken.

'Hij had een kauwgumpje in zijn mond. Het is een beetje...'

'Wat?' zei Carl en hij liep terug naar Sebastian en het opengesneden, uitgeholde lichaam op de roestvrijstalen tafel.

Sebastian keek beschaamd.

'Ja... Het is natuurlijk zijn eigen kauwgumpje, waar hij op kauwde toen hij werd overvallen. Maar ik vind het toch wat eigenaardig dat het niet uit zijn mond is gevallen. Of dat hij het niet per ongeluk heeft ingeslikt. Zoals ik zei, hij was waarschijnlijk bewusteloos toen hij werd vermoord.'

Carl luisterde niet naar hem. Hij voelde dat hij onbewust zijn spieren had aangespannen, dat hij alert was geworden, alsof hij in de aanval ging tegen een onbekende dader die in de gangen voor de sectiekamer op de loer lag.

'Heb je het nog?'

Sebastian knikte.

'Mooi. Waar is het?'

De jonge gerechtsarts liep naar een kartonnen doos, die op een tafel bij de muur stond. Hij reikte naar voren en haalde er een blauw verzegeld plastic zakje uit.

'Hier.'

'Stuur het maar naar het lab... Wacht! Ik doe het zelf wel.'

'Oké, maar waarom?'

Carl keek hem aan alsof hij niet goed wijs was.

'Voor een DNA-test, wat denk jij?' zei hij en hij had meteen spijt; er was geen reden om sarcastisch te zijn.

'Maar we hebben zijn DNA al.'

'Het is ook niet zijn DNA wat we zoeken.'

Sebastian keek hem stomverbaasd aan.

'Dus... jij denkt dat iemand dat kauwgumpje in zijn mond heeft gestopt?'

Carl knikte, pakte het zakje en ging weg. Hij had het gevoel dat hij dichterbij kwam, en dat de tijd drong.

NEE!

Het is niet waar. Jens Falk, dat heb ik niet gedaan! Ik heb hem niet vermoord. Hoe kan iemand dat denken, hoe kan iemand hem in verband brengen met mij, met mijn slachtoffers?

Ik schreeuw het uit, een hoge, schelle kreet, waarna ik erin slaag mezelf in de hand te krijgen. Ik zit stil, met mijn handen op de keukentafel, doe mijn ogen dicht en haal diep adem. Het maakt niet uit, hou ik mezelf voor. Het maakt niet. Het kan zelfs goed zijn.

Ook al ben ik niet helemaal overtuigd, ik word uiteindelijk weer mezelf, mijn gewone zelf.

Mijn zus heeft vannacht gebeld. Ditmaal praatte ze tegen me, twee woorden maar: 'Met mij.'

Ik kreeg een snel beeld van haar gezicht met rimpels rond de mond en de ogen en van zwart haar met grijze strepen erin. Niet zoals ik me haar herinner. Oud geworden. Daarna hing ze op.

Ik haat haar.

Toen we klein waren kwelden we elkaar al. Zowel geestelijk als lichamelijk. Zij was schattig en braaf, en ik het tegenovergestelde: druk, lastig, lawaaiig. Onze ouders vonden haar lief. Over mij hadden ze hun twijfels.

Ik zal niet zeggen dat ze niet van me hielden. In ons gezin werd er van niemand gehouden, niet in de betekenis die andere mensen aan die woorden toekennen. Er werd voor ons gezorgd. Het maatschappelijk werk zou vinden dat we het getroffen hadden, dat we bevoorrecht waren met onze beschermde jeugd.

Maar afgezien van het gigantische huis, de mooie auto's, de huishoudster, de tuinman, onze merkkleding, ons speelgoed, de vakanties in de Provence, al dat zichtbare, concrete – afgezien daarvan waren we... ondervoed.

Ik weet nog hoe ongemakkelijk ik me altijd voelde wanneer ik met mijn vader alleen was. We wisten niet wat we tegen elkaar moesten zeggen. Alsof ik een kind was dat hij eenzaam en huilend op straat had gevonden en geprobeerd had naar de politie te brengen.

Zo werden we wat we werden, mijn zus en ik.

Eén keer werkte ik haar tegen de grond. Ze lag op haar rug, ik zat op haar buik met mijn knieën op haar armen. Ze kon zich niet bewegen. In mijn hand hield ik een schaar. Ik knipte hier en daar wat in haar donkere haar. Ze schreeuwde tegen me dat ik moest stoppen. Toen knipte ik voorzichtig in haar linkeroorlel. Er kwam een snee in, waar maar heel weinig bloed uit kwam. Ik weet nog dat ik daar teleurgesteld over was. Bijna boos. En dat ik werd overmand door een sterk gevoel van leegte.

Naderhand vroeg mijn moeder waarom ik dat had gedaan. Maar ik wist niet wat ik moest antwoorden. Ik wist het gewoon niet. Later heb ik erover nagedacht. Ik denk dat ik wilde zien of we echt waren. Ik wilde zien of we echt bloedden. Of mijn zus echt van vlees en bloed was.

Mijn zus nam wraak door een paar dagen later met volle kracht een vork in mijn rechterhand te steken toen ik tijdens het eten de groente wilde pakken. De tanden van de vork begroeven zich in de rug van mijn hand. Toen ik in een reflex mijn gewonde hand naar me toe trok, stootte ik de melk om, die over de tafel klotste. Mijn bloed liep in rode streepjes door de witte melk. Daarna trok ik zwijgend de vork uit mijn hand. Voor zover ik me herinner, huilde ik niet. Misschien was ik in shock. Of ik voelde dat het van mij werd verwacht. Onze ouders reageerden met hun gewone, verschrikkelijke stilzwijgen. Ze veegden het bloed en de melk op en gingen met mij naar de Spoedeisende Hulp, maar ze zeiden niets. Toen niet.

Mijn vader vond dat je lucht moest geven aan je gevoelens, zo zei hij dat. Dat was een van de twee principes waarnaar hij als militair leefde. Het tweede was discipline. Ik denk dat hij eigenlijk alleen maar leefde naar wetten en regels, maar dat hij op de kazerne had geleerd dat je geen wetten kon stellen als je de jongens niet ook de kans gaf 'de druk van de ketel te halen', zoals hij het uitdrukte.

Nadat hij ons had gestraft – mijn zus moest naar mijn oma, waar ze de hele zomer doorbracht 'om ons gescheiden te houden' – gaf hij ons gevechts- en wapeninstructie. Hij geloofde in alle ernst dat wij onze agressie kwijt zouden raken door een pistoolmagazijn leeg te schieten op een kartonnen pop die een soldaat voorstelde.

Ik denk wel dat het maatschappelijk werk voor de verandering zou hebben ingegrepen als ze hadden geweten dat wij als tienjarigen met zijn dienstpistool mochten schieten. Dat gebeurde op een afgelegen open plek in het bos. Er was verder niemand bij, en papa, de kolonel, lette goed op ons. Maar toch. Ik weet nog dat ik het leuk vond. Dat het koude gewicht van het pistool me een veilig gevoel gaf. Dat ik me sterk voelde wanneer ik de gaten zag verschijnen in de kartonnen pop en de terugslag voelde in mijn lichaam. Dat was een prettig gevoel.

De ironie wil dat de gehavende oorlel van mijn zus niets zou uitmaken. Een paar jaar later beet een hond haar gezicht kapot.

Maar ik heb nog steeds vier witte puntjes op de rug van mijn hand.

47

Dinsdag 13 mei

Claes Kullberg was eenenvijftig jaar oud en hysterisch. Hij schreeuwde in de telefoon. Zijn stem was gespannen en sloeg over. Wat hij zei, was moeilijk te verstaan en hij herhaalde dezelfde woorden keer op keer.

'Hij is vermorzeld... Hij is vermorzeld...'

Het duurde een paar minuten voordat de centralist begreep waar het telefoontje over ging.

'Is er iemand gewond?' vroeg hij.

'Nee, nee, dat zeg ik toch! Hij is dood. Dood!'

'Is iemand in uw omgeving gestorven?'

'Nee! Hij was dood!'

'U hebt dus het lichaam van een dode man gevonden?'

'Nee!' zei Claes Kullberg. 'Buster heeft hem gevonden.'

'Wie is Buster?'

'Mijn hond. Hij ging ervandoor en begon te blaffen...'

'Oké. Waar bent u nu?'

'In mijn shovel.'

'En waar staat die?'

'Bij de kalkgroeve.'

'Waar?'

'In Forsby.'

'Aha,' zei de centralist, alsof hij die plaats goed kende. 'En daar hebt u het lijk van de man gevonden?'

'Ja!' zei Claes Kullberg ongeduldig.

'Nou, nou, rustig maar.'

'Ik bén rustig.'

'En waar ligt het lichaam precies?'

'Hier. Onderaan de helling.'

'Kunt u iets preciezer zijn?'

'Dat zei ik toch? Forsby, de kalkgroeve bij Forsby! Onder het uitkijkpunt.'

Het werd stil op de lijn. Claes Kullberg hoorde het geluid van een toetsenbord.

'Daar heb ik het. Dan geef ik dit door.'

'Dank u wel!'

'Wilt u daar blijven totdat de politie en de ambulance ter plaatse zijn?'

'Ja... Ja, maar ik ga de shovel niet uit. Niet nog eens.'

***

De eerste politieauto deed er vijfendertig minuten over om vanuit Katrineholm bij de brede onverharde weg naar de kalkgroeve te komen. Aan weerszijden rezen steile witte wanden twintig tot dertig meter hoog op. Hier en daar openden zich blauwgroene meren, grote met water gevulde schachten.

Toen de politieauto ten slotte het enorme geasfalteerde terrein op reed, zonder zwaailicht of sirene, keek Claes Kullberg er verbaasd naar vanuit zijn cabine. Hij had in zijn shovel zitten wachten.

'Lieve help, zeg!' riep hij met overslaande stem, terwijl hij de treden afdaalde vanaf zijn cabine en zich naar de politiewagen haastte. 'Wat duurde dat lang!'

De agent die op de bijrijdersstoel zat, stapte uit en zette zorgvuldig zijn uniformpet op. Vervolgens richtte hij zich tot Claes.

'Bent u Claes Kullberg?'

'Ja, wie anders?'

'En u hebt de alarmcentrale gebeld...'

'Ja!' zei Claes.

De agent haalde een notitieboekje tevoorschijn en begon te schrijven. Claes staarde hem aan. De agent ging verder: 'Werkt u hier?'

Claes keek hem verbaasd aan en streek met zijn handen over zijn lichtgevend gele werkjack.

'Ja, maar daar gaat het toch niet om?'

De agent leek zich niets van zijn vraag aan te trekken.

'Wat voor werk doet u?'

'Ik... Ik ben shovelmachinist. We gebruiken dit terrein om de kalk op te slaan.'

De agent knikte en maakte een notitie.

'U zei in de noodmelding dat u het lijk van een mens hebt gevonden?'

'Ja, dat heb ik aan de telefoon verteld.'

'We krijgen niet altijd alles door van de meldkamer. Daarom moeten we het vragen wanneer we ter plaatse zijn,' legde de agent uit.

'Ter plaatse?' vroeg Claes niet-begrijpend.

Intussen was er ook een agente uit de auto gestapt, die nu langzaam naar hen toe kwam.

'Waar is het lichaam?' vroeg ze.

Claes keek haar aan.

'Wie bent u?'

'Assistent-politiemedewerker Camilla Nord.

Claes knikte vaag naar de met jonge opslag begroeide rand van het terrein, waar de afgegraven wand loodrecht oprees.

'Onderaan de steenhelling,' zei hij en hij huiverde onwillekeurig toen hij dacht aan het tafereel dat hij bijna een uur geleden had gezien.

'Wilt u zo vriendelijk zijn om het aan te wijzen?' vroeg ze.

Claes slikte en stak het terrein over. De hond Buster, een flatcoated retriever, zat in de cabine van de shovel te blaffen. Maar Claes wilde hem er niet uit laten; hij wilde hem niet nog eens bij het lijk laten komen.

Hij liep voor Camilla Nord uit de berkenopslag in, die begon waar het asfalt eindigde. Hij liep snel en liet de takken achter zich terugzwiepen, zonder te merken dat ze tegen de armen en benen van de agente kwamen.

'Hier,' zei hij.

Voor hem rees de wand van de groeve tien, vijftien meter hoog op. Hij wees tussen de boompjes.

'Daar,' zei hij zonder te kijken. 'Hij ligt bij de helling.'

Ze bleven even zwijgend staan. Geluiden vanaf het andere uiteinde van de kalkgroeve – een vrachtauto die met de gemalen kalksteen werd beladen – klonken onnatuurlijk hard door, alsof ze door de steile kalkwanden werden weerkaatst en versterkt.

'Hebt u het lijk aangeraakt? Het verplaatst of zo?' vroeg Camilla.

Claes schudde heftig zijn hoofd.

'Nee, nee, godsamme... Ik heb niets aangeraakt. Buster rende de bosjes in. Ik probeerde hem terug te roepen, maar hij kwam niet. Ik dacht dat hij een ree of een ander dier had gevonden, dat in de afgrond was gevallen. Dus ik liep achter hem aan. Toen zag ik het lichaam...'

Hij slikte opnieuw en probeerde de beelden van zich af te schudden.

'Ik dacht dat hij was gevallen. Er liggen een heleboel losse stenen bij de rand. Ik riep, maar toen ik geen antwoord kreeg, ben ik ernaartoe gelopen om...'

Hij keek Camilla smekend aan.

'Toen zag ik het...'

Claes schudde zijn hoofd.

'Hij is vermorzeld. Alsof hij overreden is door iets. Door de shovel.'

Camilla keek omhoog langs de helling.

'Het moet een flinke val zijn gew–'

'Nee, nee!' viel Claes haar in de rede. 'Niet op die manier. Hij was vermorzeld... geplet.'

Ze keek hem vragend aan, maar trok een paar latex handschoenen aan en boog een paar jonge scheuten opzij. Het lichaam lag op zijn zij, maar de ledematen lagen in onnatuurlijke hoeken ten opzichte van de romp. Ze boog zich over het lichaam om het gezicht te zien, alsof ze zich ervan wilde vergewissen dat de persoon echt dood was.

Vervolgens deinsde ze snel terug. Ze gleed uit over een losse steen en viel achterover in de bosjes, terwijl ze met haar voeten schopte om zo ver mogelijk bij het lichaam vandaan te komen. Toen ze weer op het asfalt was gekomen, liep ze van de anderen weg om over te geven.

Toen haar collega verbaasd naar haar keek en naar de berkenopslag wilde lopen, zwaaide ze afwerend met haar ene hand. Met de andere veegde ze haar mond af.

'Anders, ga daar niet heen!' zei ze krachteloos en ze schudde verwoed haar hoofd. 'Bel het moordteam van de Rijksrecherche.'

Haar collega bleef aan de rand van het terrein staan.

'Nu!' schreeuwde ze met hese stem. 'Bel nu!'

48

'Godallemachtig!' zei Carl Edson toen hij twee uur later naar het lijk toe liep.

Het lichaam lag vastgeklemd in het struikgewas. Wat er van het gezicht over was, lag zo dat het hem recht aankeek. Maar er zat geen uitdrukking meer in. Het gezicht was verbrijzeld, in elkaar gedrukt tot iets wat in de verte aan een platvis deed denken. Eén oog was uit zijn kas geduwd toen het skelet had meegegeven en hing nu boven de neus, het enige onderdeel dat zijn oorspronkelijke vorm nog had. Steentjes en dennennaalden waren aan de oogbol en in de wonden blijven plakken.

Twee forensisch onderzoekers zaten geconcentreerd op hun hurken bij het lichaam.

'Het jack is gescheurd, op rug en achterhoofd zitten schaafwonden,' zei Lars-Erik Wallquist, terwijl hij het lichaam en het jack fotografeerde.

Hij keek langs de helling omhoog.

'Armen en enkels zijn vastgebonden met zowel kabelbinders als touw. De uiteinden van het touw zijn met een scherp werktuig afgesneden. Waarschijnlijk is het lichaam een stukje over een onverharde weg gesleept voordat het in de afgrond is gegooid.'

De andere onderzoeker pakte met een pincet iets op van de spijkerbroek van de man.

'Ik pak een haar van de spijkerstof bij de rechterknie,' zei hij hardop.

'Geen bloed op het shirt, behalve wat er samen met hersensubstantie uit neus en mond is gelopen,' zei Lars-Erik. 'Kennelijk heeft de dader geen slagwapen gebruikt. Dat zou kneuzingen en bloedspatten hebben opgeleverd.'

'De druk is langzaam toegepast,' zei de andere technicus. 'Zoals bij een hydraulische pers.'

'Of een bankschroef...'

Carl kuchte. Beide onderzoekers draaiden zich afkeurend naar hem om.

'Wat doe jij hier?' vroeg Lars-Erik.

Carl wendde zijn blik af van het gezicht van het slachtoffer, om vervolgens te ontdekken dat het lichaam er slap uitzag, alsof het geen skelet of gewrichten had. Het woord 'bankschroef' galmde door zijn hoofd en hij moest bijna overgeven.

'Dus de man was dood voordat hij viel?' vroeg hij.

Lars-Erik keek hem geïrriteerd aan.

'Die vraag zou je aan de gerechtsarts moeten stellen. Maar omdat je zo aandringt: er zit geen bloed op de grond rondom het lichaam, dus waarschijnlijk was hij inderdaad al dood toen hij viel. Morsdood, als je het mij vraagt.'

Hij knikte naar het hoofd.

'Dat zijn geen verwondingen van de val.'

'Kan het een poging zijn om het op een ongeluk te laten lijken?' vroeg Carl.

Lars-Erik rolde met zijn ogen.

'Dat moet je aan de dader vragen!'

Carl liet zich niet provoceren.

'Zijn er sporen van hem?' vroeg hij op dezelfde beleefde toon waarop hij altijd tegen Lars-Erik sprak.

'Je krijgt nog een rapport, maar nee, tot nu toe geen duidelijke sporen. We hebben het gebied bovenaan de helling afgezet. Dat zou eventueel een plaats delict kunnen zijn. Maar dat hebben we nog niet kunnen bekijken. Als je ons toestaat. We zijn hier net twintig minuten.'

Hij keek Carl dringend aan, die berustend knikte.

'Zijn er overeenkomsten?' vroeg hij zacht, alsof hij hoopte dat Lars-Erik de vraag niet zou horen.

Maar hij hoorde hem wel.

'Je bedoelt met de man met de ijsbijl in zijn oog die we afgelopen zaterdag hebben gevonden? Of met de eerdere zaken?'

'Alle overeenkomsten die je maar vindt,' zei Carl.

'Twee dingen,' zei Lars-Erik. 'Marteling die alles overtreft wat ik in mijn vijfendertig jaar bij de politie heb gezien, en het feit dat we geen sporen van de dader kunnen vinden. Tot nu toe. Verder niet.'

Carl knikte.

'Wie is hij, de man die daar ligt? Weten we dat?'

Lars-Erik haalde zijn schouders op.

'Volgens het rijbewijs heet hij Sid Trewer. Maar het is niet gemakkelijk vast te stellen of dat zijn rijbewijs is. Aan de foto heb je weinig als je niet kunt zien of het lijk erop lijkt.'

Wallquist grijnsde vermoeid om het onbedoelde grapje. Carl zei niets.

'En voor de rest helemaal niets,' ging Lars-Erik verder. 'Je moet wachten tot we honderd procent klaar zijn.'

Carl wendde zijn ogen snel af van het gezicht, waar hij weer naar was gaan staren, en liep terug door de struiken.

Deze plek bezorgde hem een naar gevoel, alsof hij hier niet thuishoorde. Misschien kwam het door het formaat van de groeve. Daar voelde hij zich klein door. Het was een plaats voor machines, enorme machines, niet voor mensen.

Op het geasfalteerde terrein stonden vijf auto's. De grijze bestelwagen van de technici met de achterdeuren open. De eerste politieauto, zijn eigen burgerwagen, een lijkwagen waar twee mannen bij stonden die een brancard uit de laadruimte haalden, en de Mercedes stationcar van Cecilia Abrahamsson. Carl liep naar de laatste toe. Hij had zelf gevraagd of zij deze zaak kon doen.

Ze zat op de bestuurdersplaats en praatte in een dictafoon. Carl zag voor het eerst dat ze geen enkele ring aan haar handen had. Dat verbaasde hem; ze leek hem iemand die getrouwd was. Toen wist hij het weer: als arts kon je geen ringen dragen vanwege het gevaar voor infectie op het werk.

Hij tikte op de ruit en maakte een vragend gebaar naar de stoel naast haar. Ze keek hem uitdrukkingsloos aan, maar knikte na enig nadenken. Hij opende het portier en ging naast haar zitten.

'Wat wil je weten?' vroeg ze snel en schakelde tegelijkertijd de dictafoon uit.

'Overeenkomsten,' zei Carl.

'De voorlopige doodsoorzaak is dat het schedelbeen is verbrijzeld en dat de hersenen in verband daarmee ernstig zijn aangedaan. Maar ik kan niets definitiefs zeggen voordat ik sectie heb verricht. Het is mogelijk dat de man al dood was toen dit gebeurde.'

Ze liet een stilte vallen.

'Hij is naar schatting twee tot zes dagen dood. Maar je krijgt nog een preciezer tijdstip. Dat het lichaam buiten heeft gelegen maakt de beoordeling lastiger. Daarentegen kan ik wel zeggen dat hij ergens anders is overleden en na de dood is verplaatst.'

'En overeenkomsten met de andere zaken?' vroeg Carl opnieuw.

Ze pauzeerde even, alsof ze dit punt tot het laatst had bewaard.

'Er zijn tekenen van een stroomstootwapen. Op de linkerkant van de borst, net als eerder.'

'Ook bij Jens Falk?' vroeg hij. 'Heb je naar hem gekeken, zoals ik je had gevraagd?'

Ze knikte en keek lichtelijk gegeneerd. Vermoedelijk omdat hij haar had gevraagd zich met het werk van een collega te bemoeien, dacht hij.

'Nee,' zei ze. 'Bij Jens Falk waren er helemaal geen sporen van een stroomstootwapen.'

'Weet je dat zeker?'

'Ja. Ik heb proeven gedaan. De sporen die we bij de andere lijken hebben gezien komen overeen met plekken die door een stroomstootwapen worden veroorzaakt. Maar bij Jens Falk en Amelia Zhelov heb ik dat soort plekken niet gezien.'

Carl keek haar met een gevoel van onbehagen aan. Hij vroeg zich af welke proeven ze had uitgevoerd, en op wie of wat ze die had uitgevoerd, maar hij vroeg niets. Hij wilde het niet weten.

'Voor de rest niets,' vervolgde ze. 'Dit geweld lijkt op geen enkele manier op de verwondingen die Marco Holst, Fadi Sora en Amelia Zhelov zijn toegebracht, behalve dan in de omvang ervan en... de langdurigheid. Wat Jens Falk betreft, daar is het geweld... anders. Hoe zal ik het zeggen... effectiever.'

'Effectiever?' vroeg Carl.

'Ja. De marteling is niet zo doortrapt. Weliswaar heeft hij een paar klappen in zijn gezicht en rond zijn genitaliën gekregen met de ijsbijl, maar de houw in zijn linkeroog heeft hem effectief gedood. Naar mijn inschatting is er veel minder tijd mee gemoeid geweest. Je kunt het tijdsverloop in elk geval niet vergelijken met datgene wat Holst, Sora, Zhelov en nu deze man hebben doorgemaakt.'

'Amelia Zhelov is uit ons onderzoek verwijderd,' zei Carl.

Cecilia maakte een gebaar alsof ze 'oké' wilde zeggen.

'Maar vanuit jouw optiek,' ging Carl verder, 'zou het bij Holst, Sora, Falk en deze man om dezelfde dader kunnen gaan?'

Cecilia aarzelde even. Vervolgens zei ze: 'Ja, dat zou kunnen.'

'Oké,' zei Carl gedempt en hij opende het portier. 'Dank je wel!'

Hij liep het geasfalteerde terrein weer over. De agent en de getuige van de shovel stonden een eindje verderop. Ze werden beiden verhoord door Simon en Jodie.

Lars-Erik stond bij de steile wand en riep hem.

'Carl! Carl Edson, kom gauw hier!'

Carl draaide zich om en liep terug over het terrein. Hij keek op zijn horloge. Het was al twintig voor drie. Hij begreep dat hij vandaag weer niet op tijd thuis zou zijn voor het eten. Hij vloekte zachtjes in zichzelf, terwijl hij zijn telefoon pakte om Karin te bellen.

Op dat moment riep ook een vrouwelijke stem een eind verderop naar hem: 'Carl!'

Hij keek om te zien wie er riep en hoorde het geluid van een camera. Een fotograaf met een lange telelens glimlachte naar hem. Carl herkende de vrouw die naast hem stond: Alexandra Bengtsson, verslaggever van *Aftonbladet*. Ze had hem een paar keer geïnterviewd over de zaak.

'Wat kun je zeggen over het lijk dat jullie hebben gevonden?' vroeg ze.

Hij stak een hand op naar haar als om haar tegen te houden, maar besefte dat ze het als een groet opvatte, want nu kwam ze met snelle pas naar hem toe over het asfalt. De fotograaf volgde haar op de voet en slaagde er al lopend in een andere camera met een korte, stompe lens tevoorschijn te halen, waar hij plaatjes mee begon te schieten.

'Jullie mogen hier niet komen,' zei hij kordaat. 'Dit is een plaats delict.'

Alexandra leek geen notitie van hem te nemen.

'Is het lijk gemarteld?' vroeg ze.

'Daar kan ik niet op ingaan,' zei hij nors.

'Heeft de seriemoordenaar weer toegeslagen? Dan is dit zeker het vijfde slachtoffer?'

Ze slaagde erin het laatste als een vraag te formuleren. Carl voelde zich moe.

'We hebben het lijk van een man gevonden,' zei hij. 'We denken dat er sprake is van een misdrijf en hebben een vooronderzoek ingesteld; dat is alles wat ik kan zeggen. Waarom ben je hier?'

'Om dezelfde reden als jij. Omdat er een misdaad gepleegd is.'

Ze glimlachte naar hem. Hij glimlachte niet terug.

'Dit is een plaats delict,' herhaalde hij. 'Jullie mogen hier niet komen. Mag ik jullie verzoeken terug te gaan en buiten de afzetting te blijven?'

Alexandra keek om zich heen.

'Welke afzetting?'

Ook dat nog, dacht Carl moedeloos.

'Simon,' riep hij. 'Neem een agent mee en zet het terrein af, wil je?'

Simon schrok op en keek vervolgens veelbetekenend naar de agente.

'En zorg ervoor dat deze twee buiten blijven,' ging Carl verder met een hoofdgebaar naar Alexandra en haar fotograaf.

Op dat moment kwamen de twee mannen van het lijktransport de bosjes uit met een brancard tussen zich in. Het lichaam lag in een lijkenzak. Zonder zich iets van de fotograaf aan te trekken schoven de mannen de brancard in de grijze lijkwagen en sloegen de deuren dicht. Carl liep de kant op waar zij vandaan waren gekomen. Achter zich hoorde hij de camera van de fotograaf ratelen, en Simon die hen bruusk wegjoeg, met veel meer succes dan hijzelf had gehad.

Hoe kon ze hier zo snel zijn gekomen, vroeg hij zich af. Wie was de mol? Daarna besefte hij dat hij die vraag niet eens hardop kon stellen zonder de wet te overtreden. Die verdomde bronbescherming!

49

'Wat was je aan het doen?' vroeg Lars-Erik Wallquist. 'Zat je aan de koffie of zo?'

'Ik...' begon Carl, maar hij had geen puf om door te gaan. 'Wat wil je?'

Het lijk was weg, maar donkere vlekken van lijkvocht op de grond verraadden waar het had gelegen.

'Toen we het lijk verplaatsten, ontdekten we iets waar jij waarschijnlijk wel in geïnteresseerd bent.'

Lars-Erik knikte naar zijn collega, die een foto stond te maken van iets op de grond.

'En aardig als ik ben, dacht ik dat je het misschien nu al wilde horen. Moet je kijken!'

Hij wees naar een grijswit klompje op de grond waar het lichaam had gelegen. Carl knikte met zijn armen gekruist voor zijn borst.

'Wat is daarmee?' vroeg hij.

'Serieus?' siste Lars-Erik. 'Buk dan en kijk, verdomme!'

Carl gehoorzaamde en hurkte neer, waarbij hij goed oplette dat hij niet op sporen van het lijk ging staan.

'Daar!' zei Lars-Erik. 'Zie je?'

'Ja,' zei Carl en hij voelde een golf van duizeligheid. 'Het lijkt wel... kauwgum.'

'Bingo! Het lag onder het hoofd van het slachtoffer. Alsof het in zijn oor had gezeten.'

'Godsamme...' zei Carl.

Lars-Erik knikte vergenoegd.

'Het lijkt wel alsof het daar met opzet is geplaatst,' zei hij op overdreven belerende toon.

Carl ging weer rechtop staan; hij voelde dat zijn knieën pijn deden nadat hij op zijn hurken had gezeten en deed zijn best om niet te laten merken hoe zeer het deed.

'Maar waarom? Wat betekent het?'

Lars-Erik schudde zijn hoofd.

'Over dit kauwgumpje kan ik niets zeggen, maar tot nu toe zit op alle kauwgumpjes hetzelfde DNA.'

'Ook op dat in de mond van Jens Falk?'

'Dat weet ik niet,' zei Lars-Erik. 'Daar heb ik de uitslag nog niet van. Maar van de andere kan ik zeggen dat ze niet matchen met Anton Loeff.'

'Oké,' zei Carl en hij probeerde een iets comfortabeler houding te vinden.

'Maar het is wel raar,' ging Lars-Erik verder, 'dat zo'n zorgvuldige dader, die tot nu toe nog geen haartje heeft laten vallen, kauwgumpjes achterlaat. Het lijkt wel een signatuur, een visitekaartje.'

'Wacht,' zei Carl. 'Wat zei je daar?'

'Dat het een soort signatuur is.'

'Nee, dat de dader tot nu toe geen haar heeft laten vallen. Misschien hééft de dader geen haar. Hij zou geschoren kunnen zijn of aan een huidziekte kunnen lijden waardoor hij al zijn haar verliest.'

Lars-Erik keek hem verachtelijk en met opgetrokken wenkbrauwen aan.

'Ik begrijp dat het een verleidelijke gedachte kan zijn,' zei hij. 'Maar we hebben ook geen huidschilfers gevonden of iets anders wat een lichaam normaal gesproken afgeeft. Als je het mij vraagt, heeft de dader hetzelfde soort beschermende kleding gebruikt als wij.'

'Een prof dus,' zei Carl.

'Ja,' zei Lars-Erik.

Zijn assistent was druk bezig met het fotograferen van de plaats waar de voeten van het slachtoffer zich hadden bevonden. Carl draaide zich om en liep terug naar zijn auto, terwijl hij dacht aan de journalist en aan wat ze zou kunnen schrijven als ze het wist. NIEUW SLACHTOFFER VOOR KAUWGUMMOORDENAAR, zag hij in grote, vette letters voor zich.

Jodie stond bij zijn auto te wachten.

'Zorgen?' vroeg ze toen hij aan kwam lopen.

'We hebben zes moorden,' zei hij moedeloos. 'Behalve Zhelov. En geen verdachte.'

Ze telde het na.

'Dan tel je Markus Ingvarsson en Ibrahim Eslar mee?'

'Ja,' zei Carl. 'Maar ik weet niet zeker of dat moet. Ze zijn neergeschoten, geëxecuteerd. Geen marteling. Geen kauwgum. Geen stroomstootwapen.'

'Dat had ik ook bedacht. Misschien moeten we die zaken afstoten.'

Carl knikte.

'Cecilia vond ook dat de moord op Jens Falk zich van de andere onderscheidde,' zei hij.

Jodie fronste haar wenkbrauwen.

'Denk je aan drie verschillende daders?'

Carl trok een gezicht.

'Ik weet het niet.'

'Tja,' zei Jodie. 'Er zijn bendes... En zowel Ingvarsson als Eslar lijkt zich in bendekringen bewogen te hebben.'

'Ja, daar lijkt het op.'

De Tijgers, die delen van Stockholm-Noord regeerden, bedacht hij. Of de bende van Uppsala.

'Ik heb nog iets anders bedacht,' zei ze en ze keek hem schuin aan, met een glimlachje.

'Ja?'

'Het zou een ontevreden burger kunnen zijn, iemand die heeft besloten het recht in eigen handen te nemen.'

'Een gek?'

'Een rechts-extremist, een fanaticus,' zei Jodie. 'Iemand die vindt dat de maatschappij niet in staat is de misdaad te bestrijden. Dat *wíj* niet in staat zijn ons werk te doen.'

Carl fronste zijn wenkbrauwen. Ze zei wat hij zaterdag had gedacht op de parkeerplaats waar ze Falk hadden gevonden. Carl keek haar aan zonder iets te zeggen.

'Ik stel me een militair voor,' zei ze. 'Iemand die aan man-tegen-mangevechten heeft deelgenomen, die heeft gedood...'

'Goed bedacht,' zei hij. 'Die gedachte was ook bij mij opgekomen, maar het idee bevalt me niet. Het is bijna onmogelijk om een eenzame fanaticus op te sporen als je hem niet op heterdaad betrapt. En een militair... Laten we hopen dat je ongelijk hebt, maar doe maar navraag.'

Ze glimlachte en knikte.

'Ik ga terug naar de stad,' zei hij.

'Ik moet op Simon wachten.'

Hij opende het portier en probeerde niet aan de kauwgummoordenaar te denken, maar dat was moeilijk.

Bij de afzetting vlak bij de hoofdweg stonden Alexandra Bengtsson en haar fotograaf. Hij stopte, voornamelijk omdat de fotograaf midden op de weg stond en niet aan de kant wilde gaan, ook al knipperde Carl met zijn lichten. Alexandra liep snel naar zijn auto toe, tikte op de ruit en maakte een gebaar dat hij het raampje moest opendraaien.

Ze glimlachte naar hem toen hij dat deed.

'Kun je zeggen of het om het vijfde slachtoffer van een seriemoordenaar gaat?' vroeg ze op luchtige toon.

Carl beet op zijn tong. Hij had bijna 'zesde' willen zeggen, toen hem te binnen schoot dat de pers Ingvarsson en Eslar niet met het onderzoek in verband had gebracht. En misschien moest dat ook maar niet.

'Kom nou! Waarom zou je hier anders zijn?' vroeg ze met een vriendelijke lach.

Hij wist dat ze hem uit de tent probeerde te lokken, dat hij het idee moest krijgen dat hij een collegiale band met haar had. Hij leunde uit het raampje en keek in haar lichtblauwe ogen.

'Oké,' zei hij.

Toen hij een paar minuten later wegreed, zwaaide ze hem na.

***

Aftonbladet 13 mei:

DE POLITIE VERMOEDT: NIEUW SLACHTOFFER VAN SERIEMOORDENAAR

Vanochtend is bij een kalkgroeve in Sörmland het lichaam van een vijftiger gevonden.

De dodelijk mishandelde man zou het jongste slachtoffer van de Rimbo-moordenaar kunnen zijn.

'Dat is een van de hypotheses waar we mee werken,' aldus inspecteur Carl Edson.

Volgens onbevestigde informatie aan Aftonbladet is het slachtoffer doodgedrukt met een bankschroef of een soortgelijk werktuig.

Hoelang het lichaam in de kalkgroeve heeft gelegen, wil de politie in dit stadium niet bekendmaken.

UIT HET ONDERZOEK GESCHRAPT

Het is mogelijk het vierde slachtoffer van de seriemoordenaar, nadat de politie de moord op de jonge vrouw in Hökarängen uit het onderzoek heeft geschrapt. Dit nadat men afgelopen weekend de 43-jarige man heeft gegrepen die eerder verdacht werd van de martelmoorden.

'Hij zit in hechtenis, verdacht van de moord op de jonge vrouw, maar niet meer van de andere moorden,' aldus Carl Edson.

De politie meldt dat men op dit moment geen nieuwe verdachte heeft.

De feiten op een rijtje:

5 mei: Marco Holst wordt ernstig mishandeld aangetroffen in een schuur in Norrtälje, ten noorden van Stockholm. Pas tijdens het PD-onderzoek ontdekken de technici dat hij nog leeft. Een dag later overlijdt Marco Holst in het ziekenhuis aan een overdosis morfine. Het ziekenhuis heeft het incident gemeld.

7 mei: De stoffelijke resten van een tweede slachtoffer, Fadi Sora, worden in de kofferbak van Sora's eigen auto in het centrum van Stockholm gevonden. Ook hij is gemarteld. Volgens informatie die bij ***Aftonbladet*** is binnengekomen, werd Fadi Sora met behulp van sigaretten dodelijk verbrand.

11 mei: Weer wordt een mogelijk slachtoffer van dezelfde seriemoordenaar gevonden, in de kofferruimte van zijn eigen auto in Spånga, ten noorden van Stockholm.

In zijn laatste ogenblikken schreeuwde Sid Trewer alleen maar. Ongearticuleerd. Primitief. Wanneer ik goed luisterde, kon ik een 'sorry' horen.

Maar het kan ook 'stoppen' geweest zijn, dat was onduidelijk en het maakt ook niet uit. Ik vergeef niet, dat kan ik niet.

Nadat hij was gestorven en eindelijk stil was geworden, ging ik door met het aandraaien van de bankschroef.

Uiteraard wist ik dat hij allang dood was, ik ben niet achterlijk. Maar ik wilde zien wat er in hem zat.

Ik wilde zijn innerlijk zien.

Helaas zat er niks verrassends in Sid Trewer. Eigenaardig genoeg was ik daar erg teleurgesteld over. Alsof het allemaal niet echt was geweest. Net als toen ik in de oorlel van mijn zus had geknipt, alsof we in een voorstelling leefden.

Hevige fysieke pijn is het meest waarachtige gevoel. Je kunt het niet negeren of vervormen. Niet zoals andere gevoelens. Je kunt jezelf nooit wijsmaken dat je géén hevige pijn voelt.

Op zonnige zomerdagen pakten we papa's vergrootglas en liepen de tuin in. We zeiden dat we rechtvaardig waren, een woord dat we van hem hadden geleend. Maar ik denk dat we ook bevrijding voelden in de pijn, alsof de straffen ons waarachtig en werkelijk maakten.

Mijn zus had mijn zaterdagsnoep gepakt en daar moest ze voor boeten. Tien seconden met het vergrootglas. Ik pakte haar linkerhand vast en duwde die tegen de grond, met de handpalm naar beneden. Daarna bracht ik het vergrootglas in positie boven de dunne huid van haar handrug. Na slechts één of twee seconden hapte ze al naar adem van de pijn, en na tien seconden begon de huid lichtrood te worden. Ze schreeuwde niet, ze kreunde niet eens, maar toen ik haar hand losliet waren haar ogen vochtig en wijd open. Ik kon recht bij haar naar binnen kijken.

We pasten de oudtestamentische kijk op straf toe: oog om oog, tand om tand. We hadden een strafschaal, die we zorgvuldig hadden uitgewerkt. Tien seconden voor diefstal van snoep of frisdrank. Twintig seconden voor diefstal van spullen. Dertig seconden voor ongeoorloofd geweld. Zoals iemand van achteren aanvallen wanneer die er niet op bedacht was. Een minuut voor klikken of verraden.

Dat was de zwaarste straf. Die gebruikten we nooit. Ook al had ik dat wel moeten doen. Ze heeft me verraden, ze heeft alles wat we samen hadden verraden. Ze heeft me in de steek gelaten. Ik had haar hand een minuut lang moeten branden – nee, een paar minuten, totdat er brandblaren op de huid waren gekomen.

Nu belt ze me weer. Maar alleen 's nachts. Ze ademt in de telefoon. Soms zegt ze: 'Met mij.' Geen andere woorden. Zo communiceren we tegenwoordig.

50

Woensdag 14 mei

De parkeerwachter heette Joachim Steen, was rond de vijfentwintig, had ongebruikelijk rood haar en was bereidwillig. Zeer bereidwillig. Hij liep voor Carl Edson en Jodie Söderberg uit naar de auto die op de achterste rij geparkeerd stond. Keer op keer draaide hij zich om om te controleren of ze hem volgden.

Jodie zag er moe uit. Dat werd je van zo'n onderzoek, bedacht Carl. Doodmoe. En na een paar jaar: afgepeigerd.

Maar vandaag hadden ze een melding binnengekregen over de auto van Sid Trewer die ze zochten. Dat was een succesje.

Het was nog ochtend, maar de zon stond al hoog en het begon warm te worden. Carl kon de lucht overal zien trillen boven de auto's die in lange rijen geparkeerd stonden op de Beta-parkeerplaats van vliegveld Arlanda. Het hele parkeerterrein bestond uit een gigantisch plein met rijen gemarkeerde parkeerplaatsen en een geasfalteerde weg met bushaltes in het midden. Daar vertrokken de shuttlebussen naar de terminals.

Hij schatte dat het terrein vijfhonderd meter lang was en bijna net zo breed. Hij had hier zelf gestaan toen hij met Karin op vakantie ging naar Mallorca. Toen ze een week later terugkwamen, hadden ze de grootste moeite gehad om hun auto te vinden. Daar had hij van geleerd dat je moest opschrijven in welk gedeelte je had geparkeerd.

'Hier is het!'

De auto die Joachim Steen opgewonden aanwees, stond bij K. Het was een Audi Q7, zag Carl.

Jodie pakte een paar latex handschoenen en liep langzaam om de grote jeep heen. Ze keek naar details. Daarna stak ze opeens haar hand onder de wielkast van het rechterachterwiel. Toen ze hem weer tevoorschijn haalde hield ze een autosleutel vast.

'Hebbes!' zei ze en ze zwaaide ermee.

'Denk je...' begon Carl, maar toen zweeg hij.

De autolampen knipperden toen Jodie hem met de sleutel van het slot haalde. Voorzichtig opende ze het portier aan de passagierskant. Ze snoof.

'Niks,' zei ze.

Carl haalde opgelucht adem. Geen nieuw lijk in de auto. Niet zoals in de andere auto's.

'Kan ik nog iets voor jullie doen?' vroeg Joachim Steen.

Hij had al verteld dat hij later graag politieman wilde worden. Carl schudde zijn hoofd.

'Nee, bedankt. Je kunt gaan, wij redden ons wel.'

Joachim keek teleurgesteld en maakte aanstalten weer naar zijn kantoor te gaan.

'Trouwens, wacht, er is wel iets wat je kunt doen,' zei Carl.

Joachim draaide zich om en kwam snel terug.

'Bij de ingang van het parkeerterrein staat dat er camerabewaking is.'

'Ja.'

'Hebben jullie de banden nog?'

'Het zijn niet echt banden, maar harddisks,' zei Joachim.

'Ik begrijp het,' zei Carl. 'Hebben jullie de opnames op de harddisks nog?'

'Die blijven een week bewaard. Daarna worden ze automatisch gewist.'

'Kun je kijken of je degene kunt vinden die deze auto hier heeft geparkeerd? Waarschijnlijk een paar dagen geleden.'

Joachim straalde.

'Zeker weten. Nu?'

'Graag.'

'Ga ik doen, verdomme.'

Carl glimlachte en bedankte Joachim, die snel wegliep, met een knikje. Verbaasd keek Jodie hem na.

'Denk je dat de dader de auto hier zelf heeft neergezet?' vroeg ze, terwijl ze het portier sloot en naar Carl toe liep. 'Als dat zo is,' ging ze verder, 'is hij misschien ook vanaf hier vertrokken.'

'Je bedoelt dat hij misschien het land heeft verlaten?' vroeg Carl.

Jodie knikte.

'Ik weet het niet,' zei hij en hij keek uit over de zee van autodaken. 'Laten we hopen van niet.'

'Ik denk dat hij de auto hier alleen maar heeft gedumpt, omdat we hem dan niet zo snel zouden vinden. Het is een natuurlijke plek om een auto neer te zetten. Geen boetes. Geen straatveger die er last van heeft. Net als in Spånga. Hij kan hem hier hebben neergezet, een shuttlebus naar de terminal hebben genomen en vandaar met de Arlanda Express naar huis zijn gegaan.'

'Misschien,' zei Carl.

'Of met de bus, als hij geld wilde besparen,' zei ze en ze keek hem met een scheve glimlach aan. 'Waarschijnlijk heeft hij de bankpas van Sid Trewer gebruikt om het parkeerterrein op te komen.'

Carl schudde zijn hoofd.

'Dat klopt niet,' zei hij. 'Hij kan hier door een heleboel mensen worden gezien, in de bus, in de terminals, in de Arlanda Express, en bijna overal hangen camera's. Waarom zou hij de auto niet nog een keer in Spånga neerzetten? Of op een andere P+R-parkeerplaats?'

'Variatie. Om geen patroon te creëren. Om ons in verwarring te brengen, zodat we ons al die dingen afvragen.'

Ze glimlachte weer. Ironisch, dacht Carl, alsof ze alleen maar een grapje maakte.

'Je maakt hem slim,' zei hij. 'Te slim. Daar hou ik niet van.'

Ze haalde haar schouders op.

'Ik zeg alleen... Het is maar een theorie.'

'Oké,' zei Carl en hij vermande zich. 'Goed. Nu laten we de auto ophalen. Bel Wallquist. Al denk ik niet dat we in deze wagen meer vinden dan in de vorige.'

Jodie keek hem verbaasd aan.

'Wat bedoel je? In de vorige hebben we een lijk gevonden.'

'Ja, ja, dat bedoelde ik niet... zo. Nu gaan we naar de parkeerwachter voor die videoband... opname... harde schijf, of hoe dat ding ook maar mag heten.'

51

'Hier is het!' zei Joachim enthousiast toen ze zijn hokje bij de uitrit van het parkeerterrein binnenkwamen.

Hij wees naar een computerschermpje op een piepklein bureau. Als om werken volkomen onmogelijk te maken lag het bezaaid met resten van McDonald's-menu's, pizzadozen en Coca-Cola-blikjes. Geen gezonde plek, dacht Carl.

Joachim had voor het toetsenbord een klein gedeelte vrijgemaakt. Hij drukte op een knop onder het scherm, waarna een korrelige film van het parkeerterrein werd afgespeeld. Het was bijna vol, maar verder gebeurde er niets.

'Het komt zo,' zei Joachim ter verklaring.

'Hoe laat is het hier?' vroeg Jodie.

Joachim wees naar een datumstempel in de rechterbovenhoek van de film.

'10 mei,' zei ze. '05.15 uur.'

Carl dacht na.

'Vijf dagen nadat we Marco Holst hadden gevonden,' zei hij zacht.

'Wat?' vroeg Joachim.

'Niets,' zei Carl.

'Rond dit tijdstip is het nog rustig. Maar over een uur is het een komen en gaan, wanneer de ochtendvluchten beginnen... Hier!'

Er kwam een auto het beeld in rijden. Carl en Jodie bogen zich naar voren. Ze herkenden hem als de Audi Q7 van Sid Trewer. Toen hij eenmaal in beeld was gekomen minderde hij vaart. Vermoedelijk zocht de bestuurder naar een vrije plaats.

'Pauzeren!' zei Carl.

Joachim gehoorzaamde. Carl boog zich nog dichter naar het beeld. Je zag het bovenlichaam van de chauffeur, maar zijn gezicht was verborgen achter de zonneklep, die neergeklapt was, ook al was dat nauwelijks nodig. Wist hij van de camerabewaking? En in dat geval: waarom had hij dit parkeerterrein dan überhaupt uitgezocht? Maar een signalement zouden ze op basis van dit beeld niet kunnen krijgen.

'Oké, ga maar door,' zei Carl.

De auto bewoog langzaam voort. Vervolgens sloeg de bestuurder af naar rechts in beeld en accelereerde snel naar de verste rij, het verst van de camera verwijderd. De auto reed een lege parkeerplaats op met de achterkant naar de camera gekeerd. De remlichten lichtten op als rode vlammetjes. Het duurde een minuut. Toen gingen ze uit. Het portier van de bestuurder ging open. Ze konden een in het zwart geklede gestalte zien met een honkbalpet diep over zijn voorhoofd getrokken. Hij ging met zijn rug naar de camera staan, klapte het portier dicht en liep met gebogen hoofd, zodat zijn gezicht niet te zien was. Toen hij langs het achterwiel kwam, bukte hij en stak zijn hand in de wielkast. De beweging duurde maar een seconde; daarna richtte hij zich op en liep door naar de bushalte. Hij liep nog steeds met zijn hoofd gebogen. Zijn gezicht was niet zichtbaar, maar zo te zien was het een betrekkelijk kleine man. Daarna was hij weg.

'Waar is hij naartoe gegaan?' vroeg Carl. 'Zijn er meer camera's?'

'Naar de bus,' zei de parkeerwachter. 'Halte K ligt net buiten beeld.'

'Staat daar een camera op gericht?' vroeg Carl.

Joachim schudde bezorgd zijn hoofd, alsof hij bang was hen teleur te stellen.

'We hebben geen camera's bij de bushaltes staan. De camera's zijn er om iemand te filmen die een auto probeert te stelen of open te breken...'

Carl knikte. Hij had het antwoord al geraden op het moment dat hij de vraag stelde. Wat het een stomme vraag maakte.

'We willen de filmopname graag meenemen. Kun je ons de band geven? Of de harddisk?'

'Ik kan een kopie op een USB-stick zetten. Zal ik dat doen?'

'Ja, graag,' zei Carl. 'Maar ik ben bang dat we de harddisk ook moeten hebben. Tijdelijk.'

Joachim keek onzeker.

‘Vanwege de bewijswaarde,’ voegde Carl er met een glimlach aan toe. ‘Geef me het nummer van je baas maar, dan praat ik wel met hem.’

52

Donderdag 15 mei

Commissaris Gert Uwe zat naar voren geleund op zijn stoel. Hij was de enige die betrokken leek, enthousiast zelfs, dacht Carl. Cecilia Abrahamsson keek in haar papieren. Ze leek afwezig, alsof ze zich eigenlijk ergens anders bevond. Lars-Erik Wallquist roerde aan één stuk door in zijn koffie. Carl wist dat hij erom bekendstond dat hij enorme hoeveelheden suiker gebruikte en begreep dat hij flink moest roeren om die te laten oplossen. Jodie en Simon keken allebei op hun mobiel. Achteraan in de briefingkamer zat een man die Carl herkende en die hij daar liever niet had willen hebben. Naast hem zaten nog vier personen. Al met al zaten ze met z'n tienen in het vertrek.

'Voordat we beginnen,' zei Gert Uwe met een kuchje, 'deze moordzaken zijn...' Hij zweeg even voordat hij verderging. '...geëscaleerd op een manier die veel aandacht van de media heeft gekregen. Het is daarom van het grootste belang dat we zo snel mogelijk tot een oplossing komen. Niks ten nadele van jou, Carl, maar om het succes van het onderzoek veilig te stellen hebben we een ondersteuningseenheid van de DSI aangevraagd. Jij,' hij knikte naar Carl, 'leidt het onderzoek samen met commandant Axel Björkström. Behalve over jouw twee medewerkers zal Axel over nog vier rechercheurs beschikken. Die zullen zich zo snel als praktisch mogelijk is bij ons aansluiten, maar ik heb Axel gevraagd vandaag al aanwezig te zijn.'

Carl knikte vermoeid. Hij had deze ontwikkeling al veel eerder verwacht. Toch stond het hem niet aan. Hij gaf de voorkeur aan werken in een klein team, samen met de lokale politiedistricten. En hij kon de volkomen fantasieloze Axel Björkström niet uitstaan. Hij was in één woord dom. En daarbij een zwetser.

'Uitstekend,' zei Gert Uwe. 'Nou, aan jou het woord, Carl!'

Hij glimlachte. Joviaal, had Carl het idee. Hoe kon je nu joviaal zijn bij zo'n vergadering, dacht hij. Vervolgens schraapte hij zijn keel: 'We hebben een zekere identificatie van het slachtoffer. De man in de kalkgroeve heet Sid Trewer. Hij is negenenveertig jaar oud geworden en was een bekende van ons. Net als alle eerdere slachtoffers.'

Carl bladerde in zijn aantekeningen.

'Hij werd op zijn veertiende voor het eerst aangehouden. Diefstal en inbraak. Daarna het gebruikelijke: jeugddetentie, pleeggezin, nieuwe misdrijven. Zijn eerste gevangenisstraf kreeg hij als negentienjarige, weer voor ernstige diefstal en een overval. Hij werd door de rechtbank tot drie jaar veroordeeld. Daarna ging het door. Autodiefstal, mishandeling, wat drugs, maar geen grote partijen voor zover wij weten.'

Carl bladerde door zijn aantekeningen.

'Zoals jullie zien is zijn strafblad aanzienlijk.'

'Is hij ooit voor verkrachting veroordeeld?' vroeg Jodie. 'Of daarvan verdacht geweest?'

'Nee,' zei Carl. 'Ook niet van pedofilie of iets dergelijks.'

Ze zuchtte.

'Is er een oude zaak die in verband kan worden gebracht met het feit dat Trewer werd doodgedrukt?' vroeg Simon Jern.

Iedereen draaide zich naar hem om.

'Ja, kom op,' zei Simon en hij spreidde zijn handen. 'De manier waarop die gasten vermoord worden lijkt immers geen toeval te zijn. En dan zou er iemand geweest moeten zijn die op net zo'n manier is doodgedrukt als Trewer. Fadi Sora had een meisje in haar poes gebrand en werd dodelijk verbrand. Holst had een verkrachting...'

'Lieve help, zo is het wel genoeg!' zei Gert Uwe hoofdschuddend. 'Je hoeft je niet op die manier uit te drukken!'

Simon haalde zijn schouders op.

'*Just saying...*'

'Of...' zei Gert Uwe op bevoogdende toon, 'het gaat bij deze moorden om iets heel anders. En zijn het interne afrekeningen tussen verschillende criminele fracties – zij het ongewoon wrede.'

Simon leek daarop te willen antwoorden, maar Carl hield hem tegen en het werd weer stil in het vertrek.

Carl ging verder: 'Ik ben het met Gert eens. Gezien de omvang van het geweld hebben we waarschijnlijk te maken met daders met een criminele achtergrond. Maar ik heb nog een andere theorie over het motief wat Trewer betreft, maar voordat ik daarop inga wil ik eerst naar de doodsoorzaak gaan. Cecilia?'

Cecilia Abrahamsson stond op.

'Ik heb heel weinig te rapporteren, behalve dan wat al duidelijk is,' zei ze snel. 'Hij is overleden doordat zijn schedelbeen werd verbrijzeld, vermoedelijk met een bankschroef. Het was geen plotselinge klap, maar de druk werd langzaam en op een symmetrische manier uitgeoefend. Voordat de dood intrad, waren alle grote gewrichten in het lichaam met hetzelfde soort geweld verbrijzeld. Tenzij er snel medische bijstand was verleend, was hij waarschijnlijk aan bloedverlies ten gevolge hiervan overleden. Als zijn schedel niet was verbrijzeld. De man lag op zijn rug toen hij stierf. Er zijn duidelijke lijkvlekken op de rug, de achterkant van de bovenbenen en op het gebied rond de gluteus maximus, de bilspier dus. Gezien de dag- en nachttemperaturen die we de afgelopen tijd hebben gehad moet de dood ongeveer vier tot vijf dagen geleden zijn ingetreden.'

Ze zweeg even en nam een slok uit het glas water dat voor haar op tafel stond.

'Een paar opmerkingen: het slachtoffer vertoonde tekenen van hetzelfde soort stroomstootwapen als een aantal van de eerdere slachtoffers. Verder geen sporen van ander geweld, geen gifstoffen, op een bijzonder kleine hoeveelheid alcohol in het bloed na. Dat is alles.'

Carl knikte en Cecilia ging weer zitten.

'Dank je wel,' zei hij. 'En Lars-Erik, nog iets over de plaats delict?'

Lars-Erik stond niet op, maar leunde achterover op zijn stoel.

'De vindplaats is tot nu toe schoon. We hebben een aantal vezels gevonden, maar die zijn van het slachtoffer. Geen vingerafdrukken of schoenafdrukken die niet van de shovelmachinist of de agenten afkomstig zijn.'

'Hm...' bromde Gert Uwe.

'We hebben een aantal DNA-monsters meegenomen van de plaats. Daar hetzelfde beeld. We hebben ze allemaal kunnen herleiden tot het slachtoffer, Sid Trewer, of tot de man die hem heeft gevonden. Of een van onze collega's.'

Lars-Erik keek geïrriteerd het vertrek door.

'We hebben ook een nicotinekauwgumpje gevonden,' ging hij in één adem verder. 'Het lag op de grond onder het hoofd van het slachtoffer. Hetzelfde soort dat we ook bij Holst, Sora en Falk hebben gevonden, nicotinekauwgum 2 milligram. En hetzelfde DNA.'

Wat?' zei Carl. 'Dus Jens Falk... Het is dus zonder twijfel dezelfde dader?'

'Ja,' zei Lars-Erik.

Gert Uwe keek met een ongewoon tevreden gezicht op.

'Dan hoeven we alleen nog maar DNA van de verdachte af te nemen, en dan hebben we hem,' zei hij.

Carl kuchte gegeneerd.

'We hebben geen verdachte,' zei Carl. 'Niet sinds we Anton Loeff hebben afgeschreven.'

Gert Uwe liet zich desondanks niet uit het veld slaan.

'Hoe dan ook,' zei hij en het leek wel of hij Carl op de rug wilde slaan, 'we hebben een plaats delict en we hebben DNA-uitslagen die de dader aan alle slachtoffers koppelen. Als we hun criminele contacten nog niet hebben bekeken moeten we dat nu doen. Daarna hoeven we hun alleen nog maar DNA af te nemen. Axel, kun jij dat organiseren?'

'We hebben al naar hun criminele achtergrond gekeken,' zei Jodie. 'Maar er is geen gemeenschappelijke noemer. Ze lijken elkaar nauwelijks te hebben gekend.'

'O, ja, dat is goed, heel goed,' zei Gert Uwe en hij ging op dezelfde joviale toon verder: 'Axel heeft middelen voor een meer omvattend onderzoek, nietwaar?'

Axel knikte stijfjes. Hij gaf geen blijk van emoties; dat deed hij waarschijnlijk nooit.

Carl had geen energie om tegen zijn chef in te gaan. Je moest kiezen welke strijd je wilde aangaan, dacht hij. En hij vroeg zich af of hij er ooit wel een had gekozen.

'Lars, was dat het?' vroeg Gert Uwe.

'Nee,' zei Lars-Erik geërgerd. 'We hebben de auto van Sid Trewer onderzocht. Een Audi Q7, model 2011. Hij is uit Duitsland geïmporteerd en is ruim elf maanden in Zweden in gebruik geweest.'

Hij kuchte.

'We hebben een aantal vingerafdrukken in de auto veiliggesteld. We hebben ook vezels verzameld en biologische monsters. Maar op dit moment niets wat we aan een denkbare dader kunnen koppelen.'

'En de bewakingsfilm van het parkeerterrein?'

'Geen identificatie. De dader laat geen moment zijn gezicht of andere herkenningstekens zien. Maar hij zou tussen de één meter vijfenzeventig en één meter tachtig lang moeten zijn.'

'Of zíj,' zei Carl zachtjes in zichzelf.

'Wat?' vroeg Gert Uwe.

'Niks,' zei Carl en hij richtte zich tot Lars-Erik: 'Sorry, ga door.'

Lars-Erik keek weer met een agressieve blik de kamer door, alsof hij verwachtte dat nog iemand hem zou onderbreken. Toen niemand iets zei, ging hij verder: 'We hebben ook naar de gps van de auto gekeken. De laatste geregistreerde rit was van het woonadres in Skarpnäck naar het uitkijkpunt in de omgeving van Forsby. De plaatsen waar de auto daarvoor naartoe is gereden, zijn Bandhagen, de Norra Agnegatan in Kungsholmen, de Jägargatan in Salem en nog zes andere adressen. We zijn ze allemaal aan het nalopen, maar tot nu toe is daar niets opmerkelijks uit gekomen.'

'Dank je. Goed gedaan, Lars!' zei Gert Uwe.

Lars-Erik snauwde: 'Ik heet Lars-Erik. En ik ben nog niet klaar. Maar misschien weten jullie al wat ik te zeggen heb...'

Gert Uwe trok verbaasd zijn wenkbrauwen op bij die plotselinge uitbarsting. Carl, die aan de forensisch technicus gewend was, wachtte geduldig.

'Sorry, Lars-Erik,' zei hij rustig. 'Ik zou het op prijs stellen als je wilt doorgaan. Ik weet niet wat je van plan bent te vertellen.'

'Dat dacht ik wel. Nou, er is een favoriet opgeslagen in de gps. Eén enkele. Met de naam "S.A."'

Lars-Erik laste een dramatische pauze in. Niemand zei iets.

'Dat is een zomerhuisje bij Norrtälje.'

'En wat is daar?' vroeg Gert Uwe.

Lars-Erik draaide zich om.

'Dat weet ik toch niet! Dat is mijn werk niet. Ik kom wanneer ze een forensisch technicus op een plaats delict willen hebben. Dan ga ik ernaartoe. Ik ga geen gps-favoriet volgen.'

Carl raapte zijn papieren bij elkaar.

'Uitstekend werk, Lars-Erik. Samengevat komt het erop neer dat we twee gemeenschappelijke noemers hebben gevonden: de slachtoffers zijn allemaal ex-criminelen en op alle plaatsen delict hebben we nicotinekauwgum gevonden, vermoedelijk opzettelijk neergelegd door de dader.'

Hij wachtte even, keek naar Jodie en ging verder: 'Zoals Jodie eerder al opperde, zouden we met een ontevreden burger te maken kunnen hebben. Iemand die de wet in eigen handen wil nemen. Eventueel een militair. Maar tot nog toe hebben we daar geen bevestiging voor gevonden.'

Jodie keek naar haar handen.

'Daarom is het een goed idee om verder naar de criminele contacten van de slachtoffers te kijken, zoals Gert Uwe voorstelde, maar ik denk dat we ook naar de vroegere slachtoffers van de misdadigers moeten kijken, naar de slachtoffers van de slachtoffers dus.'

Gert Uwe schraapte zijn keel.

'Uiteraard. Maar mag ik even in herinnering roepen dat het bij dit soort moorden negen van de tien keer om een interne afrekening gaat? Om misdadigers die andere misdadigers te lijf gaan?'

Carl knikte naar zijn chef.

'Dank je wel, Gert. Dan gaan we aan de slag. Jodie, jij en ik gaan achter de favoriet op de gps aan. Simon, jij werkt samen met Axel, maar gaat vooral kijken naar de slachtoffers van de slachtoffers.

Simon keek boos. Carl begreep hem wel. Niemand wilde met Axel samenwerken, en eigenlijk was Jodie aan de beurt om oude vooronderzoeken en verdachtenregisters door te nemen, maar Carl wilde gewoon geen lange autorit naar Norrtälje maken alleen met Simon.

'Wacht!' zei Simon. 'Je zei dat er een alternatieve theorie was over het motief...'

Iedereen ging weer zitten.

'Ja, dat zei ik, ja,' zei Carl. 'Er is een oude zaak die een verband heeft met Trewer, maar wel een zwakke. Sid Trewer was vijf jaar geleden betrokken bij een overal op een juwelier in Södertälje. Samen met zijn drie handlangers vluchtte hij in een bestelbus, een witte Ford Transit, in noordelijke richting. Ze werden achternagezeten door de politie, waarbij de overvallers door grote delen van de zuidelijke voorsteden werden gejaagd. De daders waren wanhopig en ten slotte reden ze een fietspad op om te ontkomen. Ongelukkig genoeg reden ze met hoge snelheid een zesjarig jongetje op de fiets aan. De jongen overleed aan zijn verwondingen. De overvallers maakten zich uit de voeten. Ze hadden geen tijd gehad om te remmen. Of het gewoon niet gedaan. Er waren in elk geval geen remsporen bij de plaats van het ongeval. Ik heb het sectieverslag gelezen. Zo'n beetje alle botten van de jongen waren verbrijzeld.'

Simon wachtte op de conclusie. Carl zag het en bedacht dat hij te gretig was, te competitief. Hij zag de verbanden niet.

'Daar moest ik aan denken vanwege de doodsoorzaak,' zei Carl. 'In het verslag staat "verbrijzeld schedelbeen met zwaar hersenletsel als gevolg". Er staat ook dat de jongen waarschijnlijk ook zonder het schedelletsel zou zijn overleden. Dat is bijna identiek aan Cecilia's opmerking over Sid Trewer.'

Gert Uwe schudde afkeurend zijn hoofd. Simon keek ook sceptisch.

'En dit zou de straf zijn? Vijf jaar later?' vroeg Gert Uwe.

'De dader had niet heel veel sneller kunnen zijn. Het bestelbusje kwam een paar kilometer verder in de berm terecht en de daders konden worden gearresteerd. Sid Trewer is minder dan een jaar geleden vrijgekomen. Maar ik geef toe dat het misschien een zwakke hypothese is. Het kan ook toeval zijn. Maar, Simon, ik wil dat jij hiernaar kijkt en een lijst maakt,' zei Carl.

'En zijn twee maten?' vroeg Simon.

'Drie. Die zijn ook vrij, sinds een halfjaar.'

'Wie zijn het? Zit er een slachtoffer van ons bij?'

'Nee, dat is het nou net,' zei Carl en hij zakte ineen toen hij het zei. 'Een van hen, Sonny Andersson, is als vermist opgegeven door zijn vriendin. Maar waarschijnlijk is hij een trip aan het maken, volgens mensen die vaak met hem omgaan.'

'Een trip?' vroeg Gert Uwe.

'Een drugstrip,' legde Simon uit.

Carl zweeg. Hij voelde dat zijn theorie ineenstortte en in iets heel onduidelijks veranderde.

'Dat was alles,' zei hij. 'Aan het werk.'

Iedereen stond weer op en maakte zich klaar om het vertrek uit te lopen.

Carl zocht met zijn blik naar Cecilia Abrahamsson.

'Cecilia, wacht even!'

Carl haalde haar in bij de deur naar de gang en legde voorzichtig een hand op haar arm.

'Heb je vijf minuten?'

Ze bleef staan en keek hem aan, afwijzend en vragend tegelijk. Carl begreep haar lichaamstaal niet, maar die had hij nog nooit begrepen.

'Goeie bespreking, Carl!' zei Gert Uwe en hij klopte hem op de rug terwijl hij de deur uit liep.

'Dank je,' zei Carl.

Gert stak een hand op, alsof hij zichzelf een high five gaf.

'Nu pakken we ze!' zei hij en hij klonk als een Amerikaanse collegetrainer.

Carl knikte gegeneerd.

'Ga zitten,' zei Carl en hij maakte een gebaar naar een van de stoelen, terwijl hij de deur achter zijn chef dichtdeed.

Cecilia gehoorzaamde aarzelend. Carl ging tegenover haar zitten.

'Ik heb een vraag die ik je off the record wil stellen. Die kan gevoelig liggen en daarom wil ik je vragen of dit tussen jou en mij kan blijven. Is dat goed?'

Ze knikte, terwijl ze hem strak aankeek. Carl begon al spijt te krijgen.

'Het is een idee dat ik al een tijdje heb en dat ik met mijn medewerkers niet kan bespreken. Ik heb iemand van buiten nodig. Zoals jij.'

Hij probeerde te glimlachen.

'Wat wil je zeggen?' vroeg ze.

'Ik zou graag jouw professionele en persoonlijke mening hierover horen.'

'Ja...' zei ze ongeduldig.

'Denk jij dat de moorden, de seriemoorden dus, door iemand van ons gepleegd zouden kunnen zijn?'

Ze keek hem niet-begrijpend aan.

'Door iemand van de politie?' ging hij verder. 'Door iemand van binnen de organisatie, door... door...'

Hij spreidde zijn handen.

'...een gerechtsarts?' maakte ze de zin af.

Hij knikte dankbaar.

'Ja,' zei hij.

'Dat is natuurlijk mogelijk. De kennis over misdadigers is aanwezig. Iemand binnen de politie zou beslist in staat zijn de slachtoffers gevangen te nemen. Of die persoon vervolgens de marteling zou kunnen uitvoeren kan ik niet zeggen.'

'Maar?' vroeg Carl en hij sloeg haar gade. 'Want je hebt een maar, of niet?'

'Ja,' zei ze. 'Er is een maar. Waarom zou iemand dat doen? Het motief... Wat heeft die persoon voor motief?'

'Misschien omdat je het zat wordt om boeven op te pakken en ze na een paar jaar, een paar maand of soms zelfs een paar dagen weer vrij te zien rondlopen,' zei Carl peinzend. 'Iemand zou zijn houvast kunnen zijn kwijtgeraakt en vervolgens woest tekeer kunnen zijn gegaan onder de misdadigers. Een ontevreden burger, zoals Jodie opperde. Welke politiebeambte heeft er niet ten minste één keer van gedroomd om agent, rechter en beul ineen te zijn? Dat is een aanlokkelijk idee.'

'Ik snap wat je bedoelt. Het zou goed kunnen,' zei ze afgemeten. 'Er zit een bepaalde professionele vaardigheid in de uitvoering, daar heb ik al eerder op gewezen. Bovendien zou het een verklaring zijn voor het stroomstootwapen. Voor een politiemedewerker is daar gemakkelijker aan te komen dan voor een particulier.'

Carl knikte.

'Dank je,' zei hij. 'Ik volg deze onderzoekslijn onofficieel. Ik wil Uwe er niet bij betrekken. Simon en Jodie ook niet. Wil jij dit alsjeblieft voor je houden?'

'Vanzelfsprekend. Ik kan de zaken nog een keer doorlopen vanuit deze theorie, als je dat wilt. Kijken of ik iets vind.'

'Fijn, heel graag.'

Ze stond op en liep naar de deur.

'Als je verder niets hebt...' zei ze met een hand op de deurkruk.

'Jouw persoonlijke mening?' vroeg hij.

Cecilia liet de deurkruk los en keek Carl aan. Ze aarzelde.

'Wat denk jíj?' vroeg Carl.

Cecilia schudde langzaam haar hoofd.

'Ik geloof niet in jouw theorie. Het is te onwaarschijnlijk. Ook al ben je het zat, zoals je zegt, je hebt je hele leven in dienst gesteld van wetshandhaving. Ik denk niet dat je dat zomaar loslaat om een van hén te worden... Het zit in je systeem.'

Carl knikte.

'Dank je wel. Ik hoop dat je gelijk hebt.'

Hij bleef staan, zag haar de deur dichtdoen en vroeg zich af of hij er verkeerd aan had gedaan het haar te vragen.

53

Het landschap om haar heen was eigenaardig bekend, alsof ze hier vaak was geweest. Groen glinsterende akkers met opkomende wintertarwe breidden zich uit. Af en toe kwam de stank van varkensmest naar binnen gedreven. De akkers werden afgewisseld door bospartijen; er kwamen blaadjes aan de bomen. Een tere lichtgroene glans in het takwerk. De mestlucht verdween en maakte plaats voor de geur van stoffig asfalt.

Alexandra Bengtsson kwam tot rust bij de gelijkmatige snelheid van de auto over de lege wegen. Toen ze HJÄLMARESUND op de borden zag staan, gaf ze gehoor aan een impuls en stopte op een parkeerplaats. Ze had niets te eten of te drinken bij zich, maar ging toch op een groen bankje naar het water zitten kijken dat haar aan beide kanten omgaf. Het zag er blauw en koud uit. Waarom was water blauw? Ze had ergens een verklaring gelezen, maar die was ze vergeten. Een triviale verklaring, herinnerde ze zich. Wetenschappelijk en funest voor de fantasie.

Toen ze verder reed, zag ze een camping die al voor de helft vol stond met caravans. Geen tenten. En geen mensen. Het was vermoedelijk nog te vroeg in het seizoen.

Toen ze van Erik was gescheiden, had ze geprobeerd haar dagen met Johanna te laten samenvallen met haar vrije dagen. Aangezien ze onregelmatige diensten had, zou dat een wisselend schema hebben betekend, en daar had Erik niet aan willen meewerken. Daarom hadden ze hun dochter nu om en om een week, ongeacht of Alexandra werkte of niet.

Ze had nu vrij, en Johanna was bij haar vader. Alexandra genoot van het alleen-zijn in de auto en zette de gedachten aan haar ex-man van zich af. Ze deed heel even haar ogen dicht, haalde diep adem en kwam tot rust.

Bij Bie sloeg ze rechts af en reed langs een dorpje. Rode en gele huizen met witte kozijnen, keurige tuinen, lege opritten. Iedereen was naar zijn werk. Ze passeerde een verlaten supermarkt, waar de sporen van een lang geleden verwijderd Ica-bord nog op de muur te zien waren. Daarnaast stond een oud bushokje. Het haltebord was weggehaald; hier reden geen bussen meer.

Ze sloeg af en reed steeds verder van de hoofdweg vandaan. Algauw was ze op het boerenland. Ze reed langs paardenweiden, kriskras verspreide huizen en boerderijen, nog meer akkers en stukken bos. De geasfalteerde weg ging over in een onverharde weg. Het ratelde onder de auto van de steentjes die losgetrokken werden door de banden en tegen de onderkant spatten. Een geluid uit haar kindertijd, toen er veel van zulke wegen waren. Ze herinnerde zich de autoritjes met haar vader.

Ze keek op haar horloge. Het was kort na tien uur 's ochtends. Tijd genoeg. Ze kwam geen andere auto's tegen en ze reed langzaam verder. Ten slotte had ze alle bebouwing achter zich gelaten.

Toen ze het parkeervak vond, stopte ze daar. Ze schakelde de motor uit en bleef wachten. Met één hand zette ze de binnenspiegel zo dat ze de weg achter haar kon zien.

Pas vijfentwintig minuten later ontdekte ze hem. Vanuit de verte leek de vrachtwagen klein, net een gewone personenwagen, maar toen hij dichterbij kwam, zag ze dat het een grote auto was. Op de zijkant kon ze vaag het logo van K-Express ontwaren.

Ze startte de motor, maar bleef op de parkeerplaats staan. Toen de vrachtauto zo dichtbij was gekomen dat ze het kenteken kon lezen, zette ze de auto in de versnelling en reed met vol gas de weg op.

De vrachtwagen kwam snel dichterbij. Onbewust spande ze haar spieren aan. Haar handen grepen het stuur steviger vast en haar knokkels werden wit zonder dat ze dat merkte. Toch voelde ze zich kalm.

Toen ze weer in de binnenspiegel keek, was de vrachtauto vlakbij. Hij knipperde met zijn grote licht. Alexandra keek op de snelheidsmeter. Dertig kilometer per uur. Met dezelfde snelheid reed ze door.

Af en toe keek ze in de binnenspiegel. De vrachtauto kroop steeds verder naar voren, toeterde naar haar en seinde nog eens met zijn grote licht. Ze negeerde het. Opeens voelde ze een schok door de auto heen gaan. In haar binnenspiegel zag ze de vrachtauto snelheid maken om haar nog een keer aan te rijden. Ze voelde een nieuwe schok en hoorde de vrachtwagenchauffeur weer toeteren. Godsamme, wat een idioot!

Ze keek voor zich. De weg was zo smal dat de vrachtauto haar niet kon inhalen en er waren geen passeerzones waar ze gebruik van kon maken om hem erlangs te laten.

Hij duwde haar nog eens aan.

Nog even, dacht ze. Toen de weg door een stukje bos ging, haalde ze haar voet van het gas en minderde ze steeds meer vaart, tot de auto helemaal stilstond. De bestuurder claxonneerde aan één stuk door, maar ze negeerde zijn getoeter.

Ze pakte een tasje van de passagiersstoel, opende het portier, stapte uit en liep naar de vrachtauto. Ze zag dat de chauffeur in zijn cabine zat te vloeken. Toen ze dichterbij kwam, deed hij het raam open.

'Waar ben je in godsnaam mee bezig, mens? Ga aan de kant!' schreeuwde de pafferige man.

Alexandra keek hem niet aan. In plaats daarvan concentreerde ze zich op de weg achter de vrachtauto. Die was nog steeds leeg. Van deze route werd weinig gebruikgemaakt en het was niet erg waarschijnlijk dat er nog een auto aan zou komen.

'Dat zou ik jou ook kunnen vragen,' zei ze tegen hem. 'Heb je wel door wat er zou kunnen gebeuren als een ree de weg overstak en ik moest remmen?'

'Wat kan mij dat schelen, verdomme!'

Hij spuugde uit het raam. De klodder raakte de grond voor haar voeten. Ze keek er even naar voordat ze zich weer tot de chauffeur richtte.

'Jij rijdt met een vrachtwagen van... vijftien ton... Klopt dat? Op een meter afstand van mijn bumper?'

'Vijfentwintig! En het is je eigen schuld als je rijdt als een oud wijf!'

Alexandra keek hem aan en trok haar wenkbrauwen op.

'Begrijp je wat er met mij kan gebeuren als je op mijn auto inrijdt?'

'Zet nou verdomme die wagen aan de kant! Wat kunnen jij en je klote-auto me schelen, ga gewoon van de weg af. Ik moet op tijd –'

'Denk je zo over alle andere mensen in het verkeer? Bejaarden, kinderen?'

De man haalde zijn neus op.

'Waar heb je het in vredesnaam over? Verdomme, hoor je niet wat ik zeg? Ga aan de kant met die kar, anders rijd ik eroverheen.'

Hij liet de krachtige dieselmotor loeien om te laten zien dat het hem ernst was, terwijl hij zich intussen uit de cabine boog.

'Hé, kreng, ben je traag van be–'

Hij kreeg niet de kans om zijn zin af te maken. Er klonk een zacht sissen, zijn lichaam werd stijf en met spastische bewegingen verdween hij in de cabine.

54

Het zomerhuisje was rood, met witte kozijnen, en het was rond de vorige eeuwwisseling gebouwd. Carl Edson kreeg meteen een naar gevoel toen hij op het erf parkeerde. Misschien was het verbeelding, maar hij bleef toch met zijn handen op het stuur naar de voordeur van het huis zitten kijken.

De ingang werd gevormd door een fraai uitgesneden serre. Achter de ramen waren klepbanken en oude wandkleden te zien. Voor het huisje lag een grasveld van zo'n tien bij vijftien meter. Het geheel werd omlijst door een opslag- en een aardappelschuur. Midden op het erf stond een stenen put met een mooie groene gietijzeren pomp. Er waren geen wielsporen van auto's; er was helemaal geen teken dat hier de laatste tijd iemand was geweest. Nieuw groen gras kwam op tussen het lange, geelbruine gras van vorig jaar, dat plat op de grond lag.

Het boerderijtje zag er idyllisch uit, als in een boek van Astrid Lindgren.

'Zullen we?' vroeg Jodie Söderberg voorzichtig.

Carl schrok op, knikte en liet het stuur los. Toen hij het portier opende, huiverde hij. De wind was gedraaid en het zomergevoel van de afgelopen dagen, met temperaturen van boven de twintig graden, was definitief verdwenen. Nu was het vast niet meer dan tien graden. Het was bewolkt en alles wat er groen had uitgezien was nu grijs.

'Oké,' zei hij tegen Jodie en hij gaf haar een paar latex handschoenen. 'Hou je bewegingen zo klein mogelijk. We willen een schone plaats delict. Als het er een is, dan...'

Jodie keek gekwetst. Carl begreep dat hij haar en haar professionaliteit had beledigd.

'Wat zullen we vinden, denk je?' vroeg ze.

'Iets waarvan de dader wil dat we het ontdekken,' zei Carl vriendelijk om het goed te maken. 'Net zoals de sigarettenpakjes in het appartement van Fadi Sora. Hij heeft ons hier uitgenodigd.'

Jodie knikte. Hij zag dat ze gespannen was, gefocust. Hij voelde hetzelfde.

'Ik ga voorop,' zei hij.

Een lage stenen trap leidde naar de voordeur. Hij keek in het gras bij de trap, maar zag geen tekenen dat iemand daar onlangs had gelopen.

Hij liep naar de deur. Er waren geen sporen van braak, maar toen Carl aan de deurkruk voelde, ging de deur zonder weerstand open. De scharnieren piepten een beetje, terwijl de deur langzaam openzwaaide.

Ze roken het allebei tegelijk. Carl draaide zich instinctief om, terwijl Jodie snel haar hand voor haar mond sloeg.

'Sodeju!' zei ze. 'Is dat...?'

Hij keek haar aan zonder te antwoorden. De stank van verrotting was bedwelmend. Even stond hij op het punt om Wallquist en zijn team op te roepen in plaats van zelf naar binnen te gaan en het risico te lopen om sporen te vernielen, maar hij bedacht zich. Als hij ongelijk had en er lag daar een dode ree, zou Lars-Erik hem daar jarenlang om uitlachen.

Met de mouw van zijn jasje voor zijn mond liep hij langzaam het huisje in. Vanuit de serre gaf een deur toegang tot een smalle hal. In de krappe ruimte werd de stank tien keer erger en Carl moest alles op alles zetten om de braakneigingen te bedwingen die op de loer lagen.

In de hal waren twee deuren. De verste stond open en leidde kennelijk naar een keuken. Door de opening zag Carl een koelkast die tegen de muur stond. De eerste deur zat dicht. Erachter klonk een eigenaardig geluid dat hij niet kon plaatsen. Een dof gebrom, als van een draaiende motor of ventilator.

Langzaam duwde hij de kruk naar beneden en opende de deur.

De beweging was zo plotseling en onverwacht dat hij onwillekeurig terugdeinsde en zijn hoofd stootte tegen de kapstok.

Uit de deuropening kwam een wolk van vliegen. Het waren er zoveel dat ze het licht vanuit de open voordeur verduisterden, zodat het donker werd in de hal. Ze zaten in zijn haar, botsten slaapdronken tegen zijn gezicht, vielen in zijn jasje en onder zijn overhemd, kropen rond en zoemden...

Wanhopig probeerde hij ze weg te slaan, maar het waren er te veel.

Achter zich hoorde hij Jodie het huis uit lopen. Vermoedelijk om over te geven. Hij liep snel door de hal naar de keuken. Het grijze daglicht sijpelde door een raampje naar binnen, en door een terrasdeur die toegang gaf tot een houten veranda. Er waren maar een paar vliegen deze kant op gekomen. De meeste leken de kortste route naar de voordeur te hebben genomen, waar het licht feller was. Carl veegde de vliegen uit zijn haar, trok zijn jasje uit en schudde daar de vliegen uit die vast waren komen te zitten. Ze vlogen duizelig heen en weer, totdat ze hun oriëntatievermogen terugkregen en tegen de dichte ramen begonnen te botsen.

Hij trok zijn jasje weer aan en wachtte totdat de meeste vliegen waren verdwenen. De stank van verrotting was erger nu de deur openstond. Hij voelde zich misselijk, maar zette zich schrap en liep met de mouw van zijn jasje voor zijn mond naar de deuropening.

Het lichaam, of wat ervan over was, lag op de grond. De armen waren zijwaarts uitgestrekt en de benen wijd gespreid. In de gebarsten huid bij de polsen waren stevige spijkers te zien, die door het vlees de vloer in gingen. Hetzelfde bij de enkels. Er zoemden nog steeds vliegen om het lichaam heen en Carl zag de bewegingen van de volgende generatie bromvliegen onder de huid van de ingevallen buik. De larven deden zich te goed aan de laatste resten van het rottende vlees.

De huid van het hoofd en het gezicht was uitgedroogd. De wangen waren hol en de ogen waren in de schedel gezakt, zodat de oogkassen bloot waren komen te liggen.

Het schedelbeen was aan beide kanten ingedrukt. Carl bukte voorzichtig en keek naar het lichaam. De lijklucht prikte in zijn ogen, maar zijn reukzin leek te zijn verdoofd. De linkerelleboog lag in een onnatuurlijke hoek. De knieën en heupen lagen ook in rare hoeken. Hij wilde het lichaam niet aanraken voordat Lars-Erik en de gerechtsarts hier waren, maar hij kon wel raden wat er was gebeurd. Het lijk deed wel heel erg denken aan het gebroken lichaam van Sid Trewer.

De telefoon rinkelde onnatuurlijk luid in de stilte en de stank. Carl schrok en verloor zijn evenwicht. In een poging dat te hervinden struikelde hij over de dichtstbijzijnde enkel. Hij probeerde het te voorkomen, maar stak in een reflex zijn hand uit en zette die op de buik van de man. Het overhemd dat die had gedragen scheurde en hij gleed met zijn hand in een losse derrie van huid, lijkresten en witte maden, die driftig over zijn vingers begonnen te kruipen.

De telefoon rinkelde nog eens.

'Gadverdamme!' schreeuwde hij en hij verloor voor de verandering zijn zelfbeheersing.

Toen hij walgend zijn hand terugtrok, zat die nog vol met lijkmaden. Met zijn hand voor zich uit gestoken rende hij de kamer uit, het halletje door en over de veranda naar het erf.

'Wat was daar?'

Jodie deed er het zwijgen toe toen ze zijn gezicht en uitgestoken hand zag.

De telefoon rinkelde weer.

'Verdomme!' vloekte hij weer luid.

Hij keek wanhopig om zich heen. Aan de zijkant van het huis stond een blauwe regenton. Hij liep ernaartoe en stak zijn hele arm in het water. De witte lijkmaden zakten kronkelend naar de bodem. Hij keek naar de mouw van zijn jasje. Er zaten vlekken op van de lijkderrie.

'Wat een ellende!'

Hij haalde zijn telefoon uit zijn binnenzak, terwijl hij intussen zijn jasje probeerde uit te trekken. Net toen hij wilde opnemen, werd er opgehangen.

Hij keek naar het scherm. Simon Jern. Geïrriteerd drukte hij op 'Terugbellen'.

'Ja,' zei hij chagrijnig.

'Met Simon,' zei Simon.

'Dat weet ik. Wat wilde je?'

'Het is weer gebeurd!'

'Wat?'

'Die gestoorde klootzak, hij heeft het weer gedaan...'

'Wacht!'

Carl stak zijn vrije hand omhoog, alsof hij Simon puur fysiek wilde beletten verder te praten.

'Waar ben je ergens?'

'Bij Bie, op het platteland, ergens ten zuiden van de stad.'

'En hoe weet je dat hét weer is gebeurd? Dat hij het heeft gedaan?'

'Verdomme, Carl, als je hier zou zijn... dan zou je daar ook niet aan twijfelen. Hij is het.'

'Verdomme!' vloekte Carl weer. 'Oké, ik kom eraan.'

Hij hing op en pakte zijn jasje van het gras, maar hield het van zich af om de viezigheid niet over andere kledingstukken te verspreiden.

Twee lijken op één dag was te veel. En hij zou weer niet op tijd thuis zijn.

Karin, dacht hij en hij zag haar voor zich.

'Hoe laat ben je vanavond thuis?' had ze gevraagd toen hij vanochtend was vertrokken.

Ze had er verdrietig uitgezien. Aan haar stem was niets te horen, maar hij wist dat ze zich groothield. En aan haar ogen zag hij dat ze verdrietig was. Het was een van de redenen geweest dat hij ooit voor haar was gevallen: dat ze er zo verdrietig had uitgezien na haar scheiding. Hij voelde zich geroepen haar op te vrolijken, of dat althans te proberen.

De afgelopen tijd had ze dingen gezegd die erop wezen dat ze bij hem weg wilde. Scheiden konden ze niet, omdat ze niet getrouwd waren; anders was dat vast ook ter sprake gekomen.

Hij wilde haar verrassen en vroeg thuiskomen. Misschien iets voor haar meenemen. Bonbons, bloemen, kaartjes voor de film.

'Gaat het wel?' vroeg Jodie en ze keek haar chef vragend aan.

Carl besefte dat hij een vreemde aanblik bood, met zijn arm met het jasje eraan nog steeds zo ver mogelijk uitgestrekt.

'Jodie, jij blijft hier en trommelt Lars-Erik op, die hier de boel mag bekijken. Hij ligt binnen.'

'Wie?'

'Moeilijk te zien, hij is... volkomen verrot. Maar ik gok op Sonny Andersson.'

'Herkende je hem?'

Carl schudde zijn hoofd.

'Het lichaam is bijna helemaal vergaan, dus nee, ik herkende hem niet. Maar ik moest denken aan de initialen van de gps: S.A. Dat zou Sonny Andersson kunnen zijn. Ik hoop het in elk geval.'

'Hoop je dat Sonny dood is?'

'Nee, maar als hij het is, hebben we een begrijpelijk verband tussen twee van de slachtoffers. Voor het eerst. De technici moeten maar zien of ze dat kunnen bevestigen. Zorg dat Cecilia hier ook naartoe komt als je haar te pakken krijgt. En vraag of ze een schatting van de datum van overlijden wil geven. Deze man ligt hier vast al een hele poos, misschien al weken. Ik wil weten of hij eerder overleden is dan Fadi Sora. Dit zou ons eerste slachtoffer kunnen zijn. Het zou een aanknopingspunt kunnen zijn, een belangrijk aanknopingspunt.'

Zachtjes voegde hij eraan toe: 'Als ik de hele plaats delict niet heb vernield.'

'Hè?' zei Jodie.

'Als Lars-Erik moppert omdat iemand de plaats delict heeft vernield, zeg het dan maar eerlijk. Dat ik dat was.'

Jodie knikte.

'En jij? Wat ga jij doen?'

'Simon belde net. Ze hebben er kennelijk weer een gevonden. Een verse deze keer.'

Hij schudde zijn hoofd en liep naar de auto.

'Jij moet maar met Lars-Erik meerijden,' zei hij zonder zich om te draaien. 'Of met een van de andere collega's.'

'Waarom...?' vroeg Jodie.

Carl vouwde zijn jasje op. Dat moest eerst naar de stomerij, eerder kon hij het niet gebruiken. Daarna misschien ook niet meer.

'Is dat een probleem?'

Jodie keek naar de grond.

'Nee, nee, dat is geen probleem.'

'Mooi.'

Hij was even stil en zei toen, iets vriendelijker: 'Het kan even niet anders. Bel Axel ook en vraag hem een paar man van zijn team te sturen. Ze kunnen aan een buurtonderzoek beginnen.'

Berustend haalde Jodie haar mobiel tevoorschijn en keek door de open deur het zomerhuis in. De lijklucht had zich al naar de tuin verspreid en ze deed nog een stapje naar achteren voordat ze ging bellen.

55

Carl deed er bijna twee uur over, ondanks het zwaailicht en een snelheid die aanzienlijk hoger was dan de toegestane. Toen hij er arriveerde, werd de smalle weg geblokkeerd door een ambulance. Verderop stonden een politieauto en een aantal burgerwagens. Daarachter, ingebed tussen hoge bomen, stond een vrachtauto. Carl zette zijn auto aan de kant, achter de privéwagen van Simon Jern. Simon kwam naar hem toe.

'Weet je wel hoe laat het is?' vroeg hij toen Carl het portier opende. 'Wat heb je in godsnaam gedaan?'

Carl zei niets, maar dacht aan de smurrie waar hij een paar uur geleden zijn hand in had gestoken.

'Is hij hier ook?'

Hij knikte naar Axel Björkström, Carls partner tegen wil en dank, die stond te praten met twee agenten, waarschijnlijk van district Södermanland.

'Ja, hoezo?'

'Niks,' zei Carl, maar hij dacht aan Jodie; ze zou nog een hele poos bij het boerderijtje moeten blijven.

'Je nam niet op,' zei Simon en hij keek zijn chef aan.

'Er was iets in Norrtälje – de gps-favoriet, je weet wel. Ik vertel het zo. Het was nogal een lange rit.'

'Wat is hier gebeurd?' vroeg Carl.

'Kom,' zei Simon en hij liep naar de vrachtauto.

Het portier aan de bestuurderskant stond open. Twee technici waren erbij aan het werk. Hij knikte naar Lars-Erik Wallquist.

'En?' zei hij en hij ging niet-begrijpend naast Simon staan, die een gebaar maakte naar de vrachtauto.

Carl volgde zijn blik en zag waar de technici mee bezig waren. Onder de voorwielen van de auto stak een lichaam uit. De hals verdween onder de band. De man – aan de kleding te zien was het een man – was overreden.

'Wie is het?'

'Het lijkt de vrachtwagenchauffeur te zijn,' zei Simon. 'Iemand heeft hem uit de cabine getrokken en is met zijn eigen vrachtauto over zijn hoofd gereden.'

Carl keek naar het lichaam van de man. Een te kort T-shirt over een tamelijk dikke buik. Een grijze trainingsbroek en een paar klompen. De grove handen en stevige armen lagen langs het lichaam. Beide armen waren getatoeëerd van de pols tot aan de mouw van het shirt, en vermoedelijk verder tot aan de schouder. Maar geen bendesymbolen die Carl kende.

'Een identiteit?' vroeg hij.

Simon knikte.

'Een voorlopige. Mårten Rask, vrachtwagenchauffeur.'

'Mårten,' herhaalde Carl.

'Heeft gezeten voor een reeks kleine vergrijpen: rijden onder invloed, mishandeling, drugsmisdrijven. En dan nog iets,' ging Simon verder.

'Wacht even,' zei Carl. 'Bedoel je díé Mårten Rask?'

'Yep. Hij deed mee aan de overval in Södertälje waar jij het over had, samen met Sid Trewer.'

Carl likte zijn lippen.

'Misschien is dit wat we hebben gezocht. Het zou kunnen,' zei hij.

'Wat?'

Carl vertelde over het lijk dat Jodie en hij hadden gevonden in het zomerhuisje en over de initialen van de gps-favoriet. Simon stond met zijn armen gekruist, maar luisterde aandachtig.

'Als dat Sonny Andersson is, dan is alleen Bernt Andersen van het overvallerskwartet nog over,' besloot Carl zijn relaas.

'Wat?' zei Simon. 'Zijn het broers?'

Carl keek hem verbaasd aan.

'Nee,' zei hij met het gezicht van een vermoeide leraar. 'De ene heet Andersen op z'n Deens, en de tweede heeft een gewone Zweedse naam op -son – Anderssón. Hoe is het met Bernt?'

'Hoe moet ik dat weten? Vijf seconden geleden wist ik nog niet eens hoe ze heetten.'

Carl zei niets. Simon dacht na en vroeg toen aan zijn chef: 'Dus denken we nu opeens dat dít het verband is: de overval in Södertälje?'

'Het zou kunnen,' zei Carl en hij keek naar de vrachtauto.

'Weet je dat helemaal…'

Hij zweeg, zag er vermoeid uit. Carl vermoedde dat hij een onbeschaamde opmerking inslikte.

'Als dat het verband is,' ging Simon verder, 'waarom is Fadi Sora dan dood? En Jens Falk? En Marco Holst?'

Carl keek peinzend naar het stuk bos waar de vrachtauto stond.

'Ik weet het niet. Misschien is er geen verband.'

'Hè?'

Carl schudde de gedachten van zich af en keek Simon aan.

'Straks. We hebben het er straks over. Nu eerst dit. Wat zien we hier?'

Simon schopte geïrriteerd tegen een steentje, dat ratelend de berm in schoot.

'De werkwijze,' zei hij. 'En dit hier…'

Simon pakte zijn telefoon erbij en zocht een foto op, die hij aan Carl liet zien. Eerst zag Carl niet wat het voorstelde, maar toen zag hij dat het een close-up van het shirt van de man was.

'Zie je die plekken?'

Carl knikte.

'Moet je dit zien!'

Simon zocht een volgende foto op.

'Ik heb de technici gevraagd of ze het shirt wilden optillen.'

Carl zag twee onduidelijke rode plekken in de slappe witte huid.

'Een stroomstootwapen,' zei Simon. 'Net als bij de anderen…'

Carl keek naar het lichaam dat onder de voorbanden van de vrachtauto vandaan kwam. Het wachten was op de gerechtsarts, die het lichaam zou komen bekijken.

Simon ging naast hem staan.

'Ik bedoel, welke andere gestoorde gek kan dit hebben gedaan?'

DEEL TWEE

Donderdag 15 mei

Hallo, ik ben Alexandra Bengtsson en ik ben een moordenaar!

Ik zou wensen dat ik dat kon zeggen, als op een bijeenkomst van de AA, dat ik het kon opbiechten en daarna weer door kon gaan. Maar zo werkt het niet.

Ik open de zijraampjes en voel de wind in mijn gezicht, in mijn haar. Ik rijd over de snelweg naar huis, weg uit Bie. De wind komt bulderend door het raam naar binnen. In mezelf fluister ik nog eens: 'Ik ben een moordenaar!'

Telkens wanneer ik die woorden uitspreek, duizelt het me en word ik misselijk. Wat heb ik gedaan? Daarna bedenk ik dat ik het héb gedaan, zonder het door de ogen van de politie te zien, en dan voel ik me opgelucht. Trots, misschien.

Mårten Rask heeft niet geschreeuwd. Dat kon hij niet. Toen hij door de taser werd geraakt, mijn Amerikaanse stroomstootwapen, viel hij spartelend op de vloer van de cabine. Ik trok hem eruit en liet hem naast het wiel op de grond vallen. Hij lag op zijn rug op de weg en ik zag de machteloosheid in zijn ogen toen hij het begreep, de paniek, de vruchteloze pogingen om zijn verlamde spieren te laten gehoorzamen...

Toen ik klaar was, ben ik op mijn dooie gemak weggereden.

***

Mijn zus heeft vannacht weer gebeld. Geademd. Alsof we weer kind waren en bij elkaar in bed sliepen, elkaars ademhaling hoorden wanneer we niet konden slapen. Toen was zij de enige die me begreep, met wie ik alles deelde.

Daarna verloor ze haar gezicht en veranderde alles.

We waren dertien toen het gebeurde. We waren naar het meer in de buurt van ons huis gefietst. De eerste zomer als tiener. We waren die dag ontzettend giechelig, herinner ik me. Vol van dingen die op die leeftijd belangrijk zijn en die later niets meer betekenen. Bijna net als andere meisjes.

Het laatste stuk naar het strand moesten we lopen. We zetten onze fiets op slot en gooiden onze badtas over onze schouder.

Toen kwam de hond. Hij rende door de bosbessenstruiken, de takken knapten. Hij was niet hoog, hij leek bijna klein in de struiken, maar toen hij dichterbij kwam, zag ik hoe sterk hij was, bijna even breed als hoog. Bruin, een gladde vacht, een brede kop en sterke kaken. Hij kwam recht op ons af. We bleven geschrokken staan. Ik kroop tegen mijn zus aan, maar zij ging voor me staan.

'Zit!' schreeuwde ze in een poging het commando over de hond te nemen, om hem te laten stoppen.

Mijn zelfverzekerde zus, altijd zo overtuigd dat ze wist hoe het moest. De hond blafte, sprong tegen haar borst op en beet. Ze viel met de hond boven op zich. Hij bleef maar bijten, stil en geconcentreerd. Mijn zus schreeuwde, ik zag haar gezicht kapotgaan. Ze probeerde zich te verweren, haar gezicht weg te draaien, de kaken weg te duwen, maar dat hielp niet. De hond was te sterk, te agressief. Ik denk dat ik schreeuwde, maar ik weet het niet zeker, het ging allemaal zo snel. Ik haalde het legermes uit mijn badtas, dat ik van papa had gepikt.

Ik liep om de hond heen en probeerde de vochtige, smakkende geluiden te verdringen waarmee hij in het gezicht van mijn zus beet. Toen sneed ik hem de keel door. Mijn vader was heel serieus wat wapens betreft en het mes was zo scherp als een scheermes. Ik voelde dat het diep in het vlees van het dier drong. Mijn handen werden meteen bedekt met warm, plakkerig bloed. Toch liet de hond zijn greep op het gezicht van mijn zus niet verslappen. Pas toen hij het bewustzijn had verloren kon ik zijn kaken van elkaar wrikken en het kadaver aan de kant gooien.

Mijn zus zag er verschrikkelijk uit. Grote delen van haar gezicht waren weg, vervangen door een vlezige, bloederige massa. Witte botten, tanden en peesaanhechtingen waren door de bloederige vellen heen te zien.

Op dat moment verscheen de eigenaar, een dertiger in een zwartleren vest met een belachelijk geborduurd embleem van een adelaar, een kapotte spijkerbroek en tatoeages op zijn schouders.

'Wat hebben jullie met mijn hond gedaan, verdomme?' schreeuwde hij hees toen hij het levenloze lichaam op de grond zag liggen.

Hij zag het kapotte, bloederige gezicht van mijn zus niet eens.

'Jullie hebben Rambo vermoord!' schreeuwde hij dof met gebroken stem, alsof hij iets had gebruikt.

Hij draaide zich om en kwam met een stok in zijn hand op ons af. Een dikke stok vol hondenbeten. Hij hield hem omhoog, staarde me met onnatuurlijk wijd opengesperde ogen aan. Ik raapte een steen van de grond en rende op hem af. Hij grijnsde toen hij mij zag komen, hij ging er als een slagman bij staan, klaar om een klap tegen mijn hoofd te geven. Tijdens het rennen gooide ik de steen. Het was een slechte worp, ik gooide met links, maar hij dook in een reflex weg. Dat deed iedereen altijd, had ik van papa geleerd. In dat korte moment van onoplettendheid ging ik tot de aanval over. Ik stak het mes diep in zijn been. Al rennend draaide ik het lemmet om, zodat de spieren kapotgesneden werden, en ik bleef rennen om buiten het bereik van de knuppel te komen. Hij schreeuwde van de pijn. Toen hij zich omdraaide om achter mij aan te gaan, viel hij langzaam op zijn knieën. De opengesneden beenspier zakte in onder het gewicht van zijn lichaam.

'Smerige rotkinderen! Ik vermoord jullie!' schreeuwde hij met een verwrongen, sissende stem.

Daarna schreeuwde mijn zus met een vreemde, gorgelende, ongearticuleerde stem: 'Nee. Nee, Alexandra, niet doen!'

Ik had een aanloop genomen om de aanval af te maken. Ik hield het mes in mijn hand, mijn voeten op schouderbreedte, klaar om in zijn borst te steken, zijn keel door te snijden. Ik dacht niet meer na. Ik hoorde alleen de stem van mijn vader. *Maak af waar je aan begonnen bent! Doe nooit iets half!*

Maar iets in de schreeuw van mijn zus bracht me tot bezinning, ik maakte mijn beweging niet af en bleef staan. Het mes hing slap langs mijn lichaam. Er viel een druppel bloed op mijn witte gymschoen.

‘Ren naar huis,’ zei ze onduidelijk met een stem die door het gat naar buiten lekte waar ze eerst een wang had gehad. ‘Ga hulp halen!’

***

Daarna heeft ze een hele poos in het ziekenhuis gelegen. De dokters hebben haar keer op keer geopereerd, ze hebben geprobeerd haar gezicht te reconstrueren. Daar zijn ze niet erg goed in geslaagd. Toen het verband eraf ging dat wekenlang haar gezicht had bedekt, zag ze er grotesk uit. Een lappendeken van stukjes huid van de binnenkant van haar armen, die tot een wang aan elkaar waren genaaid.

Dat veranderde haar. Eerst werd ze stil en bedeesd. Ze zat vaak bij onze ouders in plaats van bij mij. Wanneer ik vroeg of ze met me in de tuin ging spelen, schudde ze haar groteske hoofd en zei dat ze huiswerk moest maken.

Na verloop van tijd werd ze gemeen. Ze vertelde alles wat we hadden gedaan aan onze ouders – over onze spelletjes, het vergrootglas en de messen. Ze zei dat ze alleen maar had meegedaan omdat dat van mij moest. Dat zij het nooit had gewild.

Ze loog.

Maar mijn ouders geloofden haar. Ze verboden me met haar te spelen. In de eerste kerstvakantie na ‘het ongeluk’ mocht ik niet mee naar de Provence, waar we de kerstdagen altijd doorbrachten. Mijn oma zou bij ons in huis komen om op mij te passen. Opa was allang dood, dus waren zij en ik samen.

Oma was een stille vrouw. Nadat we elkaar op kerstavond gelukkig kerstfeest hadden gewenst en elkaar een stom cadeautje hadden gegeven, zaten we zwijgend voor de tv. De rest van de week had ze het alleen maar over praktische dingen, zoals bord opruimen, ellebogen van tafel halen… Alles wat ze zei, was een bevel. Rechtop zitten!

Toen mijn ouders en mijn zus een week later weer thuiskwamen, had ik die hele kerstvakantie maar een paar woorden gezegd.

Mijn zus ontweek me steeds meer. Ik merkte dat mijn ouders me nooit met haar alleen lieten, ook niet heel even.

Maar op een zondag gingen ze boodschappen doen. Ik ging naar de bioscoop in de stad. In mijn eentje. Niemand wilde met me omgaan, omdat mijn zus een heleboel leugens over me had verspreid op school. Toen ik er eenmaal was, had ik spijt. Ik wilde niet in het donker zitten naast een heleboel anderen die twee aan twee zaten.

Dus ik ging weer naar huis. Mijn zus was alleen thuis. Ze had niet met mijn ouders mee willen gaan.

'Ga weg,' zei ze toen ik op de deur van haar kamer klopte.

'Ik wil alleen praten,' zei ik.

Maar ze antwoordde niet.

Ik ging met harde, boze stappen naar mijn kamer, deed de deur open en smeet hem dicht, zonder naar binnen te gaan.

Vervolgens sloop ik naar de woonkamer. Van daaruit had ik uitzicht op de hal en de deur naar de kamer. Na de aanval van de hond ging ze vaak stiekem naar de keuken wanneer ze dacht dat niemand haar zag; dan zocht ze in de voorraadkast naar lekkere dingen; ze smeerde boterhammen, at leverpastei zo uit het bakje dat in de koelkast stond. Vermoedelijk was dat haar manier van rouwen, troosteten, dat begrijp ik nu wel, maar toen vond ik het alleen maar smerig.

Het duurde een klein halfuur voordat ik haar de trap af hoorde lopen. Ik zag haar de keuken binnengaan, hoorde dat ze de koelkast opendeed en een la opentrok. Ik ging in de deuropening staan en keek toe terwijl ze at.

'Waarom?' vroeg ik. 'Waarom doe je zo?'

Ze draaide zich om en staarde me aan. Ze was bang. Ik zag dat ze bang was.

'Wat doe ik?' vroeg ze en ze zette een stap naar achteren, zodat ze met haar rug tegen het aanrecht stond.

'Je klikt. Je liegt. Je verzint dingen over mij.'

'Nou en? Wat maakt het uit? Je bent een gestoorde griet, niemand gelooft je...'

Ik staarde haar aan. Ik kon niet geloven dat ze dat tegen me zei. We waren ons hele leven samen geweest. Altijd.

'Sinds wanneer ben je bang voor me?' vroeg ik.

Ze stond stil, keek naar me, haar gezicht half afgewend.

'Sinds je van plan was die man te vermoorden. We hadden eerder een heleboel... rare dingen gedaan. Maar dat was een spel. Maar op dat moment... Je zou het hebben gedaan. Dat zag ik aan je. Je zou hem hebben gedood.'

Ze wrong zich langs me heen, ging haar kamer binnen en deed de deur achter zich op slot.

Ik heb nooit meer met haar gepraat. Niet op die manier. Na een tijdje was ze mijn zus niet meer.

Ze werd een heleboel keren door een plastisch chirurg geopereerd, bijna jaarlijks, en ze ging er steeds normaler uitzien. Maar tegelijkertijd veranderde ze innerlijk, alsof ze ook aan haar ziel geopereerd werd, en werd steeds braver en volgzamer. Ze deed mee aan het sociale nepleven van onze ouders: 'O, wat gezellig! Heerlijk!' Alsof ze genoot van hun etentjes en opschepperige cruisevakanties.

Toen we het huis uit waren, gingen we helemaal niet meer met elkaar om. Tweeëntwintig jaar stilte. En nu: deze telefoontjes.

Ik heb haar vannacht weggedrukt. Ik hoef haar beschuldigende ademhaling niet te horen.

***

Ik haal het krantenknipsel uit het dagboek. Ik lees het artikel nog eens door:

Expressen, 28 augustus:

In Stockholm is gisteravond tijdens een politieachtervolging een 6-jarige jongen door overvallers doodgereden. Mogelijk was er opzet in het spel.

'We hebben geen remsporen op het fietspad gevonden,' aldus Sören Tapio van de politie van Söderort.

Rond drie uur gistermiddag voerden vier gemaskerde mannen een overval uit op de winkel van een goudsmid in Södertälje. De overvallers vluchtten in een gestolen witte bestelbus. De politie wist snel de achtervolging in te zetten, af en toe op hoge snelheid. Er deden meerdere politieauto's aan mee. Tevens werden er politieafzettingen neergezet.

Ter hoogte van Älvsjö vluchtten de overvallers een fietspad op, om een afzetting te ontwijken. Hun snelheid was op dat moment erg hoog vertelde een woordvoerder van de politie.

De 6-jarige jongen op de fiets kon de auto met geen mogelijkheid ontwijken en werd met grote kracht geraakt. Toen de ambulance arriveerde, was hij al overleden.

De overvallers vervolgden hun vlucht in zuidelijke richting met onverminderde snelheid. De politie staakte de achtervolging onmiddellijk, maar even verderop reden de overvallers de sloot in en konden worden aangehouden.

Volgens een agent die getuige was van de aanrijding zijn er aanwijzingen dat ze de 6-jarige opzettelijk aanreden.

'We hebben niet eens remsporen bij de plek van het ongeluk kunnen vinden. Er zijn twee mogelijkheden: de overvallers hebben de jongen niet gezien, of ze hebben hem opzettelijk aangereden,' aldus Nils Johnsson van de politie van Söderort.

De overvallers zijn gearresteerd wegens een brute overval, ernstige nalatigheid in het verkeer en doodslag of dood door schuld.

Alle vier de mannen zijn bekenden van de politie.

Ik heb het artikel bewaard, het ligt nu al vijf jaar in mijn dagboek.

Het zesjarige jongetje heet David.

Hij is mijn zoon.

***

Voor de rechtbank gaven ze elkaar de schuld. Er kon niet worden vastgesteld wie van hen de auto had bestuurd, wie David had gedood.

Sonny Andersson, Sid Trewer, Mårten Rask en Bernt Andersen. Ik heb hun namen op een lijst geschreven. Voor mij zijn ze allemaal even schuldig.

Sonny werd de eerste die ik van mijn lijst schrapte.

Ik heb de meeste botten in zijn lichaam verbrijzeld met een eenvoudige bankschroef, die ik bij Jula in Kungens Kurva had gekocht (en voor alle zekerheid contant had betaald).

Toen ik aan het eind de bankschroef op zijn schedel zette en hem aandraaide, bleef hij maar schreeuwen.

Davids schedel was op twee plaatsen gebarsten, aan de linkerkant en op het achterhoofd. Vermoedelijk is hij met zijn hoofd tegen een van de stevige dakstijlen gekomen, door de lucht geslingerd en daarna met zijn hoofd op de grond gekomen.

Ook al heeft David nauwelijks geweten wat hem overkwam, ik wilde dat de man op de grond dat wel zou weten. Ik wilde hem laten begrijpen wat hij had gedaan. Maar toen ik het hem probeerde uit te leggen, jammerde hij alleen onsamenhangend, schreeuwde en snotterde. Pas toen zijn schedelbeen met verbazingwekkend luid gekraak meegaf, werd hij stil. Zijn spartelende lichaam vertoonde nog enkele laatste stuiptrekkingen, waarna alles rustig werd en onnatuurlijk stil. Ik ruimde de boel zo goed en zo kwaad als het ging op, maar liet hem liggen zoals hij lag.

Het was april en we hadden een paar ongewoon warme dagen gehad. Vliegen die de winter hadden overleefd vlogen al zoemend tegen alle ramen van het boerderijtje. Ik dacht dat ze een vers lijk wel zouden waarderen na de schrale winterslaap. In een natuurfilm had ik een hele eland zien verdwijnen; binnen een week was hij door miljoenen maden opgegeten.

Na afloop stapte ik in Sonny Anderssons zwarte BMW, een lelijk ding met veel te grote banden, en reed weg.

Van wat er daarna gebeurde weet ik niets meer. Ik weet het pas weer vanaf het moment dat ik onder de douche stond en bloed over de witte vloertegels naar het afvoerputje zag stromen.

Vrijdag 16 mei

Wanneer ik de bel van de voordeur hoor, weet ik dat er iets mis is. Ik voel het in mijn buik, als een kramp. De buik heeft zijn eigen zenuwstelsel en leidt zijn eigen leven. Ik vertrouw erop.

Wanneer ik opendoe, staat Erik daar, mijn ex-man. Hij kijkt bezorgd. Zijn donkere haar is piekerig en dun en hij is een baardje aan het kweken, dat voornamelijk grijs is.

'Is er iets?' vraag ik. 'Met Johanna? Gaat het goed met haar?'

Hij knikt geruststellend.

'Ja, het gaat prima met haar.'

'Wat is er dan?'

'Mag ik binnenkomen?'

'Ja,' zeg ik aarzelend.

Ik wil hem eigenlijk niet binnenlaten, en dat hoort hij aan me. Hij kijkt me vragend aan. Ik zeg niets, ik laat hem alleen binnen. Hij is hier vaker geweest, om Johanna te halen of om mij te helpen met de computers of de tv. Nu loopt hij voor me uit de woonkamer in. Hij is kleiner dan ik me herinner. Of ben ik zelf gegroeid? Innerlijk ben ik beslist gegroeid, maar ik had niet gedacht dat het zich ook lichamelijk zou manifesteren. Misschien ligt het aan zijn houding.

Hij gaat op de bank zitten en kijkt me aan. Ik blijf staan.

'Wil je iets hebben? Thee? Koffie?'

Hij schudt zijn hoofd.

'Nee, dank je.'

Hij ziet er ongewoon breekbaar uit zoals hij daar zit. Alsof hij elk moment kapot kan gaan en in huilen kan uitbarsten.

'De politie is vandaag bij me geweest.'

Ik probeer geschokt te kijken. Dat is niet moeilijk. Ik voel mijn buik al verkrampen. Alsof die het al wist.

'Hè?' zeg ik. 'Waarom?'

Dan besef ik dat ik mezelf bijna heb verraden en voeg er snel aan toe: 'Wat heb je gedaan?'

Hij kijkt me verbaasd aan, alsof hij niet kan geloven dat ik dat überhaupt heb gevraagd.

'Niks natuurlijk. Ben je gek? Ze vroegen waar ik een week geleden en twee weken geleden op bepaalde dagen was geweest.'

'En?'

'Thuis. Voor de tv. Geloof ik. Ik had geen idee, ik moest in mijn agenda kijken en daar had ik niets in geschreven, dus…'

'En?'

'Dat was alles. Ze zeiden dat ze ook met jou zouden praten.'

'Zeiden ze waarom ze dat wilden?'

Hij aarzelt even en zegt dan zacht: 'Het ging over de overvallers die David hebben doodgereden.'

Hij kijkt me ongerust aan. Ik hou de rugleuning van de bank zo stevig vast dat mijn vingers wit worden. Met grote wilsinspanning laat ik mijn greep verslappen en kruis mijn armen voor mijn borst.

'Ze zijn vermoord,' zegt hij zonder zijn blik van me af te wenden.

Mijn gedachten gaan alle kanten op. Ik probeer me te beheersen. Te denken dat ik daar niets van weet.

'Allemaal?' vraag ik even later.

'Nee, niet allemaal. Eentje leeft kennelijk nog.'

Ik probeer gechoqueerd te kijken, maar toch kijkt hij me vragend aan. Alsof hij vermoedt dat ik hen heb gedood.

'Hoe zijn ze gestorven?' vraag ik.

'Dat hebben ze niet gezegd. En ik heb er ook niet naar gevraagd.'

Ik knik.

'Bedankt dat je het hebt verteld,' zeg ik met mijn ogen op de grond gericht. 'David zou er blij om zijn.'

Erik staat op van de bank en loopt naar de deur.

'Denk je dat?' vraagt hij. 'Dat David blij zou zijn? Hun dood wekt hem niet tot leven.'

In de hal draait hij zich om. Ik kijk aandachtig naar zijn gezicht, maar zie niets verontrustends. Hij ziet er net zo uit als altijd: een beetje ongerust en een beetje chagrijnig.

Dan komt hij opeens naar me toe en geeft me een knuffel.

'Alexandra, begraaf je niet meer zo in David!' zegt hij zacht in mijn oor. 'Je moet hem loslaten. Ik ben alleen gekomen om je te waarschuwen... vanwege David. Ik weet hoe erg je van streek kunt raken wanneer het om hem gaat.'

Ik luister niet naar hem. Even later verslapt zijn greep en duw ik hem van me af. Dan pas besef ik dat ik zijn knuffel niet heb beantwoord, dat ik hem niet heb geknuffeld, maar hem alleen zijn gang heb laten gaan. Alsof ik dood ben.

Wanneer hij weg is, blijf ik een hele poos op de bank zitten om tot mezelf te komen. Ik heb niet veel tijd meer.

***

Erik en ik zijn getrouwd op 'ons' landgoed. Het boerderijtje was eigenlijk van zijn familie, maar in de tijd dat wij een stel waren, kwamen we daar vaak en eigenden het ons toe.

Het was een rood boerderijtje met witte kozijnen, maar het woonhuis was groter en de kamers waren hoger dan bij gewone pachtboerderijtjes. In de woonkamer was een grote open haard en in de keuken een oud gietijzeren fornuis. Erik vertelde dat er een keer een man op bezoek was geweest die in het huis was opgegroeid en die had verteld dat het vroeger een echte boerderij was geweest met een stal, een voorraadschuur en akkers. Nu lag het huis tussen uit hun krachten gegroeide seringenstruiken en hobbelige gazons. Van de stal en de voorraadschuur waren alleen de stenen fundamenten nog overgebleven. Het was allemaal heel landelijk en romantisch.

Het boerderijtje lag afgelegen. Dat vond ik er het fijnst aan. Wanneer we daar waren, konden we de stilte horen. Die suisde in mijn oren, zodat het bijna pijn deed. Ik weet nog dat ik op een nacht in augustus naar buiten ging en zag hoe de Melkweg zich uitspreidde over de zwarte hemel. In de stilte had ik het gevoel dat ik de ruimte in zweefde, alsof er niets tussen mij en al die miljarden sterren zat.

Het was een plek waar ik mezelf kon zijn. Misschien hield ik er daarom zo van.

Het was mijn idee om daar te trouwen. We waren een hele zomer met de voorbereidingen bezig. We verplaatsten tafels en richtten de boel anders in om ruimte te maken voor de gasten. Drieëntwintig konden we er kwijt. Erik vond het vervelend dat we niet iedereen konden uitnodigen die hij wilde, maar ik had er geen problemen mee. Mijn ouders waren erbij, maar mijn zus niet. Die was op reis – naar Nieuw-Zeeland, geloof ik. En verder had ik niet veel mensen om uit te nodigen. Ik heb nooit veel vrienden gehad.

De huwelijksplechtigheid vond plaats in de dorpskerk en werd voltrokken door een moderne priester, die in Södermalm in Stockholm had gewerkt en in een leren pak op de motor naar de voorbereidingen kwam.

Toen we enkele dagen later over het gangpad schreden op de klanken van het orgel, zag ik dat er mensen zaten te huilen in de banken. Ik had een kroontje in mijn donkere haar en zag er mooi uit in mijn bruidsjurk met korte sleep. De jurk zat strak om mijn rondingen en ik weet dat ik indruk maakte.

We zeiden op het juiste moment ja en zoenden elkaar. Erik huilde en hield mijn hand, waar hij net de ring aan had geschoven, stevig vast. Toen we de kerk uit liepen, gooide iedereen rijst naar ons. Zelfs het weer was stralend. Een warme, droge julidag.

Op het feest viel niets aan te merken, er was zelfs niets om teleurgesteld over te zijn. We hadden een heleboel wijn ingeslagen en iedereen was vrolijk. Er werden toespraken gehouden, er werd gegeten en gelachen, en wij werden overladen met felicitaties.

Ik geloof dat zelfs ik het op een bepaald moment niet drooghield.

Toen Erik tijdens de huwelijksnacht probeerde me op geavanceerde wijze te verleiden en rozenblaadjes over het bed bleek te hebben gestrooid, flapte ik het er bijna uit. Ik moest op mijn tong bijten om niet tegen hem te zeggen dat hij 'm er gewoon in moest steken. Dan hadden we dat weer gehad.

Jemig, het was een bruiloft, het was gewoon een feest. Maar het werd net zoiets als de nepwereld van mijn ouders: een protserige bedoening waar iedereen zijn sentimentele, romantische fantasieën in kwijt kon.

Ik was er te nuchter voor, het deed mij niets.

Toen ik twee jaar na de bruiloft Johanna kreeg, voelde ik het voor het eerst. Ze was een klein propje van 3,2 kilo; toch was ik volkomen machteloos en ik had geen verweer. Ik werd er bang van. Zo bang was ik nog nooit geweest.

Daarna kwam David.

Mijn lieve David. Mijn zoon. Wat hield ik van hem. Het valt met geen pen te beschrijven. Hij was mijn alles. Ik weet dat je als ouder geen voorkeur mag hebben, maar David was van mij.

Ik herinner me de rit naar de kraamkliniek op een donkere, regenachtige herfstavond. Ik herinner me zijn eerste schreeuw. Ik herinner me hoe hij tastend naar mijn tepel zocht om voor het eerst bij me te drinken. Ik herinner me zijn geur.

Hij maakte me heel. Vanaf het allereerste moment. En zonder hem ging ik kapot.

Zaterdag 17 mei

Het huis is fraai gelegen op een kleine heuvel aan de rand van een bos. In de buurt zijn alleen paardenweitjes en stukken bos, een heuvelachtig, pittoresk landschap. Maar de tuin en het woonhuis zien eruit alsof ze in een trailerpark in de VS thuishoren. Er staan twee autowrakken voor het huis. De roest en het verval zijn zo ver voortgeschreden dat je het merk van de auto's niet meer kunt zien. Het grasveld is veranderd in een onkruidweide na waarschijnlijk jarenlange verwaarlozing. Er zijn elzen- en berkenbosjes opgeschoten. Vlak naast de trap naar de voordeur staan een afgedankte badkuip en een wc-pot. Die zien er ook uit alsof ze daar al even staan; waarschijnlijk zijn het resten van een verbouwing die jaren geleden is uitgevoerd. Er steekt geel gras van vorig jaar uit de wc-pot.

In een perkje ligt een roestige driewieler. Ik vraag me af of hij kinderen heeft. De driewieler lijkt niet meer in gebruik, en kan van de vorige eigenaar geweest zijn of van het kind van een vriendin.

Het huis is ooit geel geweest, maar een objectieve waarnemer zou moeilijk kunnen zeggen welke kleur het nu heeft. Er hangen grote verfschilfers aan de voorgevel en aan de zijkanten. Er komt een blauwe kleur onder vandaan die het huis jaren geleden moet hebben gehad. De kozijnen zijn zo lang verwaarloosd dat ze vooral bestaan uit donkergrijs hout met roeststrepen van ijzeren hoekbeslag. Door de kijker zie ik dat er voor een van de ruiten in de woonkamer een stuk board is gespijkerd.

De misère is zo omvattend dat ik me eerst afvroeg of hier wel iemand woonde. Maar ik heb hem gezien. Dit is zijn huis.

Nu lig ik in de beschutting van een struik achter een heuvel aan de andere kant van de weg, op misschien honderd meter afstand. Het huis ligt afgezonderd, enkele tientallen kilometers van Katrineholm. De naaste buur zit ruim een halve kilometer verderop, een grote paardenboerderij met naar ik vermoed een mooi uitzicht over het dal. Er is weinig verkeer op de weg, een smalle kronkelweg die alleen door streekbewoners wordt gebruikt. Het is een bijzonder geïsoleerde plaats.

Ik heb de auto, een huurauto, geparkeerd op een weg in het bos, die je vanaf de grote weg niet kunt zien. Daarna ben ik teruggelopen door het bos. Ik draag groene outdoorkleding en ik heb een Leica-verrekijker voor mijn ogen. Vanaf de heuvel waar ik op mijn buik lig, heb ik een perfect uitzicht over de hele voorkant van het huis, terwijl het in principe onmogelijk is om mij te ontdekken.

De weg waar ik Mårten Rask heb gedood, is slechts enkele tientallen kilometers hiervandaan. Even vond ik de kleine afstand tussen de mannen een punt van zorg, maar daarna bedacht ik dat dat maar een samenloop van omstandigheden was.

En trouwens, het maakt niet uit. Ik hoef nog maar één naam van mijn lijstje te schrappen: Bernt Andersen. En die woont in het gele huis aan de overkant van de weg.

***

Ik kijk op mijn horloge: 18.27 uur. Ik heb besloten hier tot 21.00 uur te blijven liggen. Als hij dan niet is gekomen, stop ik ermee en ga ik naar huis.

Ik heb voor elke zaak grondige research gedaan. Dat komt door mijn werk als journalist. Ik moet tot in detail weten hoe ik het ga doen.

Wat Bernt Andersen betreft, die moet gewricht voor gewricht worden verbrijzeld. Op dezelfde manier als de anderen die David hebben gedood. Maar Bernt is belangrijker. Ook al gaven ze elkaar voor de rechtbank de schuld, ik weet dat hij de auto bestuurde. Hij is degene die niet eens geprobeerd heeft te remmen. Die bewust besloot dat het belangrijker was om nog drieënhalve minuut uit handen van de politie te blijven dan om het leven van mijn zoon te redden. Op het politiebureau gaf hij dat toe, maar in de rechtszaal nam hij alles terug. Iedereen gaf de schuld aan iedereen.

Maar dat doet er niet toe. Ik ben hier nu. Ik hoef nu alleen nog maar te besluiten hóé ik het ga doen, hoe ik hem ga vangen, hem ter plaatse krijg. Er zijn veel schuren in de buurt en ik speel met de gedachte om hem aan de muur te spijkeren, zoals ik bij Marco Holst heb gedaan.

Er komt een mestlucht van de akkers in de buurt, een merel zingt in de top van een spar een stukje verderop. De namiddagzon maakt mijn rug aangenaam warm. Straks is alles groen en helemaal uitgelopen, sterk en gezond.

Dat zie ik als een teken.

***

Een paar uur later is de zon achter de wolken verdwenen. De warmte is op slag weg. Ik voel dat er een bui aankomt. Het ruikt naar regen. Een bosuil krast in de buurt. In een paar uur is alles veranderd.

Net wanneer ik wil opstaan om weg te gaan komt hij eraan. Met stijve gewrichten ga ik weer op mijn matje liggen. Het is precies 20.57 uur.

Lang voordat ik de auto zie, hoor ik het doffe geluid van een zware motor. Hij rijdt snel. Wanneer hij afremt en het erf op draait, springt er een felle schijnwerper aan de gevel van het huis aan, vermoedelijk geactiveerd door een bewegingssensor. Ik zie dat hij een Mercedes rijdt. Ik kan niet zien welk model, maar het is er een van het sportievere soort. Zilverkleurig. Het kenteken op de achterkant glimt me tegemoet.

Wanneer ik thuiskom, zal ik het controleren in de database van de Dienst Wegverkeer, maar waarschijnlijk staat hij geregistreerd op een stroman. En vermoedelijk heeft de auto een heleboel parkeerboetes en bekeuringen voor snelheidsovertredingen die door niemand zijn betaald.

Ik pak de kijker en richt hem op de bestuurder. Hij zit nog in de auto. Waar wacht hij op? Op iemand die nog komt? Een afspraak? Ik laat de kijker zakken en spied naar de weg, die nog steeds leeg is en waar het afgelopen uur niemand overheen is gekomen. Wanneer ik de kijker weer omhoogbreng, heb ik hem bijna gemist. Hij is uit de auto gestapt en loopt naar het huis. In het licht van de schijnwerper zie ik hem duidelijk.

Hij is lang en forsgebouwd. Hij heeft een sportieve, veerkrachtige tred, die een tikkeltje onregelmatig en nonchalant is. Hij maakt een gevaarlijke, dreigende indruk. Een indruk die wordt versterkt door het oude bomberjack dat zijn brede schouders en nek accentueert. De kijker is van uitstekende kwaliteit en ik kan de tatoeages die tegen zijn hals op kronkelen zonder probleem zien.

Hij heeft zich nog steeds niet omgedraaid. Maar wanneer hij de voordeur opent en op het punt staat naar binnen te stappen, draait hij zich snel om en kijkt achter zich. Misschien is het een reflex die hij zichzelf heeft aangeleerd, om altijd over zijn schouder te kijken, altijd te controleren of niet iemand hem wil aanvallen. Ik zie zijn gezicht duidelijk. Het is grof, pokdalig en krachtig. Van de rechtszaak herinner ik me dat hij onnatuurlijk lichtblauwe ogen heeft. Zijn haar was toen lang; dat is nu kortgeknipt, het zijn bijna stekeltjes. Maar het is nog steeds blond. Ik herken hem zonder probleem. Het is hem, het is Bernt Andersen.

Het volgende moment is hij weg. Ik hoor de deur dichtslaan, maar blijf op mijn schuilplaats liggen totdat de gevelverlichting uitgaat. Dat duurt bijna twee minuten. Ik neem aan dat de timer op een vast getal afgesteld staat, twee minuten nadat de beweging is gestopt dus. Dat is goed om te weten.

Ik weet dat hij niet zo gemakkelijk te hanteren zal zijn als de anderen. Hij is niet zo argeloos en niet op zo'n domme manier zeker van zichzelf.

Ook al zei niemand iets tijdens de rechtszaak, het was duidelijk dat Bernt Andersen de leider was. Daarom heb ik hem voor het laatst bewaard.

Zondag 18 mei

Ik word wakker van de bel. Erik, denk ik. Dan verander ik van idee. Hij zou hier niet nog eens komen. We zien elkaar zelden sinds onze scheiding. Dat is ook het beste.

Terwijl ik op de wekker kijk – het is 08.20 uur – trek ik snel een spijkerbroek en een T-shirt aan.

De bel gaat nog eens. Een aanhoudend, schel zoemend signaal. Iets aan de intensiteit ervan maakt me bang.

Voordat ik de deur open, doe ik de veiligheidsketting erop. Ben ik bang? Kennelijk. Door de kier zie ik een man die met zijn rug naar de deur toe staat. Hij is gekleed in een lichtgrijs kostuum en een wit overhemd. Zijn haar is donker en achterovergekamd. Wanneer hij zich omdraait, zie ik dat hij een mooi gezicht heeft. Rond de vijftig is hij, schat ik.

Ik herken hem. Het is de rechercheur, Carl Edson. Hij kijkt naar me en glimlacht... Ik kan niet voorkomen dat mijn hart sneller gaat slaan.

'Hallo, ik ben Carl...'

Ik laat hem niet uitspreken en doe snel de deur dicht. Waar ben ik mee bezig? Ik slik moeizaam, wrijf met mijn handen over mijn gezicht om wakker te worden. Daarna haal ik de veiligheidsketting weg en doe de deur weer open.

'Sorry dat ik stoor,' zegt hij beleefd. 'Ik ben Carl Edson.'

Dan lijkt hij mij te herkennen.

'...maar wij kennen elkaar al.'

Hij glimlacht.

'Alexandra Bengtsson. Jij werkt bij...'

Hij denkt na.

'...*Aftonbladet*, was het toch?'

Ik knik.

'Waar gaat het over?' vraag ik met mijn journalistenstem, een tikje afwachtend en heel neutraal.

'Mag ik binnenkomen?'

Ik doe een stap opzij. Met een blik in het lege trappenhuis – hij is in elk geval alleen gekomen – sluit ik de deur achter hem en ga hem vervolgens voor naar de woonkamer. Ik geef aan dat hij op de bank mag gaan zitten. Hij gaat op het uiterste puntje zitten. Het is even stil; dan kucht hij.

'Ik weet niet of je weet waarom ik hier ben?'

Ik schud mijn hoofd.

'Ik dacht dat je misschien met je man had gesproken... je ex-man.'

Hij lacht vriendelijk, alsof hij zijn excuses maakt omdat hij het verkeerd heeft gezegd. Ik sla hem gade zonder iets te zeggen. Mijn ervaring als journalist heeft me geleerd dat hoe minder je zelf zegt, des te meer de ander zal praten.

'Het gaat om de vier mannen die betrokken waren bij het ongeluk waarbij je zoon vijf jaar geleden is verongelukt...'

'Dat was geen ongeluk,' zeg ik onverwacht heftig.

Hij knikt.

'Nee, natuurlijk niet. Want er zijn aanwijzingen dat ze jullie zoon opzettelijk hebben aangereden, hè?'

Ik zeg niets.

Hij kucht even en gaat verder: 'Van die mannen zijn er een paar dood.'

Hij kijkt me aan. Ik weet waarom: hij wil zien of mijn gezicht, mijn blik iets verraadt. Ik vertrek geen spier en wacht gewoon af.

'We vermoeden dat ze zijn vermoord,' zegt hij en om de een of andere reden glimlacht hij enigszins gegeneerd. 'Wat doet dat met je?'

Ik trek mijn wenkbrauwen op, maar dan slik ik nerveus zonder dat ik daar iets aan kan doen.

'Waarom vraag je dat?' vraag ik.

'Ik ben er benieuwd naar. Je hebt voor de krant verslag gedaan van deze moorden.'

'Over welke moorden heb je het? Ik heb over de seriemoorden geschreven die jij onderzoekt, en tot nog toe heeft slechts een van de slachtoffers iets met de dood van mijn zoon te maken, voor zover ik weet...'

Hij glimlacht. Hautain, heb ik het idee, alsof hij iets weet wat ik niet weet. Maar dat is niet het geval.

'Maar je hébt over hem geschreven,' zegt hij.

Ik kijk hem geërgerd aan.

'Is er iets mis met een van mijn artikelen? Ben je daarom hier? Want als dat zo is, mag je –'

Hij steekt zijn handen op om me af te remmen.

'Nee, nee,' zegt hij snel. 'Het gaat niet over je artikelen.'

'Dan begrijp ik het niet,' zeg ik en ik probeer er verwarder uit te zien dan ik ben.

'Ik wilde je vertellen over de... daders van je zoon.'

Hij glimlacht verontschuldigend en kijkt even in een notitieboekje dat hij uit de binnenzak van zijn jasje heeft gevist. Hoewel het onaangenaam warm is in de kamer, lijkt hij daar in zijn correcte kleding opvallend weinig last van te hebben.

'Zoals je misschien weet, hebben we meer slachtoffers gevonden,' gaat hij verder.

'Ik heb geen dienst gehad,' zeg ik.

'Ik begrijp het. Maar dat heeft ervoor gezorgd dat jij – of de overval die tot de dood van je zoon heeft geleid – een gemeenschappelijke noemer is geworden van enkele van de vermoorde personen.'

Weer neemt hij me nauwlettend op om mijn reactie te peilen. Mijn gezicht drukt niets uit. Ik heb jaren geleden al geleerd om geen gevoelens te tonen als ik dat niet wil.

'Ja?' zeg ik vragend.

'Wat is jouw idee daarover?'

'Wacht even,' zeg ik. 'Bedoel je dat er sprake is van verschillende moordenaars? Dat er één moordenaar achter de moorden op deze drie mannen uit Södertälje zit en dat er achter de andere iemand anders zit?'

Op dat moment besef ik dat ik mijn mond voorbij heb gepraat. Want hoe kan ik weten dat dríé van hen dood zijn?

Carl kijkt me peinzend aan, terwijl ik snel in de journalistenrol vlucht, me vooroverbuig over de tafel en een schrijfblok uit de stapel kranten en tijdschriften trek.

'In dat geval wil ik er graag over schrijven. Mag ik een paar vragen stellen?'

'Nee!' zegt Carl onverwacht fel.

Dan ontspant hij weer.

'Nee, dat mag niet,' zegt hij op zijn gebruikelijke vriendelijke toon. 'Ik ben hier niet om me te laten interviewen, maar om jóú vragen te stellen.'

'Oké. En wat is precies de vraag?' vraag ik en ik probeer hem even doordringend aan te kijken als hij mij.

'De vraag is: heb je commentaar op het feit dat er een direct verband bestaat tussen enkele van de vermoorde mannen en jou en je ex-man?'

'Je hebt het nu over de overvallers van Södertälje?' vraag ik.

Hij knikt.

'Nee, daar heb ik geen commentaar op.'

Hij kijkt me aan zonder iets te zeggen, alsof hij ergens over nadenkt.

'Wat weet je van de manier waarop ze zijn vermoord?' zegt hij dan.

Ik begrijp dat hij de overvallers van Södertälje bedoelt, maar ik wil niet nog een keer in de val lopen.

'Wat ik in mijn artikelen heb geschreven. Holst is verminkt, Sora is dodelijk verbrand, Trewer is met een of ander werktuig verbrijzeld, in de kalkgroeve. Van de anderen weet ik niet hoe ze zijn doodgegaan. Jullie zijn niet al te spraakzaam geweest.'

Dat laatste zeg ik op spottende toon, wat hem een tevreden knikje ontlokt.

'Dit hoor je niet eens te weten,' zegt hij.

Ik haal mijn neus op.

'Zeg, ik doe mijn werk. Jouw agenten hebben het recht om mededelingen te doen –'

Hij steekt zijn handen weer op.

'Ik ken de wet,' zegt hij. 'Ik ben hier niet om met je over je bronnen te discussiëren. Ik ben hier om te praten over de personen die zijn vermoord.'

Ik voel het zweet onder mijn oksels en rond mijn borsten. Het is ondraaglijk warm in de kamer. Maar ik kan niet controleren of er zweetstrepen te zien zijn zonder dat Carl dat zou merken; dat zou hij als een teken van nervositeit interpreteren. Zelf lijkt hij nog steeds geen last te hebben van de warmte.

'Wanneer heb je de overvallers voor het laatst gezien?' vraagt hij. 'Van de bende van Sid Trewer?'

'In de rechtbank, vijf jaar geleden...'

'En sindsdien heb je ze niet meer gezien?'

Ik schud mijn hoofd weer.

'Dacht je er niet bij na wie Sid Trewer was toen je over hem schreef?'

'Jawel,' zeg ik.

Ik kijk snel weg. Het is een bewust gebaar. Ik wil hem in verwarring brengen.

'Maar ik wilde verder met dit verhaal, en als mijn redacteur erachter komt dat er een verband bestaat tussen mij en een van de slachtoffers, haalt hij mij eraf. Dan moet ik weer over verkeersongelukken op de E4 schrijven en over schietincidenten in Malmö...'

Carl wacht tot ik verderga.

'Dus heb ik niets gezegd of geschreven over dat verband.'

Hij knikt. Begrijpend, lijkt het.

'Maar wat dacht je, als privépersoon? Het moet toch iets met je hebben gedaan?'

'Het zijn geen... personen om wie ik erg veel verdriet heb,' zeg ik sarcastisch.

Zijn gezicht is onbewogen. Ik weet wat hij doet: hij probeert me aan het praten te krijgen door te zwijgen. Hetzelfde als wat ik bij hem deed.

'Waarom koppelen jullie al die moorden – hoeveel zijn het er? Vijf, zes? – aan elkaar?' vraag ik en ik doe mijn best om een lichte, vriendschappelijke toon vast te houden. 'Er is geen verband, dat zeggen mijn contacten in elk geval, dus waarom denken jullie dat het om één moordenaar gaat?'

Hij kijkt in zijn notitieboekje, alsof het antwoord daar staat.

‘Daar kan ik niet op ingaan. Ik stel hier de vragen,’ zegt hij.

‘Maar serieus,’ dring ik aan. ‘Gaan jullie uit van de hypothese dat er één dader is? Die al deze mannen heeft vermoord? Marco Holst, Fadi Sora, Jens Falk, Sid Trewer en hoe die andere slachtoffers ook maar heten…’

Carl Edson wendt zijn ogen af, bladert in het boekje en stopt het daarna weer in de zak van zijn jasje.

‘Off the record?’ zegt hij.

Ik weifel. Een goede regel voor een journalist is om nooit een bekentenis ‘off the record’ in ontvangst te nemen, aangezien het je inperkt. Misschien krijg je dezelfde informatie nog op een andere manier, maar dan mag je daar geen gebruik van maken, alleen omdat je het al ‘off the record’ had gehoord.

Toch knik ik nu naar hem.

‘We hebben geen gemeenschappelijke noemer,’ zegt hij. ‘Niets wat alle slachtoffers met elkaar verbindt. Het lijkt wel of daar opzet bij zit. Bewust toevallige moorden. De dood van jouw zoon is tot nu toe onze beste gemeenschappelijke noemer. Die verbindt de meeste slachtoffers met elkaar.’

Ik toon geen reactie, maar sla hem alleen gade, zoals hij bij mij deed. Ik heb de leiding weer overgenomen.

‘Maar toch denken jullie dat het om één moordenaar gaat?’ vraag ik.

Hij knikt.

‘We weten dat het om één moordenaar gaat.’

‘Hoe weten jullie dat?’

Hij aarzelt even.

‘We hebben bepaalde sporen veiliggesteld op de plaatsen delict, die aangeven dat het om één moordenaar gaat.’

‘DNA-sporen?’

‘Dat kan ik niet zeggen.’

Ik weet dat er kauwgumpjes zijn, nicotinekauwgumpjes. Dat heeft ‘Bror Dupont’ me verteld, de eerste en enige keer dat we elkaar hebben ontmoet. Maar ik heb er niet over geschreven. Ze baren me zorgen. Ze maken me feitelijk doodsbang. Ik begrijp niet waar ze vandaan komen. Ik gebruik geen nicotinekauwgum. Ik heb zelfs nooit gerookt.

Ik druk mijn nagels in mijn handpalm, dwing mezelf tot concentratie en ga verder: 'Maar waarom? Waarom doet die moordenaar dat?'

'Ik kan er niet op ingaan welke denkbare motieven we onderzoeken. Maar een ervan is dit… met jouw zoon. Daarom wilde ik horen wat je van deze slachtoffers weet, van de mannen die jouw zoon hebben gedood.'

'Helaas,' zeg ik en ik spreid mijn armen. 'Ik heb niet veel te zeggen. Behalve dat ik het eerlijk gezegd niet zo erg vind van hen.'

Hij staat zwijgend op van de bank en loopt terug naar de hal. Ik ga achter hem aan. Voordat hij weggaat, leg ik mijn hand op zijn arm.

'Als je informatie hebt die bekend mag worden, kun je altijd contact met me opnemen,' zeg ik wanneer hij zich omdraait. 'Ik ben een goede journalist. Je kunt me vertrouwen, dat garandeer ik.'

Hij kijkt me eerst verbaasd aan, knikt dan en opent de deur. Hij loopt de trap af. Ik kijk hem na totdat hij verdwenen is en doe dan de deur dicht.

Even sta ik alleen maar stil te ademen, dan laat ik me met mijn rug tegen de deur op de vloer zakken en sla mijn armen om mezelf heen. Ik ben misselijk.

Na vijf minuten roep ik mezelf tot de orde en dwing mezelf om op te staan. Ik heb geen kracht in mijn benen, maar loop de woonkamer in en ga op de bank zitten, waar Carl Edson net nog zat.

Mijn tas staat naast de bank. Wanneer ik mijn arm over de leuning steek, raak ik hem aan. Ik trek de rits open, stop mijn hand erin en haal mijn stroomstootwapen eruit.

***

's Avonds komt Johanna. Het is mijn week met haar. Ze is al chagrijnig wanneer Erik haar komt brengen. Ik weet niet wat er mis is. Wanneer ik Erik vragend aankijk, haalt hij alleen zijn schouders op.

'Hoe is het?' vraag ik haar, nadat ik haar zover heb gekregen om samen met mij voor de tv te gaan zitten, haar met thee en biscuitjes heb omgekocht.

Ze schuift geërgerd heen en weer zonder op te kijken, nog steeds geconcentreerd op haar mobiel. Snapchat, zie ik.

'Ben je boos op papa?'

Nu slaat ze opeens haar ogen op en kijkt me verbaasd aan.

'Ik ben boos op iedereen,' zegt ze, alsof dat vanzelf spreekt.

'Maar waarom?' vraag ik zo vriendelijk mogelijk.

Ze haalt opnieuw haar schouders op; ze is alweer teruggegaan naar haar mobiel.

Ik bedwing de impuls om de telefoon uit haar hand te slaan, die van haar af te pakken en haar tot praten te dwingen. Maar het zou niets opleveren. Ze lijkt daarin erg op mij.

Maandag 19 mei

Vandaag was er een algemene vergadering op het werk, waar we allemaal moesten komen. We verzamelden ons in de kantine. Dat is een grote ruimte met plaats voor zeker tweehonderd man. Wanneer ik er aankom, zit het al bomvol en moet ik buiten blijven staan en naar binnen kijken.

Het bedrijf moet inkrimpen. Er zullen veertig banen verdwijnen. De directeur houdt een toespraak. Iedereen die blijft, moet voorbereid zijn op nieuwe taken. We moeten ons aanpassen aan de toekomst.

Dan neemt de HR-manager het woord. Er zal ons een vertrekpremie worden aangeboden. Ze hopen het langs natuurlijke weg (wat een rare manier van zeggen) op te lossen, zonder dat er ontslagen hoeven te vallen.

Na afloop gaan mensen in groepjes bij elkaar zitten en staan ze in de koffiehoekjes te praten. Iedereen is boos of ongerust. Mij doet het niks. Het is net zoiets als vragen wat we gaan eten. Wat het ook wordt, ik krijg altijd iets.

Het dringt tot me door waar ik het best in ben: in vertrekken. Alle schepen achter me verbranden en opnieuw beginnen. Ergens anders. Ik bouw waterdichte schotten tussen toen en nu. Zoals met mijn huwelijk. Toen we scheidden, sloot ik de deur naar Erik, naar alles wat we gemeenschappelijk hadden gehad, naar het landgoed waar we waren getrouwd, gezamenlijke maaltijden, de gemeenschappelijke vrienden die eigenlijk Eriks vrienden waren geweest. Het verbleekt allemaal en verdwijnt volledig, als onder hypnose.

Daarna ben ik vrij.

Misschien kan ik daarom zo goed moorden. Dat is gewoon nóg een deur achter me sluiten en verdergaan.

Alleen de deur naar Davids kamer kan ik niet sluiten. Hoe ik het ook probeer, die staat wagenwijd open.

***

Er flitst een herinnering door mijn hoofd. De tandarts. Die was ik vergeten.

Toen ik zeven was, had ik voor het eerst gaatjes. De tandarts was een vrouw, maar ze was sterk en bruut, zoals ik me een Duitse kampcommandant voorstel. Ze staarde streng in mijn mond, haalde een van haar scherpe instrumenten tevoorschijn en begon over mijn tanden te schrapen. Na een poosje stopte ze. 'Dit hier,' zei ze vermanend en ze hield haar instrument omhoog, waar nu een wit, plakkerig rolletje aan zat. 'Dit is plak! Je moet beter poetsen!' Daarna veegde ze de witte plak af aan mijn tong. 'Dan weet je dat voor volgende keer!' zei ze glimlachend.

Terwijl ik in de tandartsstoel lag, zat mijn vader met een kaarsrechte rug op een stoel ernaast toe te kijken. Hij zei niets. De tandarts zei dat ze twee bovenkiezen moest vullen.

'Normaliter zou ik geen verdoving geven voor zo'n ingreep,' zei ze, 'maar zij kan misschien niet zoveel hebben.' Ze glimlachte toegeeflijk naar mijn vader, die zijn hoofd schudde en zei: 'We kunnen het toch zonder verdoving proberen, als dat gemakkelijker is...' De tandarts draaide zich naar mij om. Ik had mijn mond vol slangen en kon niets zeggen. Ze knikte langzaam. 'Goed,' zei ze. Dat was de eerste keer tijdens mijn bezoek dat ik goedkeuring hoorde in haar stem.

Toen begon ze te boren. Het fluitende geluid van de ouderwetse boor sneed door mijn hoofd. Na een tijdje begon ik een brandgeur te ruiken, aangezien de boor geen waterkoeling had.

De pijn was verschrikkelijk.

Ik lag te kronkelen op de tandartsstoel, zo zeer deed het. Ik wachtte totdat mijn vader iets zou zeggen, totdat hij mijn pijn zou zien en zou zeggen dat ik een verdoving moest krijgen, maar hij zweeg. De enige reactie die hij vertoonde was hard met zijn handen in de armleuning knijpen. Op een gegeven moment zag ik zijn gezicht en begreep dat hij zich zorgen maakte dat ik een verdoving zou eisen en hem teleur zou stellen. Dat ik niet stérk zou zijn.

’s Avonds ging ik bij mijn zus in bed liggen en vertelde fluisterend over het tandartsbezoek. Ze hield me vast, aaide met haar hand over mijn haar en probeerde me te troosten. Wij tweeën hoorden bij elkaar, we waren één.

Ik heb het nooit aan iemand verteld. Pas nu ik dit schrijf.

In ons gezin werden woorden uitsluitend gebruikt voor het uitwisselen van praktische informatie en voor het afhandelen van de dagelijkse routines. *Kun jij eieren kopen? Hoe laat ben je thuis? Ik moet dit weekend werken.*

’s Avonds, wanneer alle praktische zaken voor die dag waren geregeld – het huiswerk, de pianoles van mijn zus, het werk van mijn ouders, het eten – resteerde enkel leegte. Terwijl andere gezinnen over hun belevenissen konden praten, konden vertellen hoe ze zich hadden gevoeld of wat ze die dag voor leuks hadden meegemaakt, werd er bij ons thuis gezwegen. Er kon op z’n hoogst een ‘goed’ vanaf, als antwoord op de beleefde vraag: ‘Hoe is het vandaag gegaan?’

Het enige wat ons scheidde van de diepe psychische afgrond die ons dreigde te verzwelgen, was de tv. Die stond gedurende mijn hele jeugd elke avond aan. Het maakte niet uit wat er op de twee beschikbare zenders werd aangeboden. De flikkerende beelden waren onze reddingslijn, die ervoor zorgde dat we niet in de leegte vielen en als gezin konden blijven functioneren.

Ik denk niet dat mijn ouders het zo zagen. Toen ik eenmaal volwassen was, besefte ik dat ze tegenwoordig waarschijnlijk allebei een diagnose zouden hebben gekregen.

En mijn zus? En ik?

Het is moeilijk om jezelf te zien. Er zijn geen meetinstrumenten die me niet tegelijkertijd beïnvloeden; ik raak in de verleiding me naar hun contouren te vormen.

Als ik iets ben, dan wel praktisch en nuchter. En ik kan intussen goed tegen pijn. Toen ik van David beviel, zag ik af van een ruggenprik. Ik wilde een natuurlijke bevalling. De pijn sloeg onverminderd in golven over me heen, maar ik dacht hem weg, ik dwong mezelf hem weg te denken. Twee uur later kroop David, bloederig nog, over mijn borst.

***

David was donker, zijn haar was vrijwel zwart. Hij had bruine ogen, die ook bijna zwart leken wanneer hij enthousiast was. Hij was opvallend mooi, maar slank en ietwat tenger voor zijn leeftijd.

Ik hou de foto voor me. Hij staat in zijn zwembroek op een zandstrand en lacht naar me. Grote golven breken en slaan op het strand achter hem. Hij is gelukkig.

Ik weet waar we zijn.

We zijn aan de Rivièra, in de buurt van Nice. Erik en Johanna zijn er ook bij. We zijn nog steeds een gezin. Er is ons geen kwaad overkomen. Ik doe mijn best om de gelukkige moeder te zijn, de sexy en geliefde echtgenote.

Een beetje ben ik dat ook wel.

We waren in Nice geland en hadden van daaruit de trein genomen naar Saint-Raphaël, tachtig kilometer naar het zuidwesten. Daar huurden we een appartement in een hotelcomplex. Tijdens de treinreis zagen we de kust voor de raampjes voorbijschieten.

'Keek eens, mama! Wat een mooi huis!' Of: 'Moet je dat water zien! Gaan we daar zwemmen?'

Het rook naar zomer. Een exotische zomer met elementen van lavendel, rozemarijn, droge rode aarde en impregneermiddel van het spoor. Het rook allemaal lekker. Het was spannend en we waren... vrij, denk ik.

De eerste avond gingen we naar het strand. Erik en de kinderen gingen het water in. Ik keek toe. Het was mei. De zee voelde nogal koud, als een Zweeds meer in de zomer, en ik wilde alleen genieten van de warmte in de ondergaande zon.

Ik hoorde de kinderen en Erik roepen en lachen terwijl ze water naar elkaar spetterden. David rende weg voor Erik, die hem achternazat, zodat het water om hem heen opspatte. Ik zag zijn gezicht. Hoe opgewonden hij was. Hoe gelukkig hij eruitzag.

En ik lachte met hem. Ik sloeg mijn handen voor mijn gezicht en lachte. Het leek wel of zijn hartje ook in mijn borst sloeg, zodat ik alles kon voelen wat hij voelde. Direct, onmiddellijk. Was hij gelukkig, dan was ik dat ook. Was hij verdrietig, dan ik ook. We waren één.

Daarna gingen we uit eten. De volgende dagen kookten we zelf in het appartement – iets anders konden we ons ook niet veroorloven – maar de eerste avond gingen we uit. David at pasta. Ik probeerde hem over te halen die met schaaldieren te nemen, maar dat wilde hij niet en hij nam bolognese. Zoals hij in Zweden gedaan zou hebben.

Ik nam vissoep. Erik koos... Ik weet niet meer wat hij at. Zelfs zijn gezicht is wazig. In mijn herinnering zie ik Johanna zo tegenover David zitten, maar Erik is niet meer dan een lichte, vage vlek.

David daarentegen is zo levend dat hij nu naast me had kunnen zitten, met een brede glimlach op zijn gezicht, met zijn pasta en zijn Coca-Cola, iets wat hij thuis nooit kreeg.

We hadden vakantie. We waren gelukkig. We waren een gezin. Iedereen leefde.

Een hele week lang waren we gelukkig. Een week lang joeg David juichend achter de golven aan, terwijl zijn zwarte lokken wild om zijn gezicht vlogen in de wind.

We gingen elke dag naar het strand. We hadden zwemkleding aan. De Fransen stonden met hun gewatteerde vesten aan op het trottoir van een veilige afstand naar ons te kijken. Maar dat kon ons niet schelen. Schreeuwend wierpen we ons in de koude golven. Het water smaakte zout, maar er zat geen geur van wier in. Het was fris en schoon.

David kende geen angst. Met vleugeltjes om zijn armen sprong hij zonder de minste aarzeling in het water. Daarna 'zwom' hij met kleine, heftige bewegingen, als een hondje. Af en toe verdween hij achter de golven. Hij ging soms kopje-onder, maar dat maakte hem niet uit. Erik stond verderop en ving hem op. Ik zat op het strand in mijn handen te klappen toen hij eruit kwam.

Terwijl wij ons verwarmden in de zon, speelde David aan de waterkant. Hij had een stokje gevonden en dat hield hij in zijn hand terwijl hij zo ver mogelijk rende wanneer de golven zich terugtrokken, om daarna zo snel mogelijk naar het strand toe te rennen, achtervolgd door de volgende golf die schuimend op het zand sloeg.

Erik sloeg zijn arm om me heen en wilde me zoenen, maar ik duwde hem weg. Ik wilde David zien. Elke minuut van zijn geluk wilde ik zien.

Alsof ik toen al wist dat er een eind aan zou komen. Dat het te mooi was om echt te zijn.

Ik ruik de herfst door het voorjaar heen.

Toen ik vandaag uit mijn werk kwam, zag ik een lesbisch stel met een zoen afscheid nemen, midden op de Drottninggatan. Ze waren jong, een van hen zag er echt knap uit, met een pet, een kapotte spijkerbroek en een te groot leren jack. Maar ze trok een verdrietig gezicht en begon te huilen toen ze afscheid namen.

'Ik hou van je,' hoorde ik haar zeggen.

Ik liep door naar de metro en zag niet wat er verder gebeurde.

Liefde? Ik vraag me af of ik die ooit in die mate heb gevoeld dat ik zou hebben gehuild als iemand me verliet. Verlangen, ja, maar liefde? Voor de kinderen, ja, maar verder? Ik kan niemand bedenken.

Trouwens, Johanna woont liever bij haar vader. Dat heeft ze niet tegen me gezegd, maar ik zie het aan haar, aan haar gezicht. De teleurstelling wanneer ze op de bank zit met haar mobiel.

Het is raar. Afgezien van haar is er niets meer wat me aan het leven bindt.

Wanneer ik aan de dood denk, stel ik me een lange uitademing voor. Een laatste zucht van verlichting.

Een man die ik een keer interviewde, zei: 'De dood pakt niemand je af.' Daar heb ik veel over nagedacht. Ik zal niks mislopen.

***

Ik ben wie ik ben. Ik ontken mijn fouten en gebreken niet. Ik weet hoe ik overkom: als een afschuwelijk iemand, een gestoord mens. Maar ik heb geen slecht geweten.

Ik was nooit van plan geweest meer mensen te vermoorden dan de vier mannen die mijn zoon hebben doodgereden. Alleen hen. Ze lieten me geen rust. Ze moesten dood. Zodat ik niet meer elke nacht om drie uur wakker zou worden van benauwdheid omdat David dood was – en zij leefden.

Maar al voor mijn eerste slachtoffer besefte ik dat de politie me zou vinden voordat ik hen alle vier had kunnen doden. Ik moest tijd kopen. Ik had meer slachtoffers nodig. Toevallige. Zonder verband met elkaar, en vooral zonder verband met mij.

Ik heb ergens gelezen dat als er geen motief, geen logica is, de politie bijna geen kans heeft om een misdaad op te lossen. Kies zomaar iemand uit in een menigte, vermoord hem of haar (zonder getuigen) en het risico dat je wordt gepakt is vrijwel nihil.

Toen ik had bedacht hoe ik het zou doen, lag het ontzettend voor de hand. Ik weet nog dat ik in een café zat boven aan de Götgatan. Ik zat een latte te drinken en een krant te lezen, als de eerste de beste idiote hipster uit de binnenstad. De gedachte kwam met zoveel kracht binnen dat ik met het kopje in mijn hand voor me uit bleef zitten staren.

'Gaat het?' vroeg iemand aan het tafeltje naast me.

Ik schudde mezelf wakker, probeerde te glimlachen en zette het kopje weer neer.

Jarenlang heb ik artikelen over misdadigers gespaard. Zaken waar ik kwaad om was, daders die niet waren gestraft, die met hun vreselijke, meedogenloze misdaden waren weggekomen. Het klopte allemaal. Het hing allemaal samen. Bijna alsof het zo bedoeld was.

Ik stond op en ging naar huis. Het halfvolle kopje en de krant liet ik achter. Ik voelde de vragende blikken van de serveerster in mijn nek toen ik het café uit liep. Maar het kon me niet schelen. Ik hoorde de stem van mijn vader in mijn hoofd. *Maak af waar je aan begonnen bent. Doe het goed.*

Thuis aangekomen opende ik de map 'Misdaad' in mijn computer. Daar bewaar ik al mijn krantenknipsels.

Het was makkelijk kiezen. Ik wist al wie mijn eerste toevallige slachtoffers zouden worden.

Fadi Sora en Marco Holst.

Toen ik voor het eerst over Holst las, stond hij terecht voor de verkrachting van een veertienjarig meisje in een park in het centrum van Stockholm. Hij stak zijn vinger op naar de fotograaf die een foto van hem maakte toen hij de rechtszaal binnenkwam. Tijdens de rechtszaak ontkende hij alles, ook al hadden ze zijn sperma gevonden op het slipje van het meisje. Hij werd natuurlijk veroordeeld. Maar de straf... Wat voor straf kreeg hij nou helemaal?!

Omdat hij een veertienjarige anaal had verkracht, haar onherstelbaar inwendig letsel had bezorgd, werd hij tot vier jaar gevangenisstraf veroordeeld. Daar kwamen vier jaar bij van een eerdere straf die hem voorwaardelijk was opgelegd. Maar de verkrachting leverde hem vier jaar op. Vier jaar!

Ik had er geen enkel probleem mee om hem omhoog te takelen en tegen de muur te spijkeren.

Hij schreeuwde, probeerde te onderhandelen, smeekte me om op te houden: 'Alsjeblieft, papa, hou alsjeblieft op.'

Papa? Ik wil er niet aan denken wat voor jeugd hij gehad moest hebben. Maar ik hield niet op. Zo zit ik niet in elkaar. Niet meer.

Toen ik de honkbalknuppel in zijn endeldarm stak, werd hij stil. Ik dacht in mijn onnozelheid dat hij doodging, dat de spasmen in zijn lichaam de laatste stuiptrekkingen waren.

Toen ik erachter kwam dat hij het had overleefd was ik... van slag. Ik was er heel zeker van geweest dat hij dood was toen ik hem in de schuur achterliet. Ik had al het bloed in een deken op de grond opgevangen en die in zijn auto gelegd, een Volvo XC90. Twee uur later heb ik die bij de metro-ingang in Norsborg neergezet, niet afgesloten, met de sleutel op de stoel. Daarna ben ik naar huis gegaan. De deken met het bloed van Marco Holst had ik onderweg in een rivier gegooid.

Ik voelde me veilig. Er zaten geen gaten in mijn geheugen. Ik kreeg geen telefoontje van mijn zus.

Maar toen ik de volgende ochtend bij de krant de tip hoorde over een mishandeling in de omgeving van Norrtälje, werd ik misselijk. Hoe kon hij in vredesnaam nog leven na wat ik met hem had gedaan? Ik had weliswaar geprobeerd hem in leven te houden totdat ik klaar met hem was.

Dat is waar. Voordat ik hem verminkte, had ik het mes met een eenvoudige gasbrander verwarmd. Anders was hij bijna meteen doodgebloed. En ik wilde dat hij het zou begrijpen, dat hij zou doormaken wat hij anderen had laten doormaken. Ik stopte hem zelfs vol met Cyklokapron, zodat hij niet te erg zou bloeden.

Maar eerlijk gezegd: ik ben geen expert, ik heb mijn studie geneeskunde nooit afgemaakt. Ik zal het wel hebben overdreven met de 'levensreddende handelingen'.

Maar ik had geluk. Hij is toch overleden. Het heeft zijn lijden zelfs verlengd dat hij nog twee dagen mocht leven.

Dinsdag 20 mei

Een etentje bij Alice, een van mijn weinige vriendinnen. Er zitten drie stellen rond de tafel. De vrouwen zijn allemaal Facebook-gelukkig en slank en hebben highlights in hun haar; ze hebben allemaal net geneukt of gesport, ze vinden de frambozen die hun kinderen hebben geplukt héérlijk en krijgen ontbijt op bed van hun sportieve, succesvolle man.

En dan ik.

Gescheiden en eenzaam. En kennelijk psychopaat. Dat is in elk geval de diagnose die ik zelf stel.

'Hoe gaat het met jou?' vraagt Bodil.

'Zal ik het meteen maar allemaal vertellen?' vraag ik. 'De aankondiging op mijn werk, de advocaten die ik heb ingeschakeld tegen mijn ex-man, de sterfgevallen?'

Er wordt onzeker gelachen door degenen die me hebben gehoord.

'Of zullen we het daar straks over hebben?'

Ik glimlach, maar lach niet. Er is niets leuks aan. Het is geen grap. Ik heb echt een advocaat in de arm genomen om te kijken of ik een verandering kan eisen in de tijden dat ik Johanna heb. Het is geen grote zaak, maar aangezien die koppige idioot niet eens wil praten, voelde ik me uiteindelijk genoodzaakt iets te doen.

Niemand vraagt naar de 'sterfgevallen'. Misschien denken ze dat ik het over mijn baan heb, maar ik neem aan dat ze niet luisteren. Ik had van alles kunnen zeggen. De meeste mensen die ik ken stellen vragen, maar luisteren zelden naar het antwoord. Ik weet niet of ze tegen iedereen zo doen of alleen tegen mij. Vermoedelijk ben ik niet iemand om naar te luisteren. Niet iemand die plaats inneemt in een kamer.

Iemand – misschien Alice, dat weet ik niet meer – begint over Helge Fossmo en de Knutby-moorden.

'Het kindermeisje werd veroordeeld tot dwangverpleging en stond na zeven jaar weer op straat, omdat ze was verleid door een sterke man,' zegt een van de mannen – Axel, geloof ik.

Ik had er niet op gelet met wie hij getrouwd was, maar wat hij zei vond ik interessant.

'Hoe bedoel je?' vroeg ik.

'Het is een schandaal dat ze haar verhaal hebben geslikt. Vergelijk dat eens met Mattias Flink, die levenslang heeft gekregen. En wiens gratieverzoeken stuk voor stuk werden afgewezen. Ook al is bewezen dat hij drugs had gebruikt en ontoerekeningsvatbaar was toen hij al die mensen in Falun doodschoot. Toch heeft hij twintig jaar gekregen.'

Ik word kwaad.

'Dus je bedoelt dat hij eerder vrij had moeten komen?'

'Ja,' zegt de man met een domme uitdrukking op zijn gezicht.

Eigenlijk wil ik hem een klap geven, een slag tegen de neus met mijn vlakke hand, zoals mijn vader me heeft geleerd, van onderaf, zodat hij helemaal verlamd raakt. Maar ik hou me in.

'Vind je niet dat de straffen te laag zijn?' vraag ik. 'Dat het kindermeisje langer had moeten zitten?'

Bodils man bemoeit zich ermee. Van zijn naam ben ik ook niet zeker.

'In de vs hebben ze veel strengere straffen dan hier, maar dat heeft geen enkele invloed gehad op de misdaad,' zegt hij.

Idioot, denk ik.

'Dus als je dochter wordt verkracht door een bende jongemannen, dan vind je dat ze een lichtere straf moeten krijgen omdat ze dronken waren toen ze het deden? Of omdat ze nog maar zeventien waren? Dat ze het verdienen om na één of twee jaar vrij te komen en een tweede kans te krijgen? Als ze al worden veroordeeld...'

Ik heb de vraag te serieus gesteld, op te agressieve toon. Dat hoor ik zelf ook, maar te laat. Het wordt even stil rond de tafel.

Dan vraagt Bodil: 'Hè, wat verschrikkelijk. Kunnen we het niet ergens anders over hebben? Hoe is het op je werk, Axel? Jij hebt een nieuwe baan, toch?'

Axel leunt met een zelfingenomen gezicht achterover.

Hij vertelt uitvoerig. Maar ik luister niet meer nadat hij zijn nieuwe titel heeft genoemd: producteigenaar. Maar de anderen buigen zich naar voren.

Holle kreten als 'kwalitatief veilig', 'visie' en 'processen' weergalmen in het gesprek.

Daarna hebben ze het over de tsunami in Thailand, ik weet niet hoe ze daarop zijn gekomen. Hoe verschrikkelijk dat was. Heel aangrijpende verhalen.

Ik heb altijd het gevoel gehad dat het mij niet aangaat. Opeens moet ik me tot tranen toe geroerd voelen omdat een aantal Zweden is overleden zonder dat iemand daar iets aan kon doen. En degenen die het hebben overleefd worden afgeschilderd als wijzer en scherpzinniger dan anderen. Elk dag overleven mensen van alles, zonder ook maar een greintje wijzer te worden.

Misschien lijk ik cynisch. Maar volgens mij is daar niets mis mee. De dood stoort mij niet. Het idee dat ik zelf doodga geeft me een rustig en veilig gevoel. Ik kan er ook niks aan doen als anderen de dood niet zo zien.

Ik heb een keer een man met een hersentumor geïnterviewd, die niet geopereerd kon worden. Of wel, maar dan zou hij waarschijnlijk zijn geheugen verliezen. Met de tumor kon hij leven tot hij zestig of zeventig was of maar een jaar. De tumor was passief, maar kon elk moment actief worden. En dan had hij nog zes maanden te leven. Maximaal.

'Dus het is bij mij hetzelfde als bij iedereen,' zei hij. 'Ik weet niet wanneer ik doodga.'

We hebben allemaal onze 'hersentumor'.

Dat zeg ik niet hardop; ik heb nog wel enige drang tot zelfbehoud. In plaats daarvan gooi ik er af en toe een zinloze opmerking tussendoor: 'Wat vreselijk', 'Die arme familie', zodat het niet opvalt hoe ver ik daar voor mijn gevoel vanaf sta.

Wanneer we naar huis gaan, omhelst iedereen elkaar.

'Wat was het leuk en nuttig om met elkaar te praten. Wat fijn dat jullie er waren!' zegt Alice.

'Ja, echt. We hebben het heel gezellig gehad.'

De woorden zijn net als Franse luchtzoenen: een formaliteit. Ze betekenen niets.

Wat hebben we gegeten? Ik weet het niet meer. Zalm misschien. Vermoedelijk zalm. Je krijgt altijd zalm bij dit soort etentjes. Een zinloze vis die gevoerd wordt met andere vissen en vijfenzeventig procent van het voedsel uitpoept. Een bijdrage aan leeggeviste zeeën. Aan het doodgaan van alles om ons heen, terwijl we hem eten met een saus van fetakaas met chilipeper, nadat we hem aan de hand van een thermometer op precies achtenveertig graden hebben gegrild.

In de metro naar huis zie ik de eerste foto's op Facebook. Ik ben getagd. Ik lees het commentaar: Goed eten, goede wijn, goede vrienden – wat wil een mens nog meer?'

Op de foto ziet iedereen er hysterisch blij uit. Ik ook.

Ik druk op 'Vind ik leuk', vooral omdat ik geen aandacht wil trekken. Ik ben nog steeds een beetje van slag omdat ik dat gezegd heb van die sterfgevallen. Dat had ik niet willen zeggen, het floepte er gewoon uit. Ik had net zo goed kunnen zeggen: 'En ik heb ook een heleboel mensen vermoord.'

Zou iemand hebben geluisterd? Ik denk het niet. Ze zouden hebben gelachen. Beleefd. Iedereen zou denken dat ik een grapje maakte. En dan was er verder niets gebeurd. 'Ze is wat apart. Een merkwaardig gevoel voor humor.'

Maar toch. Een onnodig risico.

***

Tot nu toe zijn al mijn slachtoffers volledig bij kennis geweest toen ik ze doodde. Ik wilde dat ze dezelfde pijn voelden als David, dezelfde pijn als ik.

We hebben het idee dat straf pijnloos moet zijn, humaan en dat je er beter van moet worden. De moordenaar, de overvaller, de verkrachter en de vrouwenmishandelaar – allemaal schijnen ze zorg en behandeling nodig te hebben.

Alsof ze te beklagen zijn!

God nog aan toe!

Kijk naar de kinderen. Die hebben een onbedorven rechtsopvatting: als jij me slaat, sla ik terug. Totdat het gelijkstaat. Jij net zoveel pijn als ik. Dat is eerlijk.

Voor de overval op de winkel van een goudsmid en het doodrijden van een zesjarige jongen op een fietspad in een park vlak bij een speeltuin kregen ze vier en vijf jaar gevangenisstraf. Voor beide feiten samen dus. Het doodrijden werd 'grove nalatigheid in het verkeer' genoemd, en 'dood door schuld'.

Toen de rechtszaak was afgelopen en het vonnis door het gerechtshof was bekrachtigd, zei mijn advocaat: 'Je moet het achter je laten. Hoe moeilijk het ook is, je moet door.'

Hij was jong, een jaar of vijfendertig; hij droeg een pak, een wit overhemd en een lichtblauwe stropdas en had donker, achterovergekamd haar. Wat wist die etalagepop er eigenlijk van? Die kakker.

'Dat wil ik niet,' zei ik.

'Voor je eigen bestwil. Ik heb gezien hoe het afloopt met mensen zoals jij. Ga door met je leven, dat is het beste advies dat ik je kan geven.'

Het gedresseerde aapje had ook nog het lef om te glimlachen.

Ik ben blij dat ik niet zo ben als hij. Ik zal David op geen enkele manier achter me laten. Nooit. En ik ga op mijn eigen manier verder.

Toen ik Sonny Andersson in het boerderijtje aan de vloer had vastgespijkerd en hem had verteld dat hij mijn zoon had gedood en dat ik hem op dezelfde manier ging doden, vroeg hij me om vergeving. Ik moest begrijpen dat hij er niets aan kon doen, dat hij niet achter het stuur had gezeten, dat het erg voor hem was, dat hij niets had gedaan...

Toen ik ten slotte de bankschroef om zijn hoofd aandraaide, schreeuwde hij van angst en probeerde de stalen kaken af te schudden.

Ik luisterde niet. Met elke slinger die ik aan de bankschroef gaf, probeerde ik een verdriet te verzachten dat ik niet aankan.

Sonny Andersson was mijn eerste slachtoffer. De eerste keer dat je iemand doodt, is een nare ervaring. Ik was misselijk van de zenuwen. De gedachte dat ik voorgoed een moordenaar zou zijn maakte me bang. Alsof ik de grens naar een andere wereld was overgegaan en niet meer terug kon. Een wereld waarin ik te allen tijde een moordenaar zou zijn.

Toen ik na afloop onder de douche stond, zonder te weten hoe ik thuis was gekomen, en het warme water over mijn naakte lichaam voelde stromen, kon ik zijn doodskreet nog horen en het doffe geluid van de schedelbeenderen toen ze meegaven. Ik gaf over in de douche, krampachtig, keer op keer, tot er niets meer uit kwam.

De keer daarop, met Fadi Sora, was alles anders. Ik verbrandde hem dodelijk, maar dat was niet veel anders dan de nek breken van een vis. Of een hond de keel doorsnijden.

Natuurlijk ben ik me ervan bewust dat anderen me voor een gek aanzien. Een misdadiger. Ik ben niet achterlijk. Maar ik ben ook niet slecht. Zo zie ik mezelf niet. De mensen die ik dood, zijn geen slachtoffers, geen zielige mensen. Het zijn daders. Slechteriken. Mannen die het verdienen om dood te gaan.

Trouwens, het was niet het doden op zich wat me ervan weerhield ook Fadi Sora's vrienden, Ibrahim Eslar en Markus Ingvarsson, dodelijk te verbranden. Ik kon het gewoon niet. De sigarettenrook, de stank van verbrand vlees... Het was te veel. Bovendien ligt een pistool me beter; dat is altijd al zo geweest, al sinds mijn vader mij en mijn zus leerde schieten.

***

Ik lig wakker en kijk naar de muur van de slaapkamer, volg de lichte strepen die over het behang bewegen wanneer er buiten een auto door de straat rijdt. Mijn gedachten gaan erachteraan; ze schieten heen en weer, zoals ze de laatste tijd wel vaker doen. Opeens komt er een herinnering boven: het is een warme herfstdag. De blaadjes zijn stralend geel, bruin, oranje en rood. Het is dinsdag. Dat weet ik, omdat ik op dinsdag David altijd ophaalde. Maar deze dinsdag niet. Ik moet blijven werken van Marvin.

Erik kon ook niet, dus belde ik onze buurvrouw Ebba om te vragen of zij David van de crèche wilde halen. Ebba was vijfenzestig en gepensioneerd, ze was jong weduwe geworden en vulde haar pensioentje aan door op Fredrik te passen, een van Davids beste vriendjes. Zijn enige, eigenlijk. Ze waren allebei vijf en zaten al vanaf dat ze twee waren bij elkaar op de crèche.

Ik verontschuldigde me voor de overlast en zei dat de jongens bij ons mochten spelen als ze dat wilde. David had een eigen sleutel en kon zelf naar binnen gaan. 's Middags speelden ze ook vaak bij ons. Ze antwoordde beleefd dat het geen probleem was, maar ik hoorde dat ze het niet echt meende.

Om even na zessen belde ik bij Ebba aan. Toen die niet thuis bleek te zijn, ging ik naar mijn eigen huis. Zodra ik de deur opendeed, kwam Johanna naar me toe gerend, maar op de een of andere manier was Ebba haar voor.

'Eindelijk!' gilde ze bijna, en tegelijkertijd greep ze mijn arm zo stevig vast dat het pijn deed. 'Dit is de schuld van David! En het is jouw verantwoordelijkheid!'

Ik stond paf, begreep niet waar ze het over had. Bovendien vond ik het vervelend dat ze in ons huis was, maar ik zei niets. Ik had immers gezegd dat de kinderen bij ons mochten spelen.

'Wat is er gebeurd?' vroeg ik zo rustig mogelijk, terwijl ik mijn vrije arm om Johanna heen sloeg.

Ik was moe, had hoofdpijn en was kwaad op Marvin.

'Ze zijn weg!'

'Wat bedoel je?' vroeg ik. 'Wie zijn weg?'

'David en Fredrik,' zei Johanna.

'De jongens?' vroeg ik.

'Ja!' zei Ebba boos. 'Hoor je het niet? Het is David z'n schuld. Hij heeft tegen Fredrik gezegd dat hij zich moest verstoppen! Fredrik zou dit anders nooit doen!'

Ze ademde moeizaam en er verschenen rode vlekken op haar wangen. Ik keek haar sceptisch aan, terwijl ik de verachting probeerde te verbergen die ik voelde voor haar hysterie.

'Wat bedoel je? Heeft David Fredrik gekidnapt?'

Ik lachte. Het was zo stom.

'Heb jij het lef om me in mijn gezicht uit te lachen?' zei ze. 'Ik heb de hele middag naar hen gezocht! Wat moet ik tegen de ouders van Fredrik zeggen? Ze kunnen elk moment thuiskomen.'

'Zeg het maar eerlijk,' zei ik fel. 'Dat je hem bent kwijtgeraakt, omdat je niet goed op hem hebt gepast.'

Ik maakte een gebaar naar de deur.

'Ga maar naar huis, dan stuur ik Fredrik wel naar je toe wanneer ik hen heb gevonden.'

Ze bleef roerloos tegenover me staan zonder aanstalten te maken om weg te lopen, zonder iets te doen of te zeggen. Vervolgens stortte ze in.

'Sorry,' zei ze zacht. 'Ik ben gewoon heel erg van slag. Maar ik kan niet naar huis, niet zonder Fredrik.'

De oude vrouw was bijna in tranen. Ik zei niets meer. In plaats daarvan vroeg ik aan Johanna of zij de jongens had gezien.

'Ze hebben zich verstopt,' zei ze. 'Boven ergens.'

Ze wees naar de bovenverdieping.

'Oké, dan moeten we maar eens gaan kijken.'

Samen met Johanna liep ik de trap op, terwijl ik naar hen riep. Geen antwoord.

'Jongens, dit is niet leuk meer. Tante Ebba vindt het heel erg dat jullie weg zijn en jouw ouders komen zo thuis, Fredrik. Kom nu tevoorschijn, waar jullie ook zitten.'

Er klonk een schrapend geluid bij de muur van de overloop, waar we onze tv-hoek hadden.

'Wat is dat?' vroeg Ebba opgewonden achter ons.

Ik wist wel wat het was. In de muur zat een 'verborgen' deur – waar overheen was behangen – die toegang gaf tot een ruimte onder het schuine dak. Die liep door over de hele lengte van het huis.

Ik opende de deur, knipte het licht aan en keek naar binnen. Tussen lege koffers en verhuisdozen lagen twee kleine jongens met hun ogen te knipperen tegen het felle licht.

'Hallo,' zei ik. 'Zitten jullie hier verstopt? In het donker?'

'We gaan hier wonen,' zei David. 'Dit is ons huis.'

Ik zag dat ze frisdrank en biscuitjes hadden meegenomen, en een zaklamp.

'Waarom willen jullie niet naar buiten komen?' vroeg ik.

'Omdat...' zei David aarzelend. 'Omdat jullie gemeen zijn!'

Intussen kroop Fredrik naar buiten en liep naar Ebba toe, die achter me stond en hem in haar armen nam. Ze trok hem snel mee naar beneden.

'Dat mag je nooit meer doen,' zei ze op scherpe toon tegen Fredrik. 'Ik heb me heel erge zorgen gemaakt om jou!'

Ik hoorde hen naar buiten lopen en de deur achter zich dichtslaan, zonder gedag te zeggen.

'David, je moet begrijpen dat jullie je niet voor tante Ebba mogen verstoppen,' zei ik zacht. 'Ik heb haar gevraagd op je te passen.'

Hij zat op de ruwe vloer achter het beschot naar zijn handen te kijken.

'Wat is er, schat?' vroeg ik. 'Waarom wilden jullie je verstoppen?'

'Fredrik niet, ik wilde dat,' zei hij zacht. 'Ik wilde er nooit meer uit komen. Nooit, nooit, nooit.'

'Maar waarom niet?'

'Daarom niet,' mokte hij.

'Oké, ik snap het. Kun je er nu uit komen? Dan gaan we naar beneden en gaan we iets lekkers klaarmaken.'

Johanna stond naast me en keek haar broertje vragend aan.

'Wat dan?' vroeg David. 'Lasagne?'

'Nee, dat kost te veel tijd. Maar misschien pasta met tomatensaus? Of pannenkoeken?'

'Pannenkoeken!' riep Johanna. Ze sprong op en neer.

Maar David zei niets. Hij bleef in de krappe ruimte achter het beschot zitten en keek nog steeds naar de vloer. Daarna begon hij langzaam heen en weer te wiegen met zijn bovenlichaam, terwijl hij met één hand aan zijn haar begon te draaien.

'Hou op, David,' zei ik. 'Hier hebben we het over gehad!'

Hij zei niets, maar sloeg zijn ogen langzaam naar me op, terwijl hij het haar tussen zijn vingers bleef ronddraaien. Hij kon urenlang manisch aan zijn haar frunniken, terwijl hij met lege ogen voor zich uit staarde. Ik vond het beangstigend.

'Nu gaan we naar beneden om eten klaar te maken,' zei ik geforceerd.

Hij bleef roerloos zitten, alsof hij me niet had gehoord. Ik hurkte neer en kroop door het deurtje. Hij bewoog zich niet toen ik hem bij zijn arm pakte en hem eruit begon te trekken. Voorzichtig sleepte ik het dunne jongenslijf de afgeschoten ruimte uit. Hij was zo slap als een vaatdoek. Toen we eruit waren, ging ik op de bank zitten en nam hem in mijn armen.

'Wat is er, David? Waarom doe je zo?'

Geen antwoord. Maar ik voelde dat hij nog steeds aan zijn haar draaide.

'Mama,' zei Johanna. 'David doet weer zo met zijn haar. Dat mag niet.'

'Ik weet het,' zei ik, maar vanbinnen voelde ik me machteloos, hulpeloos.

Net als hij.

***

Het valt me opeens op dat Alice haar accent nog heeft. Ze praat nog steeds zoals we allemaal praatten toen we tien waren. Duidelijk, hard Stockholms. Sindsdien is mijn spraak veranderd, afgevlakt, verzwakt en een soort halfzachte variant van algemeen beschaafd Zweeds geworden. Soms wordt me zelfs gevraagd waar ik vandaan kom.

Maar Alice niet. Ze heeft vast betere herinneringen aan haar kindertijd dan ik. Misschien leeft het voor haar allemaal nog, is het zelfs positief en heeft ze daarom haar accent nog.

Begrijp me niet verkeerd. Ik vind het prima om te praten zoals ik praat. Ik zie het als een soort onzichtbaarheid. Als een uiting van wie ik ben.

Maar soms zou ik iemand anders willen zijn, een ander leven willen leiden.

Woensdag 21 mei

Ik lig op mijn buik op de kleine heuvel tegenover Bernt Andersens huis en hou het stille erf in de gaten, terwijl ik mijn gedachten laat gaan. Het is de vierde keer dat ik hier ben. Iemand heeft gezegd dat het gevaar om te worden ontdekt exponentieel toeneemt wanneer je jezelf herhaalt. Als dat klopt, heb ik het risico dat iemand me zal betrappen verzestienvoudigd.

Het maakt niet uit, ik moet dit doen.

Het is 08.35 uur. Nog geen beweging in het huis. De vogels zingen uit volle borst. Zijn auto, de glimmende Mercedes, staat op het erf.

Het duurt tot tien uur voordat Andersen de voordeur uit stapt. In de ochtendzon zie ik zijn gezicht duidelijk door de kijker. Hij heeft een litteken dat over zijn wang naar zijn linkermondhoek loopt en dat hem een chronische scheve glimlach geeft.

Maar Bernt straalt iets uit waar ik de vinger niet op kan leggen. Iets beangstigends. Hij lijkt harder dan de anderen.

Hij loopt niet rechtstreeks naar de auto, ook al is hij duidelijk van plan weg te rijden, maar slentert rond het huis en over het erf alsof hij iets wil controleren. Alsof hij bang is. Of voorzichtig. Of iets vermoedt.

Ik tijger zachtjes het heuveltje weer af. Daarna loop ik snel terug naar de auto. Bij een open paardenweide die ik moet passeren blijf ik staan. Die is vanaf de weg en vanaf het huis van Bernt Andersen niet te zien, maar wel vanaf de paardenboerderij erboven. En ik wil geen getuigen.

Ik observeer de boerderij door de kijker. Het goed onderhouden woonhuis, de vleugels, de schuren. Het erf kan ik vanuit deze hoek niet zien, maar ik vermoed dat het grind is aangeharkt en dat de perkjes gewied zijn. De boerderij is precies het tegenovergestelde van Andersens huis.

Terwijl ik kijk, komt er een man de stal uit. Ik wacht totdat hij het erf over is gelopen en in een van de schuren is verdwenen. Wanneer ik geen beweging zie, loop ik snel door de wei. Drie paarden kijken me vanaf een afstand aan, besluiten dat ik niet interessant ben en gaan door met grazen.

Ik volg de smalle bosweg waar ik de auto heb geparkeerd. Kennelijk wordt die maar zelden gebruikt, want hij is praktisch overwoekerd en moeilijk te ontdekken vanaf de hoofdweg waar hij naartoe leidt. De huurauto – een andere dan vorige keer – staat goed verscholen. Ik maak hem open, ga achter het stuur zitten, maar zet de motor niet aan. Als ik nu zou gaan rijden, zou Bernt me misschien zien.

Ik heb het zijraampje half open en daardoor hoor ik het geluid van de motor nog voordat ik zijn auto zie. Een dof gedreun dat snel in sterkte toeneemt. Het betekent dat hij niet naar Eskilstuna rijdt, maar vlak langs het bospad zal komen. Om geen risico te lopen zak ik onderuit op de stoel, maar waarschijnlijk is dat overdreven voorzichtigheid. Ik hou er rekening mee dat dit jacht- en landbouwgebieden zijn en dat ze gewend zijn aan geparkeerde auto's op verlaten boswegen.

Wanneer ik de hoofdweg op rijd, vang ik nog een glimp op van zijn Mercedes, voordat die over de top van een heuvel verdwijnt. Ik maak me geen zorgen over de afstand. De weg verloopt in een min of meer rechte lijn; ik heb hier eerder gereden, de eerste tien kilometer is er geen enkele afslag. Ik raak hem niet kwijt.

Auto's achtervolgen gaat me goed af voor een amateur, vind ik. Ik hou afstand, kom niet te dichtbij en raak niet te ver achterop.

Hij rijdt steeds verder het platteland op. Ten slotte slaat hij een onverharde weg in, die wordt omzoomd door ontkiemende korenvelden. In de verte zie ik een silo boven het landschap uitsteken en de nok van een paar daken van boerderijen. Verder niets.

En opeens is hij weg. Ik zie zijn zilvergrijze Mercedes niet meer. Er is alleen een inrit met een bord JOHNSONS GROENTE en een lange laan die over een heuveltop verdwijnt.

Zonder vaart te minderen rijd ik de inrit voorbij en verder over de weg, totdat ik zeker weet dat ik vanaf de laan niet te zien ben. Er zijn vanaf de weg geen gebouwen te zien.

Na een paar honderd meter kom ik in een stukje bos. Ik vind weer een oude houthakkersweg, die in het bos verdwijnt, en rijd er achteruit in. Wanneer ik de onverharde weg niet meer zie, breng ik de auto tot stilstand en ik stap uit. Het is stil. Ik hoor alleen vogels. Ik pak mijn mobiel, maar die heeft geen bereik. Dat is verontrustend en zo kan ik geen plattegrond van het gebied bekijken op mijn telefoon.

Mijn vader kon zich ongelooflijk goed oriënteren, met militaire precisie, maar dat talent heb ik niet geërfd. Terwijl ik daar sta, een tikje besluiteloos, probeer ik helder te denken. Als ik door het bos terugloop en rechts aanhoud, zou ik uiteindelijk bij Johnson uit moeten komen. Ik open het kompas op mijn mobiel om een richting te vinden voor het geval ik straks moeite heb hier terug te komen, ik trek mijn groene buitensportjack aan en zet een pet op, waarna ik de auto afsluit en in beweging kom.

Het sparrenbos is dicht. Er schuren takken over mijn wangen en langs mijn handen wanneer ik me erlangs wurm. Ik struikel over bemoste stenen. Af en toe trap ik op een tak, die luid krakend breekt. Ik zou graag stiller willen bewegen, maar dat kan ik niet.

Na een kwartier wordt het bos minder dicht. Hier hebben ze gekapt. Regelmatige stronken en achtergelaten bruine takken. Ik volg de diepe wielsporen van een bosbouwmachine. Af en toe check ik de richting op het kompas van mijn telefoon. Ik zou op de goede weg moeten zijn.

Opeens opent het bos zich en zie ik een smal, verwaarloosd gazon. Daarachter een rij kassen, ik tel er tien. Ze zijn stuk voor stuk minstens vijfentwintig meter lang. Maar het complex is vervallen. Van een nauwelijks leesbaar bord aan een van de kassen is de verf afgebladderd, maar ik gok dat er ooit JOHNSONS GROENTE op heeft gestaan. Het complex ziet er verder ook versleten en verouderd uit. Een meter of zestig van de kassen staat een geel woonhuis. Ook met afbladderende verf en verwaarloosde borders.

Maar op het erf voor het huis staat een splinternieuwe pick-up van het merk Ford. Ernaast zie ik de Mercedes van Bernt Andersen. Er bewegen geen mensen op het erf. Ik pak mijn kijker en stel de scherpte in.

Het complex lijkt ondanks het verval in gebruik te zijn. Achter de vieze ruiten zie ik groene kweekbedden. De dichtstbijzijnde kas ligt zo'n twintig meter van mijn schuilplek tussen de sparren. Ik probeer een raam te vinden dat niet witgekalkt is. Ten slotte vind ik er een dat iets doorzichtiger is. Wanneer ik mijn kijker scherpstel herken ik de spitse vorm van de bladeren: cannabis. Of wiet.

Ik verplaats de kijker naar de volgende broeikas. Hetzelfde verhaal.

Dan hoor ik een scherp geluid. Ik verplaats de kijker. De deur van een van de kassen is opengegaan en Bernt Andersen komt naar buiten. Achter hem loopt een forse man. Hij heeft een paardenstaart en een baard, is grof en vormeloos, met een van de dikste bierbuiken die ik ooit heb gezien. Hij draagt een versleten spijkerjack, heeft een sigaret in zijn mondhoek en sjort zijn broek op voordat hij de deur sluit.

'Ziet er goed uit,' zegt Bernt Andersen en hij spuugt op de grond. 'Wanneer is het klaar?'

'Een goeie week nog. Dan moeten ze worden gedroogd en gehakt. Dus twee weken, zeg maar.'

Bernt Andersen knikt. Hij kijkt tevreden. Dan draait hij zich opeens om en kijkt recht mijn kant op. Ik zie zijn abnormaal lichte ogen, het litteken op zijn wang en heb het gevoel dat we elkaar aankijken, ook al zie ik hem door een kijker.

Onwillekeurig zet ik een stap achteruit het bos in. Er breekt een tak.

'Wat was dat?' vraagt Bernt luid.

De forse man draait zich ook om en kijkt mijn kant op.

'Een ree of een das, weet ik veel,' zegt hij. 'We zitten midden in het bos, verdomme.'

Bernt haalt snel een pistool uit een holster onder zijn jas, richt het mijn kant op en haalt de trekker over. Het gaat zo snel dat ik niet kan reageren. Voordat ik het schot hoor, voel ik dat de kogel mijn schouder openrijt. Ik schreeuw het uit, ik kan er niets aan doen. Het is een korte schreeuw, maar ze hebben het gehoord.

'Hoorde je dat?' vroeg Bernt weer. 'Ik heb iemand geraakt. Verdomd, ik heb die klootzak geraakt! Kom!'

Hij loopt snel over het gazon in de richting van de bosrand, waar ik zit.

Ik draai me om en probeer zo snel en geruisloos mogelijk terug te rennen door het bos. Mijn arm klopt en ik voel iets warms en plakkerigs tussen mijn vingers door lopen wanneer ik die tegen de wond hou.

David lag in het gras met zijn arm in een onnatuurlijke hoek. Hij was van de hoge rots gesprongen die we aan de achterkant van het perceel hadden. Ik had gezeurd dat die weg moest, maar Erik had volgehouden dat hij moest blijven.

'Mama,' schreeuwde hij hulpeloos.

Ik had het niet zien gebeuren, ik hoorde hem alleen hartverscheurend gillen en mij roepen.

'David, David...'

Ik hoorde mijn eigen roepende stem, terwijl ik over het gazon naar hem toe rende.

Het was zomer, juni of misschien juli. Ik was vrij en stond eten klaar te maken voor een avondpicknick op het strand. Zodra Erik thuiskwam, zouden we gaan. Alles was voorbereid.

'Mama,' schreeuwde hij weer.

Ik zag aan zijn gezicht hoe geschokt hij was. Zijn ogen waren groot en wijd opengesperd, alsof hij niet begreep wat er was gebeurd.

Ik hielp hem overeind, vroeg of hij pijn had. Zijn arm hing langs zijn lichaam.

'Mama, ik ben gevallen,' zei hij, terwijl hij naar zijn arm keek, die een beetje naar buiten gedraaid zat.

De pijn was nog niet tot hem doorgedrongen.

'Het kraakt raar,' zei hij.

'Je hebt je arm gebroken,' legde ik uit. 'We moeten naar de dokter, dan kunnen ze je in het gips zetten.'

Hij keek weer bang. Hij hield niet van ziekenhuizen.

'Krijg ik dan een spuitje?' vroeg hij ongerust.

Ik knikte.

'Ik weet het niet zeker, maar ik denk dat je wel een spuitje krijgt tegen de pijn.'

'Maar ik heb geen pijn.'

Daarna verstijfde zijn dunne lijfje. Zijn ogen werden groot en hij begon te jammeren, terwijl de pijn zich door zijn arm verspreidde.

'Mama, het doet pijn,' zei hij.

'Ik weet het. Dat blijft zo totdat er gips omheen zit. Dan doet het minder pijn.'

Toen we even later in de auto stapten en wegreden, gilde hij bij elke hobbel, elke bocht. En toen we aankwamen, kon hij bijna niet lopen van de pijn.

Ik hield zijn hand vast, zijn gezonde hand, en leidde hem door de ziekenhuisgangen, maar ik stond de hele tijd zelf op mijn benen te trillen.

Ik heb op volwassen leeftijd mijn been gebroken, een onnodig skiongeluk toen ik van de ene piste naar de andere onderweg was. Toen gaf ik bijna geen kik. Ik verbeet de pijn, totdat iemand me een pijnstiller gaf en me naar de Spoedeisende Hulp bracht.

Zo is het mijn hele leven geweest, zolang ik me kan herinneren: ik heb de pijn weggedacht, ben uit mezelf getreden en heb de pijn achter me gelaten. Ik kan zonder aarzelen een vinger opensnijden om er een splinter uit te halen die diep in het vlees is doorgedrongen. Erik moest een keer overgeven toen hij me de resten van een schelp zag wegsnijden die in mijn voet had gesneden en daarna in de wond kapot was gegaan.

Ik moet erbij zeggen dat ik de pijn wel voel, ik heb geen afwijking of zo, maar ik merk hem meer op dan dat ik hem ervaar. Hij maakt me niet bang. Mijn eigen pijn niet.

Maar toen ik Davids scheve arm zag, hem hoorde snikken en jammeren van de pijn terwijl we in de wachtkamer zaten, had ik geen verweer. Ik kon niet uit mezelf treden, ik kon de pijn niet wegdenken. Ik was overgeleverd aan zijn pijn, die diep in me sneed. Al die pijnloze jaren – het was alsof ze me overspoelden en dreigden te verstikken. Toen een verpleegkundige ons riep, zat ik te huilen. Ze keek me verbaasd aan. Ik veegde snel mijn tranen af en probeerde me te vermannen, weer mezelf te worden, een volwassen moeder, maar Davids gebroken arm deed zoveel pijn dat ik naar de wc moest rennen om over te geven. Toen ik eruit kwam, keek David me verwonderd aan.

Op de terugweg zat David met zijn witte ingegipste arm naast me in de auto. Hij had pijnstillers gekregen en had geen pijn meer. Zijn ogen waren lodderig, hij viel bijna in slaap. Opeens draaide hij zich naar me om en vroeg: 'Wat was dat, mama, in het ziekenhuis? Werd je ziek?'

Ik kon niet antwoorden en knikte alleen.

Achter me hoor ik de voetstappen van Bernt, die achter me aan zit door het kreupelhout. Ik dwing mezelf mijn tempo te verhogen. De takken schrammen mijn gezicht en ik proef bloed. Ik merk dat de schotwond verbazingwekkend veel pijn doet, dat het bloed langs mijn vingertoppen naar beneden stroomt, maar ik kan me er niet druk om maken.

Ik probeer dezelfde weg terug te rennen waarlangs ik ben gekomen, maar ik weet niet of ik het goed doe. Toch blijf ik rechtdoor rennen. Achter me hoor ik Bernts voetstappen duidelijker en dichterbij. Telkens wanneer een tak hem in het gezicht slaat, vloekt hij zacht, verbeten. En ik hoor de vastbeslotenheid in zijn stem, de stem van het roofdier; de opgewonden adem, het briesen.

Waar staat de auto? Ik heb er twintig minuten over gelopen naar de kassen, en nu ren ik. Hij moet hier ergens staan. Als ik niet de verkeerde kant op ben gerend.

'Kut!' roep ik luid.

Op dat moment struikel ik. Mijn voet blijft haken achter een tak en ik val hard. Een scherpe tak steekt in mijn hand. De pijn explodeert. Tegelijkertijd hoor ik dat Bernt zich brullend door de struiken achter me worstelt. Ik dwing mezelf op te staan, ik ren. Bernt schreeuwt hees en triomfantelijk, als een jachthond die blaffend zijn prooi nadert. Ik moet nog harder lopen. Terwijl ik ren trek ik het takje uit mijn hand en gooi het weg. Hij is nu maar een paar stappen achter me. Ik draai me niet om, maar schat dat ik tien, maximaal vijftien meter voorsprong heb. En hij heeft vrij zicht. Elk moment kan een nieuwe pistoolkogel mijn lichaam openrijten, kan ik het geluid horen van een schot. Maar dat komt niet.

Op dat moment zie ik de auto. Die is wit en schijnt als een baken door de takken. Ik versnel. Het bloed bonst in mijn hoofd, mijn longen doen pijn en ik proef bloed, maar ik dwing mezelf om nog een tandje bij te zetten. Bernt heeft mijn auto ook gezien. Hij vloekt.

Dan ben ik er. Ik ruk het portier aan de bestuurderskant open en schakel de centrale vergrendeling in. Op dat moment slaat Bernt Andersen tegen de achterkant van de wagen. Het voelt als een botsing. Hij bonst wild op het metaal en tegen de achterruit, alsof hij die wil inslaan. Misschien is het pure frustratie, dat weet ik niet.

Ik start de motor. Start, start, start, bid ik stil. Na een paar slagen van de startmotor slaat hij al aan. Ik trap het gas helemaal in en laat de koppeling los. De voorwielen slippen over het gras dat door het grind heen groeit. Maar Bernt houdt zich vast, hij omarmt de auto en wordt meegesleept over de hobbelige bosweg. Dan sla ik de onverharde weg op. Ik kijk niet uit. Daar heb ik geen tijd voor. De achterkant van de auto schiet door en steentjes spatten van de voorwielen wanneer de auto snelheid maakt. Bernt laat eindelijk los en valt eraf.

In de binnenspiegel zie ik hem over de weg rollen. Maar hij staat bijna meteen op en kijkt me na, terwijl hij iets schreeuwt. Dan kom ik langs de oprit van Johnsons groente. Even verwacht ik dat zijn kompaan in de gigantische pick-up achter me aan zal komen.

Maar er komt niemand.

***

Ik rijd snel over de weg. Het enige wat ik kan denken is dat ik een flinke voorsprong moet zien te krijgen voordat ze achter me aan komen.

Maar tien minuten later is er nog steeds geen auto in de binnenspiegel verschenen. Met een zucht van verlichting laat ik het gas los. Ik weet dat ik het heb gered. Op het moment dat ik tot rust kom, voel ik de pijn en een onnatuurlijke vermoeidheid komt als een muur op me af. Ik moet alles op alles zetten om door te kunnen rijden. Mijn handen trillen zo dat de auto over de weg slingert.

Ik vraag me af waarom hij niet heeft geschoten. Hij had een pistool. Zachtaardigheid of een algemeen moreel besef dat je niet mag doden valt af. Ik gok dat het hem om de jacht te doen is. Dat hij op me wilde jagen, voor de sport, dat hij me wilde vangen. En hij wist niet wie ik was, misschien weerhield hem dat ook.

Hoe dan ook, het was erg naïef van me dat ik geen wapen bij me had, niet eens de taser.

Maar wat het ergste is: hij heeft me gezien. En hij heeft mijn auto gezien. Als hij ook maar een beetje tegenwoordigheid van geest had, heeft hij het kenteken opgeschreven.

Gelukkig komt hij dan uit bij een autoverhuurbedrijf, maar ik twijfel er niet aan of hij kan eenvoudig achterhalen wie de auto heeft gehuurd. Als hij zegt dat die hem heeft aangereden en dat de chauffeur is doorgereden, geeft de verhuurder hem mijn naam en adres wel.

Ik moet er dus rekening mee houden dat hij er snel achter is wie ik ben.

***

In Eskilstuna blijf ik op een groot parkeerterrein bij een winkelcentrum staan. Ik moet tot rust komen en mijn wonden onderzoeken. Om geen aandacht te trekken parkeer ik de auto achteraan, waar verder niemand staat. Mijn grote zwarte tas ligt op de achterbank. Als ik de stoel naar achteren klap en me lang maak, kan ik hem openmaken en er spullen uit halen, zonder dat ik hoef uit te stappen. Ik wil mijn schouder niet laten zien. Er zit een gat in mijn jas van de kogel en op de mouw zitten donkere vlekken van het bloed.

Ook de wond op mijn hand klopt. Ik zou hem moeten desinfecteren, maar daar heb ik niets voor bij me. Ik trek aan een lap waar ik mijn gereedschap in heb gewikkeld. Die zit onder de olievlekken, maar het moet maar. Ik trek mijn jas en mijn trui uit. Vervolgens knoop ik mijn blouse los en trek hem over mijn schouder omlaag.

De schotwond is oppervlakkiger dan ik dacht. Er zijn geen grote aderen getroffen en het bot is nog heel. De spier is beschadigd, maar niet zo erg dat ik mijn arm niet kan bewegen, en met de genezing zal het wel goed komen. Ik zal er een groot litteken aan overhouden nu ik niet naar een ziekenhuis kan, maar naar schotwonden wordt altijd onderzoek gedaan en dat risico kan ik niet lopen.

Met mijn tanden trek ik de lap in twee lange repen. De ene wikkel ik zo goed en zo kwaad als het gaat om mijn schouder. De tweede wind ik stevig om mijn hand.

Ik kijk in de binnenspiegel. Eerst herken ik mezelf bijna niet. Er zitten takjes en naalden in mijn verwarde haar. Ik heb een bloedvlek en schrammen op mijn wang. Maar mijn blik, mijn ogen, die herken ik pas echt niet.

Ze staan wijd open en zien er heel vreemd uit. Het zijn de geschrokken ogen van een prooidier.

Ik haal de twijgjes uit mijn haar, probeer het weer in model te krijgen. Met een beetje spuug wis ik zo goed als het gaat het bloed van de schrammen.

Dan draai ik de spiegel snel weg. Ik wil mezelf niet zien. Dat ben ik niet.

Voorzichtig, om pijn te vermijden, trek ik mijn trui en mijn jas aan en start de motor.

Wanneer ik het parkeerterrein af rijd, kijk ik of ik Bernts Mercedes of de pick-up van de andere man zie, maar nee. Misschien vinden ze het geen goed idee om op goed geluk rond te rijden, op zoek naar een auto waarvan ze het kenteken al hebben.

Het is honderd kilometer naar huis. Wanneer ik de snelweg op rijd, schakel ik de cruisecontrol in en leun achterover. Mijn lichaam trilt nog steeds. Ik ben in shock.

Wanneer ik thuiskom, weet ik niet meer hoe ik de laatste tachtig kilometer heb gereden. Ik word wakker wanneer ik onder de douche sta en het water in rode strepen over de witte vloertegels stroomt, het afvoerputje in.

Het is net zo'n black-out als ik eerder heb gehad. Ik word er bang van.

***

Die nacht belt mijn zus. Ze blaast weer, zonder woorden. Alsof ze me ergens aan wil herinneren, ik weet alleen niet waaraan.

Gelukkig heb ik Erik gevraagd of Johanna die avond bij hem kon komen, met als smoes een laat interview voor mijn werk.

Wanneer ik eindelijk in slaap val, in de kleine uurtjes, droom ik van David. In de droom is hij echt, bijna alsof hij leeft. Wanneer ik na slechts een paar uur van onrustige slaap wakker word, koortsig bezweet en met een stekende pijn in mijn schouder, herinner ik me hem duidelijk. Ik herinner me hoe we met de auto naar opa en oma reden, hoe gelukkig hij leek te zijn.

We zwegen. De radio stond uit. Alleen het monotone gebrom van de motor en het geluid van de banden over het asfalt waren te horen. Johanna sliep, tegen het raam geleund met een kussen onder haar hoofd. Af en toe bewoog ze mee op de bewegingen van de carrosserie en raakte bijna uit haar evenwicht, zodat haar hoofd naar voren viel.

Maar David was wakker. Hij zat voor zich uit te kijken door de voorruit, naar de weg die zich verlaten voor ons uitstrekte. Hij glimlachte. Niet met zijn mond, maar met zijn ogen. Ik zag het toen ik me naar hem omdraaide. Het geluk dat in hem zat, de rust, het vertrouwen. Zijn ogen gingen heen en weer, terwijl hij dingen volgde die achter het zijraampje gebeurden.

Hij was dol op autorijden.

En hij ging graag naar Eriks ouders in Ångermanland.

De reis duurde de hele dag. De eerste uren praatten we, we snoepten en bedachten spelletjes. Zoals 'Wie ben ik?'.

Daarna ebden de gesprekken weg, de spelletjes werden saai. Iedereen keek naar buiten of luisterde naar de radio. Daarna werd de radio ook saai en bleven alleen de geluiden van de auto nog over.

Er was niet eens iets om naar te kijken. Achter de ramen zagen we het sparrenbos langsglijden, ondoordringbaar en oneindig, net een zee. Soms dook er een open plek op, een meer, een paar huizen, een dorp. Maar even onverwacht als ze waren opgedoken, werden ze ook weer snel verzwolgen door het dichte sparrenbos. De roodachtige rijbaan – steenslag van graniet – strekte zich als een lange, glinsterende streep uit door al het donkergroen dat eromheen oprees.

Die laatste uren vond ik het fijnst. En ik denk David ook. Af en toe keken we elkaar aan en dan hadden we allebei een stiekeme hoop. Alsof we dakloos waren en ons alleen maar vrij en levend voelden wanneer we op reis waren. Alsof we ons aan boord van een ruimteschip bevonden, op weg de eeuwigheid in, weg van alle pijn die ons op aarde omringde.

We kwamen vaak pas na tienen 's avonds aan. In de zomer was het dan nog licht. De ronde kiezels op de oprit knerpten zachtjes onder onze stijve voeten. En dan stonden Eriks ouders buiten om ons hartverwarmend welkom te heten. 'Ah, daar zijn jullie! Wat een reis hebben jullie gemaakt!'

Ze leken altijd oprecht blij. Niet zoals mijn ouders. Ik weet nog dat ik dat altijd fascinerend vond: dat zij zo anders waren.

Erik was opgegroeid op een kleine boerderij aan de Ångerman-rivier. Het boerenbedrijf was allang opgeheven, de dieren waren weg. Ze hadden bergkoeien, geiten, varkens en kippen gehad, vertelde Alma, Eriks moeder, maar dat kon niet uit. 'We waren te klein. Het moet groot, anders kan het niet uit!' vertelde ze elke keer dat we elkaar zagen.

De akkers waren verpacht aan een grote boer, maar die had geen belang bij de gebouwen. De stal was leeg en verlaten, net als de schuren, het kippenhok en de varkensstal. Ze stonden erbij zoals ze waren achtergelaten, alsof de beesten opeens waren verdwenen.

David groette zijn opa en oma haastig, rende snel langs hen heen en vloog de trap op naar de zolder. De bovenverdieping van het huis was slechts gedeeltelijk ingericht met een hal, een slaapkamer en een badkamer. De rest was een enorme open zolder. Op het voorste deel had iemand een vloer gelegd en er een paar bedden en bedbanken neergezet. Daar sliepen David en Johanna 's zomers altijd. De rest van de zolder had geen vloer. Maar er was een looppad: lange planken die over het zaagsel en de balken lagen, waar je overheen kon lopen.

David was dol op de zolder. Er stond zoveel oude rommel, er waren zoveel spullen waar hij aan kon zitten en die hij kon ontdekken. Eriks ouders lieten hem zijn gang gaan. Het kon daar geen kwaad. Op een keer had hij een grote breedbladige bijl gevonden, die hij meenam naar beneden. Zijn zwarte krullen zaten vol met zaagsel en hij straalde helemaal.

'Oma, wat is dit?' vroeg hij en hij wees naar een paar zwarte vlekken op het blad.

Oma bukte en keek.

'Maar lieve jongen, waar heb je die gevonden?' vroeg ze in haar vertrouwde Ångermanlandse dialect.

'Op zolder. Wat is het?'

'O, dat is mijn oude kippenbijl. Daarmee sloeg ik vroeger kippen de kop af. Wat je daar ziet, is waarschijnlijk bloed. Oud kippenbloed.'

Davids ogen straalden.

Wanneer we op de boerderij waren, zagen we de kinderen bijna niet. David rende alle schuren en hokken in en uit; hij ging helemaal op in zijn eigen kleine avonturen. Johanna had een vriendin aan de overkant van de weg, een meisje van haar eigen leeftijd. Ze gingen altijd op de fiets weg, om te zwemmen, bessen te plukken of lege flessen in te zamelen en van het statiegeld snoep te kopen.

Erik en ik praatten met zijn ouders, luisterden naar hun eindeloze, trage verhalen over vroeger. Ik had ze allemaal al meerdere keren gehoord, maar ze waren niet te stoppen.

Ook maakten we lange wandelingen over de velden, naar de rivier die door het dorp stroomde. Het waren trage en aangename dagen. Misschien ben ik in een eerder leven boerin geweest, want ik voelde me op de boerderij altijd rustig en op mijn plaats.

Wanneer de kinderen binnenkwamen om te eten, straalden ze altijd. Vooral David.

Ik denk dat hij daar gelukkig was. Hij mocht gaan en staan waar hij wilde. Niemand hield in de gaten wat hij deed, niemand zeurde. Het was een oase van vrijheid en hij leefde op als een zeldzame woestijnbloem.

Wanneer we terugkwamen in de stad, verwelkte die bloem en keerde David terug naar zijn ietwat verstrooide, verdrietige eenzaamheid. Als we een paar dagen thuis waren en ik midden in de nacht bij hem ging kijken, lag hij met zijn ogen open naar het plafond te staren, terwijl hij aan zijn haar draaide, diep in een soort wakende droomwereld verzonken. Dan viel er nauwelijks contact met hem te krijgen.

En zoals hij soms schreeuwde.

***

Ik schrok vaak wakker, alsof ik op zijn schreeuw had liggen wachten. Het was bijna geen menselijke schreeuw, meer die van een dier, en hij drong door tot in mijn dromen. Ik weet nog dat ik de eerste keer het dekbed van me af gooide en in het donker door de hal naar Davids kamer beende. Zijn schreeuw sneed door me heen. Toen ik het licht aandeed, zat hij stijf rechtop in bed, omgeven door knuffels – tien, twintig verschillende knuffelbeesten: giraffes, dinosaurussen, apen, beren, pinguïns, draken – te schreeuwen van angst. Zijn ogen waren wijd open en hij keek met nietsziende blik recht voor zich uit.

'Maar jochie, wat is er?' vroeg ik ongerust en ik boog me over hem heen.

Ik raakte hem aan, maar daar reageerde hij niet op. Toen ik hem door elkaar probeerde te schudden, slingerde zijn hoofd heen en weer als dat van een pop, alsof hij in diepe slaap was. Ik probeerde hem in mijn armen te nemen om hem gerust te stellen, maar toen duwde hij me weg. En hij bleef maar schreeuwen, met korte onderbrekingen om adem te halen.

'Wat is er?' mompelde Erik opeens slaperig achter me. 'Is er iets gebeurd?'

'Nee,' antwoordde ik. 'Hij heeft gewoon een nachtmerrie.'

'Kun je hem dan niet wakker maken? Ik kan niet slapen in dit lawaai en ik moet morgen vroeg op.'

Ik keek hem verbaasd aan.

'Moet je dat nou zeggen? Je hoort toch hoe bang hij is?'

'Het is toch een nachtmerrie? Waarom maak je hem niet gewoon wakker? Ik heb morgen een heel belangrijke presentatie.'

'Ja, dat weet ik, dat zei je al. Maar hij wordt niet wakker. Wat moet ik doen? Mijn hand voor zijn mond houden?'

'Ja,' zei Erik en hij keek even geërgerd naar David.

Toen keek hij beschaamd.

'Ach, verdorie, dat bedoelde ik niet zo. Ik wil alleen graag slapen.'

Ik keek hem hoofdschuddend aan.

'Verdomme,' zei Erik. 'Dit werkt niet. Ik moet slapen!'

'Sta hier dan niet te schreeuwen. Ga naar bed.'

Het duurde meer dan een halfuur voordat David weer rustig was en in slaap viel. Ik heb sindsdien geleerd dat het nachtangst heet en dat het een toestand is tussen dromen en waken in die een gevolg kan zijn van te weinig slaap, en dat regelmaat belangrijk is.

Maar ik weet dat het bij David niet alleen maar nachtangst was.

David maakte zich zorgen. Hij kon 's nachts vaak niet slapen. Dan lag hij angstig het donker in te staren, terwijl hij aan zijn haar draaide. Ik herinner me een keer nadat hij zijn arm had gebroken.

'Ik ben niet bang,' antwoordde hij toen.

'Maar ik hoor toch dat je bang bent? Je schreeuwt...'

'Nee, ik schreeuw niet,' zei hij verbaasd.

Hij lag stil in het donker te kijken.

'Mama, mag het licht aan?' vroeg hij.

Ik nam hem aarzelend op. Toen stond ik op en knipte het licht aan het plafond aan.

'Ik blijf bij je zitten totdat je in slaap valt,' zei ik.

Ik aaide over de arm die hij had gebroken. Die was nog steeds iets dunner dan de andere, door het gips. Even later deed hij zijn ogen dicht en zijn ademhaling werd rustiger.

Ik stond op en sloop de kamer uit. Toen ik de lamp uitdeed, hoorde ik hem bewegen. Ik kon hem niet goed zien, alleen een schaduw onder het dekbed en een bos zwart haar op het kussen, maar ik wist dat hij niet sliep. Dat hij met bange, wijd open ogen de duisternis in keek.

Ik deed de deur achter me dicht en ging naar mijn eigen kamer. Misschien kon ik het niet aan. Misschien was ik gewoon moe. Dat wil ik geloven. Dat moet ik geloven.

Donderdag 22 mei

Ik trek het verband stevig aan om mijn arm voordat ik van huis ga. Toch ben ik bang dat het is doorgebloed wanneer ik de redactie binnenga. Mijn arm doet pijn, ik denk dat ik koorts heb. Ik hoop dat er niets bijzonders zal gebeuren vandaag en dat ik er niet op uit zal hoeven.

Ik heb de wonden en schrammen in mijn gezicht zo goed mogelijk met concealer gecamoufleerd. De wond aan mijn hand heb ik schoongemaakt en geplakt met hechtstrips, en daarna heb ik er een grote pleister op gedaan. Ik wil geen verband; dat zou opvallen, collega's zouden er het fijne van willen weten. Mijn hand klopt toch niet meer.

Wanneer ik bij de nieuwsdesk kom, groet ik een paar verslaggevers en ga op mijn plaats zitten. Marvin komt onhandig naar me toe en trekt een bureaustoel bij.

'Wat heb jij gedaan? Wat zie je er beroerd uit!'

Ik kijk naar mijn bureau en doe mijn best om niet uit het veld geslagen te lijken.

'Ik was aan het hardlopen en toen kwam er een eland achter me aan,' zeg ik.

Ik heb het verhaal thuis bedacht, maar nu klinkt het niet zo geloofwaardig als ik in mijn eenzaamheid had gedacht.

'Ik moest door de struiken rennen. Het deed gemeen pijn,' zeg ik onzeker.

Marvin kijkt sceptisch.

'En de eland?' vraagt hij.

Ik schud mijn hoofd.

'Die geloofde het verder wel. Hij wilde me alleen weg hebben. Het zijn geen roofdieren, natuurlijk.'

Ik glimlach. Het wordt een stijve grimas. Marvin kijkt me nog steeds raar aan. Dan haalt hij zijn schouders op.

‘Wat is jouw idee over die vrachtwagenchauffeur?’ vraagt hij dan. ‘Is het de seriemoordenaar weer?’

Het duurt even voor ik begrijp waar hij het over heeft. Het is een week geleden dat ik Mårten Rask heb vermoord. Ze zouden de moorden intussen met elkaar in verband moeten hebben gebracht, maar ik heb de afgelopen dagen geen krant gelezen.

‘Of de vrachtwagenchauffeur een van de slachtoffers van de seriemoordenaar is, bedoel je?’ zeg ik met gespeelde verwarring.

Marvin knikt.

‘Het is gewelddadig genoeg,’ zeg ik peinzend. ‘Dus het zou dezelfde kunnen zijn...’

‘*Expressen* meldt dat de politie denkt dat het om dezelfde dader gaat, maar die informatie is niet bevestigd.’

Ik knik afwachtend.

‘Oké. Moet ik erover schrijven?’

‘Zie eerst een bevestiging te krijgen. Het is een ontzettend goed verhaal, de seriemoordenaar. Het zou super zijn als we daar met een nieuwe invalshoek leven in konden krijgen.’

‘Heeft de politie al gezegd of het om een afrekening onder criminelen gaat? Of dat ze er een ander motief achter zoeken?’

‘Nee,’ zei Marvin. ‘Ze zijn erg terughoudend geweest. Vraag het nog maar eens.’

Hij is even stil en zegt dan: ‘Vijfde slachtoffer seriemoordenaar,’ terwijl hij met zijn wijsvingers op het bureau tikt, alsof hij op een ouderwetse typemachine zit te hameren.

Zo doet hij altijd wanneer hij een kop of een onderkop bedenkt.

‘Zijn het er vijf?’ vraag ik.

Marvin knikt zelfverzekerd. Hij twijfelt nooit ergens aan.

‘Ja,’ zegt hij en hij steekt de vingers van één hand op en begint te tellen. ‘Marco Holst: één, Fadi Sora: twee, Sid Trewer in de kalkgroeve: drie, Jens Falk in Spånga: vier, en de trucker: vijf.’

Hij kijkt me triomfantelijk aan. Ik realiseer me dat de pers mijn eerste slachtoffer, Sonny Andersson, ook niet met de andere seriemoorden in verband heeft gebracht. Dat zou mijn taak voor de komende dagen kunnen zijn.

Dan dringt het opeens tot me door dat ik geen idee heb hoe Marvin aan zijn informatie over de vrachtwagenchauffeur komt. Ik heb geen artikel over hem gelezen en heb geen idee wat ik zou moeten weten. Zonder na te denken heb ik gezegd dat de moord op gewelddadige wijze is uitgevoerd.

Ik voel een scheut van paniek in mijn buik, een koude golf door mijn lichaam. Slordige sukkel, je raakt de grip op de zaken kwijt.

'Ik ga het checken,' zeg ik snel en ik bijt in mijn wang – hard, de pijn moet me bij de les houden.

'Wat zegt je contact?' vraagt Marvin verder.

'Bij de politie?'

'Ja, die man die je een paar keer hebt ontmoet, die lijkt goede informatie te hebben.'

Ik knik.

'Ik zal contact met hem proberen te krijgen.'

Mijn geheime bron, 'Bror Dupont', heeft geen woord gezegd sinds de eerste keer dat ik hem heb ontmoet, in de parkeergarage. Ik heb meerdere keren gebeld, maar dan nam hij niet op of zei alleen dat hij niet kon praten.

In plaats daarvan ben ik mijn eigen bron geweest. Alleen zo kreeg ik de kans om door te gaan met het verhaal.

Marvin knikt, niet bemoedigend, maar bevelend. Zo geeft hij leiding aan zijn reporters: hij geeft hun het gevoel dat ze tekortschieten wanneer ze het goed doen en dat ze waardeloos zijn wanneer ze hem teleurstellen.

'Misschien kan ik iets uit hem krijgen…'

'Doe je best!' zegt hij en hij staat op. 'En vraag naar de kauwgumpjes.'

Ik verstijf.

'Welke kauwgumpjes?'

'*Expressen* heeft vandaag een artikel over kauwgumpjes die de politie op de moordplaatsen heeft gevonden. Nicotinekauwgum. Het zou een signatuur kunnen zijn. De kauwgummoordenaar.'

Ik knik vermoeid. Sinds 'Bror Dupont' daarover vertelde, heb ik geprobeerd ze te vermijden. Wat voor kauwgumpjes, verdomme?

Eén ding weet ik zeker: ik heb geen nicotinekauwgumpjes achtergelaten.

'Op welke moordplaatsen?' vraag ik. 'Allemaal?'

Marvin haalt zijn schouders op.

'Goede vraag. Lees het artikel in *Expressen* maar. En vraag het aan de politie. Maar volgens mij bij allemaal. In elk geval hebben ze er een gevonden bij die gozer onder de vrachtauto.'

'Ik ga kijken,' zeg ik zo zelfverzekerd mogelijk.

'En maak een overzicht van waar alle lichamen precies zijn gevonden en geef dat aan de tekenaar, dan kan hij er een plaatje van maken.'

Ik knik en noteer het.

'Mooi!' zegt hij en hij slaat me vriendschappelijk op de schouder.

Ik weet dat het een bemoedigend gebaar is, maar ik kreun zachtjes van de pijn.

'Wat is er?' vraagt Marvin. 'Heb je pijn?'

'De eland,' zeg ik met een geforceerde glimlach. 'Ik heb mijn schouder gestoten.'

'Sorry,' zegt hij.

Hij loopt terug naar de desk, maar blijft al na een paar stappen staan.

'Trouwens, hebben ze een andere verdachte nadat ze die sadist uit het onderzoek hebben geschrapt?'

Ik schud mijn hoofd.

'Niet dat ik weet,' zeg ik en ik bedenk dat ze Erik en mij daar waarschijnlijk voor in gedachten hebben.

'Oké,' zegt hij. 'Vraag dat na!'

Ik blijf zwijgend voor me uit zitten staren, geconcentreerd wachtend tot de pijn overgaat. Dan pak ik de telefoon en bel Carl Edson.

Deze keer heb ik een echte vraag: de nicotinekauwgumpjes van *Expressen*. Daar schrik ik van. Ik wil het echt weten.

***

De telefoon gaat zes keer over en ik wil al bijna ophangen, maar dan neemt Carl op. Hij is kortaf. Misschien omdat ik op zijn lijstje van verdachten sta, dat weet ik niet. Maar ik kom meteen met mijn vragen, ik wil hem geen ruimte geven om mij weer te gaan verhoren.

'De dode vrachtwagenchauffeur, hebben we daar met dezelfde dader te maken als bij de andere moorden?'

'Daar kan ik nog niets over zeggen.'

'Maar jullie werken wel vanuit die theorie?'

'Dat is een van de sporen die we volgen.'

'Hebben jullie verdachten op het oog?'

'Nee, op dit moment niet.'

'De dader heeft tot nu toe alleen criminelen vermoord. Was de vrachtwagenchauffeur crimineel?'

'Hij was een bekende van de politie, als je dat bedoelt.'

'Hoe is de dader te werk gegaan?'

'Daar kan ik niet op ingaan.'

'Volgens een artikel in de *Expressen* van vandaag meldt een bron dat jullie op een aantal plaatsen delict kauwgumpjes hebben gevonden. Nicotinekauwgumpjes. Wat kun je daarover zeggen?'

Stilte.

'Ben je er nog?' vraag ik.

'Ik heb daar geen commentaar op.'

'Maar kun je bevestigen dat jullie op een aantal plaatsen delict kauwgumpjes hebben gevonden? Nicotinekauwgumpjes van de moordenaar?'

Hij is weer een moment stil. De vraag ligt kennelijk gevoelig.

'We hebben op alle plaatsen delict kauwgumpjes gevonden,' zegt hij uiteindelijk. 'Van wie die zijn, weten we niet. Eigenlijk wil ik er niet over praten, maar nu je collega's er toch al over hebben geschreven...'

'Denken jullie dat de moordenaar de kauwgumpjes heeft achtergelaten?'

'Dat is een van de hypotheses waar we mee werken.'

'Is het een soort visitekaartje?'

'Daar wil ik niet over speculeren.'

'Hebben jullie getuigen van de laatste moord?'

'We praten met een aantal personen die observaties hebben gedaan rond het tijdstip van de moord.'

'Iemand die belangrijke aanknopingspunten heeft kunnen geven?'

'We hebben van meerdere mensen interessante informatie gekregen, waar we mee aan de slag zullen gaan.'

'Kun je zeggen om wat voor soort informatie het gaat?' vraag ik.

'Nee, om onderzoekstechnische redenen kan ik daar niet op ingaan.'

'Oké, dan laten we het hierbij. Bedankt voor het gesprek.'

Ik hang op en kijk in mijn schrijfblok, terwijl ik het gesprek in gedachten doorneem.

Er zijn twee verontrustende zaken. De eerste is dat hij heeft bevestigd dat die kauwgumpjes er zijn. De tweede: de getuigen. Welke getuigen? Die zouden er niet moeten zijn.

Ik sluit mijn ogen en probeer het me te herinneren. De vrachtauto die midden op de weg geparkeerd stond. De dode chauffeur. Ik weet zeker dat ik helemaal alleen op de weg was. Het stuk bos onttrok me aan het zicht.

Ben ik iemand tegengekomen toen ik daar wegreed? Nee, ik weet heel zeker van niet. Ik ben wel langs een aantal huizen gekomen...

Misschien stond er iemand voor een raam, die om een hoekje van een gordijn heeft gekeken. Maar die kan mijn gezicht niet hebben gezien en vermoedelijk mijn kenteken ook niet.

Dat zou geen probleem moeten zijn.

Wanneer ik opkijk, zie ik dat ik mijn mobiel in mijn hand geklemd hou. Dat had ik niet door. Wanneer ik hem neerleg, is hij vochtig van het zweet.

Ik kijk om me heen door de redactie: niemand let op mij. Dan flans ik snel een korte tekst in elkaar. Die kan ik later aanvullen, wanneer ik mijn 'bron' heb gesproken. Voordat ik hem bij Marvin inlever, kijk ik nog even op internet of de *Katrineholms-Kuriren* meer te weten is gekomen. Dat is niet het geval.

Marvin zit niet op zijn plaats, dus ik mail hem dat het artikel in zijn inbox ligt en ik begin de gegevens van de moordplaatsen op te schrijven voor de tekenaar. Dat gaat snel, ik ken die plekken uit mijn hoofd.

Wanneer ik klaar ben, ga ik naar de wc. Ik heb het zonder pijnstillers geprobeerd, om helder te blijven, maar nu slik ik er een paar tegelijk. Mijn lichaam trilt helemaal en ik ben bang dat ik elk moment kramp kan krijgen.

Ik ga op de wc zitten wachten totdat de tabletten beginnen te werken en mijn lichaam laten ontspannen.

De getuigen duiken weer op in mijn verwarde gedachten. Stel je voor dat ze naar me hebben gekeken door een kijker en dat ze mijn kenteken hebben genoteerd. Stel dat de politie nu weet wie ik ben.

Dan knijp ik in mijn arm om mezelf scherp te houden.

De kans dat iemand mijn kenteken heeft genoteerd is minimaal. Minder dan minimaal. Ik heb rustig gereden, net als iedereen. Niemand onthoudt een nummerbord als er niets bijzonders aan de hand is. En dan nog bijna nooit. Ik heb ergens gelezen dat er maar zelden iemand een kenteken noteert van auto's die doorrijden na een ongeluk.

En toen ik langs die woonhuizen reed, wist niemand dat er een paar kilometer verderop een vermoorde vrachtwagenchauffeur lag. Pas later, wanneer de politie een buurtonderzoek uitvoert en vragen stelt, begrijpen ze wat dat voor auto was, maar eerder niet.

Ik besluit dat de politie op dit moment nog ongevaarlijk is.

Bernt Andersen vormt daarentegen een veel grotere dreiging.

Ik heb nagedacht over wat er gisteren bij de kassen is gebeurd. Waarschijnlijk denkt hij dat ik daar voor de wietteelt kwam. Dat ik heel andere motieven heb, die vijf jaar teruggaan in de tijd, kan hij zich waarschijnlijk niet voorstellen.

Dat is een voordeel. Mijn enige voordeel.

Ik heb vannacht thuis geslapen. Dat kan niet nog een nacht. Intussen weet Bernt waarschijnlijk al waar ik woon. In elk geval moet ik daar rekening mee houden.

Wanneer ik uit de wc kom – hoelang heb ik daar gezeten? – staat het artikel al op internet. De kop is geworden: 'Mogelijk vijfde slachtoffer voor seriemoordenaar.' In de intro maakt Marvin het af: De vrachtwagenchauffeur die dood is gevonden bij Katrineholm is mogelijk het vijfde slachtoffer van de seriemoordenaar. Dit meldt de politie, die meerdere sporen volgt.

***

Wanneer ik het gebouw van de krant uit kom om naar huis te gaan, staat Carl Edson op het trottoir te wachten. Ik kijk snel om me heen, maar ik kan nergens heen en hij heeft me bovendien al gezien. Het is een ongebruikelijk warme avond voor mei, maar hij draagt een pak en een dunne zomerjas. Hij ziet er elegant uit op een manier waardoor hij in een menigte zou opvallen.

Hij komt naar me toe en knikt bij wijze van groet.

'Mag ik even storen?' vraagt hij beleefd.

Nee, wil ik roepen, maar ik zeg: 'Ja, natuurlijk...'

We lopen naar een geparkeerde zwarte Volvo en hij houdt de passagiersdeur voor me open. De ruiten zijn getint, ik zie niets van de achterbank. Wanneer ik ga zitten, heb ik het gevoel dat ik in de val loop, maar ik heb geen keus. Het portier slaat met een gedempte klik dicht en ik zie hem om de auto heen lopen. Ik draai me snel om en kijk naar de achterbank. Die is leeg. Op hetzelfde moment gaat het portier aan de bestuurderskant open. Hij laat zich soepel naar binnen glijden, knipt het binnenlampje aan en glimlacht naar me.

'Fijn dat je even tijd hebt.'

'Bedankt nog voor het interview,' zeg ik. 'Waar gaat het om?'

Vanbinnen ben ik bang en moe. Mijn schouder klopt van de pijn, ondanks de tabletten. Ik wil naar huis.

'Er is iets waar ik je naar wil vragen. In een van onze gesprekken een paar dagen geleden, toen ik bij jou thuis was...'

Ik wacht zwijgend, half naar hem toe gewend.

'...zei je dat drie van de mannen die je zoon hebben doodgereden dood waren.'

'Zei ik dat?'

'Ja, je zei "de moorden op deze drie mannen uit Södertälje".' Hij glimlacht beschaamd. 'Ik heb ons gesprek opgenomen, want ik heb een heel slecht geheugen. Ik hoop dat je het niet erg vindt, maar ik dacht dat jij er als journalist wel begrip voor zou hebben.'

Hij spreidt zijn handen.

'Ja, en?' zeg ik en ik probeer net te doen of het mij niets uitmaakt.

'Er zijn er echt drie dood. Dus dat klopt. Van de mannen die jouw zoon hebben doodgereden leeft er nog één. Maar hoe kon jij dat weten? In geen enkele krant had iets over de identiteit van die drie mannen gestaan, ze hebben er vrijwel niets over geschreven. En wij hadden nauwelijks informatie vrijgegeven.'

Hij laat zijn vraag in de lucht hangen. Ik probeer me te beheersen, me te ontspannen, zodat er geen spieren gaan trekken in mijn gezicht, als een soort verraderlijke tic. Eigenlijk wil ik zeggen: die vierde gaat er ook aan. Heel binnenkort!

Maar dat zeg ik niet.

'Waarschijnlijk door iets wat jij hebt gezegd...'

'Ik heb het nooit over drie gehad, en heb geen namen genoemd. Voor alle zekerheid heb ik ons gesprek twee keer afgeluisterd.'

'Ik heb geen idee,' zeg ik zo nonchalant en zelfverzekerd mogelijk.

'Bovendien,' gaat hij onverstoorbaar verder, 'toen we elkaar spraken, werd er door jou en je collega's maar één zaak aan de seriemoorden gekoppeld, die van Sid Trewer. Over de andere zaken, de moord op Sonny Andersson, die we in een zomerhuisje hebben gevonden, en op Mårten Rask, de vrachtwagenchauffeur, hebben jullie bericht als over elke willekeurige moord.'

Ik zwijg en wend me van hem af. Terwijl ik door de voorruit staar, probeer ik na te denken. De wond aan mijn schouder doet zoveel pijn dat ik mijn ogen moet sluiten.

'Dat realiseerde ik me vandaag toen je me belde en vroeg of wij een verband zagen tussen de moord op Mårten Rask en de andere seriemoorden. Je kon niet hebben geweten dat het er drie waren...'

Ik weet niet wat ik moet zeggen. Carl zit zwijgend naast me te wachten. Ik hoor hem ademhalen. Geduldig. Hij is niet van plan iets te zeggen, hoelang ik ook zwijg.

Ik doe mijn ogen open en draai me naar hem om.

'Helaas,' zeg ik rustig – zo rustig mogelijk. 'Ik kan mijn bron niet prijsgeven. De bronbescherming verbiedt me dat.'

Carl kijkt me teleurgesteld aan. Hij had een ander, beter antwoord verwacht.

'Er is maar een kleine kring bij de politie die op dat moment van deze moord wist,' zegt hij met een zweem van dreiging in zijn stem.

Ik schud mijn hoofd.

'Wie heeft het over de politie? Er waren meer betrokkenen,' zeg ik rustig.

Ik voel mijn misselijkheid terugkomen. Misschien komt het door de pijn in mijn schouder, of door de zenuwen die ik probeer te verbergen.

'Lijkvervoer, pathologie, secretaresses, forensisch technici, plaatselijke bevolking, wijkagenten… Moet ik doorgaan?'

Ik hoop dat hij mijn bluf niet doorziet. Hij zegt niets en knikt alleen.

'En je mag geen naspeuringen doen naar mijn bron. Die heeft bescherming.'

Hij steekt een hand op om me tot zwijgen te brengen. Ik zwijg.

'Oké,' zegt hij. 'Laten we aannemen dat ik je geloof. Maar dan komt de volgende vraag: als jij wist dat bijvoorbeeld de zaak-Sonny Andersson werd behandeld als een van de seriemoorden, waarom heb je daar dan niet over geschreven? Ik heb het artikel van je collega gelezen. Hij schreef dat de politie het lichaam van een dode man heeft aangetroffen in een boerderijtje bij Norrtälje en dat er een vooronderzoek naar moord is ingesteld. Maar er wordt met geen woord over gerept dat ik dat onderzoek leidde of dat het iets te maken had met de andere seriemoorden. Als jij het wist, waarom heb je het dan niet geschreven?'

Ik voel dat hij naar me kijkt. Onderzoekend.

'Ik had geen dienst…' zeg ik en ik hoor zelf dat het slap klinkt; zelfs mijn stem klinkt iel en onzeker.

'Dat weerhoudt goede journalisten met unieke bronnen er in de regel niet van om te schrijven,' zegt hij.

We zeggen een poosje niets.

'En hetzelfde met Mårten Rask,' gaat hij verder. 'Waarom heb je me vandaag pas gevraagd of ik kon bevestigen dat hij een van de slachtoffers van de seriemoordenaar is? Als je die informatie al had? Je bent immers een goede journalist...'

Hij weet dat ik lieg! Misschien heb ik hem onderschat. Hij is slim. Slimmer dan ik, dat geef ik grif toe. Het voelt als een schaakpartij, een paar zetten voor schaakmat.

'Dat kon ik niet,' zeg ik zacht. 'Mijn bron eiste dat ik daarmee zou wachten.'

Hij glimlacht. Dat is bijna nog erger dan wanneer hij een dreigende toon aanslaat.

'Je had mij toch al kunnen bellen, ook al wachtte je nog met het publiceren van de informatie?' zegt hij vriendelijk.

Ik schud mijn hoofd.

'Bovendien heb ik het proces-verbaal van het vooronderzoek opgevraagd.'

'En?'

'Dat was geheim.'

'Dat wist je van tevoren.'

Ik knik. Dan haal ik diep adem. Kom op!

'De bescherming van informanten geldt ook voor jou,' zeg ik om van onderwerp te veranderen, om uit de val te komen. 'Je kunt met me praten. Ik luister. Je zei net dat je mij kon vertrouwen. Ik verraad mijn bronnen niet.'

Hij staart voor zich uit zonder antwoord te geven.

'Zijn we klaar?' vraag ik. 'Of wilde je me nog iets vragen?'

Weer geen antwoord. Wanneer ik het portier open en wil uitstappen, steun ik per ongeluk op mijn gewonde arm. De pijn snijdt door mijn hele lijf en ik kan een gesmoorde kreet niet onderdrukken.

'Wat is er?' vraagt hij en hij draait zich naar me toe.

Het klinkt bijna ongerust, alsof het hem echt iets kan schelen.

'Gewoon een beetje last van mijn schouder,' zeg ik met een flauwe glimlach. 'Ik ben erop gevallen toen ik aan het hardlopen was in het bos.'

Hij knikt meelevend.

'Heb je hulp nodig?'

Ik schud mijn hoofd.

'Nee, het gaat prima. Ik dacht alleen niet na.'

Ik probeer naar hem te glimlachen, terwijl ik met behulp van mijn linkerarm moeizaam uit de auto stap.

'Daar moet je mee naar een dokter,' zegt hij.

Ik knik.

'Mijn aanbod blijft staan,' zeg ik. 'Als je je bedenkt, dan bel je maar.'

Ik sla het portier dicht en loop met stijve pas naar metrostation T-Centralen, terwijl ik de pijn in bedwang probeer te houden die bij elke stap die ik zet door mijn lichaam pulseert. Ik voel dat de wond is opengegaan en dat er iets warms over mijn arm loopt. Gelukkig heb ik een donker spijkerjack aan. Ik denk niet dat je het bloed erg goed kunt zien op de stof. Maar het zweet breekt me uit van de pijn en ik veeg een stroompje van mijn wenkbrauw.

'Sorry!' zei David snel. Te snel.

Het melkglas rolde over de bruine keukentafel, terwijl de witte melk over de tafel stroomde en langzaam op de grond druppelde. Het tafelkleed, een paar stukken brood en Eriks ochtendkrant waren al nat.

Tijdens het ontbijt was David in een goed humeur geweest; hij had gelachen, zitten keten met zijn grote zus en hij had geprobeerd Erik te kietelen.

Nu dook hij in elkaar voor de uitbrander die zou komen en hij sloeg zijn ogen neer. Ik voelde de pijn in zijn lichaam. Toch kon ik het niet laten.

'David!' zei ik. 'Ik zei toch dat je rustig moest doen!'

Erik keek geïrriteerd naar hem, maar zei niets.

'Kun je niet luisteren?' vroeg ik.

Geen antwoord.

'Veeg het in elk geval op!'

David zei nog steeds niets. Ik smakte teleurgesteld met mijn lippen, maar toen stond hij op en pakte het vaatdoekje van het aanrecht.

'Hoor je me?' siste ik. 'Hoe moeilijk kan het zijn?'

'Laat hem toch!' zei Johanna op zo'n typische grotezussenmanier. 'Hij is nog jarig ook!'

'Maar...'

Ik zweeg. David veegde de melk slordig op met het doekje en legde dat terug. Daarna plofte hij aan tafel neer en prikte met zijn vinger in de berg cornflakes, die langzaam zacht werden in het schaaltje melk. De geroosterde boterham met jam en kaas lag er onaangeroerd naast, zijn favoriet, nat van de melk. Er drupte nog wat melk van de tafel op zijn schoot, maar daar leek hij zich niet druk over te maken.

Ik zag dat het hem speet.

'Sorry,' zei ik op een toon die vriendelijk moest zijn, maar het niet was. 'Je bent dan wel jarig, maar je moet toch begrijpen...'

'Ben je nu klaar?' viel Erik me in de rede.

Hij stond op en veegde snel en efficiënt de rest van de gemorste melk op en haalde Davids doorweekte broodje weg.

'Ik maak een nieuwe voor je,' zei hij.

Ik zat zwijgend toe te kijken.

Aan het plafond hingen de blauwe, groene en oranje ballonnen die we de vorige avond hadden opgeblazen. Nu zagen ze eruit alsof ze een klapband hadden gehad. Om de een of andere reden waren ze verschrompeld. Op een ervan kon je nog lezen: HOERA! 6 JAAR!

'Sorry,' zei ik. 'Je bent jarig, sorry...'

Maar David leek het niet te horen.

'Maak je je cadeautjes niet open?' vroeg ik zacht en ik knikte naar de stapel pakjes op de keukentafel.

David keek naar het tafelblad en schudde zijn hoofd.

'Sorry,' zei ik nog eens, ook al wist ik dat het al te laat was. 'Sorry, David.'

In een korte flits zag ik alles van buitenaf: dat ik de enige kwetste van wie ik onvoorwaardelijk hield, dat ik me niet kon inhouden. Het was een van die reflexen die mijn vader er bij me in had gedrild. Ze zitten in mijn systeem, hoe ik er ook vanaf probeer te komen, net als bij een oude soldaat. Orde gaat voor gezelligheid, spullen gaan voor mensen.

***

's Middags zou David een feestje geven voor zijn klasgenoten. Ik ging op tijd weg van mijn werk om voorbereidingen te treffen. We zouden warme worst met ketchup en mosterd serveren en een visspel doen. De taart was al klaar, die stond in de koelkast. Ik verving de trieste, verschrompelde ballonnen door nieuwe, gooide met serpentines, verwarmde een grote pan water voor de worst, en ik maakte snoepzakjes klaar voor in de visvijver. Ik had zelfs een speciale hengel gekocht.

'Denk je dat het leuk wordt met de hengel en alles?' vroeg ik David toen ik hem bij de opvang ophaalde.

'Ja,' zei hij en hij keek blij.

We liepen samen naar huis en ik pakte zijn hand vast. Hij trok hem niet terug en ik bleef hem vasthouden, heel warm en zacht. De ochtend was vergeten. Maar ik weet dat die ergens in zijn binnenste bewaard bleef, als modder op de bodem, donkere resten in het geheugen die elk moment naar boven konden komen om het leven te vertroebelen.

'Hoe laat begint het partijtje?' vroeg hij toen we thuis waren.

'Over een uur,' zei ik. 'Je hebt nog tijd om je om te kleden, als je dat wilt. En om de pakjes open te maken.'

Hij liep snel de trap af naar zijn kamer en trok de feestkleren aan die ik had klaargelegd. Een zwarte spijkerbroek en een zwart T-shirt met de tekst I'M A PIRATE op de buik en een piratenvlag op de rug.

Daarna gingen we aan de keukentafel zitten om de cadeautjes uit te pakken. Johanna kwam thuis toen de helft van de pakjes al geopend was.

'Wat? Pakken jullie de cadeautjes uit?'

David knikte.

'Kijk, ik heb een legoschip gekregen. Een piratenschip.'

Ze ging bij ons zitten en keek toe terwijl David de rest van de cadeautjes uitpakte. Toen ging de bel en het feest begon.

***

Nee. Zo was het niet.

Mijn herinneringen kloppen niet.

Ik maak mezelf iets wijs.

Het fotootje dat ik voor me hou, is beduimeld. Ik heb er vaak naar gekeken. Straks is het versleten. Maar dat geeft niet, ik heb het origineel in mijn computer.

Op de foto zit David aan de eettafel. De ballonnen liggen verschrompeld naast hem, samen met verscheurd cadeaupapier.

Ook al probeert hij te lachen naar de camera, hij ziet er verdrietig uit. Hij doet zijn best om ons niet ongerust te maken, zodat we niet een heleboel vragen gaan stellen over hoe het met hem gaat, of hem iets dwarszit, of hij gepest wordt op school...

Ik weet het nog goed, ook al wil ik het me niet herinneren.

We zaten aan de keukentafel te wachten. Om vijf uur zou het partijtje beginnen. Maar om kwart over vijf was er nog niemand. Om twintig over vijf kwam Fredrik. Gelukkig waren ze vriendjes gebleven na het incident met Ebba.

'Sorry dat ik zo laat ben,' zei hij toen ik de deur opendeed.

Toen keek hij verbaasd om zich heen in de keuken.

'Ben ik de eerste?'

Om halfzes ging de bel opnieuw. David rende de hal in om open te doen, maar op het moment dat hij de deur opendeed, hoorde ik Eriks stem.

'Gefeliciteerd! Is het feest in volle gang?'

David liep zonder iets te zeggen terug naar de keuken.

'Dag, Fredrik,' zei Erik en hij keek om zich heen. 'Zijn er niet meer gekomen?'

'Nee,' antwoordde ik, zodat David dat niet hoefde te doen. 'We maken er een feestje voor twee van. Dat is ook leuk. En dan is er meer taart en snoep voor jullie!'

Ik probeerde te glimlachen, maar de lach bevroor op mijn gezicht.

Erik stond zwijgend naar David, Fredrik en mij te kijken.

'Oké,' zei hij. 'Misschien is het tijd voor warme worst. En voor een film op tv? Of willen jullie liever met Davids cadeautjes spelen?'

We trakteerden op warme worst, we serveerden taart en frisdrank, en speelden het visspel, maar ik voelde dat we aldoor ons best moesten doen om vrolijk te zijn. Net als op een officiële receptie. Of op de diners van mijn ouders.

Twee uur later kwam Fredriks moeder hem halen. Toen ze naar de auto liepen, hoorde ik Fredrik tegen haar zeggen: 'Weet je, mama, er waren geen andere kinderen, alleen ik...' Ze antwoordde oprecht verbaasd: 'Waren er niet meer uitgenodigd?' En toen het kinderlijk eerlijke antwoord: 'Jawel, maar er kwam niemand...' Het was een neutrale constatering. Kinderen oordelen zelden. 'O jee, hoe kan dat nou?' vroeg zijn moeder.

Maar ik wist hoe het kon.

Een jaar eerder, toen David vijf werd, had hij een feestje gegeven voor iedereen op de crèche, de hele groep. Het was een drukke, schreeuwerige en chaotische bedoening geweest, zoals je dat soms hebt bij een kinderfeestje. Maar opeens was David ingestort. Hij had gehuild en tegen iedereen geschreeuwd dat ze stil moesten zijn en zijn speelgoed niet kapot moesten maken. (Had ik hem vermanend toegesproken over de legodoos, dat er geen enkel stukje zoek mocht raken?)

Het was net of iemand de stekker uit het feest had getrokken. Iedereen was stil geworden en midden in een beweging versteend.

Even later was het feest afgelopen en iedereen was naar huis gegaan. En een jaar later waren ze niet weer gekomen.

We hadden natuurlijk niet 'r.s.v.p.' op de uitnodigingen geschreven. Dat had ík niet gedaan, Erik had het druk gehad met zijn werk. En voor mij was r.s.v.p. iets wat mijn moeder schreef. Ik niet. In elk geval niet op de uitnodigingen voor het feestje van een zesjarige.

'Wat is er, schat?' vroeg ik ongerust toen Fredrik weg was.

David schudde zijn hoofd, toen begon hij te huilen. Ik hield hem stevig vast. Erik stond naast me en aaide over zijn hoofd. Zelfs Johanna probeerde hem te troosten.

Ging het echt zo? Ik zou willen dat het niet zo was, maar ik herinner het me duidelijk. De herinnering doet me pijn.

We mopperden vaak op hem, we zeurden, vermaanden, konden hem nooit gewoon zijn gang laten gaan. *Pas op voor de tafel, wees zuinig op je speelgoedauto, doe niet zo wild met die trein, maak de afstandsbediening niet stuk, maak geen gaten in je broek...*

Ik hoor mezelf, ik hoor mijn vader.

Toch wilde ik alleen maar dat David gelukkig zou worden. Ik zou mijn leven voor hem willen geven, zoveel hield ik van hem. Maar uiteindelijk was ik niet degene die doodging. Dat was hij.

In de metro naar huis kijken de mensen naar me. Ik ontwijk de blikken, maar observeer hen stiekem. Jong, oud, man, vrouw, iedereen van zijn werk op weg naar huis, moe, opgelucht. Sommigen zitten te slapen en te knikkebollen op hun stoel.

Ik sta in het midden van de trein en hou me vast aan een paal. Mijn schouder bloedt niet meer zo erg, maar ik zweet nog steeds. Het haar in mijn nek is vochtig. Af en toe strijk ik met mijn arm over mijn voorhoofd om de zweetdruppels weg te vegen.

Er komt een bedelaar langs. 'Een paar centen voor een dakloze. Ik gebruik geen drugs en geen alcohol.' Het is een oudere man. Niemand geeft hem iets. Ik ook niet. Even vraag ik me af wat er met hem is gebeurd. Maar ik weet dat er niet veel voor nodig is; slechts enkele stappen over een onzichtbare lijn en opeens ben je een zwerver.

Of een moordenaar.

Bij Slussen stap ik uit. Meestal neem ik de bus het laatste stuk de Katarinavägen op, maar vandaag besluit ik te lopen. Ik wil niet dat ze mijn bloedende schouder zien, ik wil niet zo dicht naast andere mensen in een bus zitten.

Mijn lichaam wordt stijf van de pijn, maar ik dwing mezelf zo vlot mogelijk te lopen.

Wanneer ik ter hoogte van de Zeemanskerk ben, schiet me te binnen dat ik niet meer thuis kan slapen. Hoe kon ik dat vergeten? Dan realiseer ik me nog iets: Johanna.

Johanna is deze week bij mij, maar ik heb niets tegen haar gezegd. Ik pak de telefoon en ga haar meteen bellen.

Ze heeft nog niets eens 'o, hallo' gezegd, of ik val haar al in de rede op de toon van een commanderende militair: 'Johanna! Ga het appartement niet binnen!'

'Maar mama, ik ben er dus al!'

'Doe dan de deur op slot!' ga ik verder.

Een vrouw draait zich om op straat en kijkt naar me. Ik wend mijn gezicht af, zodat ze me niet zal herkennen, en besef dat ik steeds meer aan paranoia ga lijden.

'Geen lampen aandoen!' sis ik vervolgens in de mobiel.

'Waar heb je het over?' vraagt Johanna op haar gewone slome pubermanier.

'Gewoon doen wat ik zeg!' zeg ik en ik hang op.

Ik kijk snel om me heen, maar zie geen taxi's. Dat maakt niet uit; het is nu nog hooguit tien minuten naar huis. Dan ren ik. Het is gaan motregenen – een mals, warm lentebuitje. Dikke grijze regenwolken drijven vanaf de Saltsjö-baai over de Katarina-berg. In het licht van de straatlantaarns zien de mensen die ik tegenkom eruit als schaduwen, zonder gezicht. Iedereen van hen kan Bernt Andersen zijn.

***

Wanneer ik op de kruising van de Renstiernas gata en de Folkungagatan kom, blijf ik staan. Het appartement ligt in de Kocksgatan, vijftig meter verder heuvelop. Vanwaar ik sta zie ik de ramen van de woonkamer op de tweede verdieping. Achter beide brandt licht. Johanna heeft niet geluisterd. Ik heb zin haar nog eens te bellen en haar de wind van voren te geven, maar ik blijf staan om uit te kijken over de straat. Als Bernt Andersen erachter is waar ik woon, kunnen hij of zijn mannen overal staan om mijn appartement in de gaten te houden.

Ik probeer de pijn weg te denken, terwijl ik doelbewust mijn portiek voorbijloop, door naar het volgende blok. De regen verkoelt me en maskeert het zweet dat me nog steeds bij vlagen uitbreekt. Op het moment dat ik mijn portiek passeer, kijk ik even. Dan vang ik een glimp op van een man die schuin tegenover mijn portiek in een auto zit.

Het kan natuurlijk iedereen zijn. Ik kon zijn gezicht niet zien, maar het gevaar is groot dat het Bernt Andersen is, of zijn kompaan.

Met drugs ter waarde van miljoenen hebben ze bovendien geld genoeg om meer personen bij de jacht te betrekken.

Wanneer ik de auto met de eenzame man niet meer kan zien, versnel ik mijn pas. De flat is in een vierkant gebouwd, met een gemeenschappelijke binnentuin. Een eindje de Renstiernas gata in is een portiek die naar dezelfde binnentuin leidt als mijn portiek. Misschien weet Bernt Andersen dat niet.

Zonder om te kijken toets ik snel de code in – dezelfde als van mijn portiek – en open de zware houten deur. Nadat ik een paar traptreden op ben gelopen, kom ik in een protserige entree van donker hout en wit marmer. Niemand volgt me. Ik loop snel langs de lift en de trap naar de appartementen. Voordat ik de binnenplaats op stap, blijf ik even staan en probeer te zien of er iemand in de schaduwen verborgen staat. Ik zie niemand en twee minuten later stap ik mijn eigen appartement in.

Johanna stormt op me af.

'Waar ben je in vredesnaam mee bezig, mama? Ik schrok me helemaal dood. Je kunt toch niet zoiets zeggen en dan zomaar ophangen? Snap je niet hoe bang ik ben geweest?'

Dan ziet ze mijn gezicht en verstijft.

'Wat is er gebeurd?' vraagt ze en ze slaat haar hand voor haar mond.

'Heb je gedaan wat ik zei?' zeg ik, zonder me iets van haar verbazing of schrik aan te trekken.

'Ik... Ik heb de deur op slot gedaan.'

'Mooi!'

'Maar de lampen... Wat heb je gedaan? Serieus, mama?'

'Waarom heb je de lampen niet uitgedaan?'

'Ze waren al aan. Ik dacht dat het gekker zou zijn om ze uit te doen, dus heb ik het zo gelaten...'

'Mooi,' zeg ik weer. 'Mooi!'

Ze kijkt me boos en verbaasd aan met haar handen in haar zij.

'Hállo! Ga je nog vertellen waar je mee bezig bent?'

'Nee,' zeg ik naar waarheid. 'Kom! Heb je je spullen gepakt?'

'Huh? Nee, je hebt niets over pakken gezegd. Waar heb je het eigenlijk over? Wat is dit?'

'Je vraagt te veel! Pak alles in wat je nodig hebt voor een week. En snel. Net als wanneer je naar papa gaat. Oké?'

Ik laat haar alleen voordat ze nog meer vragen kan stellen en begin snel mijn eigen spullen in te pakken. Sommige dingen mag Johanna niet zien, zoals de taser die ik onder een laag kastje in mijn slaapkamer heb verstopt. Of het pistool van Fadi Sora. Mijn grote zwarte tas met de bankschroef en het spijkerpistool moet ik achterlaten. Johanna zou achterdochtig worden. Nog achterdochtiger dan ze al is.

'Ben je klaar?' roep ik luid in de richting van haar kamer.

'Bijna,' zegt ze.

Maar wanneer ik haar kamer in loop, zit ze aan haar bureau uit te zoeken welke make-upspulletjes ze zal inpakken.

'Alsjeblieft, zeg!' zeg ik op commandotoon. 'Inpakken. Nu!'

Ze kijkt me geschrokken aan en doet wat ik zeg. Met haar arm veegt ze een paar verschillende make-updoosjes in haar tas en staat dan op.

'Klaar,' fluistert ze, alsof iemand ons zou kunnen horen.

'Goed zo! Dan gaan we.'

'Maar het is bijna elf uur 's avonds! Waar gaan we heen?'

'Dat vertel ik straks,' zeg ik en ik loop naar de deur.

'Moet het licht niet uit?'

'Nee, dat laten we branden.'

Ze schudt haar hoofd – ik weet dat ze moet denken aan al die keren dat ik tegen haar heb gezegd dat ze het licht achter zich moet uitdoen – maar nu vraagt ze niet verder.

In het trappenhuis is het donker. Ik doe het licht in de hal uit en zeg tegen Johanna dat ze stil moet zijn. We stappen de overloop op, ik doe de deur achter ons op slot. Ik kijk door het raam naar de binnenplaats. Daar is niemand.

Ik draag mijn spullen in een rugzak de trappen af. Telkens wanneer de rugzak tegen de wond duwt, voel ik een pijnscheut, maar ik kan niets zwaars in mijn rechterhand dragen. Ik heb de taser en de Glock van Fadi Sora in mijn handtas, die ik in mijn linkerhand hou. De wond in mijn hand is ook weer gaan kloppen.

We lopen langzaam over de binnenplaats. Johanna zegt niets, maar ik zie dat ze bang is. Kinderen voelen het altijd wanneer het ernst is, wanneer de ouders bang zijn. Dat is een instinct.

Voor de portiek in de Renstiernas gata slaan we snel links af. Mijn auto staat aan de andere kant geparkeerd. We lopen doelbewust en kijken niet op of om. Als heel gewone mensen.

Het is laat. De neonborden en de etalages van de winkels werpen hun licht over de straat. Er zijn nauwelijks andere mensen op de been. Dan hoor ik een auto starten. Wanneer ik me omdraai, zie ik een koplamp naderen. Ik raak gespannen, maar loop normaal door met Johanna aan mijn arm. Wanneer de auto naast ons is, kijk ik er snel naar. Er zit een oudere man achter het stuur. Hij rijdt langzaam verder, de Renstiernas gata door. Ik ontspan en sla de Åsögatan in.

Terwijl ik Johanna's arm stevig vasthoud, kijk ik naar de auto's die op straat geparkeerd staan. Ze zijn allemaal leeg – nergens een bestuurder die ons zit op te wachten.

Wanneer we bij mijn auto in de Borgmästaregatan komen, blijft Johanna in een reflex staan. Ik pak haar stevig bij de arm en dwing haar door te lopen. Ze kijkt me vragend aan, maar zegt niets. Terwijl we erlangs lopen, probeer ik de auto zo discreet mogelijk te inspecteren.

'Hoe moeten we hier dan wegkomen?' vraagt Johanna verbaasd.

'We gaan met de auto,' zeg ik, en we keren om. 'Ik wilde alleen zeker weten...'

De straat is nog steeds verlaten. Ik moet het erop wagen, de auto moet in orde zijn. Ik pak mijn sleutel en ontgrendel de auto.

Dan gebeurt het.

Ik hoor verderop in de straat een auto starten. Wanneer ik me omdraai, zie ik een wagen die van een parkeervak komt. Ik weet dat ze dat zijn. Dat ze mijn auto in de gaten hebben gehouden. Dat ze hebben gewacht.

Ik doe mijn rugzak af en gooi die op de achterbank; ik merk nauwelijks hoeveel pijn het doet.

'Stap in!' schreeuw ik naar Johanna.

Ze kijkt me vragend aan.

'Nu!' schreeuw ik en ik sla het achterportier dicht.

Ik spring achter het stuur. Johanna gaat op de passagiersstoel zitten, nog steeds met een onbegrijpelijke traagheid.

'Riem om,' zeg ik zo kalm mogelijk.

In de binnenspiegel zie ik de auto in onze richting versnellen. Ik weet dat ze zullen proberen ons te enteren, ons op het parkeervak in te sluiten. Ik draai de contactsleutel om en bid.

De auto start.

Ik schakel en probeer de weg op te rijden, maar de parkeerplaats is te krap en ik rijd tegen de auto voor me aan. Vloekend trek ik aan de pook; ik draai aan het stuur en geef vol gas. De auto wordt achteruitgeslingerd en botst tegen de wagen erachter. Ik schakel weer terug naar z'n één, wat een luid geknars veroorzaakt, en rijd de weg op. In de binnenspiegel zie ik de auto op maar een paar meter afstand. Hij komt snel dichterbij. Het gebrul van de motor dringt dreigend het interieur binnen.

'Hou je vast!' zeg ik tegen Johanna en ik duw mijn rug tegen de achterkant van mijn stoel.

Het volgende moment rijdt de auto ons van achteren aan. De klap is hard. We worden tegen onze stoelen gedrukt, terwijl de auto vooruit wordt geslingerd. Ik hou het stuur stevig vast en hou het gaspedaal ingedrukt. De banden gieren over het asfalt. Ik trap de koppeling in, schakel door en geef gas. Wanneer ik weer in de binnenspiegel kijk, is de auto bijna honderd meter achter ons. Terwijl de botsing ons snelheid heeft gegeven, heeft die onze achtervolgers afgeremd.

'Wat is er in godsnaam aan de hand, mama?' roept Johanna met overslaande stem op de rand van hysterie. 'Waarom doen ze dat? Wie zijn dat?'

'Dat vertel ik later,' zeg ik en op hetzelfde moment bedenk ik dat ik het haar niet kan vertellen, in elk geval niet de hele waarheid.

Zonder uit te kijken rijd ik recht de Folkungagatan op. Een taxi nadert in volle vaart. Hij remt met geblokkeerde wielen, terwijl hij probeert ons niet in de flank te raken.

Johanna gilt. Ik draai het stuur naar rechts. De auto slipt en slingert; ik heb het gevoel dat we zullen omslaan, maar dan glijden de banden met een vochtig, slepend geluid over het asfalt. Een auto op de tegengestelde rijbaan wijkt snel uit om niet met ons in botsing te komen. Achter me hoor ik de taxi toeteren. Dan klinkt er een harde klap en het toeteren stopt. Ik kijk in de binnenspiegel. Onze achtervolgers zijn recht tegen de zijkant van de taxi gereden, die een slag is gedraaid en nu met zijn neus tegen het verkeer in staat.

Ik voel een golf van opluchting, totdat ik weer in de spiegel kijk en zie dat ze nog steeds achter ons aan rijden. De ene koplamp is losgeraakt en hangt aan zijn kabels; hij schommelt heen en weer als een lampion. Ik geef gas bij wanneer ik het London-viaduct af rijd. In de binnenspiegel zie ik dat er rook uit hun motor komt. Ze verliezen snelheid. Wanneer ik links afsla naar de Stadsgårdskajen, zie ik de vlammen uit de motorkap slaan. Dan is hij weg.

Ik rijd snel. Bij het Museum van Fotografie springt het verkeerslicht op rood.

'Stoppen!' gilt Johanna hysterisch.

'Nee,' zeg ik grimmig en ik maak vaart. 'We moeten doorrijden. Misschien zijn ze met meer auto's. We kunnen het risico niet lopen.'

'Mama!' schreeuwt ze met overslaande stem. 'Wat is er aan de hand? Wie waren dat? Wat wilden ze?'

Ik wacht met antwoorden totdat we op de Central-brug bij Slussen zijn en we geen achtervolgers meer hebben ontdekt.

'Ik heb research gedaan naar drugsbendes,' zeg ik zonder op te kijken van de weg.

Dat is in elk geval niet helemaal onwaar, bedenk ik.

'Bij toeval ben ik op een grote wietplantage gestuit. Ze hebben het kenteken van mijn auto gezien.'

Ik kijk haar aan. Ze lijkt me te geloven, ze neemt alles wat ik zeg tot zich. Het gaat langzaam. Haar brein is nog steeds geblokkeerd door de schok.

Dan is ze er.

'Wat?!' schreeuwt ze, nog steeds schel. 'Schrijf je over drugsbendes? Ben je niet goed wijs of zo? Denk je ooit weleens aan mij? Aan andere mensen om je heen? Aan papa?'

Ik antwoord niet. Er valt niets te zeggen. Dichter bij de waarheid kan ik niet komen. Johanna kijkt de rest van de rit uit het raam. Ze wil niet meer met me praten.

***

Ik parkeer op de oprit van de villa van mijn ouders op Lidingö. Ik adem uit en voel de vermoeidheid in mijn gehavende lichaam als een voorhamer op me af komen. Ik heb rust nodig. Tijd om te herstellen.

Het is een gigantische villa van drie verdiepingen, met terrassen, salons, balkons en dienstgangen. De tuin heeft het formaat van een klein park en loopt glooiend af naar het water, met bloemperken en stenen muren, die aan een Frans kasteel doen denken.

De tuin wordt onderhouden door Raul, de oude tuinman van mijn ouders. Al sinds mijn zus en ik klein waren komt hij hier twee keer per week.

Tegenwoordig heeft niemand daar meer plezier van. Mijn ouders zitten 's zomers altijd in Frankrijk, in hun idyllische Provençaalse huis. Ze gaan er elk jaar vroeg heen en bivakkeren de hele zomer tussen de lavendelvelden, de zonnebloemen en de wijngaarden aan de kleine rivier.

Ik ben een keer met de kinderen bij hen geweest, toen David nog leefde. Erik was thuisgebleven, die moest werken. We reden samen in de auto door Duitsland, de kinderen en ik. We deden er twee dagen over en kwamen 's avonds laat aan.

'Zijn jullie er nu al?' zei mijn moeder verwijtend toen ze de deur opendeed en ons op de stoep zag staan.

'Ja...' zei ik onzeker. 'Dat had ik toch gezegd, dat we vanavond zouden komen...?'

'Dat heb ik niet gehoord! En we hebben echt geen tijd gehad om iets voor te bereiden!' zei ze, en haar stem sloeg over zoals altijd wanneer ze gestrest was.

Ze richtte zich tot mijn vader, zoals haar gewoonte was wanneer zich een lastige situatie voordeed.

'Gustaf, los jij dit maar op. Hier kunnen ze niet blijven! Ik vind het ontzettend vervelend als ik er niet op voorbereid ben, dat weet je.'

Na een uur zoeken vonden we een hotel aan de rand van het dorp. De lakens waren klam en er renden kakkerlakken over de vloer van de badkamer. We sliepen daar twee nachten, totdat mijn moeder 'voorbereid' was en we bij hen konden logeren. Toen waren er nog drie vakantiedagen over voordat we weer naar huis moesten.

We zijn nooit weer in het Provençaalse huis op bezoek geweest.

Ze hebben ons ook nooit meer uitgenodigd. Mijn zus logeert er elke zomer met haar gezin. Dat hebben mijn ouders in elk geval laten doorschemeren.

Een jaar of wat geleden liet mijn neef Oskar zich ontvallen dat ze het huis in de Provence zouden krijgen.

'Wat?' zei ik.

Hij knikte bevestigend.

Mijn moeder had gevraagd of ik haar gezelschap kwam houden toen ze op de kinderen van mijn zus moest passen.

'Haha, nou verzin je dingen,' lachte ze gegeneerd, terwijl ze Oskar in zijn wang kneep.

Het moest waarschijnlijk een liefdevol gebaar voorstellen, maar ze heeft nooit veel sjoege gehad van liefde en zo. Oskar huilde en er was een rode plek te zien waar ze had geknepen. Alsof ze hem had gestraft.

Deed ze tegen ons ook zo, tegen mijn zus en mij, ook al herinner ik me dat niet?

Ik stond op van de koffietafel in de woonkamer, excuseerde me en probeerde mijn teleurstelling te verbergen.

'Ik moet naar huis,' zei ik. 'Ik moet een artikel afmaken.'

'Ik zou willen dat je stopte met die sensatieverhalen,' zei ze. 'Kun je je studie geneeskunde niet weer oppakken? Een goede baan zien te krijgen? Kijk naar je zus, die is niet –'

Ik viel haar in de rede: 'Hou op, mama! Dit is mijn baan. Het kan me niet schelen wat zij doet!'

Toen ik de kamer uit wilde lopen, stootte ik tegen een siervaas, die op de grond viel. Op het dikke, echte tapijt. Hij ging niet stuk, maar op de een of andere manier bevestigde die gebeurtenis toch hoe mislukt ik was in de ogen van mijn moeder. Ik weifelde of ik hem weer terug zou zetten. Uiteindelijk besloot ik dat niet te doen en ik liep gewoon de hal in. Achter me hoorde ik haar stem: 'Maar Alexandra, liefje...'

Daarna ben ik maandenlang niet bij hen geweest. Toen belde mijn moeder om te vragen waarom ik nooit langskwam. Alsof er niets was gebeurd. Verwijtend. Op de achtergrond hoorde ik de stem van mijn vader: 'Zeg tegen haar dat ze de sleutel van het huis moet krijgen!'

Hij zei het niet op een smekende of dringende toon, maar als een bevel.

In het voorjaar gaf hij mij de sleutel van hun huis op Lidingö; dat doet hij elk jaar en in de herfst krijgt hij die terug.

'Ga er af en toe kijken,' zegt hij dan, alsof hij instructies geeft aan een van zijn ondergeschikten. 'Minstens één keer per week!'

Elk jaar knik ik, neem de sleutel in ontvangst en leg hem op een veilige plek. In de herfst geef ik hem terug, zonder dat ik daar ook maar één keer geweest ben. Ze hebben toch nooit iets door.

Maar nu haal ik de sleutel tevoorschijn en maak de voordeur open. De lucht is muf en bedompt in hun namaakantieke marmeren hal. Het dringt tot me door dat ik daar voor het eerst alleen ben sinds ik het huis uit ben gegaan.

De kleerhangers van imitatiegoud (de overdreven en dure smakeloosheid van mijn moeder) zijn leeg. De hele hal is smetteloos schoon.

Johanna en ik lopen voorzichtig de keuken binnen. Het marmeren werkblad is leeg, het fornuis en het aanrecht blinken; boven het keukeneiland dat ze hebben geïnstalleerd nadat ik hier voor het laatst ben geweest, hangen koperen pannen te glimmen aan het plafond. De keuken is zo groot als die van een restaurant.

De woonkamer is nog dezelfde als in mijn kindertijd, maar hij boezemt me hetzelfde verlaten gevoel in als de keuken, alsof het niet de bedoeling is dat hier mensen wonen. De lichtgrijze banken van Bruno Mattsson (nieuw), de brandschone glazen tafel (oud) en de enorme eettafel van donker glimmend hout met de stoelen er keurig onder (absoluut oud. Deens design, geloof ik).

Mijn moeder is erg van de grote diners. Als kind vond ik die vreselijk. Het kamerspel: dat alles goed was, dat zij goede, succesvolle en levende mensen waren. Al dat overdreven design was er voor hen, voor de gasten. Niet voor degenen die er woonden, niet voor ons.

Alle kamers in het huis zijn even schoon en leeg. Mijn moeder heeft een schoonmaakmanie en is fobisch voor rommel en bacteriën. Of het daardoor komt of door iets anders weet ik niet, maar de kamers zien er stuk voor stuk minder persoonlijk uit dan de toonzalen van een meubelwarenhuis.

'Moeten we hier wonen?' zegt Johanna.

'Ja,' zeg ik. 'Dat moet. We kunnen nergens anders heen. En het is maar voor een paar dagen, dan woon jij weer bij je vader.'

Ze kijkt me kwaad aan.

'Het is altijd alleen maar jij, jij, jij! Kun je niet één keer aan anderen denken? Al mijn vrienden wonen in de stad. Waarom –'

'Hou op!' brul ik. 'Je weet waarom!'

Ze loopt stil en beledigd de woonkamer in en laat zich zo hard op de Mattsson-bank vallen dat ze weer omhoogveert. Ze pakt een afstandsbediening van de tafel en zet de tv aan, waarvan ze het geluid op maximaal zet.

'Moet dat?' vraag ik en ik hoor het antwoord al.

'Ja!'

Ik heb spanningshoofdpijn. De autoachtervolging, de schotwond in mijn arm: het begint allemaal aan me te vreten.

'Kun je het geluid alsjeblieft wat zachter zetten?'

Ze reageert niet.

'Hoor je me? Hou een beetje rekening met anderen!'

Geen reactie.

Ik loop naar haar toe en pak met mijn linkerhand haar schouder vast.

'Zeg iets!'

Ze rukt zich los en staat op.

'Waarom?' gilt ze. 'Waarom moet ik rekening houden met jou? Je houdt nooit rekening met mij. Of met papa! Of met wie dan ook! Iedereen moet zich richten naar jou!'

Ze zwijgt. Een tijdelijke pauze.

'Dat is niet waar,' zeg ik.

'O nee?' zegt Johanna. 'Vertel dan maar eens waarom we hier zijn in plaats van thuis. Omdat jij besloten hebt over een drugsbende te schrijven. Je kon niet gewoon nee zeggen. Nee, ik heb een gezin, daar moet ik rekening mee houden. Nee, dat kon je niet! En kom niet aan met de smoes dat je wel moet, dat het bij het werk hoort, want dat is bullshit!'

'Ik heb het moeilijk gehad sinds David...' zeg ik stil.

Johanna lacht.

'Toen David nog leefde, ging het net zo,' briest ze. 'Hij moest zich naar jou schikken, zo zijn als jij wilde! Je speelde de baas over hem alsof hij...'

Ze heeft geen woorden meer. Ik zeg niets, laat mijn armen langs mijn lichaam hangen en staar naar de afstandsbediening, die op de grond is gevallen. Ik voel de aanvechting om hem op te rapen, maar hou me in. Ik ben net als mijn moeder.

'Betrek David er niet bij,' zeg ik zacht.

Johanna schudt haar hoofd. Ik zie dat ze huilt. Tranen die ze boos wegveegt.

'Waarom niet?! Ik mag ook over hem praten. David, David, David! Ik *wil* over hem praten. David was niet alleen maar jouw zoon, hij was ook mijn broer! Maar jij kunt nooit... Al die andere dingen weet je niet meer!'

Nu huilt ze hard; ze slaat haar handen voor haar gezicht en rent de kamer uit. Even blijft ze staan. Ze kan niet besluiten welke kant ze op moet, alsof het zojuist tot haar is doorgedrongen dat ze niet meer thuis is. Dan stormt ze de trap op. Ik hoor de deur van een van de slaapkamers op de tweede verdieping dichtslaan.

Wanneer ik even later voorzichtig de deur opendoe van mijn oude kamer, waarin ze zich heeft verschanst, ligt ze op het bed, met haar gezicht in het kussen. Ze snikt nog steeds gesmoord. Ik ga naast haar zitten en aai voorzichtig over haar haar en rug. Op de manier die David altijd fijn vond, bedenk ik, maar ik heb meteen spijt van die gedachte. Ik schaam me.

'Het is waar,' zegt ze tegen het kussen. 'Wat ik zei: David is ook mijn broer! Ik heb ook het recht om herinneringen aan hem te hebben en over hem te praten.'

'Dat weet ik,' zeg ik. 'Het spijt me.'

Ze veert opeens overeind. Haar ogen zijn rood en haar gezicht is opgezet. Ze kijkt me strak aan.

'Wat zit je altijd te schrijven 's avonds?' vraagt ze.

Ik schrik onwillekeurig. Ik heb geprobeerd het voor mezelf te houden.

'Niks,' zeg ik, maar ik besef dat dat een onhoudbaar antwoord is.

Na een korte aarzeling voeg ik eraan toe: 'Een eerste versie… van een boek.'

Johanna kijkt me door haar tranen heen aan. Verbaasd, goedkeurend.

'Schrijf je een boek?' vraagt ze. 'Mag ik het lezen?'

Ik schud glimlachend mijn hoofd.

'Nee, dat gaat niet. Nog niet. Wanneer het af is…'

Ze knikt.

'Beloof het!'

'Ik beloof het.'

Het is niet waar. Ze zal het nooit mogen lezen. Mijn verslag.

Ze buigt zich naar me toe en ik trek haar in mijn armen. Ik hou haar stevig vast, zoals ik met David altijd deed.

’s Nachts werd ik vaak wakker omdat David naast mijn bed stond. Hij kwam ’s nachts altijd naar mij toe, nooit naar Erik.

Ik herinner me hem heel goed, zoals hij daar huiverend stond. Het was in een lentenacht, zoals nu; buiten werd het al licht.

‘Ik kan niet slapen,’ zei hij op bezorgde toon.

Ik keek op de klok. Het was kwart over drie ’s nachts.

‘Wat is er?’ vroeg ik slaperig.

Hij gaf geen antwoord.

‘Heb je iets gedroomd?’

‘Ik kan gewoon niet slapen,’ zei hij zacht.

Ik sloeg het dekbed open en stond op. De vloer was koud onder mijn voeten.

‘Kom, we gaan slapen,’ zei ik en ik bracht hem terug naar zijn kamer.

Hij ging in bed liggen en ik stopte hem in. Daarna ging ik op de rand van het bed zitten en aaide over zijn haar. Daar werd hij altijd rustig van, minder gespannen.

Na een poosje begon ik te knikkebollen en ik schrok wakker toen ik bijna voorover viel. David lag naar me te kijken, terwijl hij aan zijn haar draaide.

‘Ik kan niet slapen,’ zei hij telkens weer.

‘Probeer het toch maar,’ zei ik.

‘Het lukt niet,’ zei hij, en ik hoorde de ingehouden paniek in zijn stem.

‘Je moet je ogen dichtdoen, anders kun je niet slapen.’

Ik deed mijn best om niet kwaad te klinken, maar mijn lichaam deed pijn van vermoeidheid. Hij deed gehoorzaam zijn ogen dicht, maar bleef aan zijn haar draaien. Ik aaide over zijn smalle schouders en neuriede een wijsje. Na twintig minuten werd hij rustig en ontspannen. Ik stond stilletjes op en wilde de kamer uit lopen.

‘Mama,’ zei hij achter mijn rug. ‘Waar ga je naartoe?’

'Maar David, je sliep toch?'

Hij schudde zijn hoofd.

'Nee, ik ben wakker, ik sliep helemaal niet.'

'Maar lieve hemel, je moet ontspannen!'

Ik had onwillekeurig mijn stem verheven. Het klonk als gemopper. Ik hoorde het zelf.

'Dat probeer ik ook,' zei hij, bijna in tranen.

'Probeer het nog maar eens! Kom op, David, word eens rustig. Denk niet zoveel! En zit niet aldoor aan je haar te draaien!'

Ik klonk nu geërgerd, boos, mijn geduld was op. Ik was gewoon doodmoe.

'Dat probeer ik ook...' zei hij zacht, snikkend.

Ik knuffelde hem en probeerde hem te troosten, maar vanbinnen was ik woest omdat hij niet gewoon kon gaan slapen. Hoe moeilijk kon het zijn, verdomme?

'Ben je heel boos, mama?' vroeg hij met zijn mond tegen mijn schouder.

'Ik ben niet boos,' zei ik en ik aaide over zijn rug, maar hoorde zelf dat ik loog.

Ik was wel boos. En ik wilde dat hij iemand anders was, gemakkelijker, een gewone jongen.

Vrijdag 23 mei

Wanneer ik wakker word, weet ik eerst niet waar ik ben. Ik staar naar het plafond zonder het te kunnen plaatsen. Een kort moment van schrik. Dan weet ik het weer: het huis van mijn ouders.

Ik gebruik een van de logeerkamers. Johanna slaapt in mijn oude kamer, die mijn moeder heeft veranderd in een naaikamer *slash* logeerkamer. Aan de kamer van mijn zus is sinds onze kindertijd niets veranderd. 'Het is zo'n lieve herinnering,' zei mijn moeder toen ik haar ernaar vroeg. Ze heeft nooit iets over mijn kamer gezegd.

Johanna reageert niet wanneer ik haar wakker maak, maar ze komt beneden ontbijten. We eten zwijgend, als twee vreemden naast elkaar. Johanna zit met de oordopjes van haar telefoon in. Ik weet niet waar ze naar kijkt. 'YouTube,' antwoordt ze wanneer ik het vraag, maar dat zegt natuurlijk niets. Wanneer ik vraag hoe het met haar is, of het door gisteren komt, antwoordt ze: 'Ik ben gewoon moe.'

Opeens schiet ze in de lach. 'Snapchat,' zegt ze ter verklaring.

Na het ontbijt staat ze op en gaat naar de woonkamer. Ze neemt plaats achter de vleugel – die mijn vader voor mijn 'getalenteerde' zus heeft gekocht – en begint te spelen.

Thuis heb ik alleen een digitaal instrument, waar ze vaak op speelt met de koptelefoon op. Ik hoor dan alleen het zachte, gedempte gerammel van de toetsen. Nu vullen de klanken de hele kamer. Ik sta op om tegen haar te zeggen dat ze niet zo hard moet spelen, maar realiseer me dan dat er geen buren zijn die er last van kunnen hebben. In plaats daarvan ga ik in de deuropening staan luisteren. Ze speelt goed. Een mooie, weemoedige melodie, die ik niet herken. Ze is geconcentreerd, ze merkt niet dat ik haar gadesla. Ze kijkt pas op wanneer het stuk uit is.

'Wat is er?' vraagt ze.

'Niks, ik kijk alleen naar je,' zeg ik glimlachend tegen haar.

Ze glimlacht terug. Even zijn we weer moeder en dochter. Dan doet ze met een klap de klep van de piano dicht en gaat weer naar haar telefoon.

Ik zeg niets, maar ik hoor de stem van mijn vader door mijn hoofd galmen: 'Niet zo hard! Wees zuinig met de vleugel. Die was verschrikkelijk duur!'

Daarna breng ik Johanna met de auto naar school. Ze wil niet met de bus vanaf Lidingö. Wanneer we drie kwartier in de file hebben gestaan zonder iets tegen elkaar te zeggen, houdt ze het niet meer uit.

'Stop!' schreeuwt ze. 'Ik neem de metro!'

Ik zet haar op de Sveavägen af, bij station Hötorget.

'Kut,' zegt ze voordat ze uit de auto stapt. 'Nu kom ik nog te laat ook!'

Ze slaat het portier dicht en loopt snel naar het metrostation. Ze zit op de Kunskapsskolan in Hammarby Sjöstad. Dat was Eriks idee. Ik was erop tegen.

Ik kijk op de klok. Ik hoef pas over twee uur op mijn werk te zijn. Dat geeft me genoeg tijd. Ik rijd in zuidelijke richting naar de Renstiernas gata. Ik doe een halfuur over vijf kilometer.

Ik zet mijn auto twee straten verderop neer en leg de laatste vijfhonderd meter naar mijn portiek te voet af. Ik draag een zonnebril en heb mijn haar opgestoken. Hopelijk is dat genoeg om me onherkenbaar te maken. Voor alle zekerheid loop ik de portiek voorbij. Geen auto, geen huurmoordenaar die me opwacht.

Ik sla de Åsögatan in om een rondje om het blok te maken. Wanneer ik weer bij mijn portiek kom, dit keer vanaf de achterkant, zie ik nog steeds geen verdachte auto. Ik blijf voor de ingang staan, kijk om me heen, maak snel de deur open en ga naar binnen.

Wanneer ik me omdraai en naar de straat kijk, is er niets gebeurd. Er is geen beweging, er komt niemand naar de portiek toe lopen, niemand opent een portier om uit te stappen. Ik loop de trap op naar mijn appartement op de tweede verdieping. Mijn voordeur ziet er ongeschonden uit; hij is in elk geval niet geforceerd. Voordat ik gisteren het appartement verliet, heb ik twee stokjes tussen de deur en de deurpost gestoken. Ze zitten allebei nog op dezelfde plaats. Ik haal snel de deur van het slot en ga naar binnen. De lampen branden nog. Ik laat ze aan. Ik hou er rekening mee dat ik niet veel tijd heb. Ook al hebben ze mij uit het appartement zien wegvluchten, dit is hun beste kans om me weer te vinden. Als ze hier nu niet zijn, betekent dat waarschijnlijk alleen dat ze een pauze in hun observatierooster hebben. Als je iemand dag en nacht in de gaten wilt houden, heb je veel mensen nodig. En toen ik hier wegreed heb ik een aanslag gedaan op hun middelen.

Het maakt ook allemaal niet uit. Ik heb geen keus. Ik moet mijn zwarte tas hebben, alles wat ik gisteren niet mee kon nemen. De tas is zo zwaar dat hij in mijn schouder snijdt. Er gaat een scheut van pijn door mijn gewonde schouder.

Wanneer ik voor de deur ga staan en door het spionnetje kijk, is het trappenhuis nog steeds leeg. Even aarzel ik, dan zet ik mijn zonnebril recht en ga naar buiten. Voordat ik wegga, steek ik de stokjes weer tussen de deur. De zware tas bonst tegen mijn heup wanneer ik de trap af loop en brengt me bijna uit mijn evenwicht.

De straat ziet er hetzelfde uit als toen ik aankwam. Er komen een paar auto's voorbij terwijl ik voor de deur sta te kijken, maar zo te zien niet die van hén. Ik besluit het erop te wagen. Met een harde duw open ik de deur en loop zonder op of om te kijken de Renstiernas gata door naar mijn geparkeerde auto. In een etalage zie ik het spiegelbeeld van het trottoir achter me. Daar is niemand.

De laatste honderd meter ga ik wat harder lopen, maar niet zo hard dat het opvalt.

Ik gooi de tas op de achterbank, neem plaats achter het stuur en werp een snelle blik in de binnenspiegel. Nog steeds geen verdachte bewegingen.

Dan start ik de motor en rijd weg, terwijl ik aan David denk. Ik denk steeds vaker aan hem, speel de opdringerige herinneringen af in mijn hoofd. Alsof ik hem daarmee terughaal naar het leven. Hem levend maak.

We kregen een formulier van de schoolzuster. Dat was niets bijzonders. Alle leerlingen die daar op school kwamen moesten zo'n formulier invullen, ook de zesjarigen. Hoe het met je ging, met wie je speelde, allergieën – dat soort dingen.

Erik en ik vulden het samen met David in. We zaten in de keuken, aan de bruine teakhouten tafel die Erik van zijn ouders had gekregen toen hij het huis uit ging. Op de vraag met wie David in de pauzes speelde, zweeg hij.

'Je speelt toch wel met iemand?' vroeg Erik.

David zei niets.

'David?' zei ik.

'Ze voetballen… En daar ben ik niet goed in,' zei hij zacht met neergeslagen ogen.

'Kun je niet toch meedoen?' vroeg Erik.

Ik knikte op de achtergrond.

David schudde zijn hoofd en frunnikte aan iets op tafel.

'Wat doe je dan?' vroeg ik.

Hij gaf geen antwoord.

'David?'

'Niets.'

'Doe je niets?' vroeg Erik.

'Niets speciaals. Ik…'

'Ja?'

'Ik sta te kijken…'

'Waarnaar?'

Hij ging geconcentreerd verder met zijn gefrunnik.

'Wat zou je willen doen?'

Hij haalde zijn schouders op.

'Spelen,' zei hij zacht, alsof hij iets opbiechtte. 'In de zandbak…'

'Kan dat dan niet?' vroeg ik oprecht verbaasd.

Hij schudde zijn hoofd.

'Daar is niks aan in mijn eentje. En...'

'Maar kan Fredrik dan niet meedoen?' vroeg Erik.

Hij schudde weer zijn hoofd.

'Die is toch van school af, papa...'

'Wat?' zei Erik.

Ik knikte.

'Hij zit op een montessorischool. Maar wat wilde je vertellen?'

'Wat?' zei David.

'Je zei dat er niets aan was in je eentje. En toen wilde je nog iets zeggen.'

Hij zweeg.

'Wil je het niet vertellen?'

'Jawel, het is alleen zo... Het is... Ik...'

Hij zweeg weer. We zeiden geen van allen iets en David hield zijn ogen op het tafelblad gericht.

'Het is kinderachtig,' zei hij zacht. 'Niemand anders speelt zo. Alle anderen voetballen. Of spelen bandy.'

'Dus dan doe jij maar niets?'

Hij knikte. Zijn handen bewogen de hele tijd. Ik zag dat hij het moeilijk had, zijn kleine lijfje schoof heen en weer op de stoel.

'David, rustig maar,' zei ik. 'We zijn bij je...'

'Maar wat doe je nou?' vroeg Erik opeens. 'Met de keukentafel?'

'Niks,' zei David onschuldig en hij legde snel zijn hand ergens op.

'Laat zien!'

Erik haalde zijn hand weg. De tafel zat vol krassen, kronkels en diepe sneden. David had een steentje in zijn hand; daar had hij mee op de tafel getekend.

'Wat heb je nou gedaan?!' zei Erik.

David dook ineen. En Erik legde een hand op zijn hoofd.

'Je snapt toch wel dat dat niet mag?' zei hij zacht. 'David, waar ben je mee bezig?'

Dat laatste vroeg hij op liefdevolle toon, heel anders dan ik het gezegd zou hebben. David grijnsde beschaamd, opgelucht. Alsof hij ermee weg was gekomen.

'Grote genade!' zei ik verontwaardigd, en ik hoorde dat ik net zo klonk als mijn vader, de kolonel. 'Je snapt toch wel dat je niet met een steen op de tafel mag tekenen? Hoe moeilijk kan het zijn? Ben je echt zo dom?'

David schrok. Ik zag zijn gezicht veranderen.

'Alexandra,' zei Erik scherp.

Hij keek me boos aan en rechtte zijn rug.

'Soms vraag ik me af of je wel helemaal lekker bent,' zei hij. 'Wat heeft je vader eigenlijk met je gedaan?'

'Laat mijn vader erbuiten!' snauwde ik.

'Gedraag je dan niet zo!'

'Ik moet me niet zo gedragen. Nee, natuurlijk, geef mij maar de schuld. Laat David maar doen wat hij wil! Dat vind jij alleen maar leuk. Het is allemaal mijn schuld. Hoe kom ik op het idee om er iets van te zeggen als hij onze keukentafel beschadigt?!'

'Ik heb er ook wat van gezegd. Maar zo belangrijk is die keukentafel niet,' zei Erik. 'Spullen zijn niet het belangrijkste. Dat moet je begrijpen! Maar zo was het bij jullie vroeger niet, hè? Dat heeft Gustafs kadaverdiscipline je wel afgeleerd. Bij jouw ouders thuis waren de spullen altijd belangrijker dan de kinderen en de mensen! Zo is het toch?'

Ik zei niets. Ik liet mijn armen slap langs mijn lichaam hangen en keek naar hen, naar David, die nu huilde, en naar Erik, die boos naar me staarde.

Ik liep weg. Ik hoorde nog dat Erik achter me troostende woorden zei tegen David.

***

Nee, ik herinner het me verkeerd. Zo mag het niet zijn. Zo was ik niet.

Maar ik weet dat het waar is. Dat ik zo deed.

Hij wilde geen vriendjes mee naar huis nemen. Dat zei hij tegen mij. Recht in mijn gezicht. Dat het vanwege mij was.

We zaten aan die ellendige keukentafel toen hij het zei. Volgens mij zat hij bij me op schoot, maar dat weet ik niet zeker. Buiten scheen de zon, het was lente, er viel een warm, geel licht door de ramen naar binnen, dat op zijn gezicht scheen, zodat het straalde van schoonheid. Waarom was hij zo mooi?

Erik was nog niet thuis van zijn werk. Het zal niet later zijn geweest dan vijf uur, halfzes, een doordeweekse dag. Toen ik hem vroeg waarom hij niet vaker een vriendje mee naar huis nam, gaf hij eerst geen antwoord. Ik drong aan. En toen zei hij: 'Ik ben bang dat je op ze gaat mopperen. Of dat je raar gaat doen.'

'Wat?' zei ik.

Ik was niet raar. Hij had het mis.

'Soms ben je heel erg lief,' zei hij zacht. 'En soms...'

'Ja?'

'...word ik bang.'

'Wanneer ik op je mopper omdat je stout bent geweest?'

'Ja. En wanneer...'

'Wanneer wat?'

'...je raar doet.'

Hij lachte beschaamd toen hij dat zei.

Mijn hemel! Was het zo?

Ik wil het niet geloven. Ik deed mijn best om normaal te zijn. Om een goede moeder te zijn. Een goede echtgenote.

Zodra ik de redactie binnenstap, springt Marvin op mijn nek. Ik heb mijn computer opgestart en ben net gaan zitten, of hij staat al naast me.

'Wat heb je voor me?' vraagt hij en hij bedoelt ideeën voor een artikel.

Ik kijk hem aan met, naar mijn eigen idee, afschuw in mijn blik.

'Een kopje koffie?' vraag ik sarcastisch.

Hij lacht alsof ik een grapje maak. Ik maak geen grapje.

'Heb je je politiecontact al gepolst?' vraagt hij.

Nee, dus. Toch zeg ik: 'Ja, ik spreek hem vanmiddag.'

'Mooi, Bengtsson!'

Hij wil me bijna een klap op mijn rug geven, maar dan herinnert hij zich mijn pijnlijke schouder en doet het niet.

'Denk je dat hij de seriemoorden kan bevestigen?' vraagt hij.

'Ik hoop het... Hoe is het hier verder?'

'De politie vermoedt dat de seriemoordenaar schuldig is aan nog een moord. Niet zo'n recente ditmaal. Weet je nog, dat verrotte lichaam dat ze vorige week hebben gevonden?'

Ditmaal ben ik op mijn hoede.

'Nee?' zeg ik.

'In een boerderijtje ergens in de buurt van Norrtälje. We hebben erover geschreven. Heb je het niet gelezen?'

Ik haal mijn schouders op.

'Misschien was ik vrij...'

Marvin kijkt me aan. Hij is ongeveer even lang als ik. Wanneer ik zijn blik zie, weet ik wat hij denkt: leest ze de krant niet als ze vrij is?!

En inderdaad.

'Hoe dan ook. In *Dagens Nyheter* stond dat ze er bij het onderzoek rekening mee houden dat het een van de slachtoffers van de seriemoordenaar is. Wij moeten daar ook iets mee. Dit verhaal loopt tot nu toe fantastisch.'

Ik knik zonder daar iets speciaals mee te bedoelen. Misschien vooral omdat ik opgelucht ben. Ik heb me afgevraagd of ik iets over de moord op Sonny Andersson zou durven schrijven, met mijn anonieme 'politiecontact' als bron. Nu hoeft dat niet.

'De boerderijmoordenaar,' zeg ik half voor de grap.

Marvin glimlacht en proeft de kop. Dan verdwijnt de glimlach.

'De vrachtwagenchauffeur is niet op een boerderij gestorven. En de derde man hebben ze in een steengroeve gevonden,' constateert hij.

Hij kijkt teleurgesteld, alsof hij van mij meer kennis van zaken had verwacht. En die héb ik ook.

'Nee, natuurlijk,' zeg ik. 'Oké: zesde slachtoffer seriemoordenaar.'

Marvin maakt een gebaar dat hij dat helemaal niks vindt.

'Moet ik iets schrijven?' vraag ik. 'Of zal ik wachten totdat ik mijn politiecontact heb gesproken?'

Hij houdt zijn hoofd een beetje schuin.

'Schrijf maar iets, dan kunnen we dat later uitbouwen.'

Hij trommelt snel met zijn wijsvingers op het bureaublad, terwijl hij opstaat.

'Genoeg gelanterfant!'

Dan draait hij zich om en loopt naar de desk.

Ik begin te zoeken op mijn computer. De komende uren spreek ik een bron (die niet bestaat); ik bel politiemensen (die wel bestaan) en vraag om reacties op informatie die van mezelf afkomstig is.

Ik begin met politiemensen die echt bestaan. Wanneer Carl Edson hoort dat ik het ben, klinkt het eerst alsof hij liever niet met me wil praten.

'Ik weet niet of dat zo geschikt is...' zegt hij.

Dat negeer ik.

'Ik heb informatie dat jullie een zesde lijk als mogelijk slachtoffer van de seriemoordenaar beschouwen. Klopt dat?'

'Ja,' zegt hij.

Hij klinkt moe.

'Wanneer heeft die moord plaatsgevonden?'

'Dat kan ik niet zeggen.'

'Het lijk is vorige week gevonden en verkeerde toen in verregaande staat van ontbinding. Wijst dat erop dat deze moord enkele weken geleden is gepleegd, vóór de moord op Marco Holst?'

'Marco Holst is niet vermoord.'

'Voor de marteling van Marco Holst dan?'

Hij is even stil.

'Ja,' zegt hij dan.

Ik doe bijna vier uur over het artikel. Ik moet elk woord goed afwegen, besluiten wat een anonieme politiemedewerker over mijn moorden zou kunnen vertellen. Maar dat is niet de echte reden dat het zo lang duurt om het te schrijven. Het komt doordat ik me niet kan concentreren vanwege de herinneringen aan David die bij me bovenkomen.

***

Mijn herinneringen zinnen me niet. Ze geven geen eerlijk beeld van ons, van mij. Er zijn ook andere momenten geweest, waarop ik een goede moeder was, waarop we lachten en David gelukkig was en van ons hield...

Ik probeer ze me te herinneren, maar ze ontglippen me, in een soort grauwe sleur van maaltijden, het huishouden, halen en brengen, ongeïnspireerde avonden voor de tv.

Alsof ze er nooit waren geweest.

De andere herinneringen, waar ik niets van wil weten, steken als scherpe rotsen op uit een grijs, ondoorzichtig water van alledaagsheid. Opeens kan ik er niet meer omheen. Komt het door de moorden? Door wat ik doe, door het project dat ik nu uitvoer?

Dit was niet de bedoeling geweest. Ik zou rust krijgen, mezelf worden, geen last meer hebben van de haat. Ik zou bevrijd zijn, de moorden zouden me bevrijden. Wanneer ik hen net zo zag lijden als David – als al hun slachtoffers – zou ik weer degene worden die ik voor Davids dood was geweest. Maar zo is het niet gegaan.

Het verdriet om David is onveranderd, de haat jegens Bernt Andersen ook.

Er is geen verzachting.

In plaats daarvan komen deze herinneringen. En die staan me helemaal niet aan.

Davids nachtangst kwam terug. Maar zonder geschreeuw. Hij zat stil in zijn bed met wijd open ogen, roerloos, met een uitdrukking van totale wanhoop op zijn gezicht. Ik weet het nog, ik zie hem zo voor me. Het was op zondag, we moesten de volgende dag weer vroeg op om te werken.

'David,' fluisterde ik, toen ik was opgestaan om te plassen en gelijk even bij hem keek.

Geen reactie.

'David!' zei ik.

Nog steeds geen reactie. Ik boog me over hem heen.

'Hoe is het met je?'

Ik schudde hem door elkaar. Zijn hoofd slingerde heen en weer en ten slotte ging zijn blik langzaam mijn kant op. Zijn mond bewoog. Ik zag dat hij probeerde te praten: een trage, krachteloze stem, alsof hij zijn best deed om boven te komen, op een plek waar de woorden waren.

'Ik... ben verlamd.'

Zijn blik was zwart, alsof hij zich in groot gevaar bevond en om hulp smeekte, maar geen woord kon uitbrengen. Ik schudde hem stevig door elkaar. Uiteindelijk ging er een schok door zijn lijfje en hij veerde overeind. Hij hapte naar adem, als een zwemmer die te lang onder water is geweest. Als iemand die bijna was verdronken.

Toen begon hij te huilen. Een wanhopig huilen, dat er in korte, harde uitbarstingen uit kwam, terwijl hij met gretige teugen naar lucht hapte.

'David, David, wat is er? Zeg iets!'

Maar dat kon hij niet. Ik probeerde hem in mijn armen te nemen, maar hij maakte zich los en bleef naar lucht happen.

Toen hij een hele poos later eindelijk weer tot zichzelf kwam, wist hij niet meer goed wat er was gebeurd.

'Ik was verlamd in de droom,' zei hij alleen. 'Ik kreeg geen lucht.'

Dat was alles. Alsof hij niet in de wereld kon kijken die hem in zijn greep had wanneer hij sliep.

's Avonds durfde hij niet te gaan slapen. Hij probeerde zo lang mogelijk wakker te blijven. Vaak viel hij onder de salontafel voor de tv in slaap, of aan de keukentafel. Erik droeg hem voorzichtig naar beneden. Hij woog niet veel. Ik zag dat Erik elke keer weer verbaasd was over hoe licht het kleine jongenslijfje was. Maar wanneer Erik hem in bed legde, werd hij steevast wakker. Dan lag hij weer met een lege blik naar het plafond te staren, verloren in een innerlijke onrust, draaiend aan zijn zwarte haar.

Zaterdag 24 mei

Wanneer we gaan ontbijten, verdwijnt Johanna naar de badkamer. Ik wacht vijf minuten, tien minuten. Dan klop ik op de deur.

'Wat doe je daar?'

Ik doe mijn best om vriendelijk te klinken, maar ik ben al geïrriteerd. Het zaterdagse ontbijt is ons moment samen. De rest van de dag verdwijnt ze in haar oordopjes en haar mobiel, of ze heeft met haar vrienden in de stad afgesproken.

Zij is de enige familie die ik nog heb. Ik voel me teleurgesteld omdat ze niet komt, terwijl ik mijn best heb gedaan.

'Ik sta mijn handen te wassen,' zegt ze.

Ze klinkt chagrijnig, alsof ze zegt: daag me maar uit als je durft.

Ik loop meteen in de val.

'We gaan toch ontbijten? Kun je niet met je schoonheidsverzorging wachten tot ná het ontbijt?'

'Wat ís dit?' schreeuwt ze. 'Ik was mijn handen. Mijn god, mag dat nog of niet?'

Dan is de ruzie in volle gang. We schreeuwen lelijke dingen tegen elkaar.

Zij: 'Ik wil niet in dit vreselijke huis wonen.'

Ik: 'Je bent honds ondankbaar.'

Zij: 'Je bent een strontvervelende dictator, die overal iets over te zeggen wil hebben.'

Ik: 'Je bent gewoon verwend.'

Zij: 'Je bent altijd stikchagrijnig, wat is er vandaag weer mis?'

Ik: 'Je zou verdorie een beetje respect moeten leren.'

En zo gaat het maar door. We hebben geen grens.

Johanna schreeuwt zo hard ze kan. Ik kan het schuim in haar mondhoeken zien. Niemand hoort ons, godzijdank. Het huis is groot en de dichtstbijzijnde buren zitten ver weg.

'Ik wil niet meer bij jou wonen, ik wil bij papa wonen!' schreeuwt ze.

Daarna is ze stil; ze begrijpt dat ze te ver is gegaan. Ik laat mijn armen zakken.

Naderhand zitten we aan de keukentafel. Johanna raakt het broodje niet aan dat ik voor haar heb gesmeerd. Ik roer in mijn havermoutpap. We kijken naar de tafel en zeggen geen van beiden iets.

'Mag ik nu weg?' vraagt ze ten slotte.

Ik knik. Er staan bloemen op de ontbijttafel – tulpen die ik in de tuin van mijn moeder heb gevonden, gele en rode, bijna uitgebloeid. De linnen servetten liggen nog naast onze borden en het bestek, de schaaltjes en het geroosterde brood zijn allemaal onaangeroerd, alsof we elk moment kunnen gaan zitten eten.

Voordat ze de keuken uit loopt, draait ze zich om en vraagt: 'Wat is er met je? Je bent tegenwoordig altijd zo kwaad. Wat is er?'

Ik staar haar aan. Ik kwaad? Wat weet zij ervan?

'En jij dan?' vraag ik.

Ze slaat haar ogen ten hemel. Alsof ík een lastig kind ben. Ik probeer te kalmeren en zeg een poosje niets.

'Meende je wat je zei, over papa?' vraag ik.

'Ik weet niet,' zegt ze en ze loopt weg.

Morgen gaat ze weer naar Erik. Ik weet dat ik bezig ben haar te verliezen, maar ik weet niet wat ik moet doen om haar bij me te houden. Het is net alsof ze boven een afgrond hangt en ik haar handen vasthoud, die langzaam wegglijden uit mijn grip. Machteloos zie ik haar van me wegglijden en in de afgrond vallen.

Fout: degene die boven de afgrond hangt, dat ben ik. Alleen ik.

En ik voel een verlammende angst.

Zondag 25 mei

David zit op zijn hurken in het gras en is geconcentreerd met iets bezig. Het is lente, de zon schijnt, de vogels zingen. De camera maakt opeens een zwaai, zodat je ziet dat we op 'ons' landgoed zijn. Dan draait hij terug naar David. Op de film zie je niet wat hij doet; je ziet alleen zijn rug en zijn gebogen hoofd met zwarte krullen die bewegen in de wind.

'Wat doe je?' vraag ik nieuwsgierig in de film.

Ik ben degene die filmt. Ik hou de camera dichter bij hem. Hij antwoordt niet en ik loop met de camera om hem heen. De film glijdt langs zijn rug en zoomt in op waar hij mee bezig is. Hij heeft stokjes in de grond gezet, zodat het een hekje is geworden. De camera zoomt in op het omheinde veldje. Er springt een kikker tegen het hek, maar hij valt weer in het gras. Ik schrik ervan, en de filmcamera ook. Opnieuw doet de kikker een wanhopige poging zich uit het omheinde gebied te bevrijden.

'Wat doe je nou?!' vraag ik.

David kijkt met een onzekere glimlach in de camera. Hij zegt niets, maar staat op en kijkt naar de grond, terwijl hij nerveus aan zijn haar begint te draaien.

'Waarom deed je dat?' vraag ik.

Ik hoor dat ik vriendelijk probeer te zijn, mijn best doe omdat het wordt opgenomen, maar dat gaat me niet erg goed af. Hij loopt weg.

'David, kom terug!' roep ik en ik loop achter hem aan.

Intussen ben ik vergeten dat ik nog steeds een camera in mijn hand hou. De film beweegt schokkerig over het grasveld, langs bomen, huis en hemel. Ik pak hem bij zijn schouder en wil dat hij zich omdraait.

'Waarom deed je dat?' vraag ik.

De camera laat een stukje kale, droge tuin zien, maar ik weet dat David zijn schouders ophaalde en probeerde te glimlachen; dat herinner ik me.

'Je mag dieren geen pijn doen!' zeg ik onnodig boos.

'Dat deed ik ook niet,' fluisterde David. 'Ik bouwde alleen een huis voor hem.'

Ik til de camera op, zie dat die nog steeds aanstaat en zet hem uit.

In de volgende scène rent David rond met een stokje en speelt stil, diep in zijn eigen wereld verzonken.

Een nieuwe scène: ik lach naar de camera.

'Nu is het tijd voor een koffiebroodje,' zeg ik. 'En warme chocolademelk.'

We houden een picknick tegen de zuidmuur van de houtschuur. De zon schijnt en ik geloof dat het de eerste warme dag van het jaar was. Zo herinner ik het me.

David lacht.

'Koffiebroodje,' zegt hij en hij laat zich naast me in het gele wintergras vallen.

'Ja, ja, rustig maar,' zegt Erik. 'Voorzichtig met de bekers!'

Ik zie Eriks gezicht niet, aangezien hij filmt, maar ik weet dat het geconcentreerd staat.

'Toe nou, David!' zegt Johanna nors wanneer hij over haar heen reikt.

Hij luistert niet. Hij pakt de broodjes een voor een vast en vergelijkt ze.

'Hou op!' zegt Erik boos. 'Je mag niet overal aanzitten!'

David luistert niet; hij kiest er een uit, het grootste. Hij is vrolijk, enthousiast. Wanneer hij zijn hand uitsteekt om een van de bekers chocolademelk te pakken, gooit hij twee andere om. De chocolademelk stroomt in het gras. De camera volgt het zo snel niet, maar ik hoor Erik. Hij schreeuwt niet, verheft niet eens zijn stem. Het is de manier waarop hij het zegt, de verachting: 'Doe eens rustig, verdorie! Niemand pakt je iets af! Doe rustig!' Twee simpele woorden…

Dan is het even stil. Op de film buk ik om de omgevallen bekers op te rapen; ik probeer te redden wat er nog te redden valt van de warme chocolademelk.

Volgende scène: David neemt een hap van zijn broodje, maar wil niet naar de camera kijken. Hij zit met hangende schouders en zijn hoofd omlaag.

'Was het lekker?' vraag ik gemaakt vrolijk, alsof er niets aan de hand is.

David kijkt niet op, maar knikt.

De camera flikkert en wordt uitgezet.

Maar ik weet nog wat er gebeurde.

Erik kwam bij ons zitten, nog steeds geïrriteerd. Ik aaide over Davids haar. Het was een mooie lentedag, ik deed mijn best om er een goede dag voor ons gezin van te maken, zo'n dag waar je met liefde en warmte aan terugdenkt.

'Hoe is het?' vroeg ik aan David en ik aaide nog eens over zijn hoofd, alsof ik iets daarbinnen wilde repareren.

Opeens keek hij op. Hij had gehuild.

'Jullie houden niet van me,' zei hij.

Gewoon zo – pats.

'Hè? Natuurlijk wel,' zei ik.

Onbewust had ik mijn hand van zijn hoofd gehaald. Hij draaide zich naar me om en keek mij en Erik beschuldigend aan.

'Jullie willen dat ik anders ben, net als Johanna. Jullie zeuren alleen tegen me omdat jullie willen dat ik verander, dat ik net zo word als zij. Jullie houden niet van me...'

***

Het huis op Lidingö is leeg. Johanna is naar Erik gegaan. Ik heb lopen snuffelen. De film zat in een gesloten kastje van het wandmeubel, samen met een paar andere. Die zullen mijn ouders wel hebben gekregen met kerst of verjaardagen (zonder ze ooit te bekijken, daar ben ik van overtuigd). Maar waarom hebben we hun deze gegeven? Hoe kwamen we erbij?

Ik weet het niet meer.

Als in trance sta ik op en pak de volgende dvd, schuif hem in de dvd-speler en zie de tv flikkeren.

Weer een picknick met het gezin, aan zee ditmaal. Kale rotsen en lage, door de wind geteisterde dennen, een kiezelstrand. En de Oostzee die zich grijs en kalm uitstrekt. In al het grijs zijn grotere en kleinere eilandjes te zien. Het is herfst en we zijn daar alleen. Het is koud, maar we hebben weer broodjes en warme chocolademelk meegenomen. De kinderen zijn steentjes aan het keilen. De steentjes stuiteren licht en laten kringen achter op het water, dat zo kalm is dat het onecht lijkt.

'Goed zo!' roept Erik tegen Johanna wanneer ze een steentje vier keer kan laten stuiteren.

David keilt ook. Zijn steentje stuitert twee keer. Niemand zegt iets. Ik ook niet. We staan alleen te kijken. Johanna is een stukje doorgelopen over het strand. Even later volgen we haar. De camera draait. De kiezels ratelen onder onze schoenen.

'Wacht op mij!' roept David.

Dan houdt de film op.

Ik kijk naar meer films. We zijn in de bergen aan het skiën, we fietsen, we zitten thuis in de keuken te kaarten...

Het is hetzelfde in alle films: wanneer we iets tegen David hadden kunnen zeggen – 'Goed zo', 'Wat mooi', 'Wat kun je dat goed' – zwijgen we alleen. We laten de momenten aan ons voorbijgaan. Alsof we opgelucht waren dat we niet hoefden te zeuren, maar niet in staat waren om een stimulerende opmerking te maken.

Hij had gelijk. We hielden niet van hem.

En toch hou ik nu zo veel van hem.

Maandag 26 mei

Ik ben niet meer bij het huis van Bernt Andersen geweest sinds ik de vorige keer ben beschoten, maar nu ben ik onderweg.

Het is middag en de hitte is bijna drukkend. Wanneer ik door de stad rijd, zie ik mensen in lichte kleren op weg naar huis van hun werk – of ze gaan naar een avondpicknick in Humlegården of op Djurgården.

Ik heb het boodschappenwagentje van mijn moeder geleend, dat ze in de garage heeft laten staan. Het is een lelijk rood autootje, maar het lijkt niet op mijn eigen witte Ford.

Op weg in zuidelijke richting neem ik in gedachten de kaart door. Op de computer heb ik de kwekerij opgezocht, ik heb de paden en wegen eromheen bekeken en een plattegrondapp geüpload die ook werkt als er geen bereik is. Ik heb me voorbereid.

Johnsons Groente ligt afgelegen, aan drie kanten omgeven door bos, vanaf de hoofdweg niet te zien. Maar er is nog een weg die naar het bos achter de kassen leidt. Het is nauwelijks een weg te noemen – meer een wielspoor met een strook gras in het midden.

Die volg ik twee kilometer. Het sparrenbos is dicht tot naast de weg. Er zijn geen huizen, niets. Vermoedelijk is deze weg aangelegd om hout uit het bos te halen. Hij eindigt in een grote, halfoverwoekerde keerzone. Aan de ene kant ligt nog een stapel boomstammen die nooit zijn opgehaald. De schors is van de stammen gevallen, die lijken te rotten. Een verlaten bouwkeet staat er vlak naast, met afgebladderde groene verf, die langzamerhand bedekt raakt met mos.

Met mijn mobiel controleer ik of ik goed zit. Dat is het geval. Hier ergens moet een pad door het bos gaan tot aan de kassen.

Ik kijk naar het bos, terwijl ik de blauwe stip op de kaart van mijn mobiel volg.

Na een tiental passen ontdek ik dat ik het pad al voorbij ben. Ik keer om. Er is niet meer van te zien dan een nauwelijks waarneembare opening tussen de sparren. Het is lang geleden dat daar iemand heeft gelopen. Voorzichtig wurm ik me tussen de stugge takken door.

Ik raak het pad een paar keer kwijt en blijf steken in ondoordringbaar bos, dat allang uitgedund had moeten worden. Hier hebben ze duidelijk geen hout vandaan gehaald. Vermoedelijk hoort de bospartij bij de oude kwekerij, Johnsons Groente. Ik voel een steek in mijn schouder wanneer de onvriendelijke sparrentakken ertegen duwen, als een herinnering aan wat me hier de vorige keer is overkomen.

Na twintig minuten zie ik de daken van de kassen. Ik loop er voorzichtig heen en let goed op waar ik mijn voeten neerzet, om niet weer een tak te breken.

Wanneer ik vlak achter de buitenste rij bomen sta, zie ik het hele erf en de rij kassen. De pick-up is weg. Bernts Mercedes zie ik ook niet. Maar dat is niet alles. Er is iets veranderd, dat voel ik. Achter een van de ramen van het woonhuis wappert bouwplastic. De twee dichtstbijzijnde kassen zien er leeg uit. Door de kijker zie ik dat de kweekbedden overhoopgehaald zijn, allemaal donkere aarde. Ik zwaai langs de rij kassen. Ze zien er allemaal hetzelfde uit. De planten zijn weg. Ik laat de kijker zakken en kijk uit over het terrein.

Ze zijn verhuisd. Gevlucht.

Verdomme!

Ik loop snel terug naar mijn auto, ren tegen de takken aan, val een paar keer. Wanneer ik wegrijd, geef ik zoveel gas dat de auto ongecontroleerd over de keerzone slipt.

Dan beheers ik me. Wanneer ik langs het lelijke gele huis van Bernt Andersen rijd, kijk ik omhoog. Tussen de berken om het erf heen door vang ik een glimp op van zijn Mercedes, die bovenaan de oprit staat.

Hij is er nog.

Ik slaak een zucht van verlichting. Even was ik bang dat het allemaal tevergeefs was geweest. Maar ik begrijp dat ik nu moet opschieten.

Een herinnering: mijn moeder zit aan de keukentafel. Voor haar staat een kop koffie en op een schoteltje ligt een halve tompoes, haar lievelingsgebakje. De doos van de bakker met mijn gebakje erin, net zo'n tompoes, staat nog op tafel. Ik zit tegenover haar, maar ze kijkt niet naar me. Ze leest in een damesblad dat ze onderweg naar huis heeft gekocht. De keuken is stralend schoon. Onze hulp is waarschijnlijk net geweest.

Ik zeg iets tegen haar, wat weet ik niet meer, vast een doodgewone opmerking, maar ze antwoordt niet, lijkt me niet eens te horen.

Eigenlijk had ik weg moeten gaan, haar daar bij de keukentafel moeten achterlaten, maar dat kan ik niet. Ik wil dat ze met me praat.

'Mama...' zeg ik.

Ze antwoordt niet.

'Mama!' zeg ik, iets harder.

Nu kijkt ze verbaasd op.

'Eet je je gebakje niet op?' vraagt ze. 'Papa komt zo thuis en dan gaan we eten.'

Ze glimlacht bemoedigend en gaat terug naar haar tijdschrift. Ik kan de geur van het papier en de drukinkt ruiken – een zoetige, speciale geur. Afschuwelijk vind ik die. En ik raak het gebakje niet aan.

'Boe!' zeg ik hardop om haar te laten schrikken.

Ze kijkt op.

'Hè?' zegt ze. 'Wat wil je?'

'Ik...' zeg ik, maar ik raak de kluts kwijt.

'Hoe was het op school?' vraagt ze, terwijl ze weer in het tijdschrift kijkt.

'Goed,' antwoord ik. Ik had graag een ander antwoord willen geven.

Ze knikt. Het is even stil. Dan wordt ze weer opgeslokt door haar damesblad. Ik zie haar met een nieuwsgierig, bijna gretig gezicht een pagina omslaan.

Het was niet goed geweest op school. Het was nooit goed. Sinds mijn zus – mijn boosaardige zus – die leugens had verspreid, wilde niemand meer met me omgaan. In de pauzes was ik alleen. Het leek wel of iedereen bang voor me was. Soms keek mijn zus naar me over het schoolplein heen, ze draaide zich om in de kring van meisjes en keek me aan met haar stijve, emotieloze gezicht. Ik begreep nooit of er verachting lag in haar blik, of dat ze ondanks alles medelijden met me had.

Ik weet nog dat ik deed alsof ik iets deed – in het zand tekenen, geïnteresseerd naar een mier kijken, telkens weer mijn veters strikken. Maar eigenlijk wachtte ik alleen tot de bel zou gaan voor de volgende les.

Had ik me maar niets van haar en de anderen aangetrokken. Had ik maar een boek gelezen, een dagboek bijgehouden, wat dan ook. Maar dat deed ik niet.

Wanneer ik aan de keukentafel zit tegenover mijn moeder, die niet opkijkt van haar tijdschrift, doet de stilte van de schooldag me vanbinnen zeer. Ik wil zo graag praten. Dingen zeggen. Vertellen. Gewoon kletsen.

'Mama,' zeg ik weer.

'Ja?' zegt ze zonder op te kijken.

Ik weet niet wat ik moet zeggen.

'Wat gaan we eten?'

'Aardappels met vis en een botersausje.'

Stilte.

'Mama... Ik verveel me.'

Ze kijkt op, geïrriteerd nu.

'Ga je niet buiten spelen?'

Ik schud mijn hoofd.

'Ik ben te oud om te spelen.'

'Kun je niet iets met een vriendinnetje afspreken? Waar is je zus?'

'Weg,' zeg ik.

Die bleef tegenwoordig op zichzelf. Vermoedelijk had ze een of andere training of was ze bij een vriendin. Maar ook als ze thuis was, praatte ze nooit meer met mij.

Ik probeer het tijdschrift van mijn moeder af te pakken.

'Maar Alexandra, wat doe je nu?'

Ik antwoord niet. Ik weet het niet. Maar wanneer ze het terugpakt en doorgaat met lezen, pak ik het opnieuw. Ik kan het niet helpen.

'Toe nou, waar slaat dit op?'

Ik probeer te lachen, maar hoor zelf dat het er raar en onhandig uit komt. Dan smijt ik het tijdschrift door de keuken, zodat de pagina's door de lucht fladderen.

'Alexandra!' zegt mijn moeder. 'Hou daarmee op!'

Maar ik kan niet ophouden. Vastbesloten en stil loop ik om de keukentafel heen en geef haar een duw wanneer ze probeert op te staan om het tijdschrift op te rapen.

Ik zie dat ze verbijsterd is.

'Alexandra,' zegt ze. 'Wat mankeert je?'

Ik antwoord nog steeds niet, maar boks tegen haar schouder.

'Alexandra!'

Dan ga ik door met slaan, slaan, slaan...

Ik sla wanhopig en hard, overal waar ik bij kan; ik blijf maar slaan, als in trance. Ik stop pas wanneer ze van haar stoel valt en jammerend op de vloer blijft liggen.

Dan begin ik te huilen. Niet zoals ik huil wanneer ik me pijn heb gedaan of boos ben, maar onbedaarlijk, alsof er iets onbekends in me opwelt.

Ik herinner me dat ik zelf schrok van de hevigheid. Ik kon niet stoppen. Ik had mezelf niet in de hand. Ten slotte lag ik verkrampt naast mijn moeder op de grond, die ongerust mompelde dat ze met me naar een dokter moest.

Een week later kon ik naar de kinder- en jeugdpsychiatrische kliniek. Ik zat in een grote kamer en moest verschillende dingen tekenen, terwijl een vrouw me de hele tijd in de gaten hield. Ze vroeg dingen als: 'Hoe voel je je nu?', 'Ben je boos?', 'Zou het meisje op jouw tekening het blauwe figuurtje willen slaan?', of: 'Zou je mij willen slaan?'

Ik gaf nooit antwoord. Intuïtief vatte ik het op als een soort val, dat ze me erin probeerden te luizen. Later hoorde ik mijn ouders praten over autistische trekjes.

Dat klopte niet. Ik had geen autistische trekjes. Ik was gewoon eenzaam, ik was altijd al eenzaam geweest. Alleen met mijn zus samen was het anders geweest, voordat die hond tegen haar op sprong en in haar gezicht hapte.

Toen de 'aanvallen' – zo noemden ze datgene wat ik mijn moeder had aangedaan – niet terugkwamen, gingen mijn ouders niet meer met me naar de kliniek. Ze keerden terug naar hun dienstreizen, hun damesbladen en chique weekenddinertjes en lieten mij met rust.

De eenzaamheid, het verdriet, wat het ook was – het zat nog steeds in me, maar ik bleef erbij uit de buurt. Het was als leven op een smal paadje langs de rand van de afgrond. Uiteindelijk wen je eraan, leer je dat je niet bij de rand moet gaan staan, dat je op veilige afstand moet blijven van datgene wat je in het verderf kan storten.

Toen kwam David.

Hij was net als ik. Ik was net als hij. We leden op dezelfde manier.

***

Het was raar met David. Wanneer we hem terechtwezen, wanneer we op hem mopperden, was hij nooit verdrietig. Hij glimlachte. Soms lachte hij.

Dus mopperden we nog meer. Ik weet nog dat ik dingen zei als… Ik schaam me als ik eraan denk.

Achteraf realiseer ik me dat hij niet lachte.

Hij schaamde zich alleen. Hij wist niet hoe hij moest reageren, wat hij moest zeggen of doen. Hij was tegen de muur gezet met twee grote, boze ouders die tegen hem schreeuwden. Dus hij glimlachte, hij lachte. Misschien dacht hij dat hij ons moest opvrolijken. Dat we om hem zouden geven.

Ik zie hem voor me. Het is op een ochtend, in het weekend. We zitten aan de keukentafel, Johanna, Erik en ik. David heeft een koptelefoon op en hij beweegt met zijn handen op de maat van de muziek.

'Zet die koptelefoon af aan de ontbijttafel,' zegt Erik.

David hoort het niet. Erik raakt hem aan, gebaart dat hij de koptelefoon moet afzetten. David doet het, maar laat hem op de grond vallen.

'Geef die maar aan mij,' zegt Erik en hij inspecteert hem wanneer hij hem krijgt.

David gaat zitten, pakt snel een broodje en begint het met een enorme klont boter te besmeren.

'Hij is kapot,' zegt Erik. 'De beugel is gebroken. Heb jij dat gedaan?'

David schudt zijn hoofd.

'Ik heb niets gedaan,' zegt hij.

En dan glimlacht hij.

'Maar dat kan niet anders, hij was heel toen je hem kreeg...'

Maar David blijft glimlachen. Dus ik begin ook op hem te mopperen.

'Begrijp je niet dat dat niet mag?'

En David kijkt ons aan. Hij kijkt naar ons, en glimlacht.

'Wat is dat toch met jou? Je snapt toch wel dat je geen dure spullen kapot mag maken? En dan lach je er ook nog om! Snap je niet dat een nieuwe duur is, en dat wij die moeten betalen?'

We hebben nooit begrepen dat het geen koppigheid was, dat hij ons niet wilde uitdagen. Hij wilde het ons naar de zin maken, hij wilde dat we van hem hielden. We dachten dat hij de ongevoeligste was van ons, maar het omgekeerde was waar: hij was de gevoeligste in ons gezin.

Toch gingen we door, steeds vaker en harder, hoe vaker hij glimlachte. Als kettinghonden, als pestkoppen.

Had ik maar kunnen veranderen, had ik maar kunnen leren een betere moeder te worden. Nu heb ik dat punt bereikt. Ook al is het te laat. Ook al is hij al dood.

***

Vannacht werd ik weer wakker van mijn mobiel. Eerst schrok ik; ik raakte in paniek. Ik had niet door waar ik was. Even had ik het idee dat de politie me belde. Toen nam ik op.

'Hallo,' zei ik buiten adem. 'Met Alexandra.'

Niemand zei iets, maar even later hoorde ik het ademen. Van mijn zus. Haar verwijtende, rustige ademhaling. Alsof ik haar iets had aangedaan.

'Wat is er?' vroeg ik. 'Wat wil je van me?'

Geen antwoord. Alleen datzelfde ademhalen.

'Godsamme! Ik weet dat jij het bent! Wat wil je van me?'

Nog steeds geen antwoord, maar even later hing ze op. Ik zette de telefoon op stil voor het geval ze nog eens zou bellen. Naderhand lag ik uren wakker. Ik lag op mijn rug in het donker te staren en draaide aan mijn haar.

***

Ik ben vergeten over de schotwond in mijn schouder te vertellen. Die geneest goed. Ik ben nog steeds stijf en kan de arm nog niet gewoon bewegen, maar ik voel me toch beter. Geen infectie. Ik behandel de wond nog steeds twee keer per dag met chloorhexidine en loop altijd met een strak verband.

Ik wil niet dat er opeens rode vlekken in mijn trui of blouse komen wanneer ik op de redactie ben. Ik kan Marvins barse stem al horen. *Shit, wat heb je gedaan, Alexandra?*

Ik heb me op die mogelijkheid voorbereid en een antwoord bedacht. *Ik had toch mijn schouder bezeerd toen ik door die eland achterna werd gezeten en ben gevallen? Nu ben ik ermee tegen een stoel gelopen.*

En dan een lach.

Ik probeer me de situatie voor te stellen, maar Marvin kijkt me telkens sceptisch en hoofdschuddend aan, zelfs in mijn fantasie.

In werkelijkheid zou hij willen weten wat er was gebeurd. *Nu moet je het vertellen! En waarom heeft de dokter de wond niet gehecht?*

Dinsdag 27 mei

Na het werk neem ik de metro naar Slussen, loop de Katarinavägen op, maar sla af voordat ik bij de Folkungagatan ben, zodat ik het appartement van de achterkant nader, via de Borgmästaregatan en dan over de Kocksgatan. Mijn appartement ligt honderd meter verderop.

Het is een warme dag. De zomer is eindelijk gekomen. Wanneer ik naar de Renstiernas gata kijk zie ik de lucht trillen boven het zwarte asfalt.

Er is bijna een week verstreken sinds ze op me hebben geschoten en ik wil zien of ze me nog schaduwen of dat ze me zijn vergeten.

Ik draag een dun topje en een vest, zodat de wond niet te zien is. De wind blaast onder mijn rok en verkoelt me. Ik steek de straat over en ga aan de schaduwkant lopen. Mijn handtas met de taser en de Glock draag ik over mijn schouder.

Op vijfentwintig meter afstand van mijn portiek zie ik hem. Het is de forse kerel van de broeikassen. Hij staat tegen de gevel geleund, gekleed in een zwartleren vest en een geruit overhemd met opgestroopte mouwen, die zijn getatoeëerde armen laten zien. Een spijkerbroek en stevige leren laarzen, een volle rode baard en een paardenstaart, een donkere zonnebril. Hij lijkt het warm te hebben.

Wanneer ik dichterbij kom, keert hij me zijn opgezette, ronde gezicht toe. Ik kan niet zien of hij achter de zonnebril naar me kijkt, maar ik neem aan van wel.

Zonder naar de portiek te kijken loop ik hem ongedwongen voorbij. Ik passeer hem op minder dan een meter afstand. Als ik zin zou hebben, zou ik hem zo een klap in zijn gezicht kunnen geven.

Wanneer ik langs hem loop, draait hij zich naar me om en hoor ik het leer van zijn vest kraken.

Ik loop rustig de Renstiernas gata uit, maar wanneer ik de hoek om sla naar de Folkungagatan ga ik harder lopen en ik trek een sprintje. Verderop in de straat zit een oude videotheek, die vijf, zes jaar geleden nog druk werd bezocht. Nu komen er alleen filmnerds met een hipsteruiterlijk.

Er rinkelt een bel boven de deur en de jongen achter de toonbank knikt me vriendelijk toe. Ik knik terug, kijk om me heen in de winkel, maar er is verder niemand. Dan ga ik tussen de kasten staan, waar ik uitzicht heb op de straat, en pak op goed geluk een film.

Der Himmel über Berlin, lees ik. Ik heb er nog nooit van gehoord. Met een half oog lees ik de tekst op de achterkant en hou tegelijkertijd de straat in de gaten. Er komen een paar voetgangers voorbij, een paar fietsers, een lange rij auto's, maar geen in leer gehulde motorrijder met getatoeëerde armen.

Hij heeft me niet herkend.

Maar ze zitten nog steeds achter me aan. Ze zijn me niet vergeten.

Op een avond toen de kinderen naar bed moesten, zei ik dat ze alvast naar boven moesten gaan, terwijl ik de keuken opruimde. Ik was alleen thuis met hen, Erik werkte over.

'Dat is eng,' zei Johanna.

'Maar als David meegaat,' probeerde ik.

Ze knikte zwijgend.

'David, ga maar met Johanna mee naar boven, dan kunnen jullie je pyjama vast aantrekken.'

Maar David bleef op de onderste tree zitten. Hij wilde niet.

'David! Ga maar met je zus mee!'

'Kom, David. Het is eng hier boven,' zei Johanna.

Maar David stopte zijn vingers in zijn oren en zong in zichzelf om het niet te horen.

Opeens sprong ik uit mijn vel. Ik verloor mijn zelfbeheersing en schreeuwde tegen hem, als een furie.

'Jij wilt altijd hulp. Als je bang bent, moeten we komen. En je geeft niets terug. Het is altijd maar jij, jij, jij. Nooit wij, het gezin, de anderen. Je denkt alleen aan jezelf!'

De woorden stroomden uit me zonder dat ik wist waar ze vandaan kwamen. Ik was niet van plan geweest dat te zeggen.

David keek me eerst met een onzekere glimlach aan, daarna begon hij te huilen. Ik pakte hem bij zijn arm en trok hem de trap op.

'Als je vannacht bang bent, hoef je niet naar mij toe te komen,' zei ik.

Ik weet waarom ik dat zei: om te laten zien dat je wordt behandeld zoals je anderen behandelt. Om het hem betaald te zetten. Om hem te straffen. Het was de rechtvaardigheid van mijn vader: oog om oog, tand om tand.

Ik hielp hem zijn pyjama aan te trekken en poetste zijn tanden, iets hardhandiger dan normaal.

'Au, mama, hou op, je doet me pijn,' zei hij.

Ik spoelde de tandenborstel af en stuurde hem naar zijn kamer. Eerst zei ik welterusten tegen Johanna en gaf haar een zoen op haar voorhoofd.

'Zal ik het licht uitdoen?'

Ze knikte. Daarna ging ik naar David. Hij lag in zijn te grote bed onder het blauwe dekbed met sterrenmotieven.

'Welterusten,' zei ik.

Eerst reageerde hij niet. Daarna ging hij op zijn zij liggen en keek me bezorgd en geschrokken aan.

'Mag ik niet bij jou komen? Als ik wakker word?'

Ik keek hem aan, probeerde hem op een onhandige manier aan het verstand te brengen wat hij had gedaan: 'Zeg het zelf maar, wat vind jij eerlijk? Nu jij Johanna zo hebt behandeld.'

Hij antwoordde niet, keerde me alleen zijn rug toe. Toen ik me even later over hem heen boog, zag ik dat hij sliep.

Later die avond, toen ik door schuldgevoelens overmand werd, kon ik niet eens sorry tegen hem zeggen. Ik zat handenwringend voor de tv.

Ik haat deze herinneringen. Ik moet er niets van hebben, maar wanneer ik mijn ogen sluit, komen ze vanzelf. Wanneer ik ga zitten schrijven, duiken de woorden op.

Wie ben ik?

***

Ik haatte mijn moeder. Ik was dertien en vond alles simpel en helder.

Vandaag heb ik meer moeite het uit te leggen.

Misschien was het om de damesbladen, omdat ze niet met me wilde praten, omdat ze meer van mijn zus hield dan van mij, of omdat ze me verstikte met hoe ze deed...

Na de gebeurtenis met de hond belde Lisbeth uit mijn klas een keer 's avonds bij ons aan. Eerst dacht ik dat ze voor mijn zus kwam. Lisbeth hoorde bij de coolste, stoerste meiden, die mij nooit mee wilden hebben.

'Wacht even, dan roep ik haar,' zei ik.

Lisbeth schudde haar hoofd.

'Ga je mee naar de kiosk?' vroeg ze, terwijl ze met haar tong een enorm stuk kauwgum door haar mond liet rollen.

'Ik?'

Ze knikte een beetje gegeneerd.

De kiosk zat een kilometer verderop; daar hing iedereen rond. De meesten waren al wat ouder en hadden een brommer, veel kwamen er uit de flatwijk een eindje verder weg. Sommigen rookten. En deden vast een heleboel andere dingen die ik niet zag.

Onderweg zei Lisbeth niet veel. Ze was nors en chagrijnig. Ik durfde niet te vragen wat er was. Of waarom ze mijn zus niet had gevraagd. In plaats daarvan liep ik naast haar en schopte tegen een steentje, net als zij, met mijn handen in mijn jaszakken, ook net als zij.

Ik probeerde zelfs net zo te lopen als zij: een beetje slingerend en onverschrokken. Het was herfst, 's avonds werd het al fris, en onder het lopen kreeg ik het koud. Maar Lisbeth droeg geen trui onder haar jas en daarom had ik er ook geen aangetrokken.

Toen we er aankwamen, verbleekte de magische glans die Lisbeth omgaf.

De oudere jongens en meiden keken haar aan alsof ze precies de snotaap was die ze was.

'Wat moeten jullie hier, ukkies? Ga naar huis!' zei een van de jongens op een brommer.

Lisbeth antwoordde niet; ze ging alleen wat apart staan. Ik keek haar aan, verbaasd dat ze zonder protest deed wat de jongen zei, dat ze zich liet afblaffen. Ik ging naast haar staan en keek naar de brommerbende. Ik geloof dat ik het wel begreep. Zij was even wanhopig als ik, alleen vertelde ze haar verhaal anders.

Daar stonden we, aan de rand van de groep die bij de kiosk rondhing. Iemand startte een brommer, gaf gas en schakelde de motor weer uit. De minuten verstreken. Er gebeurde niets.

'Heb jij geld?' vroeg ze ten slotte.

Ik schudde mijn hoofd. Ze schopte tegen de grond.

'Jammer.'

Ik schopte ook tegen de grond. Het zou leuk zijn geweest om iets te kunnen kopen in de kiosk.

In plaats daarvan stonden we daar maar. Ze kauwde nog steeds op haar enorme stuk kauwgum. Ik keek naar mijn schoenen en maakte patronen in het asfalt met mijn witte zolen.

'Waarom deed je dat?' vroeg ze opeens.

'Wat?' vraag ik niet-begrijpend.

'Wat je zus heeft verteld. Met het mes?'

Ik wist niet wat ik moest zeggen. Ik had een hond de keel doorgesneden om mijn zus te redden en ik had de eigenaar in zijn been gestoken toen hij ons aanviel. Wat had mijn zus verteld?

Ik haalde mijn schouders op en schopte nog wat extra tegen de grond. Maar ik hoefde geen antwoord te geven. Een van de jongens van de brommerclub kwam tegenover ons staan. Hij had lang blond piekhaar dat voor zijn gezicht hing en ogen van een onbestemde, gemengde kleur. Zijn blik had iets slooms, alsof hij er niet echt bij was. Ik begreep dat hij iets had gebruikt.

We verroerden ons niet, we stonden stijf van angst.

Hij keek Lisbeth spottend aan, knikte en vroeg toen op hese, sissende toon aan mij: 'En wie ben jij dan wel? Je ziet er verdomme uit als een zondagsschoolkind!'

Hij deed een stap naar voren en gaf een ruk aan mijn blouse, zodat het bovenste knoopje losraakte en wegsprong over het trottoir. Het was een blouse met kant, een tikkeltje ouderwets, die ik van mijn moeder had gekregen. Ik weet nog dat mijn moeder had gezegd dat hij heel mooi was, en duur.

'Dat ziet er beter uit,' zei de jongen grijnzend en hij zette een stap terug om naar het bovenste deel van mijn ontluikende tienerborsten te kijken.

Lisbeth stapte naar voren.

'Berra, wat doe je...'

'Hou je kop!'

Hij wuifde haar weg en concentreerde zijn slome brein op mij. Hij glimlachte om zijn eigen idee.

'Als je mee wilt doen, moet je je poes laten zien,' zei hij. 'Dat moet iedereen.'

Hij grijnsde weer. Kleine tandjes, die dicht tegen elkaar aan stonden. Sommige verkleurd. Verslaafd, dacht ik. Ik herkende hem niet. Hij kwam niet uit onze buurt. Ik hield mijn huissleutels stevig in mijn hand geklemd, liet de puntige Yale-sleutel tussen mijn knokkels door steken.

Ik wist dat het gevaarlijk was, maar mijn vader had het me geleerd: keel, ogen, neus. Daar moest je op richten, die waren het kwetsbaarst.

Ik staarde naar de jongen die Berra genoemd werd. Hij kwam naar me toe om mijn spijkerbroek naar beneden te trekken. Hij ging ervan uit dat ik bang was, want hij bleef zelfverzekerd en arrogant grijnzen.

'Laat nu je poes zien! Heb je me niet gehoord?!'

De hese, sissende stem maakte me bang. Mijn lichaam was gespannen; ik voelde het zweet tussen mijn knokkels, in mijn hand. Ik pakte de sleutels beter vast.

'Ben je niet helemaal goed bij, kreng?'

Hij boog zich naar me toe, zijn hand uitgestoken naar mijn broek, nog steeds met hooghartige zelfverzekerdheid.

Ik richtte op zijn keel, sloeg met al mijn kracht, hield de sleutel die tussen mijn knokkels zat stevig vast. Maar ik miste. Ik denk dat hij op hetzelfde moment bukte. De sleutel kwam tegen zijn linkerwang. Ik voelde hem langs zijn tanden schrapen. Hij trok zijn hoofd geschrokken terug. Het bloed stroomde snel uit de wond en liep in een kronkelend stroompje over zijn wang.

'Wat doe je, verdomme?!'

Zijn stem sloeg over. Hij bracht zijn hand naar zijn wang, leek geen pijn te voelen. Toen hij zag dat zijn hand helemaal rood was, werd hij razend.

'Kuthoer!' schreeuwde hij.

Hij kwam op me af. Ik klemde de sleutel weer in mijn hand; ik baalde ervan dat ik had gemist, maar wist zeker dat het me geen tweede keer zou gebeuren. Ditmaal zou ik op zijn oog mikken.

'Alexandra!'

De stem was streng en diep, en ik herkende hem meteen. De jongen hoorde hem ook. Hij draaide zich om en deed toen een stap terug.

Die uitwerking had mijn vader vaak op mensen: dat ze achteruitstapten. Nu stond hij op het trottoir naast onze auto.

'Hier komen!' zei hij scherp.

Ik rende weg van de bloedende jongen.

'Rennen!' zei ik toen ik Lisbeth passeerde. 'Ga naar huis. Nu!'

Ik liet me snel op de achterbank glijden, klapte het portier dicht en mijn vader scheurde weg.

'Wat heb je gedaan?' vroeg hij ongerust, terwijl hij mij in de binnenspiegel bestudeerde.

Ik schudde mijn hoofd.

'Het was niet mijn schuld. Hij wilde mijn broek uittrekken. Ik heb me alleen verdedigd, zoals jij me hebt geleerd.'

Zaterdag 31 mei

Wanneer ik een glimp opvang van de grote paardenboerderij – de naaste buren van Bernt Andersen – is het tien uur 's avonds. Het schemert. Een blauw getinte duisternis is net ingevallen boven de akkers en de bomen, die als donkere schaduwen afsteken tegen de avondhemel. Het is bijna zoel, een mooie lenteavond.

Ik probeer niet te denken aan de eerdere keren dat ik hier ben geweest. Toch steekt het gevoel van mislukking de kop weer op. De echo van de stem van mijn vader. *Dat lukt je nooit…*

Ik heb het een paar dagen druk gehad op mijn werk en kon niet weg. Alledaagse artikelen: verkeersongelukken, een eigenaardig weersverschijnsel in Skåne, het lerarentekort. Niets over de seriemoordenaar.

Maar nu rijd ik langs de heuvel met Bernts verwaarloosde huis en parkeer de auto weer op dezelfde plek. Dat is nu niet risicovoller dan de eerste keer, hou ik mezelf voor. Bernt heeft de auto daar nooit gezien. Hij weet niet dat ik hem bespioneer. Hij en zijn maat weten alleen dat ik op de wietkwekerij ben geweest.

Ik klim de heuvel aan de andere kant van de weg op en ga in de bosjes liggen. Ik pak mijn kijker en kijk naar de oprit, een kleine honderd meter verderop. Het is donker in huis en er brandt geen buitenverlichting, maar in het licht van de maan kan ik de twee auto's op het erf toch zien. Bernts Mercedes en de pick-up van zijn hasjvriend. Doodse stilte. Alleen de tere blaadjes van de berken bewegen rustig in de zachte avondwind.

Ik begrijp het niet. Ik beweeg mijn kijker langs de oprit, het erf, de voorkant van het huis, de bovenverdieping… Nergens brandt licht. Geen beweging op het erf.

Eigenlijk zou ik weg moeten gaan. Als er iemand bij hem is, kan ik mijn plan niet uitvoeren. Maar er is iets wat me daar houdt.

Ik pak de kijker weer op en loop de ramen een voor een na.

Dan zie ik het: bij een van de kelderraampjes komt door een kiertje een smal streepje licht naar buiten. Het is bijna niet te zien. Alsof iemand het raam heeft verduisterd, maar een heel klein spleetje heeft overgeslagen.

Ze zijn dus thuis. Maar waarom zitten ze in de kelder? Wat is daar?

Ik probeer na te denken. Een drugslaboratorium thuis is te stom en te riskant. Een recreatieruimte, een biljart? Daar lijkt Bernt Andersen me niet het type voor. En waarom brandt er verder geen licht in het huis? Misschien zijn ze naar de kelder gegaan toen het nog licht was buiten. Of ze willen niet dat iemand denkt dat ze thuis zijn.

Wanhopige simplificaties, dat zie ik zelf in. Er staan twee auto's op het erf. Als ze discreet hadden willen zijn, hadden ze die daar niet neergezet.

Ik blijf op de heuvel liggen, goed verborgen achter de struiken, en wacht. De minuten kruipen voorbij. Ik hoor het merkwaardige, ratelende geluid van de nachtzwaluw. De koelte van de nacht vlijt zich als een koude, natte dauw op me. Ik huiver. Wanneer ik op mijn horloge kijk, is het halfeen. Nog steeds geen beweging in het huis, alleen het plagerige streepje licht dat uit het kelderraampje komt.

Een halfuur later, wanneer ik het al bijna wil opgeven, gebeurt het.

Opeens gaat in een van de vertrekken het licht aan. Dat moet de hal zijn. Het gele schijnsel verlicht de kleine veranda voor het huis en valt in een vierkantje over het erf. Dan gaat in nog een kamer op de begane grond een lamp aan.

De voordeur gaat open. Ik kan de geluiden van de deur, zware voetstappen en doffe, mompelende mannenstemmen duidelijk horen.

De forse man van de kassen komt als eerste naar buiten. Hij blijft voor de deur staan, hijst zijn broek op over zijn enorme buik en trekt zijn riem aan. Ik kijk naar hen door de kijker. Het zicht is perfect. Het lijkt wel of ze maar een paar meter van me af staan.

Bernt loopt met hem mee naar buiten. Hij zegt iets. Ik kan de woorden moeilijk verstaan, maar het klinkt als: 'We moeten de sporen uitwissen...'

Dan een naam. Krille?

De grote man schudt van nee.

‘Vannacht niet,’ zegt hij. ‘Daar heb ik geen puf voor.’

Hij is beter te verstaan, zijn stem galmt meer. Zijn enorme lichaam is een betere klankkast. Bernt kijkt ontstemd.

‘Morgen!’ zegt hij iets harder.

Het is moeilijk om iets van zijn strakke gezicht af te lezen, maar hij lijkt boos, dreigend.

Krille knikt. Bernt kijkt hem afwachtend aan, dan ontspant hij. Kennelijk vertrouwt hij op hem. Hij zegt op zachtere toon iets wat ik niet goed versta. Misschien iets in de trant van: ‘Er komt een nieuwe lading aan.’

Dat zou logisch kunnen zijn. Hasj of andere drugs. Krille slaat hem op de schouder en grijnst. Dan geven ze elkaar een hand; het is geen gewone handdruk, maar een in elkaar haken van de duimen. Alsof ze meespelen in een Amerikaanse film.

Krille loopt de trap af. Op het moment dat hij het erf op stapt, gaat de schijnwerper aan de gevel aan en het hele erf baadt in het licht. Verblind leg ik de kijker neer. Ik knipper met mijn ogen om weer te kunnen zien, maar er dansen lichtvlekken door mijn hele gezichtsveld. Pas wanneer ik een motor hoor starten, pak ik de kijker weer op. Ik zie nog net dat Krille zijn hand uit het raampje steekt bij wijze van groet, waarna hij de heuvel af rijdt en versnelt. Hij draait onachtzaam de weg op, rechtsaf, naar de wietkwekerij. De grote pick-up slingert vervaarlijk, maar richt zich weer op. Misschien woont hij nog steeds in het woonhuis bij de kassen.

Even zwaait zijn koplamp over het bosweggetje waar mijn auto staat. Ik besef te laat dat hij die heel goed kan zien. Ik hou mijn adem in. Dan is hij erlangs en kom ik tot rust.

Wanneer ik weer naar het huis kijk, is de voordeur dicht en de buitenverlichting uit. In een aantal kamers brandt licht; het straalt uit over het erf. Even overweeg ik het huis binnen te gaan. Gewoon aan te bellen en hem zodra hij opendoet te verdoven met het stroomstootwapen.

Maar ik realiseer me dat hij mij lang van tevoren al zou zien aankomen. En anders wel op het moment dat de schijnwerper aan de gevel aanspringt. Het is te riskant.

Bovendien: ik heb al in detail bedacht hoe ik het wil doen, en dat is niet op deze manier.

Ik tijger de heuvel af naar de plek waar ik mijn zware tas heb neergezet, pak hem op en loop ermee naar de auto. Daar blijf ik staan, mijn oren gespitst. Geen auto's op de hoofdweg, geen geluiden uit het huis van Bernt Andersen. Ik open de kofferbak om de tas erin te gooien. Op dat moment gaat de interieurverlichting aan. Als er nu iemand zou langsrijden, zou die me zien. Ik gooi snel de tas naar binnen en sla de klep dicht. Het binnenlampje brandt nog steeds. Ik ga achter het stuur zitten, trek het portier dicht en start de motor. Het lampje gaat eindelijk uit, maar in plaats daarvan gaan nu mijn koplampen aan, die het hele pad tot aan de hoofdweg verlichten. Ik schakel en rijd snel de weg op. Wanneer ik langs de heuvel met het huis van Bernt kom, zie ik dat er nog steeds licht brandt achter de ramen. Het is één uur geweest. Om me heen ligt het boerenlandschap er stil en donker bij. Ik rijd snel over lege wegen naar Lidingö, naar de villa van mijn ouders.

***

Wanneer ik thuis ben, kan ik niet slapen. De gedachten razen door mijn hoofd. Herinneringen waar ik niets van wil weten lossen elkaar af, als wakende nachtmerries die niet verdwijnen...

We hebben hulp gezocht voor David, bij kinder- en jeugdpsychiatrie. Hij was er zelf niet bij. Alleen Erik en ik. We hadden gebeld en een afspraak gemaakt met een psychologe, die ons eerst wilde spreken. Ze ontving ons in een eenvoudige kamer met een bank, een elegante ovale eikenhouten tafel, een grote boekenkast en een paar tekeningen die duidelijk door kinderen waren gemaakt. Ze glimlachte en knikte, zodat haar donkere pagekapsel als een golf om haar hoofd deinde, en bood ons een plaats aan op de bank. Het viel me op dat er een doos tissues op de salontafel stond. We gingen ieder op een kant van de bank zitten. Typisch genoeg kruisten we onze benen van elkaar af, alsof we geen echtpaar waren, maar onbekenden die toevallig naast elkaar waren gezet. De psychologe nam plaats in een draaistoel met de salontafel als een barrière tussen ons in.

Ze stelde zich voor met een zachte stem, die geen emoties verraadde, maar professioneel vriendelijk was. Ik voelde me meteen geprovoceerd.

'We beginnen op deze manier. Daarna kijken we of we David ook moeten zien,' zei ze zacht.

Erik knikte als de malloot die hij is. Ik begreep dat hij zich mooi voor probeerde te doen tegenover haar. Dat hij haar wilde laten zien dat we goede ouders waren. Ze droeg bovendien geen saaie grijze kleren, zoals ik op grond van mijn vooroordelen had gedacht, maar een chic mantelpak van Ralph Lauren. Geen decolleté, maar het zat wel strak en accentueerde haar opvallend grote borsten. Ik wist dat Erik haar in alles wat ze zei gelijk zou geven. De sukkel!

Terwijl ze naar onze relatie vroeg, hoe we woonden en waarom we waren gekomen, keek ik demonstratief uit het raam. Toen we vertelden dat we niet echt contact kregen met David, dat hij zich terugtrok, in zichzelf gekeerd was, zei ze op zo'n typisch psychologentoontje, rustig en kritisch tegelijk: 'Dat iemand zich afzondert, kan een manier zijn om zich tegen de omgeving te beschermen.'

'O,' zei Erik onnozel, nog voordat ik iets kon zeggen.

'Hoe gaat het er bij jullie thuis aan toe? Eisen jullie veel van hem?'

'Nee,' antwoordde ik snel. 'Hij is zes, we kunnen niet veel van hem eisen.'

Ze glimlachte verontschuldigend naar me.

'Ik dacht niet zozeer aan schoolprestaties en dergelijke; ik begrijp dat het te vroeg is om daar hoge eisen aan te stellen. Ik denk meer aan de eis om flink te zijn, bijvoorbeeld, om niet te huilen, om alleen te kunnen slapen, om niet bang te zijn, tafelmanieren... Dat soort dingen. Hoe zouden jullie dat beschrijven?'

Ik wilde opstaan en weggaan, maar Erik bleef zitten. Hij keek zelfs nadenkend.

'We mopperen vaak op hem wanneer hij iets fout doet,' zei hij even later.

De psychologe – ik ben haar naam vergeten – knikte hem bemoedigend toe. Maar er kwam niets meer. Na een korte stilte ging ze verder: 'Zou je het zo kunnen beschrijven dat er bij jullie thuis niet veel tolerantie is voor mislukkingen en zwakheid?'

Erik keek alsof hij het niet goed begreep.

'Als jullie op hem mopperen omdat hem iets niet lukt of omdat hij iets stukmaakt, omdat hij niet kan fietsen of zwakheid toont door bang te zijn in het donker of niet te kunnen slapen...'

Ze glimlachte weer. Iemand anders zou die glimlach waarschijnlijk mooi noemen, maar ik vond hem alleen veroordelend.

'Ja,' zei Erik. 'Dat is wel zo.'

'Als jullie zoon zich terugtrekt, doen jullie dan pogingen om jullie gedrag tegenover hem te veranderen? Om toleranter te zijn, bijvoorbeeld?'

Erik haalde zijn schouders op.

'Daar hebben we nooit zo over nagedacht. We dachten...'

Hij zweeg en keek mij smekend aan, maar ik zei niets. Ik zag hem slikken voordat hij verderging.

'...dat de fout bij hem lag. Niet bij ons.'

De psychologe knikte begrijpend, maar ik zag dat ze ons meewarig opnam, alsof we het zoveelste oliedomme ouderpaar waren.

'Hoe zouden jullie je eigen relatie willen omschrijven?'

We keken elkaar aan. We hadden geen van beiden zin om die vraag te beantwoorden. Uiteindelijk zei ik: 'Als een heel gewone relatie. Met ups en downs.'

'Hebben jullie seks?'

'Wat?'

Ze glimlachte niet meer, maar keek me ernstig en geduldig aan, alsof dit een belangrijke vraag was, waar ik op moest antwoorden.

'Ja,' zei ik geïrriteerd, 'maar ik begrijp niet...'

'Hoe vaak?'

'Pardon!'

Ze keek van mij naar Erik en weer naar mij. Ik dacht dat ze een grapje maakte, maar kennelijk meende ze het.

'Ik vroeg hoe vaak jullie seks hebben. Dat is vaak een goede graadmeter voor de kwaliteit van een relatie.'

Geen gegeneerd lachje, niet eens een glimlach. Alleen een lichte frons, alsof ze geduldig op ons antwoord wachtte. Toegeeflijk.

'Tja,' zei Erik gegeneerd. 'Af en toe. Niet zo vaak als vroeger, maar dat is normaal.'

'Hoe vaak, schat je?'

Erik haalde zijn schouders op.

'Eén keer in de maand, misschien. Soms vaker, soms...'

'Minder vaak?' viel ze hem in de rede, terwijl ze iets opschreef.

'Ja,' zei Erik en hij keek ongelukkig, alsof hij dat zelf net had bedacht en het niet leuk vond.

Ik raakte geïrriteerd.

'Wat heeft dit met David te maken?' vroeg ik.

'Ik probeer alleen vast te stellen hoe intiem jullie relatie is, hoe liefdevol. Seks is een goede indicatie voor de relatie, of die intiem is of meer... afstandelijk.'

Ik zei niets.

'Hebben jullie ooit een scheiding overwogen?'

'Ho eens even!' zei ik.

'Ik vraag het, omdat kinderen dat soort dingen aanvoelen. Niet het besluit op zich natuurlijk, maar wel wat eraan voorafgaat. De slechte sfeer, het gebrek aan liefde tussen de ouders, dat ze elkaar niet aanraken enzovoort. Kinderen zien dat soort dingen.'

We zeiden geen van beiden iets; dat hoefde ook niet, want we wisten het wel. Op de een of andere manier had ik het huwelijk van mijn ouders herhaald.

***

Mijn vader was een harde man. 'Als een nikkelen kogel,' zei tante Inga altijd.

Wanneer ze met mijn moeder zat te praten en dacht dat ik niet luisterde, vroeg ze haar vaak waarom ze met mijn vader was getrouwd. Mijn moeder kon nooit antwoord geven; ze stamelde alleen iets en probeerde het weg te lachen.

Het was niet de bedoeling dat ik het zou horen, maar die keer had ik me in de schoonmaakkast in de keuken verstopt. Dat deed ik wanneer ik met rust gelaten wilde worden. Niemand kon me daar vinden. Het was mijn geheime plek. Ik hield van de duisternis, de geur van zeep en van de stofzuiger. En ik hoorde graag dingen.

'Slaat hij je?' vroeg tante Inga.

Stilte. Mijn moeder zat aan de keukentafel zonder antwoord te geven. Ik kon hen niet zien, maar ik hoorde de stilte. Ik wist het. Ik verstijfde helemaal. Opeens was het mijn veilige, vertrouwde schuilplek niet meer. Terwijl ik daar stond, veranderde de kast in een krappe, benauwde ruimte. De angst kroop als spinnen over mijn huid. Ik wist niet waar ik naartoe moest.

En net toen ik het niet langer uithield, kwam er iets bij me boven, helemaal vanzelf. Een herinnering.

Ik had het gezien, maar niet begrepen.

Terwijl ik daar zat in het donker, zag ik voor me hoe ik de woonkamer in was gekomen en haar op de vloer had zien liggen, naast de bank. Er zat bloed op haar gezicht, ze had een kapotte lip en ze huilde. Mijn vader stond over haar heen gebogen, stil, roerloos. Hij staarde me aan, maar zei niets.

'Wat is er?' vroeg ik. 'Heb je je pijn gedaan?'

Mijn moeder lachte door het bloed en de tranen heen.

'Niks aan de hand, liefje, ik ben gewoon gevallen. Ik struikelde over het kleed en ben tegen de salontafel gevallen. Heel onhandig van me!'

Ze probeerde te lachen.

Mijn vader stond daar nog steeds onbeweeglijk, maar ik zag dat hij zich ontspande.

'Help me eens overeind, Gustaf!'

Aarzelend stak hij zijn hand uit en trok haar omhoog.

'Ga jij maar weer naar bed, liefje. Het is laat, je moet slapen.'

In de donkere schoonmaakkast herinnerde ik me alles. Door de warme zeepgeur heen rook ik de stank van mijn vaders sigaretten en de vage geur van zweet. Ik haatte hem.

'Is het zo erg?' vroeg tante Inga.

Mijn moeder zei nog steeds niets, maar ik nam aan dat ze knikte, want Inga maakte een geluid dat spijtig en meewarig klonk.

'Waarom geef je hem niet aan?'

Eindelijk zei mijn moeder iets.

'Dat kan niet,' zei ze, en ik hoorde haar snikken. 'Vanwege de kinderen. Waar zou ik naartoe moeten? Wat zou ik moeten doen? En met Alexandra, die is zoals ze is... We zouden op straat terechtkomen. Dit is hun thuis...'

De woorden werden gesmoord in tranen. Niemand zei nog iets. Ik hoorde alleen tante Inga, die haar precies zo troostte als mijn moeder mij altijd troostte.

'Stil maar, stil maar...'

Maar er was geen troost. Niet echt.

Het dringt tot me door dat Bernt Andersen op mijn vader lijkt. Dezelfde hardheid, dezelfde gevaarlijke, gewelddadige uitstraling.

Zondag 1 juni

Johanna is een week bij haar vader geweest, terwijl ik alleen in het huis op Lidingö zat. In die tijd ben ik twee keer bij Bernt Andersen geweest, maar ik heb niets gedaan. Ik kón niets doen. Vanmiddag komt Johanna terug en moet ik weer een week wachten voordat ik een volgende poging kan wagen.

Ze heeft gebeld om te checken of ik nog op Lidingö zit. Toen ik zei van wel, drukte ze me weg. Ik had willen aanbieden haar met de auto op te halen bij metrostation Tekniska högskolan, maar daar kreeg ik de kans niet voor.

Eerst ergerde het me dat ze zo'n verwend nest was. Toen besloot ik dat ik zou proberen het goed te maken met haar, haar te laten zien dat ik van haar hou en haar te verrassen met iets wat ze lekker vindt.

Nu zit ik aan de onpraktische, glimmend wit gelakte keukentafel van mijn ouders met twee pizzadozen en een grote fles Coca-Cola.

Ik realiseer me dat ik op dezelfde manier liefde toon als mijn moeder met haar tompoezen en schaaltjes snoep. Niet in staat het te zeggen of het op een andere manier te laten zien.

Ben ik altijd al zo geweest? Heb ik zo tegen David gedaan?

Nee, antwoord ik mezelf. Maar ik weet het niet helemaal zeker. Ik doe wel zo tegen Johanna.

Wanneer ik opkijk, zie ik op de keukenklok dat het al na zevenen is. De pizza's zijn koud, ook al zitten ze nog in de doos. Ik bel Johanna nog eens. De telefoon gaat eindeloos over, totdat ik naar haar voicemail word doorgeschakeld. Ik spreek nog een bericht in dat ze iets van zich moet laten horen, zeg dat ik ongerust ben. Wanneer ik vijf minuten later weer bel, krijg ik meteen de voicemail.

Zonder na te denken snijd ik een stuk pizza af en eet het op. Hij is koud ook lekker, ook al krijgt het vet een rare, harde consistentie. Wanneer ik een glas cola inschenk gaat mijn telefoon.

Ik neem meteen op, ervan overtuigd dat het Johanna is.

Het is Erik.

'Ik wilde even checken of Johanna bij jou is. Ik heb geprobeerd haar te bereiken. Ze is haar tas vergeten, maar ze neemt niet op. Is ze bij jou?'

'Nee,' zeg ik en ik hoor dat hij bezorgd naar adem hapt. 'Toen de telefoon ging, dacht ik dat zij het was.'

Zijn ademhaling wordt oppervlakkig, zoals altijd wanneer hij gestrest is.

'Waar ben je nu?' vraagt hij geïrriteerd.

'Op Lidingö. In het huis van mijn ouders. Ik woon hier een tijdje.'

'Ja, dat zei Johanna. Iets met een artikel over drugs. Denk je dat haar iets...'

'Nee,' val ik hem snel in de rede. 'Maak je geen zorgen. Ze overdrijft. Zo erg was het niet.'

'Maar je woont in het huis van je ouders...'

'Gewoon een extra veiligheidsmaatregel,' zeg ik nonchalant en ik vraag me af hoe Johanna het verhaal van de achtervolging heeft verteld.

Vermoedelijk heel realistisch, want vijf minuten later heb ik hem nog niet gerust weten te stellen, maar beëindigen we toch het gesprek. Een uur later belt Erik nog eens om te vertellen dat hij de politie heeft gebeld en dat ze mij ook willen spreken.

'Alleen om een duidelijk beeld te krijgen van Johanna,' zegt Erik. Op een irritant, vals toontje gaat hij verder: 'Ze gaan niet uit van een misdrijf. Tachtig procent van de mensen die als vermist worden opgegeven komt binnen vierentwintig uur terug.'

Hij klinkt als een politieman. Hij herhaalt wat de politie hem heeft verteld, alsof hij nu de expert is.

Ik zeg dat de politie waarschijnlijk gelijk heeft. Er is vast een logische reden.

'Misschien is ze naar een vriendin gegaan en is ze vergeten ons dat te vertellen,' zeg ik.

'Ik heb haar vriendinnen gebeld,' zegt hij. 'Daar is ze niet. Wat ís dat voor artikel waar je mee bezig bent?'

De extra nadruk op 'is' zet me aan het denken. Om de een of andere reden heb ik eerder geen verband willen zien. Ik heb mezelf wijsgemaakt dat Johanna chagrijnig en verwend is, en is verdwenen om ons te straffen. Nu pas komt Eriks ongerustheid met volle kracht op me af.

'Een gewoon artikel,' zeg ik zacht. 'Ik denk niet dat dat hiermee te maken heeft.'

Maar opeens besef ik dat ik het mis heb. Het 'artikel' heeft alles met Johanna te maken. Ik wéét wat er gebeurd is.

Bernt Andersen en zijn compagnon – Krille of hoe hij ook heet – hebben haar gekidnapt. Ze weten met zekerheid hoe mijn gezin eruitziet en ze zijn zo slim om in te zien dat mijn dochter mijn zwakste punt is.

Opeens zie ik het streepje licht dat uit Bernts kelderraam sijpelt. Het idee is een slag die net zo hard aankomt alsof ze het me recht in mijn gezicht hebben gezegd: daar hebben ze haar naartoe gebracht, naar die kelder van hen.

***

Vijf jaar geleden zijn we gescheiden, Erik en ik. Niet alleen vanwege David. Zijn dood gaf ons alleen het laatste zetje.

We hadden geen seks meer. Daar had de psychologe in elk geval gelijk in. Nog niet eens één keer per maand omdat het erbij hoorde, zoals we tegen haar hadden gezegd. Toen we uiteindelijk over scheiden gingen praten waren we al bijna een jaar niet meer met elkaar naar bed geweest. Niet dat ik niet had gewild. Ik had dat graag af en toe gedaan. Wanneer ik in bed lag en de slaap niet kon vatten, in bad, van achteren wanneer ik stond af te wassen, wat dan ook. Niet omdat ik van hem hield, maar gewoon voor de seks. Om het uit mijn systeem te krijgen. Maar hij deed het nooit. En ik maakte ook geen avances.

Ik hoorde hem 's nachts naast me in bed masturberen, wanneer hij dacht dat ik sliep. Ik zei er nooit iets van. Waarschijnlijk omdat ik hem niet in verlegenheid wilde brengen.

Soms overwoog ik een minnaar te nemen. Iedereen was goed genoeg. Ik had een flirt op Facebook, maar Erik werd achterdochtig en vroeg me het hemd van het lijf. Ik zei dat er niets was gebeurd, dat ik de man op Facebook zou ontvrienden. Maar Erik bleef wantrouwig. Op een dag las hij mijn sms'jes. Ik bracht David en Johanna naar bed toen hij naar beneden kwam en de telefoon voor mijn neus hield.

'Wat is dit?' vroeg hij.

Ik keek naar het sms'je. 'Zo zou ik tegen jou nooit doen!'

Het was van Thomas, zo heette hij, mijn Facebookflirt.

'Het spijt me dat je dat moest lezen, maar ik heb hem ontvriend en dat ook tegen hem gezegd. Daarom...'

Erik gooide de telefoon naar me toe en liep weg.

Vreemd genoeg had hij nooit een avontuurtje, ook al had ik dat wel een paar keer gedacht. Misschien had hij geen energie over; misschien had hij met twee kinderen en een chagrijnige, gefrustreerde vrouw al genoeg te stellen.

Na de scheiding ging hij een poosje met haar. Johanna had verteld hoe ze heette – Viktoria, geloof ik. Maar dat duurde maar kort. Toch leken ze het gezellig te hebben gehad. Al kun je dat niet weten. Iedereen doet zich anders voor, laat zijn mooie Facebookfaçade zien. Bij ons leek het ook alsof we het goed hadden, totdat David stierf. Toen stortte alles in.

De psychologe had gelijk. We beseften het alleen niet, we lieten het niet tot ons doordringen. Toen we daarvandaan kwamen, weten we al onze tekortkomingen jegens David aan iets anders. We waren klein behuisd, we hadden stress op het werk, we waren verkouden. Of het lag aan de vrijetijdsactiviteiten van de kinderen, aan gebrek aan slaap, aan al dat soort dingen. Alleen niet aan onszelf.

Op alle foto's ziet hij eruit als een prinsje. Een betoverend, beeldschoon, stil prinsje.

En toen werd hij overreden – en alles wat we lastig aan hem vonden verdween.

Maar nu mis ik al die dingen die ik vervelend aan hem vond: zijn gegiechel, zijn zachte, fluisterende stem en zijn introverte glimlach wanneer hij geen antwoord wilde geven op simpele vragen. Dat hij aan zijn haar draaide wanneer hij moest gaan slapen. Dat hij me 's nachts wakker kwam maken.

Ik wil niet nog een kind verliezen.

Maandag 2 juni

Duisternis. Ik hou van duisternis. Die omhult me en geeft me een veilig gevoel. Ik probeer rustig adem te halen, zonder stress.

Het is 00.45 uur. Ik sta aan de rand van het erf van Bernt Andersen. Mijn auto staat uit het zicht geparkeerd, op de gebruikelijke plek op de bosweg verderop langs de hoofdweg. Ik draag camouflagekleding, ik heb mijn taser in mijn hand en wanneer ik van houding verander, voel ik de holster met het pistool van Fadi Sora lichtjes langs mijn been schuren.

Johanna is nog steeds niet teruggekomen. Eerder op de avond heb ik met de politie gesproken, hun vragen beantwoord over waar ze naartoe zou kunnen zijn gegaan, of we ruzie hadden, welke kleren ze droeg, of ze dit eerder had gedaan… Ik vertelde zo uitvoerig mogelijk, noemde zelfs Johnsons Groente. De agent beloofde ernaar te kijken en beëindigde het gesprek met een geruststellend 'Ze komt vast wel terug'.

Sindsdien heeft Erik onophoudelijk gebeld. Hij wil dat we door de stad gaan rijden om te kijken of we haar ergens zien. Ik heb mijn mobiel uitgeschakeld om niet te hoeven opnemen.

Ik wéét waar ze is. Ze is hier.

Ik sta verborgen achter de oude gereedschapsschuur naast het erf, bijna onzichtbaar. Ik wacht. Ik zet de gedachten uit mijn hoofd dat hij ergens anders naartoe is gegaan, naar de kassen, dat hij niet komt. Dit is mijn beste kans, zo heb ik het gepland.

Wanneer Bernt zijn auto heeft stilgezet zal hij uitstappen, zich omdraaien naar de weg om te kijken of hij wordt gevolgd. Dat heeft hij elke keer dat ik hem observeerde nog gedaan. Terwijl hij met zijn rug naar me toe staat, bezig met ingebeelde vijanden, loop ik zo ver naar voren dat hij binnen het bereik van de taser komt. Nadat ik heb geschoten zal hij spartelend en hulpeloos op de grond liggen. Er zal ruim genoeg tijd zijn om hem naar Johanna te vragen. Ik weet dat ik antwoorden zal krijgen. Die zal de bankschroef letterlijk uit hem wringen.

Nu hoef ik alleen nog maar te wachten.

Ik kijk weer op mijn horloge. De vogels zijn stil. Het bos achter het erf is stil. Het wacht, net als ik. Alles wacht.

Daar is hij.

Het eerste wat ik hoor is het geluid van de motor; dan worden de koplampen zichtbaar op de hoofdweg. Wanneer de Mercedes de heuvel op rijdt, het erf op, strijkt het licht van de koplampen over de bomen. Ik kijk niet snel genoeg weg en word er even door verblind.

Wanneer hij de motor uitzet, wordt het weer donker op het erf.

Ik voel het eerst in mijn buik: een vaag gevoel dat er iets niet in de haak is.

Dan besef ik wat het is. De gevelverlichting is niet aangegaan. Waarom heb ik daar niet eerder aan gedacht? Ook de auto is donker. Geen interieurverlichting.

Ik kruip tegen de oude muur van de gereedschapsschuur aan en proef een bittere metaalsmaak in mijn mond. Ik ben zo gespannen als een veer. Ik sta klaar. Ingespannen kijk ik naar het donkere silhouet van de auto, wachtend op het juiste moment. Het portier aan de bestuurderskant gaat langzaam open. Een forse man komt eruit omhoog; hij gaat op het erf staan en kijkt achterom naar de weg.

Ik loop snel op hem af met de taser in mijn hand. Wanneer ik binnen schootsafstand kom, draait de man zich opeens om.

Net wanneer ik het wapen afvuur, zie ik mijn vergissing in.

Het is niet Bernt Andersen die met spastische bewegingen op de grond valt. Het is Krille.

Wanneer ik inzie dat het een val is, probeer ik me om te draaien. Maar daar krijg ik de tijd niet voor.

De klap komt uit het niets. Daarna wordt alles zwart.

David werd op 25 september zeven. Toen was hij al bijna een maand dood. Hij stierf op de avond van 28 augustus aan ernstige inwendige bloedingen, nadat hij op een fietspad in Älvsjö was aangereden door een bestelbus. Hij werd volgens de getuigen tien à twintig meter door de lucht geslingerd door de botsing. Toen hij op de grond klapte, waren bijna alle vitale delen van zijn lichaam beschadigd of verbrijzeld. Hij stierf bijna meteen en hij stierf alleen. Hij lag op zijn zij op een grasveld naast een perkje met stekelige berberisstruiken. De arts zei dat hij vermoedelijk geen pijn had gevoeld.

Toen de politie een uur later voor de deur stond, stond ik op het punt Fredrik te bellen om te zeggen dat David thuis moest komen.

'Bent u Alexandra Bengtsson, de moeder van David Bengtsson?'

'Ja,' zei ik en ik voelde de angst in mijn darmen knijpen.

'Mag ik binnenkomen?' vroeg de agent.

Het was een man van een jaar of zestig, met een open en vriendelijk gezicht en blauwe ogen, die me strak aankeken. Ik weet nog dat ik hem betrouwbaar vond omdat hij zijn ogen niet neersloeg.

'Ik heb slecht nieuws over uw zoon.'

Ik zei niets, maar ik proefde bloed. Waarschijnlijk had ik in mijn wang gebeten.

'Hij is aangereden door een auto en is eerder vandaag aan zijn verwondingen overleden.'

Met een doffe snik zakte ik in elkaar op de vloer. Ik viel niet flauw, ik zakte in elkaar. De wereld werd onder mijn voeten vandaan getrokken. Ik kon niet rechtop staan; mijn evenwichtsgevoel was weg, het voelde alsof ik weg zou zweven.

Vervolgens werd alles zwart.

Ik word wakker wanneer iemand water in mijn gezicht gooit. Het spat over mijn hele lichaam. Wanhopig zuig ik lucht op, als een drenkeling. Ik geef een gil – een dof, dierlijk geluid. Maar ik adem.

Ik heb vreselijke hoofdpijn van de klap wanneer ik mijn hoofd langzaam naar boven draai om te zien waar ik ben. Er hangt een naakt peertje boven me aan het plafond. Het licht steekt in mijn ogen. Ik probeer een arm op te tillen om me te beschermen, maar ontdek dat ik die niet kan bewegen.

Ik draai mijn hoofd opzij, probeer te begrijpen waar ik ben. De beweging doet pijn, maar het is minder erg dan in de lamp staren. Ik bevind me in een groot vertrek met kale muren van ruw beton, geen zichtbare ramen. Het ruikt er naar vocht en schimmel.

Ik begrijp dat ik in de kelder van het huis van Bernt Andersen ben. In de ruimte achter het streepje licht.

Wanneer ik moeizaam mijn hoofd optil, zie ik dat ik naakt ben, dat ik aan handen en voeten vastgebonden ben aan een soort stoel of een bed, met mijn armen en benen wijd. Ik kan niet loskomen. Hoelang ben ik buiten kennis geweest?

Krille buigt zich over me heen. Grijnzend. Hij staat zo dichtbij dat ik met mijn linkerhand zijn kruis bijna kan aanraken, maar de touwen zitten zo strak om mijn armen gesnoerd dat ik hem niets kan doen. Zijn lange, onverzorgde baard, die in ongelijke plekken op zijn gezicht groeit, raakt mijn blote arm.

Hij grijnst naar me, laat zijn bruin verkleurde tanden zien en strijkt zijn piekhaar uit zijn gezicht vol rode vlekken. Het licht van de gloeilamp is onbarmhartig voor zijn uiterlijk. Wanneer ik mijn blik naar beneden laat gaan, lees ik de tekst op het zwarte T-shirt dat om zijn bierbuik spant: IF YOU CAN'T FUCK'EM – RAPE'EM.

Hij lacht schor wanneer hij mijn blik ziet. Op dat moment explodeert mijn hoofdpijn en mijn maag draait om. Voordat hij een stap terug heeft kunnen doen, heb ik over hem heen gekotst.

'Smerig kreng! Wat doe je, vuile persmuskiet?! Ik vermoord je...'

Hij draait zich trillend om en loopt naar de muur achter zich. Ik volg hem met mijn blik. Wanneer ik zie waar hij naartoe loopt, hap ik onwillekeurig naar adem.

Ik begrijp nu waarom ze de kelderraampjes hadden afgeplakt, waarom ik de vorige keer dat ik hier was niets heb gezien.

De hele muur hangt vol met seksspeeltjes en martelwerktuigen, even keurig gerangschikt als gereedschap in een autobedrijf. Een hondenriem met vlijmscherpe glimmende spijkers aan binnen- en buitenkant. Gigantische dildo's. Zwartleren spijkerriemen, zwepen met stalen knopen, slachtmaskers, een stalen helm met schroeven aan de binnenkant...

Ik maak eruit op dat ik niet de eerste ben die hier ligt vastgebonden. Dit is routine.

Opeens begrijp ik de woorden die ik Bernt Andersen op de veranda hoorde zeggen. *Er komt een nieuwe lading aan.* Hij bedoelde vrouwen die ze hiernaartoe zouden brengen om ze te martelen. En misschien te vermoorden. Waarschijnlijk te vermoorden.

En dan komt de volgende gedachte met volle kracht binnen: Johanna!

Ik geef een gil. Ik probeer los te komen, maar de touwen geven maar een paar millimeter mee. De stalen buizen van de stoel rammelen, maar verder gebeurt er niets. Wanneer ik mijn hoofd optil, zie ik dat ik op een soort oude gynaecologenstoel lig. Ik wil schreeuwen, maar breng alleen een hees geluid voort. Mijn keel doet zeer van het overgeven, ik heb een bijtende, zure smaak in mijn mond en mijn tanden voelen stroef aan.

Achter me hoor ik gerammel en ik draai me weer naar Krille om. Hij heeft een zweep van de muur gehaald, die hij laat ronddraaien in zijn hand, zodat de drie leren riemen door de lucht vliegen.

'Weet je wat dit is?' vraagt hij met de onduidelijke, hese stem die oude drugsgebruikers soms hebben.

Ik staar hem aan en er flitst een herinnering door mijn hoofd: de eigenaar van de hond die mijn zus in het gezicht had gebeten. Die had zo'n stem. Even zie ik hem voor me op de open plek in het bos. Dan is Krille weer terug.

'Dit is een kat. Tien slagen en je bent dood.'

Aan het uiteinde van de leren riemen zijn scherpe stukjes metaal vastgemaakt. Ze glinsteren in het lamplicht en ik kan mijn ogen er niet van afhouden. Ik proef de angst in mijn mond, alsof die een smaak heeft. Opeens moet ik weer overgeven.

Waarschijnlijk heb ik een hersenschudding opgelopen door de klap op het erf. Het braaksel komt met een vochtig gespetter neer op de vloer bij zijn voeten.

'Verdomme, kreng. Ik zal je leren om...'

Zijn stem is verwrongen van uitzinnige woede, alsof ik hem heb vernederd, hem diep en dodelijk heb beledigd.

Hij zwaait met de zweep door de lucht. Een scherp, fluitend geluid. Maar de leren riemen en de stukjes metaal raken me niet; ze suizen alleen door de lucht tussen mijn benen. Misschien is dat met opzet en wil hij me alleen bang maken, of hij heeft geen controle over de zweep omdat hij zo boos en opgewonden is. Een van de riemen met stukjes metaal raakt mijn voet wanneer hij de gesel terugtrekt. Het komt hard aan. Het voelt alsof de riem de huid en het vlees tot aan het bot heeft weggerukt. Ik schreeuw het uit van de pijn, ik kan er niets aan doen.

'Waar ben je in godsnaam mee bezig, Krille? Doe eens rustig, verdomme!'

De stem is donker, hard, bevelend. Ik open mijn ogen. Bernt Andersen staat aan de rand van de lichtkegel van de lamp. Krille staat met zijn rug naar me toe.

'Ze kotste op me, verdomme!' zegt hij verontwaardigd als een kind. 'Ik zal haar leren!'

Bernt Andersen schudt langzaam zijn hoofd. Hij pakt Krilles hand stevig vast en draait de zweep uit zijn greep. Die valt op de grond. Bernt raapt hem op en hangt hem aan de muur.

'Nog niet,' zegt hij rustig met zijn rug naar Krille.

Hij draait zich om en komt naar me toe. Hij glimlacht en ik voel zijn hand over mijn dijbeen. Ik doe mijn ogen dicht en bereid me voor op wat er gaat komen. Maar even plotseling trekt hij zijn hand terug. Ik doe mijn ogen open.

Hij staat vlak naast me, over mijn gezicht gebogen. Zijn ogen zijn echt abnormaal licht. Ik haat hem. Ik wil in zijn gezicht spugen. Maar ik doe niets. Ik ben als verlamd. Van zijn slechte adem (koffie en sigaretten) en de sterke geur van aftershave, van een soort die alleen verkrijgbaar is op de veerpont naar Finland, word ik weer misselijk. Maar ik geef niet over.

'Denk maar niet dat ik je niet herken! Jij bent bij de kwekerij geweest. Ik heb op je geschoten.'

Daarna steekt hij zijn rechterwijsvinger uit. Ik staar ernaar, onzeker over wat hij van plan is. Opeens prikt hij met zijn wijsvinger in de schotwond in mijn schouder. Hard.

Ik schreeuw het weer uit. De pijn verspreidt zich als vuur van mijn schouder door mijn bovenlichaam en naar mijn hoofd. Misschien komt het door de hersenschudding, maar ik kan hem niet wegdenken.

Hij haalt zijn wijsvinger weg. De pijn verdwijnt niet meteen, maar blijft nog even natrillen en mijn adem gaat in stootjes.

'Wie ben je?' vraagt hij. 'Waar ben je op uit?'

Wanneer ik niet antwoord, schreeuwt hij: 'Wat doe je hier in godsnaam?'

Ik staar hem alleen aan. Hij slaat me in mijn gezicht. Nu komt het, denk ik. Nu zegt hij dat ze Johanna hebben. En heb ik geen kans meer.

'Hoor je me niet? Wat wil je?'

Wanneer ik nog steeds niet antwoord, slaat hij me weer in mijn gezicht. Mijn lip springt. Het smaakt sterk naar ijzer en bloed. De hoofdpijn duwt als een bankschroef tegen mijn hersenen.

'Wat moest dat gesnuffel bij onze kwekerij?'

Ik staar hem aan, nog steeds zonder iets te zeggen.

Bernt gaat rechtop staan, doet een stap naar achteren en glimlacht naar me – een scheve, onaangename glimlach waar ik meer van schrik dan van zijn geschreeuw.

'Het maakt ook niet uit,' zegt hij. Zijn stem is weer volkomen kalm.

Hij doet zijn riem af, knoopt langzaam zijn broek los en laat die op zijn enkels vallen. Dan stroopt hij zijn onderbroek naar beneden en trekt aan een hendel van mijn stoel, zodat ik in een bijna verticale positie terechtkom. Ik doe mijn ogen dicht en hoor hem mompelen; dan voel ik dat hij in me binnendringt.

'Nee!' zeg ik, ook al weet ik dat niemand me kan horen. 'Niet doen!'

Hij lacht. Zijn handen bewegen over mijn borsten, hard. Terwijl hij stoot, knijpt hij in mijn tepels, rolt ze tussen duim en wijsvinger. De pijn schiet weer door mijn lichaam. Met mijn ogen dicht probeer ik bij mezelf weg te komen, dit niet te hoeven meemaken.

Een paar minuten later komt hij stil en geconcentreerd klaar. Ik voel hem schokken. Nu zit zijn sperma in me, bedenk ik.

Dan realiseer ik me wat dat betekent.

Ze willen me vermoorden. En me dan ergens dumpen.

'Nu ik!'

Dat is Krille, die buiten het licht heeft staan toekijken. Hij komt naar me toe, gretig en onhandig in zijn bewegingen. Ik doe mijn ogen niet open, want ik wil zijn pafferige gezicht niet zien. Ik wil er niet aan denken dat zijn enorme lichaam tegen me aan duwt.

Zijn handen trillen een beetje wanneer hij mijn ontblote kruis nadert. Dan stopt hij opeens iets in mijn anus. Waarschijnlijk een van de gigantische dildo's aan de muur. Ik kronkel van de pijn en probeer aan iets anders te denken, aan Johanna, aan David, maar mijn brein is verlamd, ik kan me niet concentreren.

'Lekker, hè?' lispelt hij. 'Nu ben je lief...'

Ik ruik de geur van mijn ontlasting, die zich samen met zijn naar drank en hasj stinkende adem door het vertrek verspreidt. Ik hoor hem hijgend kreunen. Dan begint hij me te slaan. Eerst denk ik dat het de gesel is, de kat, maar wanneer ik mijn ogen opendoe zie ik dat het een soort rubberen plank is met gaten erin. Die komt met een klap neer op mijn buik, mijn borsten, mijn gezicht...

Ik probeer geen geluid te maken, mijn kaken stijf op elkaar te houden en elke nieuwe beweging van hem, elke nieuwe klap, te doorstaan. Ik probeer me te concentreren op mijn haat jegens Bernt Andersen, zijn gezicht, zijn bleke ogen.

Dan verdwijn ik, ik val flauw.

***

In mijn droom komt David bij me. Hij kijkt naar me en zijn blik gaat door me heen, alsof hij kan zien wat ik heb gedaan, alsof hij alles wat ik heb gedacht en gevoeld begrijpt.

Het is een droom, of een hallucinatie, ik kan het niet verklaren. Maar ik begrijp het. Opeens begrijp ik het allemaal.

Vergeef me, David!

Ik weet dat niet de dood het ergste was voor jou, maar Erik en ik, je eigen ouders.

Jij, lieve zoon, bent nooit gelukkig geweest bij ons. We hadden een beeld van hoe je moest worden en daar bleven we maar over doorzeuren. We konden niet houden van de zoon die we hadden gekregen, van wie je was. Wij hebben je leven zo ellendig en triest gemaakt, daar had de aanrijding door een paar psychopathische overvallers op de vlucht voor de politie geen deel aan.

Zij hebben mijn *leven tot een hel gemaakt, niet het jouwe.*

De artsen zeggen dat je waarschijnlijk niets hebt gevoeld. Ik wil graag geloven dat ze gelijk hebben. Dat je zonder pijn bent overleden. Dat je rust hebt gevonden en eindelijk van het gezeur en het gevit van mij en je vader af bent.

Het inzicht doet zo'n pijn. Dat ik geen wraak kan nemen, dat ik niets kan veranderen, dat ik jou of iemand anders niet kan helpen. Dat het bij alles wat ik heb gedaan in feite om iets anders ging: om mij, mijn ouders, mijn zus, mijn opvoeding, alles – alleen niet om jou, lieve zoon. Vergeef me…

***

Wanneer ik wakker word, hoor ik hun stemmen aan de andere kant van het vertrek.

'Je kunt haar niet vermoorden, verdomme,' zegt Bernt Andersen.

'Kom op, het was haar verdiende loon,' zegt Krille met zijn hese stem, die nu barst van verontwaardiging.

Er klinkt een harde klets.

'Luister je wel? Je kunt haar niet vermoorden! Nog niet. Niet zo.'

Stilte, ingehouden ademhaling.

'Oké, oké... Maar later wel?'

Weer stilte.

'Het is te gevaarlijk! Snap je dat niet? We weten niet wie erbij betrokken zijn. Je kunt niet zo achterlijk tekeergaan.'

Krille lacht, maar het gaat meteen over in hoesten.

'We moeten haar in leven houden, snap dat dan!' gaat Bernt verder.

Op dat moment hoor ik een bel. Eerst begrijp ik het niet. Het geluid is glashelder, alsof er bij de kelderdeur wordt aangebeld. Dan begrijp ik dat ze een ontvanger in de kelder hebben gemonteerd om de bel überhaupt te kunnen horen. Als veiligheidsmaatregel.

Ik draai mijn hoofd om. Bernt en Krille staan naast elkaar buiten de lichtkring van het peertje, als donkere silhouetten. Zwijgend en afwachtend.

Bel nog eens aan, smeek ik stil in mezelf.

Op dat moment klinkt er weer een duidelijk belsignaal, langer ditmaal.

Bernt doet snel de kelderdeur open. Nu begrijp ik pas hoe stevig die moet zijn. Hij zet zich schrap wanneer hij aan de deurkruk trekt. Er valt een zacht, gelig ochtendlicht door de kier van de deur naar binnen. Hoelang ben ik hier eigenlijk al?

'Wie is dat?' vraagt Krille fluisterend aan Bernt.

'Dat kan ik verdomme toch ook niet zien!' snauwt Bernt en hij verdwijnt door de deur.

Ik blijf doodstil liggen luisteren. Ik hoor Bernts voetstappen op de trap en het verre geluid van vogels buiten. Dan schreeuw ik zo hard ik kan.

'Hou je bek, slet!' sist Krille, maar ik blijf schreeuwen.

Met een doffe bons hoor ik de kelderdeur dichtslaan. De stilte wordt weer compact, ook al schreeuw ik.

'Schreeuw maar zo hard je wilt, sloerie. Er is toch niemand die je hoort,' zegt Krille grijnzend.

Dan draait hij zich om naar de deur, gespannen. Zijn mond staat open en zijn broek zakt af, maar dat lijkt hij niet te merken. Ik kan niet heel lang bewusteloos zijn geweest. Als ik mijn hoofd optil, kan ik zijn slappe bleke billen boven zijn vlekkerige onderbroek uit zien komen.

Dan gaat het allemaal heel snel.

De deur gaat weer open en Bernt kom binnen.

'Godsamme, Krille!' fluistert hij gestrest. 'Trek je broek op, verdomme! Er staat iemand voor de deur. Het lijkt wel een fucking smeris...'

Ik schreeuw nog eens. Ik kan het niet opgeven. Bernt doet snel de deur dicht.

'Hou je bek!' zegt hij. 'Voor je eigen bestwil!'

Ik hoor aan zijn stem dat het geen loze dreiging is en zwijg. Dan zegt hij tegen Krille: 'Toe dan! Ga naar de logeerkamer en zorg dat je voorbereid bent!'

Krille bukt met een snelle, onhandige beweging om zijn broek op te trekken, maar zijn buik zit in de weg en hij moet een paar pogingen doen voordat het lukt.

Dan verdwijnen ze allebei uit het vertrek. Door de deuropening zie ik dat Krille een pistool van een tafel pakt – het mijne? – en het met frunnikende, nerveuze bewegingen ontgrendelt. Bernt is al weg. Dan doet Krille het licht uit en slaat de deur dicht.

***

Ik heb het opgegeven. In mijn hoofd hoor ik de spottende, veeleisende stem van mijn vader. *Je doet niet hard genoeg je best, je spant je niet in.*

Maar ik maak me er niet druk om. Niet meer. Ik kan hier doodgaan. De pijn, de mislukking, Johanna, David – alles. Ik kan niet meer.

Toch schreeuw ik zo hard als ik kan. Of ik hoor mijn lichaam schreeuwen zo hard als het kan. Het geluid wordt door de muren geabsorbeerd. Het verdwijnt alsof ik nooit heb geschreeuwd.

De hele kelder is waarschijnlijk geluiddicht gemaakt. In de volledige duisternis in het vertrek voelt het alsof ik door een oneindige stilte zweef.

Mijn handen slapen. Ik voel ze niet meer. Met mijn benen staat hetzelfde te gebeuren. Wanneer ik ze beweeg, voelt het alsof ik aan dode boomtakken trek.

Mijn onderlichaam doet nog steeds zoveel pijn dat ik niet stil kan liggen. Ik moet steeds van houding veranderen, mijn achterwerk een paar centimeter verplaatsen om de pijn te verlichten. Ik voel dat er bloed uit mijn endeldarm komt. Delen van mijn lichaam zijn kapotgegaan. Ik ben kapotgegaan. Lang geleden al.

Ik doe mijn ogen dicht, ook al maakt dat geen verschil. De duisternis is even compact, of ik mijn ogen nu open of dicht heb. Na een poosje merk ik dat ik huil. Ik merk dat mijn ogen vochtig worden en dat er tranen over mijn wangen lopen, maar ik voel niets. Helemaal niets.

Aan de andere kant van het vertrek, bij de deur, hoor ik zacht geritsel. Als van ratten. Klauwtjes die over de betonnen vloer bewegen, kleine, snelle bewegingen, nauwelijks hoorbaar.

Of nagels. Iemand die probeert te bewegen, op te staan.

Opeens ben ik terug in het vertrek en de werkelijkheid grijpt me bij de keel.

Ligt hier nog een andere vrouw? Net zo iemand als ik? Iemand die ze naar de hoek van de kamer hebben gesleept om haar daar dood te laten gaan? Zal ik daar doodgaan? Wanneer ze met me klaar zijn...

Dan begrijp ik het: Johanna!

Ik fluister haar naam in het donker. Geen reactie. Ik roep harder, ik schreeuw: 'Johanna! Ben jij dat, Johanna?'

Maar ik hoor alleen stilte. Zelfs het geritsel is gestopt. Ik probeer mijn hoofd op te tillen en het donker in te kijken. De beweging is pijnlijk, al mijn spieren doen zeer en ik laat me terugvallen op de stoel. Ik zucht en luister.

***

Ik zie het lichtstraaltje voordat ik hem hoor. De deur gaat open. Een brede, vormeloze gestalte komt binnen. Krille. Hij doet het licht aan. Ik heb zo lang in het donker gelegen dat het pijn doet aan mijn ogen en ik ze dicht moet doen.

'Wakker worden, trut!' snauwt hij hees, zo dicht bij mijn gezicht dat ik zijn rotte adem kan ruiken en zijn baard op mijn wang kan voelen.

Hij slaat me met de rubberen plank. Die kletst op mijn huid en laat brandende rode plekken met witte rondjes achter. Ik dwing mezelf in zijn gezicht te kijken. Hij grijnst vals. Zijn blauwe varkensoogjes verdwijnen bijna in zijn vlezige gezicht.

'Je mag nog niet dood gaan! Wij bepalen wanneer je doodgaat en we zijn nog niet klaar met je.'

Zijn ademhaling is zwaar, piepend en oppervlakkig.

'Had je op de politie gehoopt?' vraagt hij met verstikte stem, alsof hij een lach probeert te smoren. 'En weet je, het wás een politieman...'

Hij kijkt me aan en lacht dan echt.

'Maar die is alweer weg...'

Zijn stem klinkt gemaakt en belachelijk. Alsof hij een klein meisje probeert na te doen, wat met zijn grove, hese stem niet lukt.

'Dacht je dat hij je zou komen bevrijden? Maar weet je wat nou de grap was: hij vroeg niet naar jou. Hij vroeg of het goed ging met óns.'

Hij lacht, hij heeft dolle pret.

'Snap je, hij vroeg hoe het met óns ging! We zeiden dat alles oké was. Toen ging hij weer weg. Hij maakte zich zorgen om ons!'

Hij blijft lachen, terwijl hij naar de muur met de seksmartelwerktuigen sloft.

'Dus nu zijn wij hier met z'n tweetjes,' zegt hij.

Hij haalt iets van de muur.

'Maar je doet het goed, dus misschien kun je wat langer blijven leven...'

Hij lacht weer.

'Of niet...'

Op dat moment komt Bernt het vertrek binnen. Hij kijkt naar Krille.

'Hou op!' zegt hij scherp.

Ik draai mijn hoofd, probeer te zien wat er gebeurt. Bernt kijkt misprijzend naar me, alsof ik een voorwerp ben dat kapot is gegaan en dat hij niet meer wil hebben.

'Het wordt te gevaarlijk,' zegt hij.

'Wat?' vraagt Krille onnozel.

'Snap je het niet? We moeten van haar af. En dan hiermee stoppen. In elk geval een tijdje.'

'Nu?'

De teleurstelling in Krilles stem is duidelijk te horen, ook al fluisteren ze. Als een kind dat er opeens achter komt dat hij zijn snoep moet weggooien omdat er iets niet goed aan is.

'Nu!' zegt Bernt. 'Begrepen?'

'Wat? Mag ik niet eens...'

'Ben je volkomen achterlijk of zo? Net was hier een politieman die vragen stelde. Wat denk je dan, godsamme? Nee! Nu niet. Ze moeten verdwijnen. Snel en spoorloos.'

Ze? Johanna en ik?

Ik kan Krilles gezicht niet zien, maar ik denk dat hij Bernt schaapachtig aankijkt.

'Zonder die gestoorde shit waar je je anders mee bezighoudt!'

'Maar...'

'Godsamme! Hoor je me niet? Deze keer doen we het op mijn manier.'

Krille knikt langzaam, alsof hij tegelijkertijd iets probeert te verzinnen.

'Ik regel het wel met haar,' zegt hij zacht. 'Zonder,' hij spreidt zijn armen, 'dat soort dingen. Op jouw manier. Dat beloof ik.'

Bernt weifelt. Hij schijnt zijn partner niet te vertrouwen.

'Oké,' zegt hij dan toch.

Hij loopt het vertrek uit. Ik hoor de deur weer achter hem dichtslaan. Daarna de sloffende stappen van Krille.

Opeens staat hij met een dromerige, bijna gelukkige glimlach over me heen gebogen.

'Nu zijn wij hier met z'n tweetjes,' sist hij.

Hij glimlacht, en ik zie zijn onregelmatige, rotte gebit. Ik begrijp dat hij me toch op zíjn manier gaat vermoorden.

'Je zult dit niet leuk vinden,' zegt hij. 'Je zult helse pijnen hebben. En dan ga je dood. Langzaam...'

Hij kijkt me aan en zijn varkensoogjes worden groot van opwinding.

Ik begrijp dat hij naar angst in mijn ogen zoekt. Daar geniet hij van, niet van de seksuele daad; dat is maar een symbolische handeling. Mijn angst, daar draait zijn beleving om.

Na een poosje zie ik de teleurstelling in zijn ogen, de zorg dat er iets mis is.

Maar er is niets mis. Ik ben gewoon niet bang. Er is niets meer om bang voor te zijn.

Wanneer hij een mes pakt en in mijn borst snijdt, voel ik dat nauwelijks. Ik denk aan mijn zus en aan onze spelletjes.

'Kijk dan! Kuthoer!'

Ik doe mijn ogen open. Hij houdt het mes voor mijn neus. Er druppelt wat bloed van de punt. Hij kijkt in mijn ogen, zoekt naar paniek, naar machteloze wanhoop – naar emoties die hem sterk maken.

Ik glimlach naar hem.

'Daarna gaan we je wassen met chloor,' zegt hij. 'Dat verwijdert alle sporen. Snap je? Je gaat dood en niemand zal weten hoe. Ze zullen je niet eens kunnen vinden.'

'Ik ben niet bang,' zeg ik kalm.

Opeens worden zijn ogen zwart, alsof ik hem een klap heb gegeven. Hij tilt zijn arm op, zijn mond staat half open en er loopt speeksel in zijn baard. Dan slaat hij hard in mijn gezicht en op mijn hoofd.

Ik zegt niets, reageer nauwelijks. Ik weet al dat ik hier zal sterven. Hoe maakt niet uit. Zij hebben gewonnen en ik heb verloren: mezelf, David en Johanna... Met een gevoel van bevrijding geef ik me over aan de duisternis, die met elke klap die hij me geeft dieper wordt, en ik verlaat mijn gehavende, bonzende lichaam.

Dan ga ik dood.

Dinsdag 3 juni

Eerst begrijp ik niet waar ik ben. Ik kijk verward om me heen door de kamer en dan komen de herinneringen boven. Ik hap naar adem.

Ik ben niet dood.

Ik begrijp het niet. Ik wist het zo zeker. In verwarring probeer ik mijn hoofd op te tillen om te zien waar ze zijn, Bernt Andersen en Krille. Maar ik zie hen niet.

Zonder erbij na te denken draai ik me om naar de deur, om te kijken of ze bij de muur met martelwerktuigen staan, of ze me observeren, of ze het volgende plan staan te bespreken om me te doden.

Maar ze zijn er niet.

Ik kijk een poosje naar de walgelijke muur. Het duurt even voordat ik doorheb dat er iets niet klopt. Ik kijk onnozel naar mijn gewonde hand, draai hem heen en weer. Dan begrijp ik het: ik ben vrij.

Mijn handen zijn niet vastgebonden. Ik haal mijn benen uit de beugels en ga rechtop zitten. Ik kan mijn benen bewegen, ze doen het.

Het peertje aan het plafond is aan en mijn lichaam ziet er akelig wit uit in het licht. Ik ben nog steeds naakt. Maar de wonden aan mijn enkels en polsen lijken te zijn verzorgd, gewassen en schoongemaakt. Er zit een verband op de snee in mijn linkerborst.

De pijn die me eerder had verlamd, is niet meer zo duidelijk. Hij is er wel, maar in de verte. Alsof ze me pijnstillers hebben gegeven.

Ik begrijp het niet.

Ik begrijp er niets van.

Trillend sta ik op en kijk om me heen. Ik ben er de hele tijd op bedacht dat iemand me van achteren neer zal slaan, me in stukken zal snijden, me zal verkrachten. Ik schrik en draai me snel om.

Maar het vertrek is leeg. Stil. De deur naar de trap staat half open. Er valt een vierkant van licht op de vloer. Ik blijf stil staan luisteren. Geen stemmen, geen krakende voetstappen op de trap, geen geluid van een auto die stopt of wegrijdt. Niets. Alleen compacte stilte.

Johanna!

Ik wankel even wanneer ik aan haar denk en loop naar de muur waar ik het ritselende geluid heb gehoord. Naast de deur is een soort nis. Daar is het donker. Het licht van het peertje en van de open deur komt hier niet.

Ik loop behoedzaam de nis in, bang om ergens op te gaan staan. Wanneer ik mijn armen uitsteek, kan ik de onderkant van een ladder voelen.

'*Johanna*!' fluister ik.

Geen antwoord.

Ik kruip op mijn hurken verder. Dan voel ik iets zachts en kouds...

Eerst deins ik instinctief terug, dan tast ik met mijn handen over de vloer. Wanneer ik de zachte, koude huid voel, schrik ik weer. Ik schuif achteruit de nis uit en val op mijn rug.

Johanna!

Ik weet niet of ik dat hardop heb gezegd. Ik luister even, maar het is nog steeds stil in het vertrek, in het hele huis.

Dan kruip ik de nis weer in. Ik tast met mijn handen voor me totdat ik het haar voel en de koude, zachte huid. Het gezicht kan ik niet zien, daar is het te donker voor. Ik raak het aan, volg de neus naar de mond, zoek met mijn vingers naar de oren, de hals.

Het is het lichaam van een vrouw. Maar ze lijkt me ouder dan Johanna. Haar haar is langer en dunner. De slappe buik heeft kwabben; het is niet Johanna's gladde, soepele tienerbuik. Wanneer ik de mond van de vrouw aanraak, voel ik dat er een paar tanden uit zijn geslagen.

Wanhopig tast ik om me heen in een poging Johanna te vinden. Maar er liggen niet meer lijken in de nis.

Een geluid dringt tot mijn bewustzijn door en ik verstijf in mijn beweging. *Ze zijn er weer*!

Dan begrijp ik dat ik het zelf ben. Ik jammer; zonder dat ik het doorhad ben ik gaan huilen. Ik wil hier niet meer zijn. Ik wil naar huis. Naar Johanna, naar mijn kind.

Onhandig en snikkend kruip ik achterwaarts de nis uit. Ik kijk of ik Krille of Bernt zie, ik wil hun vragen naar Johanna, wat ze met haar hebben gedaan.

Wanneer ik nog eens om me heen kijk in het vertrek, ontdek ik een vormeloze berg kleren op de vloer onder de borden met gereedschap. Ik loop erheen.

Het is een man. Wanneer ik buk, zie ik dat het Krille is. Hij ligt in een plas donker, gestold bloed, dat een taai vlies heeft gevormd op de vloer. Zijn keel is doorgesneden. Een brede snee onder zijn adamsappel. Als een tweede, grijnzende mond. Hij is dood. Maar wie heeft hem vermoord?

Ik draai me om. In het vertrek zie ik geen sporen van Bernt. Heeft hij het gedaan? Heeft hij Krille vermoord en het huis verlaten? Is hij gevlucht?

Ik loop naar de stalen deur, pak de kruk vast en wil hem wijd openzetten. De deur beweegt langzaam, is zwaar. Ik moet alles op alles zetten om er beweging in te krijgen. Maar er staat niemand voor. Niemand staat me op te wachten.

Ik stap een kleine hal binnen met een trap die naar de begane grond voert. Er ligt een lichaam voor. Ook een man. Zijn ene hand rust op de onderste tree, alsof hij wanhopig heeft geprobeerd zich op te trekken, daar weg te komen.

Ik buig me over hem heen. Zijn buik is opengesneden. Met de andere hand heeft hij zijn darmen tegengehouden. Zijn gezicht is vertrokken van iets wat angst zou kunnen zijn.

Het is Bernt Andersen.

Terwijl ik over zijn pijnlijke dodenmasker gebogen sta, kreunt het lichaam opeens van de pijn. Ik spring naar achteren en stoot mijn hoofd tegen een lage kapstok met oude, vlekkerige schoenendozen en een verbleekte strooien hoed. Een van de dozen valt eraf en er rolt een wirwar van oude spijkers en schroeven over de vloer. Ik laat ze liggen en ga weer bij Bernt staan. Hij kreunt nog steeds met gesloten ogen. Ik trap tegen hem aan en rol hem op zijn rug, schud hem wakker met mijn blote voet.

'Johanna?' vraag ik, terwijl hij me aankijkt met zijn onnatuurlijk lichte ogen.

Hij mompelt iets onverstaanbaars.

'Waar is Johanna?' schreeuw ik.

Hij kijkt me met een doffe, lege blik aan. Dat is de blik die in iemands ogen ligt vlak voor hij sterft, bedenk ik.

'Wat hebben jullie met Johanna gedaan?' schreeuw ik weer.

Hij schudt zijn hoofd.

'Met wie?'

'Met Johanna! Mijn dochter! Jullie hebben haar meegenomen!'

Hij glimlacht.

'Je dochter...'

Hij doet zijn ogen dicht en is even weg; dan doet hij ze weer open.

'Help me, dan zal ik vertellen waar we haar hebben... Help me.'

Hij liegt. Dat weet ik, dat hoor ik aan zijn stem. Hij probeert alleen zichzelf te redden. Hij heeft Johanna niet. Hij weet niet eens wie ze is.

***

Ik sta roerloos en verward in de hal. Ik kijk naar Bernt, die weer bewusteloos is. Naar de plas donker bloed die uit hem is gestroomd. Naar de solide stalen deur van de martelkamer. Naar de trap naar boven, naar de vrijheid.

'Wat is er gebeurd?' mompel ik zachtjes in mezelf.

Bernt haalt zwaar en langzaam adem. Hij is bijna dood. Ik stap voorzichtig over hem heen en loop de trap op. Ik mompel aldoor: 'Wie heeft dit gedaan? Wie heeft me bevrijd?'

Ik begrijp er niets van. De politie? Onmogelijk. Die zou een ambulance hebben gebeld en hier zijn gebleven.

Langzaam voel ik de pijn terugkeren in mijn lichaam. Ik voel mijn onderbuik weer: een knagende, diepe pijn, als een perswee. Ik begrijp dat het nog erger zal worden. Even blijf ik stilstaan, ik weet niet goed wat ik moet doen. Dan loop ik de laatste treden op.

Achter me hoor ik Bernt kreunen. Ik draai me niet om, maar loop gewoon door naar de hal boven. Nadat ik hem meer dan vijf jaar dood voor me heb gezien, kan het me opeens niet meer schelen dat hij leeft. Alsof ik eindelijk, veel later dan anderen, begrijp: hem vermoorden verandert nergens iets aan. Je kunt niets veranderen. Het is allemaal al gebeurd.

Ik loop door de kamers van het huis, op zoek naar mijn kleren. Ik vind ze in een van de slaapkamers. Ze hebben ze niet verstopt of weggegooid. Misschien hadden ze daar geen tijd voor of misschien hadden ze niet genoeg fantasie om het risico van ontdekking te onderkennen. Ik scheur een stuk van een laken en knoop het als een luier tussen mijn benen, om te voorkomen dat het bloed uit mijn endeldarm door de kleren heen lekt die ik daarna aantrek. De pijn verergert snel, is af en toe verlammend. Op zo'n moment kan ik niets meer, alleen heel stil blijven staan. Ik klem mijn kaken op elkaar, ik moet mijn kop erbij houden, om me heen kijken of hier nog spullen van me liggen. Op het nachtkastje ontdek ik mijn taser. Die neem ik mee. Daarbij stoot ik een kartonnen doosje om. Ik lees op het etiket wat erin zit: morfine.

Wie heeft dat doosje laten liggen? Is die morfine voor mij bedoeld?

Met het onplezierige gevoel dat ik word gadegeslagen loop ik naar de keuken en neem een tablet in met water direct uit de kraan. Dan loop ik snel het huis uit.

De zon staat nog steeds hoog. Het felle licht doet pijn aan mijn ogen. Mijn telefoon zit nog in mijn zak. Ik zet hem aan en kijk hoe laat het is: 10.43 uur. Ik ben hier meer dan een etmaal geweest. Mijn rugzak staat nog op de plek waar ik hem de vorige nacht heb neergezet, achter een bosje naast het erf. Ik pak hem op en loop naar mijn auto. Het doet pijn, de morfine werkt nog niet. Ik schuifel, licht voorovergebogen en stijf, alsof ik het in mijn broek heb gedaan.

De auto staat waar ik hem heb achtergelaten. Daar hebben ze zich kennelijk niet druk om gemaakt. Misschien hebben ze er niet eens naar gezocht.

Dan rijd ik rustig naar huis. Het is nu voorbij. Het is allemaal voorbij.

Ik zal me een paar dagen ziek melden, totdat alle wonden genezen zijn, maar ik ga niet naar een dokter. Dan moet ik te veel uitleggen. Meer dan ik kan vertellen.

Het water stroomt langs mijn lichaam. De blauwe plekken breiden zich al uit over mijn schouders en mijn borsten, en aan de binnenkant van mijn bovenbenen. Rond mijn polsen en enkels heb ik bloederige schrammen. Mijn onderlichaam doet zoveel pijn dat ik continu steun moet zoeken bij de muur om niet om te vallen. Ondanks de morfine heb ik op weg terug naar huis overgegeven en onder de douche ook.

De vragen galmen almaar door mijn hoofd. *Wie heeft me bevrijd*? *Wie heeft hen vermoord*?

Wanneer ik in mijn eigen bed ga liggen, zie ik dubbel. Misschien heb ik een hersenbeschadiging overgehouden aan de klappen die ze op mijn hoofd hebben gegeven, maar ik kan me er niet druk om maken. Ik doe mijn ogen dicht, probeer de pijn weg te denken en geef me over aan de vermoeidheid die zich dankzij de morfine door mijn lichaam verspreidt. Een gedempt licht valt door de luxaflex en de witte gordijnen naar binnen. Dat is prettig. De wereld is er nog. Er is niets veranderd.

Voordat ik in de morfinenevels verdwijn, pak ik mijn mobiel en bel Erik.

'Hallo,' zegt hij onnozel. 'Waar heb jij –'

'Johanna!' val ik hem in de rede. 'Waar is ze? Heb je haar gevonden?'

'Ze is hier.'

'Wat?'

'Ik heb geprobeerd je te bellen, maar je nam niet op.'

Ik slik moeizaam.

'Nee, ik zat... vast.'

'Ze was bij een vriendin. Kennelijk was ze kwaad op jou omdat jullie in het huis van jouw ouders logeerden. Dus ze besloot je te straffen... En mij.'

'Johanna!' zeg ik.

Maar zonder enige boosheid, als een snik.

'Ik heb al met haar gepraat,' zegt hij. 'Ze begrijpt dat het niet goed van haar was.'

'Dank je,' zeg ik en ik hang op voordat hij nog iets kan zeggen.

Ik laat mijn telefoon op de grond vallen en ga op mijn zij liggen. Ik merk bijna niet dat ik in slaap val; ik verdwijn gewoon in iets wat op bewusteloosheid lijkt. Een kunstmatige morfineslaap.

Woensdag 4 juni

Wanneer er op de deur wordt gebonsd, heb ik geen idee hoelang ik weg ben geweest. Een etmaal, een paar uur – de tijd lijkt wel een zwart gat, bodemloos. Ik hoor weer geklop, hard, resoluut.

Ik ga rechtop in bed zitten. Mijn telefoon geeft halftien aan. Wanneer ik naar de datum kijk, zie ik dat het de volgende dag is, dat ik zestien uur heb geslapen.

Toch draait de kamer. Ik span mijn spieren en probeer het bloed weer naar mijn hoofd te laten stromen. Wanneer ik naar beneden kijk, zie ik donkere vlekken van gestold bloed; het is door mijn onderbroek en het stuk laken heen gegaan.

Weer geklop.

Ik dwing mezelf om op te staan en loop naar de badkamer om de bebloede onderbroek en het stuk laken weg te gooien. Het bloed is oud. Het bloeden lijkt minder te zijn geworden.

'Ik kom eraan,' roep ik naar de deur.

Weer geklop.

Ik loop naar de wastafel, laat de koude kraan lopen en spetter water in mijn gezicht. Er verschijnen rode streepjes bloed in het water. Ik spoel mijn gezicht nog eens af, totdat het water helder is. Dan droog ik me af met een handdoek, voorzichtig, om mijn hoofdpijn niet erger te maken, en bind mijn haar in een staart.

Pas wanneer ik me in de slaapkamer wil gaan aankleden, dringt het tot me door: het kan een van hen zijn, een kompaan van Bernt Andersen die ik nog niet heb gezien.

Snel trek ik mijn spijkerbroek aan en een trui met lange mouwen die mijn polsen verbergen. Dan loop ik naar de hal en kijk door het spionnetje.

Het is niet een van hen. Het is de politie. Ik haal diep adem en open de deur.

'Carl Edson,' zeg ik zo vriendelijk mogelijk. 'Wat kan ik voor je doen?'

DEEL DRIE

56

Woensdag 4 juni

'Alexandra Bengtsson,' zei Carl Edson en hij keek haar even aan voordat hij een gebaar maakte naar de twee die achter hem stonden. 'Dit zijn Jodie Söderberg en Simon Jern, rechercheurs.'

Alexandra knikte. Ze was gekleed in een spijkerbroek en een groene trui met lange mouwen. Carl keek nog eens naar haar gezicht. Het was opgezet, vol met wonden en blauwe plekken, alsof ze mishandeld was.

'Waar gaat het over?' vroeg ze.

'We willen je even spreken,' zei Carl. 'Op het bureau.'

Hij zocht naar een reactie, maar die toonde ze niet.

'En waarom deze keer?'

Hij glimlachte.

'Ik denk dat je dat wel weet,' zei hij.

Ze fronste haar wenkbrauwen.

'Ik weet niet of er nog iets is waar we het tijdens de twee eerdere keren niet over hebben gehad.'

Hij antwoordde niet, keek haar alleen rustig aan.

'Trek je jas aan en kom mee,' zei hij.

'Alleen nog even mijn tas pakken,' zei ze en ze liep naar de slaapkamer.

Carl ging achter haar aan. Jodie en Simon bleven in de deuropening staan, zwijgend en alert.

'Je loopt mank,' zei Carl. 'Heb je je bezeerd?'

Alexandra gaf geen antwoord. Maar toen ze drieënvijftig minuten later in de raamloze verhoorkamer zat, werd haar dezelfde vraag opnieuw gesteld.

'Tijdens het hardlopen in het bos ben ik over een boomwortel gestruikeld,' zei ze.

'Alweer? De laatste keer dat ik je sprak, was je toch ook al gevallen?' vroeg Carl.

Jodie zat zwijgend naast hem en observeerde haar. Alexandra haalde haar schouders op.

'Nou en?' zei ze koppig.

Ze zat op een eenvoudige stoel met stalen poten. Voor haar op tafel stond een microfoon. Ze was zich ervan bewust dat ze bovendien werd gefilmd. De morfine was haar lichaam allang uit en ze voelde een pulserende pijn in haar onderlichaam. Ze deed haar uiterste best om niet te laten merken hoe erg het was. Er verzamelden zich zweetdruppels onder haar oksels en tussen haar borsten, en ze trok aan haar trui in een poging zweetplekken te voorkomen.

'Sorry,' zei ze verbeten, 'maar waarom ben ik hier ook alweer?'

Carl zuchtte.

'Je hebt een motief voor drie van de moorden,' zei hij. 'Je bent onze beste gemeenschappelijke noemer tot nu toe.'

'Drie?' vroeg ze. 'De mannen die mijn zoon hebben doodgereden waren met z'n vieren.'

Carl knikte.

'Wat zou er gebeuren als we naar die vierde man toe zouden gaan?'

'Dat weet ik toch niet?'

'Vind je het niet erg toevallig dat drie van de slachtoffers van deze eventuele seriemoordenaar een link hebben met jou?'

'Nee. Als ik afga op wat jullie tot nu toe hebben onthuld, onderzoeken jullie nog minstens drie moorden van dezelfde seriemoordenaar die géén link met mij hebben.'

Carl glimlachte.

'Weet je wat ik denk?'

Ze keek alsof het haar geen bal interesseerde wat hij dacht, maar hij ging rustig verder: 'Ik denk dat jij de moordenaar bent en dat jij de anderen hebt vermoord om de link met jou te verdoezelen. Dat je lukraak mensen hebt uitgekozen die je zou kunnen vermoorden, omdat ze dat in zekere zin ook hadden verdiend.'

Hij haalde een pakje sigaretten tevoorschijn en gaf het aan haar.

'Wil je er een?'

Ze keek hem verbaasd aan.

'Ik rook niet.'

'O, sorry, probeer je te stoppen?'

'Nee, ik heb nooit gerookt.'

Ze keek naar haar polsen en trok de mouwen van haar groene trui naar beneden, zodat ze de wonden verborgen. Zijn manier van doen vond ze afschuwelijk: dat superieure, harteloze, alsof hij achter zijn beleefde façade niets liever wilde dan haar oppakken. Als ze hem aankeek, zou hij haar afschuw zien, dat wist ze, en die verkeerd interpreteren. Daarom bleef ze naar haar handen kijken.

'Dus jij beweert dat ik... Zes, zei je? Dat ik zes mensen heb vermoord?'

Het was even stil in het vertrek. Toen kuchte Carl.

'Ja.'

'Ik snap echt niet waar je het over hebt,' zei ze en ze keek op.

'Je weet heel veel over de moorden,' zei Carl. 'Voor iemand die er niet bij betrokken is.'

Ze probeerde onverschillig te kijken.

'Voor de zoveelste keer: ik ben verslaggever en ik heb bronnen. Dat is mijn werk.'

'Ik geloof je niet.'

'Nee, dat zei je al. Jij denkt dat ik de seriemoordenaar van Rimbo ben. De kauwgummoordenaar.'

Carl knikte. Ze lachte. Het was een poging tot een open, lichte lach, maar dat werd het niet echt.

'O. Ik weet niet wat ik moet zeggen wat ik niet al eerder heb gezegd,' zei ze. 'Je zou net zo goed kunnen beweren dat ik als eerste voet op de maan heb gezet. Of dat ik... ik weet het niet. Het is gewoon absurd, volkomen geschift!'

Moedeloos schudde ze haar hoofd, waarna ze verderging: 'Ik heb een zoon, David, en die is dood. Hij is op zijn zesde doodgereden door een paar meedogenloze overvallers. Maar dat maakt van mij nog geen moordenaar.'

Carl knikte.

'Wat is er met je gezicht gebeurd? Het lijkt wel of iemand je heeft mishandeld.'

'Dat heb je al eerder gevraagd. Ik ben gevallen, zei ik toch? Toen ik aan het hardlopen was in het bos. Daarbij heb ik mijn heup ook bezeerd; daarom loop ik mank – voor het geval je dat ook wilde vragen. Wil je de blauwe plek zien?'

Carl schudde zijn hoofd.

'Nee, dank je wel,' zei hij.

Ze staarde hem aan.

'Het is volkomen bizar,' zei ze. 'Ik heb een alibi voor een aantal van de... gebeurtenissen waar je het over hebt. Ik was op reis of aan het werk. Johanna was bij me. Die kan getuigen.'

Hij knikte.

'Mooi,' zei hij. 'We zullen met haar praten. En met je ex-man. Zijn er meer mensen die kunnen getuigen waar je je bevond op de verschillende tijdstippen van deze moorden?'

Alexandra dacht na en schudde vervolgens haar hoofd.

'Nee,' zei ze. 'Ik heb niet zo'n grote vriendenkring...'

Ze probeerde een verandering in zijn gezichtsuitdrukking te bespeuren, een beweging, iets wat erop wees dat hij haar geloofde, dat hij haar ermee weg zou laten komen, maar ze zag niets. Alleen een soort superieure onverschilligheid.

'Dus jij beweert dat je niet bij deze moorden betrokken bent?' vroeg hij.

'Ja,' zei ze. 'Ik ben niet eens in de buurt geweest van de plaatsen van de moord, behalve dan dat ik er als journalist over heb geschreven. Ik heb onder andere een paar keer met jou gesproken. Bovendien heb je mij een aantal malen verhoord.'

'We zouden graag DNA bij je afnemen, is dat goed?'

'Waarom willen jullie dat?'

'Om jou van het onderzoek te kunnen uitsluiten,' zei hij.

'Best,' zei ze, 'maar toen ik jullie interviewde, wilden jullie niet zeggen waarom jullie deze moorden aan elkaar koppelen. Wat voor sporen hebben jullie nu?'

'Je hebt zelf over de kauwgumpjes geschreven.'

Ze knikte. *Van wie waren die kauwgumpjes in godsnaam*?

'Oké, jullie mogen DNA bij me afnemen als jullie dat nodig hebben,' zei ze zo laconiek mogelijk.

'We willen ook in je huis rondkijken.'

Hij glimlachte. Alsof hij beleefd probeerde te zijn, terwijl het in feite een dreigement was, bedacht ze.

'Niet zonder een huiszoekingsbevel. En dat zullen jullie niet zo snel krijgen. Ik ben journalist. Als jullie mijn huis doorzoeken, is dat een inbreuk op de bronbescherming en de vrijheid van drukpers...'

Dat had ze voor de eerste moord gecheckt, om goed voorbereid te zijn. Maar Carl trok zich van haar bezwaar niets aan en stond op.

'Zou je de namen van de personen willen opschrijven die kunnen getuigen dat ze bij jou waren en op welke dagen?'

Ze deed haar mond open om te verklaren dat ze al had gezegd dat alleen haar ex-man en dochter daarvoor in aanmerking kwamen, maar ze zei niets en knikte alleen.

Hij wilde haar een hand geven. Toen ze haar hand ook uitstak, werden haar gewonde polsen zichtbaar en ze trok snel haar hand terug.

'Ik moet me excuseren,' zei Carl zonder te laten merken of hij iets had gezien. 'Ik moet weg. Jodie neemt de lijst in ontvangst en zorgt voor de DNA-test.'

Hij keek op zijn horloge.

'Het kost niet veel tijd.'

***

Carl deed de deur zachtjes achter zich dicht en opende de deur van de kamer ernaast.

Dat was een klein vertrek dat werd gedomineerd door een grote, getinte, halfdoorzichtige spiegel en een klein controlepaneel met een videoscherm en opnameapparatuur. Officier van justitie Daniel Sandén stond midden in de ruimte, samen met Simon Jern en Gert Uwe, die uit zijn kamer was gekomen om getuige te zijn van het verhoor. Het was donker en een tikje benauwd in het vertrek.

Carl deed de deur geluidloos achter zich dicht. De mannen keken hem vragend aan. Hij negeerde het. Toen hij de blik van de officier van justitie had opgevangen maakte hij een vragend gebaar. Daniel Sandén schudde langzaam zijn hoofd.

'Niet genoeg? Nergens voor?'

'Niet eens voor een voorgeleiding,' zei Daniel Sandén. 'Niet voordat we DNA-materiaal van haar hebben veiliggesteld. Voordat het zover is: laat haar gaan!'

'Een huiszoekingbevel?'

Daniel Sandén schudde zijn hoofd.

'Nee, geen schijn van kans. Het is net wat ze zegt: ze wordt beschermd door de vrijheid van drukpers. We moeten veel dringender verdenkingen hebben. Als we een DNA-match krijgen, is het iets anders. Maar nu moet je haar gewoon laten gaan.'

Carl zuchtte, maar was niet verbaasd.

***

'Wat gaan we nu doen?'

Op weg naar de teamkamer haalde Jodie Söderberg haar chef in. Carl draaide zich niet om en haalde zijn schouders op.

'We nemen om te beginnen maar weer eens contact op met de mensen die haar een alibi hebben gegeven. Vermoedelijk zal dat niet veel opleveren.'

Hij deed de deur van de teamkamer open. Hij had gehoopt dat het daar in elk geval koel zou zijn bij de hittegolf die het land had getroffen, aangezien het vertrek midden in het gebouw zat en geen ramen had. Maar het was er juist warmer dan in andere kamers. Carl snapte niet hoe dat kon.

Ze gingen achter hun bureau zitten, dat bedekt was met ordners, foto's, plattegronden, schrijfblokken en gebruikte koffiekopjes. De koffiekopjes waren vooral van Simon Jern, die het schoolvoorbeeld was van een slordige vrijgezel.

'We verdelen de namen...' zei Carl.

'Dat hoeft niet,' viel Jodie hem in de rede. 'Het zijn er maar twee: haar ex en haar dochter.'

Carl stond op van de versleten bureaustoel, die piepte van opluchting. Hij liep naar het whiteboard en begon de aantekeningen van eerdere besprekingen uit te vegen.

'We moeten haar woning zien binnen te komen,' zei hij bij zichzelf.

'Wat?'

Carl draaide zich om.

'Ik wil haar spullen doorzoeken,' zei hij.

'Je denkt dat zij de dader is?'

Hij knikte.

'En haar man dan? Die heeft hetzelfde motief. En sommige slachtoffers zijn betrokken geweest bij drugsdeals en waarschijnlijk bij nog veel meer ellende waar we niet eens weet van hebben... Het zijn niet bepaald brave burgers,' zei Jodie en ze keek schuin omhoog naar Carl.

Hij wapperde geïrriteerd met zijn hand.

'Behalve de overvallers van Södertälje zijn er geen directe verbanden tussen de slachtoffers. En wij – jij en Simon – hebben alles nagelopen. Nee, ik geloof niet meer in die theorie.'

'Haar man dan?'

Carl schudde zijn hoofd.

'Ik denk niet dat hij het is. Jij was erbij toen we naar de moorden vroegen. Wat zei hij toen?'

Jodie schudde haar hoofd.

'Iets in de trant van dat we niet goed wijs waren. Ik weet het niet meer precies. Jij leidde het verhoor toen. Je had een notitieboekje bij je, waar je in hebt zitten schrijven...'

Hij glimlachte gegeneerd.

'Ik heb alleen poppetjes zitten tekenen. Dat doe ik altijd.'

Jodie keek teleurgesteld, maar voordat ze nog iets kon zeggen, kwam Simon de kamer in en ging kreunend op zijn bureaustoel zitten.

'Wat heb jij?' vroeg Carl geïrriteerd.

'Ik heb gisteren een nieuwe vrouw leren kennen...'

Simon grijnsde.

'Het ging er nogal verhit aan toe,' zei hij en hij knipoogde.

Net een verkoper van goedkope auto's, dacht Carl. Hij schudde zijn hoofd en keerde terug naar zijn whiteboard.

'Welke moord was het eerst?' vroeg hij half in zichzelf.

Simon haalde zijn schouders op en zette zijn kopje op het laatste lege stukje van het bureau.

'Marco Holst...'

'Nee,' zei Carl. 'Fadi Sora is eerder vermoord dan Marco. Marco Holst was alleen de eerste die we vonden. En Sonny Andersson is weer eerder vermoord dan Fadi Sora. De resten die we in het verlaten boerderijtje hebben gevonden... Cecilia heeft hem op minstens een week voor Fadi Sora gedateerd.'

Carl voelde nog steeds een lichte misselijkheid wanneer hij dacht aan de vondst in het boerderijtje en hij keek met weerzin naar zijn halfvolle koffiekopje.

'Oké, en?' vroeg Jodie.

'Als we ervan uitgaan dat de eerste moord de belangrijkste is, de moord die leidt tot de rest van de moorden, dan klopt het...'

'Omdat de man in het boerderijtje een van de overvallers van Södertälje was, bedoel je?'

'Ja,' zei Carl en hij draaide zich om naar zijn medewerkers. 'De meesten beginnen met wat het dichtst bij hen staat. Wat het meest betekent. De stap zetten om een moordenaar te worden is moeilijker dan je zou denken. En dit soort extreme moorden... Dat besluit je niet zomaar. Daar is kracht voor nodig...'

Hij keek Jodie en Simon aan.

'...motivatie. Emotie.'

'Dus volgens jou is Alexandra Bengtsson nog steeds ons belangrijkste spoor?'

'Ja.'

'Oké,' zei Simon en hij leunde achterover op zijn stoel. 'Ik vind het een waardeloos spoor.'

Carl deed zijn best om niet te reageren toen hij zijn bureaustoel bijtrok en ging zitten, maar het was moeilijk.

'Totdat de DNA-test iets anders uitwijst,' zei hij geforceerd vriendelijk.

'Wat je zei tijdens het verhoor, over wat er zou gebeuren als we de vierde man van de Södertälje-bende zouden opzoeken...' zei Jodie.

'Ja?'

'Moeten we dat doen?'

'Ik ben er al geweest,' zei Carl. 'Afgelopen zondag. Hij leek zo gezond als maar kan.'

'Hoezo "als maar kan"?' vroeg Simon.

'Hij is beroepscrimineel en drugsgebruiker. Mijn god, we hebben het bepaald niet over een gezondheidsfreak,' zei Carl.

'En haar verwondingen, wat vind je daarvan?' vroeg Jodie.

'Waar wil je naartoe?' vroeg Carl.

'Toen jij haar naar die vierde man vroeg,' zei Jodie, 'toen had ik het idee dat ze haar best deed om net te doen of dat haar niets kon schelen. Alsof ze iets verborg. Ze heeft bijvoorbeeld niet gezegd dat ze niet wist waar hij woonde. Dat zou ik wel hebben gedaan...'

'Dus jij wilt dat we nog eens naar hem toe gaan?' vroeg Carl.

Jodie knikte en streek een lok haar uit haar gezicht. Hij vroeg zich geïrriteerd af waarom ze het niet gewoon in een staart deed. En hij hoorde de stem van zijn dochter, die antwoordde. *Maar serieus, papa! Moet je echt overal iets van vinden?*

'Ja,' zei Jodie. 'Ik denk het wel.'

57

'Zo, en wat hebben we ditmaal?'

Carl draaide zich om en zag de bekende gestalte van Lars-Erik Wallquist, die over het erf van Bernt Andersen kwam aansjokken. De blauwe overall was vervangen door een witte van hetzelfde synthetische materiaal. Met zijn postuur deed hij aan een grote pandabeer denken. Het plastic fladderde ritselend in de zomerwind. De weinige wolken die 's ochtends schaduw hadden gegeven waren verdwenen en het was snikheet. Simon en Jodie stonden in de schaduw van een berk aan de rand van het erf. Ze hadden allebei hun jas uitgetrokken. Carl stond in een pak en een wit overhemd in de zon en genoot van de warmte.

Lars-Erik ging naast hem staan. Hij rook al vaag naar zweet onder zijn kunststof overall, maar dat merkte hij kennelijk zelf niet.

'Is het een zootje daarbinnen?' vroeg hij.

Carl knikte.

'Hetzelfde als de andere?'

'Ja. Ongeveer. We hebben twee zwaargehavende lijken in de kelder. En een volledig toegeruste martelkamer.'

Lars-Erik keek hem mismoedig aan.

'Verdomme!'

Carl knikte.

'Beide mannen zijn opengesneden. Ga zelf maar kijken. Het is geen fraaie aanblik.'

Lars-Erik knikte.

'Wat denk je, verdomme, dat ik het onderzoek van de plaats delict vanaf hier doe, door met jou te praten?'

Carl knipperde een keer extra met zijn ogen, maar ging er niet op in.

'Ik denk dat je ditmaal wel sporen zult vinden,' zei hij. 'Een heleboel.'

'Die te koppelen zijn aan de eerdere moorden?'

'Ik denk dat er een verband is, ja.'

Lars-Erik knikte en riep naar zijn mannen: 'Kom, we gaan naar binnen.'

Drie mannen in identieke kunststof overalls droegen ieder een zware tas. Ze zakten door hun knieën onder het gewicht, terwijl hun chef onbekommerd voor hen uit liep.

'We beginnen op de begane grond en werken van daaruit naar beneden,' zei hij en hij ging naar binnen.

Carl stak het erf over, langs de auto van Bernt Andersen, naar de zwarte Mercedes van Cecilia Abrahamsson. De motor draaide. Hij bukte en tikte op de ruit. Cecilia schrok en reikte vervolgens over de bijrijdersstoel om het portier voor hem open te maken. Hij ging naast haar zitten en hoorde het leer behaaglijk onder zich kraken. Het was ijskoud in de auto. Ze zeiden niets. Carl wachtte totdat zij aan haar relaas zou beginnen.

Uiteindelijk zei ze: 'Verdomme!'

Hij keek haar verbaasd aan. Ze deed niet superieur en neerbuigend zoals anders, maar ze was kwaad, bijna razend.

'Wat denk je dat die mannen in die kamer hebben gedaan?' vroeg ze. 'Het was een volledig uitgeruste martelkamer.'

Carl gaf geen antwoord. Hij wist niets te zeggen wat al niet duidelijk was.

'Weten we wie het zijn?' vroeg Cecilia.

'De ene is Bernt Andersen. Ik heb hem twee dagen geleden ontmoet en ik herken hem van oude foto's. De andere is met vrij grote zekerheid Kristian Samuelsson. Kristian woont – of woonde – vijftien kilometer verderop naast een voormalige kwekerij, die hij had overgenomen en waarschijnlijk gebruikte om op grote schaal cannabis te verbouwen. Er zijn aanwijzingen dat ze de teelt onlangs hebben gerooid.'

Cecilia knikte.

'En het slachtoffer?'

'Hè?' vroeg Carl.

'De vrouw...'

Carl keek haar vragend aan. Hij had geen vrouw gezien, maar hij had zich ook zo weinig mogelijk over de plaats delict bewogen.

'Ze lag in een nis onder de keldertrap,' zei Cecilia. 'Mijn voorlopige inschatting is dat ze dodelijk is mishandeld. Zwaar, stomp geweld na zeer brute seksuele schendingen. Maar er zouden meer slachtoffers moeten zijn: vrouwen, misschien ook mannen, die door die twee de martelkamer zijn binnengesleept. Jullie zouden zowel de tuin hier als de kwekerij waar je het over had moeten doorzoeken.'

Carl keek naar de politieauto's die op het erf geparkeerd stonden, met het zwaailicht nog aan, naar de lijkwagen die stond te wachten totdat het eerste lijk kon worden afgevoerd, naar zijn eigen auto en naar het vrachtautootje met apparatuur van Lars-Erik.

Dit ging snel van kwaad tot erger.

'Ik ga met Wallquist praten,' zei hij. 'Nádat hij de kelder heeft doorgenomen.'

Cecilia glimlachte stijfjes.

'Is het dezelfde dader?' vroeg Carl. 'Is het ónze dader?'

'Dat is zeker mogelijk. De wreedheid, de martelkamer... Er zijn veel overeenkomsten... Maar ik...'

'Ja, ja, ik weet het. Je moet eerst sectie verrichten.'

Ze knikte.

'Ja, precies,' zei ze goedkeurend.

'Maar een voorlopig oordeel?'

Ze schudde haar hoofd.

'Dit is misschien niet wat je wilt horen...'

'Maar?'

'Deze mannen zijn natuurlijk op wrede wijze vermoord, maar in tegenstelling tot eerdere slachtoffers heb ik – in elk geval bij een eerste onderzoek – geen tekenen van marteling gevonden. Niet zoals bij de anderen, die langdurig hebben moeten lijden, bij wie sprake was van... hoe zal ik het zeggen... emotioneel geweld.'

'En?'

'Deze twee mannen...'

'...Bernt Andersen en Kristian Samuelsson...'

'Bij hen is efficiënter geweld toegepast.'

'Efficiënter?'

'Geweld bedoeld om te doden.'

'Dus jij denkt niet dat onze dader dit heeft gedaan?'

Ze leek na te denken over het antwoord.

'Het hoeft niet per se iemand anders te zijn,' zei ze even later. 'Om van doodmartelen over te gaan op alleen vermoorden is makkelijk. Maar als ik jou was, zou ik over de motieven nadenken. Hier was de bedoeling dat ze doodgingen. Ik denk dat ze net zo goed doodgeschoten hadden kunnen worden. Wat de eerdere slachtoffers betreft... De twee die zijn doodgeschoten, Eslar en Ingvarsson, heb je toch overgedragen?'

Hij knikte.

'Goed. In de andere gevallen was het de bedoeling dat ze zouden lijden. Langdurig.'

Carl zei niets.

'Zoals ik al zei, vertoont de vrouw daarentegen wel sporen van langdurige, seksuele marteling,' zei Cecilia.

'Zoals Jens Falk, Marco Holst, Fadi Sora...'

Cecilia draaide zich om en keek hem vragend aan.

'Ik heb het geweld waaraan zij zijn blootgesteld nooit als seksueel gezien. Maar ik kan het mis hebben. Er is in alle gevallen sprake van duidelijke sadistische elementen.'

Carl knikte.

'Zoals gezegd, wanneer ik de vrouw en de twee mannen beter heb bekeken, kan ik preciezer zijn...'

Ze liet een korte stilte vallen en zei toen zacht: 'Maar voor de verandering hoop ik ditmaal niet dat je degene vindt die dit op zijn of haar geweten heeft.'

Hij draaide zich naar haar om. De zitting onder hem kraakte.

'Waarom denk je dat het een vrouw is?' vroeg hij.

Ze keek hem met gefronste wenkbrauwen aan.

'Een vrouw?'

'Je zei nadrukkelijk "zijn of haar", alsof je bedoelde dat het weleens een vrouw zou kunnen zijn.'

'Dat was niet met opzet,' zei ze. 'Maar een vrouw die wraak wilde nemen, dat zou toch heel goed kunnen? Of de vriend van een vrouw...'

'Ja, misschien...'

Hij opende het portier en stapte uit.

'Je krijgt mijn rapport zodra het klaar is,' zei Cecilia.

Hij knikte en sloeg het portier dicht. Het was de eerste keer dat ze betrokken klonk, niet professioneel onverschillig zoals anders. Iedereen had wel iets wat hem extra aangreep, bedacht hij en hij keek uit over het erf.

Jodie zat met het portier open op de bijrijdersstoel van zijn auto en keek naar het huis. Simon stond een eindje verderop bij een tuinschuurtje.

'Kom, tijd om aan het werk te gaan. Simon, jij neemt de plaatselijke agenten mee en volgt de gewone routine. Kijk wie er allemaal in de buurt wonen... Axel Björkström zou ook nog een paar man sturen. Je moet maar met een van hen mee terugrijden.'

'En waar gaan jullie naartoe?' vroeg Simon.

'We gaan met de ex van Alexandra Bengtsson praten,' zei Carl. 'Jodie, jij rijdt.'

58

Erik Bengtsson woonde in een kleine vrijstaande woning in Älvsjö. Carl Edson en Jodie Söderberg zigzagden door kleine villastraatjes totdat ze voor een geel houten huis stonden, dat wel iets van een suikerklontje had. De tuin was omgeven door een hoge heg. Op de oprit stond een BMW van een nieuw model en daarachter een fiets.

'Rijd maar door,' zei Carl.

'Maar gaan we dan niet...'

'We lopen terug.'

Ze reden over de smalle kronkelweg en kwamen langs soortgelijke huizen in verschillende kleuren. Ze deden Carl denken aan de huisjes bij de modelspoorbaan die hij als kind had gehad – schattige details die hem altijd het plezierige gevoel hadden gegeven dat het perspectief was verschoven en dat hij een reus was geworden.

'Ga hier maar in,' zei hij en hij wees naar een zijstraat.

Jodie liet hem uitstappen, waarna ze de auto onder een grote goudenregen parkeerde, dicht naast een keurig gesnoeide heg. De goudenregen lichtte geel op in het avondlicht dat over de straat viel. Hij rook lekker. Carl ademde in door zijn neusgaten. Zomer, dacht hij en hij voelde een merkwaardige opluchting die niets met de zaak te maken had.

'Hij is hier blijven wonen nadat zijn zoon overleden was, na hun scheiding,' zei Jodie, terwijl ze terugliepen door de straat.

'Ik weet het,' zei Carl. 'Dat vertelde je toen we hier de vorige keer waren.'

Hij dacht terug aan zijn eigen scheiding. Ze hadden het niet moeilijk gevonden uit elkaar te gaan. Maar ze hadden dan ook geen kind verloren. Zoiets veranderde alles.

'Als hij er is, doe ik het woord en jij kijkt om je heen,' zei Carl.

Jodie knikte, maar keek beledigd.

Toen ze het tuinpad over liepen, zagen ze dat de fiets een damesmodel was, vermoedelijk van de dochter. Het huis en de tuin waren rommeliger dan die van de buren, minder goed onderhouden. Het gazon was niet gemaaid. Het ijzeren traphekje bij de voordeur was zwartgeverfd, maar er zaten hier en daar roestplekken op.

Carl klopte aan. Eén keer. En nog een keer.

Uiteindelijk werd de deur geopend door een man die hen verbaasd aankeek.

'Dag,' zei Carl.

'Dag?'

'Misschien herkent u ons nog. We hebben elkaar een week geleden gesproken.'

De man knikte. Hij had een baard en zijn donkerbruine haar was in een ongebruikelijk lang model geknipt. Carl probeerde zich te herinneren wat voor werk de man deed – iets in de reclame, dacht hij.

'Ja, ik herken jullie,' zei Erik met een glimlach die eerder beleefd dan vriendelijk was. 'Waar gaat het ditmaal over?'

'Mogen we binnenkomen?'

Erik deed een stap opzij en liet hen binnen. Binnen klonk het gedreun van eigenaardige elektronische muziek op hoog volume. Hij liep snel voor hen uit de woonkamer binnen.

'Sorry,' zei hij en hij zette het geluid zachter. 'Ik luister graag naar harde muziek wanneer ik alleen ben.'

Carl knikte begrijpend. Hij deed dat ook vaak wanneer hij alleen thuis was, wat maar zelden voorkwam.

Erik ging in een fauteuil naast de stereo zitten en maakte met een gebaar duidelijk dat de twee rechercheurs op de bank konden plaatsnemen. Op de ovale salontafel stond een schaal snoep die nog halfvol was. Dat was bij hem thuis anders geweest, dacht Carl. Linda of Karin zouden de schaal in één avond hebben leeggegeten terwijl ze tv zaten te kijken.

'Wat kan ik ditmaal voor u doen?' vroeg Erik.

'Zoals u weet, onderzoeken we de moorden op een aantal personen,' begon Carl.

Erik knikte en keek Carl met een open, afwachtende blik aan.

'Onder andere op de mannen die in de auto zaten waarmee uw zoon is doodgereden.'

'Dat zei u vorige keer ook al,' zei hij. 'Wat doet u hier nu? Wat is er gebeurd?'

'Alle vier de mannen die in die auto zaten zijn vermoord.'

Erik sloeg snel zijn ogen neer en streek met zijn handen over zijn bovenbenen. Toen keek hij weer op.

'Ik kan niet liegen. Ik vind het niet erg dat ze dood zijn, mocht u zich dat afvragen. Ze hebben mijn zoon vermoord en dat heb ik hen nooit vergeven. Dat zal ik ook nooit doen. Ik probeer verder te gaan met mijn leven, het allemaal achter me te laten, maar dat is moeilijk...'

Hij zweeg en keek eerst Jodie en daarna Carl aan.

'Zijn jullie hier omdat jullie denken dat ik hem heb vermoord? Dat vroegen jullie de vorige keer in elk geval wel.'

Carl wachtte of hij verder zou praten.

'Die vraag kan ik met nee beantwoorden. Ik heb nog steeds niemand vermoord,' ging Erik verder. 'Jezus, ik vond het al moeilijk om een baars dood te maken wanneer we gingen vissen...'

Hij verstijfde, alsof hij ergens door verrast werd, en begroef zijn gezicht in zijn handen.

'David en ik, wanneer we op de steiger bij ons zomerhuisje zaten te vissen...'

Ze zwegen alle drie. Alleen het zachte geluid van de stereo was te horen.

Ten slotte haalde Erik zijn handen van zijn gezicht.

'Tijdens de rechtszaak kwam aan het licht dat het beroepscriminelen waren. Er moeten meer gemeenschappelijke verbanden zijn dan alleen mijn zoon. Toen u hier laatst was, vroeg u naar andere moorden die deze moordenaar had gepleegd, die helemaal niet met... met David te maken hadden.'

'Wij denken dat iemand die andere moorden heeft gepleegd om het verband met de overvallers die uw zoon hebben doodgereden te verdoezelen. Wij denken dat de dader het op een interne afrekening heeft willen laten lijken,' zei Carl.

Erik keek hem verbaasd aan.

'Wat zegt u nu? Dat ik zomaar een beetje heb lopen moorden? Om sporen te verbergen? Bent u niet goed snik? Is dit het beste wat de Zweedse politie kan verzinnen?'

Carl was even stil en zei toen: 'Wat hebt u tussen 1 mei en 5 mei gedaan?'

Erik keek hem met een eigenaardige blik aan.

'Dat heb ik de vorige keer toch al gezegd?'

'Ja,' zei Jodie. 'Maar we willen het nog een keer horen. Om het heel zeker te weten.'

Erik zuchtte.

'Dan moet ik dat checken in mijn mobiel.'

Hij stond op en liep naar de keuken. Even later kwam hij met zijn smartphone in zijn hand terug.

'Overdag werkte ik natuurlijk. Ik had een opdracht voor een bedrijf dat schoenen verkoopt op internet, Onlineshoes.se.'

'Wat voor werk doet u?' vroeg Jodie.

'Ik? Ik werk op een reclamebureau.'

'Wat voor werk doet u?'

'Copywriter.'

'En 's avonds, wat deed u die dagen 's avonds?' vroeg Carl.

Erik keek weer in zijn smartphone.

'Ik was waarschijnlijk thuis. 's Avonds ben ik meestal thuis. Ik heb in elk geval niets opgeschreven. Maar het was niet mijn week, dus… Ik zou graag kunnen zeggen dat ik met collega's aan het bier zat, maar dat is niet zo.'

'Uw week?' vroeg Carl.

'Ja, met Johanna. Ze was die week bij haar moeder.'

'Dus u was alleen?'

'Ja.'

'Hebt u op dit moment een relatie?' vroeg Carl.

'Wat?'

'Woont u met iemand samen, hebt u een vriendin, een nieuwe vrouw? Iemand anders die kan getuigen wat u die avonden deed?'

Erik schudde zijn hoofd.

‘Nee, dat is er niet van gekomen. Ik heb wel een jaar of wat gedatet… via Match.com, maar dat vond ik eerder lastig dan leuk.’

‘Iemand anders?’

‘Nee.’

‘En uw ex-vrouw, Alexandra, zij kan ook niets over die dagen zeggen, neem ik aan?’

‘Nee, alsjeblieft zeg! Zo’n soort contact hebben we niet.’

Erik keek op.

‘Trouwens… Alexandra had het begin mei ergens druk mee. Ik weet niet meer waarmee, maar het zal een of andere reportage zijn geweest.’

‘O,’ zei Carl.

‘Dan was Johanna vast wel bij mij. Zo doen we dat; we helpen elkaar uit de brand als dat nodig is. Misschien kan zij getuigen?’

Carl en Jodie bogen zich allebei naar voren op de bank.

‘Bent u zeker van de data?’ vroeg Jodie.

Erik pakte zijn mobiel en zocht iets op. Hij knikte.

‘Ik heb het niet in mijn agenda geschreven. Maar ik ben er vrij zeker van dat ze hier begin mei een paar dagen is geweest. Johanna dus…’

Jodie maakte aantekeningen.

‘Daarna was ze een paar dagen bij Alexandra, voordat ze weer hier terugkwam.’

‘Weet u dat zeker?’ vroeg Carl.

Erik haalde zijn schouders op.

‘Ik kan me vergissen. Mijn geheugen is hopeloos wat dat soort dingen betreft. En het is niet zo bijzonder. Alexandra heeft vaak reportages waardoor ze niet voor Johanna kan zorgen, en aangezien ik niet zoveel anders te doen heb, is het alleen maar leuk als ze hier is. Ze doet hetzelfde voor mij als ik een deadline heb voor een opdracht en moet overwerken…’

Carl en Jodie knikten.

‘Ik herinner me in elk geval dat er toen iets speelde,’ zei Erik, ‘want ik dacht nog dat 1 mei een feestdag was en dat ze pech moest hebben gehad met haar rooster.’

Carl keek naar Jodie, die koortsachtig zat te schrijven.

'Goed. We gaan door. Wat deed u tussen 8 en 12 mei?'

Erik fronste zijn wenkbrauwen, maar keek weer in zijn smartphone.

'Ongeveer hetzelfde. Werken. 's Avonds niets bijzonders. Ik leid niet het allerspannendste leven.'

'Dat hoeft ook niet,' zei Carl. 'En Johanna, was zij toen bij haar moeder?'

Erik keek weer op zijn mobiel.

'Ik weet het niet. Maar ik geloof dat ze hier door de week een dag is geweest. Soms komt ze hier in plaats van dat ze naar haar moeder gaat, omdat... omdat...'

Carl zei niets en wachtte geduldig. Erik sloeg zijn ogen weer neer.

'Ja?' vroeg Carl.

'Ze zegt dat ik minder moeilijk doe. Met eten en opruimen en zo. Ik zeur minder. Alexandra vindt dat ik slap ben en dat ik me nergens druk om maak...'

Hij lachte en maakte een gebaar dat de hele kamer omvatte.

'Twee visies op hetzelfde verschijnsel. Het zal wel een van de redenen zijn waarom we niet meer getrouwd zijn.'

'Dus het zou goed kunnen dat ze hier tussen 8 en 12 mei een dag is geweest?'

Erik knikte.

'Ja, dat denk ik. Vraag het maar aan Johanna en Alexandra; die hebben daar vast meer zicht op en kunnen het bevestigen. Hoop ik.'

'Dank u wel,' zei Carl. 'Dat zullen we doen. Als we over andere dagen nog vragen hebben, komen we bij u terug.'

Carl stond op. Jodie volgde zijn voorbeeld.

'Dank u wel,' zei Carl nogmaals en hij gaf Erik een hand.

'Word ik ergens van verdacht?' vroeg Erik.

Carl glimlachte.

'We wilden alleen informatie van u,' zei hij.

'Maar denken jullie dan niet dat ik een heleboel mensen heb vermoord...'

Carl bleef beleefd glimlachen.

'In dat geval komen we terug.'

***

Op weg naar de auto zeiden ze niets. Hoewel Jodie een shirt met korte mouwen droeg, had ze nog steeds last van de hitte. Ze keek naar haar chef. Carl droeg zijn donkere pak en witte overhemd zonder zichtbare zweetvlekken.

'En,' zei ze toen ze bij de auto kwamen. 'Denk je nu dat hij het heeft gedaan?'

'Nee,' zei Carl.

'Oké,' zei Jodie verbaasd. 'Zo klonk het daarnet wel...'

'Ik denk nog steeds dat zijn vrouw het gedaan heeft,' zei Carl. 'De dochter lijkt immers bij hem geweest te zijn op de dagen in kwestie... en zij was voor een deel het alibi van Alexandra Bengtsson.'

'Oké, dus wat doen we nu?' vroeg Jodie.

'Ik rijd,' zei Carl.

Jodie liet de greep van het portier aan de bestuurderskant los en liep om de auto heen. Carl keek door de straat, naar de goudenregen, naar de kleine huizen en tuinen.

Daarna startte hij de motor. Hij reed snel en efficiënt door het labyrint van straatjes en over de autoweg naar de binnenstad.

'Waar gaan we naartoe?' vroeg Jodie. 'Gaan we Alexandra nog eens verhoren?'

Carl draaide zich geïrriteerd om naar zijn medewerkster.

'Nee,' zei hij. 'We moeten eerst huiszoeking doen. En daarvoor moeten we eerst de DNA-uitslag hebben. Hoe staat het daar trouwens mee?'

Ze antwoordde niet. Ze zag alleen de stilstaande file die onrustbarend snel dichterbij kwam. Ze hield zich krampachtig aan de portiergreep vast, terwijl ze tegelijkertijd haar voet op de vloer zette alsof ze wilde remmen.

Carl remde krachtig en slaagde erin de auto een halve meter van de bumper van de wagen voor hen tot stilstand te brengen. Jodie slaakte een zucht van verlichting. Ze had nog niet eerder als bijrijder bij Carl in de auto gezeten en besloot meteen om volgende keer zelf te rijden.

'Jodie!'

'Hm?'

'Hoe staat het daarmee? Met de DNA-uitslag?'

'Weet ik niet,' zei ze. 'Die hebben we niet. Nog niet.'

Hij accelereerde met een schok voordat hij weer op de rem stond vlak bij de auto voor hen. Jodie werd naar voren en naar achteren geslingerd op haar stoel. Ze werd er misselijk van. Zelfs Simon was een betere chauffeur.

'Bel Lars-Erik!' zei Carl.

Jodie knikte. Ze mocht Lars-Erik Wallquist niet. Hij was wispelturig en gaf veel te veel toe aan zijn buien.

'Dat doe ik zodra we...'

Ze zweeg toen Carl opnieuw gas gaf, zodat de auto tien meter naar voren schoot in de file, voordat hij weer hard op de rem trapte.

'Nu!' zei hij en hij klemde het stuur stevig vast. 'Nu bellen.'

Ze pakte haar telefoon en belde weifelend het nummer van de forensisch technicus. Er werd niet meteen opgenomen. Pas toen de telefoon vijf keer was overgegaan en ze het al wilde opgeven, zei de korzelige stem: 'Ja!'

'Hallo. Met Jodie Söderberg van...'

'Ik weet wie je bent. Het hulpje van Carl Edson! Wat wil je?'

'Ik... We willen graag weten of de uitslag van het DNA-onderzoek er al is... van Alexandra Bengtsson.'

Het was even stil aan de andere kant. Daarna kreeg hij een van zijn gevreesde uitbarstingen.

'Is er iets mis met jullie deel van het internet?'

'Wat? Nee...'

'Of hebben je baas en jij weer eens niet de moeite genomen om jullie e-mail te checken alvorens mij lastig te vallen met jullie gezemel?'

'Ik...'

Maar Lars-Erik had het gesprek al beëindigd. Jodie keek met een naar gevoel naar haar mobiel en opende het mailprogramma.

'Hij zei…' begon ze terwijl ze met haar telefoon bezig was.

'Ik heb het gehoord,' zei Carl. 'En de andere automobilisten volgens mij ook.'

Jodie zei niets.

'Nou,' zei Carl. 'Check jij de mail?'

'Ik ben bezig, rustig maar!'

Hij was even stil.

'Sorry,' zei hij toen. 'Ik ben…'

'En rijd niet zo verdomd schokkerig! Ik kan niet op de goede knopjes drukken als jij de hele tijd wegscheurt en dan weer op de rem staat. Ik word er misselijk van!'

Carl wilde bijna iets terugzeggen – dat ze haar werk moest doen – maar hij besefte dat ze waarschijnlijk gelijk had. Hij had dezelfde kritiek van zijn dochter gekregen.

'Natuurlijk,' zei hij gemaakt vriendelijk.

Daarna keek hij hoe ze met haar wijsvinger over het scherm van de telefoon scrolde. Af en toe streek ze een lok haar uit haar gezicht. Toen de file weer tot stilstand kwam, deed hij zijn best om zachtjes te remmen.

'Heb je al iets?' vroeg hij.

'Hier is het.'

Jodie mompelde iets terwijl ze het mailtje van Wallquist las.

'Oké,' zei ze. 'De nicotinekauwgumpjes…'

'Ja, wat is daarmee?'

'Geen match met Alexandra Bengtsson. Daarentegen… moet je horen.'

Ze scrolde verder.

'Ze is in de kelder van Bernt Andersen en Kristian Samuelsson geweest. Bloed en haar en… vaginale afscheiding komen overeen met haar DNA.'

'Ik wist wel dat ze iets verzweeg!' zei Carl en hij sloeg met zijn hand op het stuur.

Jodie keek haar chef aan.

'En nu?'

'Nu gaan we haar halen.'

Carl gaf richting aan naar rechts om vanuit de file de afrit naar Södermalm te nemen. Een auto toeterde, maar daar reageerde Carl niet op.

59

Op de kruising Kocksgatan–Renstiernas gata was het bijna stil deze lenteavond. Het was net negen uur geweest toen ze de auto in de buurt van het appartement van Alexandra Bengtsson parkeerden. Jodie en Carl stapten op het trottoir en keken om zich heen. Een eindje verderop stopte bus 3 bij halte Åsögatan; er stapten een paar passagiers uit, die snel een zijstraat in liepen naar hun portiek.

Carl stak de straat over, snel voor een auto langs, en liep naar de ingang. Hij toetste dezelfde code in die postbodes ook gebruiken en hield de deur voor Jodie open.

Toen ze op de overloop op de tweede verdieping kwamen, zagen ze dat de deur van Alexandra Bengtssons appartement op een kier stond. Carl duwde er met zijn schoen tegen, zodat hij helemaal openging. Tegelijkertijd knikte hij naar Jodie dat ze aan de andere kant moest gaan staan, zodat ze hem dekking kon geven.

Hij gooide de deur open en keek snel het appartement in. De Glock hield hij in zijn hand, naar voren gericht.

'Hallo,' zei een vrouwenstem achter hen opeens.

Ze draaiden zich snel om en zagen Alexandra Bengtsson de trap af komen.

'Zijn de dame en heer van de politie bezig boeven te vangen?' vroeg ze.

Met een beschaamd lachje stopte Carl het wapen weg.

'Wat deed je daar boven?' vroeg hij.

'Afval weggooien,' zei Alexandra. 'De klep van onze stortkoker is kapot.' Ze wees naar boven. 'Nu moeten we die van een verdieping hoger gebruiken.'

Carl knikte.

'Wat doen jullie hier?' vroeg ze toen.

Carl schraapte zijn keel.

'Je bent aangehouden voor de moorden op Sonny Andersson, Sid

Trewer, Mårten Rask en Bernt Andersen. En voor de moorden op Fadi Sora en Kristian Samuelsson. En voor zware mishandeling van Marco Holst. We willen dat je met ons meekomt. Schakel apparaten en dergelijke maar uit. Deze keer zul je iets langer van huis wegblijven.'

***

Alexandra Bengtsson zat in dezelfde verhoorkamer als de vorige keer. Maar nu zat ze ineengedoken, futloos.

Het was warm in het vertrek. Ze zweette. Ze kon de pijn in haar onderlichaam niet meer verbergen. Telkens wanneer ze zich bewoog, vertrok ze haar gezicht. De wond aan haar voet van Krilles zweep was bovendien ontstoken en ze dacht dat ze lichte koorts had.

Carl Edson keek haar aan en herhaalde de vraag die hij het afgelopen halfuur eerder had gesteld: 'Wat heb je op 1 mei gedaan?'

Ze keek hem moedeloos aan.

'Dat heb ik toch al gezegd?' zei ze.

Ze trok weer een grimas.

'Ik heb gewerkt en 's avonds was ik thuis met mijn dochter Johanna.'

Carl schudde langzaam zijn hoofd.

'We weten dat dat niet waar is. We weten dat Johanna op 1 mei en de dagen daarna bij haar vader was.'

Alexandra keek hem met een lege blik aan.

'We weten ook dat ze vorige week niet bij jou was, zoals je beweert. Dus vertel, leg uit: wat heb je gedaan?'

Alexandra was bijna in tranen. Niet vanwege de pijn of de vragen, maar omdat er niets meer over was. Ze was klaar.

Toen ze haar aan het begin van het verhoor een advocaat hadden aangeboden had ze nee gezegd. Nu vroeg ze zich af hoelang het zou duren voordat ze instortte en bekende. Omdat ze daar in zekere zin naar verlangde. Alsof ze achter het hekje van een hoog gebouw stond en zich naar de grond toe gezogen voelde worden.

'Ik was thuis,' fluisterde ze met hese stem.

'Wat zei je?'

Ze keek Carl aan.

'Ik was thuis.'

Carl schoof zijn stoel naar achteren en stond op. Hij trok behoedzaam zijn jasje uit en hing het netjes over de rugleuning. Daarna begon hij heen en weer te lopen door het vertrek.

'Wil je weten wat je volgens óns die avond hebt gedaan?'

'Welke avond?'

'Die van 1 mei?'

'Nee, bedankt.'

Carl draaide zich om en glimlachte naar haar. Vervolgens ging hij verder alsof het maar een retorische vraag was geweest.

'Wij denken dat je Johanna op 1 mei naar je ex hebt gestuurd, met de smoes dat je moest werken. Daarna ben je met de metro naar Fruängen gegaan en van daaruit ben je naar de Fruängsgatan gelopen. Het was laat op de avond en je bent bij de auto van Fadi Sora, die voor de deur geparkeerd stond, gaan staan wachten. Toen hij naar buiten kwam om weg te rijden, ben je tevoorschijn gekomen en heb je met een stroomstootwapen op hem geschoten. Nadat hij op de grond was gevallen heb je hem vastgebonden en hem zijn eigen auto in gesleept. Je bent weggereden, naar een plek waar jullie niet gestoord werden, een zomerhuisje misschien, dat je van tevoren had uitgezocht. Daar heb je hem gemarteld. Je hebt hem met een brandende sigaret over zijn hele lichaam verbrand. Een paar keer heb je de marteling ook gefilmd om ons later een USB-stick met een filmpje te kunnen sturen. Na de marteling, toen Fadi Sora dood was, stopte je het lijk in zijn eigen auto. Voordat je wegreed, heb je het huisje grondig schoongemaakt. Je hebt de auto in de Sveavägen geparkeerd en daarna ben je met de metro naar huis gegaan. Naderhand heb je de lege sigarettendoosjes bij Fadi op de salontafel gelegd.'

Carl stopte met ijsberen. Hij ging op de stoel tegenover Alexandra zitten en sloeg haar gade.

'Nee,' zei ze. 'Dat is niet zo. Ik heb dat allemaal niet gedaan wat jij zegt. Ik was thuis met Johanna.'

'We weten zelfs waarom je hem hebt vermoord,' zei Carl. 'Om wraak te nemen, als vergelding voor wat hij een onschuldig jong meisje had aangedaan.'

'Zo,' zei Alexandra en ze schudde haar hoofd. 'Geloof je dat zelf? Dat ik... een doodgewone, onbekende man.'

'Ja,' zei Carl rustig. 'Dat geloof ik, omdat het waar is. Zo is het gegaan – en jij hebt het gedaan.'

'Nee,' zei Alexandra. 'Dat is niet zo.'

'Zal ik vertellen hoe het in de andere gevallen is gegaan?'

'Nee,' zei Alexandra. 'Ik ben moe. Ik moet rusten.'

'Helaas,' zei hij beleefd en hij stond op. 'Wat je eerste slachtoffer betreft, Sonny Andersson, daarvan weten we niet helemaal zeker wanneer je hem hebt vermoord, maar waarschijnlijk een week eerder. In april, hoogstwaarschijnlijk tussen de twintigste en de vijfentwintigste.'

Alexandra keek naar de tafel en verroerde zich niet. Carl hervatte zijn wandeling door het vertrek, terwijl hij doorging met zijn verslag van hoe ze hem had ontvoerd – op ongeveer dezelfde manier als bij Fadi Sora – en hoe ze vervolgens zijn gewrichten en zijn hoofd had verbrijzeld met een bankschroef.

Alexandra zei niets, ze keek niet eens op.

Carl ging door met zijn verhaal. Dat ze Marco Holst met het stroomstootwapen had beschoten en hem had weggevoerd, dat ze hem met behulp van een hijsblok had opgehesen en hem daarna met een verwarmd mes had verminkt.

Ze probeerde zich op de woorden te concentreren, zich voor te bereiden. Een enkele keer keek ze op om zijn wandeling door het vertrek te volgen, waarna ze weer naar haar handen blikte, die stil op tafel lagen. Af en toe trok ze de mouwen van haar shirt omlaag, zodat ze de wonden bedekten.

'Daar schreef je over, onder andere over het detail van het verwarmde mes, terwijl wij dat niet naar buiten hadden gebracht.'

Alexandra keek op en glimlachte naar hem.

'Ik heb mijn bronnen...'

Carl schudde zijn hoofd.

'Volgens mij ben jij je eigen bron.'

Hij ging door met zijn verslag van de moorden op Sid Trewer, Jens Falk, Mårten Rask, Bernt Andersen en Kristian Samuelsson.

'We zijn minder zeker van de moorden op Ibrahim Eslar en Markus Ingvarsson, maar mogelijk heb je die ook vermoord.'

Toen hij weer aan de verhoortafel ging zitten, keek Alexandra hem aan.

'Ben je klaar?'

Hij knikte.

'Wat wil je dat ik zeg?' vroeg ze.

'De waarheid,' zei Carl eenvoudig.

Ze schudde haar hoofd.

'Ik heb dat allemaal niet gedaan. Dat... Dat was ik niet.'

Hij glimlachte.

'We hebben bewijzen,' zei hij.

Ze fronste haar wenkbrauwen.

'Jouw DNA bevond zich in de kelder van het huis in Julita, waar Bernt Andersen en Kristian Samuelsson eerder vandaag dood zijn aangetroffen.'

'Dat kan niet...' zei ze onzeker.

'Haren, bloed, vaginale afscheiding...' ging Carl ongegeneerd verder. 'Een volledige match. Jij bent daar geweest.'

Ze zei niets. Ze zat over de tafel gebogen. Ze had pijn en ze voelde dat ze de herinnering niet tegen kon houden. Toen ze in haar ogen wreef, merkte ze dat ze huilde en dat haar wangen vochtig waren.

Jodie schoof een doos met tissues naar haar toe. Alexandra reikte ernaar zonder op te kijken en trok er twee tissues uit, waarmee ze haar ogen zorgvuldig droogde.

'We wéten dat je daar bent geweest,' zei Jodie zacht. 'We weten dat je gewond geraakt bent, zodat je bloedsporen hebt achtergelaten. Dat je misschien aan vreselijke schendingen hebt blootgestaan. We weten alleen niet waarom je daar was. Wilde je het hun betaald zetten? Wraak nemen voor je zoon? En is het toen misgelopen?'

Alexandra schudde haar hoofd.

'Nee,' fluisterde ze zacht.

'Vertel het eerlijk,' zei Carl. 'Dan kunnen we je helpen en je naar een dokter brengen. We willen niet dat je lijdt.'

Ze keek naar hem op en aarzelde.

'Oké,' zei ze langzaam. 'Oké... ik zal het vertellen. Ik heb geen van hen vermoord. Maar ik ben wel naar het huis van Bernt Andersen gegaan...'

'Waarom?' vroeg Carl.

Alexandra glimlachte scheef.

'Ik dacht dat ze Johanna hadden. Ze was verdwenen. Ze had naar mij toe moeten komen, maar ze kwam niet.'

'En waarom dacht je dat zij Johanna hadden?'

Ze keek naar de tafel.

'Ik had research gedaan voor een opdracht over de toename van grootschalige wietteelt in Zweden.'

Ze zweeg en trok aan de mouwen van haar shirt.

'Ik had een tip gekregen en had naar hun kassen gekeken en toen... ontdekten ze me. Bernt Andersen heeft me in mijn schouder geschoten.'

'Kan je redactie dat bevestigen?' vroeg Jodie.

Alexandra schudde haar hoofd.

'Ik heb dat op eigen houtje gedaan... in mijn vrije tijd. Het is de enige manier waarop ik iets groters kan doen, niet alleen maar politiedingetjes over verkeersongelukken op de E4. Als ik genoeg materiaal had, zou ik het er bij mijn redacteuren doorheen kunnen krijgen...'

Carl knikte, maar keek sceptisch.

'Ga door,' zei hij.

'Dus toen Johanna was verdwenen ging ik ernaartoe. Ik weet dat ik jullie had moeten bellen, de politie. Maar ik dacht niet na. Ik was bang. Johanna is het enige wat ik heb.'

Ze keek hen smekend aan, eerst Carl en daarna Jodie.

'Maar ik heb hen niet vermoord.'

'Wat is er dan gebeurd?' vroeg Jodie.

'Ik liep om Bernts huis heen om te kijken of ik haar kon vinden. Ze waren niet thuis en ik dacht dat ik misschien een manier kon bedenken om binnen te komen. Toen kwamen ze thuis, sloegen me neer en...'

Ze slikte; ze voelde dat de beelden uit de kelder opnieuw haar bewustzijn wilden binnendringen.

'...namen me mee naar die martelkamer,' zei ze fluisterend.

'En?' vroeg Jodie voorzichtig.

'Ze hebben me verkracht. Mishandeld. Gemarteld.'

Ze vertelde dat ze vastgebonden had gezeten aan de stoel, dat de man die Krille genoemd werd haar had beschadigd. Jodie gaf haar nog een paar tissues.

'Ze wilden me vermoorden. Er kwam een politieman aan de deur en toen besloten ze me te doden.'

'Dat was ik,' zei Carl gedempt. 'Ik kwam kijken of Bernt Andersen nog leefde.'

Hij maakte zijn gedachtegang niet af.

'Ik viel flauw. Toen ze mij wilden vermoorden viel ik flauw.'

'Hoe weet je dat ze je wilden vermoorden?'

'Dat zeiden ze. Dat ik dood zou gaan, dat niemand me zou vinden. Dat ze mijn lichaam in chloor zouden baden. Daarna sloeg hij me en toen viel ik flauw...'

Ze deed haar ogen dicht. In gedachten was ze weer in de kelder; ze rook de stank van bloed, ontlasting en sperma en de vage geur van dood.

'En?' vroeg Carl.

Alexandra deed haar ogen open en haalde haar schouders op.

'Toen ik wakker werd, was ik vrij. De touwen waren doorgesneden. En Bernt en die andere man lagen op de grond... dood... Of Bernt was toen nog niet dood, maar dat scheelde niet veel... Ik geef toe: ik heb niets voor hen gedaan. Ik heb geen ambulance of politie gebeld. Ik wilde alleen maar kijken of Johanna daar was. Maar ik heb haar niet gevonden. Dus ik ben naar boven gegaan, heb mijn kleren gezocht en ben weggereden. Ik kon niet... Ik wilde er niet aan denken. Ik wilde alleen maar naar huis.'

Carl schudde zijn hoofd.

'Ik geloof je niet,' zei hij. 'Ik denk dat je ernaartoe ging om Bernt Andersen te vermoorden. Dat je hem voor het laatst had bewaard nadat je de andere mannen had vermoord die je zoon hadden doodgereden.'

Alexandra keek naar haar handen.

'Je was waarschijnlijk van plan geweest hem met een bankschroef te verbrijzelen, zoals je bij Sid Trewer en Sonny Andersson had gedaan. Waarom je Mårten Rask op een andere manier om het leven hebt gebracht, begrijp ik niet.'

Hij zweeg even en keek naar Alexandra, die zich niet had bewogen.

'Maar het liep mis. Er gebeurde iets waar je niet op had gerekend. Zij grepen jou. En daarna namen ze je mee naar hun kelder, waar ze je misbruikten.'

Nog steeds geen reactie van Alexandra.

'Maar je wist je te bevrijden. Misschien hadden ze een vergissing gemaakt, dat weet ik niet. Daarna heb je hen vermoord. Er was geen tijd voor marteling met een bankschroef, en vermoedelijk had je daar ook geen energie meer voor. Dus je hebt hen met een mes opengesneden en... bent weggegaan.'

Alexandra keek op en schudde haar hoofd.

'Nee,' zei ze. 'Dat is niet waar. Ik zocht Johanna. Jullie kunnen het checken. Erik heeft aangifte gedaan. Ik heb met de politie gesproken en verteld dat ik research deed naar wietkwekerijen... Ik heb jullie de waarheid verteld.'

Ze keek eerst Carl en daarna Jodie aan.

'Dank je wel, het is genoeg,' zei Carl even later. 'Het verhoor van Alexandra Bengtsson wordt beëindigd om...' Hij keek op zijn horloge. '...22.42 uur.'

'Kan ik gaan?' vroeg Alexandra. 'Ik voel me niet goed, ik moet rusten...'

Carl stond op en raapte de papieren bij elkaar die voor hem op tafel lagen.

'Nee,' zei hij. 'Jodie blijft hier bij jou, terwijl ik met de officier van justitie praat. Je zult waarschijnlijk worden aangehouden. Dan ga je een paar dagen de cel in, terwijl de officier van justitie een verzoek tot inhechtenisneming voorbereidt. En dan moeten we maar zien of het tot een aanklacht leidt.'

Alexandra knikte nauwelijks merkbaar.

'We zorgen er natuurlijk voor dat er een dokter naar je komt kijken. En dat je een advocaat krijgt.'

Alexandra zakte in elkaar.

'Ik wil gewoon naar huis...' zei ze zacht.

'Als je ons de waarheid vertelt, kun je binnenkort naar huis,' zei Jodie. 'Maar we moeten dit checken, dat begrijp je natuurlijk wel, en tot die tijd...'

Ze glimlachte vriendelijk.

Carl stak zijn hand uit, maar trok die weer terug toen Alexandra niet op zijn groet reageerde.

'We zien elkaar binnenkort weer,' zei hij en hij verliet het vertrek.

***

Toen Jodie uit het cellencomplex kwam, stond Carl haar op te wachten. Een tl-buis aan het plafond was kapot en flikkerde onregelmatig, waardoor Carls gezicht nu eens werd verlicht en dan weer in de schaduw verdween. Jodies voetstappen piepten op het glimmend geboende linoleum.

'Is het goed gegaan?'

'Ja, jawel. Maar ze was erg van streek. De arts zei dat haar verwondingen tijd nodig hebben om te genezen, maar dat ze niet geopereerd hoefde te worden. Hij heeft haar pijnstillers gegeven. Toen ik wegging, sliep ze.'

Carl knikte.

'Geloof jij haar verhaal?' vroeg Jodie en ze keek haar chef afwachtend aan. 'Dat ze naar Andersen is gegaan om haar dochter te zoeken en toen is verkracht?'

Carl schudde zijn hoofd.

'Nee,' zei hij. 'Zoals ik al zei, denk ik dat ze naar Bernt Andersen toe is gegaan om hem te vermoorden. Maar bewijzen kan ik dat niet.'

Hij zuchtte.

'En jij. Wat denk jij?'

'Ik weet het niet,' zei ze. 'Ik krijg ook het gevoel dat er iets niet klopt. Het is wel erg toevallig dat ze research doet voor een artikel over wiet en dat de man die haar zoon heeft doodgereden daarin voorkomt.'

'Precies. Ze liegt, dat klopt er niet,' zei Carl.

'Dus wat doen we nu?'

'We gaan naar huis,' zei Carl. Hij draaide zich om en liep weg door de gang.

'Oké, en morgen?' vroeg Jodie en ze ging achter hem aan.

'Allereerst moeten we nog eens met Daniel Sandén praten. Er moet een huiszoekingsbevel komen, zodat Wallquist en zijn jongens haar appartement overhoop kunnen halen.'

'Had hij dat niet kunnen besluiten toen hij haar aanhield?'

Carl schudde zijn hoofd.

'Bronbescherming. Hij denkt dat het misschien via de rechtbank moet. En als we pech hebben, dan is dat zo. We moeten hem hoe dan ook nog eens alles vertellen wat we over Alexandra weten. Maar dat doen we morgen.'

Voor de liften bleef hij staan en hij drukte op de knop.

'Haar verhaal is behoorlijk geloofwaardig,' zei Jodie. 'Denk je dat we een huiszoekingsbevel krijgen?'

De lift arriveerde met een pling-geluidje en de deuren gingen piepend open.

'We zullen zien. Hopelijk is het voldoende dat ze zich op de plaats heeft bevonden waar Andersen en Samuelsson zijn vermoord. Nu nemen we even rust,' zei Carl en hij stapte in de lift. 'Ga je mee naar beneden?'

Jodie kwam snel naast hem staan, net voordat de deuren dichtgingen. Ze stonden zwijgend in de lift, die ratelend afdaalde langs de verdiepingen van het gebouw.

'Heb je trouwens nog iets van Simon gehoord?' vroeg Carl toen de liftdeuren opengingen in de parkeergarage.

'Nee,' zei Jodie. 'Jij?'

Hij schudde zijn hoofd.

'Heeft hij nog geen verslag uitgebracht van het buurtonderzoek in Julita?'

'Heb jij hem gebeld?'

'Ik heb het een paar keer geprobeerd...'

Jodie haalde haar schouders op.

'Misschien had hij het druk.'

Carl haalde zijn mobiel tevoorschijn en zocht het nummer op in de lijst. De telefoon ging eindeloos over, waarna Simons voicemail werd ingeschakeld.

'Weer geen gehoor,' zei hij. 'Ik bel hem morgen wel. Als hij niet kan, doen wij Sandén wel. Het maakt niet uit.'

Maar vanbinnen voelde hij een zekere ongerustheid. Simon mocht dan een idioot zijn, hij deed zijn werk goed. Het was niets voor hem om onbereikbaar te zijn.

Met rechercheurs was het altijd wat, bedacht Carl.

60

Donderdag 5 juni

Toen Jodie de teamkamer binnenstapte, zat Carl al op haar te wachten.

'Je hoeft je jas niet uit te trekken,' zei hij. 'We gaan meteen naar Daniel Sandén.'

Jodie keek hem verbaasd aan. Ze had geen jas aan. Maar ze haalde haar schouders op en volgde haar chef.

Daniel Sandén had zijn kantoor twee straten verderop, op de weg naar Kungsbron en de binnenstad. Ze namen de lift naar beneden en wandelden daarna door het Politiepark. De vlierstruiken bloeiden en verspreidden een zoetige geur die Carl deed denken aan vroeger, toen zijn moeder limonade maakte van de bloemen. Het was nog steeds aangenaam warm na de koelte van de nacht, maar aan de strakblauwe lucht te zien werd het weer een warme dag.

'Gaat Simon niet mee?' vroeg Jodie, terwijl ze door de Kungsholmsgatan liepen.

Carl schudde zijn hoofd.

'Nee,' zei hij.

Toen Jodie hem vragend aankeek, ging hij verder: 'Ik heb hem gisteravond laat te pakken gekregen. Hij had een idee dat hij wilde checken. Hij wilde niet zeggen wat het was, maar beloofde er tijdens de lunch verslag van te komen doen. Voor wie het wil geloven.'

Hij had nog steeds het gevoel dat er iets niet in de haak was met Simon. Wat was dat voor idee waar hij mee bezig was? Niet veel goeds in elk geval, daar was Carl van overtuigd.

***

'Fijn dat jullie er zijn,' zei Gert Uwe toen Carl Edson en Jodie Söderberg de kamer van officier van justitie Daniel Sandén binnenstapten.

Carl bleef midden in het vertrek staan.

'Ik wil niet storen,' zei hij.

'Je stoort niet,' zei Gert Uwe.

Het was een koele en onpersoonlijke kamer. Carl was er een paar keer eerder geweest en hij vond het beige behang, het witte bureau met een eenzame laptop en één enkele foto van Daniels vrouw goed passen bij de persoonlijkheid van de OvJ. Of bij zijn gebrek aan persoonlijkheid.

'We hadden het net over je,' ging Gert verder.

Toen hij ontdekte dat Jodie Söderberg er ook bij was, knikte hij glimlachend. Hij zat op de rand van Daniel Sandéns bureau, bungelend met zijn been, en onttrok de OvJ bijna geheel aan het zicht.

Voor het bureau stonden twee chromen bezoekersstoelen met een zwarte stoffen bekleding, maar Carl en Jodie bleven staan.

'We hebben een verdachte,' zei Carl. 'Voor de seriemoorden. Alexandra Bengtsson, journalist bij *Aftonbladet*. Daniel heeft haar gisteren aangehouden.'

Gert keek op.

'Ja, juist. Mooi,' zei hij. 'Goed werk!'

'We hebben een huiszoekingsbevel nodig voor haar appartement. Daar komen we voor,' zei Carl en hij boog opzij om oogcontact te maken met Sandén.

Maar de OvJ frunnikte aan een paar blaadjes op zijn bureau. Gert keek eerst Carl en daarna Jodie geïnteresseerd aan. Hij glimlachte. Carl snapte niet waarom, maar hij begreep wel meer niet van zijn baas.

'Dat is niet nodig,' zei Gert.

'Wat bedoel je?' vroeg Carl. 'Hebben jullie al een huiszoekingsbevel uitgevaardigd voor Alexandra Bengtsson?'

'Wat? Alexandra? Nee, helemaal niet.'

Gert lachte theatraal en overdreven. Carls verbazing werd steeds groter.

'We hebben reden om aan te nemen dat Alexandra Bengtsson alle moorden heeft gepleegd,' zei hij.

Gert glimlachte nog steeds geamuseerd.

'Ze bevond zich aantoonbaar in de kelder waar we de meest recente slachtoffers, Bernt Andersen en Kristian Samuelsson, hebben gevonden,' ging Carl verder en hij keek onzeker om zich heen. 'Wallquist heeft een aantal sporen van haar veiliggesteld. De match is absoluut zeker. We zijn ervan overtuigd dat ze ernaartoe is gegaan met de bedoeling hen te doden op de manier waarop ze de eerdere slachtoffers ook heeft vermoord, maar dat Andersen en Samuelsson haar hebben weten te overmeesteren.'

Hij probeerde weer oogcontact te krijgen met Sandén, maar slaagde daar niet in.

'Ze hebben haar verkracht, maar ze heeft zich weten te bevrijden – en heeft hen vermoord,' zei hij.

Gert knikte naar hem.

'Ben je klaar?'

'Nee,' zei Carl. 'Alexandra Bengtsson is dus journalist en heeft over deze moorden geschreven. Maar ze heeft details genoemd die ze logischerwijs niet zou moeten kennen. Het verwarmde mes dat bij Marco Holst is gebruikt, het feit dat Sid Trewer met een bankschroef was verbrijzeld. In verhoren die ik haar heb afgenomen zei ze dat drie van de slachtoffers mannen waren die tijdens een overval haar zoon hadden doodgereden, ook al hadden we op dat moment hun identiteit nog niet bekendgemaakt. Bovendien heeft ze geen alibi voor de dagen in kwestie.'

Gert knikte.

'Mooi, mooi.'

'Ja?' zei Carl, die niet begreep waar zijn chef mee bezig was. 'Zoals gezegd, we hebben een huiszoekingsbevel nodig voor haar appartement. We hebben reden om aan te nemen dat ze daar gereedschap bewaart dat ze heeft gebruikt om haar slachtoffers te doden...'

Gert schudde zijn hoofd.

'Nee,' zei hij glimlachend.

'Wat?'

'De zaak is al opgelost.'

'Nu... Nu volg ik het niet. Wil je dat alsjeblieft uitleggen?'

'Het vooronderzoek is afgesloten. Bernt Andersen en Kristian Samuelsson zijn schuldig aan alle moorden.'

Carl keek zijn chef niet-begrijpend aan, onzeker of dit een grap was, iets waar ze komende winter op het kerstfeest hartelijk om zouden lachen.'

'Meen je dat?' vroeg hij.

Gert knikte en liet zich van het bureau glijden. Hij liep door de kamer, zodat hij achter Carl en Jodie kwam te staan. Carl draaide zich zo dat hij hem met zijn blik kon volgen; hij keerde de stoel om en nam plaats. Hij voelde opeens dat hij moest gaan zitten.

'Maar die zijn dood,' zei Jodie en ze keek vragend naar Gerts rode gezicht. 'Hoe –'

'Dat neemt niet weg dat ze zich bij leven schuldig hebben gemaakt aan moord,' viel Gert haar in de rede.

Hij liep heen en weer door de kamer, terwijl hij omstandig vertelde dat drie van de slachtoffers – Marco Holst, Sid Trewer en Sonny Andersson – vijf jaar geleden bij een grote drugszaak betrokken waren. Niet als enigen, waarschijnlijk waren er meer betrokkenen, van wie ze de namen niet kenden. Het onderzoek werd geseponeerd wegens gebrek aan bewijs.

'Jullie treft geen blaam,' zei hij en hij spreidde zijn armen in een verzoenend gebaar. 'Het vooronderzoek was kennelijk verkeerd getagd, of hoe je dat noemt. Het was puur toeval dat we het vonden.' Hij knikte naar Daniel Sandén.

'Daniel leidde dat onderzoek...'

Daniel keek hen gegeneerd aan en leek te willen protesteren, maar kreeg daar de kans niet voor.

'De partij hasj woog meer dan zestig kilo,' ging Gert Uwe verder. 'Een straatwaarde van miljoenen. Volgens een verklikker die de afdeling Narcotica in die tijd had – die later onder eigenaardige omstandigheden dood werd aangetroffen – hadden deze heren de *stash* van Bernt Andersen en Kristian Samuelsson gestolen.'

Carl sloeg zijn benen met een geïrriteerd gebaar over elkaar.

'Serieus, Gert!' zei hij. 'Zouden die twee...' Carl wist niet hoe hij ze moest noemen. '...criminele prutsers al deze extreem wrede moorden hebben gepleegd?'

Gert keek Carl verbaasd aan.

'Absoluut! Ze hadden immers een volkomen afgrijselijke martelkamer in de kelder. Als iemand ertoe in...'

'Maar...'

'Rustig nou maar, Carl,' zei Gert. 'De DNA-uitslag toont aan dat Alexandra Bengtsson volkomen onschuldig is!'

Carl wrong zijn handen.

'Voor zover ik weet tonen de DNA-sporen juist aan dat ze er wél bij betrokken was,' zei hij.

'Nee, nee,' zei Gert geduldig. 'Je legt de feiten verkeerd uit. Alexandra Bengtsson is slachtoffer!'

Hij klopte Carl op de schouder.

'Zoals ik al zei, het vooronderzoek is afgesloten.'

'Hebben ze bekend?' vroeg Carl sarcastisch.

Gert kuchte.

'Haha, grappig hoor, Carl. Nee, ze zijn dood, zoals je heel goed weet. Maar we hebben genoeg technisch bewijs tegen hen. Lars-Erik heeft op alle plaatsen delict DNA-sporen gevonden van Bernt Andersen. Iets met kauwgum...'

Carl schrok.

'Kwamen die nicotinekauwgumpjes overeen? Met Bernt Andersen?'

'Ja! Voor negenennegentig komma negen procent. En dat koppelt hem aan alle zes de plaatsen delict. We hebben hen natuurlijk niet kunnen verhoren, maar dat het een afrekening in de onderwereld was staat als een paal boven water. Ze wilden een voorbeeld stellen. *Niemand steelt drugs van ons*! Iets in die trant. Zoals je misschien nog weet, heb ik het daar eerder in het onderzoek al over gehad, maar daar heb je niet naar geluisterd...'

Carl schudde zijn hoofd. Het was niet waar, hij kon het niet geloven.

'We zouden toch ons spoor willen volgen en het appartement van Alexandra willen doorzoeken,' zei hij en hij keek op.

'Volkomen uitgesloten,' zei Gert Uwe.

'Daniel?' zei Carl en hij keek de OvJ aan.

Daniel Sandén keek verveeld, alsof ze zijn tijd verspilden.

'Helaas,' zei hij. 'Aangezien we twee verdachten hebben voor vijf van de moordzaken, wordt een huiszoekingsbevel voor de woning van weer iemand anders moeilijk. En gezien de vrijheid van drukpers en de bronbescherming... Ik zou zeggen dat het onmogelijk is. Niet bij een journalist. Niet op deze basis. Helaas.'

'Carl, kom op,' zei Gert. 'Jouw theorie dekt bovendien maar een paar van de moorden.'

'Vier...'

'Oké. De mannen die haar zoon hebben doodgereden. Simon Jern vertelde over jouw hypothese. Maar dat een vrouw deze afschuwelijke, bestiale moorden zou hebben gepleegd, en zonder een echt motief – heb je enig idee hoe onwaarschijnlijk dat is? Mijn god! Het is in principe onmogelijk, het is nog nooit vertoond. Niet eens in de VS, nergens.'

'Iemand moet de eerste zijn,' zei Carl. 'En ik hoef alleen maar een huiszoekingsbevel.'

Gert schudde langzaam zijn hoofd.

'Daar is het niet genoeg voor, Carl, bij lange na niet.'

Carl stond op. Hij begreep dat hij niet verder zou komen.

'Wie heeft de drugslink ontdekt?' vroeg hij en hij probeerde professioneel te klinken.

'Simon,' zei Gert. 'Goeie vent is dat. Je zou meer naar hem moeten kijken.'

Carl liep naar de deur. Dus dít was Simons idee, bedacht hij.

In de deuropening bleef hij staan en hij draaide zich om naar de twee mannen bij het bureau.

'Zeg, hoe verklaren jullie hun dood?' vroeg hij.

Geen antwoord. Gert was met Daniel Sandén in gesprek over een technisch detail van de inhechtenisneming.

'Gert!' zei Carl, iets harder.

'Ja, wat is er?'

'Hoe verklaar je hun dood, die van Bernt Andersen en Kristian Samuelsson? Wie heeft de moordenaars vermoord?'

Gert keek op.

'Carl, je bent een goede politieman, dat heb ik altijd al gevonden, maar nu probeer je er een gecompliceerde moordzaak van te maken, terwijl dat nergens voor nodig is. Het zijn geen leuke types waar we het hier over hebben. Ze waren met tamelijk macabere dingen bezig in die kelder, zoals je weet. Zacht uitgedrukt! We hebben hen aan ten minste drie sadistische vrouwenmoorden kunnen koppelen die bij onze cold cases zaten. Maar de seriemoorden...'

Gert maakte een gebaar dat genereus en verzoenend moest zijn, dacht Carl.

'...zijn nu opgelost. Laat het los.'

Carl klemde zijn kiezen op elkaar en slikte moeizaam.

'Ik begrijp je frustratie,' ging Gert verder, 'maar dit is goed onderbouwd, geloof me. Een observatieteam heeft Bernt Andersen en Kristian Samuelsson en hun drugsdeals al geruime tijd in de peiling. Van hun "zakelijke contacten" kan iedereen de moordenaar zijn geweest. Simon is nu bij het observatieteam om daarnaar te kijken.'

'Simon Jern?' vroeg Carl.

'Ja,' zei Gert glimlachend. 'Wij beoordelen de onderzoekssituatie als goed. Zeer waarschijnlijk gaat het weer om een interne afrekening onder criminelen. Dit soort geweld is de laatste jaren sterk toegenomen. Explosief. En tussen ons gezegd en gezwegen: zolang er geen onschuldigen de dupe van worden...'

Gert glimlachte. Carl draaide zich om en verliet snel de kamer. Jodie liep achter hem aan en deed de deur langzaam achter hen dicht.

Op weg terug naar het bureau zeiden ze geen van beiden iets, maar ze wisten dat het nu onmogelijk zou zijn om Alexandra Bengtsson te pakken.

'Denk je dat hij iets in de doofpot stopt?' vroeg Jodie voorzichtig toen ze in de teamkamer waren en ze de foto's van het whiteboard begon te halen.

'In de doofpot? Je bedoelt dat hij willens en wetens een onderzoek een bepaalde kant op zou sturen? Nee, zo is hij niet. Hij kiest gewoon de simpelste en waarschijnlijkste oplossing, die de grootste kans op succes heeft in de rechtszaal. Dat doet Daniel ook. Zo zal het wel moeten, neem ik aan. We moeten er maar aan wennen.'

61

De deur van de cel ging met een gedempte klik open. Alexandra Bengtsson zat op de brits met haar benen dicht bij elkaar en haar handen onder haar bovenbenen. Ze wiegde langzaam heen en weer om de pijn te dempen, terwijl ze wachtte tot de morfine die de arts haar had gegeven begon te werken.

Toen ze de deur hoorde opengaan, draaide ze zich om en keek op.

Jodie Söderberg kwam binnen. Ze had verwacht dat Carl Edson zou komen met de mededeling dat ze zou worden voorgeleid en dat hij haar appartement had doorzocht.

'Dag,' zei Jodie. 'Heb je pijn?'

Ze knikte.

'Heb je pijnstillers gekregen?'

Weer een knikje.

'Mooi,' zei Jodie. 'Ik kom je ophalen.'

Alexandra keek op en stopte met heen en weer wiegen.

'Waar ga ik naartoe dan?'

'Je bent vrij.'

Ze stond op van de brits en keek Jodie aan. Dit had ze niet verwacht. Voor haar geestesoog had ze het dagboek in het derde laatje van haar bureau zien liggen; ze had gezien hoe Carl het opensloeg en begon te lezen. Dan zou hij of iemand anders de tas achter in de kast vinden, de rits openmaken en de bloederige werktuigen eruit halen. En dan was er geen ontkomen meer aan...

'Maar... Ben ik nog steeds verdacht of is dat niet meer...?' vroeg ze.

Jodie schudde haar hoofd.

'We hebben de verdenking laten varen. Je bent uit het onderzoek geschrapt en vrij om te gaan. We gaan niet om inhechtenisneming vragen. Het vooronderzoek is afgesloten.'

'Waarom...?' begon ze, maar ze maakte haar vraag niet af.

Ze had geen energie om journalist te zijn. In plaats daarvan stond ze op.

Ze wilde naar huis. Ze keek om zich heen in de krappe cel, maar daar lagen geen spullen van haar. Ze hadden haar haar riem, sleutels, mobiel en zelfs haar schoenveters afgenomen.

'Je krijgt zo je spullen terug,' zei Jodie, die haar zoekende blik had gezien.

Jodie liep met haar door de gang, langs de grijze genummerde stalen deuren van de cellen en naar de bewaarder, een man van middelbare leeftijd met beginnende obesitas en kaalheid. Ze kreeg haar bezittingen en haar jas. Toen ze klaar was, ging Jodie met haar door de sluis en stak vervolgens haar hand naar Alexandra uit.

'Succes,' zei ze. 'En pas goed op jezelf.'

Alexandra knikte en pakte Jodies hand. Daarna draaide ze zich om en liep stijf door de voordeur naar buiten.

***

Het regende. Een zacht, mals zomerbuitje. Een sterke geur van nat asfalt en groen kwam op haar af. Ze ademde in door haar neus en stak haar handen uit. Het was een machtig gevoel om terug te zijn in de werkelijkheid en ze keerde haar gezicht naar de regen, genoot van de druppels die over haar voorhoofd en wangen stroomden. Als genade die haar onverwacht ten deel was gevallen. Ze draaide zich om. Jodie Söderberg stond achter de deur naar haar te kijken. Nog steeds in verwarring begon ze de Bergsgatan door te lopen naar metrostation Rådhuset. Ze had nog maar enkele tientallen meters gelopen toen er voor haar opeens een autoportier openging. Ze keek op. Een zwarte Mercedes stationcar. Ze kon het gezicht van de bestuurder niet zien, maar de passagiersstoel was leeg. De motor draaide. Even kromp haar maag weer samen van angst: Bernt Andersen. Toen herinnerde ze zich dat hij dood was. Dat ze allemaal dood waren.

Ze liep voorzichtig naar de auto toe.

'Ga zitten,' zei een stem in de auto.

Alexandra verstijfde.

'Ben jij het!' zei ze toen ze bukte en Cecilia Abrahamsson aankeek.

62

De zwarte Mercedes reed snel de weg op en accelereerde over de Bergsgatan. Alexandra keerde zich naar Cecilia toe.

'Wat wil je van me?'

Cecilia glimlachte naar haar en draaide de Hantverkargatan in. De auto reed geruisloos en soepel. De zwartleren zittingen kraakten.

'Ik denk dat je mij juist moet bedanken,' zei ze rustig, terwijl ze naar het verkeer keek. 'Ik heb ervoor gezorgd dat je uit de cel mocht.'

Ze draaide zich weer om en keek naar haar zus.

'Waar zat je verstand eigenlijk?' vroeg Cecilia.

'Ik was... klaar,' zei Alexandra.

Ze zweeg. Ze was veel te moe om te praten, om een poging te doen het te begrijpen. Cecilia reed snel en behendig door het verkeer, reed de binnenstad uit naar het Gullmarsplan en vervolgens de snelweg op naar Nynäshamn. Na Haninge sloeg ze af en nam ze de hoofdweg naar Dalarö.

'Waar gaan we naartoe?' vroeg Alexandra ten slotte.

'Dat zie je straks. Je herkent het wel. We zijn hier met papa geweest.'

Alexandra fronste haar voorhoofd; ze kon geen plek bedenken waar ze met hun vader waren geweest. Pas toen Cecilia de afslag Gålö nam, wist ze het weer: Oxnö. De kale rotsen, de dennen die ineendoken voor de wind, de zee die zich als een grijs kussen uitbreidde langs de steile kustlijn.

'Hier visten we vroeger,' zei ze. 'En als mama erbij was, gingen we paddenstoelen zoeken.'

Cecilia knikte.

'En we picknickten. Ik geloof dat het papa's idee was om hiernaartoe te gaan,' zei Alexandra.

Ze herinnerde het zich weer duidelijk.

'Het ziet er nog hetzelfde uit,' zei Cecilia. 'Het kiezelstrandje, de rotsen, de dennen... het is er allemaal nog. Net als toen we klein waren.'

63

De zee sloeg tegen de stenen, ritmisch en kalmerend. De zomeravond ging al schuil achter de wolken, maar het regende niet meer. Alles was grijs: de rotsen, de zee, de lage, door de wind geteisterde dennen die achter elkaar weggedoken beschutting zochten tegen de wind. De beide vrouwen stonden samen bij het strand.

'Wat heb je gedaan?' vroeg Alexandra.

'De kauwgumpjes,' zei Cecilia rustig, terwijl ze uitkeek over het water. 'Die heb ik op de plaatsen delict gelegd.'

'Wat? Heb jij dat gedaan? Maar waarom?'

Cecilia draaide zich om en keek haar aan.

'Je bent mijn zus. Ik begreep dat je vroeg of laat gepakt zou worden.'

'Hoe...'

'Je bent naar me toe gekomen, weet je dat niet meer?'

Alexandra keek naar de golven die zachtjes over het kiezelstrandje rolden, dat tussen twee rotsen in geklemd lag. Er ging een huivering door haar lichaam. Korte flarden van herinneringen: ze staat onder de douche en er stroomt bloed in het putje... Het vertrokken gezicht van haar zus voor de villa in Saltsjöbaden... de zwijgende telefoongesprekken...

'Heb jij...' zei ze langzaam.

'Je bent naar me toe gekomen,' zei Cecilia. 'We hadden elkaar meer dan twintig jaar niet gezien. En toen dook je opeens op. Bebloed en compleet over je toeren...'

'Ik kan het me...'

'Je vertelde dat je Sonny Andersson had vermoord, dat je wraak had genomen voor David. Je was verward, bijna niet aanspreekbaar. Ik probeerde je gerust te stellen. Maar je praatte maar door, onsamenhangend, over dat je ze allemaal zou vermoorden. Het was alsof ik terugging in de tijd. Jou weer met hem zag...'

'Met wie?'

Cecilia keek uit over zee.

'Ik ging met je wandelen. Je vertelde wat je zou doen… Wie je allemaal zou vermoorden…'

Alexandra knikte. Stukjes van haar geheugen kwamen terug, hier en daar een fragment. Ze huiverde, had het gevoel dat iets in haar binnenste inzakte.

Cecilia begon over het strand te lopen, over een smal paadje over de rotsen naast het strookje strand. Alexandra liep achter haar aan, alsof ze aan een onzichtbaar koord werd voortgetrokken.

'Je vertelde dat je een plan had, dat je ook anderen zou vermoorden, zodat ze jou niet op het spoor zouden komen. Toevallige slachtoffers. Je zei dat je "de toevallige moordenaar" zou worden…'

Alexandra knikte.

'Dat weet ik nog,' zei ze. 'Waarom heb je me niet tegengehouden?'

Cecilia bleef staan bij de hoge rots, keerde zich naar de zee en keek naar de kale eilandjes en de horizon.

'Je bent mijn zus. En ik had mijn eigen redenen.'

Ze keek Alexandra diep in de ogen.

'Weet je het echt niet meer?'

Alexandra schudde haar hoofd.

'Hier en daar stukjes, maar niet… niet het geheel.'

Cecilia wendde zich weer af en keek opnieuw naar de zee.

'Ik begreep dat je gepakt zou worden. Toevallig of niet, ze zouden je arresteren. Ik weet hoe goed de techniek is die ze hebben. Je zei dat je Bernt als laatste zou vermoorden, dus reed ik naar zijn huis – hij was niet moeilijk te vinden – en toen heb ik drie vuilniszakken uit zijn container geroofd.'

'Wat?'

'De mensen moesten eens weten hoeveel hun afval onthult, dan zouden ze daar voorzichtiger mee zijn. Ik doorzocht de zakken in de garage toen ik alleen thuis was. Toen ik het eerste kauwgumpje had gevonden, wist ik wat ik zocht.'

'Maar waarom? Waarom deed je dat? Waarom heb je niet gewoon de politie gebeld?'

Cecilia keek Alexandra aan.

'Daar was het toen al te laat voor. Jij had Sonny Andersson al vermoord en ditmaal wilde ik mijn zus houden. Ik wilde je terug hebben. Toen je de vorige keer verdween, bleef je meer dan twintig jaar weg.'

'Hoezo de vorige keer?'

'Weet je het echt niet meer? Met die hond?'

Cecilia keek haar vragend aan.

'De pitbull?' vroeg Alexandra. 'Maar dat was ik niet, dat was jij. Je wilde niet met me praten, geen dingen samen doen… Je liet me stikken.'

Cecilia schudde haar hoofd.

'Nee, dat was ik niet. Dat was jij. Ze ontfermden zich over jou. Daarna… veranderde je.'

'Wat? Waar heb je het over?'

Cecilia keek haar tweelingzus onderzoekend aan.

'Hij heeft je die dag verkracht,' zei Cecilia. 'Weet je dat niet meer? We zouden gaan zwemmen toen hij opdook tussen de bomen. Hij had zijn hond bij zich, een pitbull, en dwong ons mee te gaan de bosjes in. De hond moest op mij passen terwijl hij jou verkrachtte. Toen… Je weet hoe ik was, de flinke grote zus…'

Alexandra schoot in de lach.

'Twintig minuten ouder!'

Cecilia glimlachte.

'Maar toch ouder. In elk geval, toen…'

Ze maakte een gebaar naar haar geopereerde gezicht, de huid die als hagedissenvel over haar botten spande. Alexandra zag de beelden voor haar geestesoog; ze zag het nu duidelijk voor zich. Dat ze in de bosbessenstruiken lag, dat de man haar korte broek en onderbroek kapotscheurde, haar benen uit elkaar duwde en bij haar binnendrong. Ze voelde de pijn in haar magere dertienjarige lijf, de schok. Daarna had de man zich opeens omgedraaid en de verkrachting afgebroken.

Cecilia stond met haar gezicht naar de zee gekeerd.

'Ik kon niet blijven toekijken hoe hij jou verkrachtte, dus ik rende ernaartoe om hem te slaan. Stom… De hond ging in de aanval en beet mijn gezicht kapot. Ik heb jaren pijn gehad. Het doet nog steeds af en toe pijn wanneer ik zie dat mensen me niet durven aan te kijken.'

Alexandra legde een hand op haar arm.

'Maar hij stopte met verkrachten,' zei Cecilia. 'In plaats daarvan ging hij staan kijken hoe zijn smerige pitbull zich vastbeet in mijn gezicht. Hij deed niets om de hond tegen te houden, hij stond daar maar te grijnzen.'

Alexandra herinnerde zich de geluiden. Ze hoorde ze nu weer: het gegrom, het vochtige geluid waarmee de hond aan het vlees rukte, het geritsel van de bosbessenstruiken toen hij zich afzette en met zijn kop schudde.

'Weet je nog wat jij deed?' vroeg Cecilia.

Alexandra knikte. Ze had de hond de keel doorgesneden. Het bloed was eruit gespoten en het beest was op zijn zij in de bosbessenstruiken gevallen. Toen had ze zich omgedraaid naar de man, die nu pas leek te begrijpen wat er gebeurd was.

'Wat doe je met Rambo, godsamme! Wat heb je verdomme gedaan? Rotkind!'

Zonder iets te zeggen rende ze met het mes op hem af. Ze had het eerst in zijn bovenbeen gestoken en was daarna blijven steken en steken.

'Iemand schreeuwde,' zei Cecilia zacht. 'Ik weet niet meer wie. Waarschijnlijk was ik het. Ik was in shock. De vellen hingen van mijn gezicht... Het was net een horrorfilm. In elk geval kwamen er mensen naar ons toe. Toen had jij hem al zo'n twintig keer gestoken, waar je hem maar kon raken, in zijn borst en in zijn armen. Je ging als een waanzinnige tekeer, je maaide met je armen en schreeuwde.'

Alexandra zag het voor zich, ze hoorde het sissende geluid van de klaplong.

'Het was een wonder dat hij het overleefde,' zei Cecilia. 'Maar de mannen van de ambulance slaagden erin hem te redden. Naderhand werd hij veroordeeld voor de verkrachting en kreeg een paar jaar gevangenisstraf. Maar jij...'

Alexandra zette een stap in de richting van haar zus, maar haar knieën knikten en ze verloor bijna haar evenwicht. Cecilia ving haar op voordat ze over de rand viel en drie meter lager op het stenige strand terechtkwam.

'Voorzichtig!' zei ze zonder dat ze haar greep om Alexandra's arm liet verslappen. 'De rotsen kunnen gevaarlijk zijn.'

'Maar waarom heb je mij laten zitten?'

'Dat heb ik niet gedaan. Jij werd opgenomen in een psychiatrische jeugdkliniek. Je werd gek... Weet je dat echt niet meer?'

'Nu... Nu je het zegt, weet ik het weer,' zei Alexandra zacht. 'Ze stopten me vol met pillen. Ik weet nog dat die niks uithaalden. Ik werd er niet anders door, ik voelde me nog net zo, maar ik raakte als het ware opgesloten in mezelf...'

'Toen je thuiskwam...' zei Cecilia.

Alexandra haalde haar schouders op.

'Ik herinner me fragmenten. Hoe jouw gezicht eruitzag na de operaties... Dat we niet meer samen optrokken –'

Cecilia viel haar in de rede.

'Jij hebt onze hond doodgemaakt. Je weet wel, Olga, onze poedel. Je was maar heel even alleen. Verder was iedereen appels aan het plukken in de tuin. Het was herfst. Grijs en koud...'

Cecilia zweeg en schudde haar hoofd.

'Daarna zei je dat ze had geblaft en had geprobeerd jou te bijten.'

'Hoe... Hoe heb ik dat gedaan?' vroeg Alexandra en ze keek haar zus onzeker aan.

'Je hebt haar de keel doorgesneden. Toen we een halfuur later binnenkwamen, lag ze in een bloedplas op het kleed in de woonkamer. Je stond ernaast met een groot keukenmes in je hand.'

Alexandra schudde haar hoofd. Ze wilde het zich niet herinneren. Ze had zich lang geleden van al die herinneringen ontdaan. De deuren van haar geheugen gesloten. Als waterdichte schotten.

'Daarna verdween je weer, je werd ergens opgenomen. Papa en mama wilden niet zeggen waar. Ditmaal bleef je een hele poos weg, bijna een jaar.'

Alexandra voelde dat herinneringen, personen, gebeurtenissen, hele wereldbeelden – alle verdedigingswerken die ze in haar leven had getracht op te bouwen – weggleden, inzakten, ineenstortten.

'Ik weet niet wat ze met je hebben gedaan. Papa en mama wilden er nooit over praten. Maar ze hebben je een heleboel medicijnen gegeven. Misschien ook nog ergere dingen. Ik weet dat ze het over elektroshocks hadden wanneer ze dachten dat ik het niet hoorde. Toen je weer thuiskwam, was je anders, stiller. Je kwam weer in onze oude klas, maar het leek wel of je er niet meer bij was, alsof je je in jezelf had opgesloten, in een klein kamertje diep in je binnenste.'

Alexandra knikte. Cecilia stak haar hand uit en raakte haar zus aan, aaide over haar schouder en arm.

'We waren misschien altijd al een beetje raar,' zei ze, 'met onze jeugd en papa en zo, maar die verkrachter heeft ons leven kapotgemaakt.'

Alexandra dacht aan David en vroeg zich af of ze hem ooit iets had aangedaan wat ze niet meer wist, maar ze dacht van niet.

'Weet je nog hoe hij heette?' vroeg Cecilia. 'Die verkrachter?'

'Nee,' fluisterde Alexandra.

'Jens Falk.'

Ze keek naar Alexandra, die zich langzaam naar haar omdraaide en haar in de ogen keek.

'Hij is nu dood,' zei Cecilia rustig.

'Jens... De man die ze in Spånga hebben gevonden? Heb jij dat gedaan?'

Cecilia schudde haar hoofd.

'Nee, dat heeft "Bernt Andersen" gedaan.'

Ze glimlachte, ze leek opgelucht.

'Snap je het niet, Alexandra? Het is voorbij.'

Maar Alexandra luisterde niet. Ze keek uit over de zee, terug in herinneringen die ze het liefst wilde vergeten.

'Bernt en Kristian, in dat huis waarin ik bijna was doodgegaan, dat was jij ook, of niet?'

Cecilia antwoordde zonder haar aan te kijken.

'Ze waren bezig je te vermoorden.'

'Waarom ben je weggegaan? Waarom heb je me daar gewoon laten liggen?'

‘Dat heb ik niet gedaan.’

Alexandra knikte peinzend. Ze wist het weer.

‘Je hebt me onderzocht,’ zei ze. ‘Je hebt me verbonden terwijl ik bewusteloos was.’

Ze stonden zwijgend naar het water te kijken. Om hen heen werd het donker. De lage, door de wind geteisterde dennen tekenden zich zwart af tegen het laatste grijze licht aan de hemel.

‘Je was slordig geweest op de eerste plaats delict,’ zei Cecilia. ‘Je had sporen achtergelaten. Ik was genoodzaakt te zeggen dat ik waarschijnlijk had geniesd of een haar was kwijtgeraakt. Ik heb flink op mijn kop gekregen van Lars-Erik, de forensisch technicus.’

Alexandra keek haar zus verbaasd aan. Cecilia moest erom lachen.

‘We zijn toch hetzelfde, jij en ik,’ zei ze. ‘Dezelfde genen, dezelfde sporen.’

‘Maar als iemand je had herkend... Of mij?’

Cecilia glimlachte en keerde haar stijve gezicht naar Alexandra.

‘Door de hond is dat veranderd. Sindsdien zien ze het niet meer aan ons. En na de eerste moord ben je voorzichtiger geworden; je hebt goed opgeruimd en een plastic overall gedragen, je liet geen sporen meer achter...’

Alexandra knikte.

‘Ik wist niet meer dat jij dat was... Mijn god, ik ben volkomen gestoord. Compleet geschift.’

‘Nou, nou,’ suste Cecilia en ze sloeg voorzichtig een arm om haar zus heen. ‘Het wordt beter, het komt goed. We zijn nu weer samen. Net als vroeger, toen we klein waren...’

64

Carl Edson schakelde de motor uit, maar bleef in de auto zitten. Hij zag zijn portiek, de ramen van het appartement op de tweede verdieping. Hij zag Karin niet bewegen daarbinnen, maar wist dat ze er was.

Hij keek op zijn horloge: bijna acht uur 's avonds. Ze had waarschijnlijk de tafel al afgeruimd nadat ze alleen had gegeten. In de woonkamer zag hij een blauwachtig flikkerend licht. De tv stond aan. Een of ander praatprogramma.

Wanneer hij binnenkwam, zou ze vragen hoe zijn dag was geweest; hij zou liegen en zeggen dat het een prima dag was. En daarna zou hij eenzaam naast haar zitten op de bank en met een lege blik naar de tv staren, terwijl de zaak bleef malen in zijn hoofd.

Hij leunde achterover op de stoel. Hij keek naar de ingang van de metro, volgde een verliefd stelletje met zijn blik. Ze waren jong, in de twintig, en liepen dicht naast elkaar, hun armen om elkaar heen; af en toe bleven ze staan om te zoenen.

Opeens ging het portier aan de passagierskant open. Hij schrok ervan en tastte even naar iets om zich mee te verdedigen.

'Zit jij hier?'

Zijn dochter Linda glipte de auto in en kwam naast hem zitten.

'Ben jij het? Ik schrok me een ongeluk, verdorie.'

Ze sloeg haar ogen ten hemel.

'Nee, het is je zoon.'

Hij probeerde te lachen om die eeuwige puberale dwarsigheid van haar, maar verder dan een grimas kwam hij niet.

'Waarom zit je hier?' vroeg ze.

'Ik zit hier...' Hij wist niet wat hij moest zeggen. '...te wachten.'

Ze trok het portier dicht.

'Waarop?'

Hij keek naar het jonge stel dat verderop in een portiek verdween.

‘Op energie,’ zei hij.

‘Energie waarvoor? Wat ga je doen?’

‘De energie om naar binnen te gaan, te eten, bij Karin te zijn, bij jou…’

Ze keek hem vragend aan, maar zei niets. Hij leunde achterover, maar hield zijn handen aan het stuur. Alsof hij ergens naartoe reed. Maakte niet uit waarnaartoe, dacht hij. Ver weg, heel ver weg.

‘Komt het door je werk?’

Hij haalde zijn schouders op.

‘Eigenlijk niet. Ik ben gewoon graag… alleen.’

Hij maakt een gebaar naar de auto. Linda zweeg even en dacht na.

‘Dat heb ik soms ook.’

Hij keek haar verbaasd aan.

‘Dan ga ik niet in de auto zitten. Natuurlijk niet, wat denk je wel? Dan loop ik alle trappen op en dan ga ik bij de deur naar de zolder in de vensterbank zitten. Daar komt niemand. En dan kijk ik uit over de wereld. Soort van. In elk geval over Skärmarbrink.’

Carl keek haar aan. Ze leek meer op haar moeder dan op hem, maar in haar manier van doen was ze net als hij. Misschien botste het daarom zo vaak.

Ze zwegen.

‘Ik denk dat Karin bij ons weg wil gaan… bij míj weg.’

Linda knikte.

‘Ja, dat is zo. Je moet met haar praten. Als je niet wilt dat ze weggaat dus.’

Carl fronste zijn wenkbrauwen. Dit gesprek werd steeds merkwaardiger.

‘Dat kan niet,’ zei hij. ‘Ik werk. Ik heb een ambtsgeheim.’

‘Ja, hallo, zeg! Je praat met journalisten en alle mogelijke rare types. Ik heb de artikelen op internet gelezen. Dus dat is gewoon bullshit!’

Hij keek zijn dochter weer verbaasd aan. Hij wist niet dat ze überhaupt kranten las. Of iets anders dan Snapchat en Instagram.

‘Dat is wat anders,’ zei hij.

‘O nee, echt niet! Als je haar wilt houden, dan praat je met haar.’

Hij legde zijn handen weer op het stuur, op kwart over negen, zoals hij op de politieacademie had geleerd, en keek naar de ingang van de metro. Maar het trottoir was zomerleeg, er kwam niemand. Hij bedacht dat zijn zwijgzaamheid als een harde schaal om hem heen zat, zijn beleefdheid, zijn correctheid – het was alles bij elkaar een pantser waar niemand doorheen kon komen om hem te kwetsen. Ja, dat was het, realiseerde hij zich: hij wilde niet kwetsbaar zijn.

Opeens voelde hij de hand van zijn dochter op zijn arm.

'Het komt goed, papa, hoe dan ook. Je bent cool.'

Ze glimlachte naar hem. Hij moest lachen.

'En hoe gaat het eigenlijk met jou?'

'Ik heb het uitgemaakt met Tomas.'

'Wat? Waarom?'

'Ach, hij was zo saai. Er gebeurde gewoon niets. Hij wilde alleen maar zitten...'

'Ja?'

'Beloof me dat je niet boos wordt en niet met je gebruikelijke preek aan komt zetten over regels en verplichtingen en blablabla.'

Carl zweeg even en zei toen: 'Oké.'

'Hij wilde alleen maar zitten roken. Hij rookte een heleboel wiet.'

Carl onderdrukte de impuls om te zeggen hoe illegaal en stom dat was.

'En jij?'

'Kom nou, pap! Ik doe dat soort dingen niet. Dat zou ik nooit durven. Ik wil andere dingen doen. Gewoon iets dóén. Dus heb ik het uitgemaakt.'

Carl keek voor zich uit zonder iets te zeggen, bang om het moment te bederven.

'Sorry,' zei Linda.

Hij draaide zich naar haar om.

'Sorry waarvoor?'

'Omdat ik soms zo lastig ben.'

Hij knikte.

'Dat is oké. Ik denk dat ik ook sorry moet zeggen.'

'Duh...'

'Omdat ik soms zo lastig ben.'

Ze lachte en opende het portier.

'Tijd om naar binnen te gaan,' zei ze. 'Kom! *Be a man…*'

Ze bokste twee keer hard tegen zijn arm.

'Twee, omdat je met je ogen knipperde.'

Hij lachte en probeerde terug te boksen, maar ze dook weg en was hem te snel af. In plaats daarvan gaf hij haar een arm en liep naar de deur.

65

Zaterdag 14 juni

De tv stond aan – een programma over eten. Alexandra luisterde niet echt. Ze zat op de bank en sloeg haar dochter gade, die in de fauteuil naast haar zat. Ze hadden een kop thee voor zich staan. Op de ovale salontafel stond een schaal met koekjes. Ze namen er geen van beiden van.

'Jemig, wat een kul!' zei Johanna en ze knikte naar de tv.

'Hè?' zei Alexandra, die het niet begreep.

'Dat het lichaam op kant-en-klaar voedsel reageert als op een infectie!'

Alexandra wist niet waar ze het over had, maar knikte en glimlachte. Ze was alleen al blij dat ze zat waar ze zat. Ze had nog steeds pijn en af en toe moest ze gaan verzitten, maar de pijn werd minder en ze kon al naar de wc zonder te kreunen. Ze zou weer beter worden.

'Wat eten we?' vroeg Johanna.

'Omdat het zaterdag is, dacht ik dat we wel iets konden halen. Waar heb je zin in? Pizza, sushi, iets van de Griek?'

'Pizza is lekker,' zei Johanna. 'Met cola.'

'Oké, dan doen we pizza.'

Alexandra was weer teruggegaan naar haar appartement. Alles ging weer zijn gewone gangetje. Johanna was de ene week bij haar en de andere bij Erik. Ze hadden het nergens meer over gehad. De vlucht naar het huis van haar ouders op Lidingö, de auto-achtervolging, de verdwijning – ze hadden het gewoon achter zich gelaten. Misschien zouden ze het er ooit nog eens over hebben, Alexandra wist het niet, maar ze had een verhaal voorbereid voor het geval Johanna vragen zou gaan stellen. De waarheid zou ze nooit kunnen vertellen. Aan niemand.

Alleen Cecilia wist het.

'Wat wil je deze zomer gaan doen?' vroeg ze aan Johanna. 'Op vakantie?'

Johanna haalde nonchalant haar schouders op zonder haar blik van de tv af te wenden.

'Hoezo?'

'Zou je bij opa en oma in de Provence op bezoek willen?'

Johanna draaide zich om.

'Weet ik veel. Ik ben daar nog nooit geweest.'

'Jawel, één keer, toen je klein was, maar dat weet je niet meer. Ze wonen in een groot huis in een dorpje met een rivier. Je kunt in de bergen wandelen, in een café zitten en misschien ook zwemmen in de rivier... Al zal het water wel koud zijn.'

Johanna richtte haar aandacht weer op de tv en haalde haar schouders op.

'Oké...'

'Cecilia gaat ook mee.'

'Je "nieuwe" zus,' zei ze op overdreven toon en ze maakte aanhalingstekens in de lucht met haar vingers.

'Ze is niet nieuw. We zijn samen opgegroeid.'

'Ze is zo ontzettend verwaand.'

'Je zult haar nog wel leren kennen. Ze is net als ik. We zijn hetzelfde, een eeneiige tweeling...'

'Oké, ik snap het,' zei Johanna. 'Ga je nou die pizza nog halen?'

Alexandra stond op van de bank.

'Dan ga ik nu, dan ben ik zo weer terug.'

Bedankt Markus, Per en Inga, dat jullie zo geduldig hebben gelezen. Bedankt ook Jacob en Helena voor alle verstandige opmerkingen tijdens het redigeren van het manuscript.

Maar vooral en bovenal: dank aan mijn vrouw Erika, die me tijdens het werken aan dit boek heeft gesteund, en aan mijn kinderen Mira, Loke en Siri voor hun voortdurende inspiratie.

Moord, onschuld en de jacht op de waarheid

Bo Svernström

Wie zonder zonde is

Als elfjarige vermoordde Robert Lindstrom zijn beste vriend met een blok beton. Vanwege zijn leeftijd en een gebrek aan bewijs werd hij nooit veroordeeld, maar voor de buitenwereld was hij schuldig. Als gevolg hiervan leidt Robert als volwassene nog altijd een teruggetrokken bestaan, totdat hij een verontrustend telefoontje krijgt van een journaliste die een boek schrijft over de zaak en beweert dat Robert onschuldig is.

Tegelijkertijd wordt er in de oude woonwijk van Robert in Stockholm een meisje vermoord. Alles doet denken aan de omstandigheden van toen. Vanaf dat moment is de jacht op de waarheid geopend. Is Robert onschuldig en loopt de moordenaar nog vrij rond? Of heeft Robert wederom toegeslagen?

ISBN: 978 94 027 0495 2

Verschijnt voorjaar 2020!

Voor meer informatie: **www.harpercollins.nl**